知音动漫图书·时代坊
ZHI YIN COMIC BOOK 荟萃名家·品读经典

灯火阑珊处

DENG HUO LAN SHAN CHU

上·蓦然回首 — 青衫落拓·著

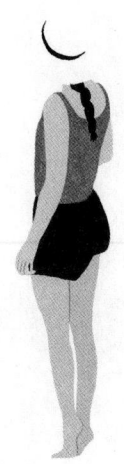

长江出版社 | 知音动漫

卷三	卷二	卷一	楔子
蓦然回首时……	别后沧海事……	与君初相识……	……
189	93	7	5

一切错失于时光之中的，只能沉淀成回忆。

楔子

"任苒,跟'荏苒'这个词同音,是时光慢慢走远的意思。"
"时光一定得走远吗?"
"对,时光总会走远的,可是我们会留下幸福的回忆,这就是时光给我们的礼物。"

任苒长大以后,无数次看着母亲的遗像,回忆起过去母亲与她的对话,发现时光荏苒而过,留下的礼物远远不止幸福的回忆。

幸福的回忆,每一个人都有。
只是,记忆里的天堂,是我们回不去的地方,注定只属于愚人与孩子。

卷一 与君初相识

"被淹没的感觉",她想起她孩子气的愿望——茫茫人海再不是一个抽象而且被用滥了的形容词,她确实在骤然之间被强大而奇怪的力量席卷,置身于汪洋大海。城市的灯火连同喧嚣的车水马龙从她身边次第隐去,四顾之下,只有眼前这个身体可以攀附,而他对她来说,仍然是一个陌生人。如果她能预知被淹没时如此铺天盖地地恐惧无依,她还会对他有所向往吗?

第一章

在十二岁以前，任苒的生活可以算是幸福得没有一丝缺憾。

她父亲任世晏在南方家乡Z市的Z大法学院任教，母亲方菲在Z市图书馆工作，他们家住在离Z大不远的一座独居院落内。

那套房产是任世晏做传教士的祖父遗留下来的。不大的庭院内，一棵樟树生长得枝繁叶茂，据说树龄超过六十年。在晴朗的日子里，树叶将洒落在院内的阳光筛得光影斑驳。红砖黑瓦的两层楼房透出年代久远的感觉，朝西的一面墙上爬满了爬墙虎，看上去生机盎然，多少掩饰了房子年久失修的颓态。

任苒从小便适应与大学校园比邻而居的宁静生活，更爱在那套房子里度过的所有幸福的时光。身为著名法学家、教授的父亲和性格温柔的母亲对她既要求严格，又宠爱有加。

父亲的世交祁汉明的儿子祁家骏与她一块儿长大，两人如同兄妹般相处，让她根本没有独生子女通常会有的孤独感。

她觉得她的小小世界十分完整。

然而，任苒的母亲方菲在女儿十二岁时病倒，那一年任苒刚上初中。经过不同医院的专家诊断，方菲被确诊患有子宫癌，从此开始缠绵病榻。

任世晏悉心照顾妻子，但是他毕竟工作繁忙，除了上课、带博士生，还要做课题、著书，时不时要出差去外地开会讲学。任苒很快习惯了三点一线地往返于学校、医院和家中，将作业带到医院做。她学会了看护妈妈，同时也眼看着妈妈在病痛折磨下慢慢瘦弱憔悴。

方菲先做手术切除病灶，再做化疗，忍受厌食、抑郁、呕吐、掉头发的折磨，然而癌细胞还是转移扩散，侵蚀了她身体别的器官。

漫长的治疗过程，对病人和亲属来说是一场共同的折磨。可是直到生命的最后一天，方菲都漠视病痛，表现镇定，从来不诉苦不抱怨，她和女儿一起读书、谈心，督促她好好学习，对着丈夫保持微笑……这样的勇气让所有人敬佩不已。

任苒十六岁那年的冬天，方菲在医院里去世了。

那时正值20世纪90年代末期。几年前便有人搬出各种神奇的预言，争论世界是否已经快到末日；有人却在欢呼雀跃，迎接千禧年的到来，认为地球将翻开一个新的篇章。

任苒沉湎于丧母的伤痛，突然之间变成一个沉默的少女，对周围一切都失去了兴趣。

安葬妻子后，任世晏注意到女儿的状态，决定换个环境。他离开Z大，应聘到中部省会城市汉江市的一所财经政法大学任教，同时让女儿跟着转学过去。任苒沉浸在伤心之中，没有反对。

来到这个完全陌生的城市后，任苒提不起情绪来适应。她变得更加阴郁内向，头半年时间里，在这边的生活过得十分糟糕。她既讨厌此地与故乡完全不同的气候，也不和新同学交往，成绩更是一落千丈。

任世晏正为女儿担心不已时，祁家骏参加高考，并报考了他任教的大学，让父女二人都喜出望外。

任祁两家的交情可以追溯到任苒的祖父那一辈，双方完全知根知底。任世晏与祁家骏的父亲祁汉明是老同学加好友，与祁家骏的母亲赵晓越曾是Z大的同事，两家人一直来往密切。

在任苒母亲的葬礼上，任世晏要强忍悲痛处理各种事务，无暇照顾女儿。祁家骏一直握着哭得几至晕厥的任苒的手安慰她，所有人看着这一对沉默的悲伤少年，都只觉得他们之间的感情来得自然而纯真。

祁家骏过来上大学后，差不多每天来任家陪任苒一块做功课，她总算振作起来，渐渐摆脱了孤僻，在高中最后一年里埋头学习，也考上了同一所大学。

任世晏惊喜之余，更加默许了他们的出双入对。

双方家长的想法似乎达成了默契，只是任苒并不认可。她承认，她与祁家骏的关系比一般朋友来得更为密切，甚至比一般兄妹更友爱，可是离真正谈恋爱，还很有一点儿距离。

一起长大，太过熟悉，没有心跳的感觉，当然是原因之一。更重要的是，任苒觉得这个看似温和、其实性格复杂、放任不羁的帅气男孩子是知己好友，却并不是自己期待的男友。

从小到大，她眼看着祁家骏不停地结交女友，毫无妒忌之意。在她看来，那种少男少女之间的分分合合，与其说是爱情，不如说是一种基于青春期骚动的社交活动，并不吸引她。她想要的是"更激烈的感觉，能淹没自己的爱情"。当她直言不讳讲这话时，祁家骏大笑，揉一下她的脑袋："少女思春真可怕。"

"不许笑我。我知道我爸和我妈那样的婚姻很幸福，他们是恩爱的典范。可是由同学而恋爱、结婚，未免太平淡，没有一点波澜起伏。"

祁家骏耸耸肩："据说很多人想要一个平淡的幸福还要不到。"

任苒知道他父母的婚姻多少有问题，家庭气氛常年紧张，说道："平淡的幸福当然不错。可是我就不信，难道你现在就开始想要那种生活了？"

祁家骏微微出神。他有一张无可挑剔的英俊面孔，平常总有一副懒洋洋、漫不经心的姿态，对什么都表现得不认真，偶一沉思，脸上神态便有了一点阴郁。他随即摇头笑道："我对婚姻没向往，想不通人为什么要找麻烦结婚。我也不知道我具体想要什么，也许我想要一个有梦露身材的女朋友也说不定。"

任苒发育偏迟，到了高中才开始长个子，一向引以为恨。她看看自己纤瘦的身材，咬牙说道："可见男生都是视觉动物。"

"好吧，但愿那个能将你淹没的男人爱的是你的灵魂。"祁家骏对她的小女生腔一向既轻视又容忍。

相貌英俊、家境富裕的祁家骏从读中学起就十分受女孩子欢迎，甚至他那个有些让人捉摸不定的性格也被充满浪漫想象的小女生视为他的魅力之一。他和任苒一直如同兄妹般相处，任苒成天匆匆往返于学校与医院之间，没一个女孩子想要去妒忌她被祁家骏放在优先位置。

上了大学之后，那些喜欢祁家骏的女孩子当然不再满足于递一下小纸条、一块儿看场电影、放学时同路回家顺便说点儿废话这种相处模式，看到他身边突然多出一个军训后晒得黑黑瘦瘦的新生，不免会疑惑地上下打量她。

任苒对自己的容貌评价十分客观。她五官长得像父亲，轮廓继承了母亲的清秀，小小的面孔上有着漆黑的眉毛，明亮的眼睛，算不上惊艳的美女，也完全不用自惭。尽管被祁家骏的仰慕者这样用评估的眼神审视，可并不妨碍她开始喜欢大学生活。

丧母的悲痛渐渐沉淀到了心底，又脱离了弥漫着紧张升学气氛的中学校园，满眼看到的都是意气飞扬的同龄男女，她的心境一下明朗了起来，慢慢恢复旧时的开朗性格。

她鼓励祁家骏跟人约会："那个打扮得蛮吉卜赛的高个子女孩看着好有气质。"

祁家骏吃不消她的审美："你看多了三毛，见人长发中分，披披挂挂的打扮，两眼幽深欲语还休就觉得是气质了。拜托，我接受不来这一款。"

过不了几天，她转而大力推荐一个身材惹火的女生："这么标准的尺寸，不是正合你的期望吗？"

祁家骏的态度倒是无可无不可，只要对方感觉还好，他并不拒人于千里之外。可是在他们约会后，任苒缠着他问他新女友的发育秘诀，他哭笑不得："我跟她还没熟到讨论身体的地步。"

她不罢休，继续追问两人相处的细节，直问到祁家骏招架不住求饶。

祁家骏比任苒大两岁，任苒上学早，只比他低一个年级。他们从小在一起聊天就十分坦白，讲各自隐秘的愿望、烦恼、恐惧、悲伤、迷惑，认定对方是最值得交谈与托付心事的对象。

可是男女交往的私密又岂是别的少年心事可比，祁家骏知道任苒生活十分单纯，而思想则过分活跃，他再不把换女朋友当回事，也觉得没办法挨义气挨到事无巨细汇报，以满足她少女好奇心的地步。

"你还是赶紧去找那个会把你淹没的人恋爱吧，多失恋几次没关系。等到了三十岁，我们还没找到合适的人，可以考虑结婚。"

"哼，我不像你这么没操守，找不到感觉，我一辈子都宁缺毋滥。"

"我连大学专业都是家里开会决定的，更别提以后的婚事了。"

祁家做着规模不算小的皮革制品出口加工生意，在老家Z市商界颇有名声，祁家骏又只有一个姐姐祁家钰在澳大利亚留学不归，他当然早就意识到家里对自己的期望。他叹一口气，笑道："现在他们由得我玩，不过将来我肯定没有按自己心愿'宁缺毋滥'的自由，如果能完全按我自己的心思来，我宁可不结婚。"

"我才不信祁伯伯赵阿姨会那么狠，非要逼你跟一个你不喜欢的人结婚。你的问题是你喜欢的人太多了，对谁都不够认真。"

祁家骏大笑起来："你懂什么叫认真？"

"认真就是认定一个人，永远喜欢对方啊。"

"太幼稚了，你不允许人有变心和反悔的权利吗？"

任苒哑然。

"他们希望我娶的肯定是首先能让他们喜欢的女孩子。小苒，你一向最符合他们的标准了。如果你到时嫁不出去，那就嫁给我吧，这样多皆大欢喜。"

任苒也笑，并没拿这句话当真："让我当你的备胎，你想得倒美。你不觉得我们两个在一起会容易笑场吗？"

说话之间，两人已经来到了任家。

这所财经政法大学规模并不大，任世晏接受聘任过来执教，校方给他在学校安排了一套房子暂住。

校园依小山而建，地势略有起伏，任世晏的房子在学校的老宿舍区，远离学生宿舍。登二十来级石阶上去，是几栋20世纪50年代的仿苏式建筑。砖木结构的四层楼房，有着灰扑扑的水泥楼梯，走廊黑暗而且不算通风，房间结构说不上合理，楼下也不方便停车。最初这里是苏联专家楼，后来变成教授宿舍。自从学校在校园以外开建新的公寓区，改善教师居住条件后，这里的住户陆续迁出，只剩下单身和外聘教师，住户远没有过去密集。任世晏倒是喜欢这一处宿舍区的安静环境，又觉得上班方便，同时并不确定会不会长期在此执教，便没有另买房子的打算。

任苒考上大学后便住进宿舍，回家对她来说实在太容易了。读国际贸易专业的祁家骏想来借一本专业书，她带着他上楼，刚打开房门，就已经听到任世晏与人在书房里面谈话，他的声音十分浑厚：

"……从目前的立法来看，还没有现成的法规来规范私募，但是有很多风险需要防范。我觉得你要注意的问题不只是合约，参与证券公司的资金拆借，政策方面的不确定因素也要考虑进去。"

另一个略微低沉的声音回答道："在现在的证券市场内活动的民间资本，如果不想被猎杀，就只能与官方性质的资本结盟，恐怕作为私募基金的操作者来讲，并没太多选择。"

祁家骏低声说："要不我们待会儿再过来吧。"

"我爸一谈起这些法律问题就没完，要是在里面跟带的博士生谈话，就更不知道什么时候结束了。没事儿，我们拿了书就走。"

她象征性地敲了一下门便推门而入，视线却一下子被坐在任世晏对面的那个人牢牢吸引住了。

任世晏嗔道："没礼貌，怎么就这样闯进来了？"

跟在她身后的祁家骏连忙说："对不起，任叔叔。"

那位客人是一个男人，虽然他姿态放松地坐在藤椅上，但仍看得出身材是南方人中少见的高大，略显瘦削的一张面孔上有一双深邃的眼睛，鼻梁高挺，略微带着鹰钩，看面容很年轻，可眉宇之间又有着成年男子才有的成熟镇定气质，让人无法确定他的实际年龄。

任苒的第一个判断便是这人当然不可能是她父亲的学生。在一向号称气势逼人、气场强大的父亲面前，他没有任何诚惶诚恐受教的表情，反而带着一点漫不经心。

他的目光扫过任苒，在祁家骏脸上停留片刻，然后不动声色地移开。祁家骏的神情却一下变得古怪了，而任世晏也略微不安："家骏，有什么事吗？"

"没事。"祁家骏拉一下任苒，"我们先出去。"

"你不是要找书吗？"

祁家骏不理会她，转身出去，她觉察出不对，禁不住再度看向那陌生的客人。阳光透过南窗斜射进来，他站起了身，彬彬有礼地说："你好。"

他果然如她判断的那样十分高大，眼睛深邃得仿佛可以将一切尽收眼底。她没有多少与这个年龄男人打交道的经验，在他的目光下红了脸，而且不习惯如此客套的对话，连忙说："呃，你好。你们继续，我先出去了。"

任苒匆匆出来，却没看到祁家骏，下楼后才发现他正站在楼下。暮春时分的下午，阳光明丽地洒在他身上，她却从他没有表情的脸上看到了阴影。

"怎么了，你认识那个人吗？"

祁家骏沉默好一会儿，才淡淡地说："见过一面。走吧。"

两人向石阶走去，任苒实在忍不住："喂，只见过一面的人，你表情怎么这么古怪？"

祁家骏再度沉默一下，声音依然平淡："他是我爸爸的儿子。"

这个别扭的句式将任苒吓得目瞪口呆，她琢磨了一下："那个，不是你妈的儿子吗？"

"笨。他要是我妈的儿子，我就直接叫他哥哥了。他是我爸跟外面女人生下来的。"

他们的老家Z市地处富庶的南方，的确有不少有钱人养外室包二奶，可是任苒生活圈子单纯，她实在没法将她从小认识的祁伯伯与"私生子"联系起来，更不能想象在Z大做行政工作、性格看上去颇为刚烈的赵阿姨会容许这种事发生，不禁发出一个长长的惊叹："天哪！"

祁家骏横了她一眼，只可惜他的脾气只对别人有威慑力，对任苒却从来免疫，更阻拦不住她的好奇心。

13

"你妈……知道这件事吗?"

"我都知道,我妈会不知道吗?"

"那……赵阿姨应该很生气吧?"

祁家骏懒得回答这个问题。

当然,他母亲岂止是生气。知道丈夫有一个比自己女儿小三岁,比儿子大四岁的私生子存在时,赵晓越才生下祁家骏不到一年。她险些精神崩溃,用了很长时间才恢复正常状态——如果严格定义正常状态,也可以说,她从那以后都没有恢复。祁家骏自懂事起,便对家里一直延续着的冷战气氛习以为常了。

"你以前怎么从来没说过啊?"

"你傻了吧,这种事我会到处跟人说吗?"祁家骏不耐烦地说。

"那……他找我爸干什么?"

"不知道。"

"我爸好像知道你们的关系。"

"这也不算秘密,以你爸爸跟我爸爸的交情,肯定知道。"

"阿骏,我爸不会跟他有什么事的,他们一听就是在谈法律上的事。他一向最喜欢你。"

祁家骏本来应该被这个天真的劝慰逗乐,可是他实在没有心情,只点点头:"我知道,我不会因为任叔叔跟他谈话就生气。"

她摇他的胳膊:"喂,这事是祁伯伯不对,还有就是……那个人的妈妈不对。我跟你家这么熟,都不知道这件事,也从来没在你家碰到过他,可见他跟你的生活完全不相干,你何必为他生气?"

祁家骏苦笑:"小苒,你不明白。知道家里气氛说不上正常,妈妈总那么喜怒无常的原因后,我看到他,不可能开心。"

任苒认真想一想,点点头,突然又问:"你什么时候知道有他存在的?"

"三年前。"

任苒好一会儿没说话,祁家骏不免奇怪:"在想什么呢?"

"阿骏,你当时一直陪着我,我只顾着操心妈妈的病,一直到她去世,我自己伤心,一点儿也没安慰你。"任苒抱着他的胳膊,"我实在太自私了。"

"傻瓜,这种事,别人没法安慰的,只能自己忽略。"

"小苒——"

对面一个女人从一辆黑色桑塔纳上下来,叫任苒的名字。她三十来岁,中等个子,有一张标准的椭圆形面孔，略微细长的丹凤眼带着妩媚之态，化着得体的淡妆，蓬松卷发披在肩头，一身衬衫窄裙的职业女性装束，手挽一个公事包，显得干练而漂亮。

任苒的脸沉了下来，放开祁家骏，淡淡地"嗯"了一声。

"你爸爸约我过来谈点事情，我顺便买了菜，一会儿回来吃饭吧。家骏也一块来。"

两个人几乎同时摇头，任苒并不看她，一边礼貌地说："谢谢你，不用了，我们还有事。"一边一步不停地走着，直到出了家属区，才稍微放慢一点儿脚步。

"这位季方平律师现在经常去你家吗？"

任苒摇摇头："不算经常，我只碰到过两次，她都说是找我爸爸请教学术问题。"

祁家骏若有所思，并不说话。任苒问他："你觉得她是不是喜欢我爸了？"

"她特意到你家来做饭讨好你，当然不是因为喜欢你。"

任苒一下把脸垮了下来。

祁家骏揉一下她扎成马尾的头发："小苒，你爸爸现在是单身男人，他学术造诣高，正当盛年，人又风度翩翩，号称本校最有魅力的教授，你不是不知道有多少女生对着他流口水发花痴，成熟女人喜欢他就更正常了。"

"可是我妈去世才两年啊。她应该体谅我爸和我的心情，就算有企图，也得过一段时间再来接近我爸爸。"

"多长时间算合适？你打算恪守古训，要求任叔叔守制满三年吗？"

任苒没具体想过这问题，她悻悻地说："反正我就是不喜欢她，你看她多会来事，我考上大学时她才跟我们认识，吃了一次饭，总共没见过几面，就满口小苒、家骏地叫我们叫得这么亲热。"

"小苒，任叔叔既然这么正式地把她介绍给你，你就应该有心理准备，她也许不是一个普通朋友那么简单。"

任苒一下停住脚步："你是说她和我爸爸已经在谈恋爱了吗？那他们是什么时候开始的？"她连连摇头，"不会的，我爸爸不会这么快就忘了我妈。"

祁家骏柔声说："别这么看问题，小苒。我相信你会永远怀念你妈妈，不愿意任何人取代她的位置，可是生活要继续，你要求你爸爸保持单身来证明他不会忘了去世的妻子，并不合理。"

"我什么时候说过再不许他谈恋爱结婚，他现在才四十六岁，以后当然应该找个人做伴。可是他和我妈妈共同生活了那么多年，感情那么好，如果她去世两年不到，他就对其他女人动心了，那才叫不合理。"她愤愤然地说，"不行，我要回去问问我爸爸。"

祁家骏一把拖住了她："你看你,这就有些过分了。填高考志愿的时候,任叔叔说你从小条理清晰,逻辑能力强,适合读法律专业,当时你就说,你对法律没兴趣,而且你妈妈也不希望你学这专业。任叔叔尽管不开心,可还是依了你让你读了经济学专业。你也得相应尊重他的生活吧?"

任苒无言以对,可是想想仍然无法释然："我不是干涉他,我只是没办法接受他这么快就忘了我妈。再过一段时间,我会觉得比较合理。"

"还是那个问题,小苒,你认为多久才算合理?"

任苒语塞,不高兴地反问："阿骏,我怎么觉得你在力图说服我马上接受这女人。是我爸让你来当说客的吗?"

祁家骏一怔,随即摇头笑了："别傻了,任叔叔不会让我干这事,而且我也说不上喜欢这位浑身透着精明的律师。我只是想给你做好心理建设,不要太抗拒你爸爸有可能开始新生活这件事。"

第二章

祁家骏还有约会,两人告别,任苒回到宿舍,闷闷不乐地躺下,仔细回想这件事,得出的结论仍然是:她非常抗拒。

她当然已经过了对于传说中恶毒继母莫名畏惧的年龄,而且她也承认,她父亲任世晏确实如祁家骏所言,"正当盛年",仍然英俊潇洒,完全具备被人仰慕追求的资本。可是她无法用理智说服自己,父亲已经克服了丧妻的悲痛,将要——或者甚至更糟,已经开始了新的生活。

到了吃晚饭的时间,室友招呼她去食堂,她却摇头谢绝,而是爬起身,向家里走去,决定跟父亲好好谈谈。

那辆黑色桑塔纳仍停在原处,任苒快步上了石阶,走进自家单元,却与正从里面出来的一个人撞了满怀。那人扶住她,让她站稳,嘴里说着:"对不起"。

她定睛一看,一个个子高高的男人立在她面前,正是一个多小时前坐在她家与她父亲交谈的那个人。她结结巴巴地说:"没关系,哦,我是说,对不起,其实是我撞了你。"

那人微微一笑:"没关系。"

他松开手,稍稍侧身,让她过去。

任苒上了三楼,拿钥匙开门,玄关处摆着一双深蓝色高跟鞋,显然是季方平的。她向里走一步,便对着小小的厨房,从她这里可以清楚地看到,她父亲任世晏正从身后双手环抱着站在调理台边切菜的季方平，而季方平如小鸟依人般享受着他的怀抱，这个亲密的姿态让任苒顿时站住脚步定在了原地。

两人交谈的声音传来，一字字撞入她耳内。

"……祁家骢这年轻人锋芒内敛，谈吐老练，看上去真不简单。"

任苒没小心思想到季方平提到的祁家骢这名字与祁家骏之间明显的相连之处，只紧张地等着父亲说话。

"他完全靠做投资、做期货白手起家，年纪轻轻已经可以调动大笔资金，在私募业内炙手可热，证券公司甚至给他提供专门的办公室，实在让人吃惊。"

"他好像并不买他父亲的账啊。"

"唉，老祁一直对他心怀愧疚，所以再三托付我，一定要帮他避开法律上的风险。我准备收集一下这方面的资料，做有针对性的研究，相信政府不久也会做这方面的立法工作。"

"好了，别谈工作了。我刚才过来碰到了小苒，她对我还是爱理不理的，根本不愿意留下来吃饭，怎么办？"

"小苒性格很平和善良，她迟早会接受你的，别急。"

"我怎么可能不急？我都等了八年多了，世晏。"

任苒被这句话惊得呆住。

八年——意味着，这不是一段开始没多久的恋爱。从她十岁起，这女人就窥伺甚至侵犯着她的家庭、她的父亲，而那时她母亲还健在。

她的大脑高速运转，浑身血液却变得冰凉，麻木地站着。

只听季方平继续说道："我今年已经三十四岁了，世晏，我还想给你生个孩子，再拖下去，我怕我连当高龄产妇的机会都没有了。"

"平，小苒是我唯一的女儿，她对她妈妈十分怀念，好不容易才走出丧母的阴影，我不可能无视她的感受，现在就公开和你在一起。本来按我的想法，还要过一段时间再介绍你们认识比较好。"

"你已经很保护她了。为了不让她听到闲言碎语，你放弃了Z大现成提升为法学院院长的机会，跑到这个规模远不及Z大的学校来教书，我也只好到这里来重新开始。世晏，这一切是我心甘情愿的选择，可我真的不想再这样偷偷摸摸地来往了。"

"我还是希望你试着跟小苒做朋友，这样以后我跟她说我准备再婚，她会容易接受一些。"

"世晏，我不是抱怨，也不是逼你在女儿和我之间做选择。可是我的确不知道该怎么跟这么大的女孩子相处，她对我好像很有戒心，而且小女生恐怕都有些恋父，我根本不敢想她听到我们打算结婚时会有什么反应，唉，我也实在没信心让她喜欢上我。"

"小苒不是恋父，她一向很爱她母亲，现在我是她唯一的亲人，有责任照顾好她。"

季方平默然，手上切菜的动作却加快了。任世晏将她抱得更紧一些，俯到她耳边，声音放轻了一些。

"平，请体谅我。就算小苒一时不能接受你，也没关系。她马上要读大二了，大学毕业后，我会送她出国留学，阿骏那孩子会早她一年出国，我跟他已经谈过了，他一直喜欢小苒，向我保证以后会好好照顾她，到时我们就能在一起了。"

无名怒火在胸中冲撞，任苒摆脱了呆立的状态，猛然抬起脚，将那一双高跟鞋踢得飞了出去，直撞到对面墙上，发出一声闷响。

厨房里的任世晏与季方平惊得同时回头，正对上任苒那张惨白的面孔，任世晏连忙松开了季方平。

"小苒……"任世晏叫着女儿的名字，却只见她看向他的眼睛里如同燃烧着小小的火焰，他一时不知道说什么好了。

任苒缓缓抬手，指着他们，张了张嘴，却同样不知道说什么好。

"小苒，你镇定一点，我和你父亲……"

任苒在季方平清亮的声音刺激下，终于找回了语言能力，厉声说："你给我闭嘴滚出我家，不要跟我说话。"

"小苒，注意你的礼貌。"任世晏不安地说，同时示意季方平不要说话。

"那你们呢，你们要不要注意一下你们的道德？"

任世晏张口结舌。他今年不过四十六岁，体态保持良好，仪表堂堂，有着学者的儒雅气质和成熟男人的风度，在专业领域享有盛名，一向口才流利举止从容，可是此时面对女儿愤怒的指责，他不由自主现出了狼狈之态。

看着这对在她视线下不安的中年人，任苒却没法有任何胜利感。她颓然放下不住颤抖的手，转身夺门而出，一口气穿过漆黑的走廊，咚咚咚跑下楼梯，冲出宿舍，却再度结结实实撞到一个坚实的后背上。

那人正是才从她家出来的祁家骢，他正站在门前接电话，诧异地回身扶住她。她撞得头晕脑涨，来不及说什么，匆忙绕过他，急急跑下石阶，下到一半，脚步凌乱，一下踩空，顿时摔倒滚了下去。

任苒的大脑好一会儿都是一片空白，等意识恢复时，发现祁家骁正蹲在她面前，轻轻握着她的脚踝，她只觉得一阵剧痛，禁不住呻吟出声。

"好像扭伤了。"他声音镇定，"我已经打电话叫你父亲下来了。"

任苒一声不吭，手撑着地想站起来，可是祁家骁按住了她："别动，确定不是骨折才能移动。"

接到祁家骁电话，任世晏吓得连忙与季方平双双跑了下来。祁家骁见他们过来，便站起身退开。

任世晏看到任苒狼狈不堪地坐在地上，脸上手上全有尘土伤痕，左手捂着右边胳膊，指缝里渗出鲜血，慌忙蹲下来查看："伤到哪儿了，小苒？我马上送你去医院。"

季方平说："我把车开过来。"

任苒一把推开父亲的手，咬牙再度撑地想站起身。

任世晏一把按住她，喝道："别闹了，小苒，我们先去医院。"

任苒只闷声不响地用力挣扎着，任世晏怕她越发弄伤自己，既不能松手，又不敢用力，一时手忙脚乱。这时站在一边冷眼旁观的祁家骁开了口："这样吧，任教授，我送你女儿去医院好了。"

他不等任世晏说什么，蹲了下来，手放在任苒肩头："好了，你不是小孩子了，在大庭广众下满地打滚没什么意思。现在你选，是让我送你去医院，还是你爸爸？"

他的声音平静客观，不带任何情绪，任苒已经挣扎得精疲力竭，安静了下来，哑声道："谢谢，请你送我。"

祁家骁点点头，从口袋里掏出车钥匙递给任世晏："任教授，帮我把那辆车后面的车门打开。"

他轻松抱起满身尘土的任苒，走到停在远处的一辆黑色奔驰旁边，将她放到后座，然后接过车钥匙："你们决定去哪家医院，我跟在后面。"

祁家骁发动车子，瞟一眼后视镜，发现后座上的任苒头歪在一侧，满脸都是泪痕，眼中的泪水仍在不停地流淌出来。

"很疼吗？忍一会儿，马上就到医院。"

任苒没有答话，她的确疼，然而更大的痛楚却是来自心底。

她妈妈方菲去世前三天，多个脏器发生衰竭，身体极度虚弱。当着任世晏的面，她将一个存折交到女儿手里:"小苒,这是用你名字开的存折,里面有二十万块钱,每年自动转存,密码是你生日,妈妈只能给你这么多了,你一定要收好。"

她当时读高二,尽管家境算优裕,但每个月的零用钱不过一百块,一下被这个巨额数字吓坏了,更被妈妈的语气弄得惊惶不安,带着哭腔说:"妈妈,我不要钱,你帮我收好就行了。"

"乖,妈妈现在太健忘,怕放得自己都找不着了。"她妈妈笑着说,"你收起来。记住,这是妈妈给你的,任何人都没权力动用。"

她妈妈说这话时,回头看看任世晏。任世晏神情复杂,却只点点头:"收起来吧,小苒。"他看向妻子,轻声说,"我一定会照顾好女儿,你放心。"

她妈妈疲惫地收回目光,再度看向女儿:"你要学会照顾好自己,小苒。"

那个存折一直躺在任苒的抽屉里。在一片混乱中,她突然记起此事。妈妈说的每一个字清晰地在她耳边响起。

她绝望地意识到,妈妈在临终前将一个巨额存折留给尚未成年的她,而不是按更合理的处置方法托付给她爸爸,甚至郑重叮嘱她,要"学会照顾好自己",恐怕是早就知道丈夫的婚外情了。

祁家骢在医院停好车时,发现任苒已经在后座哭得泣不成声。他打开车门,俯身将她抱出来,用脚踢上门,微微皱眉:"不至于痛成这样吧。"

任苒不理他,顾自大哭着,根本没留意到从后座转到了他怀里,眼泪将他胸前的衣服一下浸湿了。他头一次看到这么大的女孩子好像儿童沉浸自己世界里一样,哭得如此肆无忌惮,脸上灰尘和涕泪纵横,抹得一道一道的,五官皱到一起,肩头抖动,嘴张开着,呼吸急促,上气不接下气,伤心欲绝,却实在不像是单纯因为疼痛撒娇。

祁家骢好笑诧异之余,多少有些说不出的怜悯。他将她纤细的身体安抚地抱得更紧了一点,跟在任世晏后面,疾步向急诊室走去。

拍过片子后,医生给任苒处理身上的皮外伤,除了几处不算严重的挫伤与瘀青外,右边胳膊被地上尖锐的石头刺开一道近五公分长的伤口,皮肉狰狞地外翻着,血流不止,需要缝针。

任苒总算止住了哭泣,只一动不动呆呆坐着,由得医生处置。

祁家骢正要告辞,只见季方平拿出湿纸巾,走近任苒,想给她擦拭满脸的灰尘。任苒猛地抬手挡开她,声音沙哑地叫道:"滚,你别碰我。"

医生和护士正在给她的伤口做清洗消毒,被她这个激烈的动作吓了一跳:"马上缝针了，你可再不能这么乱动。"

季方平尴尬地僵在那里，拿拍片结果进来的任世晏无可奈何地说："方平，你先出去吧。"

季方平黯然出去后，医生仔细研究片子："还好，没有骨折，右脚脚踝扭伤，等一下用弹性绷带固定一下。"

任世晏松了口气，正要安抚女儿，然而任苒不等他说话，同样厌恶而暴躁地说："你也出去，不然我不缝针，这就走。"

任世晏只得对祁家骢说："家骢，麻烦你帮我看着她缝针，我在外等着。"

祁家骢点头答应下来。

他们出去后，任苒一下显得十分安静，医生与护士清创，这个显然疼痛的过程中，她却再没流泪，只死死咬着嘴唇，身体绷得紧紧的，头扭向另一边，左手握成了拳头，一动不动地坐着。

突然一只修长的手伸了过来，握住她的左手，她一惊，抬起哭得红肿的眼睛，正碰上祁家骢的目光，他拉了一把椅子，坐在她身边，微微含着笑意："我以前也缝过针，左边眉骨下面，看得出来吗？"

他的脸隔得很近，她可以清晰看到，他的眼睛深邃，眉毛英挺，眉骨下确实有一个并不算明显的细长疤痕，她"唔"了一声。

"四年前我出了车祸，在一个小县城，替我缝针的是个实习医生，手抖得厉害，他的指导老师在旁边说：别怕，只要不把病人的上下眼皮缝到一起就没事。"

任苒并没被逗乐，护士倒"扑哧"一声笑了，缝针的大夫摇头撇嘴说："又在编医生的段子寻开心。"

祁家骢笑道："好吧，这笑话不好笑，不过你放松点儿，至少你不用怕医生给你弄个单边双眼皮出来。"

任苒知道他是为了让自己放松，再怎么心乱如麻，也不得不领情，勉强拉一下嘴角："谢谢你。"

医生给任苒缝完针后，包扎好她的手臂，再用弹性绷带固定她的右足踝，开药，交代注意事项，她心不在焉，祁家骢只好代她一一答应下来。他扶起她走出急诊室，季方平已经走了，任世晏迎上来："小苒，我们回家吧。"

"我要回宿舍。"任苒哑着嗓子说，并不看父亲。

"任小姐，医生刚说了，你的脚踝要冰敷，回家应该方便一点。"祁家骢温和地说。

任苒不理会他们，一瘸一拐就要往外走。任世晏一把拉住她："小苒，不要任性，有什么事我们回家说。"

　　"你要跟我说什么？"任世晏有些急躁了，然而不等他说话，任苒轻蔑地笑道，"是不是想跟我说，你背着我妈妈跟那个女人来往了多久，感情有多深？不用了，我现在就给你们让路，你们用不着玩地下情，熬到毕业送我出国再在一起。"

　　"小苒——"

　　"我没什么好跟你说的了，放开我。"

　　"我已经给家骏打了电话，他说他马上赶过来，要不我们就在这里等他。"

　　任苒却直直地看着他："阿骏也早知道你和这女人的关系对不对？"

　　任世晏默然不语。任苒仰头大笑起来："很好，很好，大家都知道，连我可怜的妈妈也知道，她不忍心告诉我，一个人背着这个羞辱去世了……"她一下哽住，大滴大滴的眼泪再度夺眶而出，甩脱他的手，独自向外走去。

　　站在一边的祁家骢轻声说："我去送一下她，任教授。"

　　任世晏无计可施，只得点头："家骢，谢谢你。我跟你保持联络，请尽量劝她回家。"

　　祁家骢赶上任苒，伸一只手拍拍她，她触电般想甩脱，身体一下失去平衡，幸好他扶住了她："如果你不想以后都瘸着走路，最好不要逞强。"

　　任苒忍不住再一次号啕大哭起来，祁家骢并不理会周围人的目光，打横抱起她，一直走到停车场才放下，拿车钥匙开门，仍然将她放在后座上，将一盒纸巾放到她手边："躺下吧，我尽量开慢点，等你哭够了再送你回去。"

　　不知哭了多久，任苒的哭声渐渐低了下去，变成饮泣。车子平稳地向前行驶着，任苒呆呆地躺在后座上，她已经精疲力竭，没力气再哭了，泪水干涸在脸上，弄得脸紧绷绷的。

　　她头一次从这个角度看着车窗外，一辆辆高高低低的车从她眼前掠过，从车的间隙可以看到道旁的大树向后掠去。她已经搬来这里两年，这个城市对她来讲依然陌生，她对车子行驶在哪条路上一点概念也没有，可是她的心空空荡荡，躺在才认识的一个陌生男人的车子内，竟然没有任何恐慌。

　　祁家骢的手机时不时响起，多半都是工作电话，他一边开车，一边接听，讲话十分简洁。他在接了一个电话，讲了两句后，突然将手机从中间递过来："祁家骏打来的，你接听吧。"

任苒没有接,拿左手遮着眼睛:"我现在不想跟任何人讲话。"

祁家骁收回手,对着话筒说:"你都听到了。"停了一会儿,他带着点儿嘲弄地说,"注意你的礼貌,祁家骏先生。对我来讲,她是任教授的女儿,我现在送她,是回报任教授对我提出的法律上建议的帮助。而你对我来说只是路人,没有任何意义。"

他将手机丢到仪表盘上,继续开车。

任苒完全不关心他们在电话里到底讲了什么,她只一动不动地躺着,尽管充满愤怒、伤心、自怜、疼痛,可不知道是体力已经被消耗殆尽,太过疲惫,还是那点麻药犹有余威,她竟然不知不觉地睡着了。

等任苒再睁开眼睛时,四周一片黑暗,她大吃一惊,摸索着身下的皮质椅套,茫然了好一会儿,才记起自己待在哪里。

祁家骁并不在车上,她坐起身,从降下的玻璃窗看出去,发现车子停在离学校不远处的一个天然湖泊边。湖岸边垂柳依依随风拂动,祁家骁正坐在不远处的长椅上抽着烟,昏暗的路灯照在他身上,他依然姿态放松,似乎完全不介意需要在这里坐多久。

第三章

任苒下了车,拖着步子走过去,坐到祁家骢身边:"谢谢你。"

"别客气。"

"你没见过像我这么任性的人吧?"

"年轻女孩子有任性的权利。不过,"他吐出一口烟雾,笑了,"我确实没见过哭得像你这么伤心的。"

任苒怔怔看着前方波光粼粼的暗沉湖面:"我真的很难过。"

"我明白。现在好受一点儿了没有?"

"不知道,不过再哭不出来了。"

"慢慢你会发现,不管多难过的事情,都是可以挨过去的。"

"真的吗?我很怀疑你的理论。"任苒惨淡地笑,"我妈妈两年前去世了……"

她顿了一下,不知道为什么会突然跟一个陌生男人讲起这件事。可是她的心头仿佛压了一块巨石般沉重,再不讲出来,她就有种承受不了的窒息感觉。

祁家骢只轻轻"唔"了一声,并不多说什么。黑暗中她也不去看他的表情是礼貌的敷衍还是漠然,顾自讲下去。

"她得的是癌症,据说那种癌症只要治疗得当,康复的几率还是很高的。可是她挣扎了四年,还是……她去世的时候,只有四十二岁。"

那段漫长得如同看不到尽头的日子重新回到任苒眼前。

不同医院的病房,妇科、肿瘤科、外科、放射科……各科专家会诊,进进出出的医生，点点滴滴落下的输液药水，刺鼻的消毒气味，面无表情的护士……

她在恐惧中偷偷找来病历，辨认如同天书一般的病情诊断，再悄悄去图书馆和网上查资料，对照那些专有名词，努力想弄懂其中的含义。伴随着治疗的过程，她有时满怀希望，有时又绝望，握着祁家骏的手失声哭过后，在带着怜悯的亲友面前强作镇定，清楚意识到勉强微笑的父亲其实神情惨淡……

"我很伤心，不过，我也知道，妈妈走了，不可能再回来。她希望我好好生活，我如果慢慢不再像刚开始那样伤心了，想着她的时间没以前多了，她也不会怪我，反而会为我开心。"

"这样想当然是对的。"

"我以为我爸爸跟我一样伤心，他……很少在我面前提起妈妈，我也尽量克制自己不去触动他。我听他的话，搬家来这里，远离让他伤心的地方。可今天才知道，我实在是天真得可笑。"

"小姐，不要太偏执。一个丧偶的男人再找女朋友，并不是什么了不得的罪过。"祁家骢扔下烟蒂，拿出另一支烟点燃，打火机火焰瞬间一亮，衬得他清瘦的面孔依旧没什么表情。

任苒咬牙冷笑一声："真的吗？如果这个男人是在他妻子还健在时就跟别的女人在一起呢？如果他一直欺骗他生病的妻子，甚至是眼睁睁等着她死，好给另一个女人腾出位置来呢？"

祁家骢默然一会儿，淡淡地说："抱歉，我没法按你的要求对这种事情做道德评判。"

任苒猛地想起他身为祁家私生子的身份，一下闭紧了嘴唇。

祁家骢徐徐吐出一口烟圈，看着它散开，然后回过头来看着她，神态冷静："祁家骏想必把我的来历告诉你了。"

"我也是今天才知道，这种事，阿骏不会随便跟人讲。"

"是呀，这是他家的家丑。看来每个家庭都有不足为外人道的事情，你赶在今天一下子知道了成人世界这么多罪恶，难怪冲击很大。"

任苒被他这种轻描淡写的语气激怒了："你总是这样漠视别人的痛苦吗？"

祁家骢笑了："不然怎么样？我要跟你来一个痛苦比赛，证明我比你更惨，才算安慰你吗？"

任苒勃然大怒，站起身要走，却被他拉住："你的脚不能用力，等我抽完这支烟送你回去。"

"我不要你送。"

"得了,别任性,就算不要我送,你也欠了我的情。再怎么说,是我送你去的医院,我的车、我的衣服全被你弄得血迹斑斑,更别说我载着你转了这么久还没吃晚饭。"

任苒哑口无言,借着昏暗的路灯光一看,他的白衬衫胸前与衣袖上果然沾着暗红的血迹。她一向家教严格,并不刁蛮,顿时自觉理亏:"对不起,等下找个地方给你洗车,你想吃什么,我买给你,衬衫我也另买一件赔给你。"

"那倒不用。"祁家骢暗暗好笑,拍下身边的椅子,"坐下。"

任苒只得乖乖坐下,一时十分局促。好在祁家骢没再说话,只是静静抽烟,暮春的晚上,湖面吹着微风,他吐出的烟雾在两人之间缭绕散开,并不刺鼻。一支烟吸完,他扔下烟头,搀起任苒,送她回到车上。

祁家骢并不征求她的意见,直接将车开到了宿舍区的石阶下。任苒也不多说什么,预备等他走后,自己再回宿舍去。

可是他停好车,开了车内的灯,回头看向她:"任小姐,我跟任教授今天下午才正式认识,而且是有人坚持让我们见面,说不上什么交情。每个人对自己的行为负责,每个人都有权拥有自己的好恶爱憎,所以我也不准备劝你原谅你父亲。不过我真的觉得,恨一个人,是一种很消耗感情跟体力的事情,更何况是要恨一个你一直爱着的人。"

"如果有人欺骗了你,你会恨那个人吗?"

"别问我这个问题,你理解的欺骗肯定跟我不一样。"他淡淡地说。

"得了,算我什么也没问,你就当我幼稚好了。没错,我一直爱他,可是我一想到以前我有多爱他,可能以后就会有多恨他。"

她悻悻的语气似乎再度逗乐了他:"小姐,你的感情来得很强烈,我还是直接回答你的问题吧。你父亲欺骗的那个人是你母亲而不是你,哪怕你是他女儿,他也没理由向你公开他的私生活。你现在只是在下决心准备去恨他,因为你觉得只有这样,才算对得起你母亲。"

"你可真是够自以为是的,你凭什么这么推断?"她一下被他这个理性而冷淡的语调激怒了,"照我看,你这人非常冷血,大概对任何人都没有感情可言,所以才会有这种自以为冷静客观的优越感。"

她猛地拉开车门下车,却忘了右脚不能用力,刚站定便一阵巨痛,呻吟了一声。祁家骢也下了车,赶过来扶住了她,她恼火地单手推拒着:"你别管我。"

"好了,别倔强了。"

他轻松地抱起她，脸离她很近，她可以清晰闻到他身上淡淡的烟草味道和属于男人的气息，这已经是他今天不知第多少次抱起她了，可她头一次有这个意识，脸顿时不受控制地红了，本来推着他的左手停在了他的胸前，可以清晰感受到他的心跳得有力而沉稳，她触电般缩回，护住包扎着绷带的右胳膊。

他抱着她慢慢走上石阶："其实我一向不是一个宽容的人，并没有资格布道，而且我也从来不相信有无条件原谅这回事。"

她恨恨地说："这件事我永远也不会原谅他。"

"好吧，别勉强自己原谅，可是也别勉强自己去恨。如果有一天你能做到淡漠置之，可能对你来说最轻松。"

幽暗之中，他声音低沉浓厚得如同四周的夜色，说话的气息不疾不徐喷到她面孔上，带着淡淡烟草味道。除了祁家骏以外，她头次与异性这样亲近，这和跟祁家骏在一起时那种没有性别感、不会引发任何遐思的亲密无间完全不同。

如果不是被才发现的这桩私情深深困扰，她会更清楚地意识到，他呵哄的姿态中带着自己所不熟悉的诱惑感。然而她已经受到了影响，突然心乱如麻，结结巴巴地说："我……我不想回家，我今天不想看到他。"

"你在车上睡着的时候，你父亲和男朋友都再次给我打了电话。"

"男朋友？阿骏吗？他不是……"

"他们实在不放心你跟我在一起。"他已经抱着她走进了单元楼道，黑暗中他的声音中含着调侃的笑意，"我答应了他们，一定会送你回家，所以，别任性了好吗？"

她只得点点头。

外面的路灯远远透了进来，照得楼道有一点微弱的光亮。任苒清楚知道楼道里装有声控照明开关，只需咳嗽一声就能发光。可是她竟然没法发出一点声音——她倚在他怀中，脸已经不受控制地热得发烫，她害怕让他看到。黑暗的掩饰也如此徒劳，她清楚知道，此时她的心正"怦怦"激烈跳动，仿佛要冲出胸腔，是不可能瞒过这个正牢牢抱着她的男人的。

他很快上到了三楼，按响门铃，门马上打开，任世晏与祁家骏同时出现在门口。祁家骏马上伸手要接过任苒，祁家骢只说："小心碰到她的胳膊。"

任世晏忙说："谢谢你，家骢，请进来。"

祁家骢进去，将任苒放到沙发上，嘱咐她："好好休息。"

她根本不敢看他的眼睛，点了点头。他直起身子，有条不紊转告了医生说的注意事项，跟任世晏告辞，转身走了。

任苒不理会父亲与祁家骏,一瘸一拐地回自己房间拿了衣服,径直走进浴室。她对着镜子一照,不禁大吃一惊。镜子里的她头发凌乱,额角擦破了一块,眼睛红肿得惊人,衣服上沾着血迹,似乎真的只能用狼狈不堪来形容。

她懊恼地看着镜子,然而下午在这所房子里发生的事下涌上心头,她所有不相干的情绪顿时烟消云散——她甚至惊讶,自己竟然会有那样的闲心。

她今天哭得实在太久,以为所有的眼泪都流干了,可是此时,她的眼眶里再度蓄满了泪水。

呆呆站了好一会儿,她才打起精神止住了无声的哭泣。她不能洗澡,只能打水将自己擦洗干净,换好衣服出来。任世晏与祁家骏正坐在客厅,祁家骏连忙起身问她:"小苒,吃了晚饭没有,饿不饿?"

她既不吭声,也不看任何人,径直回自己的房间,躺到床上。过了一会儿,祁家骏拿了冰袋进来,先用一个枕头将她的脚垫高,然后将冰袋敷到她脚踝肿起的地方,那一阵冰凉大大降低了疼痛感。

祁家骏再出去一趟,拿来几片药和一杯水递给她:"赶紧喝了。我叫了外卖,一会儿就送过来了。"

她一口吞了下去,将杯子放到床头柜上,躺下合上眼睛:"我不想吃,你出去吧,帮我把灯关上,谢谢。"

然而祁家骏没走,反而在床边坐下。她等了一会儿,烦躁地说:"你怎么还不走?"

"冰袋只能敷二十分钟,我帮你看着时间。"

她将头扭向另一边不理他。

"饿不饿?"

她没有回答。

他只得苦笑一下,伸手轻轻触一下她额角擦破地方的边缘。

"还疼不疼?"

她"嘶"地抽口气,躲开他的手指。

他叹口气:"你是怪我没早点告诉你吗?"

她仍然不说话。

"很多事情,我们就算知道了,什么也不能改变,只是增加痛苦而已。"

"这是你自己的经验之谈吗?"任苒冷冷地说。

祁家骏沉默一下,点点头:"没错,确实是我的体会。"

任苒一下不安了，她平时会对祁家骏使小性子撒娇，却是头一次用这样嘲讽的口气跟他讲话，如果联系到他下午才讲的他的家事，已经接近于刻意去刺伤他了。他握住她的手，她微微挣了一下，还是停在了他的手中。

"三年前，我无意中听到爷爷跟叔叔、姑姑他们闲谈，知道有祁家骢的存在。我不敢直接向父母求证，于是不管时差，打电话去澳洲问我姐姐，她一点不意外，冷笑一声，说：'阿骏，我羡慕你可以无知无觉这么多年，你以为你妈妈天生就是个脾气乖戾的女人吗？'"

停了一会儿，祁家骏短促地一笑："她比我倒霉，差不多和我妈同时知道这件事，当时我出生才八个月，的确是无知无觉。她快七岁了，又一向聪明，妈妈一知道后就大爆发，在头几年里跟父亲争吵打闹，都完全没有考虑避开她。到我懂事时，妈妈已经绝口不提此事了。可姐姐一直生活在阴影之中，完全知道家里的冷战气氛是怎么回事。她读完高中就坚决要求出国留学，几年也难得回家一次。"

任苒已经睁开了眼睛，她看着祁家骏的面孔，那是一张她熟悉的轮廓俊美的脸，然而，她头一次在从小就认识的好友脸上看到如此扭曲的表情。她握紧了他的手，却不知道怎么安慰他才好。

"跟姐姐打完电话后，我逃学去了父亲的公司，看到他正送一个人出来，我们迎面碰上，父亲非常自然地介绍我跟他认识。"祁家骏停了一下，嘴角挂上一个苦笑，继续说："他说，阿骏，认识一下你哥哥祁家骢。"

任苒大吃一惊。

"可笑吗？你看，我爸爸十分坦然，甚至早就给他按家谱排序取了名字，好像我们家凭空多出的一个儿子是天经地义的事，我应该无条件接受。倒是祁家骢冷笑着，一点不买账地说他是他母亲的独子，从小没有兄弟姐妹，以后大家还是不要硬约着见面，省得尴尬，然后掉头就走了。"

任苒满心都是迷惑，她不能理解祁汉明的这个做法，然而她马上想到了自己的父亲，只得痛苦地承认，难怪祁家骢会用那样带一点轻视与容忍的语气跟她讲话，成人的世界又有多少是她能理解的呢？

"你今天也看到了，我不想理祁家骢，祁家骢对我爸爸尚且是那种态度，当然更不想理我。我们大概都巴不得世界上并没有对方的存在，可是对方存在着，怎么也不可能改变这个事实。"

"在今天之前，你们只见过那一面吗？"

"对，他从小生活在外地，后来一直在北京、上海两地做私募基金，很少回Z市。我爷爷、爸爸和叔叔对他赞赏有加，对别人夸耀他简直是一个奇才，白手起家，能力超群。我知道他的存在后，他们夸他索性都不避开我了。碰到这种时候我能说什么？只能转身走开。爸爸知道我不开心，后来再没跟我说起他，我更不可能去跟我妈妈说什么。"

一阵沉默后，任苒开了口："阿骏，你觉得难过的家事，不告诉我没关系。可是我爸爸跟季方平这件事，你居然瞒着我，还来劝我应该接受我爸开始新生活，我受不了的是这一点。"

"你还不明白吗，小苒？你认为我家那件事，除了让我姐姐知道后宁可远走他乡再不回来，让我知道后怀疑父母、厌恶婚姻以外，还有什么别的意义？如果有得选择，我想我姐姐和我都宁可不知道。"

"于是你就帮我做了选择。"任苒脸色惨白地轻声说。

"不，我只是觉得……"

"你只是觉得我就该一无所知，继续把一个欺骗了我母亲的男人当正人君子来崇拜，甚至心平气和接受一个侵犯了我母亲婚姻的女人做继母吗？"任苒猛地甩脱他的手，坐直身体，目光灼灼地瞪视着他，"阿骏，你有没有想过，这是我永远没法接受的事情？"

祁家骏按住她："别激动，别激动，我不是这个意思。你认为我是怎么知道这件事的？"

任苒只稍微一想就明白，祁家骏的母亲赵晓越是任世晏在Z大的同事，他父亲祁汉明更是任世晏的好友，他们当然最清楚同事兼好友的婚外情。

"是的，准确讲，我是从父母的一次争吵中知道的。也许你不记得了，那段时间我心情很不好，经常不回家，在你家吃饭，或者跟你一起到医院去看阿姨。"

任苒当然记得那段日子，母亲的病越来越严重，祁家骏比平时花更多时间陪她，她内心充满无名的恐惧，十分欢迎他的陪伴，确实没有留意到他跟平时有什么不同。

"有一天我去医院，你帮阿姨去借书了，我那天抽了烟，阿姨闻到了烟味，问我是不是有什么心事。我说我觉得人生真是没意思透了，成人的世界太虚伪，活着没劲，诸如此类说了一大通傻乎乎的浑话，说完了才想到，阿姨正病重，我实在没资格跟她说那些。"

任苒紧紧盯着他，现在提到母亲她就心痛，可是又渴望多知道一点以前没了解到的关于母亲的讯息。

"我跟她道歉，她笑了，说她很愿意听我说这些，也许以后你也会有这种情绪，不知道她能不能挨到听你抱怨或者叛逆的那一天。成长的世界有成人的问题，可是没有人能抗拒成长，我会比你先长大，她希望我学会用成熟的眼光看待发生的一切，到时我就能告诉你，生活有灰色的一面，也有美好的一面，永远不要只看到其中一面就下结论。"

任苒的眼泪一下又流了出来。

祁家骏小心地替她拭去泪水，说道："我当时很难受，可阿姨说，她早就想通了，生死有命，就算她不在了，她相信你爸爸和我都会好好照顾你的，她知道这一点就满足了。"

任苒泣不成声。

"小苒，闲话传播的速度比你想象的快，阿姨身为当事人，对这件事当然不会一无所知。可是她从来没跟你说起过，而且还那么小心地不让你听到一点流言蜚语，让你继续信赖你爸爸。我如果把这件事告诉你，显然违背了你母亲的意愿，也会让你开始恨你的父亲——他现在是这世界上你最近的亲人。我认为，不管从哪方面考虑，我都不应该去做那个讲出所谓真相的正义之士。"

任苒的胸口激烈起伏着，祁家骏的话当然有他的道理，可是她无法接受这样的逻辑："也许什么都不知道，我会傻乎乎继续开心下去，可是那样我对得起我可怜的妈妈吗？我妈妈是不是活该当一个牺牲品——生前为了女儿有一个完整的家，隐忍丈夫的欺骗出轨，死后由得她女儿认一个偷了她丈夫的贼当继母？我过这样的开心生活有什么意义？"

祁家骏哑口无言。屋内一阵沉寂，任苒向后躺倒，拿手遮住眼睛，声音嘶哑地说："阿骏，你走吧，我想一个人待着。"

任苒将母亲的遗像放到枕边，躺在黑暗之中，差不多彻夜未眠。

当然，母亲生病时，她一直陪在身边，可是她从来没有觉察到母亲除了承受病痛的折磨，还承受着一个出轨的丈夫。

在这样的双重煎熬下，她还在担心着女儿的成长。

任世晏对女儿的评语没有错，任苒从小就是性格平和的女孩子。从她一出生，奉行科学育儿的父母便以慈爱却理性的态度对待她，尤其是她妈妈，严格而无微不至地教养引导她，她没有经过一般孩子通常意义上的青春叛逆期。

如果不出这个意外，任苒在克服丧母的伤痛后，会继续是那个明朗的女孩子，有些无关痛痒的小伤感、无伤大雅的小娇嗔、无甚紧要的小憧憬。

然而在知道真相以后，任苒清楚而痛苦地意识到，她的生活不可能再按父亲天衣无缝的安排和母亲去世前的希望进行下去了。

第四章

　　任苒断然拒绝再跟任世晏讲话，第二天便带着伤住进宿舍，不接他的电话。除了趁他不在时回去取必要的生活用品，很少回近在咫尺的家。
　　祁家骏差不多天天来看她，帮她打水、买饭，督促她按时吃药，带她去换药、拆线。她没有拒绝，只是无精打采，再没有像以前一样跟他无话不谈了。
　　她迅速消瘦，似乎再度陷入他刚来这个城市看到她时的那种抑郁状态，不管什么样的话题，她都兴味索然，还多了几分尖刻，很容易发怒。

　　在祁家骏的照顾下，任苒的脚踝渐渐消肿，可以行走自如，右臂手肘外侧拆线后留下一道细长蜿蜒的伤痕，她时常不由自主摸一摸，仿佛要记住什么。
　　祁家骏想开解她，可是不管是叫她出去看电影、唱K还是其他娱乐活动，她都说没兴趣。他能做的，不过是尽可能多抽时间陪她，看着她对着书心不在焉发呆，却没办法说什么。
　　他刚试着跟任苒提起她父亲，她便冷下脸打断他："如果你以后还想跟我做朋友，那就别试着在我们之间传话了。"
　　她来得如此坚决，他也只好摇摇头，再不说什么。

　　这天祁家骏说他女友司凌云过生日，约了一帮同学，一定要任苒一块儿去庆祝，她不便推脱，换了衣服去了。他安排的节目是吃完饭后去一间新开的酒吧玩，据说那天有本地一个小有名气的地下乐队表演。

酒吧十分热闹，任苒还没坐定，便意外地在人群中看到了祁家骢。

他和另外一男两女坐在一隅正在喝酒，和上次一样，穿着白色衬衫，袖子随便挽起，身边坐着一个披着长长卷发、侧影十分漂亮的女孩子，那女孩子正凑在他耳边说着什么。

在喧闹的酒吧，这样的说话姿势很平常，可是那女孩子神态娇媚，多了几分亲昵暧昧。祁家骢也同时看到了她，微微一笑，举杯示意了一下，然后仰头将小半杯酒一饮而尽。这个洒脱的动作让任苒一窒，脸顿时红了，有些僵硬地点点头，赶忙坐下，将自己隐藏到同学中间。

过了一会儿，表演开始，登台的是由主唱、吉他手、贝斯手和架子鼓组成的一支乐队，成员通通做朋克打扮，酷劲十足，唱的全都是原创歌曲，有的讽刺现状，有的倾诉无望的感情，充满着狂放不羁的呐喊意味，配上摇滚风格的表演，对年轻人来讲自然很有感染力，同去的同学顿时被迷倒了。

任苒受她性格内向文静的妈妈影响，平时喜欢偏蓝调、布鲁斯和乡村风格的音乐，很少接受这样高分贝的摇滚乐洗礼，一时只觉得耳朵被震得嗡嗡作响，心跳加快，却始终没办法和其他同学一样投入，只拿了一罐祁家骏点给她的菠萝啤，恹恹地靠角落坐着。

祁家骏特意坐过来，凑到她耳边问她是不是嫌闹，她摇摇头。她倒并不怕吵，就是心情郁结，怕这种别人忘情沉迷，她却无法融入的距离感。一抬头，她发现祁家骏的女友司凌云正冷冷看过来，连忙推他过去，站起了身："我去洗手间。"

这间酒吧新开张，加上表演时间，十分清静。任苒出来洗手，一瞥之间，恰好看到旁边对镜整理妆容的正是与祁家骢同桌的女孩，光线不够明亮，她凑得离镜子很近，那长得不可思议的睫毛向上卷翘着，让任苒不由自主地羡慕。

女孩注意到任苒的视线，笑盈盈转头对着她说："帮我看看左边睫毛上面是不是有粒东西，我怎么看都看不清。"

任苒依言审视她，只见她睫毛上显然涂了睫毛膏，根根纤长分明，唯独靠近左眼角的一根上面似乎有小小一点，不知道是不是脸上扑的闪粉粘上去了。她接过那女孩递来的化妆棉，小心地沾了下来："这也太小了，几乎可以忽略不计啊。"

那女孩高兴地说："谢谢你，我当然忽略了，可是男人有洁癖简直可怕。"

她出去后，任苒对着镜子看自己，她一向只简单护肤，读大学后跟室友学了一点儿简单的化妆，不外是夹一下睫毛、涂点眼影口红，平时还懒得多试。今天她被祁家骏强拉来酒吧，心情并不踊跃，只换了件镶水钻的T恤，索性素着一张脸，好在足够年轻，皮肤娇嫩而透着光泽，哪怕跟盛装的司凌云站在一起，也并不至于自惭。

在酒吧变幻不定的光线下，要看清睫毛上那一点尘埃，需要离得多近——她和那女孩一样，凑到了镜子跟前，审视自己的面孔，同时暗自嘀咕着。

她猛然意识到，她在幻想祁家骢与那女孩了相对时的样子，不禁脸红了。

那一晚他抱着自己的情景浮上她心头。两人当时离得很近，她甚至能清楚记得他身上混合着烟草气息的味道。那个男人有洁癖吗？当时他抱着身上又是血污又是灰尘，再加上哭得毫无仪态可言的她，似乎完全没有露出嫌恶之态。

她吓得倏地站直，瞪着镜中的自己，暗暗说声见鬼。

这段时间她被自己的伤心事占得满满的，差不多完全没有想起过他，没想到酒吧里隔得远远打个照面，那一晚上在伤心愤怒以外的怪异情绪涌上心头，居然起了这样的联想。

任苒等心神完全宁定下来才走出去，拐过走廊便看到祁家骢在接电话，她硬着头皮从他旁边走过，他恰好放下手机回身，与她碰了个正着。她勉强一笑："你好。"

"你好，看样子伤全好了，已经可以出来娱乐了。"

她活动了一下右臂："拆线了，留了好长一道疤，不过幸好不在眼睛上。"

祁家骢似乎给逗乐了，脸上掠过一个笑意："喜欢摇滚吗？"

她老实摇摇头："说不上，对我来说，他们的情绪太激昂愤怒了。"

"这是一种宣泄，多听点摇滚，真碰到愤怒的时刻，倒可以早些冷静下来。"

任苒疑心他意有所指，可是也无话可说，闷闷地"哦"了一声，正待进去，他突然说："这支乐队不错，我第二次看他们演出，你听这首歌——"

只听看上去十分瘦削而表情清冷的主唱正弹着电吉他唱着：

——我没你悄悄想象的那么独特，

有了我，你是否也没有找到预料中的快乐；

如果你不曾给我承诺，

我也不会计较你的模棱两可；

我们混迹的世界如此荒唐险恶

我们的未来如此变幻莫测，

你却说，大家总要学习它的规则；

谁来告诉我怎么习惯一个又一个妥协，

做到与所有不如意讲和……

这首歌不像前面歌曲那么节奏强烈、发音含混，隔了一条走廊，音乐声不再显得震耳欲聋，歌词经主唱那高亢而有爆发力的嗓音唱出来，一下触动了任苒，她呆呆看着里面的小舞台，感觉一阵轻微的战栗，手指抚向自己右手肘上的伤痕，似乎能摸到皮肤上起了鸡皮疙瘩。

她完全没注意到祁家骏匆匆走出来，一把抓住了她的手，她身不由己地被他拖着走了好几步后，才回过神来。

"你干什么啊，阿骏？"

祁家骏瞪她一眼，烦躁地说了句什么，她完全没听清，只得跟着他走，同时禁不住回头，只见祁家骢仍然站在原地，并没看她，抱着胳膊看向舞台，仿佛根本没有留意到她以什么方式离开。

一回到他们的座位，任苒马上看到司凌云正冷冷看过来，连忙抽回自己的手。

司凌云是本地人，号称法学院的系花，身材姣好，相貌漂亮，理所当然颇有几分高傲，早就对这段时间祁家骏照顾任苒过多，对她颇为冷落感到不耐烦了，不过碍于任苒是受了伤，她不便发作。

她本来期待生日晚上有个浪漫约会，可以与若即若离的祁家骏将感情拉近一步，然而祁家骏又叫上了任苒，让她隐隐不快，好在他还请了同系一帮同学，也算给她争了面子。

她决心表现得大度。可是任苒整个晚上都表现得心不在焉，跟她讲了一句生日快乐就再没说什么，祁家骏时时看向她，关照她的时刻远多于关照自己，现在又公然跟祁家骏牵手回来，旁边几个女生不约而同地不看表演，彼此交换着诡异的眼神，让司凌云顿时大怒起来。

恰好到了乐队休息时间，DJ换了节奏相对舒缓的音乐，总算能听清彼此讲话了。祁家骏冷着脸问任苒："你出去这么久是在跟他聊天吗？"

"我们只是碰上了打个招呼。"任苒没法计较他的态度，不自在地解释着，同时悄悄推了一下祁家骏的胳膊，想提醒他注意司凌云看过来的恼怒目光，可是这个动作落在司凌云眼内，带上了别的含义，简直如同火上浇油，把她的最后一点冷静烧没了。

司凌云一下站起了身："你们这是干什么？玩暧昧有意思的话，也不用挑现在到我面前玩来侮辱我吧。"

任苒涨红了脸，祁家骏则一脸莫名其妙，皱起眉头说："司凌云你说什么呢？"

司凌云哼了一声："祁家骏，她说跟你只是兄妹，可别跟我说你们爱好禁忌感情……"

"你在胡说八道些什么啊！"祁家骏烦躁地斥道。他只有一个看似温文有礼的外表，其实性格从来不算温和，在这里看到祁家骁后，更是心情欠佳，提不起精神再哄谁。

司凌云气得眼泪在眼眶中转动，拎起背包拔腿就走，周围同学面面相觑，全都不知说什么好。一个女生打圆场地说："祁家骏，你赶紧去追她，这么晚了小心出事。"

祁家骏一动没动，任苒只得在众人视线之下再狠狠推他一把，他总算站起身追了出去。

今天来的大部分是祁家骏与司凌云同在法学院和经济学院的高年级同学，任苒跟他们本来不熟，此时他们看向她的目光全说不上善意，她也待不下去，只略多坐了一会儿，便站起身说："你们玩，我先走了。"

这时那支地下乐队重新登台，音乐再度响起，竟然没一个人跟任苒说再见，她狼狈地离座出来，不免颇为沮丧。

"你男朋友追着一个女孩子出去了。"祁家骁仍站在原处，眼睛里隐含一点笑意，仿佛准备好了看她发作的表情。

任苒懒得说什么，翻一下白眼，嘀咕道："你真有空。"也不管他听不听得清，径直从他身边走过。

祁家骁居然跟在了她身后，拿手机给朋友打电话，说他有事要先走一步。任苒哪里还敢招惹别人的男朋友，慌忙站定摇头："你别跟我一块儿走，等我先走了，随便你爱怎么走都行。"

"怕你男朋友误会吗？"

"什么男朋友？我怕你女朋友误会。"

"女朋友？"祁家骁诧异，随即笑了，"别担心，我跟她刚认识不久，而且她是成年人，接受解释，懂得妥协。你不一样，我怕你一个人跑出去蹲在哪个角落里哭就麻烦了，这一片晚上治安并不算好。"

任苒既尴尬又恼怒不已，可是想起一个多月前对着他的那通痛哭，实在没底气反驳，只得默默随他走出来。

临近初夏，外面空气新鲜清凉，让人精神一爽，祁家骁指一下街对面："我的车在那边。"

任苒站住脚步，笑道："谢谢你的关心，不过不必了。我这就上出租车，直接回学校，洗白白上床睡觉。请放心，我今天心理状况良好，虽然算不上愉快，但是绝对不至于要去蹲墙角或者咬被子角偷偷哭。"

酒吧门外霓虹招牌变幻不定的灯光打在她微扬的脸上，那是一张干净、年轻的面孔，秀丽的眉目间带着倔强和一点儿戏谑，说完之后她拔腿要走，祁家骁伸手拦住了她:"喂——"

任苒作诧异状:"还有什么不放心的吗?你这样关心我,会让我误会的。"

祁家骢轻描淡写地说:"你上次答应过要给我洗车的,今天兑现吧。"

任苒大吃一惊,见他顾自走向街对面,只得跟上。

大模大样停在路边的那辆奔驰看上去灰扑扑的,溅满了泥泞,的确需要清洗了。她疑惑地看看车再看看祁家骢:"这车多久没洗了?你不会一直等着我洗车吧?洗一次车多少钱?我现在给你好不好?对了,你有没有喝酒,确定能开车吗?"

祁家骢不理她一连串的问题,打开副驾车门,示意她上车,她犹豫一下,还是坐了上去。

车子一发动,车上音响顿时响起,放的是激烈的英文摇滚歌曲,音量不小,强劲的节奏充斥于车厢内,显然祁家骢无意交谈,任苒也乐得沉默。

他开了二十来分钟,然后拐入一条并不算宽阔的街道,靠左边一排简陋的门面差不多全是洗车店和汽车美容店的招牌,灯火通明,前面停满了各式车子,小工正喷泡沫、用高压水枪冲洗,忙得不亦乐乎。

他将车钥匙丢给一个工人,对小心绕着地上横流污水想找个干净地方站的任苒说:"这边来。"

他伸一只手过来,她搭住,随着他手臂向上的力道跳过一摊水,跟他走进几个洗车店、快修店之间一个不起眼的暗绿色格子门前,发现上面挂了简单的黑色篆体字招牌:绿门咖啡馆。

她好不惊讶:"这种环境开咖啡馆吗?"

"进去看看。"

祁家骢推门而入,风铃一响,里面的确是一个仅十来个平方米的小小咖啡馆,咖啡豆、肉桂的香味扑鼻而来,陈设十分简朴,带着家庭气氛。室内摆了五六个台位和一个小小的吧台,没有一个客人,吧台内坐着一个系了绿格子围裙的女服务生,正听着收音机里放的音乐节目,闲闲翻着一本杂志,见有客人进来,只爱理不理扬头看一眼,没有任何起身迎客的意思。

祁家骢示意任苒坐下,然后走到吧台前问那个相貌漂亮的女服务生:"苏珊,今天供应什么?"

"才磨好的曼特宁。"

"好,就这个,两杯。"

祁家骢回到座位："这里咖啡很地道，不过规模有限，不能想点什么就有什么。曼特宁口味比较苦，你可能会喝不习惯，待会儿多加点奶和糖。"

"我知道。"任苒神情黯淡地说。

祁家骢看她一眼："好了，洗完车就送你回去，别胡思乱想以为我有什么企图了。我是真怕你跟男友吵架了伤心，一般对女孩子来讲，男友变心比爸爸交个女朋友要来得烦恼更多才是嘛。"

"什么男友变心？"任苒先是一怔，随即恼火地瞪他，"你别胡思乱想才对，我是想起了我妈。"

祁家骢有些意外："对不起。"

她的声音低了下去："其实也没什么。我妈以前不喝咖啡，只喝茶。我爸爸在我四岁的时候去美国当了两年访问学者，在国外喜欢上了喝现煮的咖啡。他回国后，我妈差不多每天给他煮咖啡。"她苦笑一下，"她真的是很爱他，可是这样也挡不住他……外遇。"

"这件事是很让人不愉快，可是如果什么都能让你生出伤感，那你男友会觉得很要命的，怎么哄都哄不好你，反而随时可能面对你的情绪化。"

"他不是我男朋友，我也没对他情绪化……"

她本能地反驳，但马上打住，突然意识到，最近祁家骏对她十分体贴，而她却表现得既任性又阴郁尖刻，完全做不到像过去那样无话不谈，说完之后放下心事释然。相反，在冷静打量她、洞悉她的反应，随便一句话就能激怒她的祁家骢面前，她竟然很容易讲出心事，似乎完全不设防备，这种表现的确算得上十分情绪化了。她悚然而惊，紧紧闭上了嘴。

咖啡送了上来，两人各自加了牛奶方糖搅拌着。任苒端起杯子，小小地抿了一口，苦涩中带点酸味，浓郁的醇香一下占据了她的所有感官。

她那时刚上小学，在父亲任世晏感叹速溶咖啡没喝头以后，细心的妈妈就买了虹吸式咖啡壶，又是查资料，又是去咖啡馆品尝、请教，很快就能煮出地道的咖啡。她经常吵着要尝爸爸独享的饮料，妈妈说小孩子不能喝，可爸爸拗不过她，多半趁妈妈忙碌时，悄悄往她牛奶里掺上一匙咖啡，她也就心满意足了。

她努力回忆，从什么时候起，那只虹吸壶开始被闲置一边，家里早上不再飘有煮咖啡的香味？那时妈妈是已经病重得不再能为丈夫尽义务了，还是伤心绝望到不再有这个闲心？她当时竟然完全没有注意到这件事。

她的眼睛里不知不觉又有了氤氲湿意，只得垂下眼帘看着手里端的咖啡，等待这个情绪过去。

　　当然，曾弥漫她家的咖啡香味与窗外的樟树气息一样，是完全属于她个人的记忆，在现在这个阶段，她很容易触景伤情，可是也确实没必要把伤感暴露到别人面前。

　　祁家骥一声不响起身走开，进了吧台，跟服务生说了句什么，推开一道门走了进去，过了一会儿，端出来小小一碟松饼放到她面前："吃吧，店主的手艺，一般不对外卖的。"

　　任苒已经平静下来，她看看松饼，再看看站在桌边的祁家骥，感激这个善意，又有些哭笑不得："我在你眼里这么幼稚可笑吗？"

　　"这话怎么讲？"

　　"你十足觉得我是一个情绪化的孩子，稍不如意就会大哭，需要用点心或者糖果来安抚。"

　　祁家骥失笑，摸一下下巴："你并不幼稚，可你确实还是个孩子。"

　　她无话可说，仰头看向他，咖啡馆内暗黄的灯光将他乌黑的头发照出隐隐光晕，他双手撑在桌上，略微俯下头，平时淡漠的面孔上挂着一个温和的笑意，神情破天荒没有带上惯有的居高临下。

　　在他的目光下，任苒的脸一下红了，费力地挣扎着说："我最讨厌别人摆出一副倚老卖老的样子，尤其他还不老。"

　　"你是十八岁吧。对你这个年龄的孩子来讲，快二十五岁的男人足够老了。"

　　她没法辩驳这个逻辑，只得嘀咕："随便你，反正我早就不是小孩子了。"

　　"任苒，"这是他头一次对着她叫她的名字，她的心一下加快了跳动，他声音平和地说，"当一个心地坦白的孩子没什么不好。"

　　她的心激烈跳动，再也抵挡不住他的注视，低下了头。面前那碟巧克力松饼上撒了雪白的糖粉，看着诱人，闻着更是香味扑鼻。她想让自己平静下来，而且也并不打算抗拒美食以证明什么，拿起一块咬了一口，称赞道："很好吃。"

　　这时，一个戴眼镜的中年男人也从吧台内那道门里走了出来。他中等个子，穿着白色衬衫，深色长裤，样子十分普通，唯一与本地男人区别开来的地方是西裤上系着一条暗红色的四夹背带。任苒觉得，她只在美国电影里看到过这种装扮。

　　"家骥，帮我介绍一下你女朋友。"他操着略带闽南腔的普通话，笑眯眯地说。

　　任苒未及抗议，祁家骥已经简单地介绍了："任苒。这位是咖啡店老板，叫他老李就行了。"

老李对任苒点点头，笑道："任小姐，请慢慢品尝，以后有空可以随时过来，家骢的朋友要吃点心没问题的。"

任苒也笑了："我倒是很想过来，可是我要能一个人找到这条街就是奇迹了。"

"你不是本地人吗？我也不是，五年前我来这里时跟你一样，"他哈哈一笑，"不过现在把我丢在这城市哪个角落里我也不会迷路了。这条街叫华清街，并不难找。"

"咖啡馆取名叫绿门，跟欧亨利的那个短篇小说有关系吗？"

"真让我惊喜，现在还看欧亨利的人似乎并不多了，尤其这篇相对冷门。"

"我妈是学英文的，以前教我读原文，所以看过。"

老李大笑："没错，欧亨利的《绿门》：信步而行，可能迎来命运的改变。我开这间咖啡馆时的确想到了这一点。你不像苏珊，"他指一下那个美丽的女服务生，"人家问她这里为什么叫绿门，她就用看白痴的眼神看着人家说，因为门刷了绿漆咯。"

苏珊毫无难为情之意地反驳："我的解释来得最直观好不好，哪像你们这样拽文拽得不着边际。"

"好吧，非色盲小姐，你总有道理。"老李笑着摇头，"不好意思，我有事失陪先走一步，两位请慢用。"

祁家骢跟他显然熟不拘礼，点头道别，然后掂块松饼扔进嘴里："老李是台湾人，你如果想喝咖啡就过来，他记忆力惊人，肯定记得你的。"

任苒觉得不可思议："他怎么会选择这么差的环境开咖啡馆，有生意吗？"

"他并不指望这个挣钱，而且店里主业是卖咖啡豆和咖啡粉，兼煮现磨咖啡给人品尝，平时光顾的都是等着洗车的人。因为口味地道，渐渐在本地做出了一点小名声，生意也过得去。"

"你在本地待了多久？"

"一个多月。"

"居然找得到这么偏的小店，还跟店主交了朋友，真厉害。"任苒没有刚来汉江市时的抗拒，可是对这个大而杂乱的城市仍然没有亲切感，熟悉的地方仅限于大学一带，不免要佩服别人融入异地的速度。

"我跟老李早就认识。"祁家骢正要说下去，手机响起，他看下号码，有些意外，又有些好笑，"祁家骏打来的，显然不是找我，你接吧。"

当时手机还没大规模普及，任苒家就在学校，没觉得有买一个的必要。她拿过手机按了接听，只听祁家骏的声音焦灼地传来："祁家骢，你就算恨我，也不要打任苒的主意，她很单纯……"

任苒的脸一下涨红了，压低声音说："你胡说什么呀阿骏？"

祁家骏一怔，马上说："小苒，你现在在哪儿？我过来接你。"

"不用了，我这就回学校。"她挂了电话，将手机交还给祁家骢，"不好意思，我……"

"我送你回去。"

祁家骢若无其事地叫苏珊过来结账。

两人出来，车已经洗好了停在路边，小工递车钥匙给祁家骢，任苒忙不迭掏钱包，拿钱付洗车费。祁家骢一脸忍俊不禁，却也没有阻拦她，只是给她拉开车门让她上车，直接送回了学校，一路上依旧放着摇滚乐，两人再没说什么。

第五章

任苒急急走向宿舍,已经快到门禁时间了。她一向守规矩,没试过晚归,生怕会被关在门外,到时不知道怎么去叫那个明显脾气不算好的宿管阿姨开门。

然而祁家骏迎面拦住了她。

"你跟他上哪儿去了?"他语意不善地问她。

任苒不自觉有几分理亏的感觉:"没上哪儿,就是到一个咖啡馆坐了一会儿,喝了一杯咖啡。"

"然后呢?"

"然后……吃了几块松饼。"

祁家骏一下被她明显避重就轻的态度惹火了:"在酒吧还能算是偶然碰上,你准备怎么解释跟他一起去喝咖啡?"

任苒急了:"我有什么好解释的。你走以后,你的同学全不理我,当我是空气。我坐不下去,当然只好先走。出门碰上了他,一块儿喝杯咖啡,然后他送我回来,就这么简单。"

"任苒,你知道他是个什么来路!"

昏暗的路灯下,任苒只见祁家骏额头青筋直冒,眼睛里喷射着怒火,她没领教过他对她发这么大火,不禁有些胆怯了,低声嘟囔着:"你跟我说过嘛,他不就是你爸爸的另一个……"

"够了!"祁家骏狠狠打断他,"你跟他只见过一面,居然就敢上他的车,你未免太胆大了。"

这时不停有晚归的同学向宿舍跑去，同时好奇地看向他们。

任苒老大不自在地央求道："阿骏，你小点声好不好？别的同学该听到了。"

祁家骏盯着她，突然抓住她的胳膊，拉着她就走，她身不由己地跟着他："干什么啊阿骏，宿舍要关门了。"

他根本不理她，拉着她一口气走到篮球场那里才放开她的手："坐下。"

任苒气鼓鼓地在长凳上坐下："你今天疯了吗？动不动把我拖来拖去的。就算跟司凌云吵架了，也不能把气往我身上撒啊。"

祁家骏并不坐，低头看着她，"他都跟你说了些什么？"

"没说什么啊。"任苒的脸不受控制地一红，自然没能逃过祁家骏的眼睛，他越发起疑。

"你是说他跟你就对坐着喝咖啡，从头到尾不说一句话吗？"

"哪有你这么刨根问底的？"

"别忘了，我出去约会回来，你连我跟女朋友一次接吻持续几分钟，是法式深吻还是蜻蜓点水亲一下都要问的。"

任苒被堵得哑口无言。当然，她有着孩子气的强盛好奇心，很想知道现实的恋爱与书本上描写的有何不同，身边又没有闺蜜，只有祁家骏经验丰富，闲极无聊之下，她有时的确会事无巨细问个没完。

"那怎么一样，我跟他又不是在恋爱。"她生气地说，"说的都是些不咸不淡的话，我拿什么跟你讲啊？"

"你只管告诉我他都说了什么，是不是不咸不淡的废话由我来判断。"

"他叫我不要太情绪化。"

"你有对他情绪化吗？还有呢？"

"他说我还是个……孩子。"任苒挣扎着讲出来，突然觉当时听来很自然的话经自己转述给第三人听，变得有几分肉麻。

祁家骏脸色阴沉地盯着她，她只得不情不愿地继续说："他说当个心地坦白的孩子没什么不好。"

"他对你有企图，小苒。"

任苒被这个结论吓了一跳，同时又给逗乐了："你可太八卦了，简直跟我们宿舍的于丽一样。哪个男生不小心多看她一眼，她就能分析出人家对她有意思，哈哈。"

祁家骏冷笑一声："你太单纯，根本不了解男人。男人是不会把企图两个字写在脸上的，他对你讲的那些话，明摆着就是要取得你的信任，让你不再警惕他。"

"阿骏,这太可笑了。我和他根本不熟悉,既谈不上信任,也扯不到警惕的必要。他比你更觉得我幼稚,根本对我不屑一顾。我觉得你是对他有偏见。"

"你答应我,再不要去见他。"

任苒闷闷不乐地说:"这个你放心吧,我跟他总共才见两次面,还都是偶然碰上的,又没有留电话,我上哪里去见他?你今天可真古怪,阿骏。"

祁家骏在她身边坐下,叹口气,放缓了语气:"小苒,你知道我们的关系,就算抛开我跟他那种尴尬的关系不提,他也是一个很危险的人。"

"危险?指什么?"任苒既困惑,又有些好奇。

"你知道那天他为什么会出现在你家吗?任叔叔把我找去告诉我,祁家骢很早就开始做期货、私募,手头掌握了金额庞大的基金,还参与了证券市场的资金拆借,虽然呼风唤雨十分威风,不过也踩了政策的红线,惹下了大麻烦。我爸爸坚持让他跟任叔叔见面,分析他可能面临的法律风险。"

任苒听得怔怔的,疑惑地问:"你是说他做的是犯法的事吗?"

"任叔叔没有细说,只说他是在走钢丝,虽然不至于违法,可是也没有法律保障他的权益,稍有不慎就可能惹来大祸。"

这些事情离任苒的生活实在太遥远了,她怔怔地看着祁家骏,祁家骏却将头扭向了一边。

"总之,你不要再见他了,回去休息吧。"

任苒后知后觉地发现,不知道从什么时候起,她去食堂时,都有人指指点点兼悄悄议论她了,更不要说在图书馆与自习室里,竟然有人借故走到她跟前来,和她旁边的人闲扯几句,瞟上她几眼,打个转再离开。

"这就是那个经济学院的任苒。"

"小女生一个,看上去没什么稀奇嘛。"

"听说祁家骏给女朋友司凌云过生日的那天晚上,她争风吃醋,硬是气跑了当晚的女主角。"

"司凌云可是法学院出了名的美女,没这么弱吧?"

"你还不知道吗?任苒的父亲是法学院最有风度的教授任世晏。"

"哦,难怪一个一年级新生就敢插足了。"

"据说司凌云很恼火,火速接受一个旧同学的追求了。"

"任苒的爸爸任教授可真是成熟气质男人的典型，讲课的时候太帅了，我都想再去旁听，听说目前他还是单身。"

任苒除了准备考试，就只沉浸在自己的心事里，完全心不在焉，这些风言风语陆续刮进她耳朵里，她迟钝得要想一想才知道，祁家骏与那位风头美女司凌云之间出了问题，而她突然成了众矢之的。她从小到大没享受过这种待遇，不免又惊又怒。

紧接着同宿舍的室友开始拿她开玩笑："任苒，你以前都说跟祁家骏只是青梅竹马一块长大的好朋友，现在和青梅竹马擦出火花来是什么感觉？"

"有火花吗？我没看到啊。"她试图开玩笑搪塞过去，"你们看到的话，拜托告诉我一声，我也饱一下眼福。"

然而同学只撇一撇嘴："我说呢，祁家骏前段时间照顾你照顾得那么无微不至的，果然中间有玄机。"

另一个同学打趣道："干柴烈火好做饭，干兄干妹好做亲，这话被你和祁家骏再次证明了是真理。"

她抗议得连自己听起来都虚弱："哪有这回事，还真理？太莫名其妙了。"

没人理会她，倒有人凉凉地说："可见所谓兄妹情其实就是暧昧的幌子。"

马上又有人接口："我以后的男朋友要敢乱认妹妹，我马上把他拍飞。"

众人笑成一团，任苒对她们看似并无恶意的调侃完全没有办法，她发现越是用力辩解，别人越是怀疑，正所谓越描越黑，她只好索性闭口不言。

刚好祁家骏打电话叫她出去吃饭，她赶过去，恼火地问："你跟司凌云到底怎么了？"

"分手了。"祁家骏语气平淡地说。

从中学开始，任苒见证过他与历任女友的分分合合，对这消息并不吃惊，回想一下那天晚上的情景，她有些不确定地说："她如果误会我的话，要不要我跟她解释一下，我当时心情不好，可能确实搅了她生日聚会的气氛。"

"有什么可解释的，我最烦女孩子恃着几分姿色就骄纵，巴不得全世界围着她转。"

任苒上下打量他，做大吃一惊状："咦，这话你也说得出口，难道你不是奔着人家的姿色才去追求人家，倒是爱上了她的心灵美吗？"

祁家骏哼了一声："你不觉得姿色这个东西对我来讲，根本不是什么稀缺资源？"

他有无可争议的英俊容貌，对他这种良好的自我感觉，任苒倒是根本没法打击，只愁眉不展地说："你们分手就分手，可是把我扯了进去，我太倒霉了。"

"这又关你什么事？"

任苒告诉了他那些议论跟玩笑，他浑不在意，倒哈哈大笑道："跟我扯在一起怎么了，难道很辱没你不成？"

"我一直说我们是纯洁的兄妹情，现在好了，在这个学校，我们肯定成了一对众人公认的假惺惺的狗男女了。"

这个说法逗得祁家骏更是大笑不止，笑过之后，他突然正色道："小苒，不如你干脆就做我女朋友吧，省得他们白嚼舌。"

任苒板着脸说："拜托你，没幽默感不要乱讲笑话，一点都不好笑。"

"我是说认真的。我交女朋友也交腻味了，从初中到现在，不外乎老一套，吃饭散步看电影，她撒娇你去哄，没意思。我们以后总是要在一起的……"

任苒吓得止住他："打住打住，你玩腻了是你的事，我可还没开始呢，你别指望摆出一副曾经沧海看破红尘的样子来套牢我。"

祁家骏盯着她，看得她有些发毛，之后才慢吞吞地说："小苒，如果现在有男生追你，你去试着恋爱我不反对，只有一点，你得记住。"

"你该不是想叮嘱我要守身如玉等你娶我吧。"

这次祁家骏没有被逗乐，他的神情甚至是严肃的："你答应我，千万别接近祁家骢。"

任苒受惊更甚，同时脸不由自主地红了："你在胡说什么啊？怎么又提到他了？那天晚上你又是拷问，又是教训，又是逼我下保证，害得我跟楼管阿姨说了半天好话才被放进宿舍。我都说了，我跟他总共就见过两次面，连他电话都没有，他完全拿我当无知少女看，你来教教我怎么接近好不好？"

"我每次提到他，你的表情就不正常。"

"这话用来说你才对，我完全不懂你为什么总要提到他。阿骏，他跟你的生活没关系，你自己也说了，他从来不在你家出现，也没染指你家的财产，你何必多想他？"

祁家骏神情阴郁下来，过了一会儿才说："没错，小苒，不过我没办法拿他当成一个跟我生活无关的陌生人。我家里人从来不公然谈论他，可是每个人都知道他的存在。甚至我爷爷、我叔叔会悄悄议论他的才干，感叹我只会吃喝玩乐，大概以后不可能有他的成就。"

任苒握住他的手："阿骏，别理他们怎么想，会做生意会挣钱又不是评价人的唯一标准。"

"我对家里的公司没兴趣，其实根本不在乎他分财产什么的。钱这个东西，我生来就有，从来没觉得重要，可是他比我来得更直接。我听叔叔说，当初我爸爸跟我妈妈交涉了好久，提出让他大学毕业后，接手一部分家里的生意，他直接拒绝了，说这种出口加工挣一点薄利的生意他根本没放在眼里。果然他后来掌握的私募资金大得让我爸爸、我叔叔都惊叹。"

任苒想，一个硬气得视他父亲为路人的私生子能在二十五岁不到的年龄就开昂贵却老气横秋的奔驰，做的不是传统的生意倒也不难理解，这似乎也能解释他那种超乎年龄的淡漠镇定。

"你又在想什么？"祁家骏不客气地捋一下她的头发，"我告诉你，上一代的事我左右不了，也没兴趣管。我对他没成见，只希望不跟他有任何瓜葛就行了。可是你千万别对他有什么玫瑰色的幻想，他不适合你。"

任苒悻悻地躲开他的手："我也不适合他，你少来扮我爹乱操心。"

"说到你爹，任叔叔让我跟你说——"

"你又来了，我可警告过你，别跟我提起他。"

"小苒，你不回家，不接你爸爸的电话，难道预备跟他永远断绝关系吗？任叔叔真的很难过。"

任苒不为所动，冷冷地说："我也难过。可是没办法，我现在根本不想去面对他。"

"你从小就不记仇，生一点气，转头就会忘记，从来没有这么固执冷漠。小苒，我觉得你要放不下这件事，自己就不可能再开心起来。"

任苒看向远方，默然一会儿，说："开心没那么重要，非要放弃原则来交换。"

祁家骏看着她，沉声道："很多时候，我们没办法跟自己的血亲和爱的人讲原则。我不想你这样，小苒，你妈妈也不会希望你这样。"

任苒一下窒住，她根本不能去想她妈妈会有什么样的感受，只要一想到这个问题，她心底就有抑制不住的疼痛感，酸涩愤怒的情绪在她脑海中翻涌，差不多一点点小事都能触动她的回忆，让她无法自拔。是的，这是她的原则跟底线，她没法妥协，更没法释怀。

她努力挤出一个冷笑："那你觉得我妈妈希望我怎么样？是原谅我爸爸、接受一个新妈妈吗？"

"新妈妈"三个字被她咬着牙带着恨意说出来，祁家骏无言以对。

"阿骏，我知道你瞒着我，始终是为了我好，所以我原谅你了。可是我不可能原谅他，请你体谅我的心情，别再跟我说这件事了。"

祁家骏知道，任苒仍然处于伤心愤怒之中，她不再像那晚一样直接指责他，似乎轻易便原谅了他的隐瞒，可是她并不打算把同样的宽容给她父亲。他能理解她的感受，然而他的内心有说不出的不安，他清楚地意识到，她有某一部分内心向他关闭，拒绝跟从前一样找他分享所有心事了。

他看着她这段时间明显清瘦下去的面孔，一时什么也说不出来。她抬起头，倒有些抱歉了："阿骏，我最近脾气大概很讨厌，又害得你跟女朋友分了手，谢谢你这么忍受我。"

"居然跟我道谢这么客气了，小苒，我从来没觉得我需要忍受你。"

他很少这样郑重讲出来，任苒一怔，笑了："你看看你这忧心忡忡的表情，还说不是忍受。你要再交女朋友，可千万别再拉我去凑热闹了，不然我早晚会把自己弄得天怒人怨，被人拿白眼横还是轻的。要是弄到最后连你也受不了我，那我在这城市就一个朋友也没了。"

"胡扯，别的人怎么可能影响到我对你的……看法。"

他们相互之间太熟悉，反而不习惯如此正式的表态，一时之间都有些不知道说什么好了。

祁家骏连忙转移话题："小苒，不是我非要提任叔叔，马上放假了，你暑假准备怎么过？难道还是不回家住宿舍吗？这样可不好。"

任苒当然知道他说得对，平时还罢了，到了放假还滞留宿舍，却不回近在咫尺的家，这就意味着公然跟父亲决裂，把家里的矛盾摆在大庭广众之下，在这个规模并不算很大的学校里，势必会十分引人注目。

她没有我行我素到那一步，也不至于天真到以为自己的行为与别人无关，一下便默然了。

"要不然这样，放假了你跟我一块儿回老家吧。"

任苒迟疑道："我和爸爸整整两年没回去，家里房子太空，我也害怕一个人住那里。"

"可以住我家，那么大的别墅，又不是没房间给你。"

她突然内心一动，父母都没有兄弟姐妹，老家也没有直系亲属，父亲在母亲去世后便带她搬迁到这里，甚至过春节都不回去。逢清明与母亲忌日，他会在家中摆上两盘新鲜水果，带她点上一炷香。她害怕墓园的气氛，也接受怀念的心意重于形式，并没有一定要回家上坟的观念，可是联想到那天在她家中季方平说过的话，她不禁想到，父亲远离家乡，大概也的确是想让她远离真相。

"喂，你跟我爸妈都熟，他们肯定欢迎你，去住没什么可担心的吧。"

49

她勉强一笑:"好,那就回去过暑假好了。"
祁家骏十分高兴:"我提前去订机票。"

第六章

这天,任苒去图书馆还书,她刚回宿舍,同宿舍的于丽正好出门,对她说:"有人找你,等了你好一会儿了。"

她上楼一看,坐在宿舍她桌边的竟然是季方平。她穿着一身象牙白的套装,长卷发绾成了一个一丝不乱的发髻,仍旧化着精致得体的淡妆,拿了一个银灰色的手包,落落大方地坐着,与多少有些凌乱的女生宿舍形成了鲜明的对比。

"你来干什么?"

季方平微微一笑:"小苒,我想找你谈谈,你看是在这里,还是换个地方比较方便?"

任苒不想理睬她,可是知道没办法在不惊动宿舍同学的情况下打发她走,只能说:"我们出去说吧。"

任苒看也不看季方平,率先大步出去。她穿着平跟凉鞋,自然走得又快又急。季方平踩着高跟鞋,努力加快脚步,试图与她并行:"谢谢你肯出来。"

任苒并不看她,嫌恶地说:"虽然我妈妈在我两三岁的时候就对我说过,不要跟居心叵测的陌生人说话,更不要跟他们走。可是她没料到,有一类陌生人比较皮厚,哪怕你不理睬她,她也会自己登堂入室,不告而入。我就算不想出来,又能怎么样?"

季方平对她的嘲讽恍若不闻:"我的车停在前面,我们出去找个咖啡厅坐坐怎么样?"

"不用了,我没兴趣跟你坐。有什么话,你直接说吧。"

"在这里说吗？"季方平挑起一边眉毛，看看周围，临近放假，全是来来往往的学生，"似乎并不方便吧。"

"那取决于你想跟我说什么？有些事，恐怕在哪里谈，都说不上方便，更不会有你希望的结果。"

季方平失笑了："小苒，在你父亲眼里，你也许永远是个小女孩。可在我看来，你是成年人了，我们能不能心平气和地好好谈谈？"

任苒站定，上下打量她。季方平做律师多年，从来不缺少自信，自然仍能在她的轻蔑眼神下保持着镇定。然而，任苒头一歪，突然笑了："季律师，我没记错的话，你今年三十四岁了吧？"

"没错。"

"三十四岁——"任苒做了个小小的惊叹表情，"很成熟了，最近我对成年人的心机印象非常深刻。而且我看出来了，你今天有备而来，从妆容到衣着，全都无懈可击，大概更做好了心理建设，不管你来找我的目的是什么，可能都有全套说辞拿出来对付我。"

"小苒，我没有恶意，我只是想……"

"不好意思，你想什么都跟我没关系。我还只十八岁，我父亲对我的判断非常合理准确，跟你一比，我的确就是一个小女孩，不谙世事，不知道人心会险恶丑陋到什么程度。我的心理一向非常幼稚、脆弱，根本经不起别人处心积虑的算计。所以我不打算跟你谈，不给你任何说服我的机会。你请回吧，以后再别来找我，不然我就直接去央求我父亲：可怜可怜你的女儿，别让你的情人来骚扰我了。"

季方平完全没想到她会说这番话，看她说完之后转身便走，只得急急跟上去："我今天要跟你谈的不是我。这段时间，你完全不接你父亲电话，也不回家跟他碰面，他很难过……"

她是律师，为了上庭，专门练过发声，声音十分清朗，虽然没特意提高，可是旁边有相熟的同学路过，都听得清清楚楚，不免诧异地看过来。

任苒怒气控制不住直往上冲。最近的确有人问她怎么周末也不回家去住，她都是随口应付过去，却没想到季方平特意找来是说这件事。她当然不想让同学听到，于是不再回宿舍，掉头向另一个方向走去。

季方平仍然一步不慢地紧随在她身后，嘴上保持着流利："……你父亲很疼爱你，我想不用我说你也知道。"

"这是我跟他的事，与你何干，要你来喋喋不休？"

"我跟你父亲的关系，对你有冲击，我完全能理解。但一件事归一件事，你不能把对我的怨恨发泄到你父亲身上。"

任苒站定脚步，讥诮地笑道："这么说，你是来劝我跟我父亲和好的吗？"

"对。"

"好吧，我告诉你，我跟他和好只有一个条件，那就是他跟你彻底断绝往来，你愿意做这个牺牲，成全他的父爱吗？"

季方平笑道："小苒，你父亲说你非常善良，心地平和。"

"你是想说我父亲看错我了吗？也许吧。毕竟骨肉至亲并不意味着相互了解，我一向也看错了他。"

"你不应该对我提这么不合理的要求。"

"你认为你们的关系很合理吗？"

"以前或许我们有不对的地方，可是现在来讲，当然完全合理。"

"你能这么坦然，真让人佩服。我不想说你什么了，保持你们的合理关系去吧，别再来烦我了。对我来讲，你过去、现在和将来都是一个完全不合理的存在，我讨厌你，不希望再看到你。"

任苒的冷漠并没能击退季方平。

"小苒，你恋爱过吗？"

"太可笑了，你是要认真扮演慈祥继母的角色跟我谈心吗？"

季方平摇摇头，心平气和地说："以你父亲对你的疼爱和你对我的抵触，我猜至少目前我大概没什么指望当你继母。其实我也没有给人当现成妈妈的瘾头，我只是非常爱你父亲，从我见到他的那一天开始，一直到现在。你如果认为我不由自主地爱他是一种罪过，那我无话可说。"

"你想让我理解一份不由自主的爱，这并不难。我没恋爱过，不过我想，世界上应该有能将人淹没的那种感情存在。"

"对，就是被淹没的感觉。小苒，如果有一天，你也体验到这种感情，大概就能……"

"大概就能理解你吗？对不起，那是不可能的。你大概忘了，除了爱情，这世界上还存在道德这个东西，我们都没有随心所欲伤害别人的权利。以我父亲的条件，爱上他太容易了，你以为我从小到大看到的对他发花痴放电的女学生还少吗？可是他是有妇之夫，你的那份不由自主的爱没你想象的那么神圣，对他来说，是一种打扰；对他的妻子来说，是一种侵犯；对我来讲，的确就是一种罪过。"

"你以为我没有负疚、没有挣扎过吗？"

"我对你的心路历程没兴趣。"

季方平勉强一笑:"小苒,我今天来,不是请求你同意我和你父亲交往,我认为那是我跟他两个人的事,根本无须求谁。我只是提醒你,你父亲并不像你认为的那样对不起你母亲,而且他为你做出了很大牺牲,你也应该站在他的角度想一想,不要一味地自认为站在了道德制高点上,可以毫无顾忌地用亲情来惩罚他。"

任苒直视着她,清晰明确地说:"我不理我在这世界上唯一的亲人,其实是在惩罚我自己,季律师。当然你这样理直气壮侵犯他人生活的人,是不会理解我这一点感受的。不要再来打搅我了,更不要跟我提起我妈妈,你不配。我厌恶你,看到你就觉得恶心,这样说够了吧?"

她说完头也不回,大步离开。

任苒在放假以后,等到她认为任世晏不在的时间回家,打算悄悄收拾行李。然而一开门她就发现,父亲正在书房内打电话,声音平和地传了出来。

她当然不想跟小偷一样退出去,正准备径直走进自己卧室,却听到任世晏说:"家骢,我认为这件事的波及范围恐怕会进一步扩大。"

这个名字让她不由自主地站住,隔了一会儿,只听任世晏接着说:"我一个朋友在北京另一家证券公司任首席经济学家,我刚跟他通过话。按照他的说法,此次喻良洪被隔离审查,事件背后的资金黑洞不可估量,给业内拆借带来一系列连锁性反应。按你所说,你的那部分私募资金虽然没被直接卷入,可是以你跟他的资金往来,一样有被冻结的风险。我想资金链断裂意味着什么,你应该比我清楚。"

又是一阵长长的沉默,间或只有任世晏"嗯""哦"的声音。任苒完全不能理解那些陌生的名词,可是却能从父亲声音里听出不祥的意味。

任世晏的声音重新响起:"我打电话给你,就是提醒你注意这一点,你有什么打算?"

过了一会儿,任世晏微微一笑:"这样也好。当然,你一直是在自己处理自己的事情。不过不管你做什么决定,请务必跟你父亲说一声,他一直很为你担心。好的,别客气,再见。"

任世晏挂了电话走出来,看到女儿,显然既意外又惊喜:"小苒,吃过饭没有?我带你出去吃。"

任苒摇摇头,垂下眼睛不看他,走进自己房间,拿出一个箱子收拾东西。任世晏跟了进来,再次叫她的名字:"小苒。"

她闷声不响,胡乱往箱子里放着衣服。

"我知道你不想原谅爸爸,可是,我们能不能坐下来好好谈谈?"

任世晏的声音恳切，带着一点儿恳求。她仰起头，在那天以后，她第一次正视父亲。眼前这个男人，一直被她母亲深爱着，被她崇拜着，被他的同事和学生折服仰慕着，他仍然相貌英俊，甚至鬓角边一点隐隐的白发也增添了他的气度。他看着她的眼神中满含她熟悉的疼爱之情，可是现在落在她眼内，却只让她觉得陌生而迷惑。

"谈什么呢，爸爸？"她轻轻问，站起了身。

"小苒，我一直试图把这件事对你的影响降到最低，可是我知道，总有一天，我得来面对你的质问、怀疑。我只希望，这一天来得越晚越好。"任世晏苦涩地说。

"于是你安排了一切，带我远离家乡，搬到这里来，预备等到你当鳏夫当到足够合适的时间，再介绍你的……情人给我认识，也许那时我都会觉得你孤单了太久，应该开始新的生活，我甚至有必要求你再婚，对吗？"她的声音仍然很轻。

"对不起，小苒，事情已经到了这一步，我不要求你马上谅解，不过……"

"爸爸，你很在乎我的感受吗？"

"我绝对不愿意你受伤害。"

任苒紧盯着他："那妈妈呢？"

任世晏痛苦地移开视线："小苒，你妈妈去世了，让她安息。"

"她只去世了两年多而已，而你和季律师来往了八年。你从什么时候开始，在心里判了你妻子死刑，让她提前安息了？"

"别这么说……"

"那我该怎么说？我的确受了伤害，可是你好像忽略了，在这件事里受伤害最大的那个人是我妈妈。"

"小苒，成年人之间的事，我很难跟你讲清楚。不过，我曾经跟你妈妈商量过离婚。"

任苒哆嗦了一下："真的吗？什么时候的事？"

"你十一岁的时候。"

"就是七年前喽，那时候你也玩了一年婚外情了。"她努力回忆着，可是除了母亲突然被确诊为癌症，打乱了她家生活以外，充斥于脑海的全是祥和安宁的日子，她没有觉察到家里气氛有什么不同。

她短促地冷笑一声："既然你们并没有离婚，那你跟别的女人还是不折不扣地苟且，长时间地偷情，没什么可开脱的。"

这个斩钉截铁的指控让任世晏哑口无言。

"是呀，成年人之间的事我不理解，我也没法去问我妈妈了，为什么她不答应离婚，而是咽下这个耻辱？为什么她不让我分担？"

"知道她生病后,我再没提过离婚。你妈妈不告诉你,是为你好。"

"那是当然。"任苒咬着牙,压制住满心的酸涩,"其实我也有问题想问你,你能坦白告诉我吗?"

"我会尽力对你坦白,不管你愿不愿意原谅我。"

"你爱妈妈吗?"

任世晏发现,坦白远比他想象的要困难,他一下不知道说什么好了。

"妈妈以前告诉过我,你们也是由同学到恋爱才结婚的。或许你不像妈妈爱你那样爱她,可我知道妈妈爱你,很小的时候我就知道这一点了。她能从外面传来的脚步声里听出上楼的那个人是不是你,甚至躺在医院病房里,外面走廊上那么嘈杂,她也没弄错过。我试过,我完全分辨不出来。如果这都不是爱,那我就真的不知道什么是爱了。"

任世晏咬紧了牙,痛苦地扭开脸,然而任苒不打算放过他,眼睛一眨不眨地看着他,继续说下去:"如果你们像祁伯伯、赵阿姨那样相处得冷漠,动不动吵架,我也许多少能理解一点儿,毕竟没有感情绑在一起,大概是件很可怕的事情。可是我使劲回忆,根本记不起你们有过争执。"

"我和你妈妈达成了共识,不在你面前吵架。"

"那么背着我还是吵过吗?"

任世晏摇摇头:"我们有过……交谈,但算不上争吵。"

任苒失神地看向书桌上放着的一张方菲的照片,她特意选了妈妈病情加重前拍的一张侧面相,照片上的女子看着远方,神态温婉宁静。

"爸爸,妈妈生了四年病,你照顾她看上去也很尽心尽力,从来不抱怨,连护士都夸你是模范丈夫优秀男人。你当然不会是为了得到别人夸奖而这样做,对不对?你们应该是感情很好的,这一点,我没理解错吧?"

"我和你妈妈之间当然是有感情的。"

"那你为什么要背叛她?"

任世晏发现,面对女儿明亮得没有杂质的眼睛,坦白是一件艰难的事情,他微微苦笑道:"小苒,你以后就会知道,感情非常复杂,我没法给你想要的答案。"

"那我和你,大概就再没什么好说的了。"

任苒蹲下去,重新收拾着箱子。

"小苒,这个暑假我要去北京参加学术研讨,还要跟编辑确定我一本书的最后定稿。你回老家后,就住阿骏家吧,不要一个人回家住,不方便,等我工作完成了,会回去一趟的。"

"我差点忘了，哈哈，我跟阿骏也是你周密安排的一部分吧。我毕业，跟他一块出国，以后最好嫁给他，你就可以无牵无挂过你的幸福生活了。"任苒合上箱子，站了起来，似笑非笑地看着任世晏，"是这样吗？"

"别因为我迁怒阿骏。"

"你太多虑了。阿骏是我从小到大最好的朋友，妈妈生病住院，赶上你出差的时候，他一直陪着我；我被你带到这里来，没一个朋友，只有他天天打电话给我；他还特意为我来这边上大学。他瞒着我，也是为了我好，我不会怪他。可越是这样，我越不会按你的如意算盘去利用他的友情，自私地霸住他。"

"小苒，你不明白吗？阿骏是爱你的，你跟他在一起，爸爸才能放心……"

任苒提起箱子，不屑地说："你太急于打发掉你女儿了，任教授，其实没必要，我这就走，给你们腾位置出来。"

她已经走向门口，又忽然停住，回到书桌边取出一本书。那是方菲最后一次住院时看的托马斯·哈代的小说《远离尘嚣》，书是从她工作的图书馆借的。任苒在母亲去世后从她枕边拿起来，便再没还回去，而是一直带在身边。她将书放进背包，再打开抽屉，从最下面拿出一本存折："这是妈妈留给我的，我拿走你不会介意吧。"

不等任世晏再说什么，她提了箱子，扬长而去。

第七章

  任苒回到宿舍,根本不想去食堂吃晚饭,闷闷地躺下,戴上耳机听音乐。祁家骏打电话过来约她和同学聚会,说是陪几个毕业班的师兄吃告别晚餐,她完全没有心情,"去了也是白给他们打趣,我不去了,你别又喝得醉醺醺的啊。"

  一年级学生对于放假回家的期待似乎来得强烈一些,同宿舍的女孩子都已经走了,宿舍里十分安静,天色渐渐昏暗下来,走廊上间或传来轻快的脚步声,很适合放松休息。

  任苒只觉得心里堵得满满的,全是心事,连舒缓的音乐落在耳内都嫌聒噪,她不耐烦地扯下耳机,翻身坐起,靠到床头,拿起了那本《远离尘嚣》翻开。

  这本书出版于1982年,装帧简单,朴素的暗绿色封面左上方印着一位女士乘着马车离开的背影,内页是作者托马斯·哈代的肖像,他留着大胡子,一脸严肃,看不出年龄,不像一位作家,更像一个乡绅。

  母亲去世后,任苒不是第一次翻开这书了。她看完目录,翻到第一章,标题"说说农夫奥克——一件小事"下第一个段落映入眼帘:

  农夫奥克微笑的时候,他的嘴角便向两边拉开,几乎到了耳廓的旁边,眼睛眯成了缝,两眼漾出的皱纹在他脸上延伸着,像是草草画就的朝阳所射出的光线。

  ——任苒再度有些颓然了,这当然不是吸引她阅读的风格。如果一定要看19世纪的英国文学,那她宁可去看简·奥斯汀,至少那里面有吸引她的人物、情节与风趣的对白。

  然而她母亲方菲在最后的时间里,躺在医院病床上一直看这本书,看得十分入神,有时甚至喃喃念诵着。

任苒耐着性子看完第一章，见那位农夫在被路过少女的美丽撩动心神后，判断对方的毛病是"虚荣心"，她实在没兴趣看下去了，重新回到简短的内容提要：这位动心之后由于天灾趋于赤贫的闷骚农夫爱上女农场主，并开始为她放羊；女农场主却迷上乡村中一个英俊的唐璜式人物并与之结婚，乡村唐璜曾对另一个天真少女始乱终弃；而另一个农场主疯狂迷恋女农场主，并精神错乱地杀了乡村唐璜，被判终身监禁，最后女农场主嫁给了一直爱她的农夫。

她跟其他大部分在城市长大的女孩子一样，对于乡村田园生活没什么向往。一个农夫跟一个女农场主的罗曼史，哪怕简介称之为"戏剧性的故事"，也实在没法吸引她看下去。

任苒只是不由自主地想知道，母亲一直在想着什么。

她知道，父亲是母亲的初恋，两人在恋爱两年后结婚，并没有什么波折。这样的内容似乎与母亲的生活没有什么重叠影射之处，那么母亲应该不是想从书里找到解决现实问题的答案。

然而，读如此节奏舒缓而现实主义的文学作品，能帮她淡漠病痛带来的折磨吗？更重要的是，能让她不去想丈夫经年累月的出轨背叛吗？

也许这本书陪在她最后的时光里，只是一个巧合，毕竟母亲在图书馆工作，又酷爱阅读。

这个想法刚一浮现，任苒便深深自责了：你因为年少无知，因为只顾自己伤心害怕，完全没有察觉母亲的心事，任由她独自一人承受绝症的折磨、一步步走向死亡的同时，也保守着秘密，不肯让你受伤害。现在你又想轻易逃开，继续把母亲一个人留在孤独与绝望之中。

她的眼泪顺着眼角无声流淌了下来，将脸埋到双手间，再度哭了起来。

母亲去世后，任苒数次哭到将近昏厥，不仅白天精神恍惚，需要祁家骏的陪伴，半夜她还经常从梦中哭醒，很多次都是任世晏闻声进来，紧紧抱住她，安慰着她，让她知道，有人与她分担着共同的伤痛。

花了那么长时间，她才走出巨大的悲伤。然而现在，她又再一次陷进了失去母亲的悲痛中。

更重要的是，她同时失去了对父亲的崇拜与爱，不可能再有一个父亲能够在这种时刻来安慰她了。

她已经成了精神上的孤儿。

这种绝对的孤寂无依感，才是听到季方平与任世晏对话后，对她生活最大的打击。

不知道哭了多久，泪水干涸，任苒爬起了身，她觉得再这么独自待在宿舍里，她只会更加抑郁，而这寂静也会更加难捱。她决定还是出去走走。

她拿上毛巾去水房洗了脸，背上一个斜背的牛仔布包，走出了宿舍。

财经政法大学位于江南闹市区，校园并不大，她不知不觉走了出来，顺着街道慢慢闲逛。学校门前的街道照例都是各式门面，书店、服装店、小餐馆、网吧、小型卡拉OK，都十分热闹。

置身于人群之中，她心情渐渐安定下来，随便吃了一点东西，继续闲逛。这个城市刚刚步入夏天，气温日渐升高，但毕竟没到盛夏，晚风拂面，有几分惬意感觉。

她漫无目的地走出好远，感到有些累了，却又拿不定主意要不要回宿舍。她站在转角处，看到对面一家咖啡馆大大的招牌，突然心念一动，抬手招停一辆出租车，坐上去后跟司机说："去华清街。"

任苒到了华清街街口便下了车，慢慢往前走，一边辨认着一个个杂乱的小门面，一边怀疑着自己的记忆力，最后终于看到了被重重待洗汽车包围着的绿门咖啡馆。

她推门进去，里面只坐了一个顾客。苏珊跟上次一样，坐在吧台内一边听着收音机一边翻杂志，听到门边风铃一响，抬起头来，显然记得她，却有些诧异："祁家骢和老李去吃饭了，你们没约好吗？"

她一怔，有被人一语道破隐秘心事的尴尬，摇摇头："我没跟他约，就是想过来喝杯咖啡。"

苏珊好笑，却并没说什么："今天供应的是蓝山。"

任苒自我解嘲地笑道："现在哪里还有真蓝山豆？"

苏珊也笑了，她有着惊人白皙的皮肤，五官轮廓分明而精致，显得成熟冷艳，容光逼人，只是一笑之下，才带出了几分稚气感，看上去年龄比任苒大不了多少："你比我懂行多了，老李也说准确应该叫综合蓝山，其实是哥伦比亚豆，跟牙买加蓝山没什么关系。可是谁在乎这点区别呀，分得太细了真奇怪。"

任苒的咖啡知识全来自父母的闲聊，对口味并不挑剔："谢谢，帮我来一杯。"

过了一会儿，那个客人结账走了，苏珊煮好咖啡给她送过来，又跑去吧台那边接电话，她声音压得低低的，但仍听得出来含着甜蜜，过了一会儿，她放下电话，突然对任苒说:"哎,能不能麻烦你帮我看一下店,我出去一下就回来。"

任苒倒无所谓:"我可不会煮咖啡,有客人来了怎么办?"

苏珊笑道:"你以为这里散客很多吗?只有一个人说好来取预订的咖啡豆,可又临时取消了。万一有客人进来,你就说今天咖啡供应完了,没事。"

任苒被这种漫不经心做生意的态度逗乐了:"你不怕老板说啊?"

"老李自己也经常干随心所欲关店门的事,不会介意的。我男朋友找我,我好几天没见他了,去去就回。"

苏珊毫不掩饰兴奋之意,漂亮的面孔上散发出光彩。任苒点点头:"好。"

"你只帮我接下电话,如果有人预订咖啡豆或者咖啡粉,你记下品种数量和时间就行了。"苏珊麻利地收拾完东西,让任苒坐到吧台里来,顺便递给她几本封面花哨的娱乐时尚杂志,"这是我的品位,时常被老李笑,你要是觉得闷就翻一下,不喜欢搁一边没关系的。"

苏珊一阵风似的跑出去,带上了门。

任苒坐到她的位置上,端起咖啡杯,小小地啜了一口,将咖啡含在舌间,品着综合蓝山那略带甘酸的味道。其实,她对咖啡并没来得及培养出嗜好。母亲在世时,总说她年龄小在发育,不适合摄取咖啡因。随父亲搬过来后,任世晏似乎也无意费事煮咖啡,改喝速溶咖啡了。

她完全不知道为什么要大老远跑过来喝咖啡。现在这里只有她一人,她不能不对自己坦白承认,她确实在潜意识里想见到祁家骏。

她的脸一阵阵发烧,想,这难道就是祁家骏调侃的所谓春心萌动吗?那个男人对她而言,差不多仍然是个陌生人,而且隔着年龄、阅历的差距,几乎生活在两个世界里。

更重要的是,她现在心情如此烦乱,却起了这样的闲心,简直有罪恶感。

任苒将下巴枕在自己的胳膊上,无所事事地转动着咖啡杯,决定等苏珊一回来就马上离开。

外面传来此起彼伏高压水枪冲洗喷水的声音。小小的咖啡馆内开着空调,头顶一只木制风扇缓缓转动着,放在吧台上的收音机声音低低地放着一档音乐节目,对比之下,显得十分宁静,加上咖啡的香味,让她恍惚有些不知道身在何处的感觉。

风铃一响,她还没抬头,就听到老李的闽南腔传进来:"进来喝杯咖啡。"

"不了,我打算去酒吧喝酒。"

"你最近喝酒太多了。"

祁家骏呵呵一笑:"何以解忧,唯有杜康。"

"醉乡不宜频行，而且我这倒霉的身体也不能奉陪了。你既然决定要走，我就不多说什么，凡事小心。"

"别担心，眼下应该还没到那一步。"祁家骢的声音依然不疾不徐，仿佛谈话的内容只是天气而已，"我已经给秦总打过电话，他明天赶回来，我跟他把后续事情处理完就走。"

任苒待在原处一动不动，只听老李说："按我的体会来讲，只身上路并不是一个愉快的体验。最后不要弄到完全跟人失去联系，消失在茫茫人海里。"

"我大概没得选择了，而且什么滋味都尝一下不是坏事。"

"那倒也是，如果一定要失去一切，还是趁年轻来，比较好接受一些。"

祁家骢大笑："谢谢你的安慰。我走了，老李，你保重。"

"保重。"

风铃再一响，祁家骢离开。任苒分明从两个人平淡的对话里听出了不寻常的告别之意，然而她没法抢在这样一个告别完成前站起身来加入进去。她来此喝咖啡，隐隐期待一个"不期而遇"，同时又对自己的期待满怀困惑，完全没想过面对这样的场面。

"苏珊，罗先生来取他订的咖啡豆没有？"老李漫不经心地问道，却陡然打住，诧异地看着从吧台后站起来的任苒，"任小姐，你好，你怎么在这里？"

任苒有莫名的局促："我是来喝咖啡的，苏珊刚才有点事出去了一下，让我帮她看一会儿店。"

"这小妞大概又接到男朋友召唤了，居然把店交给客人看着，这个月薪水扣一半。"

任苒急了："哎，别扣啊，她说她马上回来的。"

"开玩笑的。"老李哈哈一笑，"就小店出的这种寒酸薪水，能请到美女当炉煮咖啡是一种荣幸。她不随时飞了我这老板，我已经要偷笑了，哪里敢当真扣她钱。"

任苒也笑了，出了吧台："请帮我结账，我喝了一杯蓝山。"

老李摆手："谢谢你帮忙看店，这杯我请，下次过来我做曲奇给你吃。你喜欢提子还是蓝莓味道？"

"蓝莓不错。谢谢，我先走了，再见。"

她的手刚触到暗绿色的格子门，老李开了口，声音和蔼："刚才为什么不站起来跟家骢说声再见？"

她苦恼地回头，面对的是老李那张中年人的面孔。他架着一副角质架眼镜，相貌平常，甚至有超乎真实年龄的沧桑感，然而从表情到眼神都带着关切与了然，让他有了几分睿智意味。

任苒涩然一笑："我并不是他女朋友，他的行程、计划通通与我无关，我如果贸然插进来讲再见，似乎有些多余。"

老李莞尔："不用解释，我知道他没有女朋友在这边。"

任苒想起那天在酒吧见到的美女，可是却鼓不起勇气多问。

"如果再也见不到他，你会觉得可惜吗？"

这样的假设让任苒怔住，到现在为止，她生活中只体验过一个诀别，那就是一个寒冷的冬天，她从学校狂奔到医院，看到的是白床单下母亲的遗容。

她的心如同被一只看不见的手狠狠拉扯，有牵痛感，迷惘地看着老李。

老李拿起吧台上的电话，拨了一个号码，简短地说："家骢，马上回来一趟，我还有点事跟你说。"

任苒大吃一惊："你叫他回来干什么？"

"他也只是准备去酒吧喝闷酒而已。我觉得跟一个女孩子道别，比一个人喝酒要有意思得多。"

"我根本不知道该跟他说什么。"任苒窘迫地说，"他肯定会生气的，他一直拿我当个任性的小孩看。"

老李失笑："不是每个男人都有被任性的可爱孩子惦记的荣幸。"他留意到任苒的脸涨得通红，转移了话题，"家骢马上要离开本地。"

"为什么你们刚才告别得那么正式？他要离开很久吗？"

"这个不好说，世事难料。我八年前离开台湾，以为只是换个环境而已。可是从那以后，我潦倒异乡，再没跟那边任何人联系。"

"你还有家人在那边吗？"

"当然有。我父母已经过世，那边还有一兄一妹、前妻、判给她抚养的儿子，再加上一大堆亲戚。可是……"他摇摇头，带着自嘲道，"不说了，那是一个又长又没意思的故事。总之，一旦割断所有和旧时生活的联系，就几乎没有退路可言了。"

任苒困惑不解："我不明白，为什么不跟家里人联系？有什么事是不能面对，非要消失才能解决的？"

老李笑了："原因很复杂，你真的还是个孩子，别被我说的话吓到了。我的意思只是，家骢的性格比我更断然，他在还没有真正开始生活的时候，就已经把自己弄得太无牵无挂了，其实他完全应该多保留一些回忆、牵挂……"

风铃"叮铃"一响，门被推开，祁家骢出现在门口，恰好与任苒面对面。他略微有些吃惊,却又似乎马上了然:"你好,任苒。"

任苒呐呐地说:"你好。"

老李打个哈哈:"今天很不巧,小店唯一的服务生去会男朋友了,只好提前打烊,两位想喝咖啡的话改天请早。"

任苒跟在祁家骢身后走出来,避开喷溅的洗车泡沫,穿过门前流淌的污水和停得横七竖八的车辆,走到停在马路对面的那辆黑色奔驰前。祁家骢按下遥控,给她拉开副驾车门,回头看着她。她止步不前,内心充满惶惑不安,禁不住再一次置疑自己的行为。

"老李这个人有时喜欢把生活戏剧化,你别想太多。我现在送你回学校。"祁家骢懒洋洋地说。

"下午我听到你跟我爸爸通电话了。"

祁家骢有些意外,他突然意识到面前这个女孩是在为他担心,却又倔强地不肯直说。他心底微微一动,却问道:"你跟你父亲和好了吗?"

她不理会他的打岔,直截了当地问:"你面临的问题很严重吗?"

"要看你怎么理解严重这个词了。"

任苒不耐烦地说:"又来了,就算我只有十八岁,也有自己的判断力,而且我不是好奇心发作的八婆,不用对我故弄玄虚。"

祁家骢笑了,想了想,说:"好吧,简单明确地讲,就是北京某个证券公司负责人出了问题,而我操作的私募基金被卷入。我有麻烦,但不是直接的麻烦。我在这边的事情快处理完了,接下来会离开本地。"

他讲话的镇定姿态很有说服力,任苒尽管没有完全理解,可也觉得应该没有大碍,她不好意思地笑了,放下心来:"那就好。"

"上车吧。"

上车以后,祁家骢发动车子,车载CD马上开始播放节奏强劲的摇滚乐,任苒惊讶地发现,竟然就是上次在酒吧听到的那支本地地下乐队演唱的。

  如果你不曾给我承诺,
  我也不会计较你的模棱两可;
  我们混迹的世界如此荒唐险恶
  我们的未来如此变幻莫测,
  你却说,大家总要学习它的规则;

> 谁来告诉我怎么习惯一个又一个妥协，
> 做到与所有不如意讲和。
> ……

"他们发行唱片了吗？"

祁家骢摇头："这种音乐注定小众，他们前不久自己筹钱录制CD留作纪念。苏珊的男友是乐队的贝斯手，她拿来送了一张给我。"

"我喜欢这首歌的歌词。"

"很多人爱摇滚都是本末倒置地喜欢歌词，我还认得一个女孩子，说她喜欢鲍勃·迪伦的原因是：他是一个诗人。"

"如果她确实把他写的歌词当诗看，而且喜欢，有什么问题呢？"

祁家骢笑："对，没问题。"他退出CD，递给任苒，"盒子在杂物箱里，拿出来。"

任苒依言找出盒子将CD装好，正要放入杂物箱，祁家骢说："送给你了。"他淡淡地补充，"我这几天就要离开本地，车会交给别人，不会带CD上路，你拿去吧。"

这句话中透出的告别意味直接而明确，让任苒一怔，她小声说："谢谢。"车里突然没有充斥激烈的摇滚乐，寂静得反常，她鼓足勇气说，"能把你的手机号码给我吗？"

祁家骢怔住，停了一会儿，然后温和地说："我不知道我什么时候会回来，而且我很可能换掉号码。"

这个拒绝让任苒再度意识到，他的离开没他讲的那么轻描淡写。她闷闷地低下头，就着路灯照进来的变幻不定的光亮，看着CD盒子上的封套，那上面印着四人乐队的冷色调照片，他们全都穿着T恤、牛仔裤，或立或坐，表情都冷峻漠然。下面印着一行刻意做出墨迹淋漓效果的黑字：蔑视这个世界是我们最好的伪装。

他们面对这个世界，要用蔑视作为伪装；如果被人视为孩子，那什么才是她的最好伪装？她心灰意冷地想。

当然，在这个大她七岁的男人面前，她所有的伪装其实都是徒劳。她的那点小小心动，那点欲语还休，他比她看得更清楚。也许祁家骏说得对，这个男人对她来讲，太危险了。

第八章

　　任苒觉得，祁家骢开车的姿势与她第一次看到他坐在她父亲书房里一样，十分放松，一双修长的手闲闲地搭在方向盘上，尽管平视前方并心无旁骛，却总有一点漫不经心流露出来。

　　然而这个漫不经心与任苒从小见惯的祁家骏是不同的。祁家骏表现得更为玩世不恭一些，由内而外都十分松弛；身边这男人却如同一个蛰伏的猎豹，看似轻松的姿态下隐藏着莫测的力道。

　　他们的长相也没有什么相似之处。祁家骏的英俊是众人公认的，而祁家骢有一张清瘦的面孔，高挺而略带鹰钩的鼻子让他在没什么表情时有着几分隐约的阴鸷气息，只是他气度轩昂沉稳，很大程度让人没法用长相是否英俊来评价。

　　他们名字中都含有一个代表良驹宝马的字眼，可是相对于慵懒的祁家骏来讲，祁家骢更像一匹蓄势待发、随时可能奔驰绝尘而去的骏马。

　　居然在此时将这互不承认的兄弟两人拿来比较，任苒暗暗鄙视自己的闲极无聊，脸不自觉地红了。

　　"你们学校应该放假了吧？"祁家骢问话的语气同样闲适。

　　"嗯，我打算明天回老家。"

　　"也好，你老家那边的气候温和一些，据说这里的盛夏热得很恐怖，一般外地人受不了。"

　　"你跟我算同乡啊，不过你讲普通话很标准，没有一点我们那边的口音。"

"我从小在北方长大。"

任苒骤然记起他的身份，顿时窘住，后悔刚才的没话找话。她心底纷乱，咬紧嘴唇，突然只希望车子快点到学校门口，她可以快快下车，从一个不属于她的情境中逃走，回到她的安全世界里去。

"这么敏感，真要命，我还没什么，你倒帮我难为情了。"祁家骢呵呵一笑，可是笑声中显然没有任何欢愉之意。

任苒哑口无言。

"我猜你的童年一定过得很幸福。"祁家骢的声音很平静，"你有典型的正常幸福人家长大的小孩子的特征：有教养，有同情心，有礼貌，时刻把请、对不起、谢谢挂在嘴边，对世界、对别人的生活充满善意的想象，容易伤感，容易幻灭……"

任苒恼火地抬头看着他："我如果照你的方法来推理，是不是能推断出你的童年一定不幸福？"

"没错。"祁家骢一点没被触怒，很坦然地说道。

任苒再次僵住，又抱歉又委屈，眼泪在眼眶里打转，只得用力睁大眼睛忍住："对不起。"

祁家骢瞟她一眼："好了，我的童年可能没你男朋友那么快乐，不过也没你想象的那么倒霉，你就别多愁善感帮我难过了。"

"我说过我不是阿骏的女朋友，我们只是一块儿长大，跟兄妹一样，感情很好。"

祁家骢看着前方，淡淡地说："这是在暗示我什么吗？"

任苒被噎得无话可说，羞愤之下，脸顿时涨得通红。

"请停车。"她终于能开口了，简短地说。

"还没到学校。"

"我现在就要下车。"

"小姐，这是立交桥，不能随意上下。"

任苒只得狠狠将头扭向车窗外，过了一会儿，祁家骢用呵哄的语气说："好了，我道歉，刚才我确实……很无聊。"

"何必呢，你其实是觉得我幼稚无聊，对，我承认，我确实是。不过，我也许幼稚，但并不可笑，我一向不自作多情，所以没打算暗示什么。告诉你这一点，只是不想任何人有不必要的误会。谢谢你对我的敷衍，好在你马上要离开这里，不用再耐着性子忍受我了。"

祁家骢突然腾出右手轻轻按一下她的左肩，力道温和，带着明白无误的安抚意味：

"好了，我跟你开玩笑的。祁家任何一个人跟我都是路人关系，你是不是祁家骏女友，对我来讲，没任何意义。"

这时车子已经驶下立交桥，但祁家骢没有靠边停车的意思，而是加速疾驶着，任苒并没有任性使气的习惯，也不再吵着要下车。经过一处红灯，再左拐，便是财经政法大学的前门。车子刚一停稳，她便急急拉开车门下去，走出没几步，就被祁家骢追下来拦住。

"干什么？"

祁家骢笑道："你忘了拿我送你的CD。"

"我不要了。"

"好了好了，原谅我，看在我马上要离开这里的分上。"

"你离不离开关我什么事？"

"我以为你是想跟我好好说声再见，并且希望再见到我的。"

任苒气得不自觉发抖："那是我脑袋被门夹了，不过应该没有哪扇门能夹到你啊。请问你这样显示你的成熟理智有意思吗？"

"的确没意思，对不起，原谅我，我也觉得自己真无趣。"

他看着她，语气突然十分坦白诚恳，任苒的眼泪再也忍不住，一下流了出来。她伸手夺过他拿着的CD，胡乱放入牛仔包内："谢谢你，再见。"

居然再次在这个男人面前哭了，可真是幼稚到了家，她绝望地想，转身要走，然而祁家骢突然伸手抱住了她。

他的胳膊揽着她的腰，将她揽进他怀中，她撞到他胸前。初夏的夜晚，两个身体一经贴近，顷刻之间便感受到了粘腻的热力。

这个拥抱来得突兀，既不算温柔，也说不上舒适，却并没吓到她。任苒只本能地挣扎了一下，便彻底失去了行动的能力。她没有去管学校门前会不会有同学或者熟人看到这个突兀的拥抱，她所有的意念都随着他双臂的收拢飘荡开来。

"被淹没的感觉"，她想起她孩子气的愿望——茫茫人海再不是一个抽象而且被用滥了的形容词，她确实在骤然之间被强大而奇怪的力量席卷，置身于汪洋大海。城市的灯火连同喧嚣的车水马龙从她身边次第隐去，四顾之下，只有眼前这个身体可以攀附，而他对她来说，仍然是一个陌生人。如果她能预知被淹没时如此铺天盖地的恐惧无依，她还会对他有所向往吗？

当任苒再次恢复神志时，她已经坐到了祁家骢的车上，而车子平稳地行驶在大桥上。

她完全不记得是怎么上的车。

这座城市被长江分隔成两个部分，学院区在江南，商业区在江北。任苒到此地虽然有两年时间，但她并不爱好逛街，平时活动范围都在江南，难得过江，更难得在这样的夜晚经过大桥。

她将头抵着车窗玻璃，出神地看着外面一掠而过的风景。只见一轮带着柠檬黄光晕的满月挂在天际，夜幕下的大江暗沉无声地奔流，间或有轮船鸣响汽笛，缓缓从桥下穿过，对岸灯火繁密，密集的霓虹广告牌闪烁迷离，使得这个城市在她眼里仿佛初见般神秘。

"我还真怕你跟上次一样，哭到天昏地暗，没完没了。"

任苒早擦干了眼泪，自嘲地笑："你为了怕我哭，还真是肯妥协。那天放着美女不陪，带我去喝咖啡，拿点心给我吃，现在又带着我这样乱转。"

祁家骢也轻轻笑了："你第一次哭得太惊人了。我开车载着你转了三个小时，把江南半个城市转了个遍，你的眼泪就没停过，直到哭累睡着，脸上还有泪水。我当时就想，这小妞怎么会有这么多眼泪，而且完全沉浸在自己的伤心里，根本不理会别人，让人想哄都无从哄起。"

她并不想辩解自己没他想象的那么爱哭，多数情况下，她并不喜欢在陌生人面前流露出大喜大悲的情绪；她也不想细究他对她的这一点怜惜的性质。她本能地知道，他的感情必定和他这个人一样复杂，不是她能轻易理清的。

那一场痛哭好像已经是很遥远的事了，再度坐在他车内，任苒只觉得从身到心全都轻飘飘的，这种失重的恍惚感她从来没有体验过。

祁家骢再没放那种明显拒绝交谈的摇滚乐CD，只是将音响调到了调频电台的音乐节目。DJ不时播放着听众的点歌要求，送出一首首时下流行的情歌。

"我们去哪儿？"

"我对这城市也不熟，随便转转吧，放心，我不会带你去酒吧的。"

"我有什么不放心的。"

"小姑娘，我给你一点儿忠告，不要随便跟男人去酒吧，那样很危险。"

她撇一下嘴："我记得上次在酒吧碰到你，你就带着一个漂亮女孩子，你对她危险吗？"

"她不一样，她知道男女交往可能存在的危险，可是冒险会带给她乐趣，她欢迎所有可能的危险。至于你这样天真的女孩子，还是待在象牙塔里比较安全。"

他话中那点带着调笑的轻视让她恼火，却没法反驳，只得讪讪地转移话题。

"咦，刚才这个点歌的是我们学校政治学院的师兄。"

"我读大学的时候，会有人排队到校广播站要求为自己追求的女生点歌，可能现在的孩子都直接转战电台了。"

"你干过那种事吗？"

祁家骢摇摇头，任苒倒毫不奇怪，可是她对他有强烈的好奇："那你怎么追求女生？别跟我说你没谈过恋爱啊。"

"我大概没谈过你理解意义上的恋爱。"

"恋爱就是恋爱，什么叫我理解意义上的？"

"好吧，我就是没有时间去谈恋爱。我读书成绩普通，上的是个管得不算严格的二流大学，可是也忙到被数次警告说再旷课会挨处分，险些毕不了业。"

"你在忙什么。勤工俭学吗？"

"说是勤工俭学也可以。我刚上大学不久，就开始在一家期货经纪公司工作。"祁家骢回忆着，嘴角含了一点浅笑，"那家公司是一个拿马来西亚护照的华人开的，主要做美盘期货。我晚上上班，白天上课加补眠，还要分析盘面，调度资金，随时跟客人汇报资金动向，真的是很忙，完全没有什么闲情逸致了。"

任苒听得怔怔的，她理解的勤工俭学，无非是做做家教打打零工，或者像她父亲带的博士生那样参与编书、做课题，已经算很了不起了，祁家骢说的这些事，完全超乎了她的理解。她从来没为钱操心过，联想到祁家骏十六岁时已经偷开家里的车子出去兜风，十八岁时考完驾照就收到一辆三菱跑车作为生日礼物，现在还时时盘算要将车开过来，她不禁有些怅然。

"你这相当于提前工作了啊，是不是……经济方面压力大？"

祁家骢闷声一笑："你问得真委婉。不，我虽然小时候不算幸福，不过还好没缺过钱。去那里工作，只是喜欢捕捉驾驭行情的刺激感觉，相比之下，大学生活太乏味了。"

"可是我总觉得，我们可能会工作一辈子，难得趁大学时学点想学的东西，享受没有压力的生活。"

"每个人想学的东西并不一样，觉得享受的方式也不一样。"

"原来工作狂也可以是天生的。"

祁家骢笑道："可以这样说吧。我就是在那儿认识的老李。他是马来老板聘请的副总，全盘负责业务，可他是耶鲁商学院的金融硕士，那个职务对他来讲简直是一种侮辱。我跟他学了不少东西，是大学老师不可能教我的。"

"那他为什么现在窝在那么个小铺子里卖咖啡？"

"他经历很复杂，等有时间你去喝咖啡，听他自己讲好了。"

"你会不会觉得我很三姑六婆，什么都想打听？"

"小孩子好奇心旺盛很正常。"

任苒仍然没什么可辩驳的，只得继续问："你一直跟老李一起工作吗？"

"我在那家公司做了两年，其实在做了不到三个月我就明白了，我们拿着客户的钱，成天分析大豆、玉米、铜的走势，画K线图，不停关注美国的天气、时政各种消息，可是单子根本没下到美国期货交易市场，只是一种跟香港那边盘房的对赌。老李见我第一个自行悟到这一点，着实吃了一惊，说我简直悟性惊人。"忆起往事，祁家骢似乎觉得十分有趣，嘴角噙上一个微笑。

"那个……不算犯法吗？"任苒迟疑地说。祁家骢禁不住呵呵一笑，她听出了其中的揶揄之意，可是并不服气，"不许再拿幼稚这句话来压我。"

"不愧是法学家的女儿，首先想到的就是这个。当然，不算合法，可是当时期货在国内还只是一个概念，大家的投资热情太旺盛了，而且寻租现象总是跟政策、法律的完善是并存的。反正我继续做所谓的美盘期货、期指，同时跟着老李学习。马来老板撤走后，我转到做合法的国内期货，没有停下来过。大学算是勉强混毕业的，大概确实没有谈过你认为的那种恋爱。"

"又来了，什么叫我认为的？怎么每件事情到了你那里都会有两个划分，我的理解跟你的存在那么大差别吗？"她不服气地反问。

祁家骢并不回答，可是答案显而易见。车子已经驶过了大桥，进入闹市。道路两侧的灯光从车内掠过，将他的面孔映得越发变幻不定。任苒再次意识到与他之间隔着的年龄与认知上的差距，只能闷闷地低下头去。

"又不开心了吗？我可真是不会哄女孩子。来吧，跟我说说，你喜欢什么消遣？"

她赌气地说："我没大志向，我就喜欢吃喝玩乐。"

"嗯，不错。可惜我恐怕没办法陪你吃喝玩乐了，任苒。"

她顿时没有赌气的心情，小声问："你不是说那件事并不严重吗？你是不是要离开很久？"

"我说不好，有时候一个人没法控制左右一切。"顿了一下，他说，"别为我担心，也别对我有什么想法。任苒，我大你太多，经历太复杂，并不适合你。你应该跟祁家骏那样年龄、阅历相当的男孩子好好谈恋爱，享受大学生活。"

这句直截了当得毫无回旋余地的话并没让任苒伤心："你们每个人都似乎比我自己更清楚什么是适合我的。"

祁家骢好笑："如果每个人都这么说，就值得你好好考虑了。"

"你明知道不适合我，刚才为什么不让我自己回学校，反而……要抱我？"

他一下被问住了，停了好一会儿才回答："是呀，我自相矛盾了。不知道为什么，看你伤心，我忍不住会想，简直是罪过，还是先哄哄再说吧。"

他的口气中带了一点儿无可奈何跟调侃，一瞥任苒，果然发现她又有些气鼓鼓了，眼睛亮晶晶地看着他。

"不过，我必须坦白，你抱起来软软的，确实很舒服。"

她的脸如他预计的一样涨得通红，垂下眼睛，小声嘟囔着："你没恋爱过才怪。"

"我们对恋爱的理解真的不一样，我没在你面前装处男的打算。当然我有过女朋友，不止一个。"

任苒没单纯到那一步，她听明白了他的言下之意。此刻车正走在商业区最繁华的一条大道上，隔了不多远便是一处红灯，黑压压的行人如潮水般从车辆前方人行道穿行而过，行色匆匆，她一片茫然地注视着这突如其来的人流。

绿灯亮起，车子重新发动。这样且行且停，也慢慢走出了那条车流与人流交汇的大道，拐上相对安静的一条路，两边灯火渐渐沉寂，夜色重新恢复静谧。

祁家骢驾着车驶上了与他们来时走的大桥遥遥相对的另一座跨江大桥，这边交通更顺畅一些，很快就接近财经政法大学了。

他减慢车速，将车停靠在路边："好好过个开心的暑假，很快你就能忘了我。"

"你还是有一点喜欢我的，对不对？"

祁家骢轻声笑："那是自然，我并不是一个总有哄孩子耐心的人。"

"我也喜欢你。"

这个坦白并没让祁家骢吃惊："你喜欢的不是我，你只是觉得我跟你生活圈子里看到的男生不同，你喜欢上的是一个陌生男人带来的神秘感觉。"

被他这样用理智超然的口气一分析，任苒完全没法否认辩驳，只得怔怔出神。

"对你来说，我并不合适。不说我前景莫测，马上要离开；就算我留在这里不走，也不可能跟你谈你向往的清纯恋爱。"

"可是你刚承认是喜欢我的……"任苒顿住，咬住了嘴唇。

祁家骢平淡地说："那我来坦白告诉你吧，我跟喜欢的女孩子之间可能的发展通常就是：只要她愿意，能对自己的行为负责，而我又刚好有心情，我会带她回去上床。"

任苒一下被惊得目瞪口呆，祁家骢毫不客气地欣赏着她的表情，眼底掠过一丝复杂的情绪，笑了。

"你果然给吓到了。你看，成年人的世界就是这么默契直接，我没有足够的闲心，也没有太多空闲的时间。更重要的是，我既没办法对女孩子保留纯洁的想象与神秘感，也不希望女孩子对我寄予太多浪漫想象。"

"所以那一点点喜欢对你来讲没有任何意义，对吗？"

"多少还是有一点意义的，任苒。你实在太天真，太小，我喜欢你，所以决定对你慈悲。我不会引诱你陷得更深，更不会带你回酒店房间。那不是你要的，也不是我应该给你的。"

这个断言让任苒默然，她解开安全带，手伸向车门，可是转眼之间，她改变了主意，返身过来："告诉我你要去哪儿？"

"我不是有心瞒你，只是我现在还没有明确的计划，我得看事态的发展再做决定。"

"把你电话号码给我。"任苒再次要求，从自己包里拿出通讯本和笔，"至少你明天不会换号码对不对？我明天就去买一个手机，把我的号码发给你。"

祁家骢皱眉，却还是报出了手机号，她就着路灯记下来。他正要说话，她却抬起头笑了，没有刚才那样纠结的表情。

"如果你真的有一点喜欢我，那还是把我的号码留下来。方便的话，跟我联络一下。"

"这有什么意义？"

"你自己也说了，你并不会对所有人都有耐心，所以我对你来讲，多少还是有一点不一样，对吗？"她的眉目之间全是盈盈的笑意，坦然看着他，"放心，我不会望穿秋水等你，所以你不用有负担。我知道你觉得我幼稚，没耐心跟我多纠缠。可是我总会长大，会学会成年人的相处方式；你也有可能重新回来，对我甚至可能有多一点喜欢的感觉。将来的事谁说得清？也许到那时候，我对恋爱的想法不一样了，会觉得你这人很没意思，搞不好会跟你说，嘿，大叔，别来烦我了。"

祁家骢一怔，随即被逗得哈哈大笑，脸上头次出现明朗的笑意，伸手过来抚摸了一下她的头发："聪明姑娘，好吧，我会留下你的号码，等着有一天接受你的鄙弃。"

任苒下了车，走进学校后，才在门楼的阴影中停住脚步回头，只见那辆黑色奔驰刚好缓缓启动，拐上马路，加速消失在她的视线中。

她长长地吁了一口气，快步走回宿舍，这时当然已经过了锁门时间，好在放假这几天宿管阿姨没那么一板一眼，宿舍大门只是虚掩着。她借着昏暗的灯光回到寝室，完全无意识地拿了杯子毛巾去水房洗漱，再换了睡衣，爬到自己睡的上铺躺下。

她的脑袋里被各种各样的念头充塞得满满的，混沌一片，理不出一个头绪，可是她仍然意识得到，有一点甜蜜与微醺悄然从心底弥漫开来。

这是她初次动心，对着一个陌生而危险的男人。

和他马上隔开距离，似乎从一个不可测的深渊边退开，倒让她不至于恐慌、迷失。

恋爱应该怎么进行，她没有具体的想象，从内心来讲，她更喜欢一个精神上的恋慕；她还太年轻，清楚地知道自己的生活在未来仍然存在着无数的可能性，对于离别，她没有愁绪与伤感。

她的手摸向枕边那本《远离尘嚣》微微磨损的书脊，慢慢进入了梦乡。

第九章

　　任苒与祁家骏一块儿返回了他们的老家Z市。赵晓越接待得十分周到，专门在她家住的市郊别墅二楼整理出了一间朝南客房，布置得十分舒适精致。

　　祁汉明除了在他们回来那天按时到家和他们一齐吃了晚饭后，就很少按时回家了，不过赵晓越和祁家骏对他的行踪不定显然都已经习以为常。

　　祁家骏在本地长大，一向交友广阔，从一到家手机就响个不停，各式约会安排得紧锣密鼓。第二天他便开着三菱跑车呼朋唤友，尽情享受暑假。

　　赵晓越摇头叹气，对任苒说："他幸好去了外地念书，要留在本地的话，成天跟那些二世祖混在一处，跟没笼头的野马一样，我的头发恐怕要多白三成。"

　　任苒暗笑，并不揭发祁家骏在财经政法大学也算生活得十分丰富多彩。

　　祁家骏会挑选一些他认为合适的聚会带任苒出去玩，可是任苒发现，自从那次半真半假让她真的做他女朋友之后，他似乎突然染上了一个爱好，喜欢在朋友们面前像照顾女友一样照顾她了，他的朋友也通通心照不宣地把他们视为一对，让她尴尬之余受惊不小。

　　他再叫她出门时，她开始摇头了："不去不去，不好玩。"

　　赵晓越也皱眉说："阿骏，小苒一个斯斯文文的女孩子，别带她去那些酒吧、KTV，那里出没的都是些小太妹，打扮得不三不四的，鱼龙混杂，你自己也少去。"

　　任苒笑着帮他解围："那倒也不是，阿姨，好多学生喜欢唱K。我是怕吵，又不喜欢喝酒，跟阿骏的那些朋友没话题，白扫了他们的兴。"

"好好好，改天约好去海边钓鱼露营，我再带你过去。"

任苒倒也不是闭门不出。

回到她一直生活的城市，她没法不想起过去的生活。在祁家骏的陪同下，他们去了墓园，她一直害怕去那个地方，总觉得一走进去，就被清晰明确地提醒，她与亲人已经分处两个世界，再也不可能在一起。她没办法像其他人一样，长时间站在那里回忆凭吊，只站了一会儿，就催着祁家骏离开。

她偶尔会回家看看，打扫一下室内的灰尘，开窗换换空气，还独自到母亲生前工作的图书馆坐了好半天。所有的一切都让她触景伤情，好长时间都郁郁不乐。

可是毕竟住在别人家，她不愿意摆出一副情绪化的面孔，还是努力把生活过得正常，免得赵阿姨和祁家骏担忧。

她试着和中学同学联系，虽然读中学时忙于照顾母亲，没交上闺蜜型的好友，又提前转学去了外地，但同学一场，约着见面吃饭看电影小聚，交流各自的大学生活，仍然是有亲切感的。

祁家骏空闲时，便会自告奋勇接送她，他对小女生吃肯德基必胜客、捧着爆米花看电影、结伴逛服装店的消遣方式给予十分宽容的评价："只要你觉得有趣就好。"

"这比你的酒池肉林要健康得多。"任苒不客气地反驳。

"不要把我想象得太靡乱，我只是喜欢稍微刺激一点的生活。而且，只要你开口让我陪你，我会毫无怨言放弃我的爱好。"

她没好气地说："拉倒吧你，你少这么肉麻好不好？下次吃饭的时候再不许给我夹菜，你没看你妈眼神好奇怪，今天说话也很怪，叫我只管把这里当自己的家，以后不用管我爸爸做什么。这话听着好奇怪，你知道我爸爸会做什么吗？"

"我不清楚。"祁家骏眼神闪烁一下，耸耸肩，"我猜她是高兴吧。她昨天还跟我说，我如果追求你做女朋友，才算是靠了谱。"

"你是想吓得我搬回自己家去吗？"

"别别，我开玩笑的。"祁家骏按住她，笑道，"你只管放心住着，我们家不干强抢民女的勾当。"

任苒心神不宁，可是看他一派轻松的表情，又觉得自己未免多疑，毕竟他一直就十分照顾她，也跟她从小到大言笑无忌习惯了。她只得瞪他："以后不许再开这种没营养的玩笑了，省得阿姨误会。你那个叫岳什么的同学，不是据说一直暗恋你吗？有没有发展一下的可能？"

"她太一本正经了，没意思。"

"我的同学莫敏仪挺喜欢你,她长得好漂亮的,又很活泼开朗,昨天你也看到了,她看到你就脸红,哈哈。"

"叽叽喳喳的黄毛丫头,没意思。"

"没意思没意思,回回你跟人分手都说没意思,你这人是不是年纪轻轻就爱无能了啊?"

祁家骏嬉皮笑脸地凑近她:"如果跟你,我肯定不说没意思,你看我们认识这么多年,我也没厌倦过你。"

不等任苒敲他的头,他已经大笑着扬长而去。她无可奈何地看着他的背影,也忍不住笑了。

这天晚上,任苒与莫敏仪在市中心购物广场的影院看电影,祁家骏答应了散场时来接她,可是等她们出来,他打来电话说有些堵车,让她们再等等。

两个女孩子沿着购物广场内的商铺外沿慢慢逛着,百无聊赖地看着布置各异的橱窗,一边谈论着刚看的电影。

莫敏仪是个漂亮开朗的女孩子,任苒很喜欢她直爽的性格,可是她突然若有所思地说:"你觉不觉得祁家骏对你很好?"

任苒现在对这个话题很有些不自在:"他跟我哥哥一样,对我当然好。"

莫敏仪嗤之以鼻:"我有哥哥的,哥哥对妹妹是怎么个好法我还不知道吗?要是有人欺负了我,我哥哥肯定会去揍死他;可是他不会有耐心对我管接管送,更不会在我买衣服的时候跟在后面负责拎东西。"

"我跟他认识这么多年,也就上次,他正好闲得无聊,才跟在我们后面,顺便还把我买的衣服贬得一文不值,平时他才懒得干这事。"

莫敏仪直摇头:"你看今天,他又巴巴打电话过来,说天气比较闷热,叫你别去挤公汽,等他来接。换了我哥,才不会管我是搭公汽还是步行回家呢,最多就是见我回去晚了会臭骂我一顿。任苒,相信我的直觉,他对你不只是兄妹情那么简单。"

身为独生女的任苒听得又是疑惑又是烦恼,她觉得祁家骏的不少表现其实正符合莫敏仪所说的哥哥特征,可是一谈到直觉这么玄妙的问题,她又有些心神不宁了。

她正要反驳,却突然僵住。

她面前是一个名牌首饰橱窗,灯光布置十分巧妙,一束光集中打在中间深色丝绒上,那里放着一个纤纤玉手的模型,手指上戴着一枚精巧的镶钻戒指,在灯光下显得璀璨夺目。橱窗另外部分隐在暗处,却反射出后面不远处一个男人高大的身影,一手拿着手机,边走边打着电话,尽管混在行人之中,依旧显得突出。任苒的心跳一下加快,那是祁家骢，她甚至可以看到他往她这个方向瞥了一眼。

她紧盯着橱窗，试图看得更清楚一些，然而他步幅很大地向前走着，很快走出了橱窗玻璃反射的范围。她这才醒悟，急忙转身，可面前是华灯初上，街道上人流繁密，一个个行人摩肩接踵，她再也没有刚才那样一下从人群之中蓦然找出一个身影的感觉了。

"喂——"莫敏仪担心地摇她的胳膊，"不会因为我说这个就生我的气了吧。我只是说说而已，他喜欢你也是很正常的啊。"

"没有没有。"她连忙摇头，"这有什么好生气的。不过阿骏喜欢我跟你想的不一样，他一向喜欢的都是波霸女生，才不是我这样的。你是没见过他的历任女友，个个身材跟你一样好。"

莫敏仪被逗得红着脸哈哈大笑："他交过很多女朋友吗？"

"你别误会，他其实不花心的。"任苒本能地为朋友辩护着，"我们都还小，肯定得认识不同的人，才知道自己最想要的是谁啊。"

莫敏仪点头同意："是呀，一见钟情的事太难碰上了。"

看话题被扯开，任苒松了口气。

祁家骏过来后，先开车送莫敏仪回家，再把任苒放到别墅门口，便说还有一个聚会要赶过去，晚上不回来吃饭了。

祁汉明照例没回家。任苒与赵晓越两个人坐在偌大的餐厅内吃饭，都有些无情无绪。

赵晓越一向没有她这个年龄女性爱闲话家常的习惯，平时显得十分冷峻。任苒了解她的性格，并不认为她是冷落自己。她被下午在橱窗玻璃看到的那个身影弄得有些恍惚，也无心找话题。

好容易吃完饭，她告退回了自己在二楼的房间，坐到窗边的小沙发上，拿出手机看着。

手机是任苒在回Z市前几个小时买的，祁家骏大惑不解："之前一直叫你买手机，你都说没必要。现在怎么突然想买了？"

"联络方便嘛。"她含糊地答。

去机场的路上，她对着说明书不停地摆弄着手机，祁家骏看得不耐烦，一把抢了过去，先把自己的号码输进去保存下来。她到底没太弄明白短信功能，只能趁他去托运行李时，拨通了头天晚上抄下来的那个号码。

祁家骢很快接听了："你好，哪位？"

"是我，任苒，这是我的手机号码，你答应了我，会保留下来的。方便的时候，请跟我联络。"她流利得让自己吃惊，仿佛已经在心中排练了无数次。

祁家骢的声音温和："好的，祝你有个愉快的假期，再见。"

这是他们之间唯一的通话。

任苒将他的号码保存了下来，出于她也说不清的心理，存的名字用的是拼音缩写：JC。

她悄悄编写了数次短信，却都在发送前删除了。那些话在她自己看来都很幼稚，分明是一个在假期中无聊女孩子的碎碎念，没有任何意义，只会让他更加忽视她。

过了一周，她终于忍不住发了一条简短的问候消息，等了半天也没收到回复。她再拨打那个号码，听筒中传来的是关机的提示音。

她不死心，在别的时段再打，还是不通。他如他预告的那样消失了，并没给她留下新号码。

假期过了一个多月，悠闲的时光里，她有太多的时间想到他，渐渐她发现，脑海中记得的他反而变得模糊。

她完全不敢确定，他会真的像许诺的那样保留下她的号码。

她同样不敢确定，她之前在橱窗玻璃中看到的那个人就是祁家骢，而不是她那点单恋的幻觉。

第二天，天气变得更加沉闷，气压低得让人有喘不过气来的感觉。不用听天气预报，任苒和这城市里的其他人一样清楚，将有一场台风登陆。

受天气影响，她的午觉睡得有些长，等她醒来，带着几分迷糊下楼去厨房，开了冰箱拿了果汁，正要打开喝，却听见外面传来汽车驶进的声音，任苒以为祁家骏回来了，探出头一看，停到一侧的却是一辆银灰色宝马，略微发福的祁汉明正从车上走下来。他鲜有这么早归的时刻。

任苒走出去跟祁汉明打声招呼，祁汉明脸色凝重地问她："你赵阿姨呢？"

"在楼上书房吧。"

祁汉明点点头，匆匆上楼。任苒觉得有些气闷，牵上祁家养的那只漂亮的边境牧羊犬佐罗出去，沿别墅区内的景观道散步，顺便遛它。

一般傍晚别墅区遛狗的人会比较多，这个时间则显得安静而空旷。她走足一圈，带着佐罗回来，把它关进狗舍，正准备上楼，便听到楼上另一侧的书房传来一声锐利的响声，似乎是瓷器落地摔碎了。她吓得一激灵，站住脚步侧耳细听，似乎听到隐约的争吵声，转头一看，发现保姆王姐也从她的工人房里出来了，正靠在门框上看着楼上。

"怎么了？"

"赵老师跟祁总正在吵架。"王姐摇头叹气,"两个人在赵老师的书房里关着门吵好半天了,谁敢劝啊。"

任苒根本没敢动去劝的念头,她琢磨着,她这客人是识相一点回自己房间待着,装成什么都不知道;还是打电话叫祁家骏回来比较好?可是祁家骏一向对他父母之间诡异的关系十分回避,以前为了躲开他们的争吵干脆跑去她家,似乎也不是一个劝架的好人选。

书房的门猛地打开了,赵晓越愤怒的声音清晰地传了出来:"你休想把我们一家的身家性命搭在你的那个野种身上——"

野种——这个粗俗刺耳的称谓让她皱眉,可她没来得及诧异一向举止庄重的赵晓越怎么会如此发作,就意识到赵晓越说的野种应该是祁家骢。没等她转定念头,祁汉明已经拎着一个公文包,铁青着一张脸重重走下楼了,她避无可避,只得叫一声:"祁伯伯。"

祁汉明勉强扯出一点笑意:"小苒,我马上得出去一趟。"

"祁伯伯。"她鬼使神差地叫住他,"是不是有什么急事?"

她一向不打听什么,祁汉明心不在焉,倒没觉得惊奇,只微一停步,点点头:"对,很急的事。对了,你爸爸还打来电话,算了,改天等有时间我们再谈。再见。"

"再见。"

任苒上了楼,轻手轻脚回自己的房间,可是到底不安,她想了想,走到赵晓越的书房前,门敞开着,她可以看到地板上一只花瓶已经摔得粉碎,而赵晓越头发蓬乱,脸色反常地赤红着,嘴唇却是苍白的,她正坐在椅子上发呆,整个人看上去骤然现出老态。

她去拿来扫帚,先敲一下门,赵晓越完全没反应,她直接进去,清扫了散落一地的碎瓷片,再让王姐热了一杯牛奶端上来,放到书桌上。

"阿姨,喝点牛奶,要不要我打电话叫阿骏回来?"

赵晓越摇摇头:"他回来有什么用?让你见笑了,小苒。我以为我早没力气再计较什么,没想到今天管不了家里有客人,又吵起来了。"

"阿姨,别生气,有什么事,可以跟祁伯伯好好沟通。"

"你这孩子真是天真,我们哪是沟通能解决问题的?"赵晓越冷笑,突然站起了身,"不行,我得出去一趟。"

她拿起手机拨号,叫的是她妹妹的名字:"你先去公司,跟你老公一块,把所有要紧的账目、合同、公章控制住,我这就去找一下那个狐狸精跟那个野种,看他们到底要干什么?"

任苒吓了一跳,惊讶地看着赵晓越。

不知道那边说了什么，赵晓越的眼睛里闪现着怨毒的光："你根本不懂，我再忍下去，祁汉明已经打算把这个家败掉了。这么多年我忍气吞声是为什么？这些财产是我要留给阿珏跟阿骏的，绝对不能由着他们来抢，弄得我的孩子到头来一无所有。"

赵晓越放下手机，任苒小心地问："这么晚了，您还要上哪儿去？"

"我有一点事，你别问了。"

"阿姨，还是叫阿骏回来吧。"

赵晓越摇摇头，抓起车钥匙下楼，任苒紧跟在她身后，情知劝阻不住，只得打祁家骏的电话，可是祁家骏竟然没有接听。

赵晓越已经走了出来，打开了她平常开的那辆丰田皇冠的车门，任苒情急之下，慌忙拦在了前面。

"小苒，你马上让开。"赵晓越烦躁地说。

"您别去，等阿骏回来再说。"

"你根本不明白，小苒，我要再缩在一边，就跟你妈妈是一个下场了。"

任苒一下呆住，脸色苍白地看着她。

赵晓越自悔失言，心烦意乱："对不起，小苒，阿姨是气糊涂了，你别介意……"

"我都知道了，阿姨。"任苒垂下目光。

"是吗？阿骏早就一再嘱咐我，让我千万别跟你提起。我一直同情你妈妈，那么善良的一个好女人。可善良有什么用？越是善良越会被人欺负。你赶紧让开，我今天非去不可。"赵晓越上了车，插入钥匙，再度示意她让开。

这时祁家骏回了电话过来，任苒连忙接听："阿骏，你妈妈要开车去……找祁家骢的妈妈，你快回来。"

祁家骏大吃一惊："你拦住她，她疯了吗？"

赵晓越不耐烦再听他们对话，猛然点火发动，准备向后倒去。任苒急得要哭出来了："我拦不住啊，阿姨已经要开车了，难道让我躺在车轮底下吗？"

"你别急，你上车跟着我妈，告诉我你们往哪边走，我马上开车过来拦住她。"

任苒无计可施，绕过车头，拉开副驾门坐了上去。

赵晓越紧抿着嘴唇："小苒，下车。"

"阿姨，您等阿骏回来好吗？"

赵晓越再不理会她，踩下油门，将车驶出了别墅。

任苒与祁家骏保持着通话，告诉他经过的路名。祁家骏急得满头大汗："你们是在往城南走，我现在在城北郊外，赶过来要时间。小苒，你一定要跟紧我妈妈，别让她做傻事。"

任苒只得答应下来。

过了二十分钟，赵晓越的车停在了一个高档公寓楼下，她径直下车。任苒慌张跟上去，一边对着手机讲："秀峰路上的秀峰居B座，阿姨按的是2802号房的门铃。你快点过来。"

对讲机中传出一个女人的声音，讲的是标准的普通话："哪位？"

赵晓越冷冷地说："陈珍珍，是我。你住着我老公拿我们夫妻共同财产给你置的房子，不会拒绝我上去看看吧。"

那边一下哑然，赵晓越补充道："你缩着不出来也行，反正我是不会就这么离开的。"

隔了一会儿，单元门上显示了"OPEN"字样，赵晓越一把拉开，走了进去，任苒只好跟上她。

电梯上到二十八楼，赵晓越刚按响2802的门铃，门便打开了，一个高挑的中年女人出现在门口。

任苒马上断定这是祁家骢的母亲。两人有着同样轮廓清瘦的面孔，高挺的鼻梁，略带鹰钩的鼻子。只是这女人神情仓惶不安，眼神闪烁，毫无祁家骢的镇定姿态，而且任苒在一闪念之间想到，这女人看上去最多只能算是风韵犹存的中年女性，衣着家常，与她想象中的美艳情妇模样相去甚远。

赵晓越大步走了进去，她尴尬不安地跟在后面。

这是一个面积颇大、装修讲究的公寓房，水晶吊灯照得一室通明。赵晓越环顾四周，"啧啧"两声："没想到祁汉明对你还真是长情，到今年为止你也跟了他二十五年吧，除了这个地段的一套公寓，他还给了你什么？"

"祁太太，二十年前我们就说好了互不相扰，你今天过来有什么事？"

"好一个互不相扰，陈珍珍，你还真是说得出口。当初我看在你拖着一个孩子的分上，没下狠心对你赶尽杀绝，你现在竟然挑唆祁汉明把钱全转给你们生的野种，你以为我会答应吗？"

"不是你想的那样，祁太太。我儿子的生意出了一点问题，急需周转，二十多年来，他从来没跟他父亲提过任何要求，我只希望汉明能够……"

"我现在就告诉你，祁汉明这个男人，我早就对他死心了，他想干什么我根本不关心。我现在的亲人只有我儿子和我女儿。"赵晓越声音冷厉地继续说，"你染指了我老公，好吧，既然他犯贱，我认了，我也不在乎了，他爱干什么随便他，跟我没任何关系,反正我们的婚姻就是名义上的。可是你要想进一步染指祁家的财产,损害我儿女的利益,就趁早不要痴心妄想。"

"阿骢也是汉明的儿子,他……"

"祁家只有祁家骏一个儿子,至于什么阿骢,就是你们两个的野种、私生子,谁也不会承认他。你想主张他的权利,分祁家的财产吗?好,等祁汉明咽气了再说吧。我会好好保养我的身体,争取活得比祁汉明长,到时候,你就来跟我打官司争好了,看能分到多少残羹剩饭,哈哈。"

赵晓越歇斯底里的笑声在室内回荡,任苒遍体生寒,可是看她的神态,又担心不已,赶忙扶住她:"阿姨,您别这样——"

赵晓越摆摆手,直直盯着同样脸色惨白的陈珍珍:"我现在跟你讲清楚,当初祁汉明跟我有明确的协议,不经我同意,他无权处置公司财产。他如果胆敢自作主张给你们转来一毛钱,我会跟他拼命,更别说拿工业园去做抵押了。你们的野种在外面闯出那么大的祸,相信有不少人正在找他,你要再敢提一声这个要求,我就马上公布他的行踪,看看他跟你是个什么下场。"

"您可以试一试,祁太太。"

一个低沉的声音突然响起,祁家骢从客厅一侧的另一间房走了出来,脸上没有任何表情,一个多月不见,他看上去更显瘦削。任苒呆呆地看着他,他却根本不看任苒。

赵晓越冷笑一声:"你以为我不敢吗?我怕什么?这也许倒是一个一劳永逸的解决办法。"

陈珍珍已经冲过去一把抱住祁家骢,语无伦次地说:"你出来干什么?快进去快进去,不对,你还是快走,她什么都干得出来的。"她绝望地转头看着赵晓越,"祁太太,我求求你,你千万别那么做,你要什么,我都答应你。"

赵晓越哈哈大笑:"我要什么?你能给我什么?可怜虫,你手上唯一有的不过是祁汉明罢了,谢谢,我对他早没兴趣了。"

"我可以离开汉明,再也不见他……"

"够了——"祁家骢低低地喝止了她,然后轻轻挣开她的手,语气依然冷淡,"妈妈,下次别这样哄我回来了,不然以后你真生病了,我也不会管的。我的事跟你没关系,跟祁家就更没关系了,不要再干傻事。"

"说得倒好听,已经逼得祁汉明要抵押工业园套现了,居然现在还撇清。"赵晓越冷笑道,"我刚才说的话,你想必都已经听到了,不用我费事再重复……"

"我从来不跟人费事重复,所以我只说一次,祁太太,你最好听清楚。祁汉明爱干什么事,跟我没关系,我不会接受他的帮助。你马上离开,不要再来这里。如果你再过

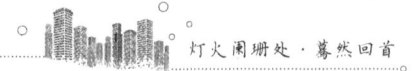

来自说自话,我会让你后悔你的儿女姓祁。"

祁家骢的声音和缓,可是他整个人散发着森然的寒意,带来巨大的压迫感,室内所有人都一下安静了下来。

他的视线慢慢扫过赵晓越,赵晓越竟然完全说不出话了。他的目光随即停在任苒脸上,任苒顿时被这个冷得没有任何温度的陌生眼神冻结住了。

这时门铃响起,可是所有人都没动,只任那个铃音单调地响着。任苒避开祁家骢的目光,走过去拿起对讲话筒,果然是祁家骏赶到了楼下。

"阿骏,我们马上下楼来。"她简短地说完,挂了话筒,拉一下赵晓越,"阿姨,我们走吧。"

第1章

任苒搀了赵晓越走出电梯,发现赵晓越身上尽是汗水,而她也强不了多少,掌心冷汗黏黏的,十分难受。

她们刚刚走出秀峰居B座,就看到祁家骏立在门外。

"妈,你疯了吗?"他一样满头大汗,又是焦急又是不耐烦,"居然还带着小苒来这个女人家。"

赵晓越惨淡地笑:"阿骏,你以为妈妈是来争风吃醋自取其辱的吗?二十年前我就没有这个劲头了,更何况现在这把年纪?"

"好了好了别说了,走吧。"祁家骏不愿意当着任苒说这件事,皱着眉头说。

赵晓越却站定了脚步:"我不能再瞒着你了,阿骏。你爸爸已经疯了,下午回来跟我说,要调集公司所有的流动资金不算,还动了拿工业园的土地去银行做抵押筹钱的念头。"

"他要干什么?"

"他跟这个女人有个私生子,你应该也知道吧?"

祁家骏厌烦地点点头:"这又不是什么秘密。"

"那个野种操作的私募基金被冻结了,据说有人正在四处找他,你爸爸想筹钱填补这个亏空,好保住他的命。"

任苒与祁家骏同时吓呆了,祁家骏努力镇定下来,迟疑一下,说:"如果涉及人命,你想让爸爸不管他,大概不大可能啊。"

"阿骏,你太天真了,你知道那笔私募基金是多大一个数目吗?赔上我们祁家全副身家也未必能摆平。更何况凭什么要为他赔上全副身家？"

"有这么严重吗？"

"你爸爸一向为这个野种骄傲，在外面吹嘘他祁汉明还有一个儿子是金融天才，白手起家，比他这个当老子的厉害得多。"赵晓越的声音里满是愤怒，"现在闯下这么大的祸，居然想要我松口救他，门也没有。他和他妈就是两个贼，从我身边偷走了丈夫，从你和你姐姐身边偷走了父亲，现在又想偷走属于我们的财产。除非我死，不然绝对不会答应。"

"妈，有什么事，我们回去再说。"

"回去？"赵晓越冷笑道，"我们这就去公司。阿骏，你小姨和姨夫都已经到那里了，一起商量一下接下来怎么办。你再不能跟以前一样，对公司的事不闻不问，把担子完全放在我一个人身上了。"

祁家骏只得点头："好。"

仟苒马上发现赵晓越拿车钥匙的手颤抖不已："阿骏，阿姨现在恐怕不能开车。"

"我的车先搁这里，妈，钥匙给我。"祁家骏接过母亲手里的车钥匙开了皇冠车门，扶她坐到副驾驶座上，转头对任苒说，"快上车，小苒。"

任苒只听见自己几乎不假思索地说："阿骏，你陪阿姨去公司吧，我不过去了。我跟莫敏仪约好了去一个同学家。"

"这种天气——"祁家骏正要烦躁地反对，又想起任苒恐怕是不愿意参与这种尴尬的家事，点了点头，"好吧，你注意安全。到时间给我打电话，我来接你。"

任苒看着皇冠车开走，又是愧疚，又是焦灼。她当然没跟莫敏仪约，可是她实在被赵晓越刚才说的消息吓坏了。

她一想到祁家骢的处境，心就提到了嗓子眼那里，堵得有些喘不过气来。加上风雨来袭前沉闷的气压，她的心跳得紧一阵慢一阵，毫无规律可言，手心攥得全是冷汗。

她呆呆站着，眼前浮现祁家骢那个冷漠的一瞥，脊背顿时由上至下掠过一道寒意。

这时一阵风骤然间刮起，街道上的杂物被吹得四下乱窜，在沿海登陆的台风终于开始袭来本市了。天空中乌云翻涌，路上行人全都加快了脚步，希望赶在暴雨来临前回家。

她鼓足了勇气，走到单元门前，按响了2802的对讲门铃。

过了好一会儿，陈珍珍的声音响起："哪位？"

"你好，"任苒结结巴巴地说，"我……想找祁家骢。"

"这里没有叫祁家骢的人。"通话马上被切断了。

任苒完全束手无策，她仰头看去，三十三层的秀峰居大厦在黑沉沉的天空下巍然耸立，她四下看看，走到大厦对面的一间饮品店，要了一杯冰奶茶，走到靠窗的位置坐下。

饮品店内空调开得十分充足，她背上的寒意更甚，这才意识到汗水已经不知不觉中浸湿了T恤。

店里除了店主，只坐了她一个顾客，屋角挂着的电视调到本地电视台，下方飘送的字幕正在播放台风过境的消息。窗外雨点已经急骤地打了下来，不时有路人撑着被风吹得变形的雨伞从她眼前走过。

她握着冰凉的奶茶杯，呆呆看着密集的雨水落在地上，不知道坐了多久，她看到一辆亮着空车灯的出租车在大雨中驶来，停到对面秀峰居前。她正琢磨着要不要冒雨跑过去，却看到祁家骢突然出现在秀峰居门口，径直走向出租车。她一下站起了身，冲出饮品店，穿过马路跑过去，拍打着刚关上的车门。

祁家骢惊讶地抬头，开门将她拖进去。她已经淋得浑身湿透了。

"你怎么还在这里，热闹还没看够吗？"他冷冷地问。

任苒狼狈而委屈："我不是有意要跟过来看什么热闹的，我……只是很担心你。"

祁家骢不为所动，烦躁地说："你坐这辆车回去吧，我另外打电话叫车。"

他正要拉开车门下去，任苒一把拉住了他的胳膊，他回过头，她在他的目光下瑟缩了一下，却不肯放手："我真的很担心你。"

她湿漉漉的面孔上一双略带琥珀色的眼睛雾气氤氲，带着不容置疑的恳切与急迫，他的怒意一下消散了。

这时司机不耐烦地开了口："两位，到底走不走？不要耽误我做生意。"

祁家骢低头看看她的手，衣服上的水顺着胳膊流下来，手指冰凉。他伸手抱住她，将她搂在自己怀中："去帝景。把空调开小一点儿，谢谢。"

狂风将道路两边的树木刮得东倒西歪，滂沱大雨中，出租车如同孤舟行进在路上。任苒缩在祁家骢怀中，向前看去，只见雨刷急速地来回摆动，前挡风玻璃上依旧一片雨水，视线茫然，她的心底也是茫然一片。

帝景是位于Z市中心广场附近的一个五星级酒店。车子在越来越大的暴雨中很快驶到了目的地，祁家骢付了车费，带着任苒进去。豪华的大堂内出人意料的喧闹，一大群带着行李的外籍旅客正滞留在那里，用英语交谈着，显然被突如其来的坏天气打乱了行程。

祁家骢带她穿过这帮旅客，上了电梯，到了二十楼的房间。他开门之后，马上从衣橱中拿了一件白衬衫丢给她："去浴室把衣服换了。"

任苒已经被酒店里充足的冷气冻得瑟瑟发抖了，连忙把自己关进卫生间，脱掉湿透的上衣，拿浴巾擦干身体，换上那件衬衫。他比她高大太多，衬衫穿在她身上，显得空荡荡的，直拖到了大腿下面。

她挽起衣袖，看着镜子里那个有些陌生的影像，满心都是迷惑。你到底想干什么？这天晚上，她头次这样自问。

她当然没有答案给自己。

任苒光着脚走出去，只见祁家骢正端着酒杯立在窗前，整幅窗帘全拉开了，窗外狂风裹着雨水如注地倾泻着，看出去只见世界仿佛全沉浸在这一场豪雨之中。她走过去，看着在雨中变得模糊的灯光。

"是打电话叫人来接你，还是我让前台安排出租车？"祁家骢举起酒杯，慢慢晃动里面深琥珀色的酒液，懒洋洋地问她。

"你过来几天了？"她以问代答。

"三天。"

"那我前天在前面购物广场看到的真是你，对吗？"

祁家骢显然已经平静了下来，如平常一样看不出情绪起伏，将杯中酒一口喝干，拿起身边的威士忌酒瓶，又倒了半杯："我以为恨嫁的女人才会站在戒指橱窗前不走，没想到小女孩也有这爱好。"

"你为什么不叫我？"她不自觉地提高了音量质问，可是马上又气馁，声音低了下来，"哪怕打个电话给我也好。"

"你不觉得那样对你来说更好吗？"

"又来了，为什么你的想法会这么复杂？"

祁家骢仍然以那种一饮而尽没有停顿的方式喝干了杯中的酒，放下酒杯。他回过头看着她，淡淡一笑："任苒，今天你看到的场面足够难堪了，还不够打破你所有玫瑰色的幻想吗？"

任苒一下抬起了头："我不是今天才知道你是谁的儿子，请不要把我的感情看得这么肤浅。"

祁家骢似乎给逗乐了，牵动一下嘴角，到底没有笑出来，带着一点恶意的调侃问道："那么你对祁家骏的感情算什么？照你所说，你们是纯洁的兄妹情，不过祁太太连这种场合都要带上你，似乎已经视你为儿媳了。"

"别误会，我只是碰巧……"

祁家骢不理会她的辩驳："好吧，不管那份感情的性质是什么。如果真的如她所言，因为我而可能危及祁家骏的身家财产，你会更担心谁？"

任苒哑然。她心里满是对他的担忧，没来得及想到这一点。

"你看，这还不算是一个两难的选择，放到你面前，你就已经开始左右为难了。"祁家骢笑出了声，抬手捏住她的下巴，让她正对着自己，"小姐，你的感情并不肤浅，可是你显然把自己对一个陌生男人的幻想给神圣化了，现在醒悟还来得及。"

这个冷酷的断言刺痛了她，她的脸腾地涨得通红，狠狠摆头挣脱他的手："我只是为你担心，如果你觉得我这么可笑，那我也没什么可说的了。"

"谢谢你的担心。你生活太过平静，未免觉得乏味，希望体验深刻复杂的感情刺激，我完全能理解，也不怀疑这种叶公好龙似的向往是真诚的。可是，我必须再次提醒你，请别在我身上浪费你的同情心了。"

任苒的眼泪在眼中打转，她拼命忍住，深深呼吸，过了好一会儿才开口："我只问一个问题，你现在的情况真的像赵阿姨讲的那么危险吗？"

祁家骢轻描淡写地说："有人正在找我，不过祁太太想象力太丰富，不是她理解的那种黑道电影式的戏剧追杀。那些人不过是想通过控制我，进而控制那笔暂时被冻结的基金，同时让我按他们的要求操作资金运作，相当于一种变相的囚禁，所以我确实需要避开。"

她默默思索着他说的话，然后点点头："我没理解错的话，就是你应该没有生命危险，对吧？那我就放心了。"她直视着他的眼睛，"也许你说得没错，我确实又可笑又麻烦，我决定以后自己消化自己的可笑，不会再拿这种感情来烦你了。祝你好运，我走了。"

任苒刚要走，祁家骢已经将她抱住。

"其实我在天人交战，我总对自己说，这天真的傻孩子，我应该放她走。可是你真要走，我又有些舍不得。"他附在她耳边轻声说。

她勃然大怒，狠狠推搡着他："你这算什么意思？"

"我怕我放你走了，以后就再不会有人对我说，她在担心我。"

他双臂收拢，抱紧了她，仿佛仍在调侃，可是平静的声音里终于流露出惆怅和温柔。她的心一下被击中，眼泪流淌出来，一声不响地停止挣扎，静静伏在他怀中。

"我又把你惹哭了吗？真要命。"

她闷闷地说："我没哭。"

"好吧，没哭。"他抚慰地说，嘴唇擦过她的耳畔，移到她的眼角，吻去了那一点泪水。他呼吸中带着强烈的威士忌酒味道和淡淡的烟草气息，陌生而危险地充满了她的嗅觉。

他的嘴唇慢慢向下，停留在她柔软的唇上，这个触碰让她的脸再度涨得通红。她勉力向后，想看清楚他的表情，可是两个人隔得太近，他的面孔在她视线中无限放大，她根本没法看清什么。她只能感觉到，他的吻由轻柔渐渐到猛烈，先是含着她的嘴唇，然后一点点深入。

原来吻并不是一个简单的触碰，还包含如此复杂的需索、占领、缠绵、挑逗，她不由自主地合上了眼睛，完全不知道应该如何回应，只被动地张开嘴，任他长驱直入，辗转吸吮。

她踉跄后退，被他抵到了玻璃窗上，她的身后是光滑的玻璃，被如注的豪雨瓢泼般反复冲刷得冰凉，她的头仰靠到窗子上，能清楚感觉到大雨的冲击力道与声音。

她的身前，则是一个坚硬强健、散发着她所陌生的热力的身体。

他不是头一次抱她了，然而那些拥抱相比之下都温和无害，只让她有些微的迷醉与晕眩。这是她头一次感知到他不加掩饰的欲望，如此强大、直接而危险，她彻底迷惘无力了。

暴雨狂风被她身后那道玻璃阻隔在外，而他的吻，他的抚摸，所到之处如同看不见的风暴席卷而来，将她覆没。

这个吻持续了多久，她完全没有概念。

祁家骢并没有继续下去。

当任苒清醒过来时，发现他坐在沙发上，而她躺在他怀中。

他低头看着她，目光中第一次带上了一点迷蒙，手指轻轻抚摸着她肿胀殷红的嘴唇。她所有的感官意识突然变得出奇的敏感，随着他指尖的温柔描摹，仿佛每个唇纹都有了渴求，她几乎想张嘴含住这根手指。然而她到底胆怯，不敢放任自己的这个欲望。她全身崩紧，不受控制地起着轻微的战栗。这个她从未体验过的感受让她害怕而不安，她紧紧抱住他的腰，避开他的手指，将热得发烫的脸埋入他怀中。

"你会在这里待多久？"她轻声问他，试图转移自己的注意力。

"我根本没打算到这里来，是我母亲跟我撒谎说她病得很重，我不得不回来看看。"

"别怪她，她也是担心你。"

祁家骢并不作声。

"你还是要走吗？"

好一会儿，她都没有听到回答，她猜得到答案，更紧地抱住了他。

"以后的事，以后再说吧，我带你去吃饭。"

这时，她放在茶几上的手机响起，祁家骢欠身给她拿过来，是祁家骏打来的，她连忙接听。

祁家骏问她在哪里，她一怔之下脱口而出："我在同学家，阿骏。"祁家骢好笑地捏了一下她的鼻子，她涨红了脸，捉住他的手指，继续说，"雨太大了，你不用来接我，我今天就住这里。"

祁家骏叹了口气："好吧，我现在也实在走不开。妈妈、姨夫要我跟他们一块儿对账。"

"那你忙吧，再见。"

她放下电话，接触到祁家骢微带嘲弄的表情，满心都是不自在。可是祁家骢显然并不打算纠缠这个问题，只叹一口气："你留在这里，可真是考验我的忍耐力。"

她明白他的意思，窘迫地说："我睡外面沙发好了。"

他轻声一笑："一个晚上，我想我能控制住自己。"

"你明天就要走吗？"

"我本来今天就走的，台风的缘故，航班临时取消了。"

她爬起身，紧紧抱住了他的脖子，将头搁在他的肩上："你到底要去哪里？告诉我好吗？"

他摸着她的头发："任苒，知道那个对你来说没什么意义。我买的机票是去深圳，但我只会在那里停留一天，处理完事情马上转去另一个地方，具体是哪里，你还是不要知道的好。"

"一定要这样吗？这跟逃亡一样了。也许让祁伯伯想一下办法——"

祁家骢猛然拉开她的胳膊，冷冷地说："以后不要跟我提这句话。"

"对不起，我……"任苒急忙说，"我只是不想你走，我保证再不说这个了。"

祁家骢放缓了神情："别害怕，我不是生你的气。但祁太太有一点说得没错，恐怕把祁家的全部财产拿出来，也不够解决我面临的问题。更何况，我根本不想跟祁家有任何关系。"

任苒怔怔地看着他，好长时间不说话。

"怎么了，被吓着了吗？"

她摇摇头，眼圈红了："我还能再见到你吗？"

祁家骢微微一笑："别问这问题，我不想骗你，我们开开心心过完今晚，以后你能记得我，就想一想我；万一忘了，也没关系。"

"你会很快忘了我。"

"这个你放心，你问问老李就知道，他以前给我上课的时候就吓到了，只要是我追踪的行情走势，我都能记住，他说他从来没有见识过我这种照相机式的记忆。"

"这跟记住一个人是两回事。"

"你可真难供，好吧，你的手机号码我根本没存，可是看一次就记住了，这该够了吧。"

任苒并没被逗开心："那你跟我描述一下你以前的女朋友，好吗？"

祁家骢被这个要求弄得哭笑不得："你现在就开始吃醋可不好。"

"不是吃醋。你想一想，你以前最爱的是谁，你当时爱她哪一点，你和她在一起最开心的是哪一天？告诉我，这很重要。"

祁家骢思忖一下，无可奈何地说："我早告诉过你，我没谈过你想象中的恋爱。一定要问的话，印象最深的当然是第一个女朋友。"

"为什么？因为是初恋吗？"

"因为那是我第一次跟女孩子上床。"祁家骢没好气地说，任苒果然沉默了。他叹了口气，摸摸她搁在自己肩上的脸，发现那里热得发烫，"傻孩子，真不明白你追问这个干什么。"

"我就是想知道你会不会记住我。"任苒嘟囔道，突然再度抱紧了他的脖子，压低声音，几乎悄不可闻地问，"如果我跟你上了床，你是不是会记得我多一些？"

祁家骢大吃一惊："我可真没想到，你居然说得出来这种话。"

任苒羞得不敢抬头，可是强自嘴硬道："有什么不能说的，我喜欢你，你也喜欢我。相互喜欢的人做这种事，不是很正常吗？"

"别做这种尝试，任苒。身体的记忆并不可靠，我不敢说我会记住每个跟我上床的女人，而且，被我记住也没那么重要，不值得你这样做。"

"可是，我想记住你。"任苒轻轻地说。

她的手臂牢牢缠绕着他，穿着白衬衫的身体紧紧贴在他怀中，身上的清香充盈着他，让他再度血脉偾张，他一向引以为傲的自持突然之间似乎被动摇了。

"我不是圣人，千万再别这么挑逗我了。"祁家骢轻轻拉开她的手臂，声音喑哑了下来，"不，任苒，我什么也不能许诺你。如果是另一个女人，明白我是什么样的人，对我没任何期待，那么我根本不会介意接下来发生什么。你不一样，你对我想法太多，我负担不起。"

卷二 别后沧海事

其实所有的天堂都不是他们正待着的地方,而是那个离开就再也回不去的地方——她的童年,也许还有双平。

她已经很久没有想到双平了,包括站在墨尔本海岸边对着大海,她都刻意不去比较海水的颜色、海风迎面吹来的味道。她对自己说,等到可以从容面对时,再开始回忆比较好。

然而这个地名此时不受控制地沉沉悬上心头,她只觉得阳光透过眼帘一直晒到眼内,热热的,而且带着干涩。

第十一章

  台风过境带来的狂风暴雨持续一夜后终于止住了,到处有被吹倒的树木、松脱的广告牌、刮断的电缆线、毁损的民居。与地面的一片狼藉相反,天空却呈现出如洗过一般的碧蓝,白云牵扯成丝丝缕缕的不规则长条状,疏落地排列着,淡而高远,仰头看上去,只觉整个天空清洁而通透,让人有新生的错觉。

  上午,祁家骏退了房,和任苒一起出来,半开玩笑半认真地说:"如果有一天你厌倦这份青春期的冲动了,一定要直说,不必顾忌我的老心。感情这东西是最易变的,我能理解,也能接受。我一向讨厌的是敷衍,所以我会认真对你,不会有敷衍你的情绪。也就是说,我换了号码会通知你。只要我的电话打得通,那就是我还记得你。"

  任苒简直不知道该怎么回答这样理智得过分的叮嘱才好。

  他毫无通融余地地拒绝她送他去机场:"我送你回去吧,我不喜欢把一个告别弄得太形式化,那种伤感很可笑。"

  任苒已经知道,祁家骏并不喜欢煽情的场面,她也不愿意放任自己的小儿女情态泛滥,他说什么都点头答应。她在Z大后门下了车,将自己的家指给他看,说想随便走走,然而,看着他坐的出租车走远,她突然不想回家了。

  她从未试过一夜不归,更别提是在别人家做客。可是哪怕明知不妥,罪恶感却自动退让到了一边。昨晚那些充斥她心头的火热拥抱与亲吻,她需要一个不受任何打扰的独处,重温并享受那份陌生的全新体验。

她有些心虚地先给祁家打电话，保姆王姐接听，她告诉她，家里没人，赵老师和祁家骏都没回来。

她再打祁家骏手机，问他在干什么。祁家骏声音嘶哑地告诉她，他和他妈妈仍然在公司，昨晚一晚上没睡，父母、叔叔、姑姑、小姨、姨夫在办公室里吵得不可开交，今天一大早，爷爷居然也闻讯赶来，场面更加混乱，他不知道什么时候能吵完。

任苒知道祁赵两家都亲戚众多，祁家骏的爷爷不怎么理公司事务，但仍然是董事长，叔叔、姑姑都有数额不等的公司股份，小姨和姨夫也在公司任职。她想象得到，这一群人聚在一起争论时肯定火爆。她清楚感受到了祁家骏的困顿烦躁，只得安慰他："阿骏，昨天祁家骢……"提到这个名字，她情不自禁顿了一下，"他说了不要祁家的钱，他妈妈也说马上给祁伯伯打电话啊。问题不是解决了吗？为什么还要吵？"

"可我爸爸觉得对不起他，更要出手帮他，我叔叔也在旁边帮腔，说祁家骢的天分惊人，只要给他机会，他一定能成大事。"祁家骏发出一个怪声，"言下之意，以后祁家说不定都得靠他。我妈当然更恼火，扯到当年，就是我爸和我爷爷重男轻女，嫌她生了我姐姐后迟迟不肯再生，才促成了我爸爸在外面养情人跟私生子。"

这样的混乱让任苒听着便觉得头痛："阿骏，由得他们吵好了，这事不是你能管的，你当耳旁风，不要去细听。"

"要不是看我妈妈为了我跟我姐坚持得可怜，我早甩手走了。小苒，不如你跟我私奔吧。"

任苒吓得瞪大眼睛，嗔怪道："又在说什么疯话？你中文是不是退化了，知道私奔是什么意思吗？"

"当然知道，就是你跟我一起逃走，远远离开这里，到谁也不认识我们的地方去生活。你不用理你爸爸和他的情人，我不用理我的父母，还有家里这一堆麻烦事，多好。"

"阿骏，阿姨现在正伤心，你姐姐又远在国外，你哪能嫌麻烦？"

"可是为什么我们一定得面对他们混乱的生活？他们谁爱和谁结婚，谁爱把财产给谁，只要不烦我们就好。我们两个在一起，可以生活得简简单单，再也不用被迫掺和他们那些莫名其妙的破事了。"

"阿骏，你这只能叫离家出走，哪里叫私奔？"

"离家出走是只我一个人啊。我想带上你，小苒，我们以后永远在一起，好吗？"他带着几分开玩笑的口气，却又有几分让任苒不安的认真。

任苒哭笑不得："你在外面抽支烟，冷静一下再进去，别胡说八道了。"

"嘿，你总当我是胡说，其实我真想这么干啊。"

"要不是这些事烦心,你夜夜笙歌得开心着呢,还私奔、生活简单,"任苒不客气地说,"你哪是能过简单单调生活的人,拉倒吧。"

"真被你看死了。我去过一次澳洲看姐姐,她那里的生活倒真是简单到极致,可惜也单调得要命,能闷死我。"祁家骏发泄够了,苦笑一声,"算了,我进去了,你别闷在家里,还是跟同学一块玩玩。我看他们总归会吵累的。等我回来,再带你出去玩。"

放下手机,任苒带着肿胀的嘴唇与脖子上被衣服遮挡的吻痕,进了Z大。暑期的校园,只间或有几个师生往来,校工在清扫地面的落叶,雨后空气新鲜,头顶有小鸟啁啾鸣叫唱和,景象一派安宁。

她家就在Z大后面。很小的时候,妈妈时常带她从后门进来散步。爸爸在这里工作后,她来得更多了。曾经有很长一段时间,她和她妈妈一样,认为她高中毕业后,理所当然会上Z大。

可是生活中永远有意外的改变。

她失去了母亲,去了外地读书。

再次走进这个校园,她并不想感怀与一个大学的错失,而是品味着刚刚体验到的爱情和刚刚分开的那个男人。

她从来不贪心,而且她毕竟对男女之间更亲密的接触没有直观的认识,更谈不上渴望。

她看重的是亲密感。

母亲去世后,又与父亲再不往来,像她这样从小在关爱与亲密中长大的女孩子,再怎么倔强、悲伤和愤怒充满胸臆,心底也隐隐留下了一个空洞。

在整晚躺在一个男人怀中,享受他充满克制意味的爱抚与拥抱,早上看着他的面孔醒来以后,她想,她不可能再要求更多。

她觉得,至少现在来讲,已经足够了。

任苒神思恍惚地慢慢走着,不知不觉,在偌大的校园走了整整一圈,回到了Z大后面的街上。

这条街上有很多风格各异的旧式房子,有些已经改建成了画廊、酒吧、家庭旅馆和咖啡馆,只有少数还保持着原样。相形之下,任家的房子并不特别,这两年没人居住,满院落叶,多少带上了颓态。

上次任苒只匆匆看了一眼,生怕进去后会更想念母亲,触动心底的伤痛,便在祁家骏的劝说下离开了。

今天她却想在这里坐坐,好好想想心事,甚至跟冥冥中的母亲对话,诉说不可能对任何人言说的心事。

她站到自己家院子前，取出随身带的钥匙，却意外发现院门竟然没上锁，只虚虚插着。她不禁一惊，一边努力回想是不是上次走得匆忙忘了锁，一边走了进去。

她抬头一看，二楼朝南主卧的窗子开着，可以清楚地看到浅咖啡色的窗纱正随风拂动，她再度怔住。

她可以确定，上次走时明明关好了所有门窗。如果疏忽了，那昨天的狂风暴雨想必会把房间糟蹋得不像样子，一想到母亲的卧室会被破坏掉，她的心狂跳起来，慌忙穿过院子，伸手一推屋门，门应手而开，她呆住了：她肯定不会忘了锁门就走掉。

难道家里进了贼？贼会光顾一个两年没住人的房子，而且在白天还滞留不去吗？她不确定地走进去，先看楼下的房间，没有任何异状，再轻轻上楼，手心沁出冷汗，一步步走近主卧。

房门开着，一个女人苗条的身形半跪在老式衣柜前，手边放着一大叠文件，似乎正在细心翻找着什么。

是季方平。

任苒只觉得血液上涌，张了张嘴，一时竟然什么也说不出来。季方平似乎察觉到了什么，抬起头看到她，有些诧异，却保持着镇定。

"你好，小苒。"

"你怎么敢进我妈妈的房间？你给我滚出去。"

"请镇定，小苒。你父亲还在北京开会，他收到消息，据说市政规划这条路会整体拆迁，他特意托我来收拾旧时的资料，准备联络其他业主，在政协会议上做一个提案，说服政府保留这里的建筑。"

任苒根本不理睬她的解释："我再说一遍，把东西放下，滚出我家。"

季方平无可奈何地放下文件，站起身，皱眉道："任苒，我们不妨用理性的态度来对待彼此，坐下来理智地交谈。不要开口就是谩骂，动不动就歇斯底里，根本没什么意义。"

"我还说得不够清楚吗？我跟你没什么可谈的。"

"不管你愿不愿意，我们的生活都有一部分要重合了，承认现实，找出你我都认为合理的相处方式不是更好一些吗？"

"那是你的想法，我不可能让你跟我的生活发生任何联系。"

"任苒，你不会天真到以为我需要来央求你同意我跟你父亲继续来往吧？"季方平的耐心也用尽了，冷笑道。

"你多虑了，我没天真到那一步。既然你们已经背着我妈妈苟且了这么多年，那么我想，你们并不在意别人的看法。我同不同意，你们都会继续下去。"任苒同样冷笑一声，"没事，你们继续吧，可是我父亲永远不用指望我会原谅他，更不要提承认他的这一段感情。"

季方平恼火地说："你这是在滥用你父亲对你的疼爱，用亲情来绑架勒索他。"

"真不愧是律师，这样就给我定罪了。那你呢，你给自己的行为下了一个判断没有？你侵犯别人的婚姻，偷别人的丈夫，大模大样进入别人的家，这些都是上帝给你的特权跟奖赏吗？"

季方平没料到看似文弱的任苒竟然有如此尖利的言辞："你根本不懂得婚姻是怎么回事，任苒，你只一味指责我，请问你知道你父亲跟你母亲的婚姻名存实亡了多久吗？"

任苒一时哑然，季方平不想再拖下去，决心把话说清楚："是的，你父母之间早就有问题，你父亲也提出了离婚，可是你母亲一味拖延，到后来，她被确诊为癌症，你父亲再也没法开口了，于是他们的婚姻才延续了下来……"

"别说了，我一个字都不想听，你这就给我滚出去。"

任苒猛然打断她，退出了房间。

季方平紧跟着她出来，毫不留情地说："我们都得面对事实，婚姻不是一种一经签订就永世没有反悔机会的条约，每个人都有权做出别的选择。一桩婚姻如果出了问题，并不是单纯哪一方的责任。你父亲怜惜你母亲，我不愿意逼迫你父亲，于是我们一直就这样拖了下来，如果你因为你父亲的仁慈而反过来指责他，那对他是不公平的。"

任苒怒视着她："居然跟我谈到公平了，这大概是我听到的最厚颜无耻的表白。你俨然做出了很大的牺牲，你们两个人倒成了隐忍的典范。需要我给你们的伟大爱情立一块碑吗？"

"我不是这个意思……"

"那么你是什么意思？你觊觎的是另一个女人的丈夫，在你介入之前，他们有幸福的婚姻和家庭，我有最幸福的童年，这就是最好的证据。你想说任世晏的婚姻不幸福，家庭是地狱，所以你特地来拯救他吗？"

"他们只是为了你才勉强在一起的。"

"你以为你比我更清楚我们一家三口的生活吗？我来跟你回忆一点基本的事实吧。我父亲跟我母亲是大学同学，他读硕士时跟我母亲结婚，从那以后，我母亲放弃了继续深造的打算，照顾我年迈的祖父母，一直到他们去世。她全力支持让我父亲专心做学问，从硕士读到博士后，留校做清贫的教师，一直到出国做访问学者，再回国任教，著书立说,成了著名法学家。她一个人支撑所有的家事,不让任何事情分他的心。你认为,她做这些不是出于爱情吗?"

"我没说你母亲不爱你父亲。"

"我明白了,你是在暗示我,我母亲是可悲的,一厢情愿的单恋,我父亲爱的是你,他不爱我母亲。"任苒一字一字清晰地说,"可是,我父亲如果不爱她,却和她过婚姻生活,生下女儿,安然享受她那么多年的牺牲,那他就是一个双重的伪君子,除了道德败坏,还要加上人格低劣,我会更加鄙视他。"

季方平顿时哑口无言。

"我恨我父亲,不过有一点我不会错看他。你认为我父亲在我母亲生病后没有离开只是出于怜惜吗?你错了。他照顾她十分用心,我曾在夜里看到他守在她床边落泪。他曾跟我说,他愿意放弃一切,换回我妈妈的健康。他当时不用特意跟我演戏,季律师,事实上,他照顾了我母亲四年之久,没人能演四年戏而不厌倦,特别是在没有人给他掌声,你想必会不停给他压力的情况之下。"

任苒直视着季方平,看着她脸色渐渐变得惨白,多少有了一点报复的快意:"你以为你的爱情多么了不起,在我看来,你只不过是一个卑鄙的贼,妄想占有你不该得到的东西,长年累月躲在阴暗角落纠缠窥伺,无孔不入地破坏别人的婚姻和家庭。"

"所以你判决了我,觉得一切都是我的错,我勾引了你父亲,不仅破坏了他的家庭,还破坏了他在你心里完美的形象,简直十恶不赦。如果是在古代,你会很乐意亲自捉了我去浸猪笼,对不对?"季方平强自镇定,似笑非笑地说。

"你真高抬你自己。你是什么样的人,应该受什么惩罚,跟我完全没关系。我只知道,我父亲背叛了我母亲,我永远不会原谅他。"

"你把你的原谅看得真重要。"季方平向下拉一下嘴角,笑了,"义正词严的小姐,有一件事我现在告诉你,你大概会觉得扫兴。不管你原不原谅,我和你父亲都准备结婚了。我不是征求你同意,任苒,你父亲下周就会回来,正式跟你谈这件事,你最好先有一个思想准备。"

"他不会不经我同意就跟你结婚的,除非他想跟我永远断绝关系。"

"我再次告诫你,你最好别拿亲情做威胁,他也不可能再接受你的威胁。"季方平直视她的眼睛,举起右手给她看,无名指上戴了一枚小小的钻戒,折射着斜照入室内的阳光。她愕然注视着,只听季方平清晰地继续说:"我怀孕了,准备给他生一个孩子。他已经向我求婚,这个周末回来,会跟我去民政局登记。"

任苒不能置信,视线从她手指上的戒指滑向她的腹部,那里依然平坦,看不出什么。她的目光慢慢上移到季方平脸上，眼中锐利的憎恨之光让季方平不由自主地打了个寒噤，她强自镇定，继续说下去："你父亲已经给家骏的父母打了电话，他们都答应了，会好好劝你。我认为，你还是接受现实比较好，我们不用相互喜欢，但可以……"

任苒猛地抓住了她，狠狠将她向楼梯那里推去，她猝不及防，被推得连连后退，一下到了楼梯边缘，慌忙死死抓住扶手："你疯了吗？别这样，别这样。"

任苒根本不理，只发了狂一般用力推着她，季方平一边招架，一边惶急地尖叫："住手，任苒，住手，你不能这么做……"

任苒一只手用力推她，另一只手狠命去扳她抓着扶手的手指。纠缠之间，季方平被楼梯转角扶手上一处缺口刺痛了手掌，痛得尖叫一声，放开了一只手，被推得几乎失去了平衡。任苒的视线却一下落在扶手那处明显的缺口上。

她清楚地记得这个缺口的来历。那天，她母亲最后一次在家中晕倒，她打了急救电话，医护人员赶来，用担架将母亲抬下去，转弯时，钢制的担架边缘撞到了木质扶手上。

方菲那次入院，再没能回家。她去世后，大家忙成一团，任苒一个人失魂落魄回到家里，看着这个新鲜的缺口，一下跪倒在地上，放声痛哭起来，当时她想，她的心也跟这楼梯扶手一样，永远有了一个缺口。

她的父亲带着她匆匆迁往外地，无暇修补楼梯扶手。两年多时间过去，这个缺口露出的木茬不再新鲜触目，可是落在任苒眼内，巨大的哀伤却再次涌上她的心头，她的愤怒一下消散了。

她停了下来，一只手抓住那个缺口，牢牢握紧，任由粗糙的木茬刺入掌心，带来剧痛；另一只手的手指慢慢由推改成了抓，揪住了季方平的衬衫，一点一点将她拖回来，让她恢复了平衡。

"我妈妈从小就教我，要当一个心地坦诚善良的人，不可以对人恶毒。我干不了这件事，"任苒哑声说，放了手，"你留着你的孩子好了。"

季方平脸色惨白，靠着扶手站好，大口喘息着。任苒同样呼吸紊乱，她深深吸着气，呆立一会儿，拿出了手机，拨通了父亲的电话。

"小苒，"任世晏早就从祁家骏那里知道了女儿的手机号码，却是一个多月来头一次接到她主动打来的电话，显得十分开心，"爸爸这个周末就……"

"任教授，你这个周末就要回来跟季方平结婚了吗？"

任世晏怔住，却没法否认："听我说，小苒，我和她……"

任苒清晰明确地说："不必解释，你听我说好了，我只跟你说两点：第一，你如果跟她结婚，我就再不是你女儿了，反正你会有其他孩子，估计不会介意。我也不介意当孤儿。事实上,自从知道你出轨后,我就已经是孤儿了;第二,如果你要带季方平住进妈妈住过的房子,那么,不等市政府来拆迁,我会放火先把这里烧掉。纵火犯会被抓起来关几年,你们一个法学家,一个律师,大概都能马上告诉我吧。"

不等任世晏说什么,任苒放下手机,对面无人色的季方平说:"滚出去,别让我再看见你。"

季方平呆了一会儿,失魂落魄地拖着脚步慢慢走了。

听到院门关上发出的响声,任苒顺着扶手滑下来,坐倒在楼梯上,一只手仍然牢牢握在那个缺口上。

她的手机响起,是任世晏打过来的,她顺手关掉。

她既不想跟父亲通话,也再哭不出来,只呆呆坐着。

直坐得腰酸背痛,她才梦游一般起来,细心地关好所有门窗,拉上窗帘,锁好院门出来,拦了一辆出租车回了祁家的别墅。

祁家骏与赵晓越仍然没回家,保姆王姐在午休,她上楼,很快收拾好了自己简单的行李,将那本《远离尘嚣》放了进去。

她拿起笔,给祁家骏留下一张纸条。

    阿骏:

        你大概又比我早知道我父亲要和季律师结婚,对不对?

        你说得对,我恨他,我也想逃走了,不愿意留下来面对他们的婚姻。

        帮我跟祁伯伯、赵阿姨说声对不起。

        我会给你打电话的,别担心我。

小苒即日

任苒背着一个双肩包,出了别墅,叫出租车直接去了机场。

第十二章

祁家骢独自在一个小酒吧里喝着酒。

他的深圳之行如他预料的不顺利。他从不同渠道得到消息,一直接受审查的喻良洪突然于日前神秘出逃,有关方面没有正式公布,所有的调查都在暗中进行,证券业内的震荡可想而知。

在这个风口浪尖上,几乎看不出资金解禁的希望,而来自几方、背景各异的人却同时觊觎着这笔庞大的资金,试图火中取栗。所有约见他的人都不同程度袒露着他们的贪婪,提出的合作方案是他目前没法接受的,各种不怀好意的讯号释放得越来越明显。

他明白,他只能暂时消失了。

祁家骢已经做好了最坏的打算,也做好了相应的安排,但走到这一步,他仍然有难言的涩然。

在圈内人看来,他几乎天生就是操纵资金的高手。自从他用了并不算长的时间,将一笔金额为五十万的资金在期货市场上变成了三千万以后,他的名字在业内与地下资金市场口口相传,几乎变成了一个传奇,刺激着更多的人投身期货。他也成了私募市场上的一块招牌,不计其数的资金争相涌向他,各式各样的人争着与他结识,再没有人认为他的年龄是一个问题。

然而,没有人知道,他与这个充斥着金钱交易的圈子其实是疏离的。

身为一个私生子,祁家骢从小被母亲陈珍珍送回北方老家,随外祖父母长大。小地方的人有更严苛保守的道德准则，他很早就知道，他的出身和其他孩子是不同的。

他一声不响地打架，一直打到没有小孩子再敢当面嘲笑他。同时他也没有朋友，就这样度过了孤独的童年、少年时期。

高考以后，他选择了以他的分数能上的最远的大学。同龄人热衷的东西不能吸引他，也是可想而知的。

他一向就没有金钱方面的忧虑，加入期货经纪公司只是一个纯粹的意外，填报名表时，他隐瞒了实际年龄。听了台湾人李志良讲的入门课后，他马上断定，对一个讨厌人际关系、具有超强分析与决断能力的人来讲，这个游戏十分适合。

对于金钱，他并不贪婪。他喜欢的就是操控感觉，他要做的是分析每一个可能性，做出完全基于理智的判断，这个过程由他独立完成，不需要与人配合。

他在最短的时间里，在这个行当做到了得心应手。老李在知道他的真实年龄后，不得不感叹他的天分。当他的同学还茫然不知将来时，他已经率先工作了几年，赚钱对他来讲，一直就不是难事。

让男生备感困惑的女孩子，对他来讲，也同样不是秘密。

在大学，没人理会他的出身，他性格冷漠，行踪神秘，再加上工作历练带来的超出同龄人的气度，甚至奇异地吸引着不少异性的注意。

然而他对女同学的追求多半无视，他确实既没时间、也没兴趣去谈那种青涩纯洁的恋爱。

他第一个正式的女朋友，是在附近一个名校读经济学专业的研究生，长他三岁，是个性格独立、极富魅力的女孩子，成绩优异，当时正随导师做着国内新兴期货市场的研究。她先去经纪公司与老李交谈得十分投机，后来认识了他，便对他大感兴趣。而她接近他的方法非常直接、大胆，并且在他看来，也远比其他女生笨拙曲折的示好手段来得有效。

他们很快同居了，但关系处得十分松散自由，基本过着各自独立的生活。

当她拿到奖学金，准备远赴海外读博士，跟他告别时，两人一样对这段恋情的开始和结束没有任何遗憾。

陈珍珍按时寄钱，每年回家探亲，她以她的方式爱儿子，却并不了解他，也没机会与他培养出太深厚的母子亲情，更不清楚他到底在做什么职业。在他毕业而且行踪不定时，她成天为他发愁。

祁汉明与祁家骢见面的次数有限，基本上就是陌生人。他曾经想补偿这个在他视线以外长大的儿子，可是祁家骢毫无与他亲近的意思。

在陈珍珍的一再促成下，他答应想办法，要么说服妻子赵晓越，让祁家骢进公司做事；要么给祁家骢一笔钱和一个合适的项目，让他安身立命。赵晓越和妹夫牢牢控制着公司财务，从来都很难被说服，祁汉明为此下了很大决心，和妻子展开艰苦的谈判，做出赵晓越要求的让步，才算争取到了一个妥协。

可是等祁家骢被陈珍珍勉强叫过来跟他见面后，他才发现自己的心操得简直可笑。他那个在Z市算得上规模颇大的加工工业园对祁家骢而言毫无吸引力，相反，他和他弟弟却着实被祁家骢控制的资金规模震住了，两个人甚至专程去了一趟北京，造访祁家骢的工作室。祁家骢尽管不情愿，还是礼貌接待了他们，却断然拒绝操作祁家的资金。

就算这样，祁汉明兄弟也没被惹怒。

陈珍珍仍然没弄明白儿子在做什么，但看到祁汉明和他弟弟对她这个儿子赞叹不已，总算放下心来。

可以说，不管是对职业还是对异性，祁家骢都没经历过同龄人的困惑。他直接从少年变成了成年人，没有一点障碍地进入了成年人的世界，顺利得让人惊奇。

在他将满二十五岁时，他迎来他人生第一个大的挫折，甚至可以说是灾难。他的情绪不是通常意义上的沮丧。

他从来不看那些给年轻人当指路明灯的励志类书籍，也根本无需为自己打气，默念困难总会过去的。

他在听老李上第一堂课画行线K线图时就明白了，再怎么配合天时地利，也没有一个行情能一路高企不下，无休止地延续下去。那些起起伏伏，有时有理由、有征兆，有时只能用事后分析法勉强加以归纳，总归会在你最意想不到的时候到来。而他要做的，不过是驾驭起伏，而不是被起伏驾驭。

从喻良洪东窗事发的那天起，他就以最快的速度做了一系列应对，收缩手头控制的资金账户，转移资金，与出资人沟通，处理交易往来账目……

他应对这次危机的速度给他的朋友与客户留下了深刻印象。

只是人算不如天算。

事态的发展如同任世晏警告他的那样，一点点脱离了所有人的控制。

他完全不知道，他在什么时候才能走出这段波底。这是他人生中头一次面对自己无能为力的局面。

他招手叫服务生再给他一杯威士忌加冰。

他的成长期并没有家长在旁边唠叨约束,不管是抽烟、喝酒,还是女人,对他来讲,都不存在任何禁忌。

没有禁忌,也就意味着很多诱惑对他来讲不算诱人。从来没有一种诱惑大到足够让他过量失控,他也一向无须做特意的自控。但是最近一段时间,他头一次喝醉,竟然不记得当晚是怎么回的酒店房间。

"偶尔一次喝醉,没什么可大惊小怪的。"在对着抽水马桶呕吐时,他脑袋中模糊闪过这个念头,却意识到自己竟然在向一个看不见的人做着自我辩护,不禁恼火。

他给自己定下了一个明确的界限,现在喝的是今天晚上的最后一杯威士忌。他已经略有一点上头,但是思维丝毫没有迟钝,脑袋依旧被晚餐时的谈话占得满满的。

他的助手阿邦给他打来电话,汇报着上海那边的动向。他仔细听着,又交代了几件事让他去办。刚放下手机,一个身材火辣、装扮性感的女孩子走近吧台,坐到他旁边的位置,含笑问道:"帅哥,能不能给我买杯酒?"

他向侍者扬下巴示意一下:"这杯我请,不过我想一个人待会儿。"

那女孩一扬眉毛,正想说什么,这时他手机响起,一看号码,是任苒打来的。

"祁家骢。"她声音细细的,带着一丝胆怯,仿佛拿不定该不该给他打电话。

他尽管心情欠佳,也宽容地笑了:"怎么了?"

"你现在在哪儿?"

"正在酒吧喝酒。"他自斟自饮,喝得实在不算少,酒精松弛着他的神经,他挑逗地说,"这么快就开始想我了吗?"

"我现在在深圳机场,我想见你。"

他既意外,又有些烦恼。他不喜欢被人如此纠缠,但犹疑一下,仍然把自己住的酒店告诉了她:"叫辆出租车,应该二十分钟能过来,我在大堂等你。"

"你会对她说你想一个人待着吗?"身边的女孩带着一点嘲讽与挑逗,歪头用亮晶晶的眼睛看着他。

他笑了,喝干杯中的酒,拿出钱夹付了账:"也许会,也许不会。"

深圳盛夏的晚上,海风带来清凉的气息,祁家骢带着酒意,步行回隔得不远的酒店,一路确实在想,他应该怎么做。

从第一次抱着任苒,看她在怀里哭得天昏地暗开始,他就对她有了几分混合着怜惜与不忍的复杂感情。

他的工作是分析把握行情走势,却从来不喜欢把自己的感情拿出来细细分析,在男女相处上，他一向更愿意凭本能行事。

可是面对任苒，他不自觉地一再收敛了本能。

难道要重来一次在Z市帝景酒店的相处吗？他不禁苦笑。

她那么年轻，有着那样秀丽的面容，天真而热情的性格，坦白清澈的眼睛，嘴唇、身体无处不是柔软的，散发着青春的芬芳气息。让他一直克制欲望，当一个无害的男人，陪着这个天真女孩子玩亲亲抱抱的游戏，对他来讲，当然并不总是有趣的。

隔了大堂落地玻璃，祁家骢看着门童拉开车门，任苒低头从里面出来。她穿了一件米黄色的T恤，胸前印着卡通熊图案，背了一个大大的双肩包，手里拎着一个牛仔背包，头发束成了马尾，不知道是不是由于旅途疲惫，脸色苍白，神情也似乎有点呆滞。想到这个女孩子独自奔向他，他的心突然莫名地柔软了一下。

他站起来迎上去，握住她的手，她却痛得低低地叫了一声。他抬起她的手一看，掌心有几道新鲜的伤口："怎么搞的？"

她抽回手，局促地说："不小心擦的，没事。"

他的手机再度响起，正是与他同进晚餐的本地某大集团公司董事长朱先生打来的，热情邀约他去某个夜总会碰面，声称要介绍另一位有来头的朋友跟他认识。他笑道："朱总，不好意思，我女朋友突然过来了。"

任苒的脸涨红了，却能隐约听到那边那位朱总的笑声："可以带女朋友一块儿过来嘛，这边的节目很多的。"

"飞机晚点，她说她累了，这女孩子任性得很，我要不陪她，她会不开心的。"

"这样啊。那我们明天什么时候见面？"

祁家骢沉吟一下，拿开一点手机，眼睛看向任苒，似乎有一个示意，口里说的却是："明天你自己去玩好吗？我还有事……"

任苒却突然看懂了，小声而清晰地说："我不干，我要你陪我。"

祁家骢含笑对她眨下眼睛以示嘉许，无可奈何地对着话筒说："朱总，这样吧，我们还是明天晚上再约时间见面。你的建议我认真考虑过了，很有吸引力，但细节还要再商量一下。"

那边朱总豪爽地大笑："也行，小祁，想不到你这么八风不动的一个人，也难过美人关。细节好说，但这几天一定要达成一个初步协议，不能再拖了。"

祁家骢放下手机，脸色一下暗沉下来，任苒惴惴地看着他，他只略微出神，便帮她取下双肩包，牵了她另一只手，带她上楼回房间，一边问她："是不是很累，脸色这么难看？"

"我害怕一个人坐飞机。"

祁家骢有些意外:"怕什么?飞机失事的几率远远小于公路发生交通事故。"

"这不是几率问题。"

任苒解释不清,她从小学毕业那年随父母坐飞机出游就十分紧张,全程紧握妈妈的手,父母只好轮番安抚她,回程时改坐火车。

再次坐飞机,就是今年放暑假时随祁家骏回Z市,她只能纳闷自己仍然惊恐不安,不得不抓住祁家骏的手,任他怎么陪她说话,她都没法放松下来。今天独自来深圳,她一口气去机场完成购票登机,直到上了飞机,顿时冷汗直冒,心跳加快,她甚至不清楚这是因为突然意识到独自一人以最害怕的方式旅行,还是因为要来面对祁家骢引起的。

祁家骢不以为意,开了冰箱给她拿了一瓶果汁:"饿不饿?我带你去吃饭吧,这里有意大利餐厅……"

任苒没有接果汁,而是扑入他怀中,紧紧抱住了他。他随手将果汁放下,一手搂着她,一手摸着她的头发,正要说话,她已经踮起脚尖,吻向他的嘴唇。

她突然如此大胆,让他吃惊不已。

她显然是在模仿他昨晚的表现,小小的舌尖试图钻入他唇内,牙齿却磕到了他。他吃惊之余,又有些好笑,不着痕迹地搂紧她的腰,调整一下姿势,准备慢慢加深这个吻,她却已经胡乱拉扯着他的衬衫下摆,伸进去抚摸他的身体。

祁家骢头一次看到一个女孩子在表现得如此大胆的同时,又如此没有经验、笨拙。

她的手不得要领地在他身上游移,一时似乎想去解他的纽扣,一时又迟疑着停留在某个地方;她的身体向他靠近,带来柔软的挤压,好像急于将自己更深地嵌入他的怀抱里;她在他唇舌下辗转发出含糊的呢喃……一切都在撩动着、刺激着他。

他勉强放开她,将她从自己怀中移开一点距离,她却更用力地勾住他的脖子,不管不顾地纠缠上来。

"任苒,你知道你在干什么吗?"他哑声问。

她听若不闻,仿佛一个下了决心的人,再不肯给自己和别人任何犹疑反悔的机会,抖着手解开他的衬衫第二粒纽扣,将嘴唇贴到了他的胸前。

祁家骢本来已经带着醉意,处于欣快状态,根本无须更多鼓励。

任苒被祁家骢固定在雪白的床单上,他的身体覆盖住了她。

她痛得在他身下蜷缩起来,咬着嘴唇,死死抓着他的肩膀,头偏到一边。

他感受得到她身体的畏缩,然而她的脸上却有一种让他意外的决绝。

祁家骢长年出没于资金搏杀的证券与期货场所，在很多带着赌博心态放手一搏的人脸上看到过类似的孤注一掷。

心理上的迟疑与生理上遇到的阻碍，让他放缓了动作。这时，任苒扭过头来。那双微带琥珀色的眼睛变得迷蒙，泪水顺着眼角大粒大粒流淌。恍惚之间，他突然记起他们相遇的那天，他开车载着她，漫无目的地在那个城市游荡，她不再发出哭声，他在等红绿灯时，抽空瞥一眼躺在后座，发现她仍在无声哭泣，泪水就是这样奔涌着。

那一点怜惜再度涌起，他吻去她的泪，舌尖尝到咸涩的味道，再吻向她的唇，安抚她紧张绷紧的身体。

她咬紧嘴唇，身体内灼热得如同熔岩。锐利的疼痛似乎不及她怀着紧张与恐惧时预期的那样不可忍受，她的呜咽与抽气声被他的唇全部吞噬了……

原来交缠的极致并不止于唇舌肢体，他有一种奇怪的错觉，仿佛到达了她身体每一个空隙，而她纤细的身体仿佛容纳了他的一切。爆发与沦陷同时到来，如此彻底而完全，两个人都有被一股强大的力量掠夺了所有意识的感觉。

祁家骢抱着任苒沉沉睡着。

冻结的基金、各方的贪婪与图谋、被逼上一条窄路时的狼狈、被迫止步的事业、对事态发展的不确定……被一只看不见的手推到了一边，这是这么多天以来，头一次不用借助酒精麻痹自己，他彻底丢开了所有缠绕他的烦恼，睡得十分沉酣。

当他再睁开眼时，晨曦透过没完全拉好的窗帘印入房间，而他枕畔的女孩子正大睁着一双眼睛，定定地看着他。

"早。"

"你早。"任苒微笑，她已经穿上了一件格子镶边的睡衣，显然早就醒了，而且洗过澡。

"怎么起得这么早？"

"你睡觉太霸道，把我推醒了。"她指控道，"我好险没掉下去。"

他看看自己躺的位置，果然是床的正中间，她只占了一点点床的边沿。他大笑，伸手将她揽入怀中："下次我会记得换个有KINGSIZE大床的房间。"他猛然想到他已经定好的计划，不禁皱眉出神。

任苒抚他的眉毛："怎么了？"

"恐怕我今天得离开深圳。"

任苒不语。

"你怎么昨天突然跑过来了，跟家里怎么交代的？"

"马上快开学了,我出来玩玩嘛,要交代那么郑重吗?"

祁家骢坐起了身。

当然,一夜欢娱只能暂时解忧,没法让他就此忘忧。千头万绪的事务重新涌上心头,他烦乱地伸手去床头柜摸香烟,却没找到打火机,他将烟盒丢回床头柜上,一转头,只见任苒仰躺着,怔怔地看着天花板。

他伸手摸摸她的脸:"你打算在这边玩几天?"

"两三天吧。"她迟疑地说。

"听着,任苒。"他用尽可能温和的声音说,"昨天你听到了那个电话,我确实想留下来陪你玩几天,但现在的形势由不得我,我必须马上离开,我希望你能理解。"

"没关系,我自己玩几天就回去上学了。"停了好一会儿,她才轻声说道。

她表现得如此通情达理,与头天晚上的断然完全不同。祁家骢十分开心,却又想起一件事:"你的生理周期是什么时候?"

任苒的脸顿时涨红,扭到另一边不看他:"你问这个干什么?"

"傻孩子。"他将她抱入怀中,"昨晚没保护措施,你没想过可能有什么后果吗?"

任苒的脸越发红了,迟疑一下:"我知道,昨天是安全期。"

祁家骢吃惊不小:"你倒比我想象的有常识,不然我更该有罪恶感了。"

任苒不语,她的确不缺乏这方面的常识。她的母亲死于宫颈癌,她从很小开始,便在恐惧中查阅了很多资料,连带着对妇科生理和两性知识有了很丰富的理论认识。

祁家骢洗了澡后,带任苒去吃早餐,然后退房出来,乘出租车去了市区另一家酒店,给她开好房间,送她上去。

"前台那里有深圳地图,世界之窗、锦绣中华、小梅沙都不错,可以去玩玩。"他素来到任何城市都没游玩兴致,凭印象向她推荐了游客的项目,同时叮嘱,"有些地段治安不算好,别一个人乱跑。"

她只"嗯"了一声。

他正准备走,却见任苒坐在床边,呆呆地看着他。

他叹口气,放下行李走过去,握着她一只手:"我知道我现在走,表现得很差劲。可是我也不想吓你,我有非走不可的理由,留在这里,不仅陪不了你,还会招来麻烦。"

"我明白。"

"我要你相信我,这不是上完床就甩掉你的借口。"

她似乎有一点困惑地看着他:"我没这么想啊。"

祁家骢有些好笑,又有些莫名的情绪:"我得自相矛盾一下了,你也不能这样无条件相信我。"

任苒苦笑一下:"你还真是矛盾。我没想那么多,我只是知道,你要嫌烦的话,大概根本不会找借口。"

"没错。我希望我可以早一些把事情处理好,然后在你忘了我、或者开始觉得我是个麻烦的大叔之前去找你。"

任苒记起了曾对他说过的话,勉强一笑,眼圈却红了,声音低低地说:"好,我相信你。方便的时候,记得给我打电话好吗?"

"你得有心理准备,我会关机,不会经常跟你联系。"

她垂下眼帘,点点头。他吻她的唇,这个吻渐渐加深,她身上特有的甜香气息再度笼罩住他,让他心旌摇动。他猝然松开了她,哑声说:"再这么下去,我没法走了。"

他不看她,站起身,拎起旅行袋,头也不回地走出了房间,下楼后去前台办手续,然后打电话上去:"任苒,我续订了三天房,你只管住这里,别换酒店,这里环境比较好。"

"好。"她的声音仍然低低的。

"玩得开心一点儿,走的时候提前找商务中心订机票。"

"好的。"

"我放了一点钱在你包里,出门注意安全。"

"我还有钱啊。"

"乖,我走了,再见。"

他挂断电话,自嘲地想,居然表现得这么婆婆妈妈,果然已经有些大叔气质了。

祁家骢叫了出租车,直接去了广州。

他的助理阿邦已经帮他在闹市区租了一套高层公寓,他换掉手机卡,在这里住了下来。

第十三章

在广州这样一个喧闹繁华、人口流动量大得惊人的城市隐居下来,是一件很容易的事情。

祁家骢事先已经按老李开的书单,从香港买了上十本经济学、证券市场、资金运营方面的著作。他给自己的安排是不再做短线操作,收缩工作室的人员规模,只留下他信任的几个人,遥控手头剩下的几个账户做中长线行情。

平时他分析资金账户,照常关注所有资金市场的起伏波动,空闲时间待在公寓里潜心看书,闷了便去健身房健身。

他自成年以来,没有过如此闲散幽居的日子。然而他清楚地知道,这种闲散浮于表面,底下仍然是暗流汹涌,一着不慎,他就会被卷进去。

他的消失,如他预料的一样,虽然没有喻良洪的出逃反响强烈,但在圈子内也激起了不小的反应,不少人私下议论猜测着,更有人在悄悄寻找他的下落。

他能做的,只是静待事态发展。

他只与留在北京的阿邦保持着联系,阿邦每天传来的讯息并不乐观。

"那笔资金的账号仍然封着,相关账目都封存了,证监会的调查还在继续,有一家证券报不点名报道了喻良洪的出逃。"

"听说内参有深度分析,不过我还没看到。"

"深圳的朱总一直在找你,给我打电话的时候骂骂咧咧,火气似乎很大。"

"沈阳的薛先生到公司来过几次了。"

"秦总那边的账户已经处理好了，他留言让我谢谢你。"

"我和小刘他们都被叫到公安局做了笔录，我说我只负责开车，什么也不知道，还反问他们，现在这种情况下我应该找谁要工资，我能不能卖了办公设备抵工资。"

"祁总，你母亲到北京来了，现在坐在办公室不肯走，一定要我问你，知不知道一个叫任苒的女孩子的下落。"

这天的这个消息让正在喝酒的祁家骢大吃了一惊，他放下酒杯："她还说了些什么？"

"你母亲说这个女孩子一个月前离家出走了。她父亲是祁总的朋友，查到她的手机通话记录，离家当天漫游到过深圳，还跟你的那个手机号码通过话。你母亲让我一定要跟你联络上，务必给她回话。"

"知道了。"

祁家骢放下手机，站在阳台上远眺珠江，一时竟然有些方寸大乱。

他已经在广州住了快一个月，也曾在某天打任苒的手机，却发现她手机关着。他有些惆怅地想，开学了，这女孩子大概是在上课，不知道她还会想到他吗？

蛰伏于此，哪怕他仍然关注期市、股市走势，每天做着行情分析的功课，但毕竟清闲了许多，没有那份高度的紧张专注占据心神，他想到她的时候实在不算少，而且不止一次心神起了轻微的荡漾。

跟意料之外的醉酒一样，他并不喜欢这种接近于失去自我控制的状态，于是再没打电话过去。偶尔想到她时，喝上一杯酒，便过去了。

没想到任苒竟然失踪了。

他迅速回想一下自己离开深圳做的整个安排，自信并没在事前流露任何消失的征兆，朱总或者其他人不至于会提前起疑心监视他的行踪，以至于危及任苒的安全。

他本来不想用新号码跟母亲联系，这时也顾不得那么多了，马上拨通了母亲的电话："任苒是什么时候失踪的？"

陈珍珍急切地反问："阿骢，你跟祁家骏的女朋友是什么关系？"

他不耐烦地说："妈妈，我跟祁家骏没任何关系，我跟谁有关系都不关他的事。任苒失踪多久了？"

陈珍珍知道他的脾气，只得先回答他："她在你走的那天就失踪了。"

"她没跟她家里人打招呼吗？"

"没有，她只留了张纸条。"

"这算离家出走吧。纸条上提到我了吗？"

"没有，好像只说她心情不好，要离开一段时间。祁家骏晚上回家才发现，打她的手机也关机了。一家人急得团团转，她父亲当天就从北京赶了回来。警方说离家出走不算失踪，不能立案。到了第三天，这女孩子打电话给祁家骏，可是只讲了几句话，突然就断了，之后那个手机再没打通过。他们想办法查了通话记录，发现她在深圳，而且跟你通过话。祁家骏也知道那是你的号码，马上和他妈妈找到我这里，大闹了一场，还扬言要报警。"

"然后呢？"

"那女孩子就是不肯露面，也不肯回家，手机再没开机。隔上十天，她就用深圳的公用电话给祁家骏打一个电话，只说她很好，不必找她，然后马上挂掉。"

"他们没去深圳找她吗？"

"当然去找了，还登了报，不过那些电话号码不在一个地方，没有一点线索。警察倒是没来找我，可祁太太三天两头来我这里，硬说肯定是你拐带了她儿子的女朋友，非要我交人出来。我快被她逼疯了，阿骢，你爸爸也快急死了，又完全联络不上你，我只能到北京来找你。这到底是怎么一回事啊，她……是不是跟你在一起？"

"不是。"

陈珍珍松了口气，可是转念一想，更愁肠百结了，絮絮叨叨地说："怎么办啊阿骢，那女孩子的父亲是汉明的好朋友，之前又是住他家，他有责任的，现在又跟你扯上了关系，你本来就有麻烦，现在……"

"好了好了，知道了。这件事我来处理，你这就回Z市去，别再给我打电话，也别把这个电话号码告诉任何人。"

他一向不喊祁汉明父亲，这个任何人自然包括祁汉明在内。陈珍珍也无法可想，只得答应。

这个任性的女孩子，到底要干什么？

祁家骢打任苒的号码，果然是关机的。他回客厅，给自己倒了大半杯酒，喝了一大口，烦躁地思索着。

她是在深圳等他——甚至到了不惜与家里断绝联系、放弃学业的程度吗？

如果她是下了这样的决心跑去深圳，那么至少他那天离开时，她会挽留他、纠缠他，提出跟他一起走。可是她什么也没做，只是看着他离开，表现得平静而通情达理。

而且她看上去既不任性，也不一厢情愿。

在此之前，他一直觉得，他是可以一眼看穿她所有心思的。现在，他思前想后，觉得实在没法弄清这女孩子的想法了。

她既然隔一段时间会打电话回去报平安，那就是没危险，应该不必担心，等她玩够了或者钱花光了，自然会回去。

这个推理完全合乎逻辑，但并没能让他安下心来。

从头天晚上独自乘飞机过来，扑入他怀中主动索求，到第二天安静地看着他离开，任苒的表现确实并不如他想象的那样没有疑问。

真的放任她独自待在那个城市不管吗？

他发现，他下不了这个狠心。

如果任苒会跟祁家骏打电话，大概也会打他那个一直关机的号码。

他如果开机，也许能跟她联络上，但他清楚地知道，现在这个时候开机，也意味着他没办法再避开那些他想避开的人。

是任由她留在深圳，还是去找到她？这个选择看似简单，他却破天荒地迟疑了。

那样天真的热情，如果不肯待在温室里，注定要狠狠碰上现实的壁才可能一点点学会理智，可是他突然意识到，他并不期待她成为一个理智成熟的女人。

喝完那杯酒，他做出了决定，拿起手机，换上了原来的号码开机，同时出门。

祁家骢坐着出租车，正行驶在广州通往深圳的公路上。手机响起，他看看号码，正是他离开深圳那天约着与他见面的朱总打来的。要找他的人很多，而这位朱总差不多是他最想回避的一个。他苦笑一下，按了接听键。

朱总皮笑肉不笑地问："小祁，好久不见，现在在哪里发财啊？"

"朱总讲笑了，我现在弄得差不多快失去自由了，还发财，今天刚能和外界联系上，正在来深圳的路上。"

朱总将信将疑："是沈阳那边的老薛找上你了吗？"

他并不直接作答："我身不由己，请朱总体谅。"

朱总爆了一句粗口："我叫人去你北京的办公室，就碰上了老薛出来。果然这件事跟他有关系。你现在在哪里？"

祁家骢明知他必然监听着这个手机号码，这么一问不过是故作姿态，还是看看高速公路上的标志，告诉了他方位。

"你到了深圳就好，老薛的手伸不了这么远的。我已经安排人马上过来接你，谅他也不敢跟我直接翻脸。"

一个小时后，祁家骢坐到了朱总在深圳装修豪华的办公室。

朱总名叫朱训良，属于最早一批来深圳并成功淘金的商人。他大概四十来岁，生意做得大，手眼通天倒还是其次，行事颇为高调，平时将排场弄得很大，还雇了两个漂亮的女保镖兼任秘书，据说都曾在全国散打比赛中拿过名次。那两名高挑的女郎一身黑衣劲装跟着他进进出出，十分引人注目。

"小祁，你想好了没有？"他闲闲地问。

祁家骢一笑："我这一个月几乎与世隔绝，相信朱总对事态的发展比我清楚，应该知道我并没有跟其他人达成协议。"

"要不是知道这一点，你还能好好坐这里跟我讲话吗？"朱训良阴恻恻地一笑，"小祁，你是聪明人，这件事情，你要想的无非就是跟谁合作才对你最有利。你做一趟比较再回来，想必也明白，我给你的条件，别人未必拿得出来。"

话犹未了，祁家骢手机响起，他拿起来接听："薛先生，你好。"隔了一会儿，他笑了，"薛先生，我现在正坐在朱总办公室，不好意思，短时间内我不会回北京，不用去我办公室找我了。"

待他放下手机，朱训良得意地大笑："怎么样，你说你在我这儿，老薛就不吭声了吧。我就知道，他不敢公然来坏我的事。"

祁家骢干干地一笑，并不说什么。

朱训良安排祁家骢住下，派保镖之一钟蕾充当他的司机接送他，开始与他商谈合作的细节。

祁家骢清楚对方的目的，朱训良之所以大费周章，无非是想利用他所掌握的上层资源，将冻结的资金项目通过一系列繁杂的运作据为己有，而关键就要祁家骢与他配合。

与朱训良合作，意味着从此以后会被他控制，也许经济方面不会有损失，甚至得到的好处比单纯资金拆借、理财要多，但他将再无在私募基金市场上自行运作的可能。

只是从现身开始，他已经别无选择。

他品着朱训良提供的法国红酒，意态悠闲，与他细细商量着转移这一大笔资金需要打通的关节、步骤。

朱训良十分满意他表现出的诚意与合作态度。

祁家骢的手机从开机后就不断响起，然而全是生意上的往来。不管谁问到他这一个月的去向，他都语焉不详地应付过去。

一直到第三天，他正跟朱训良以及一干生意人吃饭，手机响起，是本地一个号码打过来的，他接听，那边正是任苒。

听到他"喂"了一声，任苒反而吃了一惊，她只是隔几天不做什么指望地例行拨这个号码，根本没想到他会开机，一时竟然不知道说什么好。

祁家骢厉声问："你现在在哪里？"

任苒显然被他的语气吓到了，嗫嚅一下："我……在深圳。"

"告诉我具体地址，我马上过来。"任苒小声报了地址，他记下来，补上一句，"你给我老实待在那里，不许走开。"

祁家骢放下电话，抱歉地对朱训良说："不好意思，我女朋友因为我突然没和她联络，跟我赌气了，好长时间没理我，我得去把她接回来。"

朱训良宽容地笑："女孩子嘛，哄一哄就好了，叫钟蕾送你过去。"

钟蕾发动宝马，听祁家骢报地址给她，不禁略为吃惊："祁总，那一区是深圳的城中村，外来打工者聚居的地方，鱼龙混杂，治安不好，你女朋友怎么会跑到那边？"

"她是个傻孩子，没办法。你对这一带熟悉吗？"

"我刚到深圳时住过那里，"钟蕾摇摇头，"那大概是我一生中最倒霉的日子。谁要再跟我说苦难是一笔财富，我一定会啐他。"

祁家骢笑了："也许我该再把她丢在那里一段时间，让她多吃点苦头，也有你这样的领悟后，她才会比较乖一点。"

钟蕾莞尔，也不多打听什么，开到目的地。那里果然杂乱得让祁家骢惊讶了，一座座仓促盖成的稠密民居显然没有任何整体规划可言，楼房如同碉堡一般高耸，楼与楼之间的距离近得不可思议，街道狭窄，来来往往的尽是操着天南地北口音的外地人。

钟蕾一边小心地开车避让着行人，一边说："这种楼房都是村民盖起来收租的，俗称握手楼，意思就是距离近得可以站在自己房间里，跟对面房子里的人握手。"

祁家骢苦笑，他也不理解任苒这样明显娇生惯养长大的女孩子怎么会待在这种环境里一个月不回家。

"钟小姐，停车。"他看到了任苒。她正站在前方不远处的路边，身后一栋五层楼楼房，挂着平安招待所的招牌。

钟蕾将车停到招待所门前，祁家骢下车大步走过去，只见任苒头发扎成马尾，背着一个帆布包，心神不安地站在路边发呆，看到他眼睛一亮，却又露出了几分胆怯。

"你怎么瘦得这么厉害？"她低声问。

祁家骢也知道，最近一个月，他的状态实在说不上好。他并不回答她的问题，反问她:"你的手机怎么一直关机了?"

"早被人抢走了。"

祁家骢吃了一惊,他当然知道这边的治安状况:"为什么住这种地方?这里环境这么复杂,我不是嘱咐你就住市中心吗?"

任苒吞吞吐吐地说:"我……钱包也被人偷了。小旅馆租金比较便宜。"

祁家骢气极反笑:"就你这点能耐,还玩离家出走,到现在还没有人把你拐去卖了,没有查暂住证的人把你抓去收容所,简直就是奇迹。"

任苒红了脸:"你少看扁我,我已经找了份工作,在前面的超市当理货员,经理说我做事认真,答应想法给我办暂住证。"

"你居然还想一直待下去吗?你放着好好的学不上,待在这里干什么?"

"我……只是想独自待一段时间,好好把一些事情想清楚。"

"比如——"

"我以前的生活真的像我以为的那样幸福吗?我爸爸到底有没有爱过我妈妈?从什么时候起,爱可以变成不爱?婚姻和承诺真的很神圣吗?爱情是不是不可能永恒?既然法律允许一个人结婚再离婚,是不是意味着如果变了心,也是可以原谅的……"

任苒声音越来越低。这些问题在她心底盘桓困扰已久。自从到了深圳,她除了想祁家骢,其他时间便在反复思考,想找出答案。可是在这个显然不认为任何问题算是问题的男人面前讲出来,似乎颇为幼稚可笑。

果然祁家骢恼火地看着她:"真是一些庄严神圣值得深思的命题,也只有你这么天真的傻孩子才会跑这种地方想这些事。请问你每天在超市站至少八个小时,再回到这个破旅馆,得出了什么结论没有?"

他严厉的语气终于让任苒生气了:"不关你的事。"

"现在跟我走。"

"去哪儿?"

"你还没在这个鬼地方待腻吗?"

"我还要上五天班才拿得到这个月的工资。"

祁家骢嗤之以鼻:"多少钱?我付给你。"

任苒气冲冲地说:"你这是干什么?拿钱来砸我吗?"

"你能在这里住了快一个月都不回家,我估计就算用钱来砸你,也不可能把你砸开窍。我还有一大堆事要做,没时间耗在这里,你赶紧跟我走。"

任苒看着他不耐烦的表情,妥协了:"那……我的东西还搁在房间里。"

"扔了算了。"

"不行，我妈妈的书在里面，丢什么也不能丢那个。"

"好了好了，怕了你了，我带你上去拿。"

祁家骢回头跟降下车窗一直看着他们的钟蕾打了个招呼，便随任苒上了楼。

楼梯狭窄，过道阴暗，任苒住的房间摆了两张床，小而简陋。刚一进去，祁家骢便合上门，急切地说："待会儿下去以后，你就跟我大吵大闹。"

任苒一脸茫然："为什么？"

"别问了，总之怎么撒泼怎么来，就是不肯上车，不肯跟我回去，使劲哭，你不是最会哭吗？"

任苒大吃一惊："下面就是大街啊，来来往往那么多人，你叫我怎么撒泼？我什么时候最会哭了……"

祁家骢打量一下她："倒也是，我刚才那么说你，你居然也没哭，真让我意外。"

"那个开车的小姐一直盯着你看，是在监视你吗？"她疑惑地问，"是不是因为来找我，你惹了麻烦？"

祁家骢夺过她手里的衣服，胡乱塞进牛仔包里："来不及解释了，你马上跟我下楼。记住，按我说的做，不然我们两个人的麻烦大得很。"

任苒糊里糊涂随他下楼，跟招待所老板结账，拿回押金，两人出来，她看着眼前的人来人往，一下踌躇了，根本不知道该怎么吵闹才算合适。

祁家骢突然一把抓住她的胳膊，力气很大，把她拖得跟跄了几步，胳膊隐隐生疼。她吃了一惊："你干什么？"

"还拖拖拉拉的话，我就索性不管你了。"

"不管就不管，我要你管吗？"

她终于入了戏，一把挣开他的手，撒腿就跑，祁家骢追上去再度拖住她，拉着她的胳膊把她往车上拽。钟蕾下车开了后座门，好笑地看着任苒挣扎："祁总，哄女朋友可得耐心点，不好这样霸王硬上弓的。"

任苒疑惑地看看她，再看看祁家骢："她是谁？"

祁家骢冷笑道："不关你的事，你赶紧上车。"

任苒词穷了，有些崩溃地想，原来撒泼也不是一件容易的事，她回忆在这里看到过的打工妹与人吵架的情形，却根本不得要领，只好转头对着钟蕾问："你是谁，你跟祁家骢什么关系？"

钟蕾连忙摊手："小姐，我是祁总朋友朱先生的秘书，跟祁总没关系的，只是送他过来，你别误会。"

任苒不依不饶地说："他又不是不会开车，为什么要你送？"

钟蕾倒真不知道怎么回答才好了，祁家骢恼火地说："你闹够了没有，非要在这大街上丢人现眼？"

"你不跟我讲清楚我就不上车。"

祁家骢冷冷地说："算了，我看我还是直接通知你爸爸，让他过来接你，我也乐得省心。"

这句话终于把任苒的眼泪逼了出来，她死死抵住车门不肯进去："我不要你管，也不要他管。"

"你以为我想管你吗？我这就带你回去，把你交给他，以后你要怎么样，都不关我的事。"

尽管她知道祁家骢是故意要激怒她，可是提到父亲，她还是伤心起来，近一个月来积蓄的委屈在这时爆发出来，她顺着车身滑下去，抱着头哭了起来。

祁家骢烦恼地看着她，再看看钟蕾："钟小姐要不你先回去，我把她安顿好了再说。"

钟蕾同情地看着将头伏在膝盖上痛哭的任苒："祁总，我跟朱总说一声。"

她拿出手机跟朱训良打电话报告："朱总，祁总这边有点小状况，他女朋友似乎生他的气了，不肯跟他回来，两人正僵持着，我在旁边看着，那女孩子更不会上车。"

朱训良正心情大好："你把电话给他，我跟他讲。"

祁家骢接过手机，只听朱良训一阵大笑："小祁，你做基金那么厉害，难道连个女孩子都搞不定吗？"

祁家骢叹了一口气："没办法，都是我宠的。这女孩子太任性了，打也不是骂也不是，很难弄。"

朱训良邪邪笑道："老弟，你直接把她带去酒店，后面的事你懂的，再任性的女孩子也能搞定。"

祁家骢呵呵笑了："有道理。"

"听哥哥我的，绝对没有错。你叫小钟听电话，我让她把车给你，你快点依计行事，安顿好女朋友，我们继续来商量正事。"

钟蕾接过电话，点头答应下来。祁家骢拉开车后座门，一把抱起犹自抽泣的任苒，将她连人带包塞进去，然后坐上司机座，发动了车子。

第十四章

"好了，不用哭了。"祁家骢看着后视镜里钟蕾消失的身影，对任苒说。

任苒不理他，仍然歪在后座上默默流着泪。

"你看看你，眼泪跟开了水龙头一样止不住。说你能哭，还不高兴。"

任苒恼怒地反驳："我这一个月都没哭。"

"是吗？"

"那天我正打电话，一个骑摩托的人从后面冲过来，抢了手机就跑了。我被推到地上，好半天才爬起来，我也没哭。"

祁家骢有些好笑，又有几分怜惜："钱包是在哪儿被偷的？"

任苒难为情地说："不知道。我在你开的酒店住了三天，退房后，准备重新找个便宜一点的宾馆，结果发现钱包丢了，幸好身份证没放在里面。"

"丢了钱包也没哭吗？"

"嗯。没多少现金，丢了倒干净，反正我也不想回去。"

这个逻辑让祁家骢更加觉得好笑："你要真想彻底消失，怎么还跟祁家骏打电话？"

"我出走又不是因为他，我不想让他担心。"她每隔上十天给祁家骏打一个电话，对他的焦急追问只说"我没事"；对他气急败坏的臭骂，她既不辩护，也不还嘴。

祁家骢大笑，弄不清自己的心情为什么这么好，继续问她："给我打了多少次电话？"

"不记得了，反正隔几天会打一次给你。"

"还好,我预备今天等最后一天的。"跟朱训良的商谈已经迫近实际操作阶段,祁家骢的确决定等今天过后,任苒还不联络他,他也必须离开深圳,再拖下去想脱身就更难了。

任苒不大明白地看着他:"你要走吗?我也没想到你今天会接电话,我还以为,我手机一丢,我们以后再也见不着了。"

"那……哭了没有?"

"没有。"她飞快地否认,想了想,加上一句,"你要是真忘了我,我最好也快点忘记你,哭有什么用?"

"有道理。"祁家骢笑意更浓,"来,到前面来坐。"

任苒从前排两个座位中间爬了过去,坐到副驾驶座上。祁家骢瞟一眼她满脸的泪痕,抽了纸巾递给她:"都攒在今天一块儿哭出来了。也好,我倒习惯你这个哭法了。现在来老实告诉我,为什么要离家出走?"

任苒扭头看着窗外,小声说:"季律师说她怀孕了,我爸爸马上要跟她结婚。"

祁家骢不赞成地摇头:"你以为出走就能让你爸爸对你负疚,于是不结婚吗?"

"不是啊,他们都有孩子了,肯定会结婚的。我只是不想再看到他们。"

"还好,我还以为你离家出走是为了跟我在一起。"他似乎半开玩笑地说,"我松了一口气,可又有点儿受伤。"

"我当然想跟你在一起。"她着急地伸手过去抓住他的一只手,"可是我怕你嫌我累赘。"

祁家骢沉默了一下:"任苒,你最好还是回去上学。不想理你父亲,你可以尽情摆脸色给他看,时时让他觉得亏欠你;或者对你的后妈说刻薄话给她添堵。何必要拿自己的学业前途来赌气?"

任苒脸色黯淡下来:"我没跟谁赌气。去摆脸色给他们看,也没法让我开心起来。"她缩回手,靠到座位上,"我只是怀疑很多事情,觉得上学根本没什么意义。"

"我也没觉得一张文凭有多重要。不过,在超市当理货员有意义吗?"

任苒无言以对。

"你是在用惩罚自己来间接惩罚你父亲,任苒。"祁家骢客观而不带感情色彩地说,"我不去评价你父亲算不算活该,可是任何一种惩罚,如果同时赔上了自己的生活,就根本不可能有报复的快感。"

任苒沮丧地说:"也许你说得对,不过我一想到他那样背叛我妈妈,却不用付出任何代价,马上就会有全新的生活,我就没法释然。我要是回去了,哪怕不理他们,也根本不会对他们有什么影响；我不回去，至少能让他的生活来得不够圆满吧。"

"这就是说，你还是打算留在深圳吗？"

任苒无声地点点头。

祁家骢觉得好不荒谬，他打乱计划，冒如此大的风险来深圳找她，却是这么个结果。

如果第一次他的不告而别还在合作尚未达成初步意向前，能推到别人头上，那这一次已经没什么理由可找了。唾手可得的猎物突然以如此离奇的方式飞掉，朱训良肯定会恼羞成怒。他一向有不择手段的名声在外，祁家骢不会低估公然得罪他的后果。

可是瞥一眼缩在副驾驶座上发呆的那个纤细身形，他发现自己并没有什么不悦之意。

"既然这样，我去找个取款机取点钱给你，你到治安好一些的小区去租一个好点的房子住，住腻味了再决定要不要回家。"

"不用啊，我妈给我留了钱，存折我收得好好的，没弄丢，只是我现在不想动用那笔钱。而且我也不想一个人闲得发呆，恐怕更会想那些事想到走火入魔。现在每天上班累得半死，晚上不会失眠，倒还好过一些。"

祁家骢苦笑道："我本来是想找到你送你回家的，今天这么一闹，就算你想留在深圳，恐怕也必须换一个地方。"

"没什么，大不了重新找个事做，换个地方住好了。"任苒没当一回事地说，"反正那个招待所我也住腻了。同事小红说她打算去关外一个电子厂做事，那边有宿舍，我跟她一块儿过去好了。"

"在流水线上做事也许比在超市理货更累。"

"受不了的话，我不会硬撑下去的。"她回答得十分干脆。

祁家骢已经将车开到了一个酒店的停车场，他带任苒下车，走出停车场，却并不进酒店，而是直接走出去，过了一段距离后，顺手将宝马车钥匙扔进了路边的垃圾桶。

任苒诧异地看着他的举动："这车是那个小姐说的朱总的吧？你怎么——"

"别多问了，我不可能回去还车给他。"

任苒有几分不安："你上次说要消失一段时间，这次过来找我，会不会有什么麻烦？"

祁家骢懒洋洋地说："待在家里坐着，一样会有麻烦，这些事不用你操心。"他看看手表，说，"任苒，我得走了。"

任苒点点头："等我再赚一点钱，会去买一个手机。"

祁家骢笑了："你这性格，小事情哭得稀里哗啦，碰到大事倒接受得比谁都快，我还真服了。这样吧，我告诉你一个新号码，要有急事找我，可以打这个电话。"

任苒拿出笔和小本子，认真记下号码，然后看街道路牌："这边我没来过。你先走吧，我自己去找公交车站。"

祁家骢正要举手招出租车，她却回身紧紧抱住了他，依恋地将头贴在他胸前："抱我一会儿，就一会儿。"

祁家骢迟疑一下，抱紧了她。他发现，果然正如他收紧双臂之前迟疑的那样，他觉得再难放手了。

他在广州隐居的一个月里，她曾多次无声无息潜入他的梦中，醒来后总有些惆怅。这是他从来不曾体验过的情绪。

此时，在初秋深圳的街头，这样抱着她，他才后知后觉地明白，她乌黑的头发、细腻的皮肤、轻柔的声音、温软的触感……不知道什么时候化为不具体的回忆，一点一点渗透进他的感官里。正是这种微妙得让他猝不及防的渗透，驱使他冒险来到深圳，而且丝毫不后悔自己的行为。

"愿意去广州住一段时间吗？"他突然下了决心，在她耳边问。

她迷惑地抬头看着他，弄明白他的意思后，脸上一下焕发出光彩："真的吗？你肯带我走，是真的吗？"

"我想了想，把你带在身边，总比把你一个人丢在这里，让人抢、让人偷、让人查身份证、暂住证，要来得放心一点儿。"

这个平淡的回答没有扫任苒的兴，她一下勾住他的脖子，跳起来亲他的嘴唇："我爱你，家骢。"

他并不回应这个甜蜜的表白，只抱一抱她，然后招手拦停了出租车。

任苒随祁家骢到了广州。一路上，祁家骢关掉手机，保持着沉默，不肯再回答她的问题，神态不自觉地流露出烦躁，后来便索性靠在椅背上闭目养神，似乎十分疲惫。他的神情让任苒有些忐忑不安。

深圳到广州全程不过一百公里左右，不到两个小时就到了。广州的城区看上去比深圳要喧闹杂乱得多，狭窄的街道，高耸的大楼，到处是攘攘人流。

祁家骢租住的公寓地段良好，位于珠江边高档住宅区内。一走进公寓，任苒就吃惊了，皱一皱鼻子："什么味道？"

他没在家开火，只请了钟点工一周上来打扫两次，还没到时间，房间自然保持着他几天前匆匆离开时的原样，倒也不算杂乱。只是客厅一角放了成箱的威士忌、啤酒与红酒，茶几上摆着一瓶喝剩一半的红酒，酒瓶敞开着，旁边放了一只玻璃杯，里面还残留着小半杯酒，密闭的房间中弥漫的自然是酒的酸涩味道。

祁家骢开门窗透气："我先讲讲同居规则。"

"同居"这个词已经让任苒红了脸，还要加上规则，她疑惑地看着祁家骢，他脸上的表情仍然介于认真与调侃之间。

"其实很简单。我不喜欢别人干涉我的事，不管是工作还是生活，同样，我也不会干涉你的爱好。"

任苒松了一口气，她不认为自己是个喜欢干涉别人的人："就这些？"

祁家骢并不看她，到墙角堆放的纸箱中拿出一瓶威士忌，一边开着酒瓶，一边说："如果你要继续打电话给祁家骏报平安，我不反对，但必须找公用电话，而且不能告诉他具体地址。"

任苒认为这个要求不算过分，但祁家骢神态中的冷漠多少冲淡了自己随他来到广州的喜悦。她点点头："我知道。"

她放下背包，将那半瓶红酒拿去厨房倒了，酒瓶扔进垃圾桶，再洗干净玻璃杯。

厨房窗外是一片公寓，隐约看得见一点珠江，两岸是一派岭南风光。城市的空气照例迷蒙，广州的初秋没有季节更替的感觉，更没什么明显的秋天气息，这样一个黄昏，西斜的太阳迟迟不肯彻底落下，橙色的余晖映照着江面，隐约只见波光粼粼。

在住了近一个月简陋的招待所后，来到一个陌生城市的豪华公寓，置身如此明显没有烟火气息、井井有条的厨房内，看似安定了下来。

然而，她清楚知道，她的生活已经完全脱离了正常轨迹，她在本该去学校上学的时候，远离家乡、校园、亲人、朋友、同学……由单纯的离家出走，发展到预备和一个男人同居了。

突然之间，她心中有强烈的怔忡不安。

这是她想要的吗？

她在愤怒伤心中离开了Z市，想到的头一个目的地就是深圳。她不给自己任何反悔犹疑的机会，投入他怀抱中。

她当然爱他，可是她并不认为自己足够了解他——哪怕已经亲密到了床上，他对她来讲，仍然是一个谜一样的存在。

这种没有理由、没有前瞻后顾的爱，她以为既然已经发生了，那么她要做的就是听从自己的心。

可是，哪怕有不顾一切的孤勇，一涉及爱，就不是一个人的独舞了。没有得到那个男人一个眼神或者一句言辞的明确肯定，她的心彷徨得如同悬吊在半空中，让她无法就此安然下来。

等她走出厨房时，祁家骢正坐在沙发上，那瓶才打开的威士忌少了三分之一，他手里端的一杯酒已经喝了一大半。

他喝酒的样子正如她那天晚上在酒吧里看到的一样，没有一丁点慢慢品尝的意思，头一仰，跟一般人喝水一样喝下一大口。

他看到她眼神里的惊讶，拍拍身边的沙发，示意她过来坐下。

"这酒很烈啊，你会不会喝得太多了？"

"放心，我不会借酒装疯的，最多就是喝多了去睡觉。"

他的声音再度变得漫不经心，神态也没有了一路回来的那种紧绷，她敏感地体会到了这个细微的变化，坐到他身边，将头靠到了他肩上。

"也许跟我住上一段时间，你可以早一点发现，我其实就是一个麻烦的大叔。"他侧过头，亲一下她的头发，开玩笑地说。

她喃喃地说："那我们打平了，反正你觉得我是幼稚的傻孩子，我们谁也不用嫌弃谁。"

一半被酒精放松了身心，一半被她逗乐了，祁家骢放下酒杯，将她抱入怀中："好吧，傻孩子，留下来。可是我不会约束你，如果你想离开，随时都可以直接跟我讲，我会送你去机场。"

这不是她想听到的话，不过靠在他怀里，被他有力的胳膊搂着，呼吸着他身上混合着酒与烟草夹杂的气息，她暂时抛开了心中的不安。

这是你了解你爱的人的开始，你没什么可犹豫的。她轻轻对自己说，将脸贴到了他的胸前。

当然，没有什么比同居在一个屋檐下更能了解一个人。

从某种意义上讲，祁家骢其实没他预告的那么麻烦。

他不挑食，不管是任苒闲得无聊尝试做的饭还是叫的外卖，他都能接受；他不约束她的生活，不要求她一定把自己关在家里；他给她买了一个手机，只叮嘱她不要随意暴露行踪，便再不干涉她给谁打电话；隔几天，他会主动陪她出去看场电影，或者散步。

她慢慢熟悉了他的一点一滴。

他对她的要求确实如同他说的"同居规则"一样简单，在他看书、打电话、沉思或者对着电脑研究行情走势时，她不能打扰他；如果她试着问与他工作有关的事情，他会明确拒绝回答。

　　他不爱吃辣，不吃甜食，口味清淡；除正餐以外，他不吃任何零食；他平时喜欢穿白色的衬衫，深色的长裤，而且衣服固定是一个牌子、一个款式；他喜欢裸睡，也怂恿她效仿；他熟睡时多半右侧躺着，似乎已经慢慢习惯了与她分享床铺，而不是如第一晚那样独霸床的中央；他睡眠很少，每晚最多睡六个小时，白天仍然精力充沛；他看电视，仅限于看这边能接收到的香港台经济新闻节目和意甲、英超等足球比赛直播；在看比赛时，他习惯喝啤酒；他看书时的神情十分专注，手边会放上一杯红酒，偶尔呷上一口；他有时会一边听激烈的摇滚乐，一边喝威士忌……

　　任苒在这套房子里安顿下来，满心甜蜜地想，虽然他们没有经历一个循序渐进的恋爱过程便快速同居了，让她有一点遗憾，但她毕竟已经开始了解她爱的这个男人了。

　　她不让自己再去想父亲，她与旧时生活唯一的联系，不过是给祁家骏打电话。然而，打他的电话，对她来讲也变得十分困难。

　　在深圳时，面对祁家骏的诘问，她可以理直气壮："我当然不是跟祁家骢私奔，我一个人在深圳，我不想回去；他还没跟季方平结婚关我什么事，不要跟我提起他们两个人……"

　　可是，现在到了广州，她却不知道说什么好了。

　　她没想过要刻意对祁家骏隐瞒什么，一想到他听到她的坦白后可能的暴怒，她就不由自主地害怕。她一天一天地拖延着，到了广州半个多月后，她毕竟没法再逃避下去，还是去找了一个公用电话，拨通了祁家骏的手机号码。

　　她期期艾艾地解释着："我现在在广州；不，我就是想换个环境；是的，我和家骢在一起……"

　　祁家骏在短暂的沉默后，如她预料的一样爆发了。他语无伦次地指责她："我警告了你那么多次，你完全把我的话当成耳旁风；你居然对我撒谎，实在太让我失望了；你真的是因为你父亲要结婚才出走的吗？你一向诚实，何必为自己的行为找这么拙劣的借口……"

　　她好不容易插言打断他："我没找借口，阿骏，我爱他。"

　　祁家骏长时间默然，然后咬牙切齿地说："我不怪你，小苒。你太幼稚，不谙世事，满脑袋不切实际的幻想，才会上他的当。他利用你来报复我和我妈妈，实在太卑鄙了……"

"不是你想的那样。"任苒不在意他指责自己,却不能容忍他这样说祁家骥,"他根本不在意阿姨不答应调动祁家的资金帮他,他跟我说了,他不需要帮助……"

祁家骏冷冷地说:"小苒,什么也别说了,你现在在广州什么地方?"

"阿骏,别问了,对不起,我不能告诉你。别为我担心,我很好,我要挂了。"

"等一下。"祁家骏低声喝道,停了一会儿,他重新开口,声音里满含痛苦,"小苒,你这么恨你父亲,到了要用这种方式来伤害他的地步吗?"

"是他先伤害了我。"

"他又去深圳找了你一次,差不多天天问我,最近你有没有跟我联络。你这么长时间不打电话回来,他的头发都快急白了,上周还跟我说,为了给你一个交代,他不打算跟季方平结婚,而且会劝她去做流产。"

任苒呆住,这个结果是她没有想到的。她只听祁家骏继续说道:"季方平不肯,跑来学校找我,求我去劝你父亲。我再怎么讨厌她,对着一个孕妇又能说什么。可任叔叔说,你已经是他欠下来的债了,他不可能在你反对的情况下再要一个孩子,由着你流落在外不回家。"

任苒的泪水顺着眼角流淌下来。

"季方平怀孕快三个月,她不肯流产,一个人躲了起来,眼下没人知道她在哪里。小苒,把你爸爸逼得这样内外交困,你还觉得不够吗?"

她失声哭了出来:"阿骏,你别说了,我不想逼谁。他们对自己的行为负责,不关我的事。"

"如果你只是想报复任叔叔和季方平,也得到你想要的结果了。现在回家好吗?你和祁家骥的事就到此为止,我不会告诉任何人,也不会怪你。"

"我……"她完全不知道该怎么回答这个提议。

祁家骏等了一会儿,没有得到他想要的回应,再度暴怒了:"你扪心自问一下,小苒,你现在不想回家,究竟是为了报复你父亲,还是为了和祁家骥在一起?"

任苒紧紧咬住嘴唇不吭声。

"你有没有想过,你现在过的是什么生活?他引诱你,让你在本该读书的年龄随他隐姓埋名流落异乡,不把下落告诉亲人朋友,这算是负责任的做法吗?你才十九岁,就跟人不明不白同居了。他如果真的在意你,会在身陷麻烦的时候把你牵扯进去吗?"

"他没引诱我。跟他在一起,是我自己的决定。"任苒虚弱地辩解着,"阿骏,不要因为他妈妈对他有偏见。"

"我说的哪一句话是偏见,你不妨指出来。"

"阿骏,算了,我们不说这个了。如果你生我的气,我也没什么可说的。请你转告我爸爸,让他不用管我了。"

任苒刚挂上电话,铃声便急骤地响起,她知道是祁家骏又打了过来,然而她没有勇气再面对他的怒气与质疑,只是靠在电话亭边,任凭铃声在耳边单调地重复着,一遍又一遍,直到终于停了下去。

这是她想要的结果吗?

匆忙离开Z市时,她并没有设想一定要父亲做什么样的妥协她才会回去。她只是一心沉湎于伤心失望之中,希望远远逃开。

现在就算任世晏与季方平彻底断绝关系又怎么样?

她的生活已经永远偏离了过去的轨道。在知道父亲背叛母亲后,她和父亲之间不可能回到过去那样相互信任的时光了;在她和祁家骏在一起之后,她也不可能再指望拥有祁家骏的友情了。

更重要的是,她爱祁家骏,哪怕这份感情没有得到任何人的祝福。她已经把自己的生活跟他联系到了一起,再也回不去从前那样只对爱情保留一个单纯憧憬的状态了。

第十五章

任苒在广州热闹的街头游荡得几乎迷失了方向,直到太阳下山,她的眼泪彻底止住,双腿沉重得近乎麻木,才叫出租车回公寓。

她刚开门进去,只听祁家骢正倚在窗前讲电话:"……阿邦,事已至此,由得他去吧。你把剩下两个员工安排好,每个人发三个月工资遣散,办公室暂时封起来,你也不必每天去上班了。"

祁家骢的声音平静,可是从她这里能看他的侧面,脸上的表情透着几分阴鸷。

她等他放下电话,不安地问:"家骢,出了什么事吗?"

"没事。"祁家骢并不看她,简单地回答。

每次她试图对他多一些了解时,他就会流露出这样拒人于千里之外的样子。她明白再问什么也是徒劳,看看时间已经不早了,只得进厨房做晚饭。

任苒买回来一本家常广东菜谱,实验了几天,已经可以做几样简单的菜式了。等她做好两菜一汤端出来,一抬头,看到祁家骢正站在阳台上喝酒。从客厅望出去,他高大的身形隐在沉沉暮色中,形成一道轮廓鲜明的剪影,遥远而落寞,与她面前餐桌上冒着热气的菜如同分处于不同的时空之中。

她被自己的联想吓了一跳,解下围裙走过去,从他身后抱住他:"家骢,如果你有心事……"

祁家骢打断了她:"任苒,我想我早就跟你讲清楚了,我并不喜欢跟人分享所有的生活,如果你愿意跟我一起住,就得学会容许我有自己的空间。"

她一下僵住，脸贴在他坚实的背后，停了一会儿，才轻声说："好，我明白，吃饭吧。"

两个人沉默地吃完晚餐，这个面积不算小的公寓内气氛紧张，任苒收拾好碗筷，出来一看，祁家骥已经将自己关进了书房。她看着紧闭的房门，有种手足无措的感觉，不知道什么地方出了问题，只能将电视机声音开得小小的，蜷坐在沙发上，手里拿了一本书发呆。

到了八点钟，祁家骥突然从书房出来，仍然不看她，只取了外套，跟她打个招呼："我出去走走，你先睡，不用等我。"

任苒当然不可能睡着，到夜半时分，她听到门边有响动，匆忙下床，祁家骥已经拿钥匙开了门，显然喝得酩酊大醉，踉跄走了进来。

任苒吓了一跳，连忙去扶他。他酒品并不差，也没有完全丧失神志，只是推开她的手，完全不许她靠近，含糊地叫她去睡觉，不要管他。他摇摇晃晃走到主卧门口，却一转身，径直去了客房。她替他泡茶或者拧来热毛巾，都被他断然拒绝。

任苒放心不下，翻来覆去睡不着，半夜听到他起床，她赶忙下床走了出去，只见他冲到卫生间，对着抽水马桶呕吐。她过去扶他，他却一把推开她的手，低声喝道："出去。"

那个驱逐来得严厉而断然，她只能含着眼泪出去，不再管他。

到了第二天，祁家骥脸上明显带着宿醉后的痕迹，脸色苍白，眼窝深陷，神态疲惫，但神志却恢复了清明，主动跟她道歉："对不起，我昨晚态度很差劲。"

她一夜没睡，满心都是惊惶与委屈，绷着脸不说话。他叹一口气："我看我得在规则里多加一条，以后见我喝多了，一定让我一个人待着，不然你会白生很多气的。"

"为什么不要我照顾你呢？"

"没人喜欢让别人看到自己狼狈的样子。"他烦恼地笑，"我不需要照顾，你只需要在那种时候无视我就行了。"

"以后别去酒吧好吗？或者至少别过量。"她央求着，"这样对你的身体也不好啊。"

他微微一笑，抚一下她的头发："行了，别乱操心了。你不是说喜欢吃喝玩乐吗？明天我就带你去吃喝玩乐个够。"

祁家骥履行诺言，第二天给任苒安排了全天的节目。他先带她去百货公司买衣服，她试了一件又一件，他坐在一边耐心看着，把她看中的全买下来；从百货公司出来，他带她去西餐厅吃饭，然后去看电影，尽管那是一部明显不合他口味的文艺片。

他一直都有些心不在焉，可全无不耐烦的意思。不管她提什么要求，他都带一点纵容地答应下来，包括路过花店，她撒娇地为难他，让他送花，他也极其爽快地按她说的买下大把的马蹄莲与天堂鸟。

他一手替她抱着花，一手提着大大小小的购物袋招摇过市，显得与平时的他完全不搭调，可是也没什么不自在的表情。

这样俗气热闹的快乐，其实最能感染涉世不深的女孩子。然而任苒挽着他的胳膊，慢慢不复最初的兴奋了。

她一向敏感，当然看出了祁家骢做这一切，始终带着漫不经心，并不算投入。他只是将这一整天的陪伴当成一个礼物打包送给她，算是一种补偿、道歉与安抚，跟在老李的绿门咖啡馆里递给她一碟才出炉的松饼没什么两样。

"还想要什么节目？"祁家骢侧头问她。他素来表情淡漠的面孔衬着怀里抱的大束鲜花，有了一点难得的温柔。

她看着他，慢慢微笑道："今天足够了，谢谢你。"

对，这样一个男人肯哄她，她想，她不可能要求更多了。

那一天过后，两人恢复了平时的作息，而祁家骢的表现让任苒也没什么可挑剔的。他平时在家里饮酒虽然多，但十分克制，并不过量，只偶尔在晚上处于微醺之中。这种状态下，他显然十分好相处，有时会讲冷笑话逗她开心。

然而，大部分时间里，他越来越沉默，时常将自己关在书房内。过十天半月，他会和她打个招呼，独自外出，然后大醉回来。

这算酗酒吗？她不大拿得准。祁家骢明显没有失去自控能力，他始终没有醉到失去神志的地步。

他平时表现得不动声色，可是总有控制不住的焦躁情绪一闪而过，而原因他绝口不提。对着一个明显不愿意与她讨论自己事情的男人，她也无从猜测。

祁家骢在近乎周期性地买醉，而任苒也有一个周期性的行为。

她没有再去公用电话亭给祁家骏打电话，但隔一段时间，她会给他发一条短信，发送完毕后，她会马上关机，隔一天后，她才会打开手机，看着祁家骏回复的消息，呆呆出神。

她没勇气再跟祁家骏交谈，可是她也不愿意彻底断绝与他的联系。这个报平安的举动，当然是不想让好友担心，同时也是安慰和鼓励自己：你并不孤单，你一切都好。

然而，在这个陌生的繁华城市里，她的孤独感与日俱增。

祁家骢没有给她安全感，她也没办法忽略他不经意间释放的其他讯息。

在这种情况下，她说服不了自己安下心来，享受爱情。

一转眼，他们在广州住了两个多月，岭南的冬天悄悄来临，除了阴雨天气气温略低以外，并没其他感觉。

在背弃父亲、离开家庭和学校后，任苒渴望与她头一次爱上的男人建立起亲密无间的关系，可是祁家骢与她保持着如此微妙的距离，她若是缠上去絮絮与他交谈，他会不动声色地转移话题，将她推拒开来，她只能独自消化那份挫败。

任苒开始越来越清楚地意识到，她住进了祁家骢的公寓，但远没有住进这个男人深不可测的心底。

她有充分的理由这么想。

她已经在大学宿舍住了一年，其他五个室友分别来自全国各地，每个人性格与处事方式都不同。她自小有母亲严格的家教，要与人友善相处，尊重别人，不侵占公共空间，不窥探他人的隐私，不干涉他人的私事。但显然有些人的行事习惯与她不同，年轻女孩子并没几个懂得隐忍与宽容，宿舍中不时会因此而起纷争。

而祁家骢在大部分时候都表现得符合她母亲以前对她的教诲，很好相处。可是，这种好相处给她的感觉，更类似于一个懂得自律的室友。

他似乎分出了一部分生活空间给她，任由她固定窝在靠阳台的一个小沙发上看书，在晚上固定时间看香港电视台播放的某部美剧，在厨房里心血来潮按菜谱做一点菜，最重要的是在他没那么阴郁的时候分享他的床。

她若是表现出郁闷，他会带她出去散心、看电影、购物；她主动说起什么，他也会听着，略加点评。可是他从来不谈自己的事，也不会主动问起她有什么心事、对将来有什么想法。

这是恋爱，还是一个纯粹的同居伙伴关系？她不断用这个问题拷问着自己，同时更加留意他的一举一动，试图找出某个答案。

祁家骢当然注意到了她的目光，有一次还半开玩笑地说："任苒，你打量我的样子，活像是猎人在看猎物。"

她撒娇地说："对啊，我就是想找到你的弱点，好捕捉你。"

他大笑:"不用这么费事,来吧,我愿意任你宰割。"

她还没来得及褪去所有的生涩,对她来讲,还不具备力量"宰割"他。她看得更重要的其实是身体交缠带来的亲密感觉,唯有在那个时刻,她才能体会到她真实拥有着这个男人的热情。

然而,再紧密的纠缠、再炽热的迸发都有结束的时刻。当他带着满足在她身边沉沉睡去,她却长时间无法入睡。

她并不抗拒这样的失眠。有时她会披衣起来,去阳台远眺这个陌生的城市,或者去客厅看书,直到有了睡意再回卧室;更多的时候,她就静静躺在他身边,借着一点幽微的光线仔细看他。

他脸上的线条已经深深刻入她的脑海中,然而,这样静谧的深夜,全世界都沉入梦乡,他在她悄然的注视下熟睡,他的脸就在她的枕畔,两人呼吸相接,触手可及。

祁家骢睡得很沉,可是在睡眠中,他强大的自我控制终于有了缝隙,他并不能保持与白天一样的平静超然。在半夜某个特定的时候,他会开始做梦,她可以清楚看到他面部或轻微或激烈的扭曲,眼皮有急促的颤动,嘴里发出含糊的声音,身体辗转翻动,甚至会抽动,他的身体会无意识地蜷缩起来。

这种时候,他是完全不设防的,显出一点无法控制的脆弱。她在最初的惊讶过后,会悄悄握住他的手,慢慢贴近他,用自己的体温来轻柔细微地爱抚他,让他重新安静下来,而他不会断然推开她,有时甚至会不自觉地将头靠入她怀里。

这个男人流露的这一面让她的心有一点牵痛的甜蜜感觉,她可以长久凝视他,直到睡意渐浓,沉入跟他一样的睡眠之中,仿佛这个黑夜可以永无止境地延续下去,他们的厮守也可以没有任何疑问地到达永远。

只是,这样的亲密,只限于床上、夜晚。

她内心深处涌动着百转千回的心事,这个过程如同一种作茧自缚,将她缠绕得患得患失,越陷越深。

然而祁家骢的情绪似乎越来越不好,这天他一直坐在书房内,对着电脑,神情阴沉。

她给他送茶进去,瞟一下电脑屏幕上显示的行情:"全是红的,应该是上涨吧,为什么还是不开心?"

祁家骢冷笑一下:"如果你预测到了行情,却只能眼看它从高潮走到即将落幕,怎么可能开心得起来?"他并不看她,只挥挥手,似乎示意她出去,然后拿起手机打电话,"阿邦,今天有什么消息?"

不知道那边说了什么,他静默地听着,过了很长时间,冷然说道:"你不用多说什么了，朱训良既然想玩我，那不妨玩个够。"

他重重地将手机丢到书桌上，收敛了脸上那个近乎狰狞的冷笑，似乎完全忘了任苒还站在书房里。他的肩膀慢慢低落下去，双手支在书桌上，托住头，重重地叹了一口气。

她完全不懂股票操作，可是这段对话听下来，也多少明白了一点：祁家骢的情况不妙。她看着他的身体紧绷，姿势犹如困兽一般，又如同被长时间禁足无法率性奔驰的骏马，她意识到，他最近的焦躁也许正是来源于此。

她伸手抱住他的肩头，刚要说话，他已经猛然推开了她的手，低声喝道："出去。"

他头一次在没有喝醉的时候如此粗暴地拒绝她，她的心一下凉透了。一直到晚上，他从书房内出来，脸色依旧阴沉，两人相对无言地吃完晚饭，他简单打了个招呼，便出了门。

任苒独坐了一会儿，穿了件外套，也出了门。她只有一个线索，某次祁家骢喝得大醉回来，带着一个印着酒吧名字的打火机，她出来散步时，不经意间路过了那间酒吧，还曾驻足看了看。

她走进窄小的前门，发现这是间并不算高档的酒吧，里面别有洞天，狭长而幽深，带着喧闹的气息，灯光昏暗暧昧，烟雾弥漫。她扫视着，看到了祁家骢，他正独坐在角落里喝酒。有一个衣着性感、身材火辣的女人俯身与他说话，他却只是摇摇头，那女人也不纠缠，爽快地走开了。

她倒没有胡乱猜疑，认为他在外面跟人约会，需要避开她。明摆着祁家骢不屑于对她隐瞒行踪。她只是不明白，他并没有酒瘾，也没有纵情狂欢，在家喝酒也明显比这里舒适得多，他为什么宁可周期性地过来买醉。

她正怔怔出神，突然一个猥琐的矮胖男人缠了上来，操着广东话说着什么。她听不懂，烦乱地摇头："我找人，对不起。"

那男人一只手已经搂住她的腰，喷着酒臭气的嘴凑近了她，改说普通话："靓女，到酒吧来找的无非是男人，我给你买杯酒好吗？"

她大吃一惊，却不愿意出声惊动祁家骢，狠命推开他，跑出了酒吧。她只觉得被那只手摸到的地方黏腻肮脏，不禁又是愤怒又是烦恼。然而过了一会儿，她的怒火消散了，只剩下满心的迷惑。

她想，如果这个男人拒绝让她了解，她做出再多努力恐怕也是徒劳。像这样跟踪他，以后可以不必了。

当天晚上，祁家骢照例很晚才回来，似乎没有喝到大醉，回来后径直去了书房，在那里待了好久，才去客房睡觉。

任苒听着他的动静，睡得很不踏实，早早便醒了。她有她的心事，这天恰好是她母亲的忌日，一转眼，方菲已经去世三周年了。

她拉开窗帘，发现外面下着小雨，空气潮湿，她的心情和这阴沉的天气一样抑郁。她走进客房，爬上床，抱住仍在熟睡的祁家骢，他睡意蒙眬地翻一个身，睁开眼睛看到她，似乎有些吃惊，将她搂进怀里。他除了眼睛中有血丝，看上去并没什么宿醉的样子。

"几点了？"

"刚七点，你再睡会儿，我就在这里躺一下，保证不打搅你。"

祁家骢却一下坐了起来："任苒，我今天要去一趟北京，可能过两天才能回来。"

她怔怔地看着他："很急吗？"

他匆忙下床："对，工作室有些事情必须我出面处理，阿邦应付不过来。"

她只好跟着起来，看着他匆匆洗漱，进主卧室很快收拾好了简单的行李。

"我给你做早点。"

"不用了，飞机上有吃的。"

他已经准备拉门出去了，她拿了件风衣追上去："北京肯定冷，带上吧。"

他接了过去，她突然伸手抱住了他的腰，他显然正满腹心事，微微一怔，有些不耐，可还是腾出一只手，轻轻拍一下她的手："把手机打开，我会给你打电话，办完事后我会尽快回来。"

她贴着他的背后，过了几秒钟松开了他。

任苒头一次在母亲忌日这个她最害怕孤独的日子独自待着。

她再没有睡意，想了想，还是换衣服出门，先在花店买了一束马蹄莲抱在手里，然后在别人的指点下，到了一个偏僻的小店里买了香烛，再买了几样新鲜水果。

她拎着满手的东西回家，搬了一张小茶几到客厅空着的一角，将一直随身带着的母亲的遗像放好，把鲜花插入花瓶中，然后摆了两盘水果。

这是每年父亲在母亲忌日拜祭时做的，布置好了以后，她跪倒在茶几前，双手合十，才发现她完全不知道该跟母亲说什么。

第一年忌日，她在父亲的指点下头一次给母亲上香，看看任世晏清瘦的脸，她在心里说的是："妈妈，请放心，我一定会好好学习，争取考上一个好大学，不让爸爸为我操心。"

第二年忌日，她告诉母亲："我在大学里生活得不错，我会好好用功，也会帮你照顾好爸爸。"

然而现在，过去的生活让她无法面对，正在过和将要过的生活充满不确定的变数，甚至无法断定她爱的男人是否也爱她。一想到妈妈生前对她无微不至的疼爱，她的心便痛得紧缩起来。

她的手机响起了短信提示音，她拿出手机打开一看，是祁家骏发过来的：

今天是阿姨的忌日，我知道你肯定会难过。小苒，收到短信后，请给我打电话，我保证再不骂你了。

眼眶中积蓄的泪水簌簌落下，她擦去泪水，努力调整呼吸，让自己平静下来，拨通了祁家骏的电话。他过了好一会儿才接电话，声音急促："小苒，你在哪里？"

"我刚刚买了花、水果，还有香烛，正准备拜一下妈妈。阿骏，你在上课吗？"

"课有什么好上的。"祁家骏没好气地说，却马上放缓了声音，"小苒，别难过。"

"我很好，没有难过。"她用力咽下一个哽咽，"你不要逃课太多啊，马上快期末考试了。"

祁家骏并不理会这句话："别骗我了，每年的今天，就算任叔叔和我陪着你，你都会难受好久。"

"阿骏，我……"

"祁家骢没有陪你吗？"

"他在北京的工作室有事，一早就赶过去处理了。"

"他要是爱你，就不会在今天让你一个人待着。"

"我总得学会一个人面对生活。"她轻声说，"以前是我太自私了，阿骏，只要有一点不开心，就巴不得能让别人跟我分担。我只顾自己，从来没想到过你也有你的心事。对不起。"

"你有什么需要跟我说对不起的。"祁家骏似乎又被触怒了，"如果你没被那个男人骗走，你就能一直被我好好照顾着，不用动不动摆出这么一副懂事的样子。"

任苒一下说不出话来。

祁家骏哑声笑了："对，小苒，你觉得意外吗？其实我一直爱你，希望可以照顾你一辈子。我以为，我们总会在一起的。我要是早一点对你说出来就好了。"

"阿骏——"任苒紧张地叫着他的名字，却不知道接下来该说什么了。

第十六章

任苒将香点上,默默祝祷良久,却一直心神不宁。

祁家骢没有打电话过来,可以说在她预料之中;而祁家骏那个突然的表白,让她意外又慌乱。

当然,双方家长都不同程度流露过乐于看到他们在一起的意思,她父亲更说过希望她在毕业后随祁家骏出国。

只是她这个年龄,不可能把父母的一厢情愿看得太认真,而且祁家骏与她从小相识,从来没有对她有过暗示或者明确的表白。他当着她的面,结交不同的女友,并鼓励她接受男孩子的追求。

他只时不时用玩笑的语气说,到了一定年龄,他们如果都找不到合适的人,可以考虑结婚。

她从来没把这个玩笑当真,在她看来,两个人之间的感情是友情,也是亲情,可肯定不是爱情。

祁家骏会默默爱她这么多年吗?她会被人爱这么久却茫然不知吗?

她是怎么爱上祁家骢的?

而祁家骢又是怎么看待她的爱情呢?

想到祁家骢,任苒喉头有些发紧。她提醒自己:你已经做出了选择,没必要再考虑其他了。

她打起精神,不让自己闲着胡思乱想,开始收拾屋子,一直到下午五点,她猜他的工作应该进行得差不多了，打他的手机，然而接听电话的并不是祁家骢，而是一个操着南方腔普通话的男人，迟疑地说："你好，哪位？"

"你是谁？"她顾不上礼貌地问。

那边再度停了一下："请问你找哪位？"

"我找祁家骢。"

"我是祁总的助手阿邦，有什么话我可以转告。"

任苒知道阿邦的存在，祁家骢平时打电话并不完全避开她，他联系得最多的人就是阿邦。

"阿邦，你好。我叫任苒，是家骢的……朋友，他人呢？"

那边阿邦迟疑了一下："任小姐，祁总现在不方便接电话，不好意思。"

她有满心的疑惑，却只能说："麻烦你跟他说，等方便了请务必给我打电话，谢谢。"

任苒心里有莫名的不安，天色已晚，她没有心情去做晚饭，拿起那本《远离尘嚣》，随手翻开一页。

从在深圳起，她就开始潜心看这本书，近三个月时间终于看完了全本。对于故事情节，她仍然没有太大感触，可是她渐渐养成了习惯，在烦闷、抑郁的时候，都会拿起这本书，随便翻开一页，然后看下去。那些描写英国乡村宁静生活的段落，仿佛有某种让人心境平和下来的魔力。哪怕失意的农场主博尔德伍德先生某些举动在当时称得上狂暴，也无损于整本书的基调。

突然，对讲门铃响起，她走过去按了接听，里面传来的竟然是一个她熟悉的声音："小苒，是我。"

"爸爸——"她脱口叫出，大为吃惊。

"请开门让我上来。"

任世晏出现在门口，只拿了一个公文包，挽了一件毛呢大衣，身上穿着羊毛衫与厚夹克衫，显然是从气温寒冷的地方过来，与广州温暖的天气十分不衬。几个月不见，他看上去风尘仆仆，神情十分疲惫，昔日的丰神俊朗、风度翩翩似乎不复存在了。

父女两人对视着，一时都不知道说什么好。过了一会儿，任苒开了口："请进，爸爸。"

她接过任世晏手里的大衣挂好，请他在沙发上坐下，又去厨房沏了一杯茶，端出来递给他。她表现得礼貌周到，更带了几分待客般的疏远感。

她坐到他对面的沙发上，问道："爸爸，你怎么会找到这里来？"

"早上你跟阿骏通话，提到祁家骢去了他在北京的工作室。我马上联络阿骏的爸爸，一起飞去北京，找到了他，他告诉了我这边的地址，然后我马上买了来广州的机票。"

任苒大吃一惊，想到祁家骢十分忌讳别人知道他的行踪，不禁懊悔上午随口提到了这件事："你怎么会想到去他那里？"

"这是我唯一能找到他，然后找到你的机会。我怎么可能不去？"

"家骢说什么了？"

任世晏神情复杂地看着她："他让我转告你，希望你跟我回家。"

任苒一下站了起来："他是因为你去找他，才不肯接我电话吗？"

"小苒，"任世晏也站起来，按住她，"镇定。他有他的麻烦，我和你祁伯伯赶去工作室时，他正跟他的出资人开会，的确没时间接电话。我想你完全不了解他现在的情况，对吗？"

任苒无从否认。

"祁家骢因为受出逃的喻良洪影响，已经隐姓埋名，转为地下活动，再没参与资金拆借，只操作手头秘密的私募基金。一般私募基金的运作有两种模式，一种是有保证金的，一种没有保证金。出资人把钱委托给基金经理时，会签订协议，约定运作模式、赢利分成比例和操作时间。前一种情况下，如果亏损了，保证金归出资人所有；后一种情况，更接近空手套狼，一旦亏空，私募基金经理自己哪怕倾家荡产，也得补上去。对于私募基金来讲，有保证金的模式更合理一些，投机性没那么强。"

任苒认真听着这些陌生的名词："那家骢现在是哪种情况？"

"他做到一定规模以后，手头的资金来源以前一种出资方式为主，但后一种也有。本来他的操作一向稳健，出资人对他的信心很强。可是我从我的一个朋友那里了解到，他不知道什么原因，惹怒了深圳一位姓朱的老板，一个月前，那人收买了祁家骢的一名员工，取得了他的账户资料，然后进行了举报。他手头几个账户同时被证监会认定也与喻良洪案件有关，有洗钱嫌疑，被强令锁仓停止操作，等候调查处理。结果这几个账户都错过了前一段时间的行情，不仅没法赚到钱，更无法及时止损，导致现在陷在熊市，出现巨额账面亏损。"

一提到深圳姓朱的老板，任苒顿时记起了祁家骢去深圳找她时的情景，她努力消化着任世晏的话："按你说的，他是不是没法赔偿出资人的损失？"

"我看了他跟出资人之间的协议，前一种情况下的账户还好，他们共管的保证金将由委托出资人平分，虽然远远不够弥补亏损，但也不至于有后患。后一种情况，就非常麻烦。当初那些人出资时，都是信赖祁家骢的能力，对于赢利抱了很大期望，现在自然很难善罢。"

"那……接下来会怎么样？"

"处理完这件事，按最好的结果推算，祁家骥即使不身负巨债，肯定也已经一文不名，而且以后想再在私募市场上有所作为，将会十分困难。他今天一直跟出资人开会处理善后，谈判进行得很艰难。"

任苒心乱如麻："他会不会有危险？"

"这个我说不好，我早就提醒过他，那些出资人把巨额资金放到私募市场里来求的就是暴利，对于风险的控制意识很薄弱。现在国家没有相关法律约束私募行为，有时一纸协议，根本没办法保障各方权益。"

任苒良久不说话，任世晏恳切地看着女儿："小苒，祁家骥现在顾不到你，会不会回广州，今后再以什么安身立命，他都不确定。所以他才爽快地把这边的地址告诉我，让我带你回家。"

"我不想回去。"

她一口回绝，表现得毫无商量余地。任世晏有几分恼怒，正想说什么，视线却一下落在角落里摆放在茶几上。那里摆了一帧小小的镶框照片，里面侧头微笑的女人是他的亡妻方菲，旁边一只水晶花瓶内插着大束洁白的马蹄莲，两个盘子里分别摆着苹果和橙子，一只烟灰缸权充香炉，里面插的香已经燃到了尽头。

他当然记得今天是他妻子的忌日，而马蹄莲是她生前最喜欢的花，他所有的怒气一下烟消云散了。

他走过去，从放在旁边的整束香内抽出三支，正要寻找打火机，任苒默默伸手过来，打着火机，把香点燃，看着他合十祝祷，然后将香插好。

任世晏转头看着她："小苒，当着你妈妈的面，我跟你说对不起，请原谅我。如果阿骏没有转告你，那我再跟你说一次，我不会跟季方平结婚。你跟我回去吧。"

任苒的眼泪再也强忍不住，顺着眼角一下流了出来："爸，你对不起的那个人是我妈妈，我没资格代她跟你说原谅。"

"那就想一想你妈妈对你的期望，她要是知道你在这么小的时候就放弃学业，跟一个前途莫测的男人在一起，根本看不到将来，会怎么想？"

"我跟你回去能看到将来吗？我能看到的将来就是按照你的安排，读书、毕业、出国留学，最好嫁给阿骏，好让你们彻底放心。"任苒擦一把泪水，惨淡地笑了，"爸爸，我现在做不到那样按部就班过日子了。"

"可是你不能拿你的全部生活来跟我赌气。"

"我没跟谁赌气,爸爸,我爱家骢。"

"你才多大,理解什么是爱?这么早就决定和一个你根本不了解的男人在一起,岂不是荒谬吗?"

任苒抬起头,正视着她父亲:"爸,那你理解什么是爱吗?"

任世晏无可奈何地说:"我知道,在你眼里,我根本不配谈爱。"

"不,爸爸,你说我不理解什么是爱,我其实也没什么可反驳的。看了你,还有祁伯伯,我一直很迷惑。你们在决定结婚的时候,应该是很肯定自己知道什么是爱的,对不对?可是你们的婚姻都这么可笑,长期偷情、出轨、养私生子……"任苒声音低了下去,"你们最初爱那个人的时候,难道没有跟她天长地久生活下去的决心吗?从什么时候起,你们不再爱了?爱是不是真的这么脆弱、易变,根本不可能有什么永恒?"

任世晏没想到女儿苦恼的竟然是这些,他苦涩地一笑:"阿骏也跟我说过类似的话。恐怕我们这些大人都是很差劲的例子,不光没给你们一点启发,还让你们早早开始怀疑感情,怀疑生活。"

"是呀,以前阿骏玩世不恭,不停交女朋友,他说他对婚姻很恐惧,最好能不结婚,我还笑他。后来我才知道,他只是比我更早了解真相,难怪会更早幻灭。"停了一下,任苒轻声说,"如果爱就是这样没办法永恒的东西,那我愿意在我还爱着的时候好好去爱。"

"好好去爱不等于明知道爱上的是一个错误,还要坚持下去,直到这个错误伤害到自己。这显然并不明智。"

任苒看看他,然后将目光转向茶几上放的母亲的照片:"爸爸,自从知道你和季律师的事以后,我总想试着去理解妈妈曾经过的是什么生活。她从什么时候开始意识到自己的爱也是一个错误?她在知道你的私情后,对爱失望了吗?她一直不离婚,是为什么?她真的只是为了给我一个完整的家,才不跟你离婚的吗?"

"小苒——"任世晏无法听凭女儿这样分析他曾经的婚姻,"不要再纠结下去,你已经走火入魔了。我承认是我的错,让你对一切都产生了怀疑。可是正因为我和你妈妈的婚姻出了问题,我们才更希望你能拥有幸福平静的生活。"

"我幸福过,在十二岁以前,我以为我的幸福没有一点缺憾。可是我在长大以后才知道,幸福这个东西是我妈妈用牺牲和隐忍给我勉强维持的,我更想要的是她在过世前能有真正的幸福和安宁,可惜她再也得不到了……"

她声音哽咽,猝然中断,双手捂住了脸。任世晏将手放到她肩头,正想抱住她,她却往后一缩,避开了他的手,将一个哽咽咽了下去,飞快拿起纸巾擦拭着泪水。

他清楚知道女儿从小被宠爱着长大,算不上坚强,他以前疼爱女儿的同时,也会发愁，不知道这如同温室里花儿般的少女怎么才能真正长大。然而，现在女儿再也不肯如同过去一样投入他怀中寻找安慰。

任苒偏开头，避开他的目光，哑着嗓子说："不早了，爸爸。你坐了一天飞机，肯定没吃什么东西。你坐一会儿，我去做饭。"

任苒匆匆转身，去了与餐厅相连的半开放式厨房，任世晏坐在客厅里，能看到她忙碌的背影。几个月不见，他恍惚觉得女儿似乎又长高了一些，当然，她已经十九岁了，从理论上讲，应该完成了发育，也许只是瘦了，让他产生了错觉。

看着以前从来没做过家务事的女儿娴熟而有条不紊地做着饭，任世晏一时感慨良多，他再次深切地感到，他已经不再了解女儿了。

头天任苒已经煲好了汤，她很快做好了一个清炒菜心，一个虾仁炒青豆，把汤热好盛上来。父女两人都没什么胃口，却只是沉默地吃着。

吃完饭后，任苒去厨房洗碗，然后无意义地一时擦擦这里，一时整理一下那里，她摆出的是根本不想再交谈的架势，然而，任世晏当然不可能就此放弃。

"这就是你想过的生活吗？小苒，在还没满十九岁的时候，开始做家庭主妇，留在公寓里等一个你不知道他在做什么、不知道什么时候回来的男人，为他煮饭、洗碗、熨衣服，就算你现在觉得这样的生活有意义，你又怎么知道祁家骧那样的男人会安于这种生活？你说你妈妈的生活是牺牲与隐忍，那至少她是为了你。你这么早早开始牺牲，为的又是谁？"

"我为的是我自己。"任苒冲口而出，却又觉得这个回答没有什么底气，"对，我不知道他爱不爱我，我也不知道我会爱他多久，更不知道我们将来会怎么样。可是现在，我只想跟他在一起。白天我上香的时候也跟妈妈保证了，我会尽力去爱他，尽力好好生活。"

"他现在的情况，怎么可能跟你好好生活？"

"越是这种时候，我越是不能离开他。"

"小苒，你根本不了解他。他那样强势的人，会需要你的同情跟安慰吗？他甚至连他父亲的帮助都断然拒绝。你留下看到他的失败，他不会感激你。我甚至认为，他既然一点不留恋地马上把地址告诉我，让我带你走，就很可能再不会回来找你。"

任苒没办法反驳她父亲的推理，在内心深处，她不得不承认，他的话很有道理。祁家骧平时连醉态都不愿意让她看到，又怎么会带着如此巨大的失败回来面对她？

然而她又怎么可能就此放弃？

"没关系,我在这里等他,等到他回来,或者我对他失望为止。"

说这话时,任苒的脸上有一种内在的坚定,那是任世晏头一次在他女儿脸上看到的神情,这个坚定让她褪去了所有的幼稚与天真,看上去几乎显得有些陌生。任世晏不敢置信地看着她:"小苒,你怎么这么固执?"

"我第一次爱上一个人,爸爸,我不想在这种情况下先放手。"

"你一点没考虑过阿骏吗?他一直爱着你……"

才在上午听到祁家骏意外的表白后,任苒无法听父亲又提起这件事,连忙打断他:"不,我们一直是兄妹感情,你别误解。"

任世晏紧盯着她:"小苒,你知道阿骏现在的情况吗?"

"他怎么了?"

"他半个月前因为连续旷课、酗酒闹事、打架斗殴,被学校开除了。"

任苒惊得呆住,怔怔地看着父亲,任世晏神情严肃,显然没有一点开玩笑的意思,继续说道:"基本上你每打一次电话给他,他都会跟谁也不打招呼,直接去深圳,找到你打电话的公用电话亭,拿着你的照片请过路的人辨认,一待就是好几天,直到他父母和我骂他,他才回来。"

"他为什么要这样?我跟他说过我没事……"

"你到广州后,他也过来找过你。你自己算算,他这样会旷多少课。后来你再没打电话给他,他情绪越来越差,差不多不去上课,成天喝酒,动辄跟人打架,前不久失手把一个同学打成重伤,几乎要负刑事责任,祁家赔了巨额医药费才算把这件事按下去。"

任苒几乎不能相信自己的耳朵,在她看来,祁家骏虽然性格不羁,可是并不好勇斗狠,举止一向算得上文雅温和,竟然会一变至此,实在让她惊惶。

"他……一点也没跟我说起。"她喃喃地说,自知这个辩解很可笑。

"他现在被家里接回去反省,他爸爸不愿意他跟祁家骢碰面,把他关在家里。不然他肯定会跟着一块儿去北京,再跟我一块儿过来的。小苒,别的事情可以说是我的责任,但在这件事上,你认为你一点责任没有吗?"

"我会打电话劝他……"

"你打算怎么劝?"任世晏毫不留情地说,"劝他好好学习吗?你已经先他一步放弃了学业;劝他听父母的话吗?你已经彻底否定了你的父亲,对他的父母也没什么敬意;劝他珍惜自己的前途吗?你已经把自己的前途跟一个完全看不到前途的男人绑到了一起……"

"别说了——"

任苒打断父亲,眼泪在眼眶内打转,却用力忍住。当然,她没办法断然否认父亲的指责,那样从小到大关心着她的阿骏,在她最伤心的时候,他握着她的手劝慰她,为了她远离家乡上大学,在她出走时最牵挂她,哪怕知道她跟他一直不喜欢的人在一起,也没有放弃她。她把所有的负面情绪倒给他,心安理得享受着他的关心,却一点没有想到他的承受能力。如果他真的爱她,那她不仅没有回报他的爱,还一直有意无意地无视他。

"小苒,爸爸并没有逼你回去为阿骏负责的意思。他爱你,为你付出是他心甘情愿的举动,没人规定你必须同等回报别人的爱才算公平。可是你有没有想过,这句话放在祁家骢身上同样适用。"

听到祁家骢的名字,她迷惘地看着父亲。

"你爱祁家骢,但他并不一定爱你。我跟他谈过几次话,自认对他有一点了解。像他这样的男人,早早就已经成熟,经历太多,拥有的世界太大,感情对他来讲,放在次要的位置。你至少得有足够阅历,懂得他的想法,知道他要的是什么,能够跟他在平等的位置上交流共鸣,才有可能得到他的重视。"

任苒无言以对。

"你祁伯伯、赵阿姨商量过了,打算送阿骏去国外留学,可是你没有下落,他肯定不会愿意去国外。"

"可是,我以后怎么面对他,我真的只当他是哥哥啊。"

"你总认为,爸爸想让你嫁给阿骏,图个省心,然后好去过自己的逍遥日子。不是这样的,小苒,我没有处理好感情问题,是个很糟糕的男人,可是我从来没忘记,我在你妈妈临终前对她承诺过,会尽力照顾好你。就算没有这个承诺,你也永远是我的女儿,是我一生的责任。我只是认为,至少到目前为止,没人比阿骏更爱你。不过,你跟阿骏都还这么年轻,还有大把的将来,完全有可能碰上更适合彼此的人,没必要现在就决定自己的生活,更不应该在青春年少的时候任由自己的生活走上歧路。"

任世晏言辞恳切,任苒一下陷入了迷茫之中。

"给自己一个选择的机会,去继续学业。到你心智完全成熟了,如果你还是爱祁家骢,那我一定再也不说什么。"

任苒发现,她所有的坚持,在父亲的分析下都显得一厢情愿;而她所有不愿意正视的隐忧,都被父亲毫不留情地指了出来。

归根结底,她根本不知道祁家骢是否爱她,这段感情始终充满了不确定。

第十七章

当天晚上,任世晏住在公寓客房内。对于他和他女儿任苒来讲,这都是一个不眠之夜。

第二天,任世晏还要赶回学校上班,两个人都早早起床。任苒做好了早餐,吃完以后,她对父亲说:"爸爸,我认真想过你说的话了。但是,我没办法不跟家骢告别就离开,我决定在这里等他。请告诉阿骏,不要来找我,我再过一段时间就会回去。"

"你一定要听他亲口对你说出一个拒绝才肯死心吗?"

她惨淡地笑:"爸爸,我没办法就这样放弃,让我等吧,不然我以后也许总会恨自己,当初为什么没有坚持?"

任世晏知道,再说什么也不能改变女儿的决定,他点点头:"小苒,爸爸仍然觉得你的选择很荒谬,不过既然你坚持,我也不再说什么了。我要你知道,你永远是我的女儿,只要你愿意回来,随时可以。"

任苒垂下了头,过了好一会儿,她说:"爸,如果季律师一定要留着她的孩子,你别逼她了,如果你……觉得合适,你们结婚吧,不必管我怎么想。我只有一个要求,不要带她住进妈妈住过的房子,至少现在,我没办法接受妈妈再受到打扰。"

任世晏点点头:"我会把那套房子过户到你名下,小苒。"

任苒连忙摇头:"不,爸爸,我不是争房子……"

"我知道,这件事你不用多想了。我先走了,有什么事,马上给我打电话。"

送走父亲后,这个豪华的公寓再度陷入孤寂之中。

祁家骢没有打任苒的电话,她带着满心不安再度打过去,他的手机已经关了机。

她开始了不知道期限的等待。

任苒试图将生活安排得井井有条，照过去的时间表起床、做家务、买菜、散步、看书、做饭。然而她很快发现，在焦灼的等待之中生活渐渐失去了秩序：她开始害怕在她外出时祁家骢会突然回来却看不到她，误以为她已经随父亲回去了；她做好了饭，却根本没胃口吃；她看一会儿书，会禁不住去看看毫无动静的手机；她在半夜醒来，再也无法入睡；她成天盘坐在沙发上，不愿意再去空荡荡的卧室；她很快开始晨昏颠倒，失去了时间的概念，只在饿得不行时，才打电话叫外卖上来；她经常站在阳台上，漫无目的地远眺……

她开始放弃徒劳地拨打他的号码，也不再发送根本得不到回应的短信，告诉他，她仍在这里等着他。

无数个念头在她脑海中此起彼落：他的麻烦大到已经困住他，无法跟外界联系了吗？他出意外了？她是不是惹烦了他？她跟他在一起的时候，是不是显得太唠叨？他会不会不想再回来了？

她走进书房，四下扫视着，他的东西都在原处；她再回卧室，打开衣橱，他的衣物也还在。可是这样的巡视根本没办法让她放下心来，却弄得她更加茫然。一时之间，她似乎陷入了母亲以前紧急入院时，她被独自留在家里惶惑不安的状态——她经历了几次那样的煎熬后，就不顾父亲的反对，坚决要求去医院陪护了。

正如她父亲所说，这个男人分明并不在意她。

他会不会已经彻底厌倦了她？

她一时告诉自己，这个念头来得十分愚蠢，你的不安全感正在完全没有必要地放大；一时却又心灰意冷地想，是的，他厌倦了，他只是看她独自在深圳未免可怜，将她带回了广州，他对她从来就没表现出留恋，也从来没许诺，只要她表现得热情外露，他就会半开玩笑地泼上一点冷水，这样的表现还不够明显吗？别再自欺欺人了。

随着"嘭"的一声巨响，窗外有大团烟花升起，她从恍惚的状态中清醒过来，发现天早已黑了。她走上阳台，只见珠江边不断升起烟花，艳丽炫目地在夜空绽开。

她的手机响起，显示是祁家骏打来的电话。

她看一下手机上显示的时间，发现今天已经是1999年12月31日，传说中的世纪末到来了。

显然，很多人不顾政府的禁鞭令，决心用一场狂欢来迎接新纪元的到来。

她一直回避，却以这种方式被重新唤回了时间概念，突然意识到，祁家骢已经消失了快半个月之久。

这是她有生以来，最漫长的十五天。

这样的等待，你到什么时候会失望？你是在等待他的归来，还是在等待意料之中的失望？

她根本无法给自己一个答案。

所谓世纪末并不是一个末日与终止，地球仍在有序运转，日历将翻开新的一页，电脑内的日期BUG被一一调整，没有出现神秘术士预言的毁灭，也没有之前各种专家预言的大范围混乱，任苒步入了她的十九岁。

生活以残忍而冷静的方式延续着，并不因为一个人的悲伤而有丝毫停顿。

大团大团的烟花映照得她的脸时明时暗，天空仿佛暂时成了一个舞台，那样灿烂夺目的光彩，如同不知名的花次第绽放，然后再一一寂灭。她长久地凝视着这样一场声色盛大的表演，手机仍在响着，她终于按了接听键。

她已经太长时间没跟人说话，一开口只觉得嗓子十分生涩。

"阿骏，新年好。"

"新年好，小苒。"

两个人沉默着，一时都不知道那样喧闹不绝于耳的"嘭嘭"声是来自自己身边，还是对方所处的城市。

"你在哪里，阿骏？"她努力用活泼的声音问，"你那边是不是也有人在庆祝千禧年？"

"我和几个朋友在放烟花、喝酒，你呢？"

"我也在看人放烟花，真美。"

"祁家骢回广州了没有？"

任苒凝视着一个巨大的红色烟火徐徐在天空铺陈开来，无数的光焰拖曳着划破夜色。她摇了摇头："没有。"

"他拒绝了我父亲的帮助，让父亲回Z市不要管他，后来他的电话也打不通了。听说他的工作室已经关闭，没人知道他的下落，恐怕他以后都不能再公开露面。小苒，听话，回来吧，或者我过来接你。"

"不，阿骏，你别过来。我不光是等他，我想看看，这段感情经得起多长时间的消耗。我跟我爸爸也说过，我不会赌气，到了觉得没必要再等的时候，我不会勉强自己继续下去。"

"爱情的魔力真的大到将你淹没了吗？"祁家骏的声音充满痛楚。

任苒记起以前与他充满孩子气的对话，只觉得恍若隔世般遥远，她轻声说："阿骏，其实我害怕这种感觉，可是我没法摆脱，只好索性选择沉没，不再挣扎，等到彻底绝望，就算解脱了。"

"我不想看到你绝望，小苒。如果他爱你，他也不该让你的感情走到绝望。"

"你比我还傻，阿骏。"她没法再继续下去，"我们别说这些了，我累了，先去睡觉。你去跟朋友好好玩吧，少喝一点儿酒。"

放下电话，对比室外的热闹，她发现室内空寂得可怕。她打开电视，里面正播放着世界各地的人们以不同方式迎接千禧年的报道，大家不约而同地喝酒狂欢着。她也拿出一瓶红酒，找出开瓶器打开，倒了一杯，开始自斟自饮。

伴着窗外一直燃放得没有停歇的烟花，她有生以来头一次喝醉了，不知不觉躺在沙发上睡着了。

在酒精的作用下，她的梦境轻飘飘如同在云端漫步，一时之间，她看到了旧居那棵樟树在阳光下舒展枝叶，久别的母亲穿着乡村风格的碎花裙子，看上去年轻而健康，脸上带着她从小熟悉的温柔微笑，正在光线明亮的厨房里煮咖啡，虹吸壶"嘟嘟"作响，旁边小收音机放着轻音乐。

这个梦如此声色明丽，她甚至可以闻到咖啡的香气。

她还没来得及深深呼吸，却又发现祁家骢不知什么时候站到了她身边，他穿着白色衬衫，手里捧着马蹄莲与天堂鸟，嘴角似笑非笑地看着她。

爱的人突然之间全出现在身边，她简直大喜过望，可是一转头，妈妈却不见了，她急切地叫着："妈妈，妈妈……"

祁家骢抚着她的脸，轻声说："嘘，嘘，别哭，你在做梦。"

阳光洒在樟树叶上有细碎的反光，收音机的音乐继续萦绕耳边，妈妈的气息仍在这个厨房内，伴随着咖啡香气围绕着她，有如此细节真实的梦境吗？他的这个抚摸也是一个梦吗？

任苒猛然睁开眼睛，发现电视机仍在播放着庆祝千禧年的节目，而祁家骢正蹲在她面前。

"梦见你妈妈了吗？"祁家骢拭去任苒眼角的泪，轻声问她。

她不回答，只爬起来扑入他怀中，紧紧抱住他的腰，用力到似乎要将自己嵌进他的身体里。他刚一动，她就不假思索地张开嘴，咬住了他的手臂，隔着衬衫薄薄的布料，她绝望、蛮横地用着力，牙齿咬进了他的肌肉。他痛得一缩，却再没有动了，任她狠狠咬着，只用另一只手搂住了她。

她不知道自己咬了多久，直到用力得牙齿和下巴全觉得酸痛不已，口里尝到咸腥的味道，才慢慢松开了口，同时放开了搂近麻木的双手。

祁家骢抱起她，坐到沙发上，低头看着她。在那阵狂暴的发作后，她显得脱力般疲乏而呆滞，眼睛失神地对着天花板某个方向。

"你怎么没跟你爸爸回去？"

任苒声音平平地回答："我什么时候说过要跟他回去了？"

祁家骢烦恼地皱眉："我不相信他没对你解释清楚我现在的处境，他是法学专家，看得应该很清楚。"

"我不需要那些解释。我跟你在一起，并不是因为你开着奔驰，操作大笔基金，呼风唤雨，无所不能。"

祁家骢有些不知道说什么好了，他抚摸着她瘦得尖削的面孔，叹了口气："你这傻孩子，对爱情有太多浪漫到不切实际的想象，大概总以为能够为爱人做出牺牲有一种殉道的美感。其实真正的牺牲没有任何浪漫色彩可言，你早晚会知道，我并不值得你这么做。"

"值不值得，让我自己去判断好吗？我们不是说好了吗，你愿意等我发现你是一个乏味的大叔，接受我的鄙弃？"

祁家骢弯起嘴角笑了，然而笑意在他脸上只是一闪而过："如果只等时间让你清醒过来，我倒是乐意陪你玩下去。可是现在不同了，我已经一文不名，而且在这个行业里声名狼藉，再没人敢把钱交给我操作，照行内人的看法，我基本上没有翻身的可能了。接下来我得真正消失一段时间，你最好回你父亲家，继续上学……"

"我要跟你在一起，你去哪里，我也去哪里。"

祁家骢重新皱起了眉头，沉声道："任苒，你弄不懂一文不名是什么意思吗？我这次来广州的机票都是助手阿邦垫钱买的，事实上我已经不可能给他发工资了。我之所以过来，并不是想到你还可能在等我。我租这房子时，预付了一笔租金和押金，现在是特意过来退租好拿回那笔钱救急的。"

"我说得很清楚了，我并不在乎你有没有钱。"

"可是我在乎。"

"钱有那么重要吗？你可以找一份普通的工作，我也可以出去上班，不需要你养，我们换一个便宜的房子住，一样可以过得很开心，很多人都是这么生活的。"

"任苒，你根本不了解我，我不可能忍受自己去过大多数人过的平庸生活。而且你又犯了一个错误，把平庸的生活诗意化了。你还不满十九岁，一直不识人间烟火，不要以为在深圳城中村住了一个月，就见识了所有苦难。"

"起码我不害怕跟你一起过苦日子。家骢，就算我不识人间疾苦，你也已经跟我讲得很清楚了。我要的是跟你在一起，不管去哪里，不管什么环境。如果有一天，我受不了，我会坦白告诉你，到时候你再踢我走也不晚。为什么一定要在现在推开我？"

祁家骢嘲讽地笑了："别这样对我表白，任苒，我没打算带任何女人去过动荡不安的苦日子，等着她一点点失望、幻灭、抱怨。我接受生活所有残酷的一面，可是我不打算亲手制造出这种悲剧来让自己藐视自己。"

接近午夜时分，外面烟花骤然变得密集，伴随着烟火升空的啸音和爆炸开来的"嘭嘭"声，红的绿的光焰在室内轮番一掠而过。那样的繁华热闹在他们身边上演着，衬得他们仿佛已经与时间脱节，游离于这个欢呼喧闹的城市以外。

任苒发现，这个结果就算没有被她父亲预言过，也早就被她隐约猜到了。她一步步进逼，只等着他的拒绝，越来越没有商量余地，她的确是在等一个明确的失望，可是她却没有多少失望情绪。

"那告诉我，接下来你有什么打算？"

"我打算先找一个安静的地方待上一段时间，让整件事稍微平息一点，同时也好好想想自己的过去，然后再从头开始。"

"我猜，你不会再跟我联络吧。"

祁家骢略微迟疑一下，决定还是实话实说："对，恐怕很长时间里，我都没法跟你联络。"

"那至少这段时间让我跟你待在一起，好吗？"

祁家骢摇头："我要去的地方条件艰苦，基本上与世隔绝，根本不是你想象的可以让两个人隐居朝夕相对谈恋爱的环境。"

"别拒绝我，家骢。"她轻声恳求着，"我只有这一个要求了。"

"我想事情的时候，一向不喜欢被人打扰。"

"我不会打扰你，我保证。"

祁家骢无可奈何："我没什么情趣，试图和我恋爱，可能注定要失望。跟我住了这么久，任苒，你还没看清我是一个什么样的男人吗？"

任苒终于收回了视线，注视着他俯着的脸："你很冷酷、清醒，从来没像我一样被感情迷惑过。你把喜欢和真正的需要分得很清楚，你不愿意跟别人分享你的全部生活，你拒绝把内心全部开放。你把爱情这件事情看得很无足轻重，你认为我只是爱上了想象中的你而已，你有时很不好相处……"

祁家骢笑了："嗯，这些评价基本正确。"

她抬起手，指尖顺着他清瘦的面孔轮廓缓缓划下来："我知道，你没我爱你那样爱我，可是你对我还是不一样的。你为了去深圳找我，不惜暴露你的行踪；你现在这么狼狈，也一点没有抱怨过我给你添的麻烦。"

祁家骢一下握住她的手指，正色道："小姐，你又在发挥想象力，任意往我身上添加玫瑰色的光环了。我拒绝朱训良，是因为我不想受制于人，并不是因为你。"

任苒笑了，眼睛熠熠生辉："好吧，不是为我。"

"我只是觉得让一个傻孩子流落在外，未免不人道。"他没奈何地加上一句，自己也觉得很多余，果然任苒的笑意更浓了。

祁家骢凝视着躺在臂弯里的这张年轻的面孔，她笑得温柔而妩媚，眼睛里全是绵绵的情意，他的心没来由地荡了一下，再次感叹："傻孩子，这么脆弱，又这么固执。"

"我爱你，家骢。"她轻声说。

这不是第一次她对他坦白了，他心底深处那个柔软的地方被轻轻一触，有几分迷惑，又有几分感触，再也没办法一盆冷水泼过去，直截了当地告诉她：你只是爱上了爱情本身，你只是以为你爱上了我。

这样真挚的表白，来自这样率真的女孩子，他想在以后的岁月里，他不会听到更多了。他没有理由一定要保持冷静，不放任自己做一个短暂的迷失者。

祁家骢办妥退租手续，带着任苒搭乘长途汽车到了广西北海，和他的助手阿邦碰面。

阿邦有个响亮的名字，叫雷振邦。他比祁家骢年长三岁，中学没毕业便去城里打工，最初是台湾人老李的司机，后来开始为祁家骢开车，慢慢从司机到助理，跟了他很长时间，也是对他行踪最了解的人。

这时的北海，仍处于泡沫经济退潮后的沉寂之中，市内随处可见停工的工程，海边有一排排卖不出去的别墅，整个城市弥漫着看不见的萧条气息。

他们并没在北海市区多做停留，马上赶到凌乱的码头，随着阿邦乘上了开往涠洲岛的渔船。

涠洲岛要到五年以后的2005年，才在《中国国家地理》杂志主办的"中国最美的地方"评选中大放异彩，当选为中国十大最美海岛之一，慢慢成为旅游热点。而在任苒与祁家骢去的那一年，除了北海当地人和少数资深驴行背包客，还少有游客知道这个地方。

任苒以前曾经坐过游轮出海，不过都只限于风平浪静的近海，她头一次登上真正的渔船，听着柴油发动机"突突"响着，不免好笑："这和珠江上往来的运沙船一样。"阿邦拿来晕船药嘱咐她提前吃下去，她直摇头："我一向不晕车晕船，不用吃这个。"

　　北部湾的海水十分清澈，呈现出一种迷人的碧蓝。然而出海不久，海上便起了风浪，刚才还平静无波的海面，一下掀起一米多高的海浪，渔船开始随浪上下颠簸。

　　"这像是游乐场里的海盗船。"

　　祁家骢提醒任苒："要是晕船，赶紧吃一颗药坐到船舱里去。"

　　任苒刚要开口说话，一波浪头打上了船甲板，咸咸的海水直溅到她嘴里，她狼狈地连连吐着口水，接着便呕吐了起来。祁家骢大笑，将她搂进怀中："还逞不逞强？"

　　她的确没办法逞强了，随着风浪加剧，她开始对着黑色塑胶袋翻肠刮肚地不断呕吐，直吐得天昏地暗，再也没心情看四周景色，只能委顿在窄小的船舱一角。

　　她看着外面祁家骢与阿邦各抓一根缆绳站在甲板上，在风浪中谈笑自若，却越想越害怕。过了一会儿，祁家骢拿保温杯过来给她喝水，她颤声问："家骢，浪这么大，这条渔船会不会受不了翻掉？"

　　祁家骢一怔，笑了："这算什么大浪，除了台风天气以外，渔民一年四季出海打鱼，经常会碰到浪高两米以上的天气。"

　　"你以前来过这里吗？"

　　"对，我三年前来住过几天，随他们去过深海。没事的，适应了就好。"

　　任苒在吐光了胃里的东西后，终于舒服了一些。船经过近三个小时的航行，风浪渐渐平息，视线中出现了一个大的岛屿。她惊喜地指给祁家骢看："家骢你看，我们快到了。"

　　阿邦笑着说："这是涠洲岛，我们在这里换小点的渔船，要去的地方是双平，离这里还有差不多十海里。"

　　他们换了小渔船后，平稳地从涠洲岛边驶过，海面重新变得波平浪静，刚才的风浪消散无踪。眼前的海水变得越来越清澈，她着了迷一般地看着渔船劈开平静的海面，激起白色的浪花，而渔船驶过以后，海面重新聚合。她隐约可以看到有透明的生物在海水中浮游，她尖叫着叫祁家骢过来看，祁家骢却只瞟了一眼："是水母。别激动，你还能看到很多比这有趣的东西。"

　　果然，一群飞鱼蓦地从她眼前掠过，紧接着又有海豚跳出海面，激起她一阵接一阵的惊呼。

又过了一个半小时,渔船停靠到了他们此行的目的地——双平。

双平是阿邦的家乡,但是选择双平作为蛰伏的地点,并不是阿邦的建议:"祁总,那里太偏僻了,最好还是住涠洲岛上,或者北海市内也行。"

祁家骢摇头拒绝。他三年前为了摆脱日益繁杂的工作,求得一个放松的假期,曾经在阿邦的陪同下过来住了四天,对此地印象十分深刻。眼前这个荒僻的渔村,与他和任苒刚刚离开的广州相比,简直像是被那个喧闹世界遗忘的一个角落。

他看看身边的任苒,虽然因为晕船呕吐而脸色苍白,可是脸上却散发着兴奋光彩,似乎全然没有意识到将要开始的是什么样的生活。他再次在心里质疑自己:你为什么要带她过来?

只是因为她的央求吗?其实你也抵挡不住那样的柔情,不忍心斩断与她的联系吧。

他扶住一脚踩空险些跌倒的任苒,对自己说:这一次,由得她,也由得自己吧,只要她流露出厌倦,就马上送她走好了。

第十八章

广西经济远不及它的邻省广东发达,双平又地处北部湾边缘,从地理位置来讲,比较接近南中国海,方圆不足两平方公里,在比例较大的地图上,甚至难以找到。岛上只有不到两百名居民。如果说涠洲岛刚刚开始有游客认识的话,那么这里绝对在所有人的视野之外。

双平完全没有经过开发,岛上居民过着以打鱼为生的半原始生活,每天由柴油发电机供电三到四小时,没有电视信号,没有电话线,没有手机信号,只有一所规模极小的小学,一个长驻的教师兼任校长。

"我就是去涠洲岛上读的中学。现在村子里年轻人如果不读书,要么远走城市,要么去相对富庶的渔乡打工,最不济也要去涠洲岛集市或者码头找个工作,收入多少还是其次,至少没这里这么枯燥无聊。全家迁走的也不算少,听我妈说,以前这里有近两百户人家,现在只剩下不到六十户,留下来的只有没什么文化的渔民和老人,再加上读小学的孩子了。"

阿邦带他们上岸,同时给任苒做着介绍。踩上坚实的陆地,任苒反而觉得脚步飘浮,一时难以适应。

她努力放稳脚步,随着阿邦的指点放眼一看,果然是小得不能再小的一个海岛,四周悬崖峭壁,呈现出如同火焰般的殷红。村民集中居住在岛中央地势低而平坦的地区,出现在她眼前的是盖得疏落的平房,建房的材料是火山岩,成群的鸡放养着,从他们面前悠闲踱过。沿路长满不知名的野花,路边是一簇簇高大的仙人掌,开着艳丽的小黄花,结着紫红色的小小果实,颇有几分异域风情。

阿邦顺手摘下几粒递给任苒："这个可以吃的。"

任苒放进嘴里，果然酸甜可口。她感叹着："这地方可真美。"

祁家骏似笑非笑地看着她："你如果在这里住三天以上还能这么想，就很了不起了。不信你问问阿邦，他现在最长愿意回来住几天。"

阿邦笑着挠头，比了一个手势："岛上的生活清贫一点，不过很安逸。我时常想家，可是每回回来，最多只能住三天，不能再多了，不然有要发疯的感觉。所以我劝祁总，最好只在这里住几天，然后还是搬到涠洲岛上去住比较好。"

阿邦家里只有一个守寡的母亲和一个聋哑的哥哥，姐姐早已远嫁到了北海市区，与姐夫做着海产品生意。他事先已经请母亲收拾了后面一间独立的屋子，并购置了必要的生活用品。房中放着一张木床，上面铺着大红花的被子，一坐上去便吱呀作响。任苒吓了一跳，又不禁好笑。

阿邦抱歉地说："不好意思，只有这个条件了。"

任苒忙说："这很好啊。"

祁家骏必须低下头走出来才不至于被门框碰到，他笑笑："现在还讲条件就是该死了。"

"这里的房子为了扛台风，只能建得低矮一些，祁总进出小心一点儿。"

祁家骏点点头："阿邦，至少这几个月，我没法给你发工资了。"

阿邦嘿嘿一笑："没关系，我有积蓄，对付得过去。这段时间我去北海市区帮姐夫开面包车送货，一样有收入的。"

双平的电力供应限时，且不稳定，在供电时段停电也是家常便饭，家家都备有老式煤油灯照明。到了晚上，大家都习惯早早入睡，除了远处隐约有海浪单调拍击沙滩的声音，混合着近处偶尔的犬吠外，村子里一片沉寂。

任苒半夜醒来时，一时竟然弄不清自己在什么地方。

在一片寂静之中，她几乎能清晰听到心跳的声音——自己的……和他的。

她的手摸到了身边一个胳膊，一下安定了下来。

她从小生长于城市，已经习惯了不管是白天还是夜晚，周围总有各式光亮与声音环绕。现在四周如此浓稠的黑暗与静谧，让她有置身于另一个陌生世界的错觉。

好在身边有他。她无声地想着，将脸轻轻贴到他的胳膊上。

"睡不着吗？"祁家骏的声音低沉地在她头顶响起。

"嗯。我是不是吵醒你了？"

"没有。"

祁家骢将她搂进怀里，她将头搁在他肩上，紧紧依偎着他修长的身体。他侧头吻着她的头发。

"这里安静得好像是另一个世界。"

他只轻声笑道："是不是已经后悔跟我来这里了？"

任苒摇头，他能感觉到她的头发轻轻摩擦着他的嘴唇、下巴。

"当然不是。只要跟你在一起，我不会后悔的。"

她用这样认真的语气回答他的随意调侃，他有些许不安。然而这样抱着她，他放弃了更多想法。亲吻和拥抱的交流，虽然是典型的身体语言，有时却比言辞更接近于心的本能。

抚摸探索着对方身体的每一处曲线起伏，肢体交缠，身体每个部分毫无间隙地契合，低低的喘息与压抑的呻吟……在这个远离他们熟悉世界的海岛渔村里，浓重的黑暗似乎将空间压缩到只剩他们两个人，唯有在忘情之中，才能抓住一点熟悉的东西。

祁家骢与任苒在这里住了下来。

阿邦的母亲按儿子的嘱咐，对村里人说祁家骢和妻子是城里人，身体不好，"神经衰弱"，特地找个安静的地方来调养。

渔村流行早婚，没人对任苒这么年轻就已经结婚感到惊奇。虽然生病的人选择如此一个偏僻的地方调养身体是个不怎么站得住脚的理由，但毕竟双平空气新鲜、四季如春，村民又十分朴实，就算不理解"神经衰弱"是个什么毛病，也不会特意来置疑。

他们的生活很快形成了一种模式。

祁家骢如果不在家里看书，便会拿了钓竿去海边钓鱼。他钓鱼更接近对着大海沉思，明显并不在乎钓到什么。这个时候，任苒知道，不能去打扰他。

每天下午，他会不顾海水温度只有二十来度，下海游上近一个小时的泳。

这里的海水清澈蔚蓝，透明度极高，四周还有活的珊瑚礁，但任苒怕冷，不敢在这个季节下水。她主要的消遣也是看书，如果闷了，会独自去岛上闲逛，反正通共只有不到两平方公里，不可能迷路，可是完全步行的话，也可以往不同方向走上很多天不重复。

她边走边摘仙人掌果吃，吃得太多时，会把嘴和舌头全染成了紫红色，一开口说话，就会逗得祁家骢大笑。村子里还到处种着四时开花的杨桃，也是伸手就能摘下来吃。

傍晚时分，她会和村里的女人一道去海滩，大家全都坐着，一边织补着渔网，一边远眺海面，等着自家的男人打鱼归来。伴随着夕阳西下，一条条渔船陆续返航，在离沙滩不远的地方下锚，她们马上冲上去，接过男人们手里的收获。

尽管任苒谁也不等，可是这个情景总能让她开心，同时又眼眶发热。

每家的壮年男性每天都按时出海，不能出海的老人早上钓鱼，充作中午的菜；小孩子放学后便拿上钓竿到海边坐上大半个小时，把晚饭的菜给妈妈捎回家。村里的渔民会在沙滩上分拣当天打到的鱼，大部分集中起来运到涠洲岛出售，少部分带回家吃，多余的就放养在沙滩上挖出来的水坑中，谁需要都可以拿走。

如此自给自足的生活、淳朴的民风，加上岛上所有的房子都没有门锁，让任苒觉得这里简直就是陶渊明笔下的桃花源。

她对祁家骢说起这一点，祁家骢却不以为然。

"你看，你又只看到了浪漫的一面。渔民的生活是很艰苦的，我上一次来时，赶上台风，村子里损失了三条渔船，对他们来讲，那相当于倾家荡产。他们确实不愁没鱼吃，但一天不出海，就一天没有收入，教育、养老、医疗费用……通通没有保障。"

任苒承认，她的确很难主动看到生活艰难的一面，可是她又觉得，自己已经住了三天以上，并没感到厌烦，如果生来就过这种生活，她想至少她不会觉得委屈。

一转眼，任苒与祁家骢在岛上住到了旧历除夕。阿邦也回来与家人团聚，在吃过年夜饭、放过鞭炮后，小小的渔村重新安静下来。

电力供应准时中断，任苒点起煤油灯，头天她不小心碰破了玻璃灯罩，不知名的飞蛾围着摇曳不定的火焰飞舞，这个景象顿时迷住了她，她出神地看着。祁家骢洗漱完毕进来时，瞟了她一眼："没春晚看，这也能看得专注吗？"

"你说飞蛾知不知道扑火是什么下场？"

祁家骢半躺到床上，点燃一支香烟，懒洋洋地说："你在质疑飞蛾的智力，还是我的？"

她笑道："我在想，飞蛾也应该看得到，它的同类扑火后是什么下场。可飞蛾不能抗拒火焰的吸引力，扑向火焰就是它的宿命吧。"

祁家骢受不了这种小女生的感叹，没有理她，弹落烟灰，吐出一口烟雾，看着斑驳的屋顶出神。

一只飞蛾却在此时扑到火焰中，灯芯处短暂而异常地一亮，翅膀半焦的飞蛾落在了熏得漆黑的煤油灯边，微微弹动着。任苒突然站起身，吹灭了灯，屋内一下隐于黑暗之中。

祁家骢正要说话，任苒已经扑入了他怀中。他猝不及防，急忙将拿烟的手避开她："傻孩子，你想被烟头烫到吗？"

任苒不回答，只没头没脑地吻着他。他低低一笑，丢掉那大半截香烟，轻抚着她的胳膊，右边手肘外侧有一条他早就熟悉的细长疤痕，他总在不经意之间就抚到那里，并想起她头一次在他怀里哭泣的情景，涌起一点柔情。不等他说话，她爬到他身上，解开他的衬衫，细密地亲吻。

近一个月来，他天天下海游泳，肌肉更显健康紧实。她柔软的嘴唇轻轻掠过他肩胛，滑向他的胸部。她一直没能摆脱羞涩，就算主动吻他，也往往半途而废，今天却似乎决意进行到底，她的头发披散下来，细密扫过他的身体，带来痒痒的刺激感。她的吻越来越大胆，他的身体如同被一串小而隐秘的火焰灼过，他头一次感到，他需要控制自己，才能压制住身体的一阵轻微战栗。

这种感觉让他陌生，同时不安。他突然拖起她，一个翻身，将她压倒在身下，开始重重吻她，带着几分粗暴，她的回应同样不复温柔，手指掐入了他的背上。

激情放纵后，两人沉入梦乡，而祁家骢的睡眠仍说不上很踏实，他在辗转中突然醒来，月光投射进室内，光线半明半暗。他吃惊地发现，任苒并没睡着，似乎正看着他。

"你怎么没睡？"

任苒吃了一惊，随即笑了："白天睡了个午觉，刚才醒了就再睡不着了。"

他翻了个身，准备接着睡，她却推他："现在退潮了，我们去沙滩上抓螃蟹吧，我刚跟这边小朋友学到的，他们连工具都给我准备好了。"

他先不理，但经不住她再推几下，睡意被搅没了，穿衣起床，嘱咐她穿件厚点的外套。

两人踏着月光，穿过出村的小道，来到空无一人的沙滩上。祁家骢并不想动手，只看着任苒拎了塑料桶，打着电筒，踩着一洼洼积水去找螃蟹。

祁家骢嘲笑她的无聊："光我钓到的鱼就多得吃不完，更别说这里海鲜弯腰就拿得到。你这样抓满一桶，第二天大概不免要倒掉，实在太折腾了。"

她不理，一心找着礁石缝里藏身的螃蟹。在好多次被钳得哇哇大叫后，她已经掌握了技巧，手电筒光扫过，看到螃蟹便一脚踩住，眼明手快地捡起来扔进桶内，这个过程给了她莫大的快乐。

海胆比螃蟹更多，不过岛上渔民不知什么原因，全都不吃海胆，她也害怕海胆的毒刺，并不敢去抓。

累了之后，她和祁家骢坐在海边休息。关闭电筒后，海岛上没有任何人工灯光，暗蓝色的星空有着城市不可能一见的剔透感，一仰头，半轮明月挂在西边，满天繁星似乎触手可及地笼罩着他们，只要留心，就可以清晰地看到银河。

身后的村落陷入熟睡之中，眼前的大海起伏不止，她再次觉得，天地之间，只剩下他们两人。

她希望这样的时光可以漫无止境地延续下去——可是她知道这个孩子气的愿望一经说出，便已经是奢侈，更不用说会招来祁家骢可能的嘲笑了。她只默默将头倚在祁家骢肩上，享受着这属于他们两个人的天地。

"在想什么？"

"什么也没想。"任苒的确陷入了一种思维停顿、大脑一片空白的状态，"对着这里，好像很容易清除杂念。"

"对，三年前我第一次来这里，也是这感觉。"

"白天我躺在吊床上，感觉灵魂好像脱离了身体，飘荡在空中，几乎有害怕再也回不来的感觉。"任苒似乎觉得这个想法好笑，往他身上靠得更紧一点。

祁家骢看着远方暗沉的海面，微微出神。

三年前，正是他在私募这一行声名鹊起的开始。他毫不意外地发现，他根本不用主动与出资人沟通，给他们看投资计划书、市场前景分析报告，就不断有人多方请托，找上门来将大笔资金托付给他。他控制的资金规模一下到了一个他事先不可能预计到的数字。

只有一个助手兼司机阿邦，已经远远不够用。他不得不改变独来独往、完全独自负责的工作习惯，成立了工作室，将手头基金按协议内容、期限分别转入不同的账户，聘请专业经理人协同操作。

他要处理的事务越来越繁杂，同时，他要打交道的人的来路也越来越复杂，他由单纯地操作基金，进而开始参与各种游走于政策边缘的资金运作。

他忙碌得每天要工作十四个小时以上，又突然多了很多不得不参加的应酬，唯一属于自己的时间只剩下睡觉，实在厌烦得很，脾气变得十分暴躁。在阿邦的建议下，他来这里住了几天，才算清静下来。

停住狂奔的脚步，沉静下来思考对他大有帮助，至少他自己是这么认为的。哪怕他重返的仍然是那个能让人迷失的名利场，他自信，也在最大程度上保持了冷静的判断。

然而，越来越复杂的金钱游戏，渐渐不在他的控制之下，更不能由他一人的判断左右进程、决定结果。

他并不懊悔拒绝与朱训良合作。哪怕管理着一个工作室近十名基金经理，但他清楚地知道，他的性格决定了他对于所谓团队协作并没有太大热情，在他看来，与人商量再做出决定都属于多余，如果失去独立受制于人，对他而言，并不见得比眼前的局面好受多少。

可是他不能不反思发生的一切。

他一向自命有识人之能，对下属慷慨大方。工作室留下的三个人是他认为利益与他息息相关的，然而偏偏是其中最得力的一个基金经理被朱训良收买，导致他最后的溃败来得如此迅猛，而且轻易。

任苒的头在他的肩上微微一沉，又挪回原位。他知道，她睡着了。他轻轻将她搂过来，让她躺到怀中，低头凝视着她。她晒黑了一点，头发因为岛上没有洗发香波出售，只能用香皂清洗，加上水质原因，显得有些枯黄蓬松。星光下，她的面孔平静而安详，竟然似乎有隐隐光晕。

他想，这个女孩子对于他怀抱的信赖来得如此自然，似乎从第一次他抱住她开始，她便再没有怀疑过他。他不得不有一些感叹。

他一直对所有的感情保持超然，并不刻意拒绝，但也绝不沉迷其中。

对于任苒这样一心只求一个沉溺的态度，他最初的分析十分客观。

她少女春心萌动，将一个神秘陌生的男人当成了幻想的对象；

她在对父亲失望以后，太想找到感情的依赖；

她和大多数爱幻想的女孩子一样，以为自己爱上了某个人，其实只是爱上了一个看似浪漫的爱情本身；

可是再客观理智的分析，也抵挡不住他心底的天平悄悄倾斜。

他们在一起的时间，一天少过一天了。这个念头刚浮上心底，祁家骢就有几分自嘲。

他明白，任苒也许经常转着这个念头。

他看书时，她会照例送茶水给他；他去钓鱼，她会好像不经意散步过来，只站片刻便离开；他游泳时，她会盘腿坐在岸上看着；她跟阿邦的母亲一块儿用柴火灶做饭，尽量把口味弄得清淡一些……

在这个客家人聚居，男人地位尊崇，妻子以丈夫为中心的小岛上，她对他的关心也显得十分引人注目。他亲耳听到有渔家大姐调侃她，她却满不在乎地笑，仍然几乎是用过分的方式在对他好，尽可能多一些地跟他在一起。

他并不是粗心的人，事实上别人的举动、心思很少能逃过他的眼睛。但对着任苒，他倒宁可忽略，不再去回应。

他不希望在这样前途莫测的时候，还去加深任苒的陷溺——当然，其实也是加深他自己的投入程度。

然而，此刻面对着浩瀚无边的暗沉大海，头顶是璀璨的繁星，抱着她温软的身体，他不愿意有丝毫移动，打破这一刻的宁静。

海风带着咸而潮湿的味道扑面而来，潮汐退去，星辰以几乎不易察觉的速度变幻着在苍穹的位置，时间一分一秒流逝，唯一不变的是她在他怀里。

他拢紧外套，紧紧抱着她。直到天际一点点泛出白色，第一缕晨曦浮出海面。天水相连的地方那一线灰白慢慢向上扩大，开始变得白茫茫一片，而大海依然暗沉。

他轻轻推醒她，她迷惑地看看他，再看看周围："我睡着了吗？"她挣扎着坐起来，"天哪，抱我这么久，肯定累坏了，你怎么现在才叫醒我？"

他舒展麻木的腿，仍然抱着她，只是让她坐到自己身前："看日出。"

她看向前方，小小地惊呼一声："你怎么知道我一直想叫你陪我看日出？"

"这不是所有小姑娘的共同爱好吗？省得你半夜弄醒我不算，还早早拖我起床。"

任苒笑，缩在他怀里，看着远方天空。朝霞开始染红天水相连处，由浅浅的嫣红直到艳丽的红彤彤一片，一点小小的火红冒出海面，由远及近的海平面洒上金光，随着波浪起伏不定，小红点慢慢变成半圆，两人目不转睛地看着这壮观的景象，都没有说话。

几分钟后，一轮红日冉冉升起，圆满而热烈，衬得天空湛蓝无瑕。

"多美。"任苒喃喃地说，隔了一会儿，又开口，"我还有几个愿望，你也满足我好吗？"

"说说看。"

"带我上渔船，绕双平一周，最好能够出海打鱼。"

"你晕船那么厉害，出海不是找罪受吗？"

"我要去。我还要跟你一起游泳，看看珊瑚。我想把这里所有能体验到的都至少体验一次，这样我的回忆就会更多一些。"

"带着太多回忆生活，会妨碍体验新的乐趣。"

任苒返回身，双手勾住他的脖子，明亮的眼睛注视着他："你会不会跟清电脑的内存一样，定期清空一部分记忆，免得拖累你运转的速度，也妨碍你去体验不同的乐趣？"

他吻一下她的嘴唇，经过半晚上盘桓海边，她的唇凉凉的，还有淡淡的咸味："我说过我有照相机式的记忆，不用特意去记住什么。至于要不要特意忘掉什么，我还没试过。"

她凝神看着他，面部逆着光，初升的太阳将她镀上一层淡金色："那我要在你记忆里占多一点位置。"

这个孩子气的愿望让他失笑："任苒，我还是那句话，被我记住并没那么重要。如果有一天，你忘了我，也许你能生活得更快乐。"

第十九章

祁家骢看看桌子上放的那个红色无纺布袋子，再看看阿邦："这是什么？"

阿邦硬着头皮回答："我送任苒去火车站，路上她停下来说想去银行取点钱，让我在外面等她，出来她就提了这个袋子，让我交给你。"

"你别跟我说你不知道这里面装的是什么就提回来了啊。"

当然，里面装的是一叠叠捆扎整齐的百元钞票，棱角将袋子撑了起来。他们成天与钱打交道，祁家骢工作室的鼎盛时期，还有人用蛇皮袋装了整袋的现金过来，跑银行更是阿邦的日常工作之一，他一看就知道袋子里的内容。

"我说过了：我拿回来，祁总恐怕会不高兴的。"

祁家骢此时的脸色当然说不上高兴，他冷冷地看着阿邦，可是阿邦倒没有什么怯意，想到与任苒的对话，他甚至禁不住嘴角露出一点笑意。

任苒一甩手将袋子扔进阿邦怀里，撇嘴说道："他现在都不给你发工资，你怕他不高兴干什么？"

阿邦笑了："话不是这么说啊，他肯定能东山再起，我还是要跟着他的。"

"你对他这么有信心，那不就得了吗？等我上了火车，你再把这钱交给他，算是我投资给他操作的基金，他以后赚了再还给我。"

阿邦迟疑不决："里面有多少钱？"

"二十万。"

"任小姐，你一个学生，哪来这么多钱？"

任苒眼神一黯:"我妈留给我的,一直存在存折里。眼下我不用这钱,你等火车发车时间到了再交给他,他要想还我,就去Z市或者我学校找我好了。他愿意清高到费这个事,就随便他好了。"

阿邦掂一掂怀里的袋子,开玩笑地说:"你应该当面给他的。居然这么信任我,不怕我卷了这笔钱跑路吗?"

"因为家骢信任你啊。我觉得能让他信任,实在是件不容易的事。而且我当面给,他怎么可能要?不把我说得灰溜溜走开才怪。"

阿邦没想到任苒是因此而信任他,有些感动。他当然知道这笔钱对目前的祁家骢意味着什么,可是他清楚祁家骢的性格,不敢代他做决定。

任苒见他思前想后,始终难以决断,突然灵机一动:"这样吧,阿邦,依照你们私募基金操作的办法,我把钱委托给家骢操作,要办什么手续。"

"要拿身份证复印件给我们,要写委托书,确定委托期限……"阿邦平时并不负责具体业务,有点跟不上她思路地回忆着。

任苒拿出纸笔快速写了一个委托书,又拉着他去找复印的地方,将身份证复印给他。她意犹未尽,找复印店的人要了一盒印油,按上手印,一边拿纸巾擦手指头,一边说:"弄得好像在写卖身契,这下齐全了吧。"

阿邦再怎么犹豫,也被逗乐了。他知道她已经下了决心,小心地将委托书折好收起来:"好吧,他要骂就让他骂我好了。"

"亏你想得出——"看着那份钢笔匆匆写好的委托书,听着他转述任苒的话,祁家骢简直有些哭笑不得。

他带着任苒从隐居了近一个月的双平返回北海,让阿邦去给她订机票,她摇头拒绝,说不喜欢一个人乘飞机,就坐火车回去好了。他准备送她去火车站,可是她说:"你不是不喜欢告别场面吗?算了,让阿邦送我过去就好。"

他的确不喜欢预料中的多愁善感,任苒表现得洒脱,让他松了口气。她只抱住他,用力亲了一下他的嘴唇,便抓起背包头也不回地随阿邦走了。

没想到她竟然留了这样一个惊悚给他。

阿邦看着他的脸色,小心地说:"任小姐说,她并不要求你因此就要跟她保持联络,这个委托没有时间期限,没有附加条件。"

祁家骢紧紧闭上了嘴唇。

隔了一会儿,他放下那张委托书,展开任苒身份证复印件。

所有人的证件照都有几分严肃感,任苒的也不例外。照片上的她头发束在脑后,小小的面孔清爽而犹带稚气，那双秀丽的眼睛直直与他相对，他的手指轻轻抚过她的脸。

阿邦什么时候出去的，他并没留意到。

他长久沉思着，拨她的号码，手机通了，里面传来火车行进的轰隆声。

"任苒，你这样做实在是很傻。"

"嗨，对我客气一点。"任苒笑着说，"现在我是你的委托人了，你也许记不住一个女朋友，不过总该记得你的客户吧。"

祁家骢没有想到她语气如此轻快："你有没有想过，把一份感情和钱扯上关系，再蠢不过了。"

隔了一会儿，任苒才回答他："是呀，我知道。尤其你并不算很爱我，说不定以后会觉得想起我都是一个负担，不过没关系。我们反正不知道再过多久才能见面，你好好保重。"

任苒先挂断了电话。她知道她再说下去，会控制不住自己，她决心要留一个潇洒的姿态给祁家骢做最后印象。她躺倒在卧铺上，庆幸自己做出了坐火车的决定，她并不介意与三个陌生人共处一个软卧车厢的这份吵闹和颠簸。

列车到达时，广播播报Z市下着小雨，温度是摄氏五度，她才惊觉，虽然Z市位于江南，可毕竟还是有四季的，跟温暖的岭南和北海没法比。她穿得太少，而且随身根本没带什么厚衣服。

她拢紧单薄的外衣，随着旅客下车，顿时冷得哆嗦了一下。她正准备一口气冲出去上出租车，却看到祁家骏逆着出站的人流站在站台上。她吃了一惊，她只在离开广州时给父亲打了一个电话，告诉他，她会在一个月以后回家，请他和阿骏都不要挂念。

"阿骏，你怎么来了？"

祁家骏脱下外套，披到她身上："昨天任叔叔接到北海打来的一个电话，告诉了他这趟列车的车次，他走不开，只能让我来接你。"

祁家骏说话时并不看她，接过她的背包，一声不响地大步走在前面，她只能拢着大衣紧紧跟在他身后。

他将背包扔到他那辆三菱跑车后座上，等她系好安全带，便马上发动了车子。她看着车子驶回市区，向他家别墅的方向驶去，马上说："阿骏，我想回自己家。"

祁家骏猛然刹车，冷冷地说："已经准备跟我家划清界限了吗？"

"阿骏。"任苒难受地看着他，"我怎么还好意思去住你家，你体谅我……"

"别说了。"祁家骏打断她，再次猛然发动了车子，拐上往她家的路。他的车开得又快又猛，很快便驶到了位于Z大后面的任家。

任苒探身到后座拿了背包下车，犹豫一下，刚想说"再见"，祁家骏已经一踩油门，将车开走了。

从头至尾，他没有看她一眼。

任苒呆呆看着车子消失在视线里，转身拿了钥匙开门。院子里落了厚厚一层落叶，朝西那面墙上的爬墙虎一片枯黄，更添萧瑟感。

她走进去，看着因为长期没人居住而备感冷清的家，坐倒在楼梯上，将头靠着扶手出神。

她在短短的时间里去了不少地方，经历了她前十八年生命不能想象到的事情，回到这个房子，却觉得这里比她小时候感觉到的还要显得大，而且空荡。

从上火车起，她就告诉自己，以后不要随便自怜、动不动哭泣了。

可是坐在这里，孤独感油然而生。这座房子似乎比双平更像一个孤岛，而她身边，再没有一双臂膀可以让她贴过去倚靠了。

不知道坐了多久，门"吱呀"一声被推开，任苒愕然抬头，只见祁家骏出现在了门口。

"阿骏……"

祁家骏走过来，坐到她身边："你从小到大总爱坐在这一级楼梯上，我来你家找你，好多次都看你坐这里。"

"因为这里能看到厨房一角。我做一会儿作业，就跑到这里，可以看看妈妈做饭的样子。"

"对不起，我刚才态度很差劲。"

"你完全有理由生我的气。该说对不起的那个人是我，留张纸条就走了，又这么自说自话就回了。"

"我想过很多次，只要你肯回来，我一定会加倍对你好，再也不让你觉得有必要走掉。可是一看到你，就控制不住自己发火了。"

"阿骏，你一直对我很好，我走掉不是因为你啊。"

"不对，如果我早一点好好跟你谈任叔叔要结婚的事，你有心理准备，就不至于那么意外。我一直觉得，你早晚必须接受某些事，可是我没想过你对这些事会反感到这种程度，甚至会拿自己的生活来做抗议。"

"不是你想的这样。"任苒反驳得无力，可是拿自己的爱情来对祁家骏分辩，她实在说不出口。她努力转移着话题，"阿骏，都是我任性，害得你被学校开除了，接下来

165

怎么办？"

"出国留学呗。反正以前家里就计划高中毕业送我出去的。"祁家骏伸长腿，神态依然是那样满不在乎，显然根本并不在意这件事。

"哦。"

"你没想想你怎么办吗？居然还操我的心。"

任苒想过这个问题，她苦笑一下："我一学期没回去上课，大概也得被开除了。我在想，也许得在家里重新准备高考。"

"任叔叔给你请了病假，不至于被开除。"

"误了一个学期的课，不知道是回去接着上课，还是要留级，下学期重新跟二年级念起。"

祁家骏沉默一下，下了决心："有一件事我必须告诉你，季方平前几天被诊断出孩子胎死腹中。"

任苒抬手，将一个惊呼捂在嘴巴里，惊恐地看着祁家骏。

"现在季方平在她老家住院，她的家人一直在跟任叔叔大吵，谴责他始乱终弃，不跟她结婚，逼她去流产，才造成了这个后果。我父亲现在正帮他斡旋，以任叔叔的年龄、地位，他也没法跟我父亲这种生意人一样承受丑闻，我猜他们肯定会结婚。你要回学校念书，就得做好心理准备，学会接受并且面对这件事。"

这是她想要的结果吗？任苒抬头看一下楼梯上方，忆及那天的一幕，弄不清心底是负疚还是畏惧，只觉得沉重压抑得无法承受，隔了好一会儿才说："随便他们吧，反正我不会跟他们住在一起的。"

"有没有想过出国读书？"

任苒吃了一惊。祁家骏直视前方，声音平静地说："去面对你父亲的新家和季方平的怨愤，肯定没什么意思。我们去澳大利亚吧，换个环境，读几年书，慢慢决定想过什么样的生活。"

"可是……"

"你放不下祁家骢吗？"

任苒无法作答，祁家骏转过头来。这是两人见面以来，他头一次正视着她，一双眼睛幽深，眼内满是让任苒陌生的复杂情绪。

"放心，我再不会打听你们的感情，你也别担心我的感情。我现在有女朋友了，你也认识的，你的高中同学莫敏仪。"

任苒再次吃惊，祁家骏换女友她见得不少，虽然这次来得不同以往，但她心里不能不激起波澜，然而坐在她面前的祁家骏面无表情，她只能结结巴巴地说："哦，好，敏仪人很好的。"

"我也大致知道，以他的处境，现在不可能跟你在一起，甚至不可能跟你联系。你在哪里读书，并不妨碍你继续爱他。莫敏仪说她也有去澳洲读书的打算，我只是实在不放心留你一个人在国内。"祁家骏蓦地站起身，"明天周末，任叔叔说他订了机票飞回来，我跟他谈过这事，他说只要你愿意，他是支持的。你们商量以后再决定吧，我先走了。"

摆在任苒面前的选择看上去很简单。

回学校继续读书，住在学生宿舍里，再不回家，对近在咫尺的父亲一家人视若无睹，继续沉浸在思念之中，等待一个没有期限的重逢。

或者出国，隔开一个大洋，到另一个半球，过全新的生活，给自己一个审视这段近乎迷恋的爱情的机会。

在看到神情疲惫的任世晏出现在家里的瞬间，任苒意识到，她和父亲已经相互无法面对了。她马上做出了决定。

接下来，她与祁家骏、莫敏仪开始上不同的英语培训班，准备各种申请材料。

莫敏仪家境小康，并不爱念书，成绩平平，读Z市一所大专，突然跟家里说要出国留学，家人都很吃惊。然而赵晓越出面，提出承担所有费用，加上莫敏仪的坚持，他们只好同意了。

尽管为一个目标努力，但更多时候，任苒都是独来独往，她开始习惯一个人的生活。

莫敏仪对她的态度再无对老同学的亲密，而是表面亲热、实际疏远，带着明显的防范，时常当着她的面对祁家骏撒娇。而祁家骏依然是懒洋洋的，一副对一切都提不起精神的样子，神情更多了几分阴郁。

在这种情况下，任苒当然知趣地不充当电灯泡。她已经体验到了恋爱的滋味，对别人的爱情没有了昔日的好奇，再没有与祁家骏探讨的热情。他们之间的关系看上去变得疏远淡漠，和一般同学没有不同。

她有隐隐的难过，可是再一想，就算是亲妹妹，也没权利霸着哥哥，这样对祁家骏当然更公平，便也释然了。

三个人顺利拿到了入学通知与签证，六月份飞到了澳大利亚墨尔本，开始了留学生涯。

2000年时，在澳洲的中国留学生还没有多到日后那样的地步，但也不算少了。

在赵晓越的安排下，祁家骏定居澳洲悉尼的姐姐祁家钰已经提前过来买下一套带车库的House，有四间卧室，三个卫生间，周边环境优美，交通便利。祁家钰将几把钥匙交到弟弟手里，撇嘴笑道："大少爷，我当年过来留学时比你现在还小，只能先住Homestay，再申请学生宿舍，后来跟人合租。你的起点也实在太高了一点。"

祁家骏当然不介意姐姐的取笑，祁家钰再看一眼那两个女孩子，老实不客气地说："光你们三个人住不大方便，我已经做主租了一间房给我一个在墨尔本大学读博士的同学，他明天就搬进来。"

莫敏仪没吭声，任苒本来就对跟他们住一起有些嘀咕，这时着实松了一口气，觉得祁家钰的安排再好不过了。

祁家钰的同学叫肖钢，已经在澳洲生活了几年，工作以后再回来读博。他搬来后，对他们做了不少指点，大家相处得很不错。

只是任苒与祁家骏、莫敏仪三人之间的关系却越来越微妙。

受母亲从小教导，任苒的英语基础很好，早在国内就高分考过了托福和雅思，她并不想在国外久留，选择的是转学分读本科的紧凑型升学途径，进入Monash大学插入大二学习金融，决心在最短时间内拿到学位回国。但祁家骏与莫敏仪语言拖了后腿，选择了从预科学校开始念起。

刚到异国他乡，他们度过了一段非常和睦的日子，一起熟悉墨尔本的交通，一起学开车考驾照，一起去滑雪，一起买菜做饭，去各自的学校玩。但没过多久，莫敏仪重新开始排斥任苒。

她与祁家骏吵吵好好，倒跟其他小情侣没什么两样。可她也是被家中娇惯的小女儿，没有受气与隐忍的习惯，与他吵架后，会本能地将原因归结于住同一套房子的任苒，对她越来越不客气。

祁家骏手头阔绰，过来以后就打算买车，总算在祁家钰的坚持下没买新车，买了一辆二手宝马。第一年，他与莫敏仪一起读预科，理所当然地每天接送她。

任苒在上课之余，找了一份工作，按照澳洲法律的规定，她每周工作的时限不超过二十个小时。学业繁重，再加上打工，她比祁家骏和莫敏仪辛苦得多。

墨尔本的市内公共交通并不算很方便，间隔时间长，而且最让人头痛的是所有公共汽车都不报站，站牌上也没有站名，加上初来此地，没有方位感，房子看上去大同小异，任苒不止一次下错站，再等一班车或者转车，路上花费的时间非常多，有时回家很晚。

祁家骏看在眼里，开始晚上特意去接她下班，莫敏仪明确表示了不快。她先是冷言冷语，然后开始在祁家骏去接她时跟上车，坐在副驾上，绷着脸一言不发。

任苒始终表现得十分克制，然而她的克制落在莫敏仪眼中，却有别的解读。她似乎觉得，这种克制在某种程度上坐实了她的猜测，祁家骏与任苒之间确实存在着某种更亲密的关系，而任苒是在因此而心虚。

任苒受不了这种不愉快，决定与他们保持距离。一方面，她开始准备在新学期申请学生宿舍，另一方面，她告诉祁家骏，她与另一个打工的同学商量好合用车子，她分担对方的汽油费，请他不用再来接送她。

祁家骏神情冷漠，什么也没说。

这样相安无事过了一段时间。任苒每天来去匆忙，不是在学校上课，在图书馆查资料，就是在打工，回到居住的房子，便将自己关进卧室看书。

当某一天晚上莫敏仪敲她的房门时，她有些意外，当然并不热情："有什么事吗？"

莫敏仪仿佛难以启齿，却还是嗫嚅着说："任苒，你帮我劝劝阿骏，他最近喝酒喝得很厉害，每天晚上总是玩到很晚才回家，白天经常缺课。"

任苒吃了一惊，墨尔本是个十分安静宜居的城市。当初祁家钰帮他们定下来这里留学，就是觉得这边环境比较单纯，不像悉尼那样华人富家子弟聚集，没有多少声色犬马的消遣场所，也没有太多玩物丧志的地方，他们可以专心学习。

"这里哪有玩的地方啊？他都说了洋人的酒吧气场不合没意思。"

"华人区boxhill那边歌房、迪厅、酒吧跟台球厅都有，设备气氛什么的跟国内没法比，一样有很多中国学生去玩。他带我去过，可现在他都是一个人去，再不肯带我了。"

任苒烦恼地皱眉："敏仪，你是他女朋友，理应由你来劝他才对。"

"他肯听我的吗？"莫敏仪冷笑一声，"我一说他，他要么不理，要么就说这是他的自由，希望我们保持合理的相处空间，不要相互干涉太多。"

这句话让任苒一怔。当然，她从祁家骢那里听到过类似的说法，没想到这互不承认的两兄弟竟然有这样的默契。那个名字此时涌上心头，她只觉得有轻微的悸动，不由得苦笑起来。

"阿骏更不可能听我的，你也看到了，我们现在最多见面点点头而已。"

"他对你是不一样的。"莫敏仪的神情黯然下来，"你当我是傻子吗？前天晚上，他喝醉酒回家抱着我，叫的是你的名字。"

任苒尴尬得不知道说什么好，隔了好一会儿才开口："别误会，敏仪，我们只是从小就认识，喝醉的情况下是个下意识的反应，不要当真。"

"我不是吃醋，任苒。其实我早知道他喜欢你，他跟我说，要我做他女朋友的时候，我简直不敢相信自己的耳朵。可他看上去很认真，对我也很好，我……实在舍不得拒绝。"她突然哽咽了一下，再说不下去了。

任苒十分不忍，那点小小的芥蒂自然放到一边："敏仪，我会试着去劝阿骏。而且我已经申请了学校宿舍，下学期我会搬走，你们以后好好相处。"

"你搬走就能解决我跟他之间的问题吗？"

"这个我不知道。再怎么相爱，也需要磨合。我只想，我们在爱一个人的时候，就尽力去爱，如果没办法爱了，放手也没什么遗憾的。"

"我想过放手，可是我不甘心啊。当初赵阿姨来找我，提出愿意负担费用，让我跟阿骏一起出国，我家里人都反对。他们不喜欢阿骏，说他长得太帅，家境太好，没有安全感。"

任苒并不觉得意外。她回到Z市后，祁汉明曾特意约她一块吃饭，但赵晓越缺席了，后面只在机场送行时跟她碰面，非常冷淡，却当着她的面对莫敏仪十分亲切。她知道，她离家出走也就罢了，竟与祁家骏住在一起，当然触怒了曾非常愿意拿她当儿媳看的赵晓越，为了让祁家骏对她死心，赵晓越撮合儿子与莫敏仪的关系也不奇怪。

"我并不在乎钱，我想要的只是和阿骏在一起。我跟爸爸、跟哥哥吵，哭着求妈妈，他们才放我出来，而且坚持自己出了担保费用，说不想让我委屈自己。这才不到一年，就弄成这样，我哪有脸跟他们说。"莫敏仪流下了眼泪，倔强地将头扭向一边，"每次跟他们视频聊天，我都说，我在这边生活得很好，阿骏对我很好。"

任苒与国内的联系，不过是偶尔跟父亲任世晏通话，父亲泛泛问她在这边的学习生活情况，她照实回答。任世晏绝口不提他的情况，她也不问。她的生活可以说是只用对自己负责即可，可是她也能理解莫敏仪的痛苦。

劝慰了半天莫敏仪，让她回房睡觉。任苒再没有睡意，她一直看书，直到半夜，才听到祁家骏车子回来的声音。

她匆匆下楼，只见祁家骏已经进来，开了冰箱拿水喝，看她下来，微微一怔："小苒，怎么还没睡？"

"阿骏，偶尔去玩玩可以，不要天天玩到这么晚啊，而且酒后开车，这里抓到处罚很严格的。"

祁家骏笑了："知道了，很晚了，你去休息吧，明天还要上学呢。"

他这样客气拒绝的口气，让任苒难以为继，她气馁地想，已经生分至此，让她怎么去劝？然而看他头发凌乱、脸色苍白的样子，她到底没法就此作罢。

"阿骏，还是去好好上课吧，一年预科时间马上要到了，要选好专业准备上大学……"

"小苒，你为什么会想到读金融？"祁家骏突然问她。

选择这个专业，她没跟任何人商量，可是她一看他的神情，就知道他根本不需要她的回答，果然他丢开了这个问题："当然，我猜不是因为兴趣。至于我，我不用想，准备去读个企业管理，学成以后，有大把时间当父母的好儿子，按他们的要求生儿育女，接管公司，所以现在……"

他站定，正对着任苒，嘴角露出一个微笑，英俊的面孔在灯光下有一种颓废而炫目的美感："我觉得我有权利放纵一下自己。"

任苒想，她甚至试过离家出走、与人同居，由她去劝不过二十一岁，却似乎已经看到岁月尽头的祁家骏不要放纵，显然没有说服力。她只能移开目光："如果你的放纵能让你和你爱的人快乐，我没什么可说的。可是现在敏仪并不开心，你看上去……也不快乐。"

"我当然不快乐，不过谁都没权利要求一定能得到快乐。我也知道敏仪不开心，我给她的忠告是：两个不开心的人，没必要捆在一起。她是自由的。"

任苒蓦地盯住他："阿骏，别说这种话，太伤人。不要以为她爱你，你就有了伤害她的权利。"

"我以为，爱上一个人，其实就是拱手给了对方某种权利。"祁家骏淡淡地说，"你没这种体会吗？"

任苒再度哑然，祁家骏与她擦肩而过，迈上楼梯，头也不回地说："别为我和敏仪操心了，她没你这么死心眼。"

第二十章

当天晚上，任苒失眠了。

墨尔本的八月正当残冬，但这里并没有真正意义上的严冬，气温最低也在八九度的样子。她的房间在房子的二楼，开窗就对着屋后一片草坪，后面是一片桉树，环境十分幽静。她躺在床上看出去，一轮皎洁明月高挂天空，清冷的月光照得床前如同洒上冷冷白霜一般。

然而此刻，她没有心情欣赏良辰美景，她的心底突然充满了烦乱。

所有人都认为，她在异国适应得很好，读书、打工、闲暇时出游，生活井井有条。只有她自己知道，她刻意将时间安排得满满的，只要不做功课、不打工、不看书时，总会觉得孤独而茫然。

她与父亲保持着有限的联系，没法再亲近起来；她从小到大的朋友，现在是她同学的男友，她需要煞费苦心与他保持合理距离。

她眼看着他颓唐，却无能为力。

在学校和打工的地方，都有男生追求她，她甚至试着与其中一个男生一起出去看电影，可是那次约会十分失败，两个人在道别时，都觉得松了一口气。

她始终无法忘记祁家骢。曾经与那样成熟的男人相处后，看别的男生，她再没法轻易有动心的感觉。

情到深处，所谓潇洒地放手，只是一个设想而已。哪怕远在另一个半球，一想到这个名字，她的心底还是掠过一阵悸动。

他们已经分开一年多时间了。

在最初近乎疯狂的思念过后，她开始有了不真实的感觉。

亲眼看着祁家骏与莫敏仪分分合合，争争吵吵，看着其他同学谈校园恋爱，享受轻快的甜蜜。她意识到，她经历的爱情和同龄人完全不一样。

他有想到过她的时候吗？

她对他的感情算是爱情吗？或者真的如祁家骏所说，是她青春期的迷恋？

他们还会再次见面吗？再次见面意味着重新开始，还是对彼此再也没有感觉的尴尬相对？

所有的问题，她都没办法给自己一个明确的答案。

任苒到底没能按自己的想法搬到学校宿舍去住。

祁家骏结束了预科学习，也升入了Monash大学，而莫敏仪基础较差，在国内就读的大学又不被澳洲这边承认学分，不得不再读一年预科。她到底爱面子，哭了一场，索性转读TAFE（职业技术类教育课程），准备拿个文凭给家里有个交代了事。

任苒并不想找父亲多要钱，假期里她申请了全职工作，谢绝了跟祁家骏、莫敏仪一块儿回国的邀请。隔了半个月，他们探亲回来，莫敏仪突然敲开她的房门，吞吞吐吐地说，她觉得自己有可能怀孕了。

任苒一脸迷惑地看着她："什么叫有可能？你们……没有采取措施吗？有没有验孕？"

莫敏仪一概摇头。

"经期推迟了多少天？"

"不记得了，最近我觉得我长胖了，正减肥，我以前减肥出现过停经，这次经期不规则也没在意。"莫敏仪六神无主地说，"回Z市的第一天我就想吐，当时只以为是吃得太多了。可是这几天早上我想吐的感觉更厉害了。"

任苒疑惑地上下打量她，感觉她似乎的确比以前丰满了一些，可是这并不能说明什么问题："你在国内就应该跟阿骏说，然后去医院检查一下。何必这样疑神疑鬼吓自己一直吓到回来？"

"我还没跟他说，他一直嘱咐我吃药的，我有几天忘了。告诉他，他肯定会骂我。我哪敢在Z市检查这个，要给熟人看到，我家里人不得打死我。我想再等等看，也许是一场虚惊。"

任苒几乎要吐血了："现在就去跟阿骏说，让他陪你去医院。拖久了是什么概念你不知道吗？"

"还是你陪我去医院吧，任苒。你英文比我好，"莫敏仪可怜巴巴地看着她，"我本来想一个人去的，又实在害怕。"

任苒只得答应下来。

检查的结果让两人同时大吃一惊，验尿便已经确定是阳性，莫敏仪吓得顿时哭了起来，怎么也说不清末次月经的日期，再经B超检查，医生断定，她已经怀孕近十五周了。

看着床前方监视屏上显示的胎儿B超图片，两个女孩子都傻了眼。

莫敏仪呆呆地盯着屏幕，突然一下坐了起来："这不可能，我至少一个月前来过月经，只是当时量很少就停了，我以为是减肥引起的。"

医生耐心地说："有少部分女性怀孕时也会有不规则出血，有时是流产前兆，有时是宫外孕，有时说不清原因。B超检测出的胎儿发育时间应该是准确的。"

莫敏仪"哇"一声大哭起来："怎么办？任苒，怎么办？"

医生疑惑地看着她，再看看任苒："你朋友有什么问题？"

任苒只得用英文解释："她最近情绪不太稳定，我跟她谈谈再说。"

她搀了莫敏仪出来，马上打祁家骏的电话，让他立刻到医院来。

祁家骏很快赶了过来，莫敏仪一直呆呆坐着，看到他，顿时泣不成声，只好由任苒来告诉他原委。

任苒局促地看着地面，一口气讲完，他的脸色一下阴沉了下来。

"不是叫你吃避孕药吗？"

任苒生气地说："阿骏，这叫什么话？吃药也有可能失败的，这不是她一个人的责任。"她突然意识到她的义愤有些多余，努力缓和语气，"你们商量一下吧，我先走了。"

然而莫敏仪拉住了她，她掌心沁着冷汗，眼睛却看着祁家骏："阿骏，你说我们怎么办？"

祁家骏绷着脸："我们都在读书，敏仪，不用我说，你也知道该怎么办。我们跟医生谈谈吧。"

这显然不是莫敏仪想要听到的回答，她抹掉眼泪，神情黯淡地跟他一起坐到医生面前。

医生听到他们决定做流产，并没有什么诧异之情，只正色告诉他们："澳大利亚法律并不禁止堕胎，各州法律不尽相同，目前墨尔本所在的维多利亚州的规定是可以为二十周以内的胎儿做流产手术，请注意，是手术流产，在澳洲境内，药物流产是违法的。而且这位小姐已经怀孕超过十四周，也不适合药流。如果确实决定不想保留这孩子,我会给你开介绍信,去妇科门诊做检查,然后动手术。"

"谢谢你,我们考虑一下再说。"

任苒不愿意再就这件事发表意见,二个人回家后,她马上说晚安,逃跑一般回了自己房间。

到了晚饭时间,她下去煮饭,却看到祁家骏独自一人出门,开了他的宝马走了。她想来想去,还是去敲莫敏仪的门。莫敏仪躺在床上发呆,脸上有泪痕,地上丢了一堆揉皱的纸巾。

"我做了煲仔饭,下来一起吃一点吧。"

任苒用电饭锅做煲仔饭已经做得十分拿手,莫敏仪无精打采跟她下楼。任苒把煲仔饭盛给她,她只吃了几口,眼泪便开始往饭里落去。

"饭没这么难吃吧。"任苒试图把气氛弄轻松一点儿。

"我害怕去做流产手术,任苒。"

"我刚才上网查了一下,这里的流产手术是全麻,你应该感觉不到痛苦的,还是让阿骏陪你去吧。"

"他说明天就去。我刚一说我害怕,他就不耐烦了。"

"难道……"任苒狠下心问她,"你想留下孩子吗?再拖下去,手术对身体伤害更大。"

话一出口,她们两人同时打了个冷战。莫敏仪只比任苒大一岁,今年刚满二十一岁,身材火辣,已经完全成熟,却比任苒更没经历过什么风雨,她猛然摇头:"不要,我怎么跟我父母、哥哥交代?我哥哥要知道了,非打死我不可。"

她"哇"的一声哭出来,任苒一边耐心安慰她,一边又打电话严词正色叫祁家骏回来,她才算勉强止住哭泣,把饭吃了。

第二天,莫敏仪不顾祁家骏的反对,坚持要求任苒陪着一起去。任苒无可奈何,只得向打工的日本寿司店老板请假,上了祁家骏的车。

他们去了市内最大一间妇科诊所,在填完表格,做了一系列检查后,医生准备将莫敏仪领到手术室,然而莫敏仪看上去似乎吓坏了,连连后退。祁家骏再度不耐烦起来,压低声音问她:"昨天说了半晚上,我们已经讲好了。你现在又要怎么样?"

莫敏仪流着眼泪说:"做手术的人是我不是你,你当然轻松。"

他们在一边争吵的声音还算克制,但医生仍然起了疑心:"小姐,决定权完全在你自己,如果你没做最后决定,谁也不能逼你,你可以回去考虑清楚,或者和我们这里的心理辅导人员再谈一下。"

祁家骏冷冷地说:"这是我们两个人的事,没必要和别人谈。敏仪,我们出去,到草坪上谈。"

莫敏仪与祁家骏向外走去,任苒迟疑一下,也不愿意待在诊所里,跟了出去。

然而一出来,他们就惊呆了。来时还静悄悄的诊所外面不知什么时候聚集了一大批示威人士,手里摇动各式标语和大幅图片,标语上写着"婴儿也是生命""尊重生命""只有神才有权夺走生命"……有不少警察在维持秩序,还有电视台记者架着摄像机,主持人正在做现场报道。任苒定睛一看,图片上印的竟然是刚成形的婴儿在流产手术中被吸管等器械撕裂的可怕情景。

他们来澳洲一年多,见识过不同的罢工和示威,却是头一次如此近距离地面对这样的场面。莫敏仪看着那些图片标语,顿时面色惨白。她突然从人丛中挤过,拦住一辆恰好路过的出租车走了。

任苒和祁家骏面面相觑,只得转身避开示威人群,向停车场走去。

两人一路上都没说话,到了家,任苒解开安全带,轻声说:"你对敏仪耐心一些,别对她发火了。"

"我现在只想对自己发火。"祁家骏一脸疲惫与漠然地说。

任苒努力抑制着情绪:"我陪她做的B超,阿骏,她和我一样,看到了B超检查显示的胎儿形状,所以她看到今天示威者举的牌子会受不了,我也受不了,我完全能理解。请你试着站在她的角度理解她吧。"

接下来发生的事,是任苒万万没有想到的。

她一向并不怎么看澳洲当地的英方报纸,然而第二天上班时,追求过她却被她婉拒的某位男同事带着诡异的笑意,拿了墨尔本当地一份发行量很大的报纸给她看,头版报道了头天妇科诊所发生的示威事件。下面配发的现场照片,除了示威人士外,一角赫然是她与祁家骏,尽管两人都半侧着头,可是他们的东方面孔十分引人注目,只要是熟悉他们的人,都能清楚地认出他们。

她惊愕得说不出话来,再看看那同事脸上心照不宣的神态,她只觉得百口莫辩。请了一天假,却出现在妇科诊所门口,如果说是陪朋友去的,连自己都觉得像一个拙劣的借口。

果然那同事阴阳怪气地说:"中国人说流产是小月子,刚做完就来上班,不要太拼命了。"

她从报纸上抬起头来,冷冷看着面前这个面目猥琐的男人。他没有等到预料中的慌乱、害怕和羞愧,只哼了一声,移开视线走开了。

她重新看着报道,发现这件事跟她念的大学倒有一点关系。Monash大学医学院某位教授提出可以将流产胚胎用于医学研究,一经报道,便激怒了反堕胎的保守人士,引发了这场示威。

她只能安慰自己,一张照片,没什么大不了。

事态的发展,永远超乎预料。

当地大选在即,堕胎向来是选民关注的话题,政客也需要借此表明立场拉选票,一时之间,相关报道不时出现在报端。

隔了几天,那份报纸又发了另一篇报道,指出根据某大学一项研究表明,在医院接受人工流产的患者中,高达三分之一是来自海外的国际留学生,他们性生活活跃,而性知识贫乏,某位议员建议学校应该针对海外学生提供更完备的性教育,以降低堕胎率。

任苒惊愕地发现,这篇报道在网上被广泛转载也就罢了,要命的是,有些网站甚至张冠李戴,配发了前一篇报道的照片,由此可能引发的歧义不言自明。

Monash大学一向中国学生众多,随着开学,对她与祁家骏的议论流传开来。不少同学对她侧目视之,另一个曾热烈追求她的男生突然与她保持刻意冷淡的距离,她百口莫辩,只得强作淡定。

莫敏仪自那天见识了示威场面后,天天晚上失眠做恶梦,说什么都不肯再去妇科诊所,也不去上学,只坐在家里发呆。祁家骏也再没出去喝酒,除了去学校,就回来陪着她,可是两人显然并没商量出一个最后决定来。

时间这样一天天过去,任苒没有勇气去探问什么。她更加早出晚归,隐隐地避开与他们见面。

然而互联网的威力超出她的想象,国内的电话一个个打来,先是任苒的父亲任世晏委婉问她,在墨尔本生活有没有什么问题;然后莫敏仪的哥哥打来电话,质问祁家骏有没有对不起他妹妹;紧接着,祁家骏的妈妈赵晓越的电话也跟了过来,语意不善地告诫他们生活必须检点自爱……

接过这些电话,任苒再也无法强作淡定了,一想到祁家骢也许同样会看到这些消息,她就焦躁烦恼得几欲抓狂。可是她再怎么烦恼,还是只能自己忍了。很明显,目前祁家骏与莫敏仪的烦恼远远大于她。

毕竟住一个屋子里,她不忍心看着莫敏仪靠叫外卖度日,到了周末,她特意去超市买了鸡和海鲜回来,做了红烧鸡块,又做了一份什锦海鲜砂锅,叫祁家骏和莫敏仪一块下来吃。

莫敏仪的精神状态十分萎靡，祁家骏也好不到哪里去，他匆匆吃完，说去机场接他姐姐祁家钰，便出了门。

"家钰姐要来吗？"

莫敏仪当然比她先知道，苦笑一下："她无意中看到网上转的那个报道了，昨天打电话给阿骏，阿骏生怕冤枉了你，全跟她说了。"

祁家钰十年前便已出国，任苒与她年龄差距大，并不亲密熟识，当然也不在意会不会被她误会："敏仪，已经快十八周了，你有什么打算？我不是多管闲事，不过家钰姐来了肯定会问你。"

莫敏仪一片茫然，好一会儿才说："我不知道。我真的拿不定主意，任苒。如果换了你，你会怎么做？"

任苒的脸红了，她确实不由自主想过这问题，既然所有的措施都不是百分百保险，如果她面临莫敏仪的处境，她会怎么做？

与祁家骢在一起的日子里，他在这件事上十分认真，将她带回广州的当天，便不声不响出去买了安全套，跟她在一起时，哪怕略微喝高了，也不会忽略安全措施。

显然，他是不容许生活出现他不能控制的意外的那种人。

她收住思绪，苦笑道："敏仪，我不知道。这种事上，旁人永远不可能设身处地给出一个你想要的答案。"

"我想把孩子生下来。"

任苒吓了一跳，她盯着莫敏仪，一时不知道说什么才好。

"如果那天没做B超，也许我不会想太多。可是现在我真下不了决心做流产了。我查了资料，十六周的胎儿都已经有十二厘米长，一百五十克重，甚至会在子宫里动。我不知道是不是错觉，我也确实感觉到了它在动。想得越多，我越不敢动打掉它的心思。"

"可是……"任苒迟疑着，"你确定自己做好当妈妈的准备了吗？"

"没有。我猜阿骏是不想要这孩子的。"莫敏仪惨淡地笑，"他这些天待我非常好，不说任何让我伤心的话，可是那天在医院，他已经伤了我的心。他甚至连想都不想，就要我去做流产。如果他爱我，肯定不会这样的。"

"敏仪，他只是完全没准备。"

"我们都没准备。可是如果跟他在一起的人是你，他肯定不会那样脱口而出叫你去流产的，我知道。"

任苒后悔跟她谈论这个问题："别做这样的假设，我跟阿骏只是兄妹，不可能有这种事。敏仪，不管你做什么决定，都别拿我做比较。"

"当然，有一点我们没法比，我爱他。既然孩子就这样来了，我决定留下来。"

听了莫敏仪的决定，祁家钰良久无言。她已经取得澳洲公民身份，在悉尼做会计师工作，短短的头发衬得与祁家骏酷似的面孔既漂亮又干练。

"澳洲这边的法律，怀孕到了二十周，堕胎就是非法了。你还可以再想想，可是能让你犹豫不定的时间也不多了。"

祁家骏一脸震惊，然而莫敏仪面无表情，嘴唇抿得紧紧的，谁也不看。

"这里未婚生子，倒是没人有空说你们闲话，政府对入了籍的单亲妈妈还有补贴，可是你们两个都还是学生，家骏今年二十二岁，你比他更小，书没读出来，倒弄个孩子出来，怎么跟家里交代？你们想清楚。"

仍然没人说话。

祁家钰无可奈何地继续说："我还要回去上班，不可能跟你们一直耗下去。请你们现在就考虑这几个问题：第一，是不是真的要把孩子生下来；第二，孩子生下来准备怎么办，如果你们打算学这里的未婚少女妈妈把孩子生下来送人，我头一个反对；第三，你们打算怎么跟双方父母说这件事。"

祁家骏看着莫敏仪，声音低沉地说："敏仪，你确定要生下这孩子吗？"

莫敏仪无声地点头。

"那好，我们注册结婚吧。"祁家钰刚要说话，他摇摇头，"我不打算让祁家再出现一个私生子，姐姐，就这样吧。"

祁家骏和莫敏仪于九月初去市政厅注册结婚，祁家钰和任苒见证了他们的简短注册仪式。

第二年一月底，在墨尔本一个酷热的中午，莫敏仪生下一个三公斤重的健康男婴，取名叫祁博彦，小名叫小宝。

第二十一章

按祁家骏和莫敏仪的意见,根本不必通知双方家人。然而祁家钰说她如果瞒下去,妈妈以后恐怕会跟她没完没了,她担不起这个责任。

她在莫敏仪产前一周打电话给赵晓越,赵晓越在电话里的惊叫险些将她耳膜刺穿。

她只得把电话拿开一点,任妈妈语无伦次地唠叨,直到指责她:"你这个当姐姐的怎么不看好他。"她才叫屈:"妈,我在悉尼他在墨尔本,一个成年男子跟他女朋友上床,您叫我怎么看着啊。您没对他做好性教育,不懂避孕,倒来怪我。"

赵晓越哑然,祁家钰笑道:"总之,我通知您,您要当奶奶了,B超显示是个男孩。"

虽然当过大学教师,再做行政工作,赵晓越也敌不住到了年龄想抱孙子的渴望,一时间对儿子荒唐行为的恼怒消散了,略想一想,居然回嗔作喜:"那我接了亲家一起过去看看。"

"别别,莫敏仪坚决不肯告诉她家里结婚和怀孕的事,现在孕妇最大,她好像情绪不算稳定,您别节外生枝现在就赶着上门认亲,以后她爱怎么跟她家里说是她的事。"

赵晓越与祁汉明一同来到澳洲,祁汉明只待了三天就回去了。赵晓越留下来照顾莫敏仪坐月子,依足全套中国习惯,不让她乱动乱跑,不可以看电视或者上网,不可以吹风扇,不能随意洗头洗澡,同时对这边产科医生的说法不屑一顾:"你要有洋人那么好的体质差不多,我们中国人能跟她们一样吗?"

祁家骏讪笑母亲守旧,是标准中国婆婆,她横一眼儿子:"我希望我的儿子也有标准的中国家庭。"

这一句话说得祁家骏与莫敏仪一齐无话可说。

祁家钰再次从悉尼飞过来，却谢绝了她妈妈让她抱抱孩子的美意："别别，我怕小孩子，软绵绵不好抱，看看就好。"她隔得远远的，小心翼翼用一根手指摸一下侄子的小脸，"好了小宝，你奶奶从此有了寄托，不必再念叨你姑姑我为什么老大不嫁了。"

他们看上去一团祥和，可是这个热闹只浮在表面上。

任苒当然不会拿这个感受去扫别人的兴，她依旧天天早出晚归，回来后看看小宝便马上撤回自己房间，不肯插到别人一家中间。

晚上，祁家钰与任苒住一个房间，她靠在床头长长叹息："我决定这辈子还是单身的好。"

任苒好笑："家钰姐，为什么发这感叹？"

"你看看阿骏，再看看敏仪，变成什么样了？"

任苒默然，住在一起，她最有体会，他们两人变化的确很大。

"当时在机场接你们三个人，敏仪看上去最兴奋，那个活泼的样子，我现在还记得。今天一看她，我吓了一跳，倒不是体形变了，主要是眼神看上去暮气沉沉，哪里还像一个二十一岁的女孩子。阿骏也是，我情愿他跟以前一样，呼朋唤友年少轻狂，好过现在一副心事重重的表情。"

"小宝还小，他们肯定压力很大，慢慢会好的。"

祁家钰笑了："小苒，你们出国前，我妈给我打电话，说你任性得很，她不放心阿骏跟你一起留学。我倒觉得你是你们三个里最懂事的那个，又是上学又是打工，生活安排得井井有条，还懂得体谅人照顾人。哎，这样一表扬你，我觉得你也不像你这个年龄的女孩子了。到底是我老了，对什么都看不习惯，还是现在年轻人比我那个时候来得成熟？"

任苒也好笑："赵阿姨没冤枉我啊，我确实任性过。不过人总得任性过，才知道不能总是任性吧。"

祁家钰一边上下打量她，一边摇头："看看，说你懂事，你越发端出一个懂事的款来了。不用这样的，小苒，你最应该在意的人是自己，如果在这儿住得不开心，不要委屈自己。"

任苒的眼圈一下红了，她没想到祁家钰不过匆匆来了两次，便全看在了眼里。莫敏仪在整个孕期情绪都说不上稳定，有时甚至会借小事来一场歇斯底里的发作，过后又痛哭着跟她或者祁家骏道歉。

没人能跟一个孕妇计较，她不止一次动了搬走的念头，可是看看意气消沉、时不时去酒吧买醉的祁家骏，再加上行动日益不便的莫敏仪央求她，到底又不放心，还是留了下来。家务事和做饭的工作实际上都已经落到了她一个人身上，加上学习任务繁重，还要打工，她经常觉得疲惫。

"肖钢都看不下去了，打电话给我，说真看不得一个小姑娘这么委屈自己。我只能苦笑，哪怕我住在墨尔本，大概也只会经常过来看看，搭搭手可以，但不会像我妈这样事事包办地照顾他们的生活。不是我心狠，路是他们两个选择的，就得自己承担后果。就算是亲人，也只能帮忙，不能代替他们生活。你只是一个朋友，更没必要揽义气。我也跟阿骏认真谈了，提醒他以后不可以把自己应尽的责任推给你。"

"我知道，谢谢家钰姐。"

祁家钰欲言又止，只长长叹一口气，再没说什么。

赵晓越住了两个月，回国的时间迫近。按她的想法，她要把小博彦带回去才放心，然而莫敏仪不肯。

莫敏仪始终没告诉家里她怀孕和结婚的事，看着她小心掩饰日益膨大的腹部，对着摄像头跟家里人强颜欢笑，任苒十分不解。

"你跟阿骏已经注册结婚了，就算现在要孩子早了一点，你家里也会谅解的，何必瞒着他们？"

"在这边注册，澳洲政府承认我们的婚姻，国内是不承认的。我坚持生下这孩子，阿骏大概在心里恨我把他绑死了，天知道我们以后会怎么样，现在还是不要说的好。"

赵晓越当然不理解媳妇的想法，可是在儿子和女儿的严词告诫下，也只好由得他们去。临走之前她做主，招一个保姆帮忙照顾小孩。在当地华人报纸上登出广告后，马上有人面试。经她严格审查，最终留下一个看上去沉稳利落的三十来岁陪读女士张姐，说好一周工作六天，每天早上八点到晚上六点，带孩子并做简单家务。

张姐十分能干，很快就把带孩子的工作接手过去。

不知道是不是祁家钰的劝告起了作用，祁家骏突然有了很大改变，他流连夜店的次数大大减少，大部分时间除了上学、去图书馆，便会早早回来，接手抱抱孩子，帮忙做一下家务。更重要的是，他再没有流露出暴躁易怒的情绪，哪怕与莫敏仪有了争执，他也很少如从前一样发火。

任苒看在眼里，松了口气。虽然她跟祁家骏在一个校区上学，但不愿意再引起任何误会，考了驾照，狠下心买了一辆很便宜的二手韩国车，恢复了独自上学、打工的生活。

小小的婴儿一天天长大，生活看似上了正轨。只有莫敏仪，似乎并没有从孕期直到产后的情绪不稳中恢复过来。心情好时，她抱着小宝舍不得放手，跟他喃喃说话，唱儿歌给他听，不停亲吻；心情不好时，任小宝在一旁大哭，她也不理不睬。如果任苒看不过眼，上来接手，她又会出言冷嘲热讽。

任苒只能在她发作的时候转身走开不理她。

小宝四个月不到，莫敏仪在看了祁家骏给她和孩子拍的照片后，立刻说要减肥，第二天便给儿子断了奶，去报了健身课程。

她开始迷上购物，买回大堆的化妆品、衣物、皮包、鞋子。在没有上学后，她反而恢复了和旧时同学的联系，有时会相约出游。

她到底年轻，体质一向又好，生下孩子后，一加锻炼就恢复得很快，身材重新凹凸有致，更添了几分性感，没人看得出她已经是孩子妈妈，投身社交活动里，她似乎渐渐恢复了旧日的开朗。

张姐再怎么温和肯吃苦，也开始抱怨，一个人带孩子又要做家务，确实忙不过来。祁家骏无奈之下，安抚之后给她加了报酬，然后张姐不在时，提醒莫敏仪不要完全放手全推给保姆，连累得任苒只好放下功课帮忙，结果再度惹来了一场大吵。

任苒试过劝架，但她发现，她介入进去，莫敏仪只会将怒气转移到她身上，她便索性不劝了，只是把哭闹的小宝暂时抱开，由得他们关上门大吵。

第二天，莫敏仪对她道歉："我知道我是失心疯了，我这个玩法，要没你帮着我，张姐一个人是照顾不过来小宝的。"

任苒叹气："敏仪，坦白讲，我是看在小宝的分上。"

莫敏仪讪笑："当然，你们都是看在小宝分上，我又不是傻子。阿骏看小宝分上跟我注册结婚，婆婆看小宝分上往我户头上打钱从来不问用途，那么厉害的大姑姐，明明瞧不起我，也看小宝分上对我客客气气。"

任苒没想到她现在如此偏激："好吧，你可以忽视我的想法。不过你和阿骏、赵阿姨、家钰姐是一家人了，要那么想他们的话，不管他们怎么待你，你都能有不一样的解释，何必呢？"

"没办法，谁让我有的只是一个名义上的婚姻。"莫敏仪见任苒诧异，倒笑了，"对，我生下小宝，换回了一个名义上的老公，从知道我怀孕一直到现在小宝快半岁了，阿骏再没碰过我。我鼓足勇气伸手过去，他会跟触电一样避开，你认为我是什么感受？"

讲到隐私，任苒无话可说了。

"知道吗，任苒？刚怀孕的时候，气头上我跟阿骏说过，我不想再跟你住在一起了,他很痛快地说,好,他明天就帮你找房子让你搬走,他也早就觉得再住一起,拖累你受气,很对不起你。哈哈,你看,他在乎的始终是你的感受。我死了心,你留在这里,阿骏怕你对他的表现失望,倒会对我好一些。这个我一点也没看错,他始终愿意在你面前展现他最好的一面。"

"你有一个心结在先,所以难免揣测他的行为。"任苒苦笑,"你们已经结了婚,把日子过成这样有意思吗?我受点气倒也没什么,真受不了,我可以甩手走掉。可是你们如果弄得我对婚姻完全失望了,我就太不值得了。"

"那可不能怪我,因为,"莫敏仪竖起手,欣赏着才涂的深紫色指甲油,"我早就已经失望了。"

莫敏仪外出的时间越来越多,这天她突然宣布星期天会跟几个朋友去悉尼玩两天。祁家骏刚说他必须去图书馆查资料准备论文,她便老实不客气地讲:"我不是卖身给祁家了,包括张姐在内,你们不管上班上学都有休息日,凭什么我得当二十四小时随时听用的妈妈,你周末照顾一下儿子也是应该的。"

第二天,莫敏仪果然提了包扬长而去。

任苒调好辅食,送进房间。祁家骏正在给孩子换尿布,动作笨拙,任苒叹口气,上去接手,很快换好:"不怪敏仪说你,看看你的手势,你也该试着多照顾小宝了。"

祁家骏倒没什么不耐烦的意思,只叹一口气:"照这样下去,大概我早晚得把小宝送回国。"

任苒不语,抱了小宝下来,放他坐在婴儿座里,开始喂他。小小的祁博彦快九个月,眉目如祁家骏一样,非常漂亮,已经长出第一颗小牙齿,圆滚滚的面孔上一双精灵黑亮的大眼睛,小手一刻不肯闲地不停来抓任苒手里的勺子,任苒一边闪避一边喂他,一个不小心便弄得他满脸都是米糊,他兴致高得咯咯直笑。

"为什么你会这么耐心?"

任苒直笑,拿毛巾擦着小宝的脸:"你别夸大我的耐心,孩子不是我的,我不用二十四小时对着他,不用对他有责任,不用考虑将来。我要做的只是喂喂他逗逗他,这并不需要太多耐心,倒可以给我带来乐趣,阿骏。所以,请别责备敏仪。"

"我还有资格责备谁?"祁家骏将尿布、奶粉、辅食、饮水等东西收拾了一个大包,"小苒,我打算带小宝去亚拉河边晒太阳,你去不去?"

任苒最近也实在疲惫,想彻底放松一下,想了想:"好吧。"

这时正值澳洲的春天,天气晴好,暖意融融。在墨尔本,每个周日上午九时至下午六时,维多利亚艺术中心市集从艺术中心一直延伸到亚拉河畔,艺术家、工匠和艺术爱好者云集于此,有的作画涂鸦,有的出售自制的艺术品,还有街头表演,让人目不暇接。任苒来过几次,很喜欢这里宽松的气氛。

祁家骏抱了祁博彦,两个人慢慢散步,不时驻足看看摊位上卖的各种千奇百怪的小玩意。走累了便买了咖啡,到河畔去晒太阳。

亚拉河畔由政府设置了不少烧烤炉,澳洲人酷爱享受阳光和户外生活,河边有不少阖家出动烧烤,或者在这个早春时分做日光浴。

祁博彦在毯子上爬累了,喝了牛奶后很快睡着。任苒和祁家骏分别在他身边躺下,阳光晒得身上暖洋洋的,头顶上湛蓝的天空白云缓缓飘浮,身边河水静静流淌,远处希腊移民演奏的民间音乐和烧烤气味拂过,所有的思绪都似乎已经停顿下来。

任苒正睡意蒙胧间,突然听到祁家骏叫她的名字:"小苒。"

她"嗯"了一声,却好久没听到他说话,她转过头,祁家骏正侧头隔着他儿子看着她。他们已经很久没有这样近地对视彼此了,看着祁家骏的眼睛,任苒只得承认,如果说莫敏仪多少恢复了表面上的活泼爱娇,那么他的幽深眼神,已经再没有昔日那样神采飞扬的感觉。

"还记得我跟你说过吗?我想带你逃得远远的,到谁也不认识我们的地方去生活。"

"我们最多只是离开,没办法逃避掉那些已经发生的事。"

"是呀,有些事就那么发生了。现在真到了这个没人认识我们的地方,我们的生活只剩下在一起晒晒太阳了。"

任苒有莫名的心酸感,只能勉强微笑:"这样不好吗?"

祁家骏也笑了,然而这个笑意只从他英俊的眉目之间一闪而过:"很好,我很珍惜。我希望我们以后能定居这边。"

"可是,"任苒迟疑地说,"我打算毕业后回国。"

祁家骏眼神一黯,显然并不意外:"你还爱他吗?"

这是头一次有人跟任苒提到祁家骢,任苒沉默良久,轻声说:"我只是忘不了他。"

祁家骏再没说什么,他躺正,脸对着天空,一动不动,仿佛跟身边的儿子一样睡着了。

任苒闭上眼睛,掩饰隐约泛起的泪光。

阳光的温柔暖意,如同一只无形的手抚在她脸上。她想起小时候,有时祁家骏放学会先到她家来,推开院门,如同回自己家一样走进来,他们坐在院子里樟树下谈天说地，等着她妈妈送来饮料。

他们已经远离童年，躺在离家不止千里的异国他乡。虽然这里号称是最宜居的移民天堂，可是她想，其实所有的天堂都不是他们正待着的地方，而是那个离开就再也回不去的地方——她的童年，也许还有双平。

她已经很久没有想到双平了，包括站在墨尔本海岸边对着大海，她都刻意不去比较海水的颜色、海风迎面吹来的味道。她对自己说，等到可以从容面对时，再开始回忆比较好。

然而这个地名此时不受控制地沉沉悬上心头，她只觉得阳光透过眼帘一直晒到眼内，热热的，而且带着干涩。

睡到祁博彦醒来后，他们带着他坐亚拉河上的游轮，沿河直到墨尔本港再返回来上岸。亚拉河畔集中了墨尔本风景最好的酒店，沿河岸有很多露天咖啡座和餐厅。他们向停车的地方走，旁边是一个酒店，这里门前正在举行一场草坪派对，到处是鲜花、气球、美酒和盛装华服的男男女女，一支乐队在旁边助兴，气氛热烈欢快。祁博彦听到音乐，手舞足蹈起来，那可爱的样子逗得任苒低头亲他，然后准备将他放入后面的婴儿座。正在这里，她突然窒住，后视镜里隐约出现一个她熟悉的身影。

这不是她第一次以为在异国看到祁家骢了。

在思念最甚的时候，她不止一次恍惚，以为在路人身上看到了他的影子，有时是相似的发型，有时是一样的身材，有时是一个侧面。

她曾在放学回家时搭乘火车，一抬头，在站台的人流中看到了一个高大英挺的背影，短短的黑发、穿着白色衬衫，甚至步履都同样大而敏捷。她的心加快跳动，提着书包追上去，拍那人的肩头，那人转身，却是一个带着明显希腊人相貌特征的英俊男人。

她只能涨红脸，带着喘息说抱歉，那男人先是惊讶，看着眼前秀丽的东方女孩子，嘴角泛起迷人的微笑，说："真希望我就是你想找的那个人。"

任苒呆呆看着后视镜，一眨不眨地看着，一时似乎失去了行动能力。祁家骏已经打开了驾驶座那边的车门准备坐上去，回头问："小苒，怎么了？"却没有得到回应，他疑惑地绕过来，接过儿子，"小苒——"

任苒猛然回头，身后来来往往是步履闲适的行人，没有任何异样。

她苦笑："没事。"

当然，只是另一次失望，她再没有上一次那样强的失落感。也许一次次的失望累加，才能让她彻底云淡风轻，就算回国，也能面对跟他再也没联系的可能。

祁博彦在十一个月时，清晰叫出了"妈妈"。然而，他是对着照顾他时间更多一些的任苒叫的。

张姐一怔之下，笑得前仰后合，莫敏仪恰好在另一次出游后回来，脸顿时沉了下来，通常比这更小的事都会惹恼她，但这一次，她居然什么也没说。

任苒十分尴尬，摸摸祁博彦的头："妈妈在那边，苒苒阿姨要去做功课了。"

她正要上楼，莫敏仪突然说："阿骏，把小宝送回国交给妈妈带吧。"

她的脚步不由自主停住，只听祁家骏说："你不是不愿意送小宝回去吗？"

"我打算搬出去，如果需要的话，我们可以离婚，反正这个婚姻也是有名无实，没有维持下去的意义。不过我目前没有带小宝的能力，也不愿意我的孩子认别人当妈妈，所以，送回去比较好。"

她蓦然转身，只见张姐跟她一样惊骇，看看祁家骏又看看莫敏仪，又掩饰地低头，抱起在玩一只绒布考拉的祁博彦："我去给小宝洗个澡。"

任苒满心烦恼，尽可能平静地说："敏仪，小宝现在叫谁都是无意识的，而且我马上要毕业回国了，你和阿骏不妨好好沟通。"

她却笑了："其实，也许对小宝来讲，你当妈妈更合格一些。不过我的婚姻实在太可笑，我不明不白爱上一个不爱自己的男人，糊里糊涂当了妈妈，如果再把孩子也给了你，那我岂不是输得太彻底了。"

祁家骏没有做任何挽留。莫敏仪很快收拾好东西搬走，来接她的竟然是一个衣着入时的年轻越南男人，个子不高，有着深刻漂亮的眉目，却多少带一点邪气，开着价格不菲的跑车。

在澳洲的越南人很多是越战时期政府收留的难民后裔，大部分当然是良民，在异国勤奋工作，另有一小部分却行事彪悍，素有不算好的名声。墨尔本算得上是个安全的城市，有限的黑帮大多与越南人有关。祁家骏和任苒不约而同联想到种种传言，对视一眼，心底都涌上不安。

面对他们的疑惑，莫敏仪只淡淡地说："他是越南华裔，你们别操心了，各人管好自己的事，请照顾好小宝。"便头也不回地走了。

再以后，每次都是那个越南人隔一段时间开车送莫敏仪过来探望小宝，她看上去倒心平气和了许多，说准备开始重新修读TAFE课程。她征求祁家骏同意，说想接小宝出去住上一天，但祁家骏断然拒绝，坚决不同意儿子在外面过夜，莫敏仪便也作罢不提，只带他出去玩，然后准时送回来。她那样彬彬有礼，而且再无任性之态，让任苒不免有些惊讶。

也许他们对越南人有偏见，也许莫敏仪找到了她的幸福。每个人都循着不同的途径长大，她只能这样想。

事实上，她也没多少时间感叹，当地一家银行为了给日益增多的华人客户提供服务，招收一部分中国籍学生实习，她顺利拿到了实习机会，一边工作一边准备毕业论文，更加忙碌。在终于拿到文凭毕业后，她开始着手准备回国。

她的同学一部分继续深造，一部分打算留在澳洲发展。在和他们讨论后，她也试着选择各种外资金融机构驻华招聘机会递简历过去，同时上国内相关招聘网站。

她的实习经历对她大有帮助，不久，网络申请陆续收到回复，接到了数家外资银行、会计师事务所、保险公司等金融机构的英文电话面试，她自认表现不错，约好回国后在北京进行接下来的面试、复试。

接下来的时间，肖钢拿到文凭，去悉尼工作，任苒与留在澳洲发展的同学告别，处理不想带走的杂物，卖掉那辆二手车，订机票……十分忙碌，而祁家骏决定跟她同时回国，将小宝送到父母家，顺便度假。

祁家骏与任苒带着一岁半的祁博彦同机到达北京，祁家骏带儿子先回到了Z市。任苒留下，找宾馆住下，开始陆续接受两家银行和一家保险公司的面试。面试不止一轮，在接受完职业倾向测试、数理能力测试以及一面、二面后，她最终接受了一家英资银行的offer，到驻京总部工作。然后她买了火车票返回Z市，准备做短暂的休整，处理户口等琐事，再回北京开始工作。

卷三 蓦然回首时

那是她曾不可理喻地深爱过的男人。

她扑向他,如同飞蛾扑火,扑向一种神秘的宿命。

飞蛾不能抗拒火焰的吸引力,带着盲目的决心飞去,最终折损了它的翅膀;火焰不能抗拒飞蛾扑来的决心,于相遇交融的瞬间,燃烧闪亮得异乎寻常。没人能在时间的川流里止步,不知不觉之间,她已经是一个谨慎的成年人,再没有扑火的勇气,却不后悔曾经历过那样忘我的爱情。

第二十二章

任世晏已经结束在汉江市财经政法大学的执教，两年前在Z大校方领导的诚意邀请下，返回Z大担任法学院院长。他与季方平早就十分低调地结了婚，买了一套房子定居下来。

任苒没有去父亲的新家，只单独约在外面一起吃了一顿饭。她对季方平已经没有当初那样刻骨的憎恨，但这并不意味着她打算相逢一笑泯恩仇，上演合家欢。更何况，她清楚知道，隔着一个胎死腹中的孩子，季方平恐怕也永远不会原谅她了。

任世晏在司法界以丰富的专业著述越来越名望远扬，他当选为市政协委员，在他和其他本市知名人士的大力呼吁下，Z大后面的旧式建筑保留了下来。任苒回家仍然住在那里，尽管任世晏定期找人打扫，可是长久没人居住的房子一旦颓败起来，似乎要比周边住宅迅速一些，除了庭院中那棵樟树依然绿荫如盖，其他地方让任苒看了感慨不已。

祁家骏不声不响找来了工人，室内外查看后，迅速安排好哪些地方需要修缮，几个工人开始每天过来做修补维护的工作。

这天下午，任苒办完户口迁移手续，正坐在庭院里看书，顺便看工人更换屋顶破损的瓦。虚掩的院门处传来一声咳嗽，她扭头一看，面前站的居然是阿邦。

她诧异不已，胸中却紧接着迅速掠过喜悦："阿邦，你怎么来了？"

阿邦似乎有些不安："任小姐——"

"咦，又这么客气了，三年前我们就说好了叫我任苒的啊。家骢呢，他在不在本市？"

"他昨晚回来看他妈妈，今天早上就乘飞机去了上海。"

"他知道我回来了吗？你都来了，他肯定知道的对吗？他现在在上海工作吗？你来得正好，我明天就要去上班了。唉，早知道这样，我应该选择那个在上海的会计师事务所工作。"她一连串地发问着，又发愁地想到自己刚接受的工作。

阿邦脸上的神情更加奇怪："任苒，方便现在跟我去一次银行吗？"

"干什么？"她疑惑地问。

他一脸为难之色，终于还是吞吞吐吐地说："祁总嘱咐我，转一笔钱到你的银行户头里。"

任苒心底的不安一点点放大，紧盯着阿邦："什么意思？"

"那是你应得的投资收益啊，任小姐，你别多想。"

"他不打算再见我了吗？"

阿邦不安地避开她的视线："任小姐，他的心思谁也猜不透，别问了。我只知道，他昨天半夜打电话叫我赶过来，告诉我这里的地址，让我找到你，把钱转给你。"

任苒怔怔坐着，晚秋的阳光透过树荫洒下斑驳光点，她脸上是毫无波动的寂静。这三年里，她在网上搜索过祁家骢的名字，没有任何结果，他似乎已经在茫茫人海中销声匿迹。祁汉明到澳洲探视刚出生的孙子时，她鼓足勇气单独向他打听，他神态复杂地摇头说，祁家骢只跟他母亲偶尔有联系，从来没透露过他人在哪里，在做什么事。

她想，她只能等待。

然而等来的竟然是这样的一个结果。

阿邦小心地叫她："任小姐——"

任苒终于回过神来，涩然一笑："不让你为难，阿邦，我们走吧。"

他们步行来到不远处的一家银行，阿邦拿到她的银行卡，在柜台那里忙碌着。她坐在营业大厅的椅子上等着，进进出出的人流，似乎跟她隔着无形的距离。只有当阿邦叫她过去签字，她才回过神来。

转账的效率十分高，阿邦坐到她身边，将银行卡还给她，再递给她一张单据回执，上面清楚地打印着她卡上多了二百万元现金。

她长久盯着单据，突然无声地笑了："看来我确实有投身金融业的天分，甚至在没学习这个专业的时候，就做了一个非常合理的投资。三年时间，这么高的回报率，我应该满足了。"

阿邦欲言又止，尴尬得不知说什么好。她站起了身："替我谢谢他，再见。"

出了银行，任苒信步走进Z大校园，漫无目的地在这个她从小熟悉的环境里走着。上次她也曾这样走过，那是三年前，她初尝爱情的喜悦，嘴唇肿胀，带着朦胧的向往与不确定。

她的指尖触着口袋里那张薄而硬挺的银行卡，这就是这一段感情留给她的全部吗？一个量化的数字，一个毫无拖延而且不必见面的了结，倒也很适合祁家骢断然的作风。

她转得疲惫之后，神态恍惚地走回家，呆立了一会儿，进去收拾了一个包，然后去了火车站。她买了去北海的车票，上车之后才给祁家骏打电话，告诉他，她要出去两天，祁家骏疑惑地追问："怎么这么突然要出去，不是马上要去北京了吗？"

"阿骏，我去北海待两天就回来，别担心。"

祁家骏当然记得三年前她是从什么地方回到Z市的，顿时大怒："他跟你约好了在那里等你吗？"

"没人等我。"任苒小心翼翼地说，"我只去两天，以后再也不任性到处乱跑了，我保证。"

祁家骏气得不知道说什么才好，猛地挂了电话。

任苒到了北海，直接去了国际港码头，然而一路打听下来，并没有船驶往双平，工作人员告诉她："今天天气不好，可能会有台风，那边的渔船都没有过来，不如等两天。"

"可是我没时间等。"她看看铅灰色的天空，一阵烦乱。

"那你可以先到涠洲岛，再看有没有渔船过去，要去也得赶快，看风势可能马上班船要停航了。"

她接受建议，买票登上了去涠洲岛的快船，海上风大浪急，船上只有有限的乘客，有几个跟她一样，经不起颠簸开始呕吐，好在快船比她几年前坐的渔船速度快得多，只一个多小时便接近了涠洲岛。在船上，她看向远远的东南方，只见黑云厚重积压在双平上方，小小的岛屿在海面上显得漂浮不定，她不由暗暗心惊。

上岸之后，天色更加阴沉，风势加急，她问遍码头，没一艘船去双平。豆大的雨点已经噼里啪啦打了下来，她站着避雨的一个海鲜批发行老板直摇头："小姐，不用找了，台风肯定要提前来了，预告说会到十级左右，所有船只接到通知全部回港避风，这种天气出海是找死。"

"台风会持续多长时间？"

"这个说不好，从几个小时到几天都有可能。"一个年轻的伙计插言，"一个月前的那场台风最好笑，上午还是狂风暴雨，学校都放假停课了，到下午就天气转晴了。"

任苒只得按他们的指点找一间就近的酒店住下，从面海的窗子看出去，风势越来越大，透过紧闭的窗子缝隙有呼啸的声音传来，远远的海面掀起滔天巨浪，暴雨倾泻而下，瞬间天地茫茫。

这一场暴风雨断断续续持续了将近二十个小时才止住，移动基站信号中断，到第二天任苒出门时，云开天明，到处是台风过后的狼藉景象，码头却一片繁忙。那个海鲜行老板告诉她："现在双平那边的渔船肯定忙着尽快出海捕鱼，最快也得明天下午才会到这边来卖鱼再带客回去。其实那是个巴掌大的小岛，你站在涠洲岛朝东南看就看得到，没什么可玩的，不如就在涠洲岛上玩。"

她站到海岸边，看向东南方的双平。

隔着将近十海里的距离，在初升的太阳笼罩下，那个岛看上去小而孤单地悬在海平面上，她突然不明白这一次旅程为的是什么？就算踏上双平又怎么样？

爱情终结于不知不觉之中，对一个深切怀念母亲，却甚至怯于去母亲长眠的墓园的人来讲，这种凭吊方式显得如此荒唐。

她安静了一整天的手机响起，祁家骏急迫的声音传来："小苒，你在哪里？"

"我……"她呐呐地说，"在涠洲岛上。"

"我在北海找了你大半天了，你在这种台风天里跑到一个岛上干什么？"祁家骏气得声音都有些变尖锐了，"你疯了吗？"

她无言以对，停了一会儿才说："对不起，阿骏，我这就回来。"

她退了房间，直奔码头，和大群滞留岛上的游客一起挤上复航的班船，返回了北海。

祁家骏在国际港码头外等着她，她站到他面前，等着他的训斥。然而，他看上去尽管疲惫，却已经平静下来，只打开三菱跑车车门："上车。"

"你……开车过来的吗？"

"我昨天听到天气预报北部湾强台风的消息就去了机场，不过航班都停了，只能开车赶过来。"

"我都说了，我过一天就回去。"

祁家骏冷冷地说："你有突然消失的前科，我不想再那样大海捞针一样找你。"

任苒无言以对，只得垂下眼帘，再度说："对不起。"

"我不要听对不起。"祁家骏硬邦邦地说，"你给我解释一下，如果他根本没约你，你这么死心眼等一个不会出现的人是什么意思？"

"再没人让我等了，阿骏。明天我会去北京，以后好好工作。"她面无表情地抬眼

193

看着他，平静地说。

祁家骏被她眼底的死寂震住，伸手握住她的手，再没说什么。

从北海到Z市全程高速，路况十分好，开车回去花了六个多小时，到任苒家时，已经接近黄昏时分，维修工人正在清场准备离开。

祁家骏送他们走后，招呼任苒过去："你看这个木匠师傅的手艺真不错，这个缺口补得几乎看不出来了。"

任苒定睛看着那个楼梯扶手。的确，需要努力辨认，才能看出修补痕迹。

"替我谢谢那位师傅。"

"走，出去看看。"

两人走出去，仰头看着屋顶。在她的要求下，只做修补，不做翻新，屋子的外观维持着原状，只是所有的外窗更换了深红色的木制百叶窗棂。

"明天就可以全部完工了。"

"我明天去北京，也许在那边打拼个几年，我可以选择回来工作，在这个房子里好好住下来。"

"那再好不过了，我也会回国。"

"阿骏，我们一门心思往外面跑，再想着回来，是不是很可笑？"

"如果你没离开，怎么可能知道哪里才是你最喜欢待的地方。"

她长久地仰头，看着屋顶的天空，然后笑了："没错。"

如果不曾去看过外面的世界，她会安然停留在原处吗？

如果没有投入那一段感情，她会不会终身遗憾？

虽然开始与结束都如此不由她选择，可是她已经经历过。

她想，那就这样吧。

任苒与祁家骏同机到了北京，祁家骏转机去墨尔本，她留在这个城市，开始了她的职业生涯。

20世纪的头几年，外资银行不断在国内开设营业性机构，并且开始推行本土化战略。任苒经过初期培训，分去银行资产管理部门做Analyst（分析员），虽然由学校转入职场面临不少挑战，但她学习能力强，又肯吃苦，上手还算顺利。

她上班的地方位于北京繁华的CBD，找中介看了几处房子后，在交通便利的居民区内租住了一个一居室独自居住。她和这个城市成千上万满怀梦想的年轻人一样，固定时间上下班，闲暇时与同事去卡拉OK或者酒吧小坐，看看电影或者话剧，通过各种网上社区结识新的朋友。

最重要的是，她开始认真考虑职业前途。

她毕业的学校是澳洲八大名校之一，所学也是金融专业，加上英文流利，与上司沟通没有障碍，有她的优势，但同事之中既不乏掌握各类专业资格证书的国内外名校硕士博士，学历优势明显，也有人经过国内银行实战磨砺，从业经验丰富。在这样的环境里，由不得人有混日子得过且过的想法，她经过认真比较，决定趁着自己年轻，再去读一个在职硕士学历，同时准备CPA考试。

祁家骏知道她的打算后，连连感叹国内竞争竟然已经激烈如斯，也许他也该读个硕士再考虑回来，或者干脆终老澳洲："其实新西兰也不错，那边空气更好，买个小农场，养养牛羊，种种有机农作物，无拘无束，多好。"

任苒嗤之以鼻："你这种典型的城市动物，连墨尔本都嫌闷，丢到乡下度假一周肯定受不了，居然想去经营农场，别逗了。"

两人隔着网络交流，多少恢复了昔日的无话不谈。祁家骏笑道："不然怎么样？我也快毕业了，摆在面前的只有几条路，不接着读书，就得回国帮家里经营那份出口加工生意，应付工商税务海关，那恐怕比去新西兰种地养羊还要无聊。"

"阿姨肯定是希望你回来的。"

"我当然知道她的希望，可我有时实在觉得负担不起她的希望。"

"你不回国，难道不想小宝吗？"

祁家骏沉默了许久，任苒不免后悔提出这个问题，她自己尚且时常会想起可爱顽皮的祁博彦，更何况祁家骏身为人父呢？

"我想他，可是我更经常想到，以前我甚至不打算结婚，更没想过要孩子。我这样毫无计划地把一个孩子带到世上，再怎么做，也说不上能对他负起全部责任了。"

祁家骏的话里满怀惆怅，任苒也默然了。她为自己的未来做着计划，唯独对于感情，她几乎没有办法去想。

目前与她偶尔约会的男人叫张志铭，今年二十八岁，北京本地人，并没有一般北京男人常见的嘴皮子利落劲头，反而略微沉默。他中等个子，相貌斯文，衣饰整洁，举止干练，是典型的精英白领。他在美国拿了名校计算机硕士学位，回国在一家IT公司做技术总监，但雄心肯定不止于技术方面，对于未来的计划明显更多放在事业上，一看而知，根本无暇将感情需求放到首位。

任苒与他在一个银行客户聚会场合碰到，泛泛而谈，还算投机，于是交换联系方式，一周后有了约会。

这种约会说来说去，不过是都市男女真真假假地打着机锋，找个相对固定的伙伴一起吃饭、看电影。在一起时，张志铭表现得十分礼貌，他们谁也无意贸然推进关系，谁都首先想到的是怎么对自己更妥当，当然远远不可能想到把这个关系正式确定下来。

任苒还很年轻，不过二十三岁的年龄，当然并不介意一个淡淡相处的关系，未来从理论上讲，有着无限可能。然而一想到在更年轻的时候，她已经经历了那样一场不计一切后果投入其中的爱情，让她又不能不疑惑：还有什么能激发起她的热情？

不要说与初相识的朋友和同事，任苒甚至不可能再主动跟祁家骏讨论感情这个话题，两人之间有太多禁忌，而且现在祁家骏看上去比她更沧桑，什么都不用说，自然便流露出倦怠之意。她只能强打精神笑道："阿骏，还是尽可能跟小宝多在一起吧，错过他的成长很可惜。"

"我们现在谈的很像中年人的话题，充满人间烟火，父母、工作、孩子……"祁家骏笑得懒懒的，没仟何愉悦之意，"对了，再多一个很八卦的话题，敏仪搬回来住了。"

任苒吃惊地问："她和那个越南人……"

"他们分手了。她只跟我说，没地方可去，想搬回来暂住，我答应了。"

"那就好，别让她一个人在外面，太不安全了。"

"的确不安全，那越南人已经上门来闹了两次，第一次我不在，他居然还动手打了她，后来那次我正好回来碰上了，把他赶出去并报了警。警察说那人有案底，前科累累，虽然都不是什么大案，也真够要命的。"

任苒不禁担心："你跟她都要小心啊。"

"我知道。我问敏仪，到底两人之间出了什么事，她不肯说，只是哭，我也没办法，只能嘱咐她至少最近不要单独外出。"

"这也不能怪她，那人看上去挺斯文的。"

"我没怪她。"祁家骏怅然叹气，"二十岁刚过就生孩子，对她来讲实在太残酷了，我又实在算不上一个称职的丈夫。她要出去减压，我完全能理解。小苒，你也别净惦记着工作，还是要试试约会，享受生活。"

这是隔了很久以来，祁家骏再度如大学里那样鼓励她去恋爱，想起往事，任苒有些百感交集。

她没法去问祁家骏对生活的安排，他如此坦然地同意莫敏仪回来，语气宽容同情，却完全不像一个接纳回头妻子的丈夫，倒更像一个体贴宽容的朋友。夫妻两人这样生活在异国同一个房子里，她不能不喟叹。

张志铭倒是完全能理解任苒深造的打算，并与她认真探讨修读哪家学校的什么专业更适合她的发展。

"如果在金融行业工作，最好读美国Topten的MBA才有说服力，我当初就是太执着技术，一心冲着硅谷去，其实如果转念MBA，出来以后做投行，也许更适合我。"

"Topten我现在不敢想啊，在国内读个MBA倒是可以争取一下。"任苒开玩笑地说，"不过如果决定念书，娱乐社交时间只好取消了。"

他也笑："没关系，我欣赏有上进心的女孩子。"

如此磊落积极的回答，她只有微笑的份了。

社交性约会——她再次想到少女时期对同学早恋下的定义。没错，他们之间的约会在她看来根本不算恋爱，比年少萌动时更接近社交而已。没有渴望见到一个人的冲动，却希望不用独自一个人在周末吃饭、看电影。这个城市太大，四周行人太过匆忙，一个人的孤单太难以打发，在不必太亲密，没有责任负担的前提下，淡淡交往是最好的放松。

报考MBA有一个条件，要求本科毕业后有三年工作经验，任苒显然还没达到，但她又听说对于这一点，不同学校卡得并不严格。

张志铭提起他有一个发小叫王英强，目前在北京一所名校读MBA，不妨找他来给任苒答疑，任苒欣然同意。那人也是来去匆匆的忙碌人士，于是约在周末下课，就在学校旁边的咖啡馆里见面。

张志铭开着他的高尔夫载了任苒到约定地方，刚停好车，就看到一辆打眼的红色玛莎拉蒂从学校开出来，停到他们旁边，略有些矮胖的王英强从副驾驶座走了下来，弯腰对里面说了一句什么，然后招手对张志铭打招呼，走了过来。

"好帅的车子，强子你行啊。"

"什么啊，我的美女同学顺路把我带出来的。来来来，赶紧给我介绍一下你女朋友。"

奇怪的是，那辆玛莎拉蒂并没开走，司机座的车窗降了下来，一个戴墨镜的女孩子探出头来："英强，我突然想起来我还得等人，介意我跟你们一块坐坐吗？"

王英强明显意外，却马上笑道："正好，我朋友的女朋友想读MBA，你也有亲身感受，一块坐着聊聊。"

她停好车，取了墨镜走下来，几个人顿时觉得眼前一亮。她是个高挑的女孩子，穿着miumiu的T恤，身材比例完美，染成深巧克力色的头发卷曲地披散在肩头，雪白的面孔上有着饱满的额头，略高的颧骨，鼻梁高挺，嘴唇薄而略宽，一双眼睛如同猫眼般浑圆，看上去十分明艳照人。

几个人进咖啡馆内坐下，叫了咖啡，王英强介绍："我同学张志铭，IT人士。这位是我们班当之无愧的班花，贺静宜小姐。"

贺静宜客气地点头，眼睛却一直看着任苒。张志铭连忙介绍："我朋友，任苒，叫她英文名字Renee就行了。"

"任小姐是在北京工作还是暂住？"

这个问题来得未免有些突兀，任苒还是告诉了她自己任职的银行。

贺静宜若有所思："原来任小姐在外资银行做事。正好我有理财方面的问题想请教，能否赐一张名片？"

任苒奉上名片。贺静宜认真看着，脸上掠过一个奇怪的表情，马上收敛，将名片收好。王英强开始介绍他就读的MBA考试、师资、课程设置等情况，贺静宜也做着补充，显得十分热心。但她慢慢不着痕迹地转移话题，问起任苒以前的读书经历，任苒据实以告，当然是那种对陌生人有所保留的实话：在国内上完大一，转去澳洲墨尔本念大学。

"任小姐是……南方人吧？"

"对，我老家在Z市。"

"任小姐来北京多久了，以后都打算在北京发展吗？"

"我过来快半年了，眼下看，应该是会留在北京。"

贺静宜"哦"了一声，眼神有些飘忽，又问起进外资银行的过程，平时工作是否辛苦，将来有什么打算。任苒尽量泛泛而客气地回答着，却越来越觉得这样的对话对两个萍水相逢的人而言，未免有些不着调。

张志铭与王英强交换一个眼神，同样有一点怪异感，贺静宜似乎也觉察到了，笑道："任小姐别介意，我没工作经验，眼看MBA快毕业了，打算找一份工作，所以特意跟你多打听一下。"

任苒微笑道："我大学毕业后，也只参加了几场面试，就决定接受这份工作。如果有从基层做起，慢慢累积工作经验的准备，其实工作并不难找。"

贺静宜若有所思地点点头，拿出手机起身打了一个电话，回来抱歉地说："不好意思，我先走一步了。"她特意转向任苒，"任小姐，不介意我改天找你请教一下理财产品吧？"

任苒含笑回答："我在资产管理部门，不做私人理财产品，不过到时我可以介绍同事给你认识。"

贺静宜飘然而去，王英强不免纳闷："她平时冰山美人一个，对谁都爱答不理，今天可真奇怪。"

张志铭笑着调侃他："冰山美人主动送你出来，明显对你青睐有加嘛，强子，你有艳福了。"

王英强连连摆手："别开玩笑了，知道她是谁吗？我老板陈华的女朋友。你想想我老板是什么人，她眼睛里哪可能再看得上一般人，一般人又哪里消受得起她？我好歹是她男朋友的下属，备考的时候给她找了参考书，现在又是同学，所以她对我还算礼遇。"

张志铭肃然："是你们陈总的女友啊，难怪开这么拉风的车子。"

"是呀，一开学她就震住大家了。虽说北京这地方好车多，美女多，不过像她这样开着名车来读MBA的美女，还真是打眼。"

张志铭简直有些惊奇："开着玛莎拉蒂，读着在职MBA，还说毕业后找工作，你不觉得有些奇怪吗？"

"可不是吗？当初我在这里备考时碰到老板送她过来，真吓了一跳。我要有我老板这副身家，要么图发展，索性让女朋友去读EMBA，和上市公司董事长坐一块儿上课，学到什么是其次，至少混个人脉；要么就去专修吃喝玩乐，品红酒、玩帆船，去阿拉斯加钓鱼，去瑞士滑雪，一心做个富贵闲人，争取花三代时间把后代培养出贵族气质。还苦哈哈来读个屁的MBA？这些'登龙术'明明是给我们这些没钱要拼命奋斗到有钱的人准备的。"

王英强是典型的北京男人，说话十分风趣，张志铭和任苒都被他逗得哈哈大笑。

张志铭笑道："这位贺小姐的确很漂亮，可是不像你们陈总那样气度逼人。你有没有注意到，她问的问题不着边际，而且眼神闪烁不定，实在跟她的美貌不相衬。"

王英强完全同意："是啊，我也有这感觉。按说我们老板真不花心，我进公司一年多，看陈总就她一个女朋友，据说一向有求必应，什么都依着她。不过跟她同学这么久，我总觉得她绷得很紧，完全没有那种养尊处优、心满意足后的放松感。"

第二十三章

与王英强谈完之后,张志铭开车送任苒回去,却拐上另一条路,说要带她去看看玉渊潭公园的樱花。她有些发怔:"我一直以为樱花是三月开的。"

"这是北方啊,当然比南方开得迟些。"

周末时玉渊潭公园游人众多,门口排队买票的地方就飘满了洁白的樱花花瓣。进了公园抬头一看,樱花盛放得如大团大团织锦堆雪一般缀满枝头,到处都是赏花人,他们只能跟人流慢慢走着。

任苒感叹:"我以为你是没看花兴致的那种人。"

"不带这样歧视人的,我只是没时间。今天天气这么好,我觉得早早送你回去,不要说对不起自己,连这好春光都辜负了。"

天气的确很好,风吹得花瓣细细碎碎飘洒如雪,仿佛感染了空气中无名的春天气息,张志铭眼中含着笑意,神态松弛。任苒也笑了:"我在中部汉江市读书的时候,当地有一所名校,樱花开得很美很出名,我跟同学去看过,一转眼都四年多了,时间过得真快。"

"是呀,时间过得太快,花凋得太急,机会稍纵即逝。我总觉得好多事情来不及做,已经时不我待,真有些无可奈何的感觉。"

任苒从很多同事身上都看到了张志铭这样随口感叹带出的焦灼感,他们的共同点是都受过良好的教育,都对未来有明确的计划,不满足于现状。她完全能理解,却没办法共鸣。

不过张志铭也只是随口一说,思绪马上转开:"你觉不觉得,那位贺小姐对你的兴趣大得有点儿奇怪？"

任苒也纳闷，但找不着答案，只耸耸肩："大概是对我的工作有好奇吧。不过，你们男人议论起八卦的瘾头也不小嘛，看来美女的影响力真强。"

张志铭笑了："强子的老板陈总神秘得很，也只这一个女朋友给我们议论一下而已。不瞒你说，我一直想约见他，送了一个投资计划给他看，希望得到他的风投支持，不过强子在他们公司只是中层，跟老板说不上话，一直没得到回复。如果他女朋友再来找你，你不妨好好跟她结识一下。"

任苒略微意外，还是点点头："好。"

张志铭停住脚步，伸手拂一下落在她头发上的花瓣，神情突然温柔下来："Renee，你知不知道，你的眼神跟那位贺小姐完全不同。"

任苒不解地看着他，他笑了："你眼神坦然，一点没有闪烁不定的时候。第一次看见你，我就想，这女孩子一定出身很好，而且一直顺利，对自己没有任何不确定，多好。"

任苒苦笑了起来，同时惆怅地想到，很久以前，另一个男人也说过类似的话，也许他们都把她当成不谙世事的孩子看待了，难道现在她仍然保有昔日的天真？

她淡淡地说："谁能一直顺利呢？大概每个人都有想得而得不到的，想做而不能做的吧。"

一阵风吹过，花瓣如急雨般洒落，从两人之间拂过，张志铭突然觉得，周围的欢声笑语似乎一下从身边退开，眼前这女孩子平静的面孔上几乎有一种魅惑的美感。

他自从与任苒认识后，便觉得她相貌、学历、工作都不错，看上去斯文温和又大方得体，算得上做女友甚至妻子的好人选，不妨交往试试。至于交往来得平淡，既是他不愿意冒进，也在他意料之中——他并没有激情似火追求的冲动。然而此时，他有一点意料之外的心帜摇动了。

对于贺静宜表现出的那个兴趣，任苒心里不是没有疑惑。

她回家后上网搜索，亿鑫集团的介绍相当简略低调，公司总部也在北京朝阳区CBD一座写字楼内，和她上班的地方隔得不算很远。亿鑫的主营业务包括商业地产开发、金融及风险投资等，公司董事长名叫陈华，网上有成百上千同名的人，并没有什么有价值的图片或者人物资料介绍。

接下来贺静宜并没有再找她，她便也将这件事丢到了一边。

隔了一周，张志铭来找她，将王英强答应借给她的参考书递给她，却问起一个让她诧异的问题："Renee，你认识强子的老板，亿鑫集团的董事长陈华吗？"

任苒摇头：“陈华——我在墨尔本Monash大学倒是有个师兄就叫这名字，不过他还在那边读博士呢，不可能是亿鑫的董事长。怎么了？”

"强子跟我讲，贺静宜找过他，直截了当地对他说，不要在陈华面前提起你。"

任苒好不惊讶，再度搜寻记忆，可是陈华这名字实在普通，除了与她打交道不多的那位木讷师兄，她实在想不起其他人来，亿鑫集团与她工作的银行部门并无业务往来，她只能摇摇头。

张志铭紧盯着任苒，似乎想看出一点什么。然而，任苒脸上除了有些茫然外，再没其他表情。他早注意到，她有一双略带琥珀色的眼睛，清亮安静，此时坦然迎接他的注视，嘴角却微微一勾，带起了一点调侃，显然对他的内心活动不是一无所知。

他随手递给她一本薄薄的刊物，闲闲地说："也许美女的思维确实跟传说的一样，跳跃得不可思议。不过，亿鑫的陈总确实是很出众的人物，难怪她有不安全感。你看，这就是他。"

这本刊物是亿鑫集团的内刊，印制精美，翻开的那一页似乎是某个会面活动的照片，众多西装革履的人齐聚一堂，张志铭修长的手指点向照片左上角一个瘦削高大、神情冷峻的男人，任苒的呼吸一下屏住了。

照片十分清晰，她不可能认错，那个人是祁家骁。无论站立的挺拔身姿，还是周身散发的从容不迫，他都与从前毫无二致。

任苒不知道自己沉默了多久，到她再抬起头来时，张志铭的神情是若有所思的。

"我不认识这个叫陈华的人。"她艰涩地说。

张志铭合上杂志，笑了："没关系，他又不是新科影帝，不是每个人都必须认识他。"

他声音温和，神态轻松，招手叫服务员过来点菜，接下来他跟她谈的全是不相干的话题，再也没提起这件事。

陈华——祁家骁甚至连名字都改了。

这个事实比他现在是贺静宜的男友更让任苒震惊。至于他会掌控一个实力雄厚的集团，倒不让她意外。

她完全心神不宁地吃完饭，张志铭送她回家，她却没有上楼，站了一会儿，出来拦了一辆出租车，直接到了亿鑫集团的办公地点。

她隔着马路看过去，这是一栋三十六层高、有着灰扑扑色调的写字楼，在CBD区林立的大厦中并不起眼，她不止一次从楼下经过，今天还是头一次驻足。

这里和她工作的地方一样，虽然入夜，仍然有不少窗口透出灯光，想必有人在加班忙碌。下面竖的指示牌密密麻麻全是在里面办公的公司名称，侧边地下车库出口则不时有车辆驶出，迅速汇入路上的车流之中。

不时有职业装束的男女从她身边走过，一个一边打电话一边匆匆而行的路人不小心撞到她，她这才突然从近似梦游的状态中惊醒过来，茫然看看四周，马上举手拦下了出租车。

回家以后，她丢下皮包踢掉鞋子，去狭窄的卫生间洗澡，心不在焉之下，打到冷水，激射而出的水流打到身上，她冻得打了个哆嗦，慌忙再调水温，却一下冷静下来，那些乱纷纷的思绪散去，她的嘴角浮起一个苦笑。

竟然去他写字楼下伫立，这行为该有多可笑。

记住你说的话，你并不认识一个叫陈华的人。他现在叫什么名字，是谁的男友，与你有什么关系？

现在你的上司、同事、朋友多半叫你Renee，你是一个职业女性，再不是那个可以断然放弃学业，独自乘飞机奔向一个不了解的男人的幼稚女孩子了。

由阿邦代为转达的那个分手，虽然决绝，可是因为并没见到祁家骢本人，她再怎么跟自己说：那就这样吧，也没能彻底断绝心底的最后一点牵挂。然而现在，她觉得她可以彻底死心，让那一段过去正式谢幕了。

这样一想，任苒自从看到祁家骢照片后一直紧绷的身体终于放松，只觉得有体力透支后的疲惫感，却终于开始有余力考虑其他。

不知道贺静宜怎么会知道她的存在，并且忌惮一个早成为过去式的前女友再次出现在祁家骢面前。而且，她不确定地想，祁家骢似乎不像是那种会对着现任女友回忆从前的男人，她记得她曾带着孩子气追问他的初恋，他也只轻描淡写一带而过。

也许他和贺静宜相处得不一样吧——不管怎么样，这和你不相干，她客观地下结论，决定不再去探究这个问题。

任苒照常乘坐地铁上下班，有条不紊地做着日常工作。张志铭仍以跟过去一样的频率与她约会，态度没有任何变化。

这件事让她有些奇怪。

她知道，那天看到祁家骢的照片时，她的表现肯定说不上正常，而精明过人的张志铭不可能察觉不到她的异常。

可是张志铭似乎决意忽略她的那个失态，再没在她面前提起与亿鑫、祁家骢或者贺静宜有关的话题。他突然表现出这个微妙的体贴与尊重，让她既意外，又心有感触，对他的好感加深了一层。

她有时与他说起工作上的烦恼困惑:"同事丁晓晴最近跟我异常亲热,偶然看到我跟上司谈话,便要旁敲侧击打听个没完。以前她不是这样的,实在奇怪。"

他到底早踏入职场几年,又在外企干过,对于上司、同事的心理把握得远比她准确:"你们银行最近有没有升职、外派或者培训之类的动作?"

"升职不会是现在,过两个月据说会派人去香港培训八个月。林经理的秘书说这次可能会偏重于投行和外汇理财产品,目前投行业务没开展,分配给我们资产管理部门的名额也有限。"

"很明显,你同事希望得到这次培训机会,怕你占了名额。"

任苒有些发怔:"不会吧,去香港培训是不错,不过国内金融业要到2006年年底才能全面开放,我们都不可能转做外汇理财产品开发,依我看,投行业务可能得排到最后,她不像是那种愿意长时间等机会的人。"

"你希望做投行吗?"

"我有自知之明啊。我早就跟她说了,以我目前的资历跟学历,没有底气申请转做投行,打算先考研充实一下自己。"

张志铭似乎觉得好笑,却只让那个笑意从脸上一掠而过:"Renee,你不该早早把底牌露给人家。如果她十分看重这次培训,肯定推己及人,一来不会相信你的话,二来会充分利用你说的话。"

后来事实证明正如张志铭的推断,任苒的同事丁晓晴从国有银行跳槽过来,本科毕业于国内名校,恰巧位于任苒待过的那个中部城市,两人开始时说起这一点,还颇有点亲切感。丁晓晴后来在另一所并不算很强的学校读到硕士,在满目海归的外资行里,总疑心这个学历在外资银行未免不够用,加之英文会话能力始终不算过关,很看重一切可能的培训机会,确实在尽力争取,并且时时有意无意提及任苒的备考,弄得上司林波甚至专门找任苒去谈话。

张志铭倒并不觉得谈话是坏事:"在外企做事,凡事要争取,但凡事都要有度,适时让上司了解你准备为职业生涯深造也行,只是跟同事没必要事事坦诚,反而引起不必要的猜疑。"

这些指点对并没有什么社会经验的任苒而言,十分重要。尤其张志铭处事的镇定从容,让她信服。他们之间不知不觉变得比开始时亲密了一些。

当祁家骏再度跟任苒开玩笑叫她不要一心读书,要出去恋爱时,她迟疑了一下说道:"我现在正在跟一个人试着开始交往。"

祁家骏那边停顿了一个让她不安的时间,才轻轻说:"哦,那就好。我马上回国,准备在北京待一天，你安排大家见面吃顿饭吧。"

他的声音十分平和，完全是一个兄长关心妹妹的语气，任苒按捺下心底那点不安，答应下来："你不是说还想看看澳洲那边的工作机会吗？"

"我的逍遥日子估计已经结束了。妈妈最近不断催我回国，据说我爸爸跟叔叔、姑姑因为爷爷分割股权的事弄得很不愉快，再加上还有我小姨、姨夫掺和其中，局面混乱。我不能不回来蹚这浑水了。"

以前祁家骏大致跟任苒讲过，她也知道祁家的皮革制品出口加工生意是他爷爷一手创办，祁汉明接手后将市场做大，他有一弟一妹，各持若干股份。赵晓越在祁汉明出轨生子后，极力争取，也分得一定数量股份，并将自己的妹妹、妹夫安插进公司实权部门。用祁家骏的话讲，就是中国家族企业特有的明争暗斗，在他家公司都能看到。

想想他即将面临的事情，她不禁也代他头痛。她又问："敏仪跟你一起回来吗？"

"她说她很想小宝，可是不知道怎么回来面对她父母，还是算了，过段时间再说。"

"她一个人留在那边，那个越南人会不会去骚扰她？"

"那个人有一段时间没出现了，我让她留意，有不对马上报警。"

祁家骏六月底回国，任苒帮他订了离她工作地点不远处的酒店，同时打电话约张志铭，只说有老朋友回国，想找他一起吃饭，这是她头一次主动邀约，张志铭一口答应下来。

下班后，张志铭开车过来接了她，然后去酒店。到了停车场，任苒解开安全带下车，张志铭突然缩回来，伸手过来按住了她。这个突兀的动作吓了她一跳，她不解地抬头，发现张志铭并没有看她，而是看向了车外。她顺着他的视线看过去，一个男人正站在不远处打电话，他高大而瘦削，穿着米灰色衬衫、深色长裤，有着一张她熟悉的面孔，竟然是祁家骢。而贺静宜就站在车边，正紧张地看着他们这边。

他们隔得很近，透过半降下的车窗，任苒甚至听得到祁家骢轻轻一笑，声音如同她记得的一样低沉："秦总，你太客气了。这样吧，我把我女友也带过来了，让她陪你女儿去逛街。"

几年不见，他看上去更加冷峻淡漠，以前年轻的面容与成熟的气质略显不调和，而现在的他，面容略有了一点恰到好处的沧桑，从内到外都散发着这个年龄男人特有的魅力。任苒有瞬间的恍惚，仿佛他突然从那本内刊的照片里走了出来，由平面到立体，这样近距离看去，带着近乎魔幻的不真实感。她缓缓回头，张志铭正紧张地看着她，那个神情让她不禁迷惑。

"我们待会儿再下去。"他压低声音说。

任苒没有动,看着祁家骢一边讲电话,一边从他们这辆车前方不远处走过,这是几年来他们隔得最近的时刻。他依旧步幅很大,看似漫步而行,一会儿便已经走出她的视线范围,而贺静宜再度回首,看向他们这边。任苒与她两人视线相碰,她猛然转过头,加快脚步跟上了祁家骢。

"我知道你不想见他。"张志铭艰涩地解释着,"这样吧,打电话叫你朋友赶快下来,我们在酒店外面等他。或者你等在这里不要下车,我进去接他过来。"

任苒的疑惑更甚:"我没有躲任何人的理由,志铭。"

"不是躲,Renee,不过既然那天你看了他照片后,去他公司楼下,又马上走掉,显然并不想跟他碰面,对吗?"

任苒大为震惊,她没想到张志铭那天竟然跟在她身后,将她的举动尽收眼底。这时张志铭的电话响起,他看看显示,打开车门下去接听,过了一会儿,他上了车,什么也不说,匆匆系上安全带,利落地发动车子,驶出酒店,停到侧边一条马路边。

任苒下车,拿出手机打祁家骏房间电话,告诉他自己所在的方位,然后转头看向张志铭:"志铭,有些事情,我想我应该跟你讲清楚。那天没对你说我认识……陈华,也许算我不够坦诚,但那确实是过去很久的事了。去他公司楼下,纯粹是太震惊,我并不盼望跟谁有偶遇,但我也没有刻意躲避谁的理由。"

张志铭看着她,神态十分诚恳:"Renee,对不起,你不用跟我解释,我无意侵犯你的隐私,你有权拥有你的过去。那天跟着你,只是关心你,怕你出事,看你安全回家,我也就放了心。今天让你避开他,我只是不想让你不愉快,你的朋友好容易回国,何必让这件事搅了心情。"

他如此通情达理,而且体贴,任苒混合着莫名的愧疚、难受,一时不知道说什么好了。

这时祁家骏已经大步走了过来。她打起精神给两人做介绍,然后上车去张志铭订好的餐馆吃饭,但三个人情绪都不高,张志铭与祁家骏轮换着找话题,仍然不时冷场。张志铭不时还要起身出去接电话,显得十分忙碌。

他再接一个电话后,回来抱歉地说:"真是不好意思,公司有点事,急着找我回去,恐怕我只能失陪了。"

祁家骏自然客气地说没关系,张志铭嘱咐任苒好好陪朋友,回头他再打电话过来,看能不能跟他们碰面,便匆匆走了。

祁家骏看着任苒:"我刚才在酒店大堂碰到了……"

任苒摇摇头:"别说了,阿骏,我知道。"

"难怪你脸色这么差。"

任苒苦笑一下，她上班的地方与祁家骢的亿鑫集团同在北京CBD，纵然两个人活动的范围完全不同，但到今天才遇上，也不算是小概率事件了。"巧合而已。他现在改了名字叫陈华，跟你不相干，对我来讲也是路人。"

祁家骏伸手过来握住她的手："小苒，你的手心尽是冷汗，从小你一紧张就会这样，瞒不过我。一定要彻底放下他。"

任苒收回自己的手，放在眼前凝视着，仿佛在观察掌纹的走向，然后抬头微笑道："当然，他改了名字，他经营很大的公司，他有了美貌的女友，更重要的是，我们早就分手，他跟我完全没有关系。那只是少女时期的初恋，我已经放下了，放心。"

任苒带祁家骏吃完饭后，又去了后海。

各种风格的酒吧林立于后海，不过是近一两年的事，还没有日后那么多游客将这里当成游览猎奇的地方。时值盛夏，越是入夜，酒吧生意越好，沿湖灯光闪烁，有看不见的暧昧迷茫气息流动。

任苒带着祁家骏游逛着，有的酒吧隐在胡同深处，老旧狭窄的房子，简陋的装修，走进去才知道别有洞天；有的酒吧有宽大舒适的沙发，充满艺术格调……他们遇到合意的地方便多坐一会儿。到了后来，祁家骏也有了醉意，更别提没有多少酒量的任苒，她挽着祁家骏的臂弯，仍然免不了脚步踉跄，走在路上，如同踩在云端。

"我果然已经是乡下人了，没想到北京夜生活这么丰富。以前在墨尔本，你从来不进酒吧的，现在怎么熟门熟路了？"

"有的是跟同事一起来的，有的是志铭带我来的，今天一次性让你见识一下。"

祁家骏笑："那个张志铭对你好吗？"

任苒苦笑一下，心底有莫名的疑窦盘桓，充满不确定，可是不打算困扰祁家骏。"不错。他很有礼貌，很细心，懂得体贴与尊重，不会强加于人。"

"这些听起来都不像是男朋友的好法。"

"男朋友的好法有哪些？"任苒醉意涌上头，斜睨着他，笑着问道。

祁家骏凝视着她。他们从小一起长大，有差不多三年时间里，他们在一个屋檐下生活，她似乎没有脱离过他的视线。然而他痛苦地发现，她再不是那个充满天真青涩意味的小女孩了。这个变化始于她那次出走归来，还是由时间一点点累积促成？他不知道。而此时她微仰的面孔上眼波流转，让他心头一紧，如同突然被一只看不见的手抓牢了。

他几乎有一点窒息感，良久才哑声说："爱你，把你放在最重要的位置，不想再让任何事伤害你，珍惜你，希望跟你永远在一起。"

任苒一怔，心底涌起惆怅与不安，打岔般地突然笑得伏倒在他肩上："阿骏，我以为你一向不信这些东西的。"

"如果我以前表现得刻薄，那不过是因为，我们怕在别人面前显得软弱可笑。"

"我怎么会笑你，阿骏？你说的都很美好，可是太可遇不可求。我说的那些优点，也许就足够两个人好好相处了。"

"对男人要求变得这么低了可不好。"

可是这么低的要求，也不见得能得到满足，任苒只能一笑："以前你总嘲笑我的小女生气和不切实际，现在我现实了，难道不是好事吗？"

"这哪里是现实，充其量……"祁家骏搜索着词汇，摊一下手，"只是对生活的一种妥协。"

"能够妥协也不错啊，据说大部分人最后都得向生活低头，我不用付出头破血流的代价就完成了这个过程，很幸运了。"

她的声音越来越低微，深夜的风吹得她发丝飞扬，从祁家骏脸上轻轻拂过，他再也控制不住，停住脚步，吻向她的头发，她不明所以地抬头，他的嘴唇落在她的脸颊上，再移向她的唇。

任苒的酒吓得醒了一半，却惊愕混乱得失去了行动的能力。当祁家骏的吻越来越深入时，她终于回过神来，努力仰头挣脱了他。

"阿骏，你喝醉了。"

"我当然没醉。"祁家骏仍然搂着她，"我一直爱你，小苒。"

这个直截了当的表白让她哑口无言，内心一片混乱。

"我回国之前，已经跟敏仪提出离婚，她答应考虑。我本来想，等手续办完后再来……"

任苒紧张地打断他："不，别跟我说这个，我不会介入到别人的婚姻里面去的。我……"

她完全不知道该继续说什么才好，这时她的手机在包内响起，她如逢救星，匆匆挣脱他的手，胡乱在皮包内摸了好一会儿才找到手机。

"喂——"

"Renee，是我。"电话是张志铭打来的，"不好意思，刚刚才忙完，你跟你朋友现在在哪里，我过来接你们。"

她一时之间几乎不知道自己是在哪里，正在与谁通话，只茫然"哦"了一声。

张志铭等了一会儿，再叫一声她的名字，她回过神来，慌忙答应，他不禁好笑："Renee，跟老朋友见面这么开心，喝多了吧。"

"大概稍微有一点过量了，志铭，你不用过来，已经很晚了，阿骏准备回酒店，我也直接打车回去，你早点休息吧。"

"也好，你注意安全，代我跟你朋友说再见，晚安。"

任苒低着头，不敢再去看祁家骏，拦了出租车，他们顺路，坐在后座都没说话，先到她的住处，她逃跑一样匆匆下车，头也不回地进了大厦。

酒精弄得她迷迷糊糊，洗澡后便上床睡觉，一晚上睡得并不踏实。第二天是周末，她一直睡到十点才醒，却丝毫没有平时好不容易晚起后的慵懒放松感，太阳穴那里有点钝钝的疼痛。她捧着头靠在床头坐了好一会儿，一点一点想起昨天晚上发生的事情，禁不住呻吟了一声。

当然，那个吻她处于被动，马上挣开，没有酒后乱性做什么出格的事，可是从在酒店意外见到祁家骢起，整个晚上就变得诡异了。

与祁家骢见面，并没有她从前想象的那么激荡。

一方面她有心理准备，另一方面，也许时间已经磨平了所有少女时期的痴心，她不禁要感谢上帝对她的宽容；可是接下来祁家骏那个突如其来的吻，却让她不知所措了。

祁家骏曾经的表白是太过遥远的事情，在那以后，她亲眼看着他早早结婚，为人夫、为人父，由意气飞扬直到颓唐，再慢慢沉静振作起来。他们的年少往事一样随着时间沉淀，她以为，两人早已经心照不宣，再不可能有其他波澜。

突然被视为手足的男人亲吻已经是意外，更别提现在至少在名义上，他仍是莫敏仪的丈夫。

而且她也有了正试着开始交往的男友，他对她的态度似乎是在意而尊重的。

她的手指抚住嘴唇，茫然抬头看着前方墙壁。不知道坐了多久，突然想起祁家骏订的上午机票返回Z市，连忙下床，跌跌撞撞去沙发上的包里翻出手机打开，拨打祁家骏酒店电话，总台告诉她，他刚刚退房离开了。

第二十四章

祁家骏回家后，给任苒打来电话，两个人都有些不自觉的尴尬，闲扯了几句后，祁家骏将电话交到两岁半的祁博彦手里。

小小的祁博彦与任苒已经快一年没见面，可是爸爸一提醒，他居然还记得她，大声叫她"苒苒阿姨"，汇报他正在玩的游戏，那童稚可爱的声音逗得她止不住大笑起来。没想到一转眼间，那个吐字含糊不清，流着口水歪在她肩头睡觉的小宝贝如此口齿伶俐了。她和他对话了好半天，才依依不舍结束了那次通话。

过了几天，张志铭再约任苒出来，任苒因为同事丁晓晴，某项工作未能完成，不得不延时很久才下班。

她下来后对久候的张志铭道歉："没想到会出现这种状况。她在工作中越来越不配合我，看样子如果我不明确表示放弃培训，她大概会一直防备我。问题是，现在根本没有确定我是培训人选，我站出来说放弃不是有点可笑吗？"

"别介意，在哪里工作，都会碰到这种情况。"张志铭安慰她。

"可是这样真的很影响人的情绪，也影响工作。更要命的是，全是鸡毛蒜皮的小事，还不能认真抱怨，更不要提跟上司讲了。"

"上司是不接受这样的投诉的，你必须靠自己解决问题。"张志铭不经意地说，"不过我有一个想法，也许这次培训远比你想象的要来得更重要，你不应该轻易放弃。"

任苒有些疑惑："可是如果放弃考研，这段时间的准备就全白费了。"

"我又找到一个在高校工作的朋友打听了一下，几所名校对于报考MBA工作经历的要求执行审查的严格程度不一样，万一考取了，却被审查到不符合条件，就很可惜了。"

这是一个现实的问题，任苒认真想着。

"我觉得你不妨考虑一下，争取职业培训的机会，毕竟在香港的工作经验对于金融行业来讲很宝贵，工作满三年以后再去读MBA，这样的安排比较合理。"

回家以后，任苒准备继续看书，可是心里不是没有一点惆怅犹疑。

当然，张志铭所说的全是为她的职业、未来打算，十分合理，不过他似乎一点也没有想到，如果她接受去香港培训，就意味着两个人见面机会会很少。她倒说不上已经很期待他的约会，可是他这样不在意分离，让她不免困惑。

她只看了一会儿书便丢开了，拿起手机打祁家骏家的电话。

她心里满怀说不出的感受，忍不住想跟一个朋友说说话，然而祁家的电话通了后，接听的人是莫敏仪。

"敏仪，你怎么在这儿？"她诧异地脱口问道。

莫敏仪声音颇为冷漠："这是我公公婆婆的家，我在这里有什么奇怪的？"

任苒狼狈地解释："对不起，我不是这意思。那天阿骏跟我说，你暂时不想回国。"

"我改主意了，今天刚回来。"莫敏仪语调平平地说，"你找阿骏吗？他刚有点喝多了，睡了，要不要我去叫醒他？"

"不用了，谢谢。"她听到旁边祁博彦提高嗓子在叫妈妈，连忙说，"你去照顾小宝吧，再见。"

放下电话，任苒只觉得心里空空洞洞，一片茫然。

她走上小小的封闭阳台，看着远方。居住于闹市之中，目光所及，无非典型的城市夜景，一座又一座林立的高楼，一条又一条纵横的道路，川流不息的车河，远远近近的万家灯火，各式霓虹招牌闪烁不定，一切都早已经为她所熟悉。

这个容纳了上千万人口的都市，有多少像她一样漂泊不定的人，独自站在半黑的窗后向外远眺，想看到自己的未来。

油然而生的孤独感，让她眼睛略为酸涩起来。她告诫自己，这其实只是一种自怜的情绪，放纵下去没什么意义。

她返回室内，从书架上取下那本发黄的《远离尘嚣》，随手翻开一页看了起来。这本书一直陪在她身边，她已经养成了习惯，在烦乱的时候便拿来看上几页。几年下来，不要说主要情节完全记住，包括书中大段大段对英国乡村风景、农场工人对话这样的细节，她都已经烂熟于心。不管从哪里开始看，都不会觉得突兀。

从少女时期对这书微觉繁琐，到现在能借着看一段段熟悉的描写、安详的文字让自己静下心来，她想，至少她多少理解了妈妈在最后时刻专注捧读这本书时的心境了。

直到第二天，祁家骏打来电话："敏仪突然从澳洲回来了。"

她只能淡淡地说："那很好啊，小宝也需要妈妈。"

"本来我已经决定，处理完家里的事情就回墨尔本，正式跟她离婚。没想到她突然回来，还带小宝回了她的娘家，把我们的婚事告诉了她的家人。"

任苒不知道说什么才好，一直将注册结婚和生子对家人隐瞒得密不透风的莫敏仪这个举动意味着什么，不言自明。

祁家骏声音中透着疲惫："她甚至再不肯跟我单独谈话，总是牢牢把小宝抱着不放。"

"别说了，阿骏。"任苒一样没来由地觉得疲惫，"这是你的家事，我不想知道。太晚了，早点休息吧。"

"小苒——"他突然提高声音叫她的名字，一阵静默后才继续说，"我爱你。我本来希望跟她离婚后，开始好好跟你谈一下，让我们能有一个开始。"

"不，阿骏，真的别说了。你知道我的原则，不管基于什么理由，我都不会介入到别人的关系里面去。"

"我知道，打这个电话，我就是想跟你说，我会尽量解决好自己的问题，不会把你扯进来。"

祁家骏挂了电话。

他住在别墅他旧日的房间里，莫敏仪突然回来后，赵晓越十分惊喜，本来安排她住到他房间里来，他简直不知道该怎么反对才好，然而莫敏仪看了他一眼，便替他免去了尴尬，说要跟儿子住在一起，好好亲热一下。

连日来，莫敏仪所有时间都跟儿子黏在一起，到底母子连心，祁博彦很快便与她十分亲密了，抱着她的脖子唧唧呱呱说个不停。她的父母兄长自然大为震惊，他们百般盘问，然而祁家骏被叫过去后只是沉默，莫敏仪闪烁其辞，避重就轻，要不就借逗儿子转移话题，始终没说出什么来。

在活泼可爱的祁博彦面前，外公、外婆和舅舅都控制不住欣喜，没法追根究底了。

赵晓越本来着急儿子媳妇之间奇怪的相处，现在着意与亲家结纳，第二天便约了两家一块吃饭，只说年轻人难免有些奇怪的想法，她不理解为什么媳妇要瞒着家里，其实两个人早就已经注册结婚，好在现在都讲清楚了，她也松了口气。

莫敏仪的哥哥莫云涛担任Z市一家上市公司的中层，十分精明，已经去查相关资料并问过律师，马上接着说，既然两个人回来了，一定要在国内再领一次结婚证。莫敏仪的父母十分赞成，并跟赵晓越、祁汉明开始紧锣密鼓地商量要不要顺便补办婚筵，双方说得很是兴奋。

祁家骏大惊失色，可是他的反对似乎没人听在心里，而莫敏仪的态度始终不置可否。

只几天时间，这件事已经发展得越来越不可收拾，祁家骏焦躁地想找莫敏仪谈，莫敏仪一样借着陪孩子玩回避他。

他看看时间，儿子应该早就已经上床入睡了。他走到儿童房，轻轻敲门，然后推门进去，祁博彦果然已经熟睡，莫敏仪也换了睡衣，只开了一盏台灯在看书。

"敏仪，请出来我们好好谈谈。"

莫敏仪脸上掠过一丝慌乱，避开他的视线，小声说："明天再说好吗？我怕小宝突然醒了。"

"他从不到一岁就开始单独一个人睡。"祁家骏努力控制情绪，"如果你不愿意谈也行，我明天就买机票回墨尔本，剩下的解释由你来做。"

莫敏仪一下脸色苍白，马上屈服了，放下手里的书，随他出去，不料在走廊上碰到赵晓越，赵晓越显然误解了，欣慰地笑了："敏仪以后就住阿骏房间吧，小宝这么大不需要人陪着睡了。"

莫敏仪小声说："妈，阿骏不想再去注册一次，更不想请客摆酒这么张扬麻烦，还是不要了。"

赵晓越一怔："可是你父母和哥哥都希望能有一个仪式。"

"我去说服他们好了，真没必要。"

赵晓越看看儿子紧绷的面孔，终于觉察出一点不对来，皱起眉头："我们都是很开明的，只要你父母没意见就行。早点休息吧。"

祁家骏反手关上房门："谢谢你。"

莫敏仪苦笑："谢我什么？这点眼力我还是有的，我要跟着他们起哄，恐怕你会把我一个人丢在民政局或者酒席上也说不定啊。"

"敏仪，我们回澳洲离婚吧，要什么条件由你开。"

"那好，我只要小宝。"莫敏仪显然已经有了准备，不假思索地回答。

"你明知道我父母不会同意，当初你离家出走的时候并没想过小宝，何必现在拿他来要挟我？"

"我累了，阿骏。最近几个月我想了很多，以前是我太不成熟，遇到事情只想逃避。如果你愿意看在小宝的分上给我一个机会，我会很感激。"

"你认为感激就能维系两个人生活下去吗？"

"我们还有孩子。更重要的是，我一直爱你。"

祁家骏烦恼地说："敏仪，其实你早对我没感觉了，何必还要硬说一直爱着？"

"要像你一直对任苒那样才配得上称为一直爱着吗？"莫敏仪略带嘲讽地笑，看祁家骏沉下脸，她马上举手做投降状，"别生气，我知道你一直爱的是她，可是这也没妨碍你跟我有了一个孩子，所以你就别计较我中途出去跟人同居了一段时间，好吗？你要体谅一个产后忧郁的女人嘛。"

"你有权利安排你的生活，可是你不能把你的安排强加给我。"

"我就知道，男人要是不需要你的爱了，你就是一个不折不扣的麻烦，最好知趣消失。不过，"莫敏仪失神地抬起眼睛看着祁家骏，她自从与那个越南人分手搬回来，整个人便消瘦了很多，原本圆润的面孔现出了颧骨，越发显得一双眼睛很大，只是眼神空洞得令人不安，"对不起，阿骏，就算你铁了心要离婚，我最近也不能回澳洲。一回国，我就把护照撕碎扔掉了。我们要么维持现状，你忍一段时间；要么我就跟大家讲，你另有所爱，我只好带孩子离开。"

祁家骏疑惑地问："敏仪，你有什么麻烦，不妨直接讲出来，是不是你的那个越南男友又来……"

"不，我求你，不要再提他。"莫敏仪马上打断了他，"当时我要搬回来，明明我们已经分居快一年了，你只要拒绝，就可以提出离婚，可是你没有。"

"我的确想离婚，不过我不可能让你流落在外面。"

"我还以为我们有一点指望呢。现在看来，你大概只对我保留了一点善良，我知道，你不会跟他们讲我的那段经历。那好吧，就当我利用你的善良好了。别逼我，好吗？"

莫敏仪出了祁家骏的房间，再不肯跟他交谈或者单独相处。

接下来她不知道用什么理由说服家人取消了摆酒计划，可是她哥哥莫云涛始终坚持她应该尽快和祁家骏去领结婚证。

莫敏仪与祁家骏两人不约而同地对此默然以对，并不回应。

莫家人开始越来越怀疑，终于在某一天将莫敏仪与祁博彦接回家中，便不再放他们回祁家。祁汉明和赵晓越早就视这个孙子为心肝宝贝，顿时大为着急，拖上祁家骏上门修好，莫父莫母没有说话，莫云涛当着大家的面，客气而冷淡地问祁家骏究竟想怎么样。

祁家骏的回答十分简洁，他说这是他跟敏仪两个人的事，他不希望别人插手。

接下来莫云涛的问话便不客气了："你是不是跟那位叫任苒的小姐有不清不白的地方？"

祁家骏勃然大怒，一下站起身来，可是没等他说话，莫敏仪抢先说："哥，这跟任苒根本没关系，你是听谁胡说的？"

莫云涛看着妹妹："敏仪，到了这时候，你还要为他遮掩吗？如果不是因为那个任苒始终插在你们中间，你当时怎么会舍得丢下小宝搬出去住一段时间？"

在祁家骏的目光下，莫敏仪扭开了头："我搬出去是有别的原因，这的确是我和阿骏的事，让我们自己解决吧。"

谈话自然不欢而散。

回家后，祁汉明与赵晓越掉过头来开始逼问祁家骏，祁家骏长久沉默之后，终于直言，他跟莫敏仪的婚姻早就出现了问题，他希望能在合适的时间说服她回澳洲离婚。

正处于家族财产纷争中焦头烂额的祁氏夫妇哪里能接受这一点，齐声说坚决不能同意。赵晓越更敏感一些，追问儿子："莫云涛说的话是不是真的？你是不是还喜欢着任苒？"

"这件事跟她完全没有关系，请你们谁也不要再把她扯进来。"

这种回答在赵晓越听来，相当于一种默认，她一怔之下，大发雷霆，声称绝对不可以。然而祁家骏甩手便走，根本不跟他们再谈下去。

隔了一天，祁汉明找老朋友任世晏、季方平夫妇喝酒，季方平现在担任着他的律师，他们先讨论了一下公司股权分割可能会出现的状况，任世晏也从公司法的角度加以分析。谈完正事后，祁汉明吞吞吐吐讲了发生的家事，任世晏大吃一惊。

"不可能，我的女儿我最清楚，小苒绝对不会介入到阿骏的婚姻里面去。"

"可是阿骏妈妈说听到他跟小苒打电话，说要她等他把这边的事情处理好。"

任世晏顿时不悦："汉明，你这是在间接指证小苒吗？"

祁汉明连连摆手："我绝对没这意思。小苒的人品我是完全放心的，现在的问题是，阿骏确实一直喜欢她。唉，其实我跟他妈妈一向是钟意小苒当儿媳的，可惜现在说这些都晚了，方便的时候，你让小苒劝劝阿骏，不要犯糊涂。"

季方平突然插言道："如果家骏跟敏仪离婚，莫家那边势必有财产要求。祁老爷子分割股权时，肯定会给几个孙辈和重孙各留若干，这个当口出这种事可不好。"

祁汉明点头："是呀，我和他妈妈快烦死了，儿女都是债，这话真没说错。"

任世晏正色道："汉明，我们几十年老友，我不妨直说，这种情况下，我让小苒避嫌还来不及，怎么可能让她好端端搅进来惹不痛快？"

祁汉明急忙道歉："我真没别的意思，世晏。阿骏一向固执任性，我跟他之间有隔阂，说什么他也不会当一回事。只有小苒的话，他还肯听一点，要不然当初也不会非要小苒点头才肯去留学。我只希望小苒合适的时候跟他谈谈，让他明白跟她不可能就行了。"

任世晏与季方平出来上车后，季方平一边系安全带，却突然"扑哧"一声笑了出来，任世晏疑惑地看她一眼，她却似乎越想越好笑，笑得不可抑止。

任世晏沉声问她："有什么这么好笑？"

"你不觉得今天老祁讲的情况挺有讽刺意味吗？"

任世晏一下恼怒了："方平，你这是什么意思？"

季方平漫不经心地耸耸肩："对不起，我记得你女儿以前对我的每一个指责，义正词严，铿锵有力。任教授，所以今天知道她跟祁家骏之间的关系后，我觉得现世报来得这么快，实在是很可笑，怎么忍也忍不住要笑出来。"

"我看不出有什么可笑的。我已经说过了，小苒绝对不会插足到别人夫妻之间去。"

季方平呵呵一笑："别这么肯定，以前网上的新闻，你又不是没看到。"

"我当时打电话过去，家骏都给我解释清楚了，不关小苒的事。"

"在这件事上，家骏的证词能被采信吗？天知道他们之间是什么关系，发生过什么事。我倒是很乐意看看后续发展。"

任世晏心底生起一点寒意，将车驶到路边停下："方平，你没理由这么恨我女儿，我们之间的问题，跟她没有关系。"

季方平收敛了笑意，转头直视着他："你居然还在说没关系？如果没有她用离家出走阻挠我们结婚，我怎么会失去我的孩子？如果不是她用亲情要挟你，我怎么会成为你的妻子却不能住进属于你的房子？到现在，我已经基本失去了当母亲的指望，我们的婚姻就是因为她，才从一开始就失去了意义，我当然有理由恨她。"

说到最后，季方平猛然将头扭向另一边。任世晏哑然，几分钟后他再度发动车子，直到回家，两人都没有再说什么。

几年相处下来，任世晏知道，他与季方平的婚姻确实有很大问题。从结婚以来，他们都小心回避着，却还是不时会有小小的爆发，但季方平像今天这样毫无顾忌讲出对任苒的憎恨，仍然让他震惊了。他再次意识到，任苒选择远离家乡，留在北京工作是对的。

隔了一周，任世晏到北京参加一个学术交流活动，顺便到女儿这里小坐。他讲起祁家的近况，任苒这才惊异地发现远在异地的自己居然也被扯进了一场家庭风波里面，越听越心惊。

任世晏当然不会对女儿讲起季方平的反应，他只明确提醒道："小苒，我知道阿骏从小到大一直喜欢你，以前我也赞成你跟他在一起，可是现在不同了，他毕竟是结了婚有孩子的人，搅进他们的关系并不明智。"

任苒没拿现成的那些话去反驳她父亲：你也曾经以结婚有孩子的身份与另一个女人搅在一起，你们后来甚至结了婚。这些话伤人伤己不说，她明白，任世晏是为她担心。

她苦笑一下："爸爸，你想一想，以我的切身感受，我怎么可能做这种事？我跟阿骏，"她窒了一下，想起祁家骏的那个拥吻，再没办法说他们只是兄妹感情，她摇摇头，重复道，"不可能的。而且，我已经有试着交往的男友，阿骏还见过他。"

任世晏放心了很多："那就好。他的婚姻有什么问题，他必须自己解决，哪怕是朋友之间的关心，放在别人眼里，也可能会有其他含义。你绝对要划清这个界限才行。"

在被上司林波再次叫去谈话后，任苒马上决定接受他的提议，去香港亚洲总部参加为期八个月的职业培训。

培训名字一公布，对此最热烈期盼的丁晓晴不在其中，她大为愤怒，毫不客气对着其他同事直斥任苒"心机深刻""阴险"，当面更是冷面以对，再不假以辞色。

任苒没有做任何辩解。

几年时间，她学得最彻底的一件事就是，每个人做出决定的原因都是纯粹私人的事，根本没法解释，没法求得别人的理解；每个人都有自己愿意相信的事实，辩解根本没有任何用处。

促成她做出这一决定的最主要原因并不是对她职业前景的展望，她只是渴望换个环境，远离感情上的困扰。

更重要的是，远离北京。

北京朝阳CBD地区有将近四平方公里，差不多相当于两个双平岛的面积，高楼林立，人口稠密，不期而遇的可能性总是存在着，既然她现在还没法彻底淡然面对，那么远离便是最好的选择。

任苒对张志铭解释：“林经理说，我们银行未来甚至可能将亚洲总部迁到内地，参加这次培训，对新进不久的员工来讲的确是个难得的机会。"

张志铭表示完全理解，并为她感到高兴。

接下来，他差不多天天过来，帮她打点行装，将公寓退租，还主动提出，可以将不方便携带的私人物品放到他家里寄存。

任苒想，她不能再要求更多离愁别绪了，这样踏实细致的关心，也许更符合两个人准备对彼此认真的安排，也是他们一向理智而平淡相处最好的延续。

任苒打电话告诉祁家骏这一决定时，祁家骏长久默然。

"我想给自己更多压力，看看能在工作上做到什么地步。阿骏，你也好好打理你家里的生意，毕竟祁伯伯和赵阿姨都已经不年轻了。"

"小苒，很多年前我就知道，我的未来不过就是接手家里的生意。今天听你来给我励志，"他短促地一笑，"我感觉很……凄凉。"

任苒能体会他此时的感受，她一样也有凄凉和无力感，喉间仿佛哽了东西，再没办法说什么，只能匆匆挂了电话。

能真诚回报爱情的，从来只有爱情本身，而不是感激、好意、俯就或者怜惜。

那个男孩子，从小到大一直爱着她，从来没有离弃过她，哪怕知道她爱上别人，出走远方。

可是她的内心却充满不确定，她根本看不清自己的感情，只好选择了逃避，怎么还能用不动声色的口吻、看似正确的劝告去对待他。

第二十五章

和北京的朋友、同事告别，办理完工作交接，张志铭送任苒去机场，她和其他部门三个同事登上了飞往香港的飞机。

有过在广州生活的经验，在墨尔本时也有香港同学，她比其他同事更快适应了这边的生活。

这样一个被公认为全球工作与生活节奏最快的都会，井然有序得让人几乎没有脱离轨道的空间。

以英语、粤语为主的工作环境，一周六十个小时以上的高强度工作，几乎每天离开办公室的时间都在晚上八点以后，还要参加各式培训。每天晚上，回到位于上环狭窄得几无转身余地的小小公寓后，任苒再无余暇考虑其他，很多时候都是一边看专业书一边睡着了。

她每天上班乘地铁往返，十分便捷。

上下班时间在中环地铁站，四周都是黑压压的人群，衣着精致，神情肃穆，却听不到什么人语喧哗，大家默契地保持着缄默，最多偶尔有人声音压得极低讲两句电话便匆匆挂断。充耳而来的全是整齐得近乎铿锵的脚步声，节奏一致得让她在初次见识时，不免有惊骇的感觉。

她跟本地同事Amanda讲起这个感受，她直笑，说她早就习惯，浑然不觉有什么异样，哪天若看到的不是这情景，倒要骇然了。

她也慢慢习惯，穿着高跟鞋踩出的声音开始汇入到那整齐的脚步中。

天气晴好的中午，她会和不少在附近上班的白领一样，来到国际金融中心的四楼露天花园平台，那里对着维多利亚湾，设置了很多座椅，有人带了自制便当在这边午餐，有人单纯从办公室封闭的环境中暂时出来看海、吹风加小憩。只是她的本地同事评论说，近两年不时有内地游客出没，没有以前那么安静了。她来自内地，对这种多少有些优越感的抱怨当然一笑置之，却十分喜欢这个地方。

她没什么闲逛的兴致，有限的休息时间一般会去香港中央图书馆看书，那边环境优雅，藏书丰富，从阅览室落地窗看出去便是维多利亚港，比困在狭窄的公寓里要好得多。

有时她站在中环街头，与一大堆人等着红绿灯，站在她身边的有外籍人士、有与她同样的白领、有讲各地口音的观光客，她放眼看去，会有一丝恍惚，疑惑自己身在何处。而绿灯亮起，播放出的提示音居然是马达的声音，催得人不由自主再次进入匆匆行路的状态，一路小跑冲过马路，专注得仿佛人生目标只在脚下这条路、眼前这一刻。

不少毕业于名校的内地人开始在这边工作，但要融入香港人的社交圈子并不容易，更何况任苒也无意与人有工作以外的接触。

来香港的半年时间里，她过着简单得接近单调的生活，从不抱怨超时工作，态度认真专注得让本地同事认可，上司甚至提到，以她的资质，很适合往投行方面发展。

三十岁的Amanda是土生土长的香港人，对她的拼命不以为意。

"做投行是个不拼命不行的苦差事，可是你还太年轻，何必这么逼自己。"她指一指在一楼大堂转角垃圾箱拼命抽烟的几个女郎，"看看她们，就是你跟我的将来，我都想转行，你真向往这样吗？"

这些抽烟提神的女郎也算中环写字楼的特色，她们无一例外的纤瘦、白皙，衣着是低调精致的名牌，化着妥帖的妆，做着不算低的职位，拿着令人羡慕的高薪，一天工作十二小时以上，只能借着偶尔溜下来吸烟减压。

"不然我该向往嫁个有钱人一劳永逸吗？那我还是情愿向往她们。"

Amanda也笑："说得也是。香港这鬼地方，女多男少，条件稍微好一点的男人就骚得不行，恨不得全天下女人主动贴上来。女人要是一恨嫁，马上低了三级。"

另一个同事罗兴成直叹气："现在女孩子看得这么清，让男人没活路了。我只求不过劳死，哪敢指望阅遍天下女人。说真的，Renee，我倒想申请调去内地工作，听说除了应酬多些，人会相对轻松得多。"

任苒笑而不言。她约略知道Amanda是快乐独立的单身女郎，而罗兴成则复杂得多，他离了婚，与香港这个行业里大部分男士一样，名校毕业，英文远比中文流利，从外表到内在完全精英，若结了婚，婚姻多少有问题；若是单身，便过着并非不快乐的生活。但她与他们并没有谈及更深入私事的交情，只笑着与他们挥手告别，同时再看一眼那几位女士。

　　当然，她现在还可以仗着年轻硬扛，凭咖啡吊命捱过去，如果她愿意留在这边工作，或者投身投行，Amanda的预测便没有错，她的将来会和她们一样，承受高压工作，盼望每个假期，说不定也会染上烟瘾，一边抽烟，一边回想上一次约会是什么时候。

　　其实那也不坏，她莞尔一笑。反正就算是现在，她也不记得上次约会的时间了。

　　她与张志铭保持着联络，多半时间里，张志铭更关注她在这边的工作情况，询问她的进修学习，给她分析权衡要做的选择，甚至陪她分析案例。她承认，他对她有很大的鼓励帮助，可是男女相处，如果只余鼓励，没有一点柔情，又实在让她觉得缺少了什么。

　　不管怎么说，生活如此紧凑忙碌，再没有时间停下来犹疑，那些念头一闪即逝，并没过多困扰她。她由衷觉得，接受来香港培训的安排是正确的。

　　三月初，张志铭有一个出差香港的机会，他办完公事后过来跟任苒见面，两人在中环吃过饭后出来，坐上维多利亚港内的观光轮渡正赶上"幻彩咏香江"多媒体灯光表演时间。

　　虽然下着小小的雨，气温略低，但并不妨碍游人的兴致，观光船上坐满了人。华灯霓虹辉映之间，两岸高大的建筑突然声光交织，灯光有序变幻，不同角度的镭射光线从天际扫向海面，伴随音乐缤纷闪烁，瑰丽得不可方物。

　　伴随身边中外游客拍照欢呼，任苒告诉张志铭："去年才开始这种灯光表演，要赶上节日晚上，还会放烟花。"

　　"这城市已经繁华热闹到极致，偏还要声光电齐上，务必让人眼花缭乱才肯干休。"张志铭笑道，"风有点大，你站过来一点。"

　　他伸手将她拢到身边来，之前两人始终保持着一个合理的距离，突然靠近，不免都有一些异样感觉。任苒能感觉到他的手在她腰际稍微犹疑，然后停留在了那里。

　　她感觉到了他身体传来的温度，这是与她睽违久矣的跟异性亲密的感觉，在这个温度里，她却感到异样紧张，只能提醒自己尽量放松，不要紧绷。

　　他轻声在她耳边说："Renee，以后千万别跟别的男人坐观光船，灯光衬得你真美，又有些脆弱，会让人把持不住自己。"

　　这样的赞美让她意外，她抬头看他，如此目眩神迷的背景中，光影次第掠过，隔得再近，呼吸相触，也看不清彼此眼底。他将她抱得更紧一点，她在他怀中，有说不清的惘然。

　　也许这才是平凡的爱情，没有那样汹涌无法抗拒的激情，一点一点接近，一点一点克服陌生与犹疑，一点一点建立信任。她这样告诉自己。

第二天一早，张志铭便转去英国，任苒要上班，并不能去送他，只能趁工作间隙在电话中道别，因为头天晚上那个拥抱，两人的声音都有一些不自觉的温情。

放下电话，她上网习惯性浏览着她常去的经济性报刊网站，突然一条题为《兄弟阋墙，姐妹反目——Z市最大的民营皮革出口加工企业陷入困境》的文章一下引起了她的注意，她匆匆点开。

报道声称，Z市最大的民营皮革出口加工企业从去年开始，总经理Q先生和弟弟、妹妹先是因经营方向不同而起争执，随后又陷入财产分割的纷争。今年年初，担任董事长的Q先生老父突然去世，兄妹三人拿出三份内容完全不同的遗嘱，各执一词，只能诉诸法庭。然而未及开庭，一向负责公司财务的总经理夫人的妹夫神秘失踪，公司大笔流动资金凭空蒸发，几笔合同出口交货期耽搁面临巨额赔偿，随之又暴露出工业园土地证已经被总经理的弟弟偷偷重复抵押，套取款项投入另一起非法集资中，无法收回，恐怕很快会被银行收走。至此，这个曾经在Z市盛极一时的民营企业全面陷入困境之中。

在叙述完事件后，下面是长篇大论的分析，试图总结中国家族式民营企业共同面对的问题。

任苒再无心看下去了。不用指名，她也知道这篇报道的主角Q先生是祁家骏的父亲祁汉明。她只在春节时给祁家打电话拜年，与祁家骏已经很久没有通话，没想到竟然有如此大的变故。

她匆匆出来，到楼梯间打祁家骏的手机，然而很长时间没有人接听。她想了想，再打父亲的电话。

任世晏证实了报道上说的一切："情况很严重，冰冻三尺，非一日之寒，这其实是很多问题累积爆发的结果。方平担任汉明的律师，在帮他打遗产官司，本来赢面不小，可是说实在的，发展到现在这一步，遗产全变成了大笔债务，争取已经意义不大了。我提出借钱给你祁伯伯，他不肯拿，说我毕竟是工薪阶层，那点钱投进去杯水车薪，拖老友下水没有意义。家骏也特意嘱咐我，不要把这些事告诉你。"

结束通话后，任苒回办公室向上司请假，马上赶向机场，买了最近一班飞往Z市的航班机票。

随着飞机呼啸着起飞，任苒再度陷入了飞行恐惧症之中。她查过资料，知道像自己这样对于飞行有着病态恐惧并不算稀奇，相比那些甚至不敢登机或者全程产生幻觉的人，她的症状并不算特别严重。她去澳洲留学往返，都是吃了安眠药一直睡，有祁家骏在旁边照料，尽可放心。但短途飞行，显然不能用这一招。

来香港时，她要么与同事闲谈分散注意力，要么看喜剧片放松。现在她独自一人，出来得匆忙，什么也没准备，只能紧紧闭上眼睛，手指交握着，试图按专家开出的方子，想想其他事情，尽量放松。

然而她心里乱纷纷的，唯一清晰的想法是，如果真的以投行为职业，以后出差就是家常便饭，她不怕辛苦，可是如果每次出差都受这份恐惧折磨，就真的比任何辛苦都来得要命了，也许她得去看看心理医生才行。

飞机降落到Z市机场，已经是午后两点。她带着满额满手的冷汗出来，因为高度紧张，疲惫得近乎虚脱。这时是三月份，Z市是犹带寒意的早春，她来不及回去换衣服，穿的是适合香港温度的小西装外套加裙子，腿上是薄薄丝袜，冷风一吹，顿时打了个寒噤。

她小跑着出去，坐上出租车到祁家别墅，刚按响门铃，门突然打开，以前赵晓越开的丰田驶出来，马上停住，从里面走出来的却是莫敏仪。两人面对面站着，都有些惊异。

"敏仪，阿骏在家吗？我打他手机一直没有接。"

"他和爸爸今天都在公司开会。"

"哦，请把地址告诉我，我现在过去。"

"上车吧，我送你过去，这边不好拦出租车。"

"我在网上看到了报道，"上车后，任苒解释着，"只是想弄清楚公司目前的情况到底怎么了。"

莫敏仪发动车子，淡淡地说："不用解释，你这个时候赶回来，当然是因为关心阿骏，我能理解。公司情况很不好，官司没完没了，听说工业园那边天天有人闹事。不过还是让阿骏跟你说吧，我先送你过去再去医院，妈妈正在住院。"

"赵阿姨怎么了？"

"她脑出血，有中风症状，左边半身活动不便，医生说目前没有生命危险，只是需要静养。"

"那小宝谁在照顾？"

"还是在我父母那边，他们肯放我过来已经不错了。"

很快到了地处郊区的祁家工业园，两人都大吃一惊。只见工业园大门紧闭，大门一侧至少聚集了几百名工人，但都是静静排队，场面并不算混乱，旁边停了不少看似政府的车辆和警车，有警察正在维持秩序。

莫敏仪将车开到大门口，保安正在严词拒绝放两个拿着相机的人入内："现在工人正在排队领工资，供应商也在经理那边登记；如果您是记者，请直接找开发区领导谈。我接到的指令是不放任何陌生人进去。"

莫敏仪探头出去鸣一下喇叭，保安开启了伸缩门，车子穿过前方的院子，居然没看到一个人，整个工业园里静悄悄的，生产车间看上去已经完全停工，透着萧条气息。

两人下车走进办公楼里，里面同样安静得诡异，只有走廊左边尽头一个房间门虚掩着，透出灯光，挂着会议室的牌子。她们走了过去，只听室内传来一个喑哑的男人声音，听得出来是祁汉明在说话。

"公司其实出口形势不错，订单不断，只是有交货问题。如果能恢复生产，还有希望。目前我们急需一笔流动资金。"

"是吗？"一个低沉的声音轻轻一笑，"不过就我现在看到的情况是，官司什么时候了结遥遥无期，银行随时可能收回工业园，公司人员流失严重，供应商集体停止供应原材料。恐怕这些问题不是一笔流动资金能解决的。"

任苒一下定住，她不会弄错，这个声音是祁家骢——或者说陈华的。她马上想到，祁家碰到如此大的变故，陈华过来当然说得过去。

只听祁汉明急迫地说："所以我才急于恢复生产，只要重新开工，工人情绪稳定下来，开发区领导许诺可以负责协调银行进行债务重组。"

"不好意思，祁总，"陈华的声音仍旧平淡，"我今天看家母面子过来，祁家的生意一向和我没有任何关系，我的同情只限于替祁家解决最急迫的几笔债务，发放工人工资，别激起变故，让供应商跟律师核对合同，确定付款期限和金额，你们抵押的房产，我乐意替你们赎回，不至于让你们一家三代真给逼到去租房子住。剩下的事情就是自助者天助了。"

一阵沉默后，祁家骏的声音响起："算了爸爸，这种时候还求人有什么意思，这段时间你还没受够吗？"

"阿骏，这个工业园是你爷爷一生的心血，我也为它操劳了半辈子，怎么可能眼睁睁看着它完蛋？"

任苒猛然伸手推开了门，小小的会议室里面坐了祁汉明、祁家骏与陈华三个人。祁家父子明显憔悴消瘦，迎面而坐的正是陈华，他穿着白色衬衫，脸上带着淡淡厌倦靠在椅背上。两人视线碰到一起，陈华明显有些意外，却也没说什么。

祁家骏一下站起了身："小苒、敏仪，你们怎么来了？"

"我送小苒过来的，这就去医院照顾妈妈。"

祁汉明连忙说："敏仪，这些天辛苦你了。"

莫敏仪勉强一笑："爸，您别这么说。"

"敏仪,替我问阿姨好,让她安心休息,我今天恐怕赶不及去看她,很抱歉。"

莫敏仪点点头,匆匆离去。任苒与脸色明显憔悴的祁汉明打招呼:"祁伯伯,不好意思打搅了,麻烦让阿骏出来一下,我耽误他一会儿时间。"

两人走到走廊另一端,祁家骏脱下西装外套给任苒披上:"你怎么突然回来了?还穿这么少,当心着凉。"

"我看到报道了,现在情况怎么样?"祁家骏犹豫不语,任苒着急地说,"阿骏,不要瞒我。"

"你都看到了,工厂停产,除了自家人的官司没有了结,很可能马上面临好几起诉讼。如果你早一点过来,还会看到供应商封门、工人讨要工资的场面。可是陈华突然出现,拿钱救急,现在正在发工资,算是过了一关。"

任苒想,以陈华目前的实力,如果肯出手,那么局面应该能够挽回,然而以陈华一向对祁家视同路人的态度,似乎不会热衷于扮演救世主的角色。她还是问:"他只肯帮到这个程度吗?"

"按以前他落难时我妈妈的态度,他这样已经算是非常宽宏大量了。"

"现在重新开工需要多少流动资金?"

"初步估算,前期至少需要三百万以上,如果再接订单,可能会需要更多。"

任苒松了口气:"这个数字并不惊人,应该可以筹到啊。"

"小苒,这谈何容易?"祁家骏痛苦地将头扭向一边,"现在根本不可能指望银行发放贷款,能借的地方我们全借到了,家里的几处房产已经全部抵押,勉强维持运作到现在。再要筹钱,恐怕只有去借高利贷,以现在出口加工的微薄利润和不确定因素来讲,那才是找死。"

"你马上跟我去一趟银行。"

"小苒,我怎么可能去拿你的钱?我们家生活没问题的,我姐姐明天会带一笔钱回国,你别担心。"

"我现在可以提三十万现金给你,接下来几天,我会处理手头的基金和债券,应该能套将近两百万现金出来。你把账号给我,我全转给你,多少能解决一点问题吧。"

祁家骏大吃一惊:"小苒,你才工作不到两年,哪来这么多钱?"

"基本上全是投资收入。"任苒蓦地想到了会议室中坐着的那个男人,不禁涩然,马上收回思绪。

祁家骏断然摇头:"我不能要你的钱。小苒,这件事你别管了,你现在就回香港去。"

"阿骏——"她生气地瞪着他,"你是要我自己一个人去银行取了现金再拿过来交给祁伯伯吗?那好,随便你。"

她拔腿要走,祁家骏只好拖住了她:"小苒,我家面临的情况太复杂,哪怕拿到这钱恢复生产,也不能保证就此转危为安,后续还有一系列官司要打。这些天我已经焦头烂额了,我准备明天等姐姐回来后跟她商量一下,劝爸爸放弃。"

任苒愕然:"你知道放弃意味着什么吗?"

"宣布破产,等待清算转让。"祁家骏干巴巴地说,"这样也许才是一个解脱。官司也不用再打下去,根本没意义。"

任苒没想到祁家骏已经如此意气消沉:"阿骏,按照祁伯伯的说法,事态没有到最悲观的时候。"

"还要怎么悲观,小苒?眼睁睁看着亲人相互欺骗,反目成仇,以前的朋友纷纷闪避,敏仪的哥哥甚至也来找我,要我尽快抽时间去澳洲跟莫敏仪小理离婚手续,同时一定要转出足够的生活费用保证他们母子的生活。"祁家骏惨淡地一笑,"你看,之前我求而不得的事,现在不等我提,他们已经在催促我了。"

"这只是敏仪哥哥的说法,不代表敏仪这么想。她天天去医院照顾阿姨就是证明。"

"是的,我完全没有埋怨敏仪的意思。她这段时间做得很好,我和爸爸成天在外面奔走,妈妈全靠她照顾,的确很辛苦。而且她也说了,不会在这种情况下离开我。不过她怎么想都没关系,我当然不会拖累她。处理完善后,我可以把父母接到澳洲去,在那边找份工作,养家糊口、付赡养费应该没什么问题。"

"可是祁伯伯不过五十来岁,你让他去澳洲养老,他能甘心吗?"

"他当然不愿意。现在就是他在坚持,我希望姐姐能说服他,她一向不理会家里的生意,肯定会同意我的建议。我实在是烦透了这一切,越早了结越好。"

"阿骏,你这是在逃避。"

"没错,我是想逃避。我从来就没有对这份生意有过兴趣。有时我甚至想,这样很好,我可以解脱了。"

"你忘了我们在墨尔本亚拉河边说的话吗,阿骏?"任苒直视着他的眼睛,"不管走多远,我们最多只能离开,没法逃避。"

"小苒,你又要来给我励志吗?我确实觉得,我很失败。"

"我没励志,阿骏。我知道你从来就不在乎钱,钱在我看来也不是衡量一个人成功失败的标准。不过这是祁伯伯一生的事业,也是你一直打算回国接手的工作,谁也没权力要求交到自己手里的就是现成一份不用付出只需享受的产业。就算你能让祁伯伯、赵阿姨去异国了结余生，可是你还有儿子，你连他也要轻易放弃吗？那生活里究竟还有没有一样东西是你珍惜并愿意付出代价坚持的？"

祁家骏一下默然。

"阿骏，不要跟我争，我们现在马上去银行取钱，我已经订了晚上七点的返程机票，今天还得赶回香港，明天要上班。快走。"

她一转身，看到陈华正站在离他们不远的地方，走廊上光线昏暗，他的脸隐在暗处，看不清楚神情，也不知道他在那里站了多久。

她没有理会他，拉着祁家骏的手疾步往外走去。

第二十六章

　　从银行出来，任苒坚持不让祁家骏送她去机场，让他回去处理公司的事情。她乘出租车到机场，时间还早，她长长吁了口气，这时才觉得头痛，鼻子也有些堵塞不通了。

　　她知道恐怕是穿着单薄的衣服，受不了两地过大的温差着了凉。她先找到机场附设的药店，买了感冒药吃下去，再找了一家快餐店，草草吃了碗汤面。换登机牌进去后，时间还早，她在登机口附近找张椅子坐下，将祁家骏的西装搭在身上，闭目养神。广播里不时响起登机通知，她先还警惕着，后来药力发作，便有些听而不闻，打起盹来。

　　突然一只手轻轻拍她："到时间登机了。"

　　她慌忙睁开眼睛说"谢谢"，然而却马上吓得呆住，坐在她身边的人竟然是陈华。他若无其事地替她捡起滑落下去的西装，交到她手里，然后站起身，向登机口走去。

　　任苒脑袋昏昏沉沉的，看着他高大的背影，几乎怀疑自己是不是发烧出现了幻觉。她核对一下自己的登机牌，确实是这个登机口，广播也再次响起她乘坐航班的登机提示，陈华已经顾自走了进去。她无暇再想什么，提起背包走过去。

　　上飞机后，她一眼看到陈华在前排公务舱坐下，她只作不见，向后面经济舱走去，找到自己的位置坐下，系上安全带，再次合上眼睛，希望感冒药的余威犹在，可以避开对于飞行的恐慌。

　　可是见到陈华登上同一架飞机带来的冲击似乎让药力消散了。

　　随着飞机起飞，她仍然陷入紧张得全身绷紧的状态，两只手紧紧绞在一起。到飞机爬升至一定高度开始平稳飞行，她仍然没法松弛下来。

一条毛巾轻轻覆到她额上，擦去了她额角沁出的冷汗，她悚然睁开眼睛，发现飞机起飞时坐在身边的中年男人不知什么时候换成了陈华。他正倾过身体看着她，她退无可退，好在他马上坐正，拿开毛巾，递给她一瓶水。

"放松，喝点水。"

她接过去，大口喝着，放下水瓶后，心神不宁地问："你去香港吗？"

话一出口她就后悔了，坐在直飞香港的航班上，这当然是一句纯属多余的废话，可是陈华认真地点头："对。还是害怕坐飞机吗？"

"一直怕，明知道这恐惧很病态，就是克服不了。如果不是赶时间回去上班，我情愿坐火车。"

"你现在在香港工作？"

"嗯，受银行派遣过去参加八个月的培训。"她实在太需要谈话转移注意力，哪怕谈话的对象是陈华，"你是去出差吗？"

"算是吧。你从澳洲回来就在北京工作吗？"

"对。"

"刚才和你一块过来的那位女士是祁家骏的妻子？"

"嗯，他们的儿子小宝今年三岁了，很可爱，你没见过吧？"

"没有。"

陈华简短回答，然后默然，似乎在凝神思忖着什么。这样一问一答让任苒觉得怪异，她一时不知道怎么让谈话继续下去。她不喜欢这个沉默，但残存的理智提醒她，与他交谈下去，也许更可怕。不过，有个认识的人坐在旁边，多少转移了她的注意力，她的恐惧感稍微淡去，开了阅读灯，抽出座椅前放的杂志信手翻开，连广告都仔细浏览，终于再度催来一点睡意，重新开始打起盹来。

飞机平稳降落在香港机场，任苒走出出入境大厅，正要走向正前方月台，陈华拦住了她。

"我朋友的司机等在外面，我送你回家。"

她的头仍然沉重得不胜负荷，可是安全回到地面，便再没坐在飞机上的慌乱不安。她平静地说："谢谢，不用了，我坐机场快线再转地铁很方便。"

陈华点点头："那好，我陪你去坐地铁。"

她皱眉，可是实在再没力气与他争执，只默默走向月台，由得他站在她身边。

隔了几年时间，在这样最不可能的地方，重新并肩站到一起，她看着延伸出去的铁轨，茫然地想，人生的聚合离散实在是怪异无常。

机场快线十二分钟一班，很快便驶来新的一班。车厢内空空荡荡，她坐上去，到中环后再转地铁去上环，两人一路保持着沉默，直到步行到公司为非本地员工租住的公寓楼下。

"我到了，再见，陈先生。"

她转身准备走，陈华低沉的声音叫她。

"任苒——"

任苒站住，长久以来一直收藏在心底的记忆突然之间争先恐后地翻涌起来，她的喉咙有一点哽住了。

他从认识她之初，就这样连名带姓喊她，哪怕在亲密的时候也是如此。她曾撒着娇让他叫"小苒"，他却只捏着她的鼻子，带着调侃说："我叫你宝贝好了。"她满心欢喜地期待着，然而他再开口，叫的仍是她的全名。

五年前，她从北海离开那天，没有让他送，跟着阿邦走出房门，他也在后面这样叫了她一声，她停住脚步，他却什么话也没说。她那时决心维持一个洒脱的姿态，站立几秒钟后，只轻轻再次说了一声"再见"，便头也不回地走了出去。

隔了将近五年时间，再次感受到他的目光在身后凝视着自己，时间飞逝得如此迅猛，又恍然静止凝固于这一刻。

任苒抬起头，四周全是耸立的高楼，只看得到一片狭长的微带暗红色的夜空，提醒她，这里是香港。

"你说过，如果有一天我忘了你，也许我能生活得更快乐。"她缓缓转身，看着陈华，"我真的已经忘了你，偶尔碰面，转身走开，两不相扰。你何必又要刻意出现在我面前？"

隔着阑珊夜色，陈华发现，站在他面前的任苒依然年轻，一双眼睛澄清如故，乌黑的直发及肩，白色衬衫配深灰色套装，丝袜加七公分的高跟鞋，背着一个超大尺寸的Gucci，是他来香港出差时常常见到的标准女性白领打扮。一天下来，她淡淡的妆容已经褪得七七八八，并没去刻意补妆，带着掩饰不住的倦意。可是更重要的是，她再没有把所有喜怒哀乐坦然写在脸上给他看的意思，她现在有一张镇定的面孔，只在声音里透露出少许的疲惫与无奈。

"可是我没能忘记你。"

"呀——我该感到荣幸吗？"任苒笑，用手拢住被夜风吹得飞扬的头发，"不过对不起，我想说的只是：So what。"

陈华嘴角勾起，笑得没有什么温度，却显然丝毫不在意这个无礼："这是我欠你的，你完全可以对我说得比这更狠，我是活该。"

"你欠我的，早用两百万摆平了。我不贪心，从来没期望过比这更高的投资回报率，既然自己写下了委托书，肯定欣赏别人履约时的契约精神。所以，再见，我们不用再特意见面了。"

任苒回了公寓，匆匆洗澡，再服一次药，然后将自己放倒在床上，空中往返奔波的劳累和药物作用让她直睡到第二天被闹钟吵醒，觉得全身酸痛不已，根本不想起床，却也只多躺了五分钟，照旧爬起来洗漱化妆，赶去上班。

她在进银行工作后，便开始留意打理自己的账户，来香港之前，预料到再无多少时间关注国内市场动态，除了留下流动资金外，其他全投入了稳妥的基金与债券，她全部赎回，等钱到账后，马上转到了祁家骏的账上。

祁家骏跟她恢复了联系，差不多隔一两天就会跟她简短通话，谈一下他家公司的进展情况。

祁家钰已经由悉尼回来，然而出乎祁家骏的预料，她坚决站到了她父亲这一边，力主坚持下去，将私蓄投入公司，并开始主管财务运作。

陈华当天便离开了Z市，但让助手留下来，出乎大家意料地又提供了一笔流动资金借款——数目恰恰能让公司短期周转，却已经是雪中送炭了。

祁家骏与父亲祁汉明负责恢复生产，供应商半信半疑，结算周期被压缩到最低限度；工人人心浮动，流失极大；海外客户很不容易通融，因为延期而附加各种苛刻条款；官司仍在继续；赵晓越失踪的妹夫被警方正式通缉，受心情影响，她并不配合治疗，病情反反复复极不乐观……

"我知道姐姐这么做是为了让妈妈安心，可怜妈妈一生要强，拼命维护我跟姐姐的利益，倒弄到今天这一步。"祁家骏苦笑，"你看，现在这种情况下，就算我好意思开口，也是被否决的少数派了。"

任苒松了一口气："那就好，阿骏，你现在还在公司吗？不要做得太晚，还是要注意休息。"

"你不一样还在办公室吗？"

"这边银行工作是这样的，没人早走，我已经习惯了。"

"小苒，我一向以为我能照顾你，可是现在我才发现，你把自己安排得很好，从来不抱怨，倒是我需要你来鼓励，甚至还要接受你的帮助。"

"这是什么话？阿骏，难道我要回忆当年你帮我的时候吗？我可是接受得很坦然的，甚至从来没跟你说谢谢。"任苒笑道，"而且千万别对着我检讨，我听着很害怕。不知道是应该拍下你的肩膀以示鼓励，还是绷着脸说继续努力。"

她轻松的语气让祁家骏也笑了："你一个人在香港，要照顾好自己，上次看你，实在瘦了好多。"

"我知道。对了，不要再把报表发给我看了。我对这个行业不熟悉，提不出意见，家钰姐是澳洲持牌的会计师，她处理得肯定专业。"

"姐姐主张这样做啊，她说你现在是公司最大的债权人之一，我们当然有责任详细汇报。小苒，哪怕只是为了你，我也会尽全力的。"

祁家姐弟的郑重其事，让任苒略微惆怅，她想起了另一个男人对她说过的话。

"你有没有想过，把一份感情和钱扯上关系，再蠢没有了。"

她与祁家骏之间的感情算什么？是她一向认为的友谊、亲情，还是祁家骏默默固执坚守着的爱。

祁家骏对她的爱，又有多少基于男女之情？

她与张志铭这样平淡的交往，算不算恋爱？

这些都是她不愿意去细想的问题。

更叫任苒困扰的是，陈华隔了一段时间，突然出现在香港。

他头一次打电话约她吃饭，她正在办公室里加班，尽管愕然他怎么会知道自己的号码，但马上谢绝了："不好意思，我实在没有时间。本来你来香港，我应该做东请你吃饭，不过我觉得我们勉强坐在一起未免会不消化，你也应该不缺饭局应酬，所以不会介意我失礼。希望你在香港玩得愉快，再见。"

他也并不多说什么，便挂了电话。

第二天中午，她正和往常一样，坐在香港国际金融中心的四楼平台吃自制的三明治时，陈华不声不响来到了她身边。

浩荡海风扑面而来，他穿着T恤与深色长裤，衣着明显比周围人随便，身形高大得十分醒目。

她在澳洲时，有时一个人独自去墨尔本海边，会回想起在双平的情景，心底存着自知不可能的奢望，期待他奇迹一般突然出现陪坐身边，看向大海。然而此刻，同样对着大海，这个人意外站到她的面前，她却只觉得荒谬而烦恼。

"午餐只吃这个未免太单调了。"陈华在她身边坐下，看一眼她手里的三明治，语调平平地说。

"我习惯了。"

她早就习惯了澳洲那边相对简单的饮食习惯，读书时多半是带自制三明治到学校当午餐，很少像其他同学那样一边抱怨中国胃饱受虐待，一边去泡方便面。

"你的感冒好像还没好。"

"还好。"她说话还带着鼻音，因为无暇休息，感冒反反复复，的确没好彻底。

她吃得很慢，陈华也没有打搅她。她起身准备回去工作，他突然握住她的右手，她一惊之下，回过头来。

"我们重新开始吧，任苒。"

任苒的手快速一缩，却被他牢牢握住，他微微抬起的脸上没什么表情，可是深邃的眼神正专注地凝视着她。

"对不起，我有男朋友了。"

"不是祁家骏吧？"

"这与你何干？"

"当然不是祁家骏。以你对你妈妈的怀念程度，你肯定不会跟一个有老婆有儿子的男人搅在一块。不管他是谁，考虑一下我的提议吧，任苒，我很有诚意。"

任苒垂下眼睛看着他，干干地笑了："愚人节还没到，提前开玩笑未免没什么意思。"

"你应该知道，我一向没有开玩笑的习惯。"

"这么说，你是认真的吗？那太遗憾了，我现在的工作很枯燥乏味，不是每天都能碰到男人求爱，你让我觉得荣幸，陈先生，可是又觉得荒唐。就算你没女朋友，我没有男朋友，你这个建议对我也没有吸引力，爱一个陌生人太辛苦，我年轻时候试一次就足够了，再见。"

她用力抽回自己的手，头也不回地离开了。

这当然不是一次偶遇，他刻意来找她，提出让她震惊的建议——他有什么理由这样做?

回到办公室后，紧张的工作让她没有余暇多想。可是晚上回到位于上环的宿舍，她无法不想这个问题。

她根本得不出一个能让自己信服的答案。

在整晚失眠后，她一样得按时起床，看着镜子里憔悴的面孔，一边化妆，一边油然而生起一股无名的怒火：这个人居然重新以如此理所当然的姿态闯入她的生活，搅乱她的平静，没有一点抱歉和犹疑。

如果他让阿邦来传达那个分手时，她几乎是听天由命，那么此刻，她确实体会到了深刻的愤怒。一想到回到北京，不可避免还要与他碰面，她就有些寒意。

她在不安中度过在香港工作的最后时间，隔了一周，再接到陈华的电话，她强压的怒气直冲上来，不等他说话，她便压低声音说："我一点也不想再见到你，不想听你再说那些话，请不要再给我打电话了。"然后直接挂断。

她知道，成熟的姿态当然是保持礼貌，她的发作直接反映了内心的虚弱，毫无风度可言。也许面对一个重新回头的旧爱，如果不想接受，可以有很多种云淡风轻的处理办法，让自己保持心理上的优势。可是面对陈华，她想她没有能力玩那样的游戏，也没有心情去维持一个好看的风度了。

听到任苒决定培训结束就如期回到北京，张志铭似乎有些意外："上次在香港碰面，你不是说有机会申请继续留在那边工作吗？"

外籍上司Paul的确对任苒提起过，如果培训期满，她愿意申请本地职位，他会很乐意背书。但任苒并没有这个意愿，她有几分诧异他的反应。

"我更喜欢北京的生活，香港太匆忙、太拥挤。而且，"她迟疑一下，"真的感觉很孤单。"

"哦，那回来也好。"

这样礼貌的口吻，再没有两个多月前在观光船上拥抱时的亲密感，听上去似乎并不盼望与她见面。他有时表现得那么体贴细致，有时又如此淡漠，任苒只能苦笑，本来还打算托他帮忙找公寓，也作罢了。

八个月时间下来，香港的同事与他们相处甚笃，Paul出面，在周末邀请大家去位于离岛区大屿山他的住处烧烤聚会，顺便为他们送行。

从中环去大屿山，要坐二十五分钟的轮渡。任苒到香港后一直埋头工作，并没有四处游玩的兴致，骤然之间从钢筋水泥的丛林来到这边，下船后顿时有惊艳之感。

Paul住的是一个外籍人士聚居的国际化社区，位于背山靠海的海湾，这边全是低层的联排洋房和独立的House，在绿树丛中，隐隐露出橘红的屋顶。他的房子直接面向大海，不同肤色的男男女女在白色的沙滩上喝着啤酒、咖啡，小孩子自由自在地奔跑嬉戏。

任苒抬眼望去，太阳渐渐西沉，海面跳跃着金色的光芒，星星点点的风帆随波而动，巨大的游轮缓缓驶过，对岸如林的高层建筑中，作为地标的香港国际金融中心醒目地矗立，对照身边的闲适，让人简直不敢相信两个截然不同的环境竟如此近地共存着。

同事有人在烧烤，有人闲聊，任苒对粤语只大致听得懂，碰到笑点反应滞后，参与不了聊天，便信步走到花园边，看着女主人种的玫瑰。

正好祁家骏打来电话问她回去的行程，她感叹："这里实在太美了，碧水蓝天，空气又好，难怪上司情愿忍受台风侵袭时候的不便，也要坚持住这边，每天坐轮渡上班。"

祁家骏不以为然："得了吧，你在澳洲待了三年，什么海景没看过，那边的安静宜居全球出了名，难道会被巴掌大的一个大屿山惊到？"

"不一样啊阿骏，想想看，隔这么一点距离，一边繁华到了极致，一边这么安静，完全是两个天地。人待的环境很影响心情的，我在中环工作，在上环居住，过了八个月，每天一睁眼看到的就是高楼大厦，路上满是急急忙忙好像要去冲锋陷阵的人流，站到这里，真有些像回到了在墨尔本的日子。"

提起墨尔本，祁家骏有些感慨，沉默了一下，说："你马上要回北京了，男朋友帮你找好房子没有？"

任苒含糊地说："他最近公司很忙。"

"哪至于忙到这个地步？"

任苒不愿意谈这个话题："我在网上已经看了好几处备选的房子，放心，我有在北京租房的经验，很容易找好的。"

"把行李收拾好，上飞机时记得带本书。"

她答应下来，放下手机，正准备回身去烧烤炉边，却猛然怔住。陈华正站在离她几步之遥的地方，像上次看到一样衣着休闲，米白的宽松衬衫加长裤、帆船鞋，非常适合这里的气氛。

她受惊不浅，想不通他怎么会如此神出鬼没，突然现身在她上司的家里。可是再一想，她从来也没能预料过他的行踪，从认识他开始，他每次出现都像一个纯粹的意外，以至于她在澳洲那几年，总恍惚觉得，会在某个转身的瞬间看到他。在无数次失望直到最后分手，那个希冀早已不复，而现在他却现身了。

想到这里，她觉得实在有些讽刺意味。

陈华看着眼前的任苒，她的头发绑成马尾，穿着T恤长裤，脚上是一双银灰色人字拖，完全不似前两次看到的严谨职业装束，显得出乎意料的年轻。

一如近三年前他在墨尔本看到的那个少女。

那时他隐姓埋名，经过两年多的辛苦忙碌，顺利完成原始积累，并且进入了方兴未艾的商业地产开发，斩获颇丰。

他回了一趟Z市探视阔别已久的母亲陈珍珍，照例坐一坐便走，并不肯跟父亲碰面，出来以后，却还是忍不住去了Z大后门。

两年前他与任苒在这里分手，他向来没有故地重游抚今追昔的习惯，因此不能解释自己的这个举动，他只想，也许可以抽时间去汉江市的政法财经大学，看看那个害怕孤独、黏人、有时脆弱得可笑的女孩子现在怎么样了。不料刚动这个念头，他便与季方平面对面遇上了。

季方平脸色憔悴，在那所房子前徘徊，两人都有些意外。她告诉他，任世晏已经调回Z大任教，他们已经结婚了。

他想，恐怕任苒和父亲的关系再不可能缓和了："那任苒呢，是不是还在原来的学校念书？"

季方平显然并不愿意谈及她，只简单地说："她跟祁家骏一起去澳洲墨尔本Monash大学留学了。"

他要她的地址，季方平尽管惊讶，还是查了一下帮任世晏寄包裹的记录，将地址给了他。

他上网搜索Monash大学以及墨尔本这个城市的新闻，意外看到了一篇关于留澳学生堕胎率偏高的报道，下面配发着任苒与祁家骏在妇科诊所前与抗议堕胎示威人士面对面的照片。

他再查这张照片的原始出处和时间，心底顿时有说不出的滋味。隔了半个月，他拿到了新的身份资料和护照，临时决定去一趟澳洲。

当然，他已经毫无休息地紧张工作了两年多，享受一个假期很说得过去，但他一向不为自己的行为找借口，他想，还是去看看她在异国生活得怎么样。

只是真正看到任苒那一刻，他发现，他比他愿意承认的更为想念她。

他在那所房子的对面下出租车，正要走过去敲门，任苒已经开门走了出来，她当时穿着针织运动外套、牛仔裤加球鞋，标准的学生打扮，唯一不协调的是，她臂弯里抱着一个可爱的婴儿，紧接着，同样穿着牛仔裤的祁家骏走了出来，安放好婴儿座椅，他们上了那辆宝马。

他仍旧上了出租车，从他们的住处，一直跟着他们到了亚拉河畔，看着祁家骏将孩子接手抱过去，陪她逛维多利亚艺术中心市集，买下两顶滑稽的帽子，分别戴在她与那个婴儿的头上，然后找一个路人帮忙拍照。

她悄悄拿手比在祁家骏的脑后，笑得那样开心，笑容如同阳光一样明媚。

他们在河边晒太阳，小小的婴儿在他们中间爬行；等婴儿睡着，他们躺着聊天；他们坐上游轮，她低头亲吻宝宝；他们在他下榻的酒店前驻足，看着婴儿随着音乐摇头晃脑……

虽然作为父母来讲，祁家骏与她都显得太年轻，可仍然是非常标准的一家三口模样。

他生平头一次那样跟踪一个人。

她在将孩子放上车后婴儿座的那个瞬间，似乎感受到了什么，动作停滞了一会儿，猛然转身看向他这边。

他走开了。

既然她已经有了一个看上去完美的生活，像分手时他嘱咐过的那样再与他无关，他想，他的选择只能是走开。

这一错身而过，便是三年。

他出现在Paul的房子里，当然是有备而来。可是此时看着她带着惊讶、防备的眼睛，笔直站着，左手抚向右手肘，他清楚地知道，她是在不自觉地抚摸那里的一条伤痕。

他突然发现，在那样让阿邦转交二百万现金以后，他甚至根本不能亲自对她承认，我们经历了一个可笑的错误、离奇的误会。对不起，任苒，我们重新开始吧。

"玫瑰花很漂亮，Paul的太太不愧是园艺专家。"他淡淡地说，从她身边走过，向海边走去。

第二十七章

任苒如期回到北京，她先去银行办理手续，上司林波叫她进了办公室，先跟她谈工作，告诉她银行打算尝试进行一部分投行业务，由他具体负责，他会调她参与，她当然乐于接受这一工作安排。

林波随即问她："Renee，回来工作后打算住哪边？"

她不知道上司怎么会关心这个："我今天先住酒店，在网上找了几套房子，正准备跟中介约时间去看看。"

"我一个朋友移民，空着一套公寓，交通方便，他不放心租给陌生人住，托我找可靠的租客。你要是愿意，下班以后我可以带你过去看看。"

上司开口，任苒当然不能拒绝："好啊，谢谢林经理。"

下班后，林波开车载了任苒直奔二环，进了某幢号称国际公寓的大厦，驶入地下车库，她便有些不安了。这样地段的公寓，可以想见租金应该到什么价位。她硬着头皮进去一看，这是一套将近一百平方米的两居室，装修十分精致，家具电器直到床上用品一应俱全，似乎是全新的。

"Renee，这里的环境不下于我住的小区，应该很满意吧？"

任苒苦笑一声："林经理，我拿多少薪水你最清楚，要租住这里，我每个月就是给房东打工了。"

"别紧张，我朋友不在乎房租，只是希望有一个合适的人帮忙照看房子，我想你一个女孩子住最合适不过了。"

林波说出一个价格，竟然比任苒以前租住的位于老居民区的一居室略高，但远远低于同等地段同等公寓的出租价，她几乎不相信自己的耳朵："怎么可能这么低？"

"居然嫌低了。"林波现出哭笑不得的神情，"那我这就转告他加租。"

"不要不要，林经理，真是这个价钱吗？"

"我说过了，他目前长居国外，不在意这点钱。"

任苒一迭声地说："我租了我租了，谢谢林经理。请告诉你朋友，我一定好好爱惜这房子。"

林波将钥匙、门禁卡等东西全交给她，再给了她一个银行卡号："我给你做担保，也不用签什么合同，房租你按时打到这个卡里就行了。另外，不要跟其他同事讲是我介绍的，省得说我厚此薄彼，就说是你亲戚的房子借你暂住好了。"

如此顺利解决了住房，任苒简直不敢相信自己的好运气，不禁心花怒放。虽然林波没作明确要求，她还是马上依照以前租房的经验，付三押二，用最快的速度将房租与押金打进那个卡内，然后搬过来住下。

她重新上班第一天，林波便给她安排了新的工作，让她参与一个商业地产项目的贷款计划评估。

按照此时法律相关规定，境外商业信贷有违外汇管制，但目前国内地产开发如火如荼，各外资银行又急于展开投行业务以期分得一杯羹，于是各类变通业务开始悄然进行。

任苒拿到资料仔细研究，就理解了其中的关键所在，表面上看，计划书提出以FDI（外国直接投资）方式，借银行设立的一家公司名义，注资持有对方一个北海市大型商业地产开发项目的股份，实际上则是一种曲线融资，根据对方拟定的计划书，在项目进行成功回款后，对方将以LIBOR(同业拆借利率)再加几个点的利息赎回银行下属公司持有股权。也就是说，这是一笔不折不扣的商业贷款，只不过以打擦边球的形式进行。

整个计划书周密得无可挑剔，可行性相当高，她不得不佩服对方对于政策以及风投方向的把握能力，然而有两点让她不禁踌躇。

对方公司是亿鑫集团，而地产项目地点在北海市涠洲岛。

任苒完全没想到，刚一回来工作，便会以这种方式与陈华的公司发生联系。但是她只做了短时间的思索，就作出了判断：两个人已经见过面，正如她跟张志铭讲过的那样，她没有任何理由回避任何人，更何况牵涉的只是工作。

她要做的评估只针对计划书本身，并不用涉及地产开发项目。她连日加班，用最快的速度完成初步评估，将报告交给上司。

第一次与亿鑫集团方面开会时，任苒的确有些紧张，然而进了会议室，她有些啼笑皆非地发现，陈华根本没直接参与，但来的人至少有一个是她认识的，那就是贺静宜。

贺静宜穿着保守的职业套装，卷曲的长发用发卡绾在脑后，露出光洁的额头，化着淡妆，仍然不掩艳光。她坐在长条桌一个靠边的位置，看到任苒，显得比上一次在酒店停车场偶遇时要镇定许多。

双方各做自我介绍并交换名片，贺静宜递过来的名片上写着，她现在是亿鑫集团投资部门的一个普通职员。看得出来，她十分低调安静，开会大部分时间在认真记录，几乎没有插言，而代表亿鑫主导此次洽谈的投资部副总刘希宇看上去对她也没任何特别关照之处。

双方就计划书的细节作着细致的讨论，会议进行到很晚，达成一个备忘，并约定了下次开会的时间。

会议结束出来，贺静宜才显出了几分扎眼。她开的红色玛莎拉蒂明显比她上司开的车要名贵得多，任苒的上司与同事也注意到了这一点，不禁都多看了几眼，而贺静宜显然对这种眼光早就习以为常，落落大方地对没有开车的任苒说："任小姐，我顺路送你回去吧。"

这个公开场合的客气邀约，任苒没法拒绝，只好说："那麻烦贺小姐了。"

坐上车后，贺静宜开门见山地说："任小姐，我们找个地方坐坐吧。"

"太晚了，明天还要上班，方便的话，请现在直说。"

"那好，任小姐，我希望你以后如果再见到陈总，不要跟他说起我去年曾跟你见过面。"

想想与陈华在香港大屿山那个擦肩而过，任苒不得不被这个离奇的要求弄得哑然失笑："我跟陈总见面最多打个招呼而已，不可能跟他去议论他的女友。"

贺静宜嘴角那个冷笑带上了几分讥诮之意："哦，这么说你们不熟？"

任苒着实有些恼火："贺小姐，我跟你只是工作关系，你这样跟我说话，既唐突又没有必要，请靠边停车。"

"对不起，不用生气，我不是存心影射什么。只不过，一个跟你不熟的男人，钱包里一直随身带着你的身份证复印件，倒真是奇怪了。"

任苒大吃一惊，一时完全说不出话来。

贺静宜瞟她一眼："我看我们还是去前面咖啡馆坐坐吧，相信我，这对我们两个都有好处。"

在咖啡馆坐下后，任苒从惊讶状态中恢复过来，终于解开了心底长久的一个疑问："你是因为看到过身份证复印件，所以去年偶然碰到就认出了我，对吗？"

贺静宜点点头："当然。我无意中看到那张小纸片，印象很深刻，不要说你的名字、长相，我现在甚至讲得出你的出生日期和身份证上的住址。"

任苒简直不知道说什么才好，她想，她在幼稚而一厢情愿的年龄，把帮助强加给一个那么自负的男人，他大概也只是借此记住他生命中那段最潦倒的日子罢了。她干干地一笑："虽然我没那么自恋，可是这件事我给不了你解释，你不妨当他暗恋我好了，跟我没关系。"

贺静宜上下打量她，任苒跟她一样，化着淡妆，直发披垂肩头，一身合体的职业装束，以她的标准看，只能算秀丽大方。她叹了一口气："任小姐，我不是以一个女友的身份来找你要解释的，不用跟我说赌气的话，我猜你比我更了解陈总是什么样的男人，讲到他会暗恋谁——"她短促地笑了一声，"这笑话真的一点儿也不好笑。"

"不好意思，我一向擅长讲冷笑话。如果你只是想叮嘱这个，请放心，我没有嚼舌的兴趣，更不会介入到任何人的感情中去。"

"你一点不想知道我为什么要叮嘱你吗？"

任苒迟疑一下，笑了："你缺乏安全感吧——对不起，我只能这么想。也难怪你，毕竟他大概不是能轻易给人安全感的男人。"

"看，你比你愿意承认的要了解他。"

任苒的笑带上了几分烦恼："我真搞不懂你，你干吗一定要逼我承认了解你男友。好吧，我有时还擅长讲一些别人不需要的忠告，那就是：安全感不能靠别人给，如果追求心惊刺激的感觉立于危墙之下，就别抱怨不够安全了。"

贺静宜大睁着一双美目看着她，仿佛在思忖她的话，可是过了一会儿，她笑出了声："任小姐，你讲出的话可真是……浪漫得可爱。"

她话中的嘲讽之意让任苒不免有些尴尬，她却似乎放松了下来。

"我目前不是他女友，只是他的员工，我们在今年年初就分手了。"

任苒略微吃惊，随即耸耸肩："这是你们的私事，与我无关。"

"我没贩卖私生活给别人听的瘾头，不过我真的有求于你，还是耐心听我讲下去吧。"

任苒只得听着。

"站到危墙之下，对我来讲，绝对不是为了追求刺激。两年前我遇到陈华时，正处在这辈子最走投无路的关口。我念到大四，没拿到毕业证就辍学来了北京，还要寄钱回

241

家给妈妈，可是根本找不到合适的工作。有人跟我说我可以去当演员或者模特，我去看了看，经纪公司满眼都是比我高、比我漂亮、比我年轻、比我"胸怀大志"的女孩子，她们全都兴致勃勃，满怀希望。像我当时那样沮丧得连活着都觉得是负担的人，拿什么去跟她们拼？"

这个美艳的女孩子说话口气如此萧瑟，让任苒有些意外。

贺静宜苦笑一下："对不起，我并不总是对一个陌生人诉苦，我只想告诉你，我来找你，不是你想象的那样争风吃醋。"

"我没法理解你，贺小姐，所以更无从想象。我跟……陈华之间是往事，你跟你男朋友喜欢怎么相处，或者因为什么分手，都和我无关，同样，我的生活也跟你们无关，我们根本没必要交谈。"

然而贺静宜并不理会她，顾自说道："你说我缺乏安全感，倒真没讲错，不过女人大概只有明确知道自己被人爱着才可能有安全感吧。我到现在也没弄明白陈华是不是喜欢我，他到底喜欢我什么？明摆着，以他的条件，要什么样的女人要不到？"

"你想太多了吧，有时候爱情这件事不需要分析。"

"我经历过爱情，任小姐。我清楚地知道被爱着是什么感觉，那是不一样的。"一瞬间，贺静宜眼中泪光莹然，她掩饰地扭头看向窗外。

任苒更加尴尬，她丝毫不愿意被迫面对一个几乎陌生的女孩子陷进不愉快的回忆之中，更何况这女孩子与她关系微妙。

隔了好一会儿，贺静宜恢复了平静："我在北京过了近一年很窘迫的日子，跟了他之后，突然之间什么也不用操心了。我还真撒娇问过他爱不爱我，你猜他怎么说？"

任苒没有接腔，当然贺静宜也并不指望她真去猜测。

"他说，他觉得我放着现成的毕业证不拿，跑到北京来闯荡，眼神警惕，成天一副受惊刺猬的样子，看着挺有趣。哈哈，至于我为什么这副样子，他倒是一点也不关心。"

任苒一怔，随即苦笑出来，当然，有趣——似乎也是祁家骁评价过她的话。看来他看待女人的标准倒是始终如一。

"说实话，他对我很好很慷慨，房子、车子、珠宝……我看中的东西他全给我买了，可是他跟我始终不亲密，这种好法什么时候他决定收回，我一点也不知道，怎么能安然享受这一切。所以我去读MBA，想至少有个文凭傍身。"

"不错的决定。"任苒干巴巴地说，觉得自己被拉来充当她的倾听者，简直荒谬，坐立不安，不知道怎么样才能脱身。

"去年碰到你时,我一眼就认出了你,当时我还没毕业,不希望他发现旧爱离他不远,然后马上离开我。而且我希望毕业以后能进他的公司工作,更不想触怒他。所以王英强来跟我说想让我介绍张志铭给陈华时,我吓了一跳,立刻叮嘱他不可以在陈总面前提到你,你能理解吧?"

任苒无可奈何地说:"说实话,我不理解这跟我有什么关系,我不知道我得重复多少次,我跟他是过去的事了,提不提根本没关系。"

贺静宜意味深长地打量她:"马上讲到与你有关的部分。张志铭是你男友吧?"
任苒不悦地说:"这跟你没关系。"
"我不打算过问你的私事,不过我给你一个善意提醒。张志铭这个人,并不值得托付。就在我叮嘱王英强不要在陈总面前提起你之后不久,他来找我,开门见山要跟我做一个交易。"

任苒这时吃惊不小,怔怔地看着贺静宜:"什么交易?"
"他说他现在是你男朋友,他可以断定,你跟陈总以前肯定认识,而且有一段亲密过往。"

任苒紧紧咬住了嘴唇。

"他说他可以负责稳住你,不让你去找陈总,他本人更不会去提这件事——前提是我必须帮他约见陈总,促成他的投资计划书引起陈总的兴趣,拿到他想要的风险投资。"

任苒脸色一下变得苍白,半天说不出话来。贺静宜看她的目光流露出一点同情:"现在你理解我为什么这么忌惮你出现在陈总面前了吧。不用张志铭说,我也能猜到,以陈总那么对人对事永远冷静的性格,会把你的身份证复印件一直带在身边,你们从前肯定相爱过,最初的爱情总是来得真诚深刻一些。到了后来,男女之情就混合了别的东西,有时甚至就是赤裸裸的相互利用。"

"请问,张志铭达到目的了吗?"她打断贺静宜的感叹,涩然问道。

贺静宜撇撇嘴:"我当时只是陈总的女友,他从来不跟我提公司里的事情。我只能安排他们见一面,许诺我会尽量帮忙,如此而已。没想到,一个多月后,我突然在酒店停车场看到了你跟他。"

任苒记起那次巧遇。

"我马上给张志铭打了电话,想弄清楚你为什么会突然出现,到底有什么目的。他跟我保证,说只是一个偶然,不会再有下一次。说真的,我当时有些绝望了,我这么防备着有什么意义,北京说起来不小,可CBD只有那么大,你们大概早晚还得见面。

隔了几天,张志铭又来找我,我说算了,听天由命,你们要见面就见面吧。你猜他说什么?"

任苒不用猜测,她只觉得手心里全是冷汗,心跳动得十分不规律,仿佛坐上了飞机,正在飞往一个未知的目的地。

"他说,他可以负责劝你去香港培训,至少大半年时间不会出现在北京。"

任苒努力深呼吸,让自己镇定下来:"你为什么要告诉我这件事?"

"算是回报你答应我不跟陈总提起我们见过面吧。"

"如果你们……我是说你跟陈华已经分手了,这件事提与不提有什么关系?"

贺静宜笑了:"当然大有关系。张志铭的投资计划我帮忙交给陈总,他没有表现出特别兴趣,搁置在亿鑫的投资部门,迟迟没有收到回音。张志铭以为有我的把柄在手,不停催逼我,他实在是高估我对陈总的影响力了。其实我一直害怕陈华,没什么事瞒得过他,他只是忽视我,没注意到我的小心思而已。一个我没指望得到他的爱的男人,万一知道我居然还对他耍过心眼,那后果会是什么,我还真不敢想。"

"你一点儿也不爱他吗?"

"他很有魅力,我承认。可是他根本不需要我的爱,一厢情愿爱上他会很惨。而且,我经历过我这辈子再没法忘记的爱情,哪有余力再爱别人,我能做的不过是尽力讨好他,得到我需要的东西。"

这样直白的言辞让任苒不寒而栗。

"不过,讨好他真的很难。再加上有张志铭这个不定时炸弹,我想,命运做出的安排,我们凡人哪能阻止预测。要我天天看陈总的脸色,忐忑不安,不停猜测哪天被他发现我背着他搞鬼了,这种日子我受不了。我把心一横,跟陈总说,我想进他的公司工作。他有一点意外,要我最好想清楚,当他的员工,就不能当他的女朋友,他从来不跟公司员工睡觉的。你看,他根本没有一点挽留的意思。我说我想好了,他很痛快地说,那好,明天去公司报到,然后转身就走,第二天叫秘书安排我上班,同时停掉我的信用卡。"

任苒听得瞠目结舌。

"张志铭后来又来找我,我哈哈大笑,告诉他,他爱跟陈总说什么,只管自己去说,不过陈总如果知道他这么对待他的前女友,大概不会开心的。你真该看看张志铭当时的脸色,实在很精彩。"

任苒好不容易才能开口:"恐怕我没办法从这件事里发现好笑的成分。"

"我们真得学会找乐啊，不然得活活把自己郁闷死。其实我能理解张志铭，为了达到目的，有时不能计较手段，不能计较牺牲放弃。可是这样的人真不适合当男朋友。"

她竟然摆出闺蜜谈心的姿态，让任苒觉得更加荒谬。"不管你的目的是什么，谢谢你告诉我这件事。可是你和张志铭做这种交易实在很可笑，我很不愿意重复再重复地讲，那是过去的事了。"

"有些事情永远不会过去，有的人永远不可能忘记。"

尽管心乱如麻，任苒还是失笑了："贺小姐，你刚说我浪漫得可爱，我看这个词更适合形容你。你大概在心里替陈华编了个凄美的故事，他在若干年前情非得已离开了我，以后时时怀念，永志难忘，一旦再见，就会毫不犹豫重续前缘，我也会毫不犹豫投入他怀抱。"

贺静宜觉察出她话中的揶揄之意，却并不介意，睁大眼睛看着她："你是在笑话我吗？随便你笑好了。我清楚知道，有时候一段感情可能再也没办法重新开始，可是那样爱过，就永远不能遗忘了。"

"你不理解时过境迁这个词吗？时间，还有环境、心境、阅历，通通都是感情的敌人，感情这个东西，再脆弱没有了，既然会在合适的时间、环境下产生，也会在合适的时间枯萎……"

"关于这一点，我们别争执了，弄得好像我要拼命向你证明，曾经跟我在一起的那个男人其实一直爱着你。"贺静宜也笑了，"不过说真的，他那么冷漠无情的人能爱着你，我倒很欣慰。我一直相信，有的感情就算被种种原因被迫中断，也会留在心底，永远不会磨灭。"

这个感性的说法让任苒张口结舌，她觉得眼前这漂亮的女孩子时而世故得惊人，时而又天真得可怕。她已经没什么浪漫情怀可以加以响应了。

"你相信你愿意相信的好了，我也不打算跟你争执下去。"

"你现在是住二环的那个国际公寓吧？"

任苒再度大吃一惊，她上车时只告诉了贺静宜大致的方位，并不打算让她一直送到楼下："你怎么知道？"

"那是陈总名下物业，你不会不知道吧？"

震惊一个接着一个，任苒的心狂跳起来："房子是我上司介绍给我的，他说是他朋友的，交给我打房租的银行卡的名字是王琳。"

"王琳是他秘书。他怕你不肯住，居然找你上司出面，还收你房租，实在是煞费苦心，我不记得他为别人这样花过心思。"贺静宜微微出神，随即笑了，"我没别的目的，任小姐，我只是跟你讲清楚，我不会挡你的道，对你没有任何威胁。陈总现在是我老板，我很珍惜我得到的工作机会，请不要跟他提起我跟你见过面，或者曾阻止你们见面，这个要求不算过分吧？"

　　任苒心神大乱，不打算再跟她纠缠下去，站了起来："我不会跟任何人提起这些事。明天还要工作，回去吧，以后我们就当从来没见过面，保持工作往来就好了。"

第二十八章

　　回到国际公寓，任苒直奔物业办公室，报上房号，声称要交物业费，值班工作人员查询一下，告诉她，业主陈华先生已经将全年物业费提前交清了。

　　她道谢后回到公寓，马上重新打包行李，好在连日加班，寄存在张志铭那里的两个纸箱她还根本没空打开归类放置——想到张志铭，她顿时记起那天他送箱子过来，先打量公寓，再询问租金，不予置评，但神态多少有些异样。她只能再次确认，她后知后觉，迟钝得可怕。

　　两只纸箱，再加一大一小两个行李箱，她拖下来时，已经满身大汗，好容易拦到出租车，随便找一家经济型酒店住下，这样折腾停当后，她精疲力竭得再也不想动了。

　　小小房间内有限的空间被她的东西占得几乎不能走路，薄薄的墙壁挡不住邻室传来的电视嘈杂声，反衬得她这边无声无息，刻板杂乱得接近荒凉，如同她此时的心境。

　　她的衣服早被汗湿透了，黏黏地贴在身上，可是她提不起精神去洗澡，只呆呆靠在床头，不知坐了多久，手机响起，她机械地拿出来一看，是祁家骏打来的。

　　"小苒，记得早点休息，不要熬夜太晚。"

　　"我知道……"她强打精神正要说话，外面走廊突然传来厮打吵闹的声音，她吓了一跳，下床透过猫眼看出去，只见几个衣着不整的男女正缠斗成一团，场面十分不堪。

　　"怎么回事？"

　　"有人在外面打架，等一下，我叫酒店派人上来处理。"她打内线电话，总台说已经接到投诉，派保安上来了，她吁了口气，告诉祁家骏："没什么，客人闹事，这种经济型酒店大概免不了这种事。"

祁家骏疑惑地问:"小苒,你不是租了公寓,说环境很理想吗?怎么住到酒店来了?"

她哑然,只得说:"那边也不合适,我搬出来了,打算明天叫中介另找房子。"

"男朋友是做什么用的,张志铭人在北京,怎么不先帮你把这些事处理好?"祁家骏有几分恼火地说,"倒让你来住经济型酒店?"

现在提起张志铭的名字,她居然没有任何愤怒的情绪,只觉得疲惫:"算了,他也很忙。"

"我明天打两万块到你账户里,你要重新安家,需要用钱的。"

她一下急了:"我有钱啊。现在是公司正艰难的时候,每分钱都要省着用,你不要急着还我钱,更不要胡乱花钱。"

"没从公司走账,这是我个人的钱,可惜只有这么多。"祁家骏轻声一笑,"你一个女孩子,尽量租交通方便、安全舒服一点的地方住,别计较租金。"

"一个人在北京住一居室,不跟人合租就已经够奢侈了。放心,等会儿我就上网找找,只要是地铁沿线都可以的。"

"这样吧,我先上网帮你找,把合适的归纳好发邮件给你,你早点休息。"

她说不出话来,勉强轻轻"嗯"了一声,祁家骏马上觉察出她情绪有异:"怎么了,小苒?"

她再也控制不住灰败的情绪,眼泪扑簌簌落了下来。

"小苒,出了什么事?"

"没事。"她努力压制着哽咽,"没事,别担心,阿骏。我就是……这几天加班太累了,早点休息就好,我去洗澡了,再见。"

放下手机,任苒一下哭出了声。

她曾经那么爱哭,却也有很长时间没哭了,不管是在异国他乡一个人忍受孤独与思念、被人误解,还是回国便最终失恋,都没有痛快淋漓哭过一场之后就能得到安慰解脱的预期,渐渐眼泪似乎越来越少。

她并没有与张志铭陷入热恋,贺静宜揭示的真相也许让她震惊、失望,可是不至于沉重打击到她。然而自从与陈华再见面后,她的心已经绷到极致,终于在这个简陋的房间里失控了。

外面的打闹声消失了,隔壁房间的电视声依旧大声响着,她不知道哭了多久,眼泪止住,进洗手间洗脸,看着红通通的眼睛和有些肿的面孔,想起明天还要上班,只得强打精神找出面膜敷上,同时嘲讽地想:独自一个人,再怎么自怜,也没法把自己弄得越来越委屈——到底有什么委屈的呢？

这样反问自己，她也迷惑了：是呀——只拥抱过一次的男人，谈话内容更多接近职场教程，这甚至说不上是一场恋爱，你居然把自己弄得好像经历了另一场失恋。

可是你并没失恋，你的愤怒大半是对着另外一个人，一个本该不再出现在你生活中的人。

眼泪"唰"的一下再度从她眼中流了出来，顺着面膜淌下去。

第二天一早，任苒撑着起床上班，马上去敲林波办公室的门，将装了钥匙、门禁卡的信封放到他桌上："林经理，谢谢你和你朋友的好意，我觉得我住那边并不合适，已经搬了出来，请帮我把钥匙还给他。"

林波微微一怔，抬头看着她："Renee，你知道我向来不管下属私事，不过委托我办这件事的人我没法拒绝，我早跟他讲好，你住不住那边看你自己意愿，和工作完全无关。"

任苒点头："谢谢林经理，我明白，我先出去做事了。"

既然经理没对她的工作做重新安排，她也不打算主动提及。回到座位后，她继续专心做事。

到了下班时间，她收拾东西，准备去找中介，然而前台打来电话说有位姓陈的先生在会客室等她，她只得过去。

陈华并不寒暄，直截了当地问她："谁跟你嚼舌了？"

她也不坐下，站在门边冷冷地说："我不习惯天上突然掉馅饼正砸在我头上，于是去物业看了看业主的名字。随便问了问，上一任住这房子的人是谁？"

陈华沉下脸来："你既然去了物业，可以索性问清楚那边以前住过人没有。你认为我会这样侮辱你吗？"

"我实在是心虚，很怕自取其辱啊，所以真没敢多问人家。"任苒似笑非笑地看着他，"陈总，方便的话，叫你秘书把押金退给我好吗？租金算我毁约在先，我就不要了。"

"关于那套房子，我想你有一点误解，没必要搬走另找地方住。"

"我没误解。在香港的时候我就已经说得清清楚楚，不想再跟你有任何私人瓜葛。至于公事，如果你认为我因此不方便参与目前银行和亿鑫的合作，你可以向林经理提出将我调离，我不会有异议。"

"你觉得我是拿区区一套房子来收买你吗？一个十九岁时就把所有钱给她一文不名男友的女孩子，我怎么可能妄想用一套房子就搞定？"

"好吧,那你的目的是什么?"

"我只是想让你住得舒服、安全一点。"

任苒笑了:"那么你是来……报恩的吗?真的不用了,我对你的能力一向评价甚高,没有我那画蛇添足的二十万,你也一定能取得成功。更何况你已经给了我超高的投资回报,我很满意。哦对了,感恩是种良好的品质,如果你实在感激我,就默默放在心底好了,等我哪天穷途末路,你再适时出现也不迟。"

她尽可能言辞刻薄,等着陈华被惹怒。然而出乎她的意料,他只是看着她,并无一丝愠色,脸上却现出哭笑不得的表情:"昨天是不是很生气?其实你发现以后,就应该马上打我电话,臭骂我一通出气,省得一个人哭,到现在眼睛还是肿的。"

陈华这个带着亲昵、甚至宠爱意味的反应让任苒一时哑然,不知道如何回答才好。恰好这时她手机响起,她说声"对不起",拿起来一看,竟然是祁家骏打来的,她稍微走开一点接听。

"阿骏,什么事?"

"你还没下班吗,小苒?我现在在你楼下。"

"你怎么到北京来了?"

"我坐早班飞机来的,已经约中介看了五处房子,有一个地方我觉得不错,是国企的宿舍,环境干净安全,交通方便,也靠近地铁,唯一缺点是顶楼,房型不够通风,一时之间找不到更合适的。我们现在过去看一下。"

她一下怔住:"阿骏——你何必专门跑来,租房子我自己能弄好的。"

"我知道,你从澳洲回来,不管是北京还是香港,全是自己搞定的,不过我最近天天加班,一周工作七天,今天请假一天过来,就权当是放风好了。"

她微微鼻酸:"等着我,我马上下来。"她回头对陈华说,"不好意思,陈总,我有事要先走一步。"

"这么说,你昨天对祁家骏哭了,于是他放着半死不活的公司和家里的老婆孩子不管,专程跑来北京安慰你了?"

这个尖刻的嘲讽让任苒一下脸色苍白,她定定地看着陈华:"你有什么权利跟我说这话?"

陈华看着她,神情复杂,好一会儿才缓缓开口:"没错,我没这权利。任苒,对不起。"

任苒再没说什么,转身走了。

祁家骏站在大厦门廊下大口喝水,此时正当北京的酷暑天气,他英俊的面孔挂着汗水，穿的白色T恤也现出汗渍痕迹，随意的装束在这栋写字楼出没的人流中十分醒目。

任苒满心歉疚地看着他："阿骏，这种天气，你居然连着看了五套房子，今天一定累坏了吧。"

"没事，我刚才特意坐地铁过来，只要三十分钟，不用倒车，也不怕堵车，中介告诉我，花这么短时间在路上，在北京已经算奢侈了。"

她勉强一笑："你居然会坐这里的地铁。"

"中介大姐人不错，指点得很详细。我们赶紧过去，她还等在那边。"

到了那个居民区内，那是一个老式的六层居民楼内位于顶楼的一居室，任苒发现正如祁家骏所说，除了需要爬楼、房型不算理想外，屋内设施和楼层都还不错，租金当然不低，但也能承受，她不愿意再住酒店，也不想让祁家骏操心，马上答应签约租了下来。

祁家骏陪她去酒店退房，路上她接到张志铭打来的电话，说他已经出差回来，想约她吃饭，她谢绝了。

"今天很累了，算了。"

"那明天吧，正好周末，我直接到你公司去接你。"

"不，我最近都会很忙，没有时间。"

她冷漠的语气终于让张志铭觉察出了不对："出什么事了，Renee？"

"没事，志铭，谢谢你一向对我的指点关心，我想……我们做普通朋友比较合适。"

她没有疾言厉色质问他的打算。在心寒之余，她甚至根本不觉得愤怒。冷静一想，两人相处下来，并没有到相互许诺的地步，有限的拥抱发生在一个有眩惑气氛的特殊情境之下，充其量只比普通朋友略为亲密一点，现在郑重其事讲做回普通朋友，都显得有些可笑和多余。

"是不是有人对你说了什么？"

她苦笑一声："你认为有什么事会经由别人说给我听，然后影响我对你的判断？"

这个反诘让张志铭一时哑然，停了好一会儿，他叹了口气："Renee，其实那天在你公寓，我就已经猜到了这结果。"

任苒没有被惹怒，只疲惫地说："我不喜欢猜测，可是我不介意别人去发挥想象力。"

"我希望你知道，我是喜欢你的，就算有什么事会让你不谅解，也请相信这一点。"

"我没资格去谅解谁，都不重要了，就这样吧，再见。"

祁家骏皱眉看着她："小苒，你跟你男朋友怎么了？"

"我们结束了，或者说，从来就没有开始。"她淡淡地说，"别再问我了，阿骏。"

祁家骏没有再说什么，只默默握住了她的手。

从小到大，他无数次这样握着她的手。最长久的一次，是她妈妈去世的那个晚上，其他人都在忙碌后事，她独自在家，蜷缩在床上，哭得早已经没了眼泪，只会止不住地吸气抽噎。祁家骏找了过来，整晚坐在她床边，握着她的手，为她擦去眼泪，当她从噩梦中惊醒坐起时，他将她按回床上，粗声粗气地说："笨蛋，只是一个梦。"

从殡仪馆内捧遗像，一直到去陵园安葬，他全程陪在她身边，始终这样握着她的手。

他明明也含着泪水，却不肯让她看见他的眼泪，也没有说什么温柔安慰的话语，只是默默陪她走过了丧母之初最深切的悲伤。

过去了八年时间，她已经快二十四岁了，她现在并不悲伤，只是充满了疲惫，心灰意冷。

然而，她还是只能从这只手中找到一点安慰。

将所有东西搬上六楼后，祁家骏坐到沙发上，明显累得不想动弹了。任苒让他稍微休息一下，下楼去买了一点面条、鸡蛋上来，准备做简单的晚餐，上来一看，祁家骏已经躺在小小的沙发上睡着了。

满室简陋零乱，他长长的腿拖到地板上，明显是一个别扭的姿势，却仍然睡得一动不动。任苒怔怔看着他略显清瘦的面孔，有说不出的难受，正想找张椅子，将他的腿搁起来，手机突然响了。

她不想惊醒他，走到厨房接听，是一个陌生的男人打来的："请问是任苒小姐吗？"

"我是。请问您是哪位？"

"莫云涛，莫敏仪的哥哥。"

任苒好不惊讶："你好，找我有什么事吗？"

莫云涛客气却十分直接地问："请问祁家骏现在是不是在你那边？他没接我电话。"

"他睡着了，可能没听到，我这就去叫醒他。"

莫云涛冷笑一声："现在睡早了一点吧，不必叫醒他，我跟你谈也是一样。"

任苒又急又怒："别误会，阿骏是过来帮我找房子，太累了，正靠在沙发上打盹。"

"他千里迢迢跑到北京只为给你找房子,别人想不误会都很难了。"

任苒无话可说:"你想跟我说什么?"

"小宝今天生病发烧,我妹妹正在医院看护她婆婆走不开,我父母已经年迈,承担不起这个责任,六神无主之下,叫我请假送孩子去医院,请问那位情圣是不是应该尽快回来履行当儿子和父亲的责任?"

在被陈华讽刺以后,她多少有了心理准备,并不争辩,只平静地说:"我这就让他回去。"

她的态度让莫云涛语气和缓了一些:"我跟敏仪认真谈过,她很难过,可是从头到尾没说你什么坏话。她一向善良,还有一些天真,在目前这种情况下,她还是愿意维护她的婚姻,尽做媳妇的义务照顾婆婆,对祁家骏可谓仁至义尽。正因为这样,我才更有责任保护她。希望大家都能自重,也省得我再为这种事打电话过来。"

任苒走到沙发边蹲下,看着祁家骏的面孔,也许因为睡姿不舒服,他英俊的眉目有一些扭曲,牙也似乎咬得紧紧的。她轻轻摇了一下他,他马上惊醒了,揉一下眼睛,笑了。

"居然一下就睡着了,还做了个梦,梦见带着小宝在Z大校园里疯跑捉迷藏,跟我们小时候一样,真奇怪,梦里的情景太逼真了。"

"小宝生病了,你赶紧回去照顾他,不要把家里的担子放在敏仪一个人身上。"

"他只是有些感冒,我昨天去看过他,没有大碍。你是怎么知道的?"

任苒并不回答,拿手机查询到Z市的航班,然后看时间:"我先给你煮点面条吃。10:45和11:50各有一班飞机,应该都能赶得上。"

她刚一动,祁家骏一把拉住了她,拿过她的手机,翻了一下通话记录,顿时了然,沉声问道:"他说什么难听的话了吗?"

"没有,他很有教养,说话很客气。"任苒摇摇头,轻声说,"是我自觉有愧。"

"对不起,小苒。"

"怎么轮到你跟我讲对不起了,真好笑。"任苒勉强一笑,"要让我一个人搬家,可能我得累残,看来以后还是少买一点身外物比较好。"

"等公司情况稍微稳定以后,我会把钱还给你,你最好在北京买一套房子定居下来,别再这么搬来搬去了。"

"这个不急。其实我也没有定居这里的打算,我想的是以后……"她顿住,突然意识到,以后回Z市定居也显得很遥远了。

两个人四目相对,都有一点凄凉。

祁家骏避开她的目光，对着天花板黯然一笑："我现在活得一地鸡毛，公司不知道哪天才能摆脱困境，莫家倒是催我跟敏仪离婚，但他们提出的离婚条件，我根本拿不出来，还连累你白白受辱。"

"阿骏，我没觉得受辱。"她跪坐到地板上，将头靠在他肩头，"别人说什么，我根本不在乎，我过不了的，只是我自己这一关。如果我觉得有愧，我怎么能坦然接受你的关心，让你更加进退两难。"

她已经很久没有这样亲密地靠着他了，他有些吃惊，跟过去习惯的那样，伸手揉一下她的头发："其实我很清楚，你现在没什么可让我担心的，你把自己的事情全都处理得很好，我这么过来，只是出于私心，很想见见你。"

"别这么说，阿骏，我知道，只有你一直关心我……"她声音哽住，说不下去了。

"可是你长大了，小苒。你的天地越来越广阔，我再没办法把你留在我的生活里，总有一天，我会再也找不到你。"

"那也没有关系的。你已经是我最亲的人，不管我在哪里，你在哪里，过什么样的生活，都不重要。"她抬起头，凝视着他，"我们不要再特意见面了，阿骏。"

她声音轻微，隔得这么近看着他，仿佛要看到他眼睛深处去。他点点头，毫不犹豫地说："好的，小苒。我不会再过来。"他抬起手，仿佛要再去揉一下她的头发，却只是轻轻一抚，"你要照顾好自己。"

送走祁家骏后，任苒开始整理房间，做彻底的大扫除。等到小小的一居室呈现出水洗过般的一尘不染后，已经是半夜。

她的手机一响，收到祁家骏的短信：已抵家，小宝没事。

任苒长吁了一口气。

极度疲乏后，在剩下的半个晚上，躺在陌生的房间床上，她睡得很沉。

第二十九章

任苒所在银行与亿鑫的合作协议很快达成共识,并且开始低调进行。她接到出差通知,要随上司一道去北海实地考察这一项目。

她正式拿到地产项目的规划,发现亿鑫将在北海市涠洲岛的东南一侧开发度假别墅及度假村。

接下来,她深入研究了近几年亿鑫投资的地产项目,发现无不位于一线城市的中心位置,商业价值明显。唯独这一项目,处于早年地产泡沫破灭后沉寂已久的非热点城市,不能不让她心生疑惑。可是再看资料,涠洲岛这个地块早在两年前便已经拿了下来,又显得没有特别之处。

而且双方合作进行到这一步,也容不得她多想什么了。

这次出差由银行一位外籍副行长带队,林波作为项目负责人带了任苒和另一位下属陪同。陈华的助理阿邦与他们在机场会合,他与任苒碰面,两人都显然没有意外的感觉。

他们抵达北海后,来接机的除了亿鑫的副总刘希宇以外,居然还有当地政府官员,双方客气地问候之后,上车送他们去码头,然后一块儿上了去涠洲岛的船。

亿鑫职员早就等候在涠洲岛的码头,开两辆商务车把他们送往项目地点,沿途茂密的植被和秀美悠闲的风光让除任苒以外的银行人员大受震动。下车之后,只见眼前是一片银白的沙滩,远方碧波浩淼,海水清澈见底,外籍副行长连连赞叹景致实在绝佳,林波也说,想不到北海还有这样不为人知的景观。

"你们看,从这里看过去,那边那个小岛几乎像传说中的海外蓬莱仙山一样。"

任苒声音干涩地说:"那是双平岛,离这里有十海里。"

刘希宇笑道:"看来任小姐的功课做得很足。目前这里已经获选中国十大最美海岛,只是岛上各类配套设施没有跟上,我们的度假村项目做好后,有信心带动本地旅游业的发展。"

"可是根据我拿到的资料显示,涠洲岛的码头停靠船位有限,在没有彻底改造之前,恐怕对旅游业会有很大制约。"任苒委婉地说。

当地官员说:"我们也考虑过这个问题,政府方面提出可以与亿鑫共同筹集资金改造码头,但陈总的意思并不希望这里成为一个大众旅游地。"

"我觉得这个海岛并不适合大规模开发。"

一个低沉的声音从他们身后传来,他们一齐回头,只见陈华不知什么时候过来了,他与外籍副行长还有林波握手。

刘希宇含笑补充:"我们的地产开发部门经过讨论,认为此地不同于海南,面积和资源都有限,有时候风景属于少数人才更为稀缺有价值。"

林波点头:"这一带开发度假别墅,如果规划得当,对我个人来讲都很有吸引力。"

上司与他们交谈着,任苒再没插言。

随后,外籍副行长返回北海,转飞深圳公干。他们入住了亿鑫订好的酒店,这是目前岛上最好的一家酒店,大概最多相当于普通三星级的标准。

大家商量着晚上出去在海滩上散步吃宵夜放烟花,任苒谢绝了,只说有些头痛,想早点休息。林波笑道:"也对,你在墨尔本留学,又去香港培训,大概早就看腻海景、吃腻海鲜了。"

她只是笑笑,并不说什么,回房后便洗了澡,半躺在床上看书。

只过了一会儿,内线电话响起,是陈华打来的:"任苒,下来,我带你出去转转。"

"谢谢陈总,我累了,不想出去。"

陈华笑了:"我不打算上来敲门惊动你上司和同事。"

任苒气得止不住发抖,匆匆换了衣服下楼,陈华正等在大堂里。

"你什么意思?"

"闷在这破宾馆里,头会更痛。"陈华若无其事地说,"走,我带你去海边坐坐。"

"我不想去,你别来……"她猛然打住,看到刘希宇、林波等几个人一块出了电梯。

陈华嘱咐刘希宇："希宇，替我好好陪林总转转，我带任苒出去走走。"

林波神态如常，另一位同事却多少有些意外地看过来，任苒没法当着他们的面发作，只得跟陈华走了出去。

他带她上了一辆吉普车，这时还是夏天，太阳迟迟不落，天色明亮，海风迎面吹来，感觉凉爽怡人。任苒的怒气平复下去，呆呆看着窗外。

一会儿时间，车开到了码头，那里停着一艘快艇，陈华示意："上去吧。"

"陈总想带我去哪里观光？"

"坐这种快艇，只要半个小时就能到双平。我们赶得及看那边的日落，你以前最喜欢坐在那边看太阳下山了。"

任苒漠然地说："请问双平也被列入陈总下一步的开发计划吗？也对，那里根本不可能停靠游船，没有批量接待游客的可能，资源更加稀缺一些，可以做更高端的项目。"

"我在这边拿地，已经与政府达成协议，双平我有优先开发权，可以最大限度保证那边保持原样，不被随意开发。"

"既然与工作无关，我不过去，陈总不会介意吧？"

陈华挑眉，嘴角带上一丝笑意："你在害怕什么，任苒？"

"现在我怕很多东西，比如不合理的重逢、不适时的故地重游、莫名其妙的感伤怀旧，都会让我尴尬。"

"能够面对一切，才是真正的坦然。"

"我从不怀疑，你内心强大，不介意面对任何人、任何场面。可是我不敢高估我自己，两年前我来这里时，"她慢吞吞地说，"已经发现了这一点。"

陈华微微一怔。

"就是你让阿邦给我送去两百万的当天，我到了这里。本来想一个人去双平看看，不巧赶上强台风，所有船只避风停航。我关在那个宾馆里，"她指指码头不远处，"待了二十多个小时后，台风停了，可是我也再没有了去双平的兴趣，随后坐船回了北海。"

她用的是平铺直叙的语调，仿佛在讲别人某个不值一提的经历。过了良久，陈华开了口："对不起，任苒。"

"你没有什么对不起我的，陈总。告诉你这件事，只是想让你知道，我早就下定决心不再缅怀过去，更不会跟一个陌生人去怀旧。那片风景现在是什么样子，将来会被谁享受，都跟我无关。请不要费心给我安排这种观光节目，我到这里来，只是因为工作。"

257

任苒转身，大步走回宾馆。

再次面对陈华，她越来越镇定，心底的波澜被成功控制到了最低。

然而，她并不为此开心。她清楚知道，从某种意义上来讲，这种镇定的反应，意味着她的心如同披上无形铠甲一样，已经形成了自我保护机制，再不会轻易受伤。

以后她还会那样义无反顾地去爱某个人吗？似乎不可能了。

也许对于成年人来讲，爱与被爱都是奢侈而不可强求的幸福。一切错失于时光之中的，只能沉淀成回忆。

任苒从北海返回北京后，重新投入按部就班的工作之中。

然而，几乎就在将要正式签署协议进入实施阶段的同时，国内一家较有影响力的财经杂志突然打来电话，要求约谈访问。

林波将传真来的采访提纲交给任苒："现在国家并没有开放外资银行投行业务，大家都在打擦边球。你也知道，英国人一向比较保守，就算是内部高层，对此也有不同看法，觉得我们这一步走得稍微激进了一点，难免会被人盯上。"

"可是我觉得这计划做得相当有想象力，并没有违背现行政策，又确实争取了发展空间。"

"业内人士都这么看，本来亿鑫是跟两家外资银行同时接触的，我尽力争取过来。不过谁也不可能公然站出来认这个账，弄得人行监管部门来调查。这家杂志的风格是不达目的不罢休，不理也不行。我已经约好一位记者下午过来，你出面跟他谈谈，看看他们到底掌握了哪些情况，还需要了解哪些情况，原则就是不透露任何不该透露的情况。"

任苒点头答应下来，回到座位后，按照林经理的嘱咐，对照提纲整理好自己的思路。她比约定时间提前十分钟到会客室等候，记者来得十分准时。他名叫章昱，看上去干练，却十分年轻，几乎还是个大男孩。

两人交换名片后马上进入正题，章昱显然有备而来，提的问题一个接一个，无不切中关节，任苒自然坚守上司给的底线，一场采访进行到后来，两个人都有些累了。

章昱合上采访本，关了录音笔，笑道："任小姐，放轻松，我承认我从你这儿挖不到什么了。谈点题外话，不算正式采访，有传言说贵行会将亚洲总部迁至上海，以员工的立场看，这消息算不算空穴来风？"

"所有空穴来风都未必无因，一方面上海在国内乃至亚洲金融业的地位越来越重要，会是所有外资银行的必争之地；另一方面，恐怕香港作为亚洲金融中心的地位还不会被动摇。"

章昱大笑："仍然是很标准的外交辞令，任小姐，你适合做新闻发言人。"

任苒也笑了："请不要怀疑我的专业水准。"

"可是这一场采访下来，我的专业水准要受到质疑了，没有挖到任何有价值的材料，对于一个好容易挤进杂志社的新人来讲可真要命。"

话是这么说，但他语气轻松，任苒自然也不以为意，送他出去，回头跟林波大致汇报了采访过程后，便重新投入工作，再没理会这件事。

新一期财经杂志很快出来，任苒不禁大吃一惊，由章昱与另一位资深记者联合完成的报道占据了显要篇幅，十分翔实地分析了外资银行自从进入中国后的发展轨迹，他们采访的对象上至监管部门领导、来自不同地域的两家外资银行首席执行官、国有银行行长、知名经济学家和相关行业人士，下至各银行员工以及不愿意透露姓名的消息人士。

涉及任苒所在银行悄然展开的投行业务意向，尽管合作双方用某行与某集团代指，可是双方订立的协议草案细节写得十分明确精准，明眼人一看便知。细看下来，任苒不禁惊疑不定。

果然，林波同样看到了报道，将任苒叫进办公室，细问她是否透露过合作协议，任苒坚决否认，林波叹气："这次有麻烦，合作协议除了大Boss、银行高层，就只有亿鑫投资部和我们部门参与的人知情。现在泄露出去，很难说会不会有后患，上面也许会追查这件事，你要有心理准备。"

出来以后，任苒打电话给章昱，章昱很爽快地告诉她，涉及他们银行的那一部分是由他的合作老师完成："他是资深财经记者，在这方面资源很多，但不管是他还是我，都肯定不方便透露消息来源。"

任苒知道，再继续追问也没有意义，道谢后便挂了电话。

第二天，任苒所在部门所有参与这个项目的同事都有份被叫去人事部门谈话，可是只有她一人正式接受过采访，压力相对来讲更大一些。她再度回忆采访的细节，并交了报告上去。

她所在部门有看不见的紧张气氛，大家埋头做事的同时，进行着私下交流，不过差不多没人来找她交换消息，似乎默认她已经成了风暴中心，避之则吉。

隔了几天，林波告诉她，跟亿鑫的合作计划已经基本搁浅，他会放假一段时间："Renee，上面决定调你去理财产品部门工作。"他满心烦躁，讲话不再如同以往那么谨慎，"英资银行因循守旧，给个人的发展空间实在有限，目前关于我的工作安排还没最后决定，所以我也不方便为你说话。你不妨先去那边报到。"

她无话可说，答应下来。她已经不是昔日刚入职的新人，知道在职场上，没有可能一定分出是非曲直，更何况也许还涉及同事私下议论、林波隐约透露的内部高层微妙的争执。

任苒默默出来收拾东西，与她做工作交接的丁晓晴并不打算掩饰明显的幸灾乐祸，声音不高不低地说："坐火箭上去的感觉很爽，可硬着陆的感觉恐怕就不大好受了。"

任苒权作充耳不闻，其他同事也并不附和，但丁晓晴意犹未尽，过了一会儿，突然将一份文件甩到她面前："这个你自己拿去找人事部门签字，不要指望别人擦屁股。"

平时大家再如何明争暗斗，也至少谨守着表面的礼貌，罕有如此当面出口不逊。任苒看看文件，再抬起眼睛看着她，慢条斯理地说："丁晓晴小姐，工作交接而已，无需带入个人情绪，文件该由谁拿去签字，你跟我一样清楚，不要随便甩来甩去。"

她的声音保持着一向的柔和，可是神态的冷漠多少令丁晓晴惊奇，她一时下不来台，更加急不择言："跟亿鑫的大老板关系不同寻常也不错啊，到理财产品部门，也许更可能要风得风要雨得雨，完成计划不费吹灰之力。说起来，上面的这个安排还真是明察秋毫，有天赋的本钱真是好。"

任苒扫一眼一同出差去北海的那个同事，那人正在格子间内做埋头认真工作状。她冷笑一声，将桌上装了妈妈照片的相框小心放入纸箱内："我们都是女性，是同事，这样自轻自贱没什么意思，请让开，丁小姐。"

另一同事打圆场地过来："我正好要去人事部门办事，顺路带过去好了。"

任苒接受了新职位，负责管理一个私人理财产品销售小组。部门经理坦白告诉她，相对于本土银行，外资银行在个人金融服务方面并无太大优势可言，部门能给予个人金融业务销售代表的支持相当有限，而这个部门也是外资银行人员流动最大的一个部门。管理一个小组的任务压力与工作量将会十分艰巨，他希望她有充分心理准备。

不用经理提醒，任苒也完全明白，对于外资银行来讲，较低端的职位都集中在个人金融服务部门。从资产管理部门调过去，绝对不意味着职业生涯的提升。

接手新的工作，她的忙碌更甚于以前。手下与她年龄相仿的业务代表每天要打成百上千个电话，搜寻可以说服的对象。她也必须与陌生人联络，安排登门拜访，还要考评下属的工作进度，适时鼓励，提出不足。

在香港度过了高度忙碌的八个月后，她并不怕繁重的工作，但她确实迷茫了。毕竟这个部门更需要的是高端客户资源，却不需要太多专业商业银行知识。对于她和她的部下这样外地留京工作、并无家世背景的人来讲，是极其巨大的挑战。

而且长远来看，从个人金融业务部门调到其他部门的机会可以说微乎其微，进去以后，基本上就留在了这个领域。干得不好，面临的就是被无情淘汰；干得好，在收入可观与升职的同时，意味着更大的业绩压力。

任苒再没有精力做计划中的MBA备考，脑袋里塞得满满的全是工作数据。

这种看不到明确职业前途的挫折感，让她觉得十分疲惫。

然而诡异的事情发生了，不知从哪一天起，开始陆续有人主动约见任苒，咨询个人理财业务并且爽快开户，然后再介绍新的客户资源给她。

局面如此轻易打开，她的心却沉甸甸的，没有任何轻松感觉。她谨慎地与客户沟通，并不急于扩大业绩，做严格的取舍，确定对方的风险承受能力后，有针对性地介绍理财产品，同时把一部分资源分配给小组成员访问，并要求他们不能贪功冒进。

她的业绩悄然之间稳定提升，以一个新人来讲，十分引人注目——在引来上司褒奖的同时，当然也引来同事各种私下的议论。

想到丁晓晴辛辣而刻薄的预言，任苒无法坦然。

可是新的客户来自不同行业、不同背景，共同的特点是财力不凡，相互之间却无甚关联，没有明确证据指向与陈华有关。这种情况之下，她既不可能盘问客户，当然更不可能跑去向陈华诘问什么。

陈华也没有再主动现身在她面前。

她从财经报道了解到，亿鑫与一家德资银行达成了合作协议，涠洲岛别墅项目顺利开工。

签约以及动工仪式的照片上，都没有陈华的身影。

没有一篇报道提及他的名字，他以一向的谨慎隐身于幕后。

任苒的工作十分顺利地上了轨道，她却日益烦闷，仿佛被一张看不见的网笼罩住了。她无法跟任何人谈起她的疑惑、困扰，包括祁家骏在内。

在通话中，谈及她的工作，她只说调了一个部门，需要负责的琐碎事情比以前多，但收入也有提高……

祁家骏谈他的家事，用的是同样轻描淡写的语气：订单有所增加，工人情绪相对稳定，供货商开始同意将结账周期延长，政府有牵头进行债务重组的意向……

她知道祁家骏和她一样，把可能引起对方担忧的部分隐下了。

祁家钰突然打她电话，透露了多一点情况，本来祁氏的情况有了好转，但整个皮革出口行业赶上了西方工业国家的反倾销调查，而祁氏是被抽中的企业之一，目前进入了书面答辩程序。

"这个调查相当严格,任叔叔过来帮阿骏跟我准备进行书面答辩,下一步打算联络同行提交申诉材料。小苒,现在形势突然严峻,还款给你的时间可能得推迟。"

"没关系的家钰姐,我不等钱用,等公司上了轨道周转开了再说。"

祁家钰叹一口气:"这个当口,莫家没完没了地跟我家谈判,要求明确答应他们的财产要求。唉,我妈一听到可能拿不到她孙子的抚养权就急了,病情反反复复,真是要命,一空下来就缠着季律师给她想办法。"

这件事是任苒无法接腔的,好在祁家钰也并不打算一股脑对她倒苦水,马上谈回正事,说是任世晏已经帮着请好了法律方面的专家,现在把资料发给她,请她再帮忙联络北京商务部的一位叫吕唯微的反倾销专家进行咨询,她当然马上答应下来。

任苒辗转查询到那位专家的办公室电话,打过去却无人接听。她想起一位同样从事出口贸易的客户邱先生以前与她闲谈时说起过遭遇贸易壁垒的事,打他电话,谈及吕唯微,邱先生说有过一面之缘,她连忙请他帮忙约见,邱先生思索一下,说:"我说不上话,不过别急,我另找个朋友帮你忙,他面子比我大。"

她再三道谢,第二天临下班时,却接到了陈华的电话:"任苒,马上下来,我在地下车库等你。"

她莫名其妙,而且不快:"我不记得跟你约好了见面。"

"老邱说你要约吕唯微,难道是我弄错了吗?"陈华心平气和地说,"吕唯微马上出差,你现在不下来,再想约的话,至少得等一周以后。"

任苒吃惊,可是知道祁家那边拖延不起,只得火速收拾好东西到地下车库,上了陈华的奔驰。

陈华打方向盘开出去,一边告诉她:"我让阿邦直接送吕唯微去机场,我们在机场碰面,有足够时间让你们谈话。"

"谢谢。"

"别客气。"

到机场后,陈华带任苒直奔星巴克,只见一位女士坐在那里。陈华介绍:"任苒,这位女士就是吕唯微博士。"

任苒上网查过资料,知道吕唯微今年三十五岁,是留美归来的学者,国际贸易专家,国内反倾销研究的权威人士,却没想到她看上去如此年轻,个子不高,身材苗条,穿着灰色开襟毛衣、深色长裤,清秀白皙的面孔上透着英气与睿智。

任苒与她握手致意，带着歉意说："不好意思，这么唐突来麻烦吕博士。"

她笑道："别客气，既然是家骢带来的朋友，我一定帮忙。"

任苒注意到她居然直呼陈华的原名，神态亲切，而陈华也没任何意外表情，显然两个人至少是从前就认识。她无暇多想，拿出资料进入正题。吕唯微效率极高，一边听她介绍情况，一边一目十行地翻看她带来的资料，讲了几条意见，思维十分缜密。

任苒飞速地做着笔记，唯恐漏掉什么。吕唯微却笑了："这个案例虽然涉及面不算很广，但相当典型。这样吧，任小姐，你不用记了，本周末我直接飞去Z市一趟，与祁氏见面，当面商量一下他们应该怎么应诉。"

任苒大喜过望，不得不佩服陈华的面子，马上拿手机打祁家钰电话，祁家钰听了一样十分开心。双方在电话里敲定了行程后，时间已经不早，陈华与任苒送吕唯微进了安检。

第三十章

陈华载着任苒从机场返回市区,任苒道谢:"今天很谢谢你,陈总。"

"跟我这么客气,可见如果不是因为祁家的事,大概不会接受我的帮忙吧。"

她笑了,满是自嘲:"我哪有那份硬气。"

陈华瞥她一眼:"你看上去很疲惫的样子,工作很累吗?"

"是有些累,"任苒知道自己最近状态不佳,"我正打算休年假。"

"准备去哪儿度假?"

"哪儿都不去,已经在驾校报了名,准备去考驾照。"

"让阿邦教你好了,他的驾驶经验比任何驾校老师都丰富。"

"那倒不必。我在澳洲拿过驾照,也开了大半年的车,主要是学交规,适应北京的路况。"

"你的楼下似乎不方便停车。"

任苒并不意外他知道自己住在哪里,只淡淡地说:"停路边呗,反正只打算买辆经济型的小车代步,不在乎有没有固定车位。"

"还是买辆安全系数高的车比较好,国内不比墨尔本那样地广人稀。"

她不语。陈华继续说:"你先去把驾照拿了,我让阿邦再给你陪练一段时间,然后陪你去挑车。"

她略为犹豫,嘴角挑起一个苦笑,到底还是说了:"陈总不光帮我找客户,还要帮我找助理跟保姆吗?"

"客户那件事,你不要想太多。我只是给你提供最初的机会,至于说服那些人接受你介绍的理财产品，信任你的专业能力，并把他们的朋友介绍给你，全靠你自己。"

"谢谢你维持我脆弱的自尊心。"沉默良久，她轻声问，"你还能把我的生活安排到什么地步？"

"我很想全部安排妥当，可惜你不会给我机会。"

"全部安排妥当意味着什么？是不是要给我买豪华公寓、名车，安排我读书……"她自顾自地笑了。

"你有没有想过，我不介意贺静宜跟你碰面，就是不打算对你有任何隐瞒，把我过去的生活完全向你公开。"

"那倒不必了，我没什么兴趣知道你的生活细节。不过我想象力有限，不知道还会有什么待遇，不如你来诱惑一下我？"

"我能拿什么诱惑你呢？物质只对向往物质的人有吸引力，你一直是个傻孩子，最向往的大概还是爱情，不过你已经不信任我能给你爱情了。"

"爱情不是别人给的，是自己感受到的。"

"如果我们重新开始——"

"不不不，请不要再讨论这个话题了。尤其是现在，我已经接受了你为我职业提供的种种便利，据说人向现实妥协了第一步之后，接下来就顺理成章不在话下。"

"你会吗？我很怀疑。"

"我不知道。我要谢谢你，很早的时候就给我提供了起点很高的体验，毕竟十八岁那年我躺在奔驰后座哭过，余生都可以再不用向往坐在宝马车里哭了。"

陈华莞尔："我是个很固执的人，开习惯奔驰后，并不打算换车。而且，从你十八岁的时候，我就对你的眼泪没抗拒能力，不想再把你弄哭。"

"信不信由你，我不怎么哭得出来了，到差不多二十五岁的年纪，还能对着一个男人哭个不停，大概得有几分表演型人格才可以办到。"

"任苒，你有没有想过，你把我逼到了一个可笑的位置。我跟你讲爱情，会被你鄙视、置疑；我如果诱惑你，就再也没可能得到你的爱情。"

"可是我真的不懂，你回过头来要我的爱情干什么？那是两年前你随手让阿邦了结掉的啊。"任苒一脸迷惑，"难道别后重逢，你多少发现了我有可取之处吗——这一点我真不敢想，以前我那么爱你，尚且没怎么打动过你。"

"你觉得我从来没有爱过你吗？"

"我倒是很愿意安慰一下自己，少女时期的痴恋不是一厢情愿的事。可是越长大我越明白，你早就警告过我，我跟飞蛾扑火一样，的确是一厢情愿。好在承认了这一点，接受现实并不困难。"

"你后悔那样爱过我吗?"

"我们在做访问吗?你问得这么详细干什么?我记得你以前似乎一直觉得完全看透了我,对我所有的行为都有现成的解释,没有一点好奇心。"

陈华看着前方,简短地说:"我以前是个自大狂。"

任苒不禁失笑:"那你现在仍然是,自大的男人会永远自大下去,我想象不出,你不自大了会是什么样。"

陈华也笑了:"好吧,我想我在你眼里早就定了型,也难怪,遇到你的时候,我已经是成年人。可是我们分开的时候,你还是个孩子,我错过了你从孩子到成年的时光,当然有好奇。"

"这好奇来得真奇怪,不过满足你好了。我不后悔。"

车内是一个突然的安静。

"是的,我爱过你,不过那种不计后果不计回报的爱,很难持续。跟你在一起的日子,我放纵自己享受了一段循规蹈矩长大的女孩子很可能体验不到的感受——我享受到了爱情本身,不讲道理、不怕受伤地去爱一个人,毫不计较地付出。"车子在一处红灯前停下,她转过头,不带任何负气地看着陈华,坦然说道,"是不是有点像飞蛾扑火?我一点儿也不需要后悔,至少我在不敢扑火的年龄再不用遗憾了。"

陈华蓦地转头看向前方,他的面孔隐在半暗光线之中,看不清表情。

交通信号灯转绿,车子重新启动,过了良久,他开了口:"你对我完全没好奇了,任苒。上次你坐在我车里,还是七年前,一路上,你不停问我问题。"

任苒清楚记得他们的第一次拥抱,她坐在他车上,漫游在汉江市过江的车流之中,她问了那么多幼稚的问题,试图通过一问一答更多地了解这个男人,然而她怎么可能再回到过去。她倦怠地靠到椅背上:"只有小孩子才会对陌生人好奇心旺盛,你也知道,我不是小孩了。"

"我来跟你坦白吧。以前你问过我第一个女朋友什么样……"

任苒连连摇头,打断他:"我没打算跟你交换隐私,你可别指望我也相应跟你报告我的生活。"

"我们其实可以这样来看问题,这算是很好的循环报应,现在你对我再没好奇,我对你有;你对我没了感情,我一样对你有。任苒,我们重新开始,你试着享受一下我的付出好吗?相信我,别的女人听不到我讲这句话。"

任苒有一会儿处于惊讶失神状态,不过她很快恢复过来,仍然摇头,干巴巴地说:"我必须说我很荣幸吗?可是以前梦寐以求的,现在唾手可得,却并不诱人了,我只有一点惆怅，真不好意思。"

"没必要拒绝得这么快，"车子停到她住的公寓楼下，陈华按亮车内的灯，"你可以考虑以后再答复我，多久都没关系。"

"没什么可考虑的，我没兴趣去玩这种恋爱游戏。"

"说到底，你还是不信任我爱你。"

她勾起嘴角，笑了："你谁都不爱，只爱自己，陈总，谁让你觉得有趣了、愉悦了，你就能让谁待在你身边。"

他诧异地扬眉："现在我能断定的确有人跟你嚼舌了。不过嚼舌的人没告诉你吗？我这几年只有一个女朋友，而且年初就分手了。"

她不愿意再谈论这个话题："与我无关。就这样吧，晚安，谢谢你，再见。"

任苒下车，大步走进自己租住的公寓，到了门口，她止步回头一看，陈华的车还停在原处。

北京的秋天来得十分迅猛，一阵秋雨之后，气温陡然下降，满街树木的叶子一齐变得枯黄，再一阵秋风刮起，裹起金黄的落叶，在他们之间盘旋飞舞不止，仿佛一个季节正式在她眼前上演更替。

然而，人的感情怎么可能如同四季一般轮回？

她转身上楼，的确再没有好奇了，根本不打算追问：你怎么会改掉名字，彻底切断与祁家的最后一点象征性的联系？这几年你经历过什么事？是什么促使你那样干脆利落切断我们之间的关系？又是什么让你回头站到我面前？

她丧失探究勇气的事情太多，不只是跟他的关系这个部分。

如果她把关于母亲的回忆小心收藏于心底，那么，她经历过的爱情也是如此。

有些问题，她永远不可能知道答案；有些问题，她再没有了知道答案的欲望。

这就如同时间在你面前关上一扇门以后，你知道那是一个结束，没必要回过头来重新打开它，徒劳寻求一个新的开始。

任苒利用休假考取了驾照，事先在网上做足功课，选好车型，然后拿出手头差不多所有积蓄，独自去买了一辆不足十万的小排量两厢车。

她第一次独自在国内开车上路，面对复杂的交通指示标志和密集得没什么间隔的满街车流，多少有些战战兢兢，开了半个小时后，终于放松下来。

转眼到了冬天，这个周末，任苒头一次开车出城。

北京的城市半径一直在扩大，真正的郊外一直在延伸。从拥挤的市区出来，沿着国道肆意奔驰,到了空旷的地方,她将车停在路边,下了车。眼前是一片临近冬天的田野,远方是同样荒凉的山脉,带着萧瑟气息,没有风景可言,身后不时有大货车呼啸而过,北风带着凛冽的寒意扑面刮来,她却浑然不觉。

她已经有相当长一段时间感觉如同被一张看不见的网笼罩着,买车很大程度是为了排遣这种苦闷感。

一阵急驰以后,再站在无人的旷野边,她确实有了一点释放的感觉。

祁家骏打来电话,告诉她,吕唯微对他们提出了至关重要的指导意见,同时还联络省商务厅,通过行业协会组织省内企业应诉,目前情况算得上乐观。

她为祁家感到高兴:"阿骏,这样很好啊。"

"是啊,要谢谢你,对了,还有……陈华。吕博士说跟他认识多年,所以愿意全力帮忙。"

任苒苦笑一下:"阿骏,我们要的是结果,你管她是什么原因呢。"

祁家骏也笑了,当然笑得没什么愉快的意思:"恐怕不止这一件事我没法不去想原因了。陈华昨天叫助手过来,声称愿意再提供一笔流动资金借款,但条件是我们说服其他债权人,把祁氏的债务集中转让给他。"

任苒不禁瞠目:"他要干什么?"

"不清楚,一般人这么干,就是意图收购,可是他的助手说,目前陈总没有收购的意思,也不想插手公司具体经营。他收购债务,成为公司唯一债权人后,我们一切照旧。"停了一会儿,他轻声说,"小苒,目前除了他,你就是祁氏最大的个人债权人,我不能不想到,他这个举动是为你而来。"

考虑到陈华与祁家以及她微妙难言的关系,任苒不知道说什么好了。祁家骏叹口气:"看父亲的意思,很可能接受他的提议。姐姐多少有些不是滋味,但也认为从大局出发,没必要反对。至于我,说实在的,很矛盾,我希望早一点把钱还给你,不过牵扯到他,我又实在不好做出判断,这样做对你好不好。请坦白告诉我,小苒,你还爱他吗?"

"我的爱没那么强悍、持久,可以不管不顾,得不到被爱、被需要的感觉,却一直维持下来。"她平静地说,强风将她的声音刮得支离破碎,带着苦涩的味道,"阿骏,请从公司的利益出发做决定,不必考虑我。"

"我怎么可能不考虑你?"祁家骏怅然一笑,"很抱歉把你拖进这件事里来。"

"为什么要对我说这话,阿骏?"任苒有强烈的不安感。

"不止这一件事,算了,我们回头再谈,现在我要去招待北美来的两个客户,再见。"

任苒心乱如麻，在车边站了一会儿，拿手机打陈华的号码，他很快接听，她直接问他："陈总，请问你收购祁氏的债务是什么目的？"

"不是因为这件事，你大概也不会给我打电话吧。"陈华略带嘲讽地说，"祁家骏这么快就跟你诉苦了吗？"

"何必扯上阿骏，这是与我自己财务有关的问题，我关心一下是很自然的。"

"你现在在哪里？怎么周围这么大的风声，还有货车的声音？"

"郊外。"

"这种天气跑到郊外吹风，你疯了吗？在哪里，我马上过来接你。"

任苒烦恼地说："昌平湿地附近。不用接，我开了车。"

"我住的地方离你不远。你过来，我们当面谈。"

任苒一口拒绝："我不打算去你家。"

"放心，是公共场合。"陈华无可奈何地笑，报出温榆河一个别墅区的会所名字，同时告诉她行车的路线。

任苒将车开过去时，陈华已经等在会所门口，他只穿着薄薄的一件衬衫，仿佛寒风对他根本没有影响。他上下打量她的新车，再看着里面女性气质十足的毛绒绒的方向盘套、安全带套和座垫，眼里不自觉掠过一丝好笑的表情。

他带她进了会所，这里装修得很符合别墅区的风格，将奢华处理成刻意的低调，却又无一处不流露出富贵矜持的闲适气息。

陈华点了曼特宁："在我喝过的咖啡里，这里最接近老李煮出的味道。"

提到老李，任苒眼前闪现那个和蔼风趣的中年台湾男人，记忆已经如此遥远，几乎有些微恍惚："他还在汉江市开咖啡馆吗？"

"他去新加坡工作了，上周我还见过他。"

任苒不想再叙旧下去："陈总，我们讲正事。请问你的借款为什么一定要附加这种条件？你既然不想染指祁氏，何必非要充当最大的债权人。你是想羞辱他们吗？"

陈华笑了："不，你把我想得幼稚无聊了。多年以前，我就已经认定我跟祁家没有任何关系，后来我甚至连唯一跟他们共有的姓氏都放弃了，哪有闲情羞辱他们取乐？"

任苒不得不承认，陈华说得有道理。她烦恼地用小勺搅动咖啡："对不起，我没立场来指责你，我只是觉得，这样集中债务，根本看不出会有商业上的利益，却会伤害……"

"伤害到祁家骏先生脆弱的自尊心吗？"陈华冷冷地说。

任苒哑然。

"你好像很喜欢借钱给别人,当年把你妈妈留给你的钱全借给了我。"

"那不是借,是投资。"任苒努力保持镇定,"请不要再扯到那件事上。"

"好,那就谈祁家骏好了。你借给他二百三十万,当初我还了你二百万,你用一年半时间赚到三十万,显然是很保守稳健的理财风格,我猜应该是你当时的全部财产。"

"我的钱我高兴怎么处理是我自己的事。"

陈华笑了:"任苒,我不是在跟祁家骏争风吃醋。你居然没想到,他不比我,当年你借钱给我,我只会觉得,你实在是……傻得可爱。他拿到你倾囊而出的那笔钱,压力很大,他的自尊心早就岌岌可危了。"

任苒再度哑然。她当然知道,从一开始,祁家骏就极其不愿意接受她的钱,后来念念不忘的也是尽早还款给她,也许他承受的压力确实比她想象的要大得多。她勉强开口:"我不认为你会关心他怎么想。"

"我当然不关心他,他从生下来就锦衣玉食,到现在才接受这么小儿科的磨难,不是什么坏事。我关心的是你,你一直有一点母性情怀,还有一点自我牺牲的倾向。如果他继续倒霉、颓废下去,你就会越发关心他,介入他的生活越深,他也会从精神上更依赖你。我现在解决这个债务,帮他断了这念头,既解脱了他,也解脱了你。对他对你来讲,都是好事。"

任苒恼火地驳斥:"你把我说成是一个圣母也就罢了,反正我在你眼里一直幼稚可笑,不过请不要那样批评阿骏。他也许不如你事业成功、为人成熟,可是我始终认为,那些根本不是评价一个人的唯一标准。"

"我也不打算再讨论他了。有一点你必须知道,我从来没拿你当圣母看,任苒,你只是天真、善良,而且勇敢。"

他的声音低沉,那双深邃的眼睛凝视着她,仿佛包含了无限内容,她突然不敢与他对视,本能地一偏头,苦笑道:"听起来很华丽,可也很遥远,就算我有过那些品质,也是过去的事了。"

"有些事情,永远不可能过去。"

"在你用钱解决掉我以后,对我来讲,有些事情就永远过去了。而且拿钱解决所有问题,确实是你一向的行事风格,一点没变。"任苒耸耸肩,将咖啡杯推开,站了起来,"既然你理由充足,从来没有自我怀疑,那随便你吧。"

陈华也站了起来,仍然凝视着她:"信不信由你,在该怎么对待你的问题上,我有很大的自我怀疑。有时我想,也许不管我做什么,也不可能再得到你的信任了。"

任苒淡淡地说:"你从来没骗过我,对我一直十分诚实,甚至还多次及时提醒我不要自欺。我们之间无所谓信不信任。"

她出来后，开车回城，陈华开着他那辆黑色奔驰，一直不远不近地跟随在后面，直到她拐上回家那条路，他才直行开走。

祁家骏突然中断了与任苒的联系，她再打电话过去，他似乎很忙碌，都是三言两语，很快便挂断了。

任苒有满心疑团，却不知道说什么才好。

无论陈华以什么理由邀约她，她都一概谢绝。在周末忙完工作后，她还是会独自驾车去郊外走走。

她也知道，这种离群索居、独来独往的状态未免颓废，于是试着加入车友会。

好在买这种小排量两厢汽车的，都是与她年龄差不多的都市男女，绝大部分是单身白领，来自各行各业，在网上十分活跃，很容易谈到一起。

车友会中有几个人精力充沛，每个周末都会安排不同的消遣，有时是在郊区农村搞烧烤，有时是爬山，有时是稍远一点距离的自驾游。

任苒给她的车配了手台，凑热闹地贴上车友会标志，开始参加他们的集体活动。

她已经差不多放弃了备考MBA，除了忙工作，周末便将有限的一点剩余时间花在出游上面，有些自我放弃的意味。有时想一想，不免有罪恶感，可再一想，她从出国留学到现在，都过得异常紧绷忙碌，到了力不从心的地步，似乎也有权放松一点。

不过那样的热闹她参与了，却没有太多投入感，最多也只是打发了寂寞而已。

这样一转眼到了新年，任苒突然接到莫敏仪打来的电话。

"小苒，请你劝一下阿骏，让他不要去澳洲。"

任苒大吃一惊："他要去澳洲？什么时候？"

莫敏仪有些疑惑："他没跟你说吗？他机票已经买好，明天就要动身。"

"他去干什么？"

"他说他要去那边工作。家里的公司刚刚上正轨，他突然要走，所有人都反对，爸爸妈妈声称一分钱不给他，他也不在乎。"

任苒心乱如麻："他甚至没跟我说起要去澳洲，而且你应该知道，你哥哥给我打过电话，其实不用他警告，我也会尊重你跟阿骏之间的夫妻关系，我不方便劝他。"

"对不起，小苒，我哥哥……我代他向你道歉。阿骏很善良，虽然那么渴望跟我离婚，也没对任何人提起我曾经丢下他跟孩子离家出走，和别的男人同居的事。我哥以为是他欺负了我，所以才会错怪你。"

莫敏仪言辞恳切，任苒心软了，叹了口气："算了敏仪，我不怪谁，但阿骏既然做出了决定，我不会干涉他对自己生活的安排。"

"可是……"莫敏仪有点急了，"我以前的男朋友在我回国以前扬言要杀了我，也要杀了他，我就是因为这个才逃回来，再也不敢回澳洲，阿骏回去会有危险。"

任苒大吃一惊："真的吗？你应该对阿骏说清这事啊。"

"我当然说了，从他决定要去澳洲那天开始，我就一直在说，可是说得越多，他越不当回事。他说他跟那个人无仇无怨，而且都过去一年多的事了。他觉得我危言耸听，无非是想拖着他。"

任苒也急了："你现在才告诉我这件事，我要阻止他的话，就是跟他说你告诉我的这些情况，他一样不会听进去。敏仪，你当时应该报警啊。"

莫敏仪苦笑道："我报过警，可是我英文表达能力有限，警察说也没有他威胁我的直接证据，我能怎么办？只有躲得远远的。我怕他会迁怒于家骏，他……是混黑道的，心理又有些变态，真的很危险。"

"你怎么会招惹上这种人？"任苒按捺不住，脱口而出，马上又觉得不妥，"对不起，敏仪，我没权利说这话。可是我该怎么劝他才好？"

"他一直爱你，你让他留下来，他肯定会留下来，我不要求他一定回Z市，他留在北京跟你在一起也行。请放心，我绝对不会干涉你们，也不会跟别人提起这件事。"

任苒一怔，恼怒地说："你这话是什么意思？"

"我问过季律师，他这次铁了心要去澳洲，无非就是分居满十二个月以后，可以单方面申请离婚，以后能跟你在一起。目前情况下，他要离婚，就只有这一个途径。"

提到季方平，任苒十分惊奇："我没弄错的话，她是负责处理祁氏经济事务的律师，什么时候做起婚姻咨询了？"

"她人很好，主动关心我，帮我想办法。好多事我跟我父母、哥哥也不方便讲，幸好有她可以商量一下。"

任苒冷笑了："敏仪，季方平是祁氏的律师，给她开薪水的人是你公公，她站的立场不用我说你也该想得到。你跟阿骏需要的是有事当面交流，而不是听一个外行律师发表意见。"

莫敏仪默然，过了一会儿才说："交流，谈何容易？现在的情况是，我不排斥离婚，可我不能去澳洲，而且我不能告诉家里人原因；我家里人一直要求我直接跟祁家提离婚条件，可祁氏的情况才刚有好转而已，我开不了这个口。请你务必阻止他去澳洲，尤其不要去墨尔本，我求你了。"

第三十一章

任苒思忖再三,还是拨通了祁家骏的电话:"阿骏,你要去澳洲吗?"

"对,明天的机票。"

他回答得如此简捷,任苒纵有无数疑问,也只好抓紧时间说起莫敏仪的警告,但祁家骏很不以为意:"敏仪跟你打这种电话干什么?她这两年有些神经质,你别受她传染。"

"可是她真的很害怕那个人,说他是混黑道的,很变态很危险。"

"上次他来闹事,报警以后,我找律师查过他的案底,犯的无非是吸毒、打架伤人之类的小案子,不是那种拿刀拿枪砍砍杀杀的黑社会。敏仪大概被他吓坏了,天天胡思乱想,才特意说得夸张。"

任苒将信将疑,犹豫一下:"那你为什么一定要过去?"

祁家骏淡淡地说:"我想换个环境,换个活法。"

"阿骏,我不知道你这么讨厌祁氏的工作,也许我太自以为是了,尽拿那些大道理压着你。"

"不关你的事,其实工作就是工作,没几个人能有热爱工作的幸运。很抱歉,小苒,让你失望了。再见。"

任苒有满心疑惑找不到答案,想来想去,只得拨通父亲任世晏的手机,准备问一下祁家最近的情况,不料接听手机的竟然是季方平。

"他刚出门,手机忘在家里了。"季方平声音冷漠地说。

273

她当然无意与之对话:"谢谢,我回头打给他。"

"等一下,任小姐,现在有胜利感吗?你让一个男人不顾家里所有人的反对,哪怕一分钱拿不到,也一定要去澳洲摆脱他的婚姻。想想看,我当年不过是默默等待,就被你憎恨辱骂挖苦了一个够。不知道你是怎么评价自己的行为的,果然所有的道德都最适合用来约束别人,你的双重标准还真是让我好笑。"

任苒没料到她如此主动发难:"请不要对你根本不了解的事情说三道四。"

季方平发出一个冷笑:"别忘了我是祁家的律师,祁太太、莫敏仪都来跟我咨询过,对于这件事,我比你想象的要了解得多。莫敏仪也许有些傻里傻气,不知道该怎么对付你才好,祁太太可是明确说了,她绝对不接受儿子选择你。"

任苒深吸一口气,让声音平静下来:"季律师,想必你等今天这个回敬我的机会很久了吧。不过让你失望了,有道德底线的人根本不需要别人来质疑,自己就先要接受良心的拷问。不管你以你的眼光了解到什么,以你奇怪的心态掺和了什么,我都可以站到我妈妈面前说,我从来没忘记过她给我的教导,无须因为行为卑鄙、心地恶毒而感到羞愧。"

不等季方平再说什么,她猛地挂上了电话。

任苒本来就心情不好,这一番对话越发让她极度郁闷——更重要的是,她充满了自我怀疑。

正如她说的那样,她其实没有间断过拷问自己:如果祁家骏的婚姻不够美满,她是不是全然无辜?

当然,她的确努力保持着与祁家骏的距离,但她并没有按最断然的做法,和他彻底不相往来。

在母亲离世、与父亲的关系只余一个节日问候以后,祁家骏是这世界上她最亲的人,她不能想象失去他的关心后会怎么样。而这份感情该如何界定性质,她完全茫然,不愿意去多想。

如果在众人眼里,她都是祁家骏婚姻破裂的原因,现在祁家骏要远走澳洲,也与此不无关系,那么她那样刻意不介入他的生活,就显得十分可笑了。

她在努力坚守,却不知道这样的坚守是不是一种逃避。

甚至她将这段感情定义为兄妹之情的努力也是自私的,她怎么能如此否定祁家骏对她的付出。

想到她母亲,她控制不住一阵悲伤。

任苒第二天请了假,开车直奔机场,从国内到达厅出来的祁家骏看到她很吃惊:"你怎么来了,小苒?"

"我打电话问家钰姐,她告诉了我航班。"

祁家骏无可奈何地一笑:"她真是多事。"

任苒并不说什么,从背包里拿出一个装在布套里的保温饭盒递给他:"拿着,我走了。"

祁家骏连忙拖住她:"别走,这是什么?"

"午饭。你不是下午两点的飞机吗?你要是喜欢吃机场的饭菜或者飞机餐的话,就扔了得了。"她甩他的手,他却紧紧握着不放。

"小苒,陪我坐坐。"

她本来还要赌气,可是抬眼看到祁家骏消瘦的面孔和眼中的恳求,心顿时软了,默默接过他手里的旅行箱帮他拖着,两人去了另一个飞国际航班的航站楼,在候机大厅找到相对安静的位置坐下。

祁家骏打开保温饭盒一看,里面是热气腾腾的米饭配着几样菜,都是他爱吃的口味。他大口大口地吃着,一边说:"真好吃,小苒,你现在烹饪手艺比以前厉害多了。"

任苒坐在一边不吭声。

祁家骏全部吃完:"很久没吃这么多,快撑死了。看在我这么捧场的分上,别生气了。"

"我没生气,我只是难受。你去澳洲,是不是为了让别人不说我们闲话?"

祁家骏的脸沉了下来。他仔细将饭盒擦干净盖好,重新装入布套里面,放到一边,任苒不安地看着他:"阿骏,其实我不在乎别人说什么……"

"我在乎,小苒。猜测我们关系的全是我们的亲人,我不介意告诉他们,我一直爱你,可是如果我把你放到和当年的季方平没有两样的位置上,我会鄙视自己,也没法再面对你。我们之间的感情,经不起这样的亵渎。"

任苒垂下头,双手紧紧握在一起。

"我不能去跟每个人解释,我的婚姻是一个错误,早就已经名存实亡,和你没有关系,那样会伤害敏仪。她是我儿子的妈妈,从一开始,我并没能好好待她,至少这一点面子我要留给她。所以,小苒,对不起,我想来想去,唯一能做的是什么也不说,走得远远的,尽量让你远离这件事。"

任苒的眼泪扑簌簌落了下来,祁家骏伸手轻轻拍拍她的肩头:"别哭,没什么可伤心的。这对我来讲,也是一个机会。现在祁氏的情况渐渐好转,有爸爸和姐姐足够了,我还来得及去做一份更适合自己的工作。"

"我昨天听家钰姐说,你准备去她的同学肖钢在悉尼办的那个IT公司工作,肖钢最开始有意找你入股。可是祁伯伯和赵阿姨生你的气,一分钱也不肯拨给你。"

祁家骏没想到姐姐什么都跟任苒说了,烦恼地皱眉:"我没打算拿他们的钱,别人能在澳洲生存下去,我也能。"

任苒沉默一下,转移话题:"你留在悉尼工作就好,最好不要去墨尔本,敏仪说的那个人不能不提防着。"

"别担心,虽然我比较喜欢墨尔本,不过显然悉尼的工作机会肯定多一些。"

她稍微放心:"如果在悉尼工作就得租房了。你记得上那边的中介网站好好看看,做一下对比,不要只听经纪一说就点头租下。"

祁家骏忍不住笑了:"小苒,你是不是对我独立生活的能力很没有信心?"

"不是啊,我自从负责一个小组的工作后,就变得越来越唠叨了,这大概是职业病。"

"我知道你不放心我,有什么话就直说,小苒。"

任苒迟疑一下,终于期期艾艾地说:"家钰姐觉得,近两年澳洲IT业明显恢复景气,肖钢的公司做IT服务,发展前景不错,只是她很遗憾现在家里不肯调资金给你。其实……那个,我目前没什么要花钱的地方,如果……"

"小苒,我不能再拿你的钱了。"

祁家骏的口气毫无商量余地,任苒不吭声了。

"对不起,小苒,这次去澳洲,我想让自己真正独立。本来就没打算要家里的钱,更不用说找你借钱了。"

任苒抿紧嘴唇,一声不吭。

祁家骏无可奈何地摇一下她的肩头:"生我的气了吗?"

"阿骏,创业需要资本是很自然的事。我一向以为,我跟你之间,用不着计较谁拿了谁的钱。"

"我比你大两岁,小苒。"他看着前方,平静地说,"你已经工作了三年多,而我一直过的是二世祖的日子,除了最近一年,我没正经做过一份工作……"

任苒打断他:"可是家钰姐说你这一年工作努力的程度让她和祁伯伯都很吃惊。"

"是呀,我努力了,不过祁氏并没在我手里起死回生,也许在很长的时间里还得苦苦挣扎,仰仗陈华的帮助……"

任苒再度打断他:"不要去跟他比,阿骏。"

祁家骏笑了，神情平静温和，没有任何负气之态："从小我就被拿来跟他比，由不得我。这一年时间让我知道了，我确实不用跟他比，他做到的，我可能永远没法做到。我不是商业奇才，对IT公司的运作没有概念，要学习的东西很多。肖钢愿意雇用我，是因为他和一起创业的同学都是做技术的，他们需要有可靠的人去做市场。如果拿着你的钱去当合伙人，听起来也许很风光，可是无论成败，我再想到你，都不可能坦然了。不，小苒，我宁可从一份普通的工作做起，这样我才能单纯拥有对你的感情。"

任苒怔怔地看着他，眼中有酸涩的感觉，她努力想调动起一个笑意，却还是没成功。祁家骏回过头来，注视着她，笑容里带上了几分苦意："我知道，你不想我提感情，放心，我不会再提的。我这一去前途茫茫，至少要先赚出离婚赡养费，给敏仪一个交代，哪有资格拿感情来困扰你？"

任苒再也控制不住，眼泪重新落了出来。

"小苒——"

任苒突然转身，伸手抱住了他，他微微一震，随即紧紧搂住她。

"别为我担心，想通那一点后，我轻松了很多。我以前一直过得不认真，总以为既然得不到你的爱情，就有权放纵自己。到后来我才知道，我不能把什么都归咎于命运，选择是自己做出的，每一个放纵都有后果，有时这后果伤人伤己，也不得不承担。现在明白这个道理，还不算太晚。"

任苒几乎要说：不如你留在北京。可是这句话哽在喉间，她到底没办法讲出口。

两个人都再也没说什么，只体会着这样倚靠着的亲密感觉。从童年到现在，兜兜转转，给了他们最大安慰的，始终还是彼此。

任苒想，她无法去弄清这份感情算是亲情、友谊还是爱情，也许爱本来就是一个极其宽泛的概念，就算有人指责她，她又怎么可能否定他们之间的感情？

往事一点点在眼前浮现。

她四岁时，他带她玩捉迷藏，她走丢了，他在Z大的校园里找了三个小时，把她找回来，当时，他不过六岁。

十六岁时，他陪她经受了母亲去世的悲痛；她被父亲带到一个陌生的城市读书，他特意考过来陪她。

十八岁时，她离家出走，沉浸在对一个男人不可理喻的爱慕里，完全忽略了他的感受，他仍然不断去深圳、去广州找她。

二十二岁时，她去凭吊她的爱情，他开车去北海接她回家，让她知道，就算失去爱情，也不是末日。

……

人来人往的机场大厅，满目是脚步匆匆来去的旅客，每天上演无数聚散离合，没有人注意到这一对静默的年轻男女。他们也无视着眼前的熙熙攘攘，人来人往。

然而时间不会止歇于任何一刻。

任苒看着祁家骏换好登机牌，托运行李，马上要安检，她再次叮嘱他："别把敏仪的警告不当一回事，不要随便去墨尔本。"

祁家骏微笑道："我会爱惜自己的，小苒，放心。"

他张臂再度抱一抱她，马上放开，大步走进安检。任苒一直注视着他挺拔的背影，而他似乎感受到她的注视，在进去的刹那回头对她挥手微笑，那个笑容明朗，是她从小便已经熟悉的。她勾起嘴角，努力笑得开心，同时向他挥手。

他消失在她视线里，她的心空空荡荡，理不清是什么滋味。她想，也许分开一段距离，他们能将感情看得更清楚。

祁家骏去了悉尼后，很快开始工作，并跟肖钢以及另外一个中国人合租住下。他在网上告诉任苒这一消息，她顿时松了口气。

春节假期到了，从到澳洲留学起，任苒就习惯了一个人的除夕，不肯参与聚在一起包饺子吃饭、嗑瓜子吃零食看春晚的集体娱乐。

最初，她是想独自怀念与祁家骢在双平岛上度过的那个春节，那是她那段爱情里最美好的日子。

以后，她不用再刻意怀念什么，甚至想做到忘却，也习惯了接受一个人过节，像过平常日子一样。

北京下起了小雪，雪花纷纷扬扬飘洒，增添了几分节日气氛。

任苒窝在家里，照例打电话给父亲，问一声新年好。任世晏关切地问她："有没有吃饭？"

她一个人，当然没心情做年夜饭，只随便做了点东西吃了："吃过了。"本来打算说再见，却鬼使神差地说，"我在看妈妈留下来的一本书。"

摊在她膝头上的，的确是《远离尘嚣》这本书，这是她用来让自己平静的法宝，而几年来头一次在父亲面前提起母亲，让电话那边一下沉默了。

"春节快乐，爸爸，再见。"

"小苒，你母亲一直爱看书，我记得她喜欢狄更斯，还有托马斯·哈代。"

"我拿的就是托马斯·哈代的小说，她在最后……住院的时候，一直在看这本书。"

任世晏再度沉默。任苒想，不管是指责、辩解或者忏悔、原谅，都无法修补他们父女之间的关系了，到了现在，母亲到底只存在于她心中，她又何必跟早已经开始另一段生活的人谈起？

"新年快乐，注意身体，我挂了。"

北京这一年春节由全面禁鞭改为限制鸣放，从早上起，老式宿舍区内鞭炮响得此起彼伏，不绝于耳。骤然经历这样久违的喧嚣，衬得她一个人越发孤单。

她开着电视机，让室内多少添点热闹气氛，歪在沙发上给客户、同事分别发着短信，客厅门铃突然响起来，她有些意外。她这里一向少有访客，更何况是在大年三十的深夜。她走到门边从猫眼望出去，不禁一怔，站在门口的是陈华。他肩上头上沾着雪花，手里拎着一只红色塑料桶，多少显得有些不搭调。

她拉开门，两人四目相对，不等她开口，陈华彬彬有礼地问："我可以进来吗？"

她只得侧身，他走了进来。

"新年好，陈总，这么晚有什么事吗？"

陈华微微一笑："不好意思，我似乎是个不速之客。这个送给你，任苒。"他将手里拎着的塑料桶放到地上。

"是什么？"

陈华揭开桶盖，一股咸腥味道散发出来。任苒定睛一看，里面居然装着大半桶海蟹，挤挤挨挨地动弹着，吐着泡沫。

这份意外的礼物让她有些哭笑不得，正要说话，心中却骤然涌上一丝疑惑，她不去理会，努力保持着正常语速："陈总太客气了，我不敢当。"

陈华不禁失笑："这么正式，你是存心堵住我，不让我说你不想听的话吧。"

"我还可以更正式一点儿，比如：陈总，谢谢你对我工作的大力支持……"

"真要谢谢我的话，"陈华不理会她刻意保持距离的语气，"任苒，做晚饭给我吃吧。"

任苒吃惊地看着他，想不通他怎么把要求提得这么理直气壮。

"你看，飞机晚点，我一直没吃什么，而且今天是大年三十，这么晚了，让我一个人满街去找餐馆再一个人吃饭也不够人道。"

任苒无可奈何："我打算明天出去玩几天，家里什么也没准备。"

"我没敢想让你给我做一桌菜出来，现在提这要求注定是自讨没趣，做你以前爱做的海鲜粥就可以。"

任苒下意识看向面前那一桶螃蟹，有些疑惑他的来意，可是却再找不到拒绝的理由。

"需要我帮忙打下手吗?"他反客为主地问。

任苒只得叹一口气:"不用了,你请坐。"

陈华脱下外套,坐到沙发上,一眼看到身边放的那本《远离尘嚣》,他几乎是不由自主地伸手拿起了书。

他当然清楚记得,任苒随他离开深圳,一定要带上这本书;隐居广州和后来去双平时,一直都在看这本书。在双平岛上,她会躺在吊床上看,几年过去,书脊已经磨得泛白,边缘略有破损,内页纸质带着暗黄,书角微微翘起,显然,任苒看这本书的时候很多。

任苒接过他的外套拿去挂起来,回过头来,连忙伸手从他手里拿过书,走进卧室放好,然后一言不发地径直拎着桶进了厨房。

她先捡了几只螃蟹出来洗刷干净,放入蒸锅蒸熟,再用刀斩开,剔了蟹肉出来,和敲碎的蟹钳一块放入砂锅里,加入米、食用油、姜丝和水,等烧开后,调成小火煮着。这是她在双平学会的,多年没试,做起来却似乎不假思索,没有一点障碍。

粥很快煮好,任苒装了一盘家乡的腌笋丝,一块儿端出来:"只有这些了,请随便慢用。"

陈华吃着粥,跟过去一样,他吃什么都不会流露出很有胃口的样子,可是吃过一碗后,他要求再盛一碗,全部吃完后,他说:"谢谢,很好吃。"

任苒笑:"别客气,时间不早了,饭也吃过了……"

"别急着逐客,我们谈谈吧。"

第三十二章

　　任苒无可奈何,却深知陈华根本不好打发,她只得收拾了餐具,拖张椅子坐到他对面,摆出一个认真交谈的架势。

　　"陈总,您有什么话要谈?"

　　陈华拿出手机,按了一个键,里面传来轰隆隆的声音。任苒一下呆住,这个别人听来没有意义的声音落在她耳内,她马上分辨得出,是双平特有的海浪声。

　　双平是一个类似盆地的小岛,四周高中间低,只有一窄条沙滩,其余地方四周全是悬崖峭壁和深深浅浅的洞穴,海浪日夜不停冲刷回旋,乍听之下,声势如同雷鸣一般,十分杂乱惊人。等到习惯以后,便可以辨出其中的节奏感,完全不同于别的地方潮汐涌上沙滩一波一波温柔拍击的声音。

　　有几年时间,这个声音如同面前这个人一样,时时萦绕她的心间,以至于不管到了哪一处海边,她都会情不自禁地回忆、比较。

　　她完全没想到,在已经渐渐淡漠以后,此刻在这深居内陆的斗室中会再次听到久违的海浪声。

　　这时,窗外响起一阵密集的鞭炮声,淹没了手机里传来的海浪声音,同时让任苒从失神状态中清醒过来。她艰涩地说:"这么说,螃蟹是从双平带回来的,还特意录下海浪的声音给我听,陈总好雅兴。"

　　"昨天我在双平,"陈华收回手机,靠在沙发上,"到了半夜还是睡不着,走到海边抽烟,突然很想给你打电话,可是拿出手机,才想起那里没有信号。"

"想跟我说什么？现在说吧，我可以配合一下，假装我一直在等你电话。"

陈华嘴角露出一个隐隐的笑意："我就知道放这录音给你听，会被你嘲笑，不过没关系，我还打算继续抒情。"

任苒倒无话可说了。

"任苒，我已经失眠了好几年。你以前就知道我睡眠不好，对吗？"

任苒干笑一声："你想问什么？我知道的关于你的私密还真不少，比如你爱裸睡，不知道和在我之后的女友一起时是不是还保持着这习惯。"

这个嘲讽并没让陈华动容，他凝视着她："和你在一起的那段时间，是我最潦倒的日子，可也是我睡得最踏实的日子。"

任苒苦恼地低下头，端详着自己的手。

"其实我要说的部分一点不抒情。走在海边，我突然知道，为什么这几年的春节，我都不由自主要去双平。"

"每个人都有一点癖好，并不一定要找出一个理由来，更没必要对别人解释。"

"你看，你铁了心要拦住我说下去。就算有信号，我也能想象得到，你不会欢迎我的电话。我傻乎乎弯着腰抓了大半晚上的这桶螃蟹，就像上次想带你去双平看日落被你拒绝一样，这些事只在合适的时间做才算得上浪漫，时过境迁，就成了可笑、徒劳。不过我似乎没为你做过什么徒劳的努力，现在补上，可笑也无所谓了。"

"那倒不必。"任苒微微一笑，"你以前也不介意偶尔做一点平时不屑做的事哄哄我，比如拿着花陪我招摇过市。在这方面，我没什么遗憾，我可以毫不保留地夸奖你，对于一个爱幻想的傻姑娘来讲，你确实已经满足了她的全部想象。"

"也就是说，你对过去毫无遗憾？"

任苒后悔坐在他面前了，这间客厅狭小，她只是单纯不想与他并坐在那张沙发上，可是现在这样面对面，她要么与之对视，在他的视线之下，她越来越难以保持镇定；要么避开他的目光，而他步步进逼，根本不给她闪避的机会。

"我的遗憾不同于你，陈总。我很遗憾那一段过去成为你刻意唤起我的记忆，对我来讲，这是一种困扰。"

"对你这样有一点固执的女孩子来讲，一本妈妈留下来的书尚且会一看近十年，绝口不提过去，刻意去淡漠、遗忘才是最大的困扰。"

"你多虑了，陈总，我怎么可能淡漠呢，我也没必要去忘记什么。"任苒清晰地说，"不过，我始终没办法像你一样毫无障碍地把过去和现在这样联系起来。双平对我来讲，是回不去的一个地方。最美的风景留在过去，我和我爱的人曾经经历过，已经足够，无须拣特定的日子和一个陌生人去重温。"

"总而言之，你既不想重提过去，也不想重新开始，根本不想给我任何机会证明我爱你。"

"我还是那句话，陈总，你并不爱我，你只是觉得我应该一直爱你。我想象得到，你能做的证明无非就是无微不至地照顾我吧。"她微微笑了，"我现在有一份过得去的工作，托你的福，手头还有数目不算小的存款，我的物质欲望并不强烈，可以在这个城市生活得不错。锦上添花是一件好事，只是这个诱惑没大到让我低头的地步。"

"尽管你不会相信，似乎也不打算接受，我还是得把我准备给你打电话讲的话讲出来。我没有自大到会认为你应该一直爱我，事实上，我一直爱你。"

外面鞭炮远远近近地持续响着，不停有烟花带着啸音升腾而起，从窗外掠过。任苒突然有一个奇怪的感觉，此情此景，他们仿佛在某个时候曾经经历过，然而记忆如同烟花迸裂后飘散开来的碎片，在脑海中浮动不定，稍纵即逝。

她曾以那么大的热情爱他，曾那么渴望从他那里得到爱。

然而曾经渴望的，如今摆在她面前，却失去了诱惑。

她看着陈华，迷惘而难受。

"你会一直爱着某个人，后来让助手打发她吗？这种爱的方式，恐怕我接受不了。"

陈华默然良久："那是我犯的一个错误，我愿意用以后的日子来弥补你。"

"不用了，陈总，你对我没什么亏欠，我不需要弥补。过去的事让它过去好了。我爱过一个叫祁家骢的男人，你是陈华。也许你能证明不管你叫什么，你仍是你。可对我来讲，你只是陈总。两个陌生人，不适合再来讨论感情了。"

她一口气说完，便要起身站起来，可是陈华的动作更快，他伸出一只手按住了她，那个力道让她停留在原处不能动弹。她诧异地看着他，只见他俯身过来，面孔离得她很近，犀利的目光逼视着她。

"你设想你将来会过什么样的生活，任苒，从此不再爱任何人吗？"

任苒一怔，随即笑了："我们不要把生活弄成一个末流肥皂剧好不好？不，我并没有心如死灰，也不想活得孤单悲惨。我猜我……会爱上一个性格温厚的男人，前提是他先很爱我。主动去追求一个人，对我来讲有一点难度。相处到一定程度，我们会结婚，在合适的地方安下家，我会尽力当一个贤惠的妻子，像我妈妈那样——"

说到这里，她猛然打住，心底泛上一阵尖锐的疼痛。

像妈妈一样吗？性格那么善良、坚强、勇于牺牲、慈爱的母亲，是她从小就想成为的人，然而现在不假思索讲出来，却几乎是一个自我诅咒。

母亲是因为无望的爱情，还是对她的责任在忍受不忠的婚姻？父母之间的爱是从哪一刻开始被动摇直到不复存在？如果所有的感情都谈不上永恒，是不是我们只能享受眼前欢娱，无须希冀与怨恨？可是母亲怎么能在那样的绝望以后，仍然希望她能保持天真的心态，不受伤害地成长……

自从知道父亲的私情以后，这些问题长久而反复地折磨着她，随着时间流逝，她发现，不知道从哪一天起，无需别人再来开解她，她不再苦苦思索，与自己纠结；可是压到心底，并不代表淡漠或者遗忘。

她痛苦地将头扭开。

陈华显然清楚她在想什么，他的手加了力道握紧："这么多年，你还是没法为你妈妈释然。你看，所有的感情都是一个冒险，哪怕对方是一个你认为的温厚好男人。那么，不如跟我在一起，我爱你，如果你需要婚姻做保证，我乐于求婚。"

任苒吃惊地看着他，他的神态平静，可是那双深邃的眼睛里闪烁着陌生的光芒，她没有看到过这样的他，不禁迷惑不解，却很快镇定下来，客气而慎重地回答："你要真的像你认为的那样了解我，就会知道，其实我不可能对婚姻寄予厚望，婚姻什么也保证不了。我这就答复你——谢谢你，我不接受这个提议。不爱一个人，却跟他结婚，那不仅是一场冒险，根本违背了我的原则。要是不小心再一次爱上你，我会输不起；要是始终不爱你，那我成了什么？"

"你在不知道我是不是爱你的情况下就跟我在一起了，现在给我一个机会，证明我可以爱你，让你生活得幸福。如果你始终不爱我，那也是我愿意承受的结果。跟我在一起，任苒，我不会强加你任何事情，相反，我会给你绝对的自由，让你做你想做的事情，过你想过的生活。"

他的声音低沉，满含着魅惑。隔着衣服，她能感受到他手掌的温度和力度，他的身体离她十分近，带着无形却强烈的压迫感，她突然有呼吸困难的感觉。没等她说话，他突然站了起来，同时拉起她，双手收拢，紧紧抱住了她。

他的嘴唇灼热地压到了她的唇上，几乎没一刻停顿地吻下来。

这个吻带着汹涌的贪婪与热情，不容抵挡，一时之间，任苒似乎失去了行动的能力，只能被动地回应着。

正在此时，她的手机响起。这个音乐声盘旋在室内，让她清醒过来，她用尽全力摆头，挣脱了他的嘴唇，哑声说："放开我，请……"

铃音继续响着，他轻轻松了她，她努力撑着，茫然四顾，找到手机放的位置，走过去拿起来一看，是祁家骏打来的。她顾不上说什么，走进卧室接听。

祁家骏那边并没放假，他告诉她，加班完毕后，他和肖钢还有其他几个同事一块儿吃了宵夜，然后聚在一起聊天看电视算是过节。现在他已经回房休息，一时睡不着，想到马上是国内的午夜了，于是给她打电话。

任苒终于让紊乱的呼吸节奏平缓下来。

"听到我这边的鞭炮声了吗？"

"真热闹，我给家里也打了电话。敏仪告诉我，小宝已经敢自己去放鞭炮了，拦都拦不住。"他叮嘱她，"你不要一个人闷在家里，多出去走走。"

"我知道，我跟车友会的人约好了，明天开车出发，自驾去张家口塞北滑雪场滑雪。"

祁家骏笑了："以前在Mt.buller（墨尔本附近的一个滑雪场），刚开始你跟敏仪摔得发誓再也不去了，后来到下午五点雪道要关闭了，你们还舍不得走。"

那是他们刚到澳洲不久，祁家骏开车带她们去滑雪，后来三个人再也没有同行过，现在想起来，那样看不出什么忧虑的日子，显得十分遥远了。

她不愿意多想下去："听说张家口有好几个滑雪场，还可以吃烤全羊，体会塞外风情，多过瘾。"

"那就好，戴好护目镜，玩得开心一点，一定要注意安全。"

通话结束，任苒心乱如麻，她放下手机，几乎想躲在卧室再不出去，却又不得不出去了。

她不看陈华："陈总，时间不早了，请你……"

陈华走近她，她本能地退缩了一下："请不要这样，不然我只好当你已经是在违背我的意愿强加于我了。"

"你明明对我有感觉，何必非要抑制自己？"

"那是身体的本能反应，跟爱是两回事。"任苒疲惫地说，"你是男人，在我之前和之后都有女朋友，不必问我身体反应是什么吧。"

陈华几乎啼笑皆非："刚才电话是祁家骏打来的吗？"

"对。"

陈华在她一步之遥的地方站定，静静看着她："又是祁家骏。任苒，你还是一个固执的傻孩子。我不想看到你把自己陷在他的生活里，他可能给你带来的只是麻烦。如果他像他宣称的那么爱你，根本不应该有你在身边，却去跟别的女人结婚生孩子，然后带着一个已婚男人的身份，不停地来招惹你。"

"陈总，你一向自负、强悍，能够完全按你的想法安排生活，做出判断没有任何犹疑,大概很容易忽略其他大部分人都是凡人,有时软弱,有时迷惑,会犯错误,会做傻事,会伤害自己的同时伤害别人,并不总是清楚自己真正需要的是什么,应该始终坚守的是什么。我跟阿骏都是这样的凡人,让我们过自己的生活,不用你来费心批评。"

陈华苦笑道:"只要一涉及他,你的牺牲精神就占了上风,没法客观。"

任苒并不生气,也笑了:"我要怎么说,才能让你相信,我并不打算牺牲自己。牺牲精神很伟大,可有时候是一种强加于人的情感。我妈妈牺牲了她的生活,想成全一个幸福的家庭给我,我还是幻灭了,我为她的牺牲感到痛心、不值,如果可以重来,我情愿她活得自私一点。我永远爱我妈妈,不过,我不会走她的路。以后我会尽力做到不把我的感情强加给别人,也不接受别人的牺牲。"

"你爱祁家骏吗?"

"大概我们之间,不是你理解的那种爱。没错,我不怕对你承认,阿骏爱我,我也爱他,我们都对父亲失望,对未来恐惧,从我们还是两个孩子的时候起,就已经相互依赖得太深,不可能放弃彼此了。"

"你甚至弄不清这究竟是爱还是亲情,就准备把自己的生活跟他联系到一起了。"

"我们没谈到那些。以后的事以后再说吧。但有一点,我很清楚,他是我生活中最重要的人,我不会伤害他的感情。只冲这一点,我也不可能跟你在一起。"

陈华不可置信地看着她:"你就因为这个,不打算给我任何机会?"

任苒看着他,没有一丝闪避:"你看,你不能忍受这个,对不对?下次千万别跟一个女人说,你不在乎她爱不爱你,只要让你爱她就好。爱是一种需要得到回报的感情,没有人能够独自一个人不停地爱下去。尤其像你这么自负的男人,对于感情的要求更高,我早就不是那个能够不顾一切爱你的小女孩了。"

这时窗外的鞭炮声骤然开始如雷鸣般响起,烟花礼炮将天空映得通明。任苒看看窗外,平静地说:"雪下得小多了,陈总,早点回家休息,小心驾驶。"

陈华站到楼下,正值午夜时分,整个北京城笼罩在铺天盖地的鞭炮声中,空气中弥漫着硝烟的味道,仰头看去,暗沉的夜空流光溢彩,大团大团的烟花一刻不停地升腾盛放着。

这样的情景,让他想起了世纪之交的广州。

那个时候他好不容易从北京脱身,坐晚班飞机,正赶上市民在珠江畔自发的狂欢。他并无驻足旁观的兴致,下车后径直走进公寓,拿钥匙开门,却发现电视开着,荧光一明一暗之间,映照出躺在沙发上的那个女孩子。

他站在门边,十分意外。

半个月前，他将地址给了专程赴京找他的任世晏。他想，她应该早就随父亲回家了，没想到她仍在这里。

他走过去，蹲到沙发前，只见她搂着抱枕，苍白瘦弱地蜷缩成一团，眉目扭曲着，陷在噩梦之中，喃喃叫着妈妈。

他头一次意识到，她比他想象的更坚持、更执着。

他们见面的第一天，他就见证了她从天堂跌落到现实之中，在他怀里哭得伤心欲绝。

她向他披露她初萌的心动，那样胆怯，却又那样勇敢坦白，让他不由自主有微妙的心动。

在他最潦倒的时候，她投入他的怀抱。

她坚持陪在他身边，终于突破了他所有的冷静自制。

她给他最大的意外，将所有的钱留给他，没要一个承诺地离开。

他一直做的，不过是享受她的爱。

甚至他在澳洲的那个误会，都来得那么自私。

表面上看，他不想扰乱她的生活，断然转身走开；实际上，他不能忍受的是，在他已经将她的爱看得理所当然以后，却突然被她遗忘——这是他无法对她解释的部分。

这样从情感上依赖一个女孩子，让他有隐隐的不安。他想，如果她已经选择了另一个男人，那么，他也可以做到淡漠。

可是她已经占据他的心太多。

从最不受他意志控制的睡眠开始，一直到他的记忆。

那些相处留下的点滴细节，以隐秘的方式存于心底，一经唤起，便悄然浮上心头。

他意识到，他拒绝展现在别人面前的一面，其实早就被她洞悉、接受。

她抚慰的，绝不仅仅是他因潜在焦虑而无法沉稳的睡眠。

然而他无视那一切，仍然傲慢自负地分析她的情感，将她对他的爱归之于盲目崇拜。

他以为他看透了一个异想天开小女孩的冲动，纵容她享受一个假期无妨。

只到分开以后，他才知道，付出那样的热情，需要多少决心和爱。

表面上看，那段关系是他掌握着主动，而实际上，一直是她比他勇敢、坚定。

在他不知道的时候，她独自寂寞地想念他、等待他；在他回过头来时，她的爱耗尽，开始一点一点地遗忘他。

六年过去了，她再没有在他面前流露出从前那样的脆弱。

正如她看着他的眼睛坦白承认的那样，她再不是那个不计后果直奔他而去的小女孩。

他已经永远失去了她吗？

寒风裹着烟花纸屑，混杂着小雪从天空飘洒而下。

不知过了多久，鞭炮声终于慢慢由密集变得稀稀拉拉，守岁的市民开始入睡，他一直注视着的那个房间也熄了灯。

他依然伫立在原处。

任苒站在黑暗的卧室中，撩开一点窗帘，看着楼下那个高大笔直的身影。

那是她曾不可理喻地深爱过的男人。

她扑向他，如同飞蛾扑火，扑向一种神秘的宿命。

飞蛾不能抗拒火焰的吸引力，带着盲目的决心飞去，最终折损了它的翅膀；

火焰不能抗拒飞蛾扑来的决心，于相遇交融的瞬间，燃烧闪亮得异乎寻常。

没人能在时间的川流里止步，不知不觉之间，她已经是一个谨慎的成年人，再没有扑火的勇气，却不后悔曾经历过那样忘我的爱情。

烟花如昼的北京，正由喧嚣一点点进入沉寂之中，远远近近，一家又一家灯光熄灭，只余路灯昏黄的微光，将他的身影拉得长长的，投在雪地上。

她慢慢放下了窗帘，在心里对他说：再见。

时光荏苒而过，留下所有无法磨灭的回忆：曾经刻骨铭心的痛苦，曾经忘情沉溺的幸福，都是他们共同的经历。

她不怀疑他对她说重新开始的诚意。

只是，别后沧海，他们终于错过了彼此。

她想，她不顾一切的爱，也在那个骄傲冷漠的男人心里留下了印迹。对于她少女时期的痴恋来讲，这似乎是一个不算遗憾的结局。

蓦然回首，灯火已阑珊，而明天，将是新的一天。

知音动漫图书·时代坊
ZHI YIN COMIC BOOK 荟萃名家·品读经典

灯火阑珊处

下·荏苒年华 — 青衫落拓·著

长江出版社 | 知音动漫

卷一 当时明月在	5
卷二 似是故人来	97
卷三 浮生多少爱	187
尾声	277
番外 为了相聚的别离	281

不可复制的青春记忆，不必提及的随风往事。

卷一　当时明月在

"西方有句话，如果你一直挂念逝者，他就走不了。只有慢慢停止想念，他才会无牵无挂去往极乐世界。"

当时明月，此刻依旧，只是月下看着她的那个人不可能再出现了。她真的必须放弃想念，让他自此从心底消逝吗？

第一章

高速公路服务区的超市里弥漫着一股浓浓的方便面味道，任苒厌恶这股气味，没有勾起任何食欲，拿起饼干又放下，只拿了几瓶饮料出来，正要付钱，无意中却看到瓶上标示的保质期已经临近，连忙说："对不起，我不要这个了。"

话一出口，她自己吓了一跳，声音生涩而僵硬，十分不自然。然而收银员似乎见惯了南来北往的怪客，并不吃惊，一脸不耐烦地取消收银，随手将饮料丢到旁边。

她看看收银员身后的冰柜："麻烦你，帮忙拿两瓶冰镇果汁我看看。"

"一样的牌子，有什么好看的。"收银员嘀咕着，但还是返身取了两瓶果汁重重放到她面前。

任苒看看日期，比较新鲜："谢谢，就要这个。"

收银员板着脸收钱，将找的零钱"啪"地放在柜台上，她也并不计较。

这是近两天来，她与人对话最多的时刻。

任苒于昨天上午十点出门，花了近两个小时才开出北京；在高速公路上开了近五个小时的车，行程近五百多公里才下高速；找酒店休息一晚，今天早上十点上路，到现在又连续开了五个小时的车。将近两天时间里，她开口的次数屈指可数。

在酒店里，她对前台说："一间大床房，一晚，谢谢。"

第二天，她提了行李下楼："退房，谢谢。"

到加油站加油，她比画一下，还是开了口："加到跳枪，谢谢。"

她想起她的心理医生白瑞礼的话：任苒，你需要更多地主动与人交流。

可是交流需要两个因素：交流的欲望，交流的对象。目前这两样她都不具备——如同坐在白瑞礼那间宽大的办公室一样，她在心中无声地反驳，同时笑了。

任苒拿起饮料走出来，仰头看看天空，满眼都是压得极低的铅灰色云层，浓厚而阴沉凝滞，没有一丝流动的感觉，空气潮湿沉闷得仿佛有形有质，呼吸之间带着沉重感。

她走到那辆黑色路虎前，按遥控开了车门，随手将饮料放在副驾驶座上，系好安全带，发动车子驶出服务区，重新开上了高速公路。

八月中旬的下午，阴沉而闷热，正是长途驾驶者容易疲劳的时间，一般司机都会选择在服务区休息一阵再上路，高速公路上车辆相对较少。在任苒面前，深灰色的公路蜿蜒起伏，一直延伸到天际尽头，远方郁郁葱葱，是连绵起伏的群山。两边的指示牌和绿化隔离带飞速向后掠去，车载GPS尽责地响起了车速提醒："您的时速已经超过每小时一百二十公里""您的时速已经超过每小时一百三十公里"。

行驶在高速公路上，如果天气、路况良好，稍不留意就会超过限速。任苒收敛心神，稍稍松开油门，让车速指针慢慢回到一百一十公里上下。车内放的CD早已经循环了好几次，GPS设定的那个柔和的声音时不时提醒着她："离下一个服务区还有三公里""离下一个收费站还有五公里"。

尽管提示音来得机械聒噪，但是行程漫漫，车厢内有这个与她走过的路途息息相关的声音，多少减轻了一点孤寂感。

下了高速公路，拐上国道，按照任苒的计划，她要穿过前方的J市，然后上另一条高速。已经下午四点了，是继续赶路，还是在小城里休息一夜，她略微犹豫了。

前方是一座收费站，她跟着前面的车辆缓缓驶到收费窗口，按照提示递上十五元钱，接过收据，正准备加速驶出收费站，车子突然熄火，她转动钥匙，毫无反应，后面开始响起了不耐烦的喇叭声。收费员也将头探出窗口，催促她尽快离开。

她再次打火，车子依然一动不动。没了空调，密闭的车内顿时显得空气滞闷，温度一下升高了，汗从她额角冒了出来。

她取下太阳镜，搁在中控台上，第三次转动车钥匙，依然没有动静。她无计可施，呆了一下，只得打开车门走下来透一口气，对收费员说："对不起，车发动不起来，让后面的车走另外的通道吧。"

后面紧跟着的那辆车已经倒出去一点，从她左边超过来，车玻璃降下，一个男人扭过头来大声呵斥："你怎么把车停这里？"

任苒一脸漠然，手扶着车子的引擎盖，根本不回头看他，当然更不回话，那人也不再说什么，将车开走了。

外面天气闷热，只比车内少一点幽闭感而已。眼前的路虎经过长途奔驰，蒙了一层薄灰，却依然闪着金属光泽，在任苒的注视下岿然不动，看上去没有任何问题。

实际上它也不该有问题，这辆车一年前原装进口，一向有专人按时保养，没出过任何故障，却突然选择在这里拒绝工作，实在是不可理喻。

后面一辆辆车鱼贯而过，只有一辆银灰色保时捷911驶到前方靠路边停下，两个男人走了下来，站在离车头不远的地方，其中一人说："小姐，车出问题了吗？要不要帮忙？"

任苒看看他们，从司机座下来的男人大概三十岁出头，中等个子，穿着黄色POLO衫，有一张精明的面孔，正取下墨镜，饶有兴致地上下打量她，那个目光让她有不舒服的感觉。说话的那个男人从副驾驶座出来，修长的个子，看上去三十岁不到，穿着米白色条纹衬衫，戴着一副深灰色钛质框架眼镜，长相清朗斯文，神情和善。

她迟疑一下，简短地说："谢谢你，车子突然熄火再没法发动起来了，不清楚问题在哪里。"

"介意我看一下吗？"

任苒点点头，让开一点儿。他坐上驾驶座，试着转动钥匙，自然也是毫无反应，他纳闷地看着面前的仪表盘，下了车："真奇怪，似乎连不上油路跟电路了。"

那个中等个子的男人笑了："路虎揽胜，好车，应该不会无缘无故出故障。本地没有路虎的4S店，小姐，要不要上我的车，我送你去市区再想办法？"

他声音里多少带了一些轻佻挑逗的成分，让任苒不快，她并不回应。

戴眼镜的年轻男子似乎知道她的想法："或者打电话找修理厂派个人过来帮你看看。"

这个建议听起来很合理，任苒略微沉吟，盘算着应该如何查询这边修理厂的电话。

"我在省城工作，不过有业务在这边，经常开车过来出差，知道有间修理厂还不错。"那男子拿出一张名片递给她，她接过来一看，上面印着普翰律师事务所的招牌，底下是他的名字：田君培律师。他同时介绍旁边的男人："吴畏先生，我的委托人。"

"幸会。"任苒草草地点点头，并不看吴畏，"田律师，你好。我叫任苒，没有名片。如果不太麻烦的话，请帮我叫修理厂派人过来，谢谢。"

吴畏有些没趣："我去那边抽支烟，君培，快点搞定这事，老爷子还在家里等着见你。"

田君培点点头，拿出手机，刚要拨号，一阵警笛长鸣声由远及近地传来，他与任苒都不由自主向声音传来的方向看过去，只见两辆警车快速从对向车道开来，然后一个急转，停到了他们面前。

所有车门同时打开，下来六七个警察，将两个人同时围住，当先一个警官指着路虎，厉声问道："这车是谁开过来的？"

不少过往车辆都忍不住放慢速度，或者干脆在稍远一点的地方停下来看热闹。田君培是律师，近两年时常往来此地，与公检法都有来往，骤然面对这么大阵仗，仍保持着镇定，他一眼瞥见后面有相熟的警官，连忙打招呼："孙队长，怎么了？"

孙队长看到他，颇为意外，皱眉说道："田律师，你跟这车有关系吗？"

没等田君培说话，任苒开了口，她的声音十分柔和："这位先生只是路过，我们并不认识。车是我开来的，有什么问题？"

"这辆车目前已经报案丢失，并刚刚通过GPS卫星定位系统断开油路电路锁死。小姐，如果你不能出示相关证件证明车子为你合法拥有，你就必须跟我们走了。"

众目睽睽之下，任苒的神情十分奇怪，似乎有惊讶、愕然与迷惑，却完全没有惶恐之态。她快速看了一眼车子，回过头来，嘴角略略上扬，突然挂上了一个让所有人惊讶的浅笑，平静地说："这车的确不是我的。"

"跟我们走吧。"

"我可以拿上我的包吗？"

孙队长点点头。任苒从司机座探身进去，自背及腰部，一路下来是一个流畅而曼妙的曲线，牛仔裤勾勒出两条修长的美腿，白皙的小腿和纤细的足踝露在外面，田君培发现自己不由自主屏住了一口呼吸。

她却似乎浑然不觉外面的注视，有条不紊地先拿了副驾驶座上放的背包，再抽下车钥匙，站直身体，转到车后，开后备箱拎出一个大旅行袋，然后连同车钥匙很自然地全部交到了离得最近的一个警察手里："谢谢，可以走了。"

田君培看着任苒被警察拥上了第一辆警车，拦住孙队长："老孙，这位小姐看起来可不像是偷车贼啊。"

孙队长鄙夷地笑："君培，亏你还是知名律师，居然讲出这么幼稚的话来。你哪个当事人脸上刺着一个'贼'字。"

田君培笑了："我主要办的是经济案件，不是刑事案件，我的当事人绝大部分都是守法的公民。"

"不管怎么说，她现在是犯罪嫌疑人，你跟她没关系就再好没有了。"孙队长摆摆手，"回头再聊。"

两辆警车一齐掉头，如同来时一样呼啸而去，旁边停下来看热闹的人再怎么意犹未尽，也各自开车走了。

一直站在一边冷眼旁观的吴畏走过来，哈哈大笑："真没想到还有这种事。君培，你在路边随便搭讪美女，都能跟独行大盗搭上腔，不吃律师饭实在可惜了。"

田君培也有些好笑，看看仍然停在一边的路虎，上面挂着北京牌照。他想，如果真是从牌照所在地窃得，再一路开过来，这女孩子想必有一个没什么停顿的狂奔旅程。

吴畏同样打量那辆车："以前我觉得美女开跑车又轻盈又养眼，刚才看这女孩子，论姿色只能算过得去，可是站在路虎旁边，对比之下更显得苗条，气度也很好，还真有几分惊艳的感觉。唉，卿本佳人，奈何做贼。"

田君培知道他一向自诩情场高手，谈到女人就收不住话头，笑着摇摇头："走吧，吴董事长该等急了。"

他们上了吴畏的车，一路进城，到了J市最大的民企旭昇钢铁公司，已经是下午五点多钟了。

吴畏的父亲吴昌智是旭昇公司的董事长，这几年旭昇发展迅猛的同时，官司是非也着实不少，这边已经成为田君培所在律师事务所的重点业务，他差不多每个月要过来出差，同时不得不在心里总结出，旭昇的麻烦很多是担任常务副总的太子爷吴畏惹出来的。

不过吴畏显然一点儿没将这些麻烦放在心上，他开着一辆在小城市格外打眼的保时捷911，行事风格一向肆无忌惮，虽然年过三十，娶了家境同样富裕的漂亮妻子，刚刚有了孩子，但仍旧沉迷于声色犬马，乐此不疲。

他担任旭昇的常务副总，主管销售业务，不久前却插手他大姐夫管着的供应，签订了一个明显有问题的合同，一大笔货款打了水漂。

田君培接到吴昌智电话，请他过来了解情况，预备打官司起诉追讨，可是他正预备出发，吴畏居然亲自开车去省城接他，一路上东扯西拉，话里有话，他心里已经有了几分警惕。

进了吴昌智办公室，吴畏便大大咧咧坐下："我把君培接过来了，情况我在路上都跟他谈了，他的看法是没必要打官司。"

田君培对他的自说自话不免皱眉，好在吴昌智了解儿子的秉性，并不理会他，只马上拿出合同给田君培看。

他先粗粗看了一遍合同，谨慎地说："董事长，我需要认真研究一下这份合同，同时请把这家供货商的背景资料以及前期合同执行情况提供给我。"

吴昌智点点头："我会叫各部门配合你，有什么问题，你直接跟我说。吴畏，今天你陪君培一起吃饭。"

按吴畏的习惯，吃饭之后照例有节目。

J市位于中部两省交界，接近山区，是一个不算大的地级市，人口不足两百万，声色犬马的场所与豪华酒店集中在一条街上，张扬热闹的程度似乎胜过了省城。田君培在省城长大并读大学，在北京读研究生，并不热衷那些带着小城土洋夹杂放浪气息的节目，只是业务往来时，他也从来不做孤高状推辞。

不过，他今天始终有些心不在焉，陪吴畏坐了一会儿，看对方仍然没谈什么正事，便借口累了，想早点休息，先走了出来。他的车留在省城，旭昇公司在这边提供了一辆帕萨特给他使用，他开车直奔市公安局。

公安局位于J市市中心一座灰白色的五层楼内，外观与周围建筑一样毫无特色，里面更显得有些陈旧。

孙队长正好在二楼简陋的办公室值班写着报告，见他进来，只扬一下头示意他坐："你这大忙人，怎么有空过来？"

田君培两年多前因为一件案子与孙队长打过交道，算是有了不错的交情，他也不绕弯子，坐下来便直接问道："老孙，你审了下午带回来的那个被怀疑偷路虎的女孩子没有？"

孙队长诡秘地笑："就知道你是为她来的。怎么了，想改行代理刑事案件了吗？"

田君培嘿嘿一笑，坦白承认："多少对她有一点儿好奇。"

"也难怪你好奇，我还是头一回看到GPS锁死车辆，要说现在这高科技，"孙队长用一个摇头表示赞叹，"可真是不得了。"

"那女孩子交代什么没有？"

"眼下只知道她叫任苒，二十六岁，南方Z市人，长居北京，目前无业，车是她一个叫陈华的朋友的。其他再问什么，她都不肯回答了。"

田君培倒没想到任苒已经二十六岁了。下午他看到她时，只见她站在庞大的路虎旁边，衬得身形纤细单薄，穿着白色T恤加磨白牛仔九分裤，脚上一双棕色平跟凉鞋，乌黑的头发直直披在肩头，一张干净秀丽的面孔不施粉黛，皮肤白皙得几乎有些异样，似乎长期没见阳光，看起来颇带几分书卷气质。不过她在那种众多警察环伺、路人围观的场合下泰然自若，倒是没有任何大学生的青涩姿态。他当时猜她应该是在校读研究生的女孩子。

"报案的人是陈华吗?"

"正是。我指出这一点后,她就再没开口说话了。"

"是不是一场误会?"

孙队长大摇其头:"你觉得一个被误会带来警察局的人会怎么表现?她至少应该会恼火,会极力澄清吧,而且自然会提出给陈华打电话。可是她没有一点意外的表情,她的手机收上来时是关机状态,她也根本不提要跟谁联系。"

田君培承认,这的确不好理解。他换个话题:"老孙,你留意到她提的旅行袋没有?"

孙队长用下巴指一下墙角的柜子:"全在那里面锁着呢。"

"拿出来我看看吧,"他补充一句,"我只看包,不看里面的东西。"

孙队长一笑,开了柜子,取出一个旅行袋和一个大大的女式背包:"其实没什么特别的东西,我们都检查过了。你眼睛一向狠,再看看能有什么新发现。"

半旧的背包里放着一个精巧的皮质封面小笔记本,一个笔袋,一个小化妆包,一个关机的手机,一个棕色钱包,显得十分空荡。

崭新的大旅行袋里放着叠放整齐的衣物和软布套装着的一台笔记本电脑,除此之外,还有一个布质的收纳袋,打开一看,里面有一个小小的相框和两本书。田君培先拿起相框,只见里面镶了一个中年女子的照片,看上去气质温婉、眉目秀丽,任苒与她有相似之处。田君培猜想,这应该是她母亲。

他放下相框,看那两本书,一本很新,硬面精装,素雅的米白色封面上印着书名《自我发现之路》,作者叫白瑞礼;另一本十分陈旧,是英国作家托马斯·哈代的小说《远离尘嚣》,装帧简单,微带暗绿色的封面,一看就年代久远,磨损的书脊上还贴着Z市图书馆的标签。田君培拿起来一看,后面盖着Z市图书馆的蓝色图章,贴着的借阅记录卡片上标注最后借出的日期竟然是十年前的九月。

"一本超期没归还的书实在构不成前科啊。"老孙显然早注意到了这一点,开着玩笑。

田君培不得要领,将书放回原处。他细细端详一下背包和旅行袋,说道:"老孙,这个背包是Gucci的,这个旅行袋是LV的。"

"那又怎么样?"

他知道孙队长对名牌毫无概念,耐心解释:"背包是意大利牌子,一个布质的要卖将近两千多块。旅行袋是路易威登,法国名牌,看上去也是真货,这个皮革的在国外售价折算下来超过三万人民币,如果在国内买应该更贵。"

孙队长明显被这两个价格吓了一跳，将信将疑地看看他，再看一下桌上放的旅行袋。"疯了，看上去没什么稀奇嘛，会有人花这么多钱买一个包吗？君培，就算是名牌又怎么样？这也不能证明什么啊，打扮光鲜、全身名牌的罪犯多着呢。"

"那倒是。不过我觉得不光是她的衣着和携带的物品，她的态度根本不像是那种被抓了现行的偷车贼。要真卷进案值过百万的偷车案里，还有这份镇定的话，一定是惯犯了，怎么会不知道破解GPS定位防盗系统，就这么大摇大摆一路开过来？"

孙队长皱眉想想，不得要领："拦截这辆车的指令是省厅那边直接下来的，估计省厅明天就会来人将她转过去，我也就是例行问问做个笔录。你说的这些蹊跷，估计得让省厅的人去操心了。"

田君培点点头："我能见见她吗？"

孙队长讪笑："我现在怀疑你们究竟是不是路上偶然碰到那么简单的关系了，人家可没要求见律师。"

田君培也笑："术业有专攻，她就算要请律师，我也不会接刑事案件误人。老孙，我说了，我就是好奇。"

"不是哥哥跟你讲原则不给你面子，局长亲自关照，省厅打招呼下来的案子，做完基本笔录以后不用多问什么，关进单独的拘留室，等上面来人提走，不要节外生枝。"他摊一下手，"别让我为难。"

田君培自然也不勉强，他见识过位于三楼走廊尽头的单人拘留室，不足七平方的一间房，里面放了窄窄一张床后便没有多少活动空间，小得只能算气孔的窗子在接近天花板的部位，用铁栅栏封得死死的，完全谈不上通风。J市虽然接近山区，夏天只是白天炎热，到了晚上温度便会降下来，可是这几天天气十分反常，一直处于暴雨将落未落的低气压状态，里面的闷热可想而知。

他笑着摇摇头："这种天气，你们那单间拘留室可也够人受的。"

话音刚落，窗外掠过一道闪电，隔了一会儿，响起一阵沉闷的隆隆雷声，他们都下意识看向外面。孙队长耸耸肩："你看看我们的办公条件，就这用了上十年的破窗机，噪音快赶上拖拉机了，也没经费换，就别抱怨拘留室了。"

第二章

　　任苒伸手，"啪"的一下朝自己的脖子拍下去，又打死了一只蚊子。她将手掌移到光亮之中，注视着掌心里混合着一点血迹的扁扁的黑色蚊子尸体，另一只手用力挠着痒处，有一点儿隐约的快意感觉。

　　下午做完笔录后，一名女警将任苒带到了这里，简短告诉她注意事项，过一个小时后，端来一份由两个馒头、一碗粥和几根咸菜组成的晚餐给她。她其实没有胃口，可是一天没有正经吃东西，不知不觉，竟然全吃光了。
　　外面走廊不时传来脚步声和说话的声音，她能从中判断，有警察在交班，有警察在来回巡视。随着夜渐渐深了，便只剩下街道上远远传来汽车驶过的声音。
　　她最初只直直坐在床的边沿，不停拍打着叮咬过来的蚊子，几个小时下来，再也扛不过身体疲惫，终于还是躺下了。
　　汗水湿透了她穿的T恤背部，身下是热而黏潮的感觉，她稍微挪动一下，便已经抵到了墙上。
　　她先是回忆自己正在翻译的一篇文稿，按她一向的习惯，总是通读原文后再开始翻译。头天住在酒店，她还翻译了近两千字才上床睡觉，不过躺在这蚊虫飞舞的斗室之中，她发现自己很难静下心来推敲字句。
　　不知道什么原因，她从小就很招蚊子叮咬，因此每到夏天都严加防备，家中纱窗紧闭，蚊帐高悬，出外一定要涂防蚊水。可是这个斗室之中，蚊虫嗡嗡飞舞，无处不在，防不胜防。

打死第一只蚊子时，她还满怀嫌恶，踌躇没有纸巾，不好处理手上的污迹，仔细弹掉后，仍然觉得手上有脏脏黏黏的异样感。躺到午夜时分，在打死不知第多少只蚊子之后，她已经可以毫不迟疑地将手在床上铺的草席破旧的边沿上一抹了事了。

这张草席颜色晦暗，早就看不出底色，不知道有多少人曾在上面睡过，像她现在一样，将汗水浸在上面，又将蚊子的尸体抹在边上。

上一次被蚊虫这样侵扰，还是十八岁那一年。她离家出走，住在深圳一个城中村条件简陋的招待所内，蚊香算是那里的客房标准配置，她特意找服务员多要了一盘，在床的两侧点燃，青烟袅袅升起，有些呛人，不过总算能基本保证夜晚睡觉时的安稳。

现在她不认为开口去找警察要蚊香算是明智之举，只能听天由命地任蚊子前赴后继叮上来，不时打死一只聊以安慰。

任苒实在无法入睡，借着灯光看着颜色晦暗不明、斑驳脱落的墙壁，可以看到用指甲刻出来的字迹与图案。

她受她去世的母亲方菲影响，多少有一点阅读癖，实在无事可做时，连报纸上的分栏广告内容都会一条条看下来。现在她只能无聊地凑近墙壁辨认写了些什么，可是这些痕迹轻浅凌乱，瞪视得眼睛酸痛也没能读出完整有意义的句子，她只得放弃。

她迷糊地打着盹，不时被蚊子叮醒。走廊上白炽灯昏黄的灯光从铁门那边透进来，光线呈栅栏状正好笼罩在她躺着的小床上

头顶上的天花板隐在黑暗之中，室内闷热到让她有呼吸不顺畅的胸闷感觉。蚊子仍然没完没了在她耳边嗡嗡飞舞着，然而倦意解救了她，她终于睡着了，不时抓着被蚊子咬过的地方，同时做着不安的梦。

朦胧之间，她坐到壁立岸边的悬崖内一处平坦的礁石上，阳光只能照过来一半，明暗交界处的温度差别十分明显。海水拍击着礁石，发出轰鸣，如同雷鸣一般，十分杂乱惊人。她沿着崖壁看下去，底下的海水碧绿清澈，阳光穿透，可以看到水面几米以下，各种五彩斑斓的鱼类游来游去，礁石上有几处蓝紫色的珊瑚在阳光下鲜艳异常，形状怪异的浮游生物清晰可见。

她一抬头，只见不远的距离外，一个男人正在游泳，标准的自由泳姿，挥动手臂的姿势异常矫健，皮肤在阳光下闪着光泽，几乎刺痛了她的眼睛。

一转眼间，他已经游出了她的视线。她惶惑地想叫那个名字，却怎么也无法发出声音。

她再回头一看，已经站到了一个小小的村子里，四周全是低矮的土坯房屋，屋前种着杨桃树，路边高大的仙人掌开着艳丽的黄花，结着紫色的小果子。院前张着渔网，几个中

年妇女正一边织补,一边谈笑,她却听不到一点声音,只能看到她们的嘴在一开一合。

她顺着土路往前走,村子比她记忆中更加破败冷清,再没有看到一个人,天色突然变得晦暗。

她走出村落,耳边终于再次响起海浪的轰鸣声。

她循着这个声音一步步走向海边。从峭壁中间,延伸出了一条狭长的海滩。她脱了鞋子,赤着足走过去,脚趾下的沙滩渐渐开始潮湿,带着粗粝感的沙子磨着足心,从指缝中冒出来,一只寄居蟹背着小小的壳急急从她眼前爬过,除此之外,四周一片空旷寂静。她回头,身后只有她留下的脚印,歪歪扭扭延伸到脚下。

她放眼凝望海天相接处,那里云层翻涌与海浪起伏浑然一体,一波波海水拍击着沙滩,泛起灰白色的泡沫,光线黯淡,分不清是黄昏时分还是即将破晓。

这样喧嚣下的空寂来得阴沉诡异,海水激荡冲刷着的黑色礁石,蜿蜒绵长的海岸线都和她的记忆一般无二。她茫然四顾,突然觉得误入一个全然陌生的空间,曾经熟悉并梦萦魂牵的地方已经面目全非。

云层越压越低,而海水汹涌得不合乎潮汐上涨的规律,转瞬之间,一波波海浪扑面而来,一个接一个大浪重重拍击在她的胸口,她却无法移动脚步逃开。

她生长在南方,从小会游泳,水性颇为娴熟,对水从来没有恐惧感,可是这一刻,她真切感受到了死亡巨大的阴影。

她在窒息中大汗淋漓地醒来,翻身坐起,意识到那隆隆的声响其实来自窗外雷声,意识到自己在哪里,无力地将额头靠到膝上。

外面下起了大雨,雷声不断,然而暑热之气反而全都被逼到了这个不通风的室内,里面更加闷热了。

任苒一向认为,十八岁时,在那个地处广西北部湾的偏远小岛上度过的那一个月远离尘嚣的日子是她生命中最值得纪念的时光。

曾经有相当长一段时间,她沉迷于回忆之中,在不同的地方、不同的心境下一次次反复重温在那个小岛上的渔村、那间低矮的泥坯小屋里所有能记起的细节,唯恐记忆随时光流逝而褪色。

当爱情结束以后,已经痴迷的回忆却无法断然叫停。

她花费了很大力气,如同戒除毒瘾一般,一点点转移注意力,强迫自己不再把回忆变成沉湎。

这个过程并不轻松,她以为她已经做到了。

然而现在，在这个闷热的单人拘留室内，那个小岛再次入梦，却成了一个标准的噩梦。

任苒抹去头上的涔涔冷汗，再也无法入睡。她坐一会儿，躺一会儿，下床在这斗室里来回走一会儿，终于挨到了天亮。

雨下得小了，灰白色的晨曦熹微，从那个小小的气窗透了进来，投射在照了她整整一晚的白炽灯泡上。走廊传来一阵阵脚步与谈话声，如果仔细分辨，还能听到不远处办公室里的电话铃声。公安局进入了繁忙的日常工作之中。

只是那样的繁忙通通与她无关。

接下来的一整天，除了看守女警定时将简单的三餐送过来，定时几次带她去走廊尽头的公用卫生间外，再没有人来提审她，似乎已经将她遗忘了。

她以为她已经习惯了孤寂，事实上近一年多，她完全独来独往，几乎不跟别人打交道。要么一连几天待在公寓里哪儿也不去，要么独自开车出去，漫无目的地乱转。平时交谈最多的人除了帮她处理日常杂事并接送她去医院的阿邦，就只有心理医生白瑞礼。但是，关在这间拘留室内，时间变得缓慢悠长。这种绝对无所事事，无法打发的孤寂让她难以对付。

她唯一能做的事，似乎就只有回忆了。

最先涌上来的回忆，偏偏与她准备决意彻底离开的那个人有关。

陈华——

就在昨天傍晚，他的名字从她对面坐的孙队长口里讲出来。

他先循例问着她的姓名、年龄、籍贯、职业……她一一作答，十分配合，直到他说："你开的这辆路虎，于今天上午由车主陈华报案丢失。"

从那以后，她闭紧了嘴，重新开始沉默，任凭孙队长晓以大义还是严厉斥问，她都没有再说一句话。

陈华。

这个名字如此普通，肯定有成千上万个同名同姓的人。然而，从一开始，这个属于他的名字，就仿佛打上他的印记，对她而言，这个名字只意味着一个人，她不可能将他与任何人弄混。

她在回忆中翻拣他们的开始，眼前出现一个暮春的午后，树树花开，天高云淡，空气中弥漫着温暖明媚的气息。阳光斜斜投射进老式宿舍内，磨损的地板上每一个斑节在光圈笼罩下都显得分外清晰，旧书橱上的黄铜把手被擦拭得光可鉴人，她父亲声音深厚，侃侃而谈，坐在他对面的那个年轻男人，从神态到姿势都十分放松，仿佛讨论的只是再家常不过的话题。

那一年，她十八岁，而他二十五岁。

正好被笼罩在阳光之中，周身如同被镀了一层淡金色光圈的那个男人，缓缓回头看向突然闯入的她。

那不是一个标准的邂逅，可是不知道从什么时候起，他反过来闯到了她心底。

神秘，敏锐，冷漠，体贴，傲慢，超然，危险……

这一连串形容词构成情窦初开时她对异性模糊不确定的憧憬，在某一个瞬间，突然具体清晰地呈现在她面前。

他曾是那个满足她少女全部想象的陌生人，她曾如同飞蛾扑火般爱上了他。

任苒睁开眼睛，指甲掐入了掌心，一阵刺痛。这样的回忆，又怎么能帮她度过眼前的禁闭时光？

可是，她还有更加不能触碰的回忆。

当逝去的时光到了满是禁忌，需要小心选取片段重温，才不至于痛楚的时候，她再也不能拿回忆打发时间了。

到第二天下午，她发现她也开始用指甲在墙壁上胡乱画着，刻下不成句子的字词，扭曲的图案。石灰簌簌而落，墙上留下毫无意义的新痕迹。

她看着自己迅速残损、积了污垢的指甲，百无聊赖地想，一年多的幽居生活，她以为她已经完全适应了与人群隔绝，但那是自愿选择的放逐，和眼前这样被动地失去自由完全是两回事。

更重要的是，她似乎在和一个看不见的人角力，实在是太可笑了。

第三天傍晚，任苒吃过晚饭后，抱膝而坐，看着室内光线一点点暗下来，夜色悄然加深。在这个完全看不到日出日落的小屋子里，她只能凭感觉来估算时间，任何本来微妙得难以体察的过程，经细看之下，居然也有了层次感。

突然铁门一响，灯光照了进来，中年女警面无表情地出现在门口："跟我来，有人要见你。"

任苒走进小小的会见室，发现那里面坐着的男人是前天才认识的律师田君培，不禁一怔。

田君培也怔住了。他见过很多处于困境的当事人，眼前的任苒不出意料地狼狈，脸色憔悴，眼睛下挂着黑眼圈，白色T恤皱巴巴的，而且有污渍，披在肩头的头发不算凌乱，但明显有几分黏腻，暴露在外的皮肤上斑斑点点，满是被蚊子叮咬再抓挠的痕迹，再无那天让他在收费站外惊鸿一瞥便决定停下来时的风采。

可是她看到他，只微微惊讶，眼神便恢复了平静，神态自若。他起身做个手势示意后，她坐下，既没有无辜被羁押的人常见的惶惶不安，更没有见到律师如逢救星的急切。

他想，难怪孙队长没觉得她情绪抑郁，她表现得确实十分镇定。

这两天田君培忙着自己手头的事情，但还是抽出时间给孙队长打了个电话问情况，只是孙队长看起来比他还要没有头绪。

"省厅那边来人把她提走没有？"

"没有来人，也没有电话，路虎给拖回来了，停在局里，真奇怪。"

"她有没有主动交代什么情况？"

"完全没有。她只提了两个要求，第一个要求是她需要按时服用她包里放的药，每天一片，我特意找医生鉴定了一下，那是一种抗抑郁的药，确实需要连续服用，我们按剂量给她了。"

田君培略微意外，回想一下，她看上去有与年龄不符的沉静安详，实在看不出有什么不妥，"另一个要求是什么？"

"她想让我们把她包里的书给她，看守没答应，她也就没再说什么了。"

"如果她真有抑郁症，你们得当心她的情绪。"

孙队长没当一回事："情绪？她看上去十分平静，根本不像别的嫌疑人那样要么吵吵闹闹，要么扒着铁门往外看。她就只是坐着发呆。"

"上面对这个案子有新的说法吗？"

"我们打电话过去问了，省厅那边的答复是先单独关着再说。这算什么事？"

直到今天下午，孙队长主动给田君培打电话："君培，有时间的话过来一趟。"

他依言过来，孙队长笑道："给你一个机会，你去跟任苒谈一下，摸清她的来路。"

他哈哈一笑："老孙，这是你的意思，还是你们局长交代的？"

"局长头痛啊，弄不懂这个案子到底是怎么回事。到现在既见不到报案材料转过来，也没收到上面移交的手续。当事人一声不吭，我们不审，她既不主动交代，也不叫屈，更不要求见任何人，我们不能老把人这么不明不白关着吧。她对我们肯定都有戒心，我想来想去，你算比较中立的人士，又是律师，她应该会信任你的。"

田君培本来就对任苒和这件事的发展都很好奇，当然不会作势推辞。可是当他真正坐到任苒对面，看她的神态，他有几分不确定自己能打听到有用的资料。

"任小姐，你好。我怀疑你还能记得我的名字，再自我介绍一次，我叫田君培，是一名律师。"

任苒微微一笑："田律师，我记忆力不错的。"

"那好，任小姐，能不能把你的情况跟我说说，看我能否帮上忙。"

"谢谢你，田律师，不过我没什么可说的。"

田君培也微微一笑："任小姐，恐怕你没有意识到问题的严重性。按照我国现行法律，盗窃金额达到六万元以上就能算特别巨大，量刑标准从十年开始。一辆路虎揽胜的价格保守估计过百万，如果证据确凿，移送检察机关起诉，最高可以判无期徒刑。"

任苒显然听得很认真，等他说完，良久不语，似乎在思索什么，停了好一会儿，她嘴角再度泛起一个笑意，带着点儿无可奈何："他倒不至于那么恨我，非要送我去坐牢。"

田君培敏锐地问："他是谁？是报案的失主陈华吗？"

任苒抿紧了嘴唇，是一个默认的姿态。

"你们本来认识吗？"

任苒点点头。

"你们是什么关系？"

"算是……朋友吧。"

"你有没有取得他的授权使用这辆车？"

任苒思索一下："我们之间并没有明确授权，不过这辆车从去年十一月起，就一直是我在开。"

"那么具体到这一次，他知道是你把这辆车开出来的吗？"

任苒略微犹豫："应该知道。"

"你和陈华先生之间有没有什么误会？是否需要跟他联络澄清？"

任苒摇摇头："没有那个必要。"

"你清楚他在明知是你将车开出来的情况下仍然报案，意味着什么吗？"

任苒再度沉默。

她的手搁在桌上，田君培清楚记得，就在前天下午，这双手抬起来搁在那辆路虎的引擎盖上，肤色白皙细腻，手指纤长，闪着光泽的粉红指甲修剪整齐，一看就保养得当，与此刻指甲缝里带着污垢、边缘破损的样子截然不同。

她显然注意到他的视线，却丝毫没有将手指收回藏起来的意思，只心不在焉地看着他背后的窗子。

田君培有些无奈:"你看,任小姐,我们萍水相逢。我在省城工作,到J市来是出差,平常处理经济案件,并不接刑事案子,不是特意来你这里兜揽生意。我只是觉得你不像是偷车贼,这件事另有隐情,所以真心想帮一下你。当然,如果你觉得你不介意让你说的那个他来决定你的命运,也并不在乎在这里继续待下去,那是你的自由。"

任苒收回视线,嘴角再度向上一勾,那个笑突然来得有了一点儿调侃之意:"田律师,我不是受虐狂,不会觉得被关在一个闷热得让人馊掉、蚊子在两天两夜里足足喝掉我100毫升血的地方里是一件有趣的事情,我更不想坐牢。不管什么理由,无期徒刑都没有任何凄美的成分在里面。"

"这么说,你有把握他会过来撤销报案?"

"他只想教训一下我。在一个陌生的小城市公安局拘留室里关上几天,应该足够了。"

"你认为他可以翻云覆雨,能量大到能够用法律做工具来泄私愤吗?"

"他没什么私愤啊,最多是觉得我的行为幼稚无聊,需要小惩一下。"

田君培有些无力感了。他想,眼前这女人看起来玲珑剔透,处乱不惊。可她的镇定居然只源于对一个男人的愚蠢信任,实在让他既失望又郁闷。他只能和蔼地说:"任小姐,既然这样,恐怕我没什么可以帮你的了,祝你好运。"

"别生我的气,田律师。这件事太复杂,而且太私人化,我无法解释。不过,大部分时候,我基本上能算一个有理智的正常人。"

任苒的声音柔和清晰,带着一点南方口音的温婉,语气诚恳,一下让田君培的隐约怒气消散无踪了。他看向她,只隔一张桌子,可以清楚看到她白皙的面孔上一样有几处蚊虫叮咬留下的红点,一双眼睛清亮如水,嘴角上扬,似乎略含着笑意,神态中却带着几分自嘲,让他心里隐隐一动,再度觉得眼前这个女孩子实在神秘莫测。

"不管怎么说,都不要拿自己的命运开玩笑。我还会在这边待上两天,公事办完后再离开。你如果改了主意,需要我帮忙,跟孙队长说一声,他知道怎么联络我。"

"谢谢你,田律师,别为我担心,我猜他应该觉得差不多惩罚够了我,这两天会叫人来撤销报案的……"

"看来我的行为完全在你意料之中,这可真不是一件有趣的事。"

一个低沉的男人声音在门边响起。

任苒与田君培愕然回头,只见门口不知何时站了两个人。其中一个是穿着警服的孙队长，另一个人个子高高，穿着灰蓝色衬衫、深色长裤，有着一张瘦削冷漠的面孔，倚靠着门框站着，乍一看平平无奇，可是整个人从姿态到神情带着逼人的压迫感，犀利的视线随便扫过田君培，停留在任苒脸上，上下打量她一下，没有任何表情，却似乎已经给这个小小的会见室带来了无形的压力。

孙队长当先走进来，将旅行袋与背包放到桌上："任小姐，请清点一下你的私人物品。"

如此峰回路转，田君培不免吃惊，孙队长与他交换一个眼神，他明智地保持沉默。只见任苒毫无惊奇之色，站起了身，根本没打开背包瞟一眼，直接打开那个旅行袋，拿出里面的收纳袋，指尖抚过相框，松了口气。

田君培敏锐地注意到，陈华的视线牢牢停留在她的手指上。她似乎也觉察到了，迅速将相框收进去，再看看那本封面陈旧的书，合上包，拉好了拉链。

"谢谢，我可以离开了吗？"

孙队长点点头："当事人陈华撤销报案，你可以走了。"

任苒转头对着田君培："谢谢你，田律师。"

田君培微微一笑："别客气，我并没帮上忙。"

任苒背上背包，正要去拎旅行袋，那个高个子男人走进来，先她一步拎了起来，转头对孙队长说："不好意思，孙队长，给你们添麻烦了。"

他讲的是略带北方口音的普通话，声音低沉，态度十分礼貌。孙队长尽管心里不满，却也只得笑道："别客气，我就不送二位了。这是路虎的车钥匙，车停在院子左侧，出门就能看到。"

目送他们走远，孙队长回来坐下，掏出烟盒，抖出两支香烟，扔一支给田君培，田君培笑着丢还给他："气糊涂了吧，我又不抽烟。"

孙队长自己拿打火机点上，狠吸一口，爆出了粗口："妈的，两口子掉花枪掉到这份上还真是少见。"

"他们不是夫妻吧？"

"这男人就是陈华，他说任苒是他女友，这件事是一场误会。"

"误会？"田君培讪笑，"你们对明显报假案浪费警力的人这么客气，还真是让我大开眼界了。"

孙队长冷笑一声："要依着我，非把这家伙放到关他女朋友的单间拘留室关上几天不可。可案子是厅长打电话交代下来的，他是省厅一个处长亲自开车送过来的，派头排场大得不得了，局长现在正陪那位处长叙话呢，我有什么办法。"

田君培情知他说得不假，只得摇摇头，起身走到窗前，推开窗子，只见任苒正站在院中。下班后的公安局，灯光零落稀疏，从五层办公楼内照下去，将她的身影斜斜拉长投到一边，她立在一片阑珊夜色之中，显得寂寥而单薄。

恰在此时，任苒也抬起头来，她的脸半隐在黑暗里，然而田君培却清晰地感觉到，他与她的视线相碰了，他甚至能感受到她嘴角出现的那个笑意：嘴角缓缓勾起，带着疲惫与自嘲，还有一点说不出的不在乎。

两束雪亮的汽车灯光笼罩过来，那辆路虎停在了任苒面前，她静立片刻，拉开车门上了车，车子发动，驶出了公安局。

第三章

　　任苒上车后系上安全带，便开了口："谢谢，送我去最近的酒店。"
　　陈华瞟她一眼，并没说什么，开出不远，停了一下车，进一家药房，又很快出来，将一盒涂蚊虫叮咬的药膏递给她，然后再度发动汽车，转过一条街，便驶到目的地停下。

　　这条不长的街道沿路霓虹闪烁，显得灯红酒绿。他们眼前是一座外观嚣张而突兀的二十余层大楼，大概得算这个城市不多的高层建筑之一，高登大酒店的店名很不显眼地镶在墙体上，用于勾勒字体的霓虹灯亮得断断续续。然而酒店对面的建筑却挂着硕大明亮的灯箱招牌，"花都夜总会"几个大字在夜色中显得十分张扬醒目，五颜六色的灯光投射过来，十足一个标准的销金窟模样。
　　任苒急于入住，径直向内走去，门前服务员看到她，似乎要阻拦，却在停好车随后走来的陈华扫过来的目光下退开了。
　　陈华显然早就办好了入住手续，他直接带任苒上电梯，按了二十七楼。电梯门合拢，任苒注视着电梯镜子里的自己。这是三天来她头一次照镜子，明亮的光线下，这个全身影像清晰而陌生，她几乎给吓到了，又有一点儿好笑，暗暗想，果然没一个人经得起落魄考验，难怪服务员几乎要拒她于饭店门外了。
　　她目光一转，正好与陈华在镜中对视。他站得离她很近，身形挺拔，衣着熨帖，更衬得她形容灰败。她避开他专注的视线："谢谢你今天大发慈悲过来。如果再挨上一天，我大概就得像你期望的那样，打电话向你求饶了。"
　　"照你刚才跟那个律师讲的话来看，我很怀疑你会一直倔强下去，等着看我怎么收场,也不会打这个电话。"

任苒偏头想了想,自嘲地笑了:"我哪里还有什么倔强,充其量就是有恃无恐,知道你想给我的不过是一个教训而已。"

陈华突然伸手,抚向她的右手肘外侧,那里有一道细长而微微隆起的疤痕,这个接触让她大吃一惊,本能地一闪,已经抵到了电梯一侧,避无可避,然而他更迫近她,仿佛完全不在意她身上散发的难闻味道。

"对不起,我实在是气昏了头。"

她没有想到会听到他道歉,一时无言以对,好在这时电梯到了他们的楼层停下,门打开,她一步便跨了出去。

他跟在她身后,走到房间门口,她站住,伸出手:"请把房卡给我。"

陈华不理会任苒,拿房卡开门,然后一歪头,示意她进去。她有几分烦躁,可是也不打算在走廊上跟他争执,进门后拿过旅行袋,径直进了浴室,锁上门,飞快地脱掉全身衣服。

这几天被关在拘留室里,她都是趁着被带去上厕所的时候用自来水草草洗一下脸而已,身上已经脏得过了最初的不适,到了麻木的地步。

这间酒店装修设备都略显陈旧,花洒中的水喷射出来的力道毫不柔和,她仍然将龙头开得大大的,水温调得略高,彻底地洗头洗澡,直搓洗得皮肤泛红、微微疼痛才罢手。

长时间的沐浴,卫生间内的蒸汽弄得她有些眩晕。

她擦着身体乳,手指碰到陈华刚才在电梯里突然触到的右手肘外侧的那道疤痕,不禁停顿了下来。

人是一个如此构造奇特而复杂的系统,情感有时固然会脱出理智支配的范畴,就连身体似乎也有着独立于心灵之外的神秘功能,当某些情境、某些触感重现,记忆便会在莫名的时间涌上心头。

这道伤疤是任苒少女时期留下来的。

那一年她十八岁,正读大一,回到家中,以意外的方式知道了丧妻两年的父亲,与另一个女人有着长达八年的婚外恋情。她无法接受那个事实,夺门而出,在狂奔下石阶时摔倒。

陈华正好在场目睹。他送她去医院,握着她的手,陪她处理伤口。她不愿意回家,他开车载着她在那个城市漫游,她在后座哭泣,那种沉默的安慰方式让她度过了面对真相的最初时刻。

他们后来恋爱了。

他爱抚她的身体时，总会若不经意地轻轻抚过那道疤痕，仿佛无声怜惜缓解着她受过的伤。

任苒曾经以为，她经历的是永远不能原谅的背叛，不可能痊愈的伤痛。可是再如何深刻的愤怒，终于还是随时间流逝渐渐淡漠。她经历了离家出走，然后远赴异国求学，再回国工作。她父亲在她出国那年再婚了，她与父亲从最初的几近决裂，到后来保持着起码的联系，与父亲现在的妻子始终没有任何往来。

她仍然怀着对母亲深切的回忆，接受了与从小崇拜的父亲由亲密变得无可挽回的疏离这个事实。

而多次抚过她伤痕的那个男人，带给她的是一场从忘我投入到绝望放弃的恋爱。他在她满怀希冀时中止，在她不再期待时重新出现，在她已经没有悸动时说爱她。

在她这次仓促离开北京后，他又以追捕的姿态尾随而来。

此刻，他们在一个陌生小城的酒店房间内，只一墙之隔。突然，她有些迷惑，不知道从什么时候起，他们走到了这一步；更不知道她离开北京的旅程，怎么演变成了一场逃亡。

一年半前的除夕，任苒明确拒绝了陈华突兀的求婚。但是他们生活在同一个城市、甚至同在北京CBD地区上班，哪怕不接受他的任何约会，不期而遇也是很寻常的事情。

任苒就职的英资银行在北京市郊一个会所举行盛大的招待酒会，庆祝进入内地六周年。她正与客户谈话，突然有一点异样感，颈后掠过一道凉意，她本能地回头，隔着衣香鬓影，觥筹交错，一眼看到陈华突然出现在不远处，正专注地看着她。

陈华的亿鑫集团与这间英资银行的一项合作中途夭折，不过他还是极受重视的大客户。他一向行事低调，从不喜欢出席公开的应酬场合，他的出现差不多出乎所有人意料。唯一不觉得惊奇的，大概只有任苒。

他和其他来宾一样，穿着正装。她突然意识到，他们认识那么长时间，这是她头一次看他穿着西装打着领带，更衬得他气质严谨，在人群之中高大挺拔，让人根本无法忽略他的存在。

两人视线相接，他对她颔首致意，她也礼貌地点点头，然后连忙转过头去，继续招待其他客户。

不用再回头，任苒清楚知道，陈华一直注视着她。

她和其他银行职员一样，穿着合体的藏青色制服套装，足蹬八公分黑色高跟鞋，头发一丝不乱地绾起，与职业的装束一样，她始终保持着职业的平静——只是这个平静在陈华的注视之下，维持到后来，她自己也觉得有一点表演性质了，意识到这点，她便有些没来由的疲惫感。

　　酒会进行得差不多，她送一位先行告辞的客户去停车场，一时不想返回会所，便顺着旁边曲曲折折的回廊走到水池边木质长椅上坐下。

　　四月初的北京，正值初春，天气乍暖还寒。外边十分安静，夜色笼罩之下，只见水池里砌着假山，倒映着清冷的月光，睡莲刚刚长出水面，肥大的锦鲤静静游动，间或甩动尾巴，"泼剌"一声，溅起一点水花。

　　任苒四顾无人，脱了高跟鞋，着实松了一口气。这双价格不菲的鞋子是她一周前买的，今天穿着站了大半天，脚酸痛得几乎已经麻木了。她一边揉着脚背，一边拿出手机翻看收到的短信，看看时间，先给车友会的朋友章昱回电话过去。

　　"章昱，群发的邮件已经收到了，你们活动安排得真丰富，可是最近实在太忙了，都没时间出去玩。"

　　章昱是某知名财经杂志的记者，曾就银行与亿鑫的合作采访过任苒。两人几个月前在车友会活动中再度相遇，抛开公事之后，谈得很投机，后来便时不时联络了。他问任苒："从上次滑雪以后有两个多月没见你参加活动了，真的准备考GMAT吗？"

　　"对呀，这段时间都在备考。"

　　"打算读哪间学校？"

　　"我倒是想读美国的Topten，可是学费加上生活费用太高昂，而且商科想拿到奖学金的可能性也太低。想来想去，还是香港大学的兼读MBA比较现实。"

　　章昱从中学便到新加坡留学，毕业后回国做财经记者，自然了解这方面的行情："去年港大经济与管理学院在亚洲地区排名第一，他们的师资、课程设置相比内地更国际化一些，不过香港真是拥挤得可怕，我始终不习惯那个地方的生活。"

　　"还好，我在香港工作过大半年，对那边还算适应。"

　　"劳逸结合，下周还是去天津吃海鲜吧。港大的MBA考试GMAT分数上六百估计就够了，以你在澳洲留学打下的底子并不算难，别把自己弄得太紧张了。"

　　任苒不便再推辞，笑道："好，我尽量去。"

　　放下电话不久，她专门出来等的电话来了。祁家骏每周这个时间会从悉尼打过来。他年初到澳洲工作，到现在已经三个多月了。

　　"我的脚快痛断了。"她等不及地诉苦。

"谁让你穿高跟鞋了，要穿也要挑穿起来舒服的买啊。"

她抗议道："买的时候当然试了，还在店里来回走了，当时感觉很舒服，哪知道这鞋的舒服是有时效性的。"

"我今天连着拜访六个客户，也快累趴下了，路上还看到一起车祸。你开车出去小心点，国内的车太多，路况太复杂。"

"放心，上次滑雪以后，好久没开车出远门了。我正在备考，也没时间出去玩。"

"适当还是要出去玩玩，你那边都春天了，别老关在家里。对了，昨天我被老肖狠狠鄙视了。他做饭，让我给他打下手，把鸡蛋打散。我拿了两个鸡蛋对着一磕，流得满手都是。"

祁家骏说的老肖是肖钢，是他姐姐祁家钰的同学，以前曾与他们在墨尔本合租，现在是他的老板兼室友。任苒被逗得大笑："居然出这种洋相，你这十指不沾阳春水的大少爷，我真是服了你。"

祁家骏当然不以她的取笑为意："老肖特别表扬了你传过来的家常菜操作步骤，说实用性很强。"

"那还用说。"她得意地笑，叮嘱他，"记得多给赵阿姨打电话，她再生你的气，也是担心你的，不要跟她赌气。"

放下电话，任苒不得不重新穿上鞋子，皱着眉头让脚趾适应一下，准备返回会所，然而刚绕过树篱就怔住，陈华正坐在这边的长椅上抽烟，她打个招呼准备走掉，陈华开了口："任苒，陪我坐坐。"

"马上快到表演和客户抽奖环节了……"任苒顿住，明知道奖品丰厚可观，表演也算精彩，当然不足以吸引陈华过去，只得坐下。

"听说最近你不接手新的客户，全都转手交给了同事？"

任苒去年因莫须有的原因，被从干得得心应手的银行资产管理部门调到个人理财部门，有很重的业务压力。陈华不声不响通过别人给她介绍客户，尽管没哪个客户当面对她点破，但她自然心知肚明，迟疑一下，说："谢谢陈总关心。我已经向银行申请调往深圳分行工作，所以会陆续把手头客户资源全转交给同事。"

"是我的缘故想离开北京吗？"

"不是。"她摇摇头，"我重新规划了一下，还是准备朝投行方向发展。去深圳那边工作，可以申请港大的兼读MBA，周末过去上课，比较适合我。"

"做投行需要出差，空中旅行是家常便饭，你确定你能承受？"

"飞行恐惧是可以克服的。"

陈华默然。

他出来抽烟，听到树篱那边任苒的声音，便坐了下来。当然，他不是第一次听任苒与祁家骏通话了。

他们始终没讲任何暧昧的话，确实如好友、如兄妹，可是这样絮絮说来，放松、亲密的感觉无处不在。

他现在只能以这种形式旁听任苒的生活，不能不有失落感。而任苒如此坦然讲到她的计划，显然，她是想离他更远一些。

这时会所那边大露台上突然灯光亮起，人们从室内涌了出来，任苒解释："银行请来了法国艺人做冷烟火现代舞表演，据说很精彩。"

会所对面临时搭建的小舞台上开始响起音乐，灯光闪烁变幻。一男一女两个演员登上舞台，他们都穿着纯白的紧身服装，背后背着宽大的翅膀，借助钢丝冉冉升起，在空中完成着各种高难度舞蹈动作，同时不停释放着各色冷烟花。五颜六色的光影升腾之间，两个曼妙的身姿翩然游走于舞台之上，露台那边传来一阵阵欢呼和掌声。

"四年前，我在亚拉河畔。看到过类似的表演。"

陈华的声音低沉一如平时，任苒隔了好一会儿才回过神来。她看着陈华，有些不能相信从他嘴里听到澳大利亚那条河流的名字。

"你……去过墨尔本？"

陈华吐出一口烟雾，弹落烟头挂着的烟灰，转过头来，静静迎着她的目光，"去过。"

四年前，亚拉河畔。

一些生活片段急速闪过任苒脑海。当时她在某个酒店边，不经意看向车子的后视镜，视线中隐约出现了一个熟悉的身影。

在澳洲留学的三年多里，任苒不止一次以为在异国他乡的人群中看到过祁家骏的身影。她甚至曾在火车站台追上某个人，待对方回头后，又不得不仓促道歉。

她凝视着汽车后视镜，不敢眨眼，生怕须臾之间，一个模糊影像便会消失。然而她强迫自己猛然回头，身后来来往往是步履闲适的行人，没有任何异样。

那么至少在那一次，她看到的确实是他。

他悄无声息地出现，然后一言不发地消失。

万千思绪同时涌上心头，她张了张嘴，却没有办法问出一个为什么。

还用问吗？他看到了她与祁家骏出游，她抱着祁家骏当时年仅九个月的儿子祁博彦，这个一向骄傲自负的男人选择了不加询问地离开。

深重的疲惫感骤然之间涌上来，一瞬间，她只觉得如同背负了无形的重担，被压得没有喘息之力，疼痛的脚几乎有些失去了知觉。

陈华早就清楚地知道，他的这个坦白只会将任苒推得更远。有些误会不可能一经解释便冰雪消融，更何况，随之而来的时间流逝早已经改变了彼此。

"对不起，任苒。"

她短促地一笑："过去的事了。"

"对我来说，从来没有过去。"

她站起身，这时舞台上悬吊半空的女舞者正与男舞者回旋交缠，身后展开的双翅一齐挥动着喷出烟火，银白色光焰如同华丽的瀑布般流淌下来，映照得四周亮如白昼。一时之间，她有些目眩神离，摇晃了一下，陈华马上站起来，伸手扶住了她。

"谢谢陈总。"她定定神，让自己站定，试图挣脱他的手，"明知道今天的招待会要站很长时间，还穿了一双不合脚的新鞋子，实在是不明智。我先进去了。"

陈华没有放开她。

"四年前，我的事业刚刚重新上了轨道，仍然充满不可预测的风险，我甚至不能用以前的名字公开露面。知道你在墨尔本以后，我想过去看看你。"

"于是你看了，下了结论，走了。"

"那个城市看上去安静宜居，你看上去很幸福，我想我没权利打搅你。"

任苒无声地笑了，用力抽回手，退后一步，歪头看着他："我应该赞扬你默默走开，为我的幸福做出了无私牺牲吗？"

"我早知道，这个解释对你来讲没什么意义。"

"倒也不是什么意义都没有。"她的声音低而清晰，"至少证实了我的一点猜测：你确实并不爱我，也从来没理解过我对你的爱。"

"我之所以没在见到你后马上对你解释，就是不希望你得出这样的结论。"陈华的声音里头一次出现了一点恳求的意味。

"没关系，成年以后再回过头去看看，我其实也不大理解自己了，痴狂到那种地步，只有当时那个年龄、那个心境才可能吧。"任苒意兴索然地说。

这时，舞台上的音乐在烟花怒放中停止，演员在空中做着谢幕动作，同时缓缓下降。在背后那样明亮炫目的背景衬托下，任苒脸上维持着的微笑显得缥缈脆弱，待露台那里掌声平息，光线黯淡下来，陈华重新开了口。

"去年祁氏出现危机，坦白讲，如果不是认为你的生活会受到影响，我母亲再怎么央求我，我也只会安排阿邦打一笔钱给他们，不会亲自过去。看到你从香港赶回来，我才知道，我犯了一个愚蠢的错误。"

"对你来说，承认错误大概很罕见吧。不过不用自责了。从某种程度讲，我觉得收钱被打发掉，也是一种不错地讲再见的方式，这样了结感情很好，大家都能彻底解脱。"

"所以，在你眼里，我只是一个用钱打发过去感情的冷血动物了。"

"现在我不会轻易对别人下这种带感情色彩的价值判断。"任苒侧头，耸了耸肩，"好，你都解释清楚了，谢谢。"

舞台那边的人声安静下来，传来钢琴独奏的音乐。

"我花过很多时间想你，想我经历的那些到底算不算爱情，是什么原因让我们就是没办法在一起。你大概永远理解不了胡思乱想是一种什么状态吧。"不等陈华说什么，任苒无声地笑了，"老实告诉你，那种状态很可怕，让人怀疑一切，对自己彻底失去信心。我很庆幸我想得厌倦了，放弃了。如果你的解释早两年来，我大概会激动，以为又一次经历了奇迹。可是今天听了之后，再没有了其他感觉。"

"你可以质疑我。没要一个解释，转身走开，确实不像是一个爱你的男人应该做的事。"陈华凝视着远方的舞台，"我最大的错误就是以为太了解你，这一点你没说错，其实我只是享受你的爱，没试过真正理解你的感情。我一直在想你，任苒，没有停止过。"

他低沉的声音和着如同行云流水般的钢琴乐曲，一字一字进入任苒耳内，她却只有无力感。重逢以后，这个男人对她不止一次说过爱她，甚至于求婚，但哪一次都没有今天这么坦白。她没有理由不相信他的诚意，可是她唯一清晰的感慨，不过是觉得命运的安排永远比人的想象来得深不可测。

"给我一个机会，我们试一下重新开始。"

任苒摇摇头："除夕那天，我想我已经对你说清楚了，我们分开了，我们回不到从前。没有什么能够重新开始。这个解释一样改变不了什么。"

"你爱祁家骏吗？"

"这跟你没关系。"任苒的声音中透出一丝警惕，"陈总，请不要插手他的生活。"

陈华笑了，带着无可奈何："我关心的，始终是你的生活。"

"你关心我的方式始终是代我做决定吗？决定带我去广州，决定我应该跟我父亲回家，决定我跟阿骏在一起看上去会更幸福一些，现在又决定给我一个重新开始的机会……"任苒也笑，"对不起，陈总，大家都是成年人了，我更愿意自己决定自己的生活。"

"我终于等来了这一天。"陈华凝视着她,嘴角那个浅浅笑意带着温柔,"我爱的那个小女孩长大了,对我说:'嘿,大叔,别来烦我了。'"

任苒一下怔住。

她没想到,陈华仍然记得她当年带着少女的天真与骄傲说的这句话。

那时,她才十八岁,刚爱上他,而他正陷于生意上的麻烦中,将要匆匆离开。他开车载着她穿越城市,从江南到江北,前方是绵延的灯光,车流如河,一轮带着柠檬黄光晕的满月挂在天际,夜幕下的大江暗沉无声地奔流。

所有寻常景致,都带上了不寻常的色彩。她着迷地看着,以为看到了自己的命运——跌宕起伏,充满激情与不可知的奇迹。

那种突然发生、没有缘由、不讲道理的爱,有多少出自对神秘陌生男人的倾慕,又有多少出自自身生活突然崩溃后的混乱,她不清楚。隔着大段时间的距离,她仿佛看到了当年那个不知天高地厚的女生,努力隐藏起所有的怯懦,向她爱的男人发起第一次挑战。

不知不觉间,她的眼睛有一些湿润。

"任苒,在感情这件事上,从你决定爱我开始,我就已经不是做决定的那个人了。只不过,我认识到这一点有些晚了。"

站在她面前的这个男人,高大的身影笼罩着她,低沉的声音冲击着她。她透过隐约泪光看着他,那个笑意以前也曾偶尔挂在他的嘴角,一闪即逝。每当他这样笑,她就以为自己拥有了他的全部,所有疑虑被放置一边。

只是那样单纯的信念,已经不复存在。这个坦然承认爱她的男人仍然散发着危险气息,曾经让她莫名迷恋,现在却让她感到惘然。她努力修补好了自己的生活,整理感情,规划前途,那些奢侈的情感,完全在她的计划以外。

这时,她放在口袋里的手机响起,她定定神,拿出来接听,简短地对答着:"好,我马上进来。"

她放下手机,直视着陈华:"陈总,我有时候确实会想,如果有重新选择的机会,我会怎么生活。我得出的结论是,我并不需要那样的机会。不管是犯过的错误还是投入过的感情,我全都没有后悔,可这不代表我希望重新经历一次。"她的目光从他脸上划过,转身,"失陪,我先进去了。"

第四章

　　任苒匆匆离开,陈华仍然停留在原地,久久注视着她的背影。

　　当年他从澳洲回来以后,重新开始工作,那种投入的程度,甚至让跟随他多年、一向了解他做事风格的助理阿邦开始担心起来。

　　昔日连累到他的喻良洪出逃案因为主犯人间蒸发,最后以其他几个证券公司高层受审判刑而了结。当初他断然放弃卷入被冻结资金的争夺,从某个方面来讲,算是以退为进,做出了最明智的选择。

　　曾经放言要将他彻底整垮、永世不得翻身的深圳某集团董事长朱训良一向以手段狠辣出名,可也没来得及看到他的东山再起并再度与他交锋。仅仅在陈华改名换姓一年后,朱训良就因为牵扯到一起影响广泛的经济案件而走上喻良洪的老路,一夕之间仓皇出逃,到了香港仍受到起诉,被遣送回来受审。

　　所有直接的威胁看上去都解除了,但陈华并没有改变深居简出的风格,他拒绝任何出头露面的机会,隐身幕后,谨慎而不动声色地扩张着,他的公司规模日益壮大,正式将总部迁至北京CBD。

　　这样的沉浮变迁,大起大落,几乎是变革年代的某个缩影。

　　北京的春天,空气中弥漫着风沙,四周一片灰蒙蒙的,并不是让人愉快的季节。贺静宜在这段时间里走进了陈华的生活。

　　头一次见贺静宜,是在一个饭局上。邀请者是陈华做私募时的一个旧识,不便推辞。只是他难得出席这种应酬场合，气氛再怎么热烈，他都有些置身事外的疏落。

贺静宜正是做东那人的秘书。她的老板洪先生大约四十余岁，当年也曾搏杀于期货市场，后来转做传媒投资，身家丰厚，意气风发，得意洋洋地说："据说老姚那个半文盲找了一个海归硕士当秘书，真是缺什么补什么。我这秘书大学念到第四年，没拿到文凭就退了学。有什么关系，长得足够漂亮就行了。"

他会注意到她，当然并不是因为她引人注目的美艳。

北京这个地方，聚集了从全国各地涌来的男男女女，他们出身不同，经历不同，可都一样满怀梦想，愿意抓住眼前飘过的每一丝机会，惊人的美貌、才华与赤裸裸的野心、诱惑一样，随处可见。

相比之下，看上去眼神戒备、身姿紧张僵硬的贺静宜反而并不出众。她木然坐在一边，对席间男士讲的庸俗笑话反应慢半拍，脸上维持着一个格式化的笑，确实很合乎没什么大脑的花瓶秘书定位。

酒至半酣，坐在她一侧的男人毛手毛脚，她却出人意料地跳起来，夺门欲出，重重撞到了正准备走到外面打电话的陈华身上。

有人打着哈哈："老洪，你这秘书漂亮是漂亮，就是活像只刺猬，不过开个玩笑嘛，何必这么三贞九烈反应过度。"

不等洪先生呵斥，陈华替她解了围，他向来沉默，偶一开口，竟然没人敢借势打趣。

隔了一天，贺静宜找到了陈华的公司。

中途辍学的女孩子，含着眼泪的一撞，那样仓皇而满怀心事的眼神——似乎就已经足够了。

他从来不指望用另一个女人替代任苒，在他心里，她是无可替代的。

他接纳了贺静宜，至于她经历过什么，她因为什么样的企图而收敛着刺猬的姿态，刻意接近他，展现风情试图迷惑他，他并不关心。

他工作依旧很忙碌，事业以空前惊人的速度扩张，不可避免面临越来越多选择与决策的压力，但他清楚地知道，他的问题不是来自于此。

每每半夜因失眠醒来，他并不喜欢躺在床上辗转反侧，通常都是起来倒上一杯酒，天气好的时候站在阳台上独酌。看向脚下沉睡的城市，他不得不想到，本来这种生活对他来讲没有任何问题。从未成年开始，他就独来独往，孤独对他来讲早就是一种习惯，一种生存状态，从来不构成问题。

可是任苒改变了一切。

在她走进他心底以后，他已经习惯拥有她，以及她的爱。直到在澳大利亚看到她与祁家骏在一起后，他才逐渐意识到，他的生活出现了一个无法填满的空洞。

工作不能如过去那样占据他的全部身心，孤独感仿佛生出细细的牙齿，在夜晚啃噬折磨着他，他需要尝试一下新的可能。

这几年间，贺静宜并不是唯一一个试图接近他的女孩子。起伏的人生与岁月历练，让他身上的沉稳气度与年龄达到了统一，不动声色地顾盼之间，已经能让人心折。在贺静宜之前，有女孩子倾慕他，表现得更热切、更纯粹，然而并不能激起他相应的反应。

贺静宜多少带有某种日日回忆的痕迹、某个人的影子，陈华并不避讳这一点相似，反而对自己承认，这是他愿意接受她的前提条件。

那样美丽的面孔、年轻的肢体、柔软的肌肤，竭尽全力取悦他。可是，什么也没有改变。

夜半时分，贺静宜紧张地找到书房，他正在喝酒，他的钱夹摆在面前。他不等她走近，头也不回地摆一下手，让她回去睡觉。

后来，他给她买了房子，偶尔去她那里，半夜开车离开，留宿的日子很少。

他仍然想念着任苒，远远多过他的预料。时间流逝，跟她在一起的日子反而更为清晰。

到了初秋，他妈妈陈珍珍打来电话告诉他，祁家骏带着一岁九个月的儿子回家了。她絮絮哀叹着自己年事已高，十分孤单，试图暗示这个从来不肯跟她闲话家常的儿子也该考虑终身大事，他马上打断了她，不愿意谈论这个话题。

放下手机后，他再度拿出钱夹，看着里面的一个身份证复印件，良久默然。在失眠的夜晚，他无数次凝视照片上的女孩子那张秀丽而略带稚气的面孔，她始终都是那样坦然地对着他。

当然，无论她做出什么样的选择，都不欠他什么。

而他欠着她。

他们分开时，他正处于穷途末路。任苒留下了这个身份证复印件，和她母亲临终前留给她的二十万元现金。

这笔钱支撑他走过了重新开始的艰难日子。

陈华决定将钱还给任苒。

他到了Z市，先去看望母亲。陈珍珍正约了一票人在家打麻将，看上去精神不错。她马上要中止牌局招呼他吃饭，他谢绝了，示意她继续玩："我还要出去见个朋友，晚上不必等我回来。"

他出来，并不愿意去祁家的别墅找任苒。他甚至怀疑自己做好了正面面对身为别人妻子的任苒的准备。他到了Z大后面，正打算约任世晏出来，托他将钱转交给他女儿，却看到任家那座空着的房子有工人出入。祁家骏站在院子里，指挥他们修缮破损的部分。

西斜的太阳光透过那棵枝繁叶茂的樟树洒在祁家骏的身上，他神情专注，英俊的面孔看上去成熟了许多。

陈华不期然想起了他们的第一次见面。

那是他大学毕业那年，他早已经开始了自己的事业，但他父亲祁汉明全然不知，把他叫到祁氏的工业园，试图提供一份工作给他，他拒绝了。两人出来，正好碰上祁家骏，祁汉明介绍这对以前素未谋面的异母兄弟认识。

他当时尽管姓祁，但对祁家从来没有向往之意与好奇之心，根本不理会那个混合着惊愕、愤怒与不安神情的俊美少年，只冷冷地说，他是他母亲的独子，从小没有兄弟姐妹，以后大家还是不要硬约着见面，省得尴尬。

可是哪怕已经放弃了姓祁，漠视血缘上的关系，但因为任苒的存在，命运仍以一种奇妙的方式将他们的生活或多或少搅在了一起。

任苒的生活与他再没有任何关系了——是祁家骏，而不是另一个与他无关的男人拥有了任苒，这让他无法释然。

当初他甚至无需做出任何承诺，任苒就全心全意奔向了他。在不知不觉中，他已经将她的爱看得天经地义。

上次在墨尔本看到他们，他还可以控制情绪，说服自己接受现实，淡漠离开。然而，在任苒从小生活的房子对面，看着祁家骏站在任苒曾对他描述过的樟树下面，以主人的姿态主持着维修，阳光透过树叶洒在他的身上，衬得他比过去显得成熟得多。

陈华头一次体会到了以前从未体验过的嫉妒：刻骨，而且清晰。

他并没有回母亲家里，而是找间酒店住下。几年来，他头一次在酒吧里喝到酩酊大醉，根本不记得怎么回的房间。

半夜醒来后，他摸出手机，打阿邦的电话，把他从睡梦里叫醒，嘱咐他第二天早上赶来Z市，转一笔钱给任苒，阿邦小心地问到具体数目，他停顿了一下。

"两百万。什么也不必跟她说。"

他愿意给任苒的远不止于此，可是哪怕在醉后的头痛之中，他也清楚，自己已经没有资格给她更多，把她的生活弄混乱。

阿邦问起他第二天的行程安排，他说他会去上海，但第二天一早，他在机场临时改变了主意，去了北海。他先坐船上了涠洲岛，天气阴沉下来，台风即将来临，他坐上最后一艘返航的渔船踏上了双平。

这几年里，陈华每年都会在春节期间去双平住上几天，但这是他头一次在台风肆虐的天气里住在这个小岛，低矮的小屋外狂风呼啸，小屋内四壁透风，煤油灯那一点微光摇曳得随时可能熄灭。他度过了无眠的一晚，第二天台风停止后，他便随一艘渔船去深海捕鱼，隔了好几天才返回北京。

他极少这样不打招呼便失踪，阿邦正焦灼地到处找他，看着他胡子拉碴，身上带着海水的咸腥味道重新出现在公司，愣了一下，却什么也没敢问。

陈华接过秘书递上的大叠文件，一边翻看，一边从抽屉里拿出电动剃须刀刮胡子。生活就此回归正轨。

接下来，他将更多的心力与时间放到了工作上。

贺静宜做着最本分的女友，从来不抱怨他行踪飘忽，很少陪她。当然，她对他并非没有要求，那些要求最初带着撒娇，迂回狡黠地提出，全是物质方面的。在他满足她以后，她要得更直接了一些，更多了一些。不管是想买名牌、珠宝、名车，还是想读书深造，他都没让她失望。

他当然知道贺静宜并不爱他，但他完全不介意这一点。他满足她的要求，在他看来，她让他的生活维持着一个表面上的正常，他给她的，就是她不谈感情、尽心尽力陪伴却不打扰他的奖励。

其他人都觉得他对女友宠爱有加，不过贺静宜显然并不这么想。她看上去始终惴惴不安，仿佛在窥伺等待着一个她不得不接受的结局。

第二年年初，她终于向他提出想进他公司工作。他略微意外，告诉她这意味着他们必须分手，她紧张地看着他，犹豫一下，仍然点头答应了。

陈华恢复了一个人生活，独居在京郊的别墅，他并没觉得有什么不同。

亿鑫集团的发展毫不张扬，但投资领域已经从资金市场、商业地产扩大到了实业，旗下控股了两家上市公司，实力任谁也不能忽视。

这时，他父亲祁汉明的皮革出口加工企业突然陷入了困境之中。祁氏和其他民营企业一样，因家族式管理起家，也因家族式管理带来经营混乱、股权争夺、相互掣肘等一系列问题。随着担任董事长的祁汉明父亲突然去世，夫妻不和、兄弟阋墙、姐妹反目……种种矛盾集中浮出水面。曾经看似红火的企业一下内外交困，难以为继了。

他向来不理会祁氏的运作，甚至没有回去参加祖父的葬礼，与父亲祁汉明之间的联系少得可怜，当陈珍珍打来电话紧急求援时，他并不关心，只泛泛地说："让祁氏交一份财务报告过来，我看看再说。"

那份财务报告以最快速度传到了他手里，紧接着祁汉明也打来电话。他这才知道他母亲没有夸张，情况确实十分严重，他若不出手，祁氏便会接近破产。

看着那一连串数字，他首先想到的是任苒——她的生活会受到什么影响？还有她的孩子！

陈华到了Z市，与祁汉明与祁家骏见面，他们父子两人看上去都神情憔悴。祁汉明跟他讨论着公司需要的资金额度，祁家骏却始终低头看着手里的文件，一言不发。

他不便直接问及任苒，然而出乎他的预料，任苒突然推门而入，身边站着一个和她年龄差不多的漂亮女子。

任苒看到他，却并不吃惊，仿佛这不是一个久别之后的意外重逢，她只扫他一眼，顾自与祁氏父子打招呼。

从他们的对话中，陈华猛然意识到，他犯了可怕的错误。

任苒将祁家骏叫出了办公室后，他问祁汉明："刚才跟任苒一起过来的那位小姐是谁？"

祁汉明一筹莫展地看着手里的文件："她是阿骏的妻子敏仪。"

"他们结婚多久了？"

"已经两年了。敏仪很不错，现在家里多亏了她，又要照顾婆婆，又要照顾小孩子。"

"那任苒呢？"

"小苒很能干，留学回国后，进了北京的一家外资银行工作，现在派到香港学习。家骢，"祁汉明无心继续闲话家常，转回正题，叫着大儿子原来的名字，"请你再考虑一下，祁氏不会要求你不停输血，只要流动资金足够支撑恢复生产，就可以渡过眼前难关。"

陈华再也坐不下去："对不起，我先出去一下。"

祁家骏与任苒正站在走廊另一端交谈，她正劝说他接受她的钱。

"基本上全是投资收入。"——她这样对祁家骏解释着钱的来源。

陈华僵立在了原处。

他还来不及抑制心底的一阵无以名状的狂喜，便猛然意识到，他让阿邦还的这笔钱，恐怕已经极大地伤害了任苒。

她将全部信任给了他,他给她的只是不加任何解释的分手,她接受了那笔钱,将之视为一笔投资收入,那么她怎么可能还爱着他。

他听着任苒与祁家骏的对话。她声音略有些沙哑,却十分温柔而坚定,条理清楚地反对着祁家骏逃避,鼓励他振作起来,随她去银行取钱,分担家里的重担。

他从未想到,那个天真的女孩子已经有了如此理性镇静的一面。

看着他们离开后,他打电话查询去香港的航班,然后返回会议室,同意将祁汉明需要的资金打给他,他交代阿邦赶过来办理资金的调度,便直接去了机场。

任苒正缩在登机口一角的椅子上打着盹,她脸色苍白,身上盖着祁家骏的西装。他在她身边坐下,惊讶于她在这个不算安静的场所却睡得这么沉。

想必她是累坏了。

除了偶尔走开接电话,他一直坐着不动。他甚至没有侧头去看她,只是知道她在他的左侧,就似乎已经足够了。

第二次广播登机通知了,他拍了拍她,在她惊诧的目光下保持着面无表情,克制着不去握她的手,率先走向了登机口。

同机抵达香港以后,任苒不出他意料地拒绝了他,对他的表白回以毫不客气的一句:So What。

是呀,那又怎么样。她完全有理由漠视他的任何表白。

他用最短的时间了解她在香港的情况:她的工作、她的上司、她的生活习惯……

她说她已经有了男友,他并不以为意。他不认为一个交往时间不长的男友算是一个障碍,可是真正面对她,他无法把过去的一切当成一个只需说出就能改正的误会。

在她那样爱过他以后,他带给她的是什么样的伤害——他无法估量。

不管他在什么场合出现在她面前,她的反应都不激烈,没有怨恨,没有质问,只有无可奈何的戒备。

就是这样的戒备,让任苒结束在香港的学习返回北京后,一发现他为她安排了住处,便马上搬走。

他还没来得及弄清她的神秘男友是谁,那人便一声不响地从她生活中消失了,陪在她身边的,仍然是祁家骏。

她不肯与他有任何私人性质的联系,他只能煞费心思安排了与任苒银行的合作,在涠洲岛上两人再度碰面,他打算带她乘快艇去双平。

他相信，任苒在双平时，几乎天天坐在岸边看夕阳下渔船归来，那里能唤起存在于他们之间所有的记忆。但是，任苒尖刻地将他的安排归之于"不合理的重逢、不适时的故地重游、莫名其妙的感伤怀旧"，断然拒绝。

他这才知道，在两年前，他们还有另一次擦肩而过。

就在他从Z市去双平的第二天，任苒接过阿邦转交的两百万，然后独自一人到了北海，被台风困在涠洲岛上。

那个急风暴雨的台风之夜，他们之间只隔了区区十海里的距离。台风停息以后，他随渔船去深海捕鱼，而她经历了最后的伤心绝望，放弃了登岛计划，返回北京，从那一天，她彻底下定决心不再缅怀过去。

身为一个无从选择出生的私生子，陈华按自己的方式生活，他选择职业、选择投资方向，从来不思考命运玄奥而无从把握的走向。但那一刻，他不得不想，似乎从他出生那天开始，冥冥之中，便的确有一种命运在跟他作对。

然而，他依旧并不打算臣服于命运之下。

小舞台上的表演换成了弗拉门戈舞，奔放的音乐，美艳的西班牙女郎，飞舞的宽大裙裾，让露台那边气氛变得再度热烈起来，更衬得陈华站立的这一角灯火阑珊。

他重新坐下，点燃一支烟，陷入了深思之中。

这一次，他能看到任苒眼底的波澜。

他知道他已经突破了她的冷漠，可是这也只意味着她会以更加防备的姿态面对他。

当她不再对他抱有过去那种无条件的痴心，那么以她的决绝和对祁家骏的维护，他的机会十分有限。

陈华看着吐出的烟雾飘散开来，开始试着不带情绪地想到祁家骏。

他的身份是祁家见不得光的私生子，而祁家骏是含着金匙出生的祁氏继承人，他们从知道彼此存在之初，就没将对方视为兄弟，相互之间的感情比路人还要淡漠。

不管从哪一方面讲，他从来没把祁家骏放在眼里。然而，他不能不承认，至少现在在任苒心里，祁家骏的位置十分重要。他不仅陪伴了她的整个童年、少年时期，而且在她从一个娇憨、害怕孤独的女孩子成长为职业女性的过程里，也一直在她身边。

与任苒重逢以后，陈华了解了一下祁家骏的情况。显然，尽管有了可爱的儿子，但祁家骏的婚姻还是很成问题，他和妻子莫敏仪已经分居。只是在祁氏岌岌可危的时候，他拿不出钱来满足莫家提出的离婚条件，而且他的父母也强烈反对他们离婚。

不需要任苒警告，他也不会去插手祁家骏的生活，他清楚地知道，那样只会犯了任苒的大忌，将她推得更远。

既然任苒决定去深圳工作，去香港读书，而不是去祁家骏待着的澳洲，那么他能做的，就是继续慢慢努力。

可是，命运再次显示了它的不可捉摸。

仅仅只隔了一周，陈华接到任苒的父亲任世晏从Z市打来的电话，当时他正在去机场的路上。

"陈总，请帮忙找一下任苒，我怕她出事。"

任世晏解释之下他才知道，祁家骏于当天凌晨在墨尔本遭遇枪击去世，任世晏给女儿打电话通报这一消息，通话还没结束，他就听到一声巨响，随后他怎么打电话都没人接听，他已经给所有身在北京的熟人朋友打电话求助。

"你给她打电话时，她有没有说她人在哪里？"他示意阿邦掉转车头回城。

"我第一次打电话时，她在从天津返回的路上。她在开车，我当然不可能告诉她坏消息。她停好车后打电话给我，我才说的。"

陈华紧急联络交通部门查询，同时让阿邦开车赶往通往天津的津京塘高速公路。

消息一个个传来，他赶到现场时，完全惊呆了。

津京塘高速公路向来以道路狭窄、货车众多闻名。

任苒驾驶的那辆小小的两厢车停在路肩紧急停车带，被一辆大货车从后方撞击，冲向路边护栏，整辆车面目全非，呈侧倾状态，而她被卡在严重变形的驾驶室内。她同行的车友和早已经赶到的高速公路交警都无法拉开车门将她救出来，正在联络消防人员紧急赶过来。

他匆匆扒开众人，攀上倾斜的车子，只看得到任苒以一个别扭的姿势坐着，胸口抵着方向盘，丝毫不能挪动，双眼半闭，似乎已经陷入半昏迷状态，一动也不动。

旁边一个人拉了一下他："陈总，请镇定，消防队员马上会赶过来了。"

他匆匆回头，旁边是一个年轻男人。他不知道对方怎么认识他，也无暇客气，只点头致谢，然后重新看着车内。

他叫着她的名字，伸手抚向她惨白的面孔。她突然咳嗽一声，嘴角吐出了一点血沫，眼睛无神地睁开。

他的心狂跳着，尽可能声音平稳地说："任苒，听得到吗？消防队员马上赶过来，你一定要挺住。"

他不确定她有没有听清,只见她艰难地睁大眼睛,驾驶室已经成了一个扭曲狭窄的空间,后视镜在她头上方仅几公分的地方,上面用丝带系着一个小小的木雕玩偶,已经有些破裂,在她眼前晃动着。

他伸手过去一把扯下那个碍事的玩偶,只听任苒哑声叫了出来:"不……给我。"

伴随着这句话,她嘴里一口血喷了出来。他一下读懂了她的意思:"我帮你收好,任苒,你不要动。"

她的力气似乎耗尽了,再度昏了过去。

第五章

消防队员在半个小时后赶来，花了近四十分钟，才用液压剪剪开车门，再用扩张器撑开车身，将任苒救出来抬上救护车。这时她被困在车内已经长达两个多小时，生命处于垂危之中。

在送往医院紧急抢救后，她脱离了危险。

四根肋骨骨折，第三腰椎体压缩性骨折，肺部出血造成外伤性血胸，全身多处挫伤，再加上严重脑震荡，任苒在断断续续昏迷了三天才清醒过来。

任苒从监护病房出来后，陈华一直守候在旁边，任世晏也从Z市赶了过来。他们同时看着她恢复意识。

医生警告过，脑震荡会有一系列后遗症，伤者不能受任何刺激。

任苒睁开眼睛后，先看到陈华。她呆呆看着他，眼神空洞，仿佛看一个陌生人。任世晏叫着女儿的名字："小苒。"

她转向父亲，嘴唇动了动，轻声说："木偶，请给我那个木偶。"

任世晏以为女儿处于失忆谵妄状态之中，紧张地看向医生，然而陈华知道她的意思，他将那个小小的玩偶递过去，放到她手里。

她的手指触到，马上紧紧合拢，将玩偶握在掌中。

这两天时间里，陈华查询了木偶的来历，知道这个小小的木雕玩偶是手工制品，穿着澳洲牧羊人服饰。

他只能猜测，这个玩偶是祁家骏买给任苒的。

他没有猜到的一件事是，任苒没有医生所说的脑震荡后遗症常见的失忆症状，她记得车祸发生前的每一件事。

任苒的车友、同事陆续过来看她，她全无反应。她既不回应旁人的关心，也不打听自己的伤势、获救过程，更没有向任何人问起关于祁家骏的情况。

当然，她记得发生的一切。脑震荡留下的只是剧烈的头痛，以及突然分外清晰的记忆。

她与车友去天津吃海鲜，尽欢而归，正在返程途中，父亲任世晏突然打来电话，声音喑哑地说要告诉她一件事，希望她保持镇定。她诧异地问什么事，任世晏却猛然打住，先问她在哪里，她告诉他自己正在开车返回北京。任世晏马上说："等你停下来以后马上给我打电话。"

她答应下来，不知什么缘故，心底突然有十分强烈的不安感，心跳一阵快一阵慢。她平时与父亲的通话并不多，差不多已经到了没有要事不打电话的地步，她忐忑不安地开出十来公里后，实在没法说服自己镇定下来，还是离开车队，将车开上路肩的紧急停车带停下，打电话给任世晏。

任世晏确认她已经停车，告诉她的果然是一个让她几乎不能相信自己耳朵的噩耗：祁家骏在墨尔本遭遇枪击去世。

她的第一反应是反驳："可是他明明在悉尼上班。"

"莫家要求他将房产给他妻子，他去墨尔本处理过户的事情，结果昨天深夜有歹徒破门而入，他受了重伤。"

她直直看着前方，握着手机，思绪涣散，好半天回不过神来。

"你要冷静，小苒。阿骏中了两枪，都是致命的，抢救无效，已经……"

任世晏的话还没说完，任苒只听耳边一声巨响，她的车被一辆偏离车道的大型货车从左后方撞中，车身不受控制地猛然向前冲去，前部撞到路边护栏才停住，她一下失去了知觉。

躺在病床上，任苒牢牢握着那个小小的玩偶，这是她从墨尔本带回来的，购于维多利亚艺术集市。

三年前那个春日一下浮现在她眼前。

祁家骏抱着不到一岁的儿子祁博彦，和她一起走到亚拉河畔的长廊上。

那边的摊位售卖各式艺术品、小工艺品，她一眼看中了这个玩偶，祁家骏买了两个，一个给她，另一个就系在祁博彦的童车上。

她带回国，买了车后，就将玩偶系在了后视镜上。

撞击发生后，她略微清醒，映入眼中的头一件物品就是这个玩偶，它在离她几公分的地方晃动着。因为隔得太近，她努力调整了一下视线才看清。

"阿骏中了两枪，都是致命的，抢救无效，已经……"

这句话如同一道闪电，再度回到她脑海里，明亮、清晰，每一个字都无法回避。没有任何侥幸的幻觉，没有给她留下一点自欺欺人的余地。那个跟她一起长大的男孩子，英俊、有时有些阴郁、一直爱着她的祁家骏，丧生在他们曾共同生活了三年的墨尔本。

就在去天津的头天晚上，她正在家里看书，突然收到祁家骏发来的短信，让她上网。她打开电脑连接上网络，发现祁家骏那边开了摄像头，给她直播他和同事肖钢以及另外七八个人在公寓里的聚会。

肖钢是祁家骏姐姐祁家钰的同学，在祁家骏与任苒留学墨尔本期间，一直与他们是室友，现在祁家骏又在他开办的IT公司里工作，几个人关系一向很不错。

他先过来对着摄像头给她打招呼："祝我生日快乐，美女。"

"生日快乐，老肖，抱歉没给你准备礼物。"

"不用了，等会儿给我唱生日歌就行了。今天哥哥真是牛啊，几部电脑同时直播给国内的家人朋友看，这一岁老得太值得了。"

肖钢将摄像头角度一转，果然旁边高高低低放着两部台式机，三部笔记本电脑，她在另一部电脑上看到了祁家钰，她身边是祁家骏的儿子祁博彦，正兴奋地跟他爸爸打着招呼。祁博彦已经四岁多，十分活泼可爱，在祁家钰的提醒下叫了一声"苒苒阿姨"，便眨巴着眼睛转向一个劲逗他的肖钢，看起来已经不大记得在他婴儿时期最亲近的任苒。

"这是谁想出的主意？太有创意了。"

"家骏想出来的点子啊。"

只看了一会儿，任苒就被逗得直笑。那边有人在热热闹闹地烘蛋糕、做菜、包饺子，有肖钢在国内的亲友唱歌献艺。各种声音不停通过网络加入进来：指点某个菜做得不对，某个人再来一首歌，某个笑话讲得太冷……

祁家钰跟他们打了招呼，说要送祁博彦回他妈妈那里，肖钢的生日聚会尽欢而散。大家走后，任苒和祁家骏继续聊天。

她谈起她正在准备的考试、银行新出台的员工激励计划；他谈起他的工作、有些反常的天气、悉尼歌剧院将有国内一位歌手的演出，他和肖钢计划买票去看……却根本没提起他会去墨尔本。

当然，他是怕她担心。

那竟然就是他们之间最后的对话。

四月，是另一个半球的初秋，而北京已经进入春季。他们永别了，在同一个时间，在不同的季节。

任苒的手掌用力，小小的玩偶在她掌中应声折断，她浑然不觉。陈华不得不掰开她的手，才将带血的碎片取了出来。

医生给她处理伤口，整个过程，她都一声不吭，沉浸在自己的世界里。

她努力去回忆祁家骏对她说的每一句话，却只觉得所有的声音都飘忽不定，旁边医生在询问情况，父亲与她说着话，然而，她的思维渐渐涣散，根本无法把他们的语句组织成任何明确的意思，当然更没有力气作出回答。

任苒住了一个多月的医院。

最初，无处不在的疼痛让她可以不必专一面对心底的伤痛。不过再复杂的伤势，只要不致命，总会有痊愈的一天。

她的身体一天天好转，却拒绝下床做医生建议的基本运动，成天麻木地躺在床上。

她基本上不跟任何人交谈，包括她父亲在内。

当她伤势稳定后，任世晏提出带她转院回Z市，方便就近照顾她。

陈华反对这个提议，他的理由十分充足：任苒的外伤性血胸经胸腔穿刺抽出积血后，已经基本没有大碍，但两个部位的骨折都需要静养复位，不适合移动。这个医院的医疗条件很好，更有利于她的康复。他特意请来了一位香港的复健师，已经针对她的情况制订了全套复健方案；那位心理医生也答应再次过来为她做心理咨询……

他们在病床边交谈，她没有任何反应，仿佛将要决定的事情完全与她无关。

任世晏叫她的名字，良久，她茫然应了一声。

"小苒，跟我回Z市好吗？"他直接征求她的意见。

她摇摇头："不，爸爸，您回去上班吧，我就留在北京，帮我请一个护工就行。请陈总不要过来了，我不想再看到他。"

这差不多是她入院以后讲的最长的一句话，也是唯一一次提到差不多天天过来的陈华。她的回答十分有条理,然而站着的两个男人交换了一个眼神,心中充满了不安。

出来以后,陈华直截了当地说:"任教授,我知道你工作很忙,任苒也不可能接受你妻子的照顾。带她回Z市,一样要请人看护她。请把她留在北京,我会请最好的医生给她治疗,直到她康复。"

任世晏长叹一声:"陈总,你也看到了,她甚至不愿意再见到你,恐怕她不会接受这种安排。"

"我来安排好,不会让她情绪受影响。"

陈华介绍他请来的医生给任世晏认识,交谈之后,任世晏认可了他的安排。

接下来,陈华接手照顾任苒,但他没有再在医院出现过,而是让助理阿邦出面安排一切。

任苒没有探究细节的欲望。她一天天康复,但整个人消极麻木,根本不配合复健师的治疗。

医生认为她的外伤已经治愈,她的异常表现是创伤应激反应,最好请心理医生做辅导。

陈华马上请来北京最知名的心理医生白瑞礼,然而不管他说什么,任苒只木然地看着天花板,不开口回答任何问题。等白瑞礼无可奈何地走后,她马上自行去办了出院手续。

陈华再来医院时,发现已经人去床空。他赶到任苒租住的房子,她只隔了防盗门请他不必再来,根本不放他进去。

"我给你请一个保姆过来。"

"不用,我想一个人待着。"

接下来,任苒给银行发了邮件辞职,也不去办理手续。

她父亲再次提出接她回Z市休养,她一口回绝;保险公司打来电话,让她去签字了结理赔,她只随口答应,并不理会。

她在家里闭门不出,每天只吃很少的东西。隔好几天才下一次楼,在附近的小超市里购置食品和生活用品。

她在楼下碰到守候着的陈华或者阿邦时,就如同看到陌生人一样,完全不理睬。

到后来,她连手机也不开了。

在这样过了大半个月以后,任苒已经基本失去了时间的概念。

老宿舍区并不安静,她可以听到外面传来的种种声音。有时门铃会响起,有时隔壁邻居的电视机声音开得过大，到了放学后，孩子们背着书包回来，一路洒下清脆的谈笑声，下班的人相互打着招呼寒暄……

只是这些声音仿佛存在于跟她平行的另一个世界，根本与她无关。

一天深夜，她躺在沙发上打盹，突然醒来，意识到房间内有一双眼睛正盯着她，她慢慢转头，果然，离她不远的地方，一只老鼠正缩在墙角看着她。

她以前一向有洁癖，但是出院之后，便一直任由家里凌乱着，根本没有收拾，隔几天才扔一次垃圾。前几天她看到过厨房水槽那里有蟑螂，曾想到过要去买杀虫剂，可一转眼便忘记了。

淡淡月光洒在室内，安静得有一种诡异感。

面对这个以前会吓得她尖叫着跳起来的东西，她竟然没有任何害怕或者厌恶的感觉。她与这个灰不溜秋的小动物静静对视着，发现老鼠显然先不安了，缩了缩身子，一下跑进了厨房。

她一动不动躺着，在那一刻，她头一次清楚地意识到，她对生活已经没有留恋，对死亡也没有恐惧。

其实死亡没什么可怕，如果可能，她愿意在那场车祸中死去，灾难瞬间降临，既然没有预兆，也就无所谓恐惧。出于她不知道的原因，将她的车撞至报废的这场车祸居然放过了她的血肉之躯，可是她不想放过自己。

陪着她一起长大的那个男孩子，在爱热闹的外表下，一直很怕孤单，初到澳洲留学时，甚至抱怨夜晚太过安静以至于无法入睡。他就那样一个人猝然离去，她只差一点就可以跟他一起走的。

也许她还能赶上他。

这个念头突然冒出来，便牢牢控制住了她。接下来，她毫不意外地发现，她没有饥饿感，当然连煮方便面的劲头都没有了。

任苒躺在沙发上，翻看妈妈留下的那本《远离尘嚣》。车祸之后，其他书对她来讲，只是字句的组合，只有这本书，仍然保留着意义。她清楚故事的走向，了解每段文字的含义。有时她会不由自主地喃喃念诵，那些已经烂熟于胸的字句由她唇边流出，声音干涩，显得陌生而遥远。她沉浸其中，突然意识到，妈妈在病床上也曾这样念诵过。

想到妈妈，她不再有哀伤的情绪。她想，这么多年来，她终于离她的母亲更近了一点儿。

看书累了后，她便合眼休息，醒了继续看，最多只起身喝一点水。

不知道那样躺了多少天以后，反锁着的门被陈华一脚踹开了。跟在他身后的是阿邦和神情惴惴不安的房东大妈。

她诧异地看着他们，突然记起在世纪之交，她也曾将自己幽禁在一个公寓里，等一个也许再不会回来的人，等到几近绝望时，他出现了。

她怎么会一次又一次禁闭自己？而他怎么会再次出现在她面前？

恍惚之间，那个人跟眼前这满面怒色的男人仿佛重合起来，她笑了："怎么是你？我这次又没等你。"

房东大妈操着一口地道京腔，声音夸张地叫："姑娘，这房子我不敢再租给你了，你要是在里头有个好歹，我麻烦可大了。"

"我交了房租，应该还没到期吧。"她居然还可以有条理地争辩。

"我退钱给你好了，总之我不租了。"

她慢吞吞地说："那好，我搬家。"

陈华脸色阴沉地看着她："搬去哪里？你这个样子，谁敢把房子租给你？"

她努力集中注意力，想了一想："住酒店也行。"

他突然走过来，伸手拖起了她，她没有抗议的力气，只紧紧抓住了手里的书，身不由己被他拉到穿衣镜前。

"看看你自己现在成什么样子了。"

镜子里面是一个骨瘦如柴、形容枯槁的女人。然而她丝毫没有受惊，这个影像对她来讲不算陌生——几乎就是她母亲缠绵病榻时的翻版。她紧盯着镜中的自己，兀自笑了。

她喃喃地说："我看到我妈妈了。"

他被她这句话刺痛了，随即冷冷地说："我可以断定，你妈妈不会愿意看到你这个样子。"

她无言以对，只呆呆看着镜子。

"你想死吗，任苒？那你得问一下，我愿不愿意让你死。"陈华仿佛完全知道她在想什么，他附在她耳边，一字一字清晰地说。

不等她说话，他抱起她，一边向外走，一边对阿邦说："收拾她的东西，赔房东的门，退租。"

任苒被直接送进了医院，医生做过全面检查以后，诊断她患了抑郁症和营养不良。

她既没有抗拒的体力，更没有抗拒的心情，被动地接受治疗，每天输液、定时服下一系列药物。过了一段时间，她的情况有了明显好转。

她发现她不再那样将自己封闭于一个无形的空间里，对什么都没有兴趣。

她慢慢能集中起注意力,由看报纸的简短报道到看书;晚上的睡眠对她来讲仍有障碍,不过不再是一种纯粹的折磨。

一般人天经地义拥有的感知能力一样一样重新回到她身上,风吹在脸上是柔和的,清晨鸟的鸣叫啁啾悦耳,别人对她说话,再不是形状不同的嘴唇毫无意义地一张一合……

麻木如同药力消散,她一步步找回了对周围环境的感受,她仍然郁郁寡欢,无法快乐起来,可是一度缠绕笼罩她的死亡似乎收起了阴影。

原来生命并不容易放弃,深重得一度将她击倒的哀伤也不过是一种病理现象,可以用药物控制到肉体能够承受的范围以内。

意识到这一点,她没有任何欣慰,只觉得嘲讽。

心理医生再次来到了她的病房,做着自我介绍:"任小姐,你好,我们谈过一次话,我是白瑞礼医生。"

白瑞礼是一个身材微胖的中年男人,神情和蔼从容,金丝边眼镜后的眼神充满睿智,穿着考究的灰色西装,衬衫、领带颜色搭得十分协调。他从德国留学归来,目前是国内心理咨询方面的专家,也是北京一家收费高昂的医院心理科最受欢迎的心理医生之一。

院长亲自将陈华介绍给他,希望他接下任苒这个病例,他同意先做一次心理评估再说。然而第一次见面,任苒完全拒绝与他交谈。

隔了一个月,陈华再度找到他,请他诊治任苒。这一次,任苒表现得接近正常了,她的话仍然很少,但举止有礼,不再抗拒交谈。提到将要开始的心理治疗,她只不置可否地"哦"了一声。

"任小姐,你的朋友陈华先生来找我,大致介绍了你的情况,我并不是什么病人都接,我的治疗原则是:我只接受对心理咨询不抗拒、自愿治疗的病人,而且绝对不可能对第三者汇报治疗细节与进程。"

任苒笑了,那个笑意只是浮在嘴角:"我并不担心这个,陈华先生不会向你打听我的治疗细节,不,他不屑于做那种事。白医生,我既不怀疑他的为人,也不怀疑你的职业操守,我只是怀疑治疗对我来讲是否必要。不过既然安排好了,我接受就是了。"

白瑞礼在来任苒病房前,对陈华也说过他的治疗原则。

"陈总,账单谁付,我并不关心。我希望你能理解,心理医生必须使患者有一个基本的信念,相信他们所有的秘密到医生那里都是安全的,治疗才有可能进行下去。"

50

陈华当时的反应几乎与任苒如出一辙，他淡淡地说："贾院长当时向我推荐了三位医生候选，我看过你们的资料。你的一位同事专攻森田疗法，主要治疗各类神经质症，对任苒来说，他显然并不合适；另一位同事名气比你大，不过热衷于上电视节目，给时尚专栏写心理咨询文章，我不希望看到任苒变成他笔下的某患者示众。"

"于是我中选了，因为我看上去是个守得住秘密的人。看来陈总并不是因为我的专业能力而选择了我，而且对心理咨询能取得的效果持怀疑态度。"

"白医生，我读了你写的那本关于抑郁症治疗的书。"

白瑞礼很意外，他写的是一本纯学术性著作，并不是时下市面上常见的那种针对大众读者的心理学普及读物，一般人很难看完。

"对于你的专业，我没有评判的资格，不过我做出判断有我的标准。你的著作表述严谨，没有神化心理咨询对于抑郁症的治疗作用，主张结合药物，通过长期交流帮助患者重新建立乐观的外部认知与内在平衡，这就足够了。"

"我得说这个评价让我感到荣幸，但是有一点我得再次强调，在接手治疗以后，没有得到任小姐本人允许，我不能跟你探讨她的心理状况。"

陈华的表情毫无变化，保持着淡漠："坦白讲，我关心治疗进程和效果，但我不需要打听治疗细节。而且我可以断定任苒不会跟你讲出任何我需要你转述才能了解到的信息。她不是那种被深重不可告人的秘密压垮的人，必须把心理医生当成神父告解才能求得解脱。"

"还有一点我必须预先讲好，就上次我跟任小姐的谈话来看，她患的是创伤性抑郁症，因突发事件丧失了对生活的兴趣，抗拒与外界的接触，恐怕短时间内不会主动接受治疗。我一向不主张强迫治疗。"

"这个你放心，她最抗拒的那个人是我。我让助手转告她，出院后她有两个选择，或者住进我家，接受我的全天监管；或者独住，但得自愿接受你的治疗。她选择了后者。"

接着，陈华十分客观地介绍了任苒的情况，让白瑞礼对她有了一个较全面的了解。他声音平静，不带一丝感情色彩。然而白瑞礼的专业是观察别人言行举止之下的内心世界，他敏锐地察觉到，这个男人其实并不介意暴露他的感情。

他一定爱着那个女人——白瑞礼也同样不带感情色彩地在心里做出了判断。

第六章

　　任苒出院以后,阿邦将她接到了一处豪华公寓,她毫无异议地住了进去。公寓里一切齐全,甚至衣橱内挂满了按她尺码买的衣服,书架上摆满了书。她当然知道这都是陈华幕后安排的,但她实在提不起精神去自己找房子——事实上,她根本没有心力应付生活。

　　她跟以前所有的同事、朋友断绝了联系,跟她的父亲保持着最起码的通话,她的手机绝大部分时间关机,她不上网,不登录邮箱收邮件。

　　当然,她并没有与世界隔绝,也没办法像从前那样独自生活。

　　阿邦会定期过来,送她去医院接受复查,每周去一次白瑞礼的办公室。

　　最初有三个护士二十四小时在公寓里轮班看护她,另有一个保姆做饭、料理家务。公寓很大,工人房甚至有单独进出的通道和电梯,护士与保姆都十分专业,工作时间从不闲聊喧哗,可是她仍然有生活在人群之中监视之下的感觉,胸中有无以名状的烦闷。

　　不过,她明白以她的状况,陈华不会让她独居,也只能接受下来。

　　心理咨询在国内并不算普及,更没有被广泛接受。白瑞礼的工作是与各种因于心理疾患的病人及家属、亲友打交道,面对他们各式各样的怀疑、依赖以及不切实际的希望。他得承认,陈华看待心理治疗效果的理性程度出乎他的意料。

　　而任苒同样让他意外。

　　他们的最初交谈,是从评价他的著作开始的。

　　"阿邦把你的书给了我,我已经看了三分之一。"

　　白瑞礼自然和任苒一样明白,是陈华做的这个安排:"有什么感想?"

"按照你的表述，我对号入座了一下，我患的似乎应该是典型外因引起的抑郁症，药物对我能起的作用有限，心理咨询对我而言是必要的。"

白瑞礼莞尔："我叫你Renee，你不介意吧？医生多数时候并不赞成大家对着书进行自我诊断。"

"我注意你不赞成的还有一点，书的第三章中你提到，你认为医生并不一定要诱导病人讲出感受，你的原文似乎是：传统心理治疗在某种程度上夸张了宣泄情绪的必要性。"

"为什么会特别注意到这一点？"

"我想这样的话，你就应该能理解，如果有一件事我不愿意谈，并不代表我不配合治疗，你不必非要花时间穷究我回避的根源。"

"我确实会评估你的回避在心理学层面意味着什么，但我不会一定诱导你讲出来。每个人对创伤的处理是不一样的，不想表达对某件事的想法和感受，并不见得就是心理不健康的表现。"

达成共识以后，任苒每周按时过来，从不迟到。他们的治疗基本上是他问问题，她回答。从接受治疗的第一天开始，她就再没表现出任何抗拒，十分配合，哪怕提到陈华的名字，她也并不回避。但她对她不愿意回答的问题便泛泛作答，一带而过。

跟其他深为抑郁所苦，急于摆脱这种状态的人不一样，她接受自己所有的症状，包括仍然持续的失眠、药物引起的一系列痛苦的生理反应。她从来没像其他病人那样，对他提出问题，指望他做回现成而且有用的解答。

一开始，白瑞礼依据悲伤辅导的通常做法，请任苒回忆事件经过，试图对她强化死亡的真实感，让她接纳"死者不可能复生"这一事实。然而任苒凝视前方，面无表情地说："白医生，我十六岁丧母，清楚地知道死亡是怎么一回事。"

"但是你没有打算去了解你朋友祁家骏去世的过程和细节。"

"我母亲从生病到去世，中间经历了四年时间。我查了所有我能查到的资料，她每一次住院手术、放疗，我都陪在身边，所以对通向死亡的过程和细节我不再有任何好奇，我知道结果就足够了。我想这一点你能理解。"

"Renee，你没有直接回答我，而是强调了你母亲去世这件事。"

"对我而言，是一样的，"她的声音保持着平稳，"都是最亲的人离开。"

"但你朋友的去世直接引发你的抑郁，如果不讨论的话，恐怕我们没法调节你目前的情绪。"

她收回目光，笑了："我快看完你写的书了，白医生。据说全世界有超过百分之三的人患有不同程度、不同名目的抑郁症，抑郁对人来讲，是一种自我保护机制。有时想要人为强调一些情绪，清除一些情绪，其实是徒劳的。"

"你看得很仔细，Renee。不过，我必须指出来，这段话必须联系上下文来看，我认为情绪调节应该顺应自然。抑郁这种情绪，如果发展到一定程度，会表现为心理障碍、心身疾病与自毁倾向，这个时候就必须调节。"

"请放心，我不会再尝试把自己饿死了。我认真想过，我妈妈生前尽力想保证我幸福，她不会高兴那样见到我的。"

"问题就在这里：这是你妈妈的需求，或者说期待。重视亲人的感受只是生活的一个方面，能够驱使人正面面对生活的始终是自己的内心需要。"

"我要说眼下我没需求，恐怕会招来你更多分析吧，可是，"她思索一下，似乎在找说辞，却又提不起那个精神了，嘴角勾起一个笑来，"唉，白医生，你一定早就见惯各式各样丧失目标的人，应该能理解我的暂时迷失。我不会拒绝你给我指明方向的。"

白瑞礼也微微笑了。他注意到，她甚至没有失去幽默感，但她眼底没有笑意，显然只是拿这份幽默感将自己伪装得接近正常。

治疗一个多月以后，任苒向白瑞礼提出，她需要相对安静的生活与一定隐私："在不同时间都会有不同面孔的护士进来提醒我吃药，观察我情绪是否平稳，有没有干傻事，这太可笑了。"

白瑞礼也认为以她目前的情况，不必再接受这种程度的监控。他打电话给陈华，讲清了自己的观点，陈华沉吟一下，同意取消护士的二十四小时值班。

但白瑞礼同时对任苒提出要求："从某种程度上讲，你厌倦身边有人围绕，是一种人群焦虑。也就是说，你承认了你朋友的死亡已经发生，但你并不打算把对他的感情转移到新的其他关系里。你知道没有你朋友存在的环境不可能改变，不过你也不准备再接纳其他人进来。"

"有些感情是无法替代转移的。哪怕我现在就走出家门，甚至重新开始工作，和别人交往，跟同事打交道，也并不能改变什么。"

"我们何不试试看，从最小的改变开始。至少在医院以外，再找一个你愿意出门待着的地方。"

任苒接受了白瑞礼的建议，她第一次独自外出，就去了酒吧云集的后海。

她惊诧地发现，不知不觉中，这个城市已经秋意浓重，满目都是泛黄的树叶，树树皆秋色。她的生活在初春某一天中止，又在深秋某一天重新开始，过去的两个季节仿佛如同一个不留痕迹的梦。

十月底的后海，与北京其他地方一样，有着秋天特有的肃杀气息。她漫无目的晃荡半天后，停在了一间看上去生意萧条的酒吧，那上面挂着招牌：云上。

这间酒吧由一处胡同旧房改造而成，装修风格努力与店名看齐，走小资文艺路线，羊皮纸灯罩将光线弄得昏黄而迷离惝恍，家具带古旧气息，到处摆放着蕨类盆栽，进门走道上方搭着架子，爬藤植物密密匝匝地缠绕着，人为地将不大的空间营造出"庭院深深深几许"的感觉。

她之所以驻足，是因为她曾与祁家骏来过这里，祁家骏当时眯着眼睛笑："云上，多好的名字。"

她也笑，两人不约而同记起，他们在澳洲留学时，曾一起看过《云上的日子》这部电影。当时莫敏仪没有通过预科班考试，沮丧之余，十分神往葡萄园的浪漫生活，一度嚷着要去阿德雷德大学农学院学酿酒专业，并在网上找着各种资料，做计划做得煞有介事。可是，祁家骏开车几百公里送她去玩过一次后，她那点叶公好龙式的爱好就迅速转移了。

离上次来这边不过一年多时间，附近的酒吧都换了招牌或者装修，物不依旧，人已全非，只有这家似乎还保持着原样。

她走进去，胡乱点了一种牌子的红酒，独自喝着，一直待到打烊，带着薄薄醉意，步伐飘浮地出来，正要分辨往哪个方向走比较好找出租车，阿邦突然出现扶住了她。

她看到他也不意外，只默默跟着他去了停车场。

第二天，阿邦准时过来送任苒去医院，同时拿来一张现金支票，告诉她，她的车经评估已经被撞得报废，他刚把保险理赔手续办下来："车子扣除折旧，赔了八万多一点，再加上人身伤害住院费用赔偿，一共是……"

那些数字她没有认真去听，也不肯接这张支票，这薄薄的一张纸片仿佛是她那辆小小两厢车的残骸浓缩而成，由此而产生的联想与回忆都没法让她愉快。

"阿邦，请帮忙把支票转交给陈总，算是支付各种费用吧。"

"可是……"

"要跟我算账吗？那好，麻烦你把住院医疗费用、现在的房租、护理和心理治疗明细列给我，我去取现款支付。"

阿邦顿时作声不得，拿着支票的手僵在半空中，隔了好一会儿，他无可奈何地说："任小姐，陈总为你做的一切，就跟当年你在他最困难的时候做的一样……"

她截断他:"别提当年,阿邦,没什么意思。明天有空的话,送我去下4S店行吗?我打算再买一辆车,以后我自己开车去医院,不麻烦你接送了。"

阿邦迟疑:"任小姐,你必须征得医生的同意才能开车。"

她打开车门,一条腿迈出车外,突然回过头看着他:"你确定不是要征得陈总同意吗?"

阿邦无法作答,她一笑:"我会去问一下白医生,你也去问一下陈总好了。"

白瑞礼提醒任苒,绝对不要在服药前后两小时内喝酒,也必须避免在药物反应下长时间开车。

"你不担心我酗酒吗?"

"酗酒的人不会主动告诉医生,她昨晚一个人在酒吧待了四个小时,也没喝醉。"白瑞礼就事论事地说,"你愿意走出家门开始某种形式的社交,我觉得是一个进步。"

"那麻烦你告诉帮我付心理咨询费用的人,保持生活自理对我有好处。"

白瑞礼笑了:"上次我打电话给他,是涉及护士的去留问题。我只对你的治疗负责,不会在你们中间传话,Renee。如果你觉得他干涉了你的生活,你必须自己去告诉他。"

任苒气馁,停了一会儿,自嘲地说:"你知道我不会去见他,更不会对他说这些话。我是个双重标准的可怜虫,明明住着他安排的公寓,接受他的照顾,还要摆出一副独立的模样,太虚伪了。"

"你对目前的生活不满意吗?"

她回答说:"需要按时看医生的人,如果满意自己的生活,那就真的病得不轻了。不过,我没有任何抱怨的理由。"

"人的行为、心理活动不一定需要理由。重要的是,你想不想有所改变。"

"改变?白医生,你不觉得改变总是来得身不由己、不可抗拒吗?我们订计划、下决心,都以为能改变什么,可是,生活自己已经发生改变了。"

"这个想法未免消极了一点。明天是不确定的,不过每个人都可以选择把握每一时刻的当下。"

"把时间分解成一个个时刻会让人焦虑的,白医生。小的时候,我妈妈有一次给我解释我名字的来历。任苒,跟荏苒这个词同音,是时光慢慢走远的意思。我当时就很困扰,如果时光就这么眼睁睁在我们面前一点点走掉,那我们还能留住什么?"

这是任苒头一次愿意主动讲到母亲生前的回忆,白瑞礼当然不会放过这个信号。

"你妈妈有没有告诉你答案?"

"我妈妈说，我们会留下幸福的回忆，这就是时光给我们的礼物。"

"也许你长大以后会有不同想法，不是每一个回忆都能幸福。不过，无论什么性质的回忆，确实都是生活的积累与恩赐。"

任苒怅然一笑："我只知道，越是长大，以前困扰自己的那些问题越是显得幼稚、无足轻重，根本不需要答案了。"

"长大以后，失去一部分好奇是很自然的事情。"

"是呀，生活就是不断失去的一个过程。"

"失去和得到都是相对的，一个失去并不意味着生活就此没有意义了。"

任苒并不反驳，目光照例飘向远方。白瑞礼清楚知道，她并没有被说服，她只是不想争论。

隔了一天，阿邦交给任苒一套路虎的车钥匙，字斟句酌地说："任小姐，请你先开这辆车，安全系数高一些。车停在地下车库26号车位。"

她看看阿邦，没什么表情地接过了钥匙。她突然觉得，再去通过完全无辜的阿邦抗议、争执，来得实在矫情。而且她十分疲惫，懒得再多想了。

让她归于懒得想的事情不止于此。第二次去云上时，服务生马上将她带到了靠窗的位置。不等她点酒水，老板便过来招呼她，给她送上了一杯红酒。

她不认为只一周前来过一次，而且消费有限，就足以让老板记住她，并如此殷勤招待。待端起红酒一尝，她更加惊异。

她对酒素无认识，然而她记得这个味道。

十八岁那年，任苒离家出走，跟随当时叫祁家骢的陈华去广州。

祁家骢当时隐居闹市，喝酒成了业余的消遣。他在公寓里置备了各种不同的酒，看书时会喝一点红酒。他鼓励任苒也尝试一下，还特意从香港订购了一种产于波尔多酒庄的新酿葡萄酒，头一年刚刚装瓶，开启木塞后，弥漫于室内的是新鲜的浆果清香，任苒一闻，便觉得这个味道沁入了心脾。

祁家骢并不喝这种酒，他告诉她："真正爱品红酒的人，宁愿把这酒放上几年，让它继续发酵到果香变淡，产生陈年酒香再喝，不过你应该会喜欢目前这个味道。"

他说得当然没错。任苒当时并不好酒，可是她感染了祁家骢的爱好，喜欢在看电视或者看书的时候倒上一点，小小地抿上一口，让那个香味充盈于自己的感官之中，仿佛置身于丰收后的果园，而不是喧嚣的都市。

她生平头一次喝醉，也是在那个公寓。

祁家骢北上处理陷于困境的生意，迟迟不归，她拒绝跟过来找她的父亲回去，独自一人度过世纪之交的千禧夜，喝下了大半瓶红酒，伴着酒香梦见了过去的家、早逝的母亲，并在晕眩之中终于等到祁家骢回来。

任苒完全没有料到，七年后，会在后海这个生意清淡的酒吧再次闻到如此熟悉的味道。她招手叫来老板："你怎么知道我要喝这种酒？"

"这是上次接你的那位雷先生送过来寄存的，他说以后你再来的话，就直接开这种酒给你。"

她当然知道所谓的雷先生是指大名雷振邦的阿邦，点点头，再没问什么，将酒杯凑到鼻端，深深嗅着酒的芬芳，然后毫无品评意味地喝了一大口。

"随便他吧，反正他喜欢掌控一切。"任苒这样对白瑞礼说。

"这是过去就有的认识，还是现在对他的看法？"

"我只对过去的他有认识。"

"我想过去你并不反感这点。"

"过去……"她停顿一下，笑了，"我迷恋他。"

面对这样的坦白，白瑞礼并无惊奇之色："现在呢？"

"现在？你都看到了。他似乎以为他对我有某种责任。"

"你认为他照顾你是出于道义上的责任吗？"

"我从来没真正弄懂过他，现在当然更没有好奇心想去研究。我只知道，我们分开很久了，就算对彼此有看法，也很可能是一种错觉。"

"医生的职责是听到尽可能多无意识的想法，做出分析，不做价值判断。"

她呵呵一笑，拉开话题："那你应该分析他，而不是我。我早已经被你分析成透明人了，白医生。"

很快，任苒的生活有了规律。

在她的坚持下，住家的保姆换成了按时上去的钟点工，她恢复了独居。她每周准时开车去接受一次心理咨询；除了去超市购物，多半时候她都闭门不出，在家里看书；偶尔，她会开车到城外，漫无目的地转上大半天再回来；隔个上十天，她会乘出租车去后海，在云上专门给她保留的位置喝到微带醉意，不理任何人搭讪，一直坐到打烊，阿邦过来送她回家。

除了深居简出，不与其他人交往，她看上去没有什么不正常的地方。

然而，每一个人都做不到完全脱离他人存在。

这年冬天临近新年时，任苒结束了当天的心理咨询，从医院出来，走到路虎边，刚取出遥控钥匙，便一眼看到一辆惹眼的红色玛莎拉蒂正停到她对面车位，贺静宜拉开车门走下来叫她的名字，她几乎想装作没有听到，但马上意识到这个念头很可笑，只能逼迫自己转身点个头。

贺静宜穿着合体的深色套装，卷曲的长发披在肩头，显得干练而不乏妩媚，迅速上下打量一下她，再打量一下刚解锁的那辆路虎，眼中一闪而过的品评之意很明显，语气却十分客气："任小姐，听说你出过一场车祸，看起来恢复得不错。"

"还好，谢谢。"任苒没心情与她继续寒暄，一边伸手去拉车门，一边说，"再见，贺小姐。"

"请等一下。"贺静宜和颜悦色地拦住她，"我今天刚升职了，任小姐。"

任苒淡淡地说："祝贺你，不过我想这与我无关，不必特意过来候在这边通知我吧。"

贺静宜姿态放得极低，声音恳切地说："别误会，任小姐。我不是来示威，更不是炫耀。我想说的只是，这个职位是我顶住所有人的不信任，努力工作换来的，你肯定想象不到，我在工作上倾注了多少心血。现在我跟陈总除了老板与雇员这一层关系，再没任何私人性质的联系。我不会挡你的道、碍你的事，对你构成任何威胁，请记住我以前的那个请求，千万别跟陈总提起我们早就认识，好吗？"

"请不要跟我再提这件事了。"任苒很难压抑她的不耐烦了，"如果我曾经答应过你什么事，那我的话是算数的。"

"对不起，别嫌我啰嗦，任小姐。公司里对我还是有些闲言碎语，我其实根本不必理他们讲什么。可是我怕那些话传到你这里来，陈总对你的重视程度出乎所有人意料，我只是想尽力保住我卖命工作得到的一切。"

任苒扭开了头："贺小姐，我只好再说一次，我们以后再见面不用打招呼，全当根本不认识。这样总可以了吧，再见。"

任苒一眼就能看出，贺静宜这个举动有些笨拙、多余，暴露了光鲜自信外表下的高度紧张。

她并不生气，甚至完全能理解对方的心境。她清楚知道，她刚才的表现在贺静宜看来，大概说得上是冷漠无礼，甚至嚣张，很符合一个被宠坏的现任女友对待前任的态度。

她只是无力做出雍容得体的胜利者姿态去安慰对方，更无力去解释什么。

而且有什么可解释的呢？

她确实正享受着陈华接近无微不至的照顾。

按照任苒的要求，陈华没有出现在她面前，可是他却似乎无处不在，安排她生活的每一个方面：从就医、住处，直至安排她喝的酒。如果她能提起精神，也许该选择掉头走开，可是药物与心理治疗只不过缓解了她的抑郁，并没能让她彻底告别内心的症结，她仍有深重的倦怠感，仍然缺乏足够的力量去愤怒、去改变，也不打算去挑战陈华的安排会周密到什么地步。

慢慢地，白瑞礼与任苒的谈话越来越深入。

对任苒来讲，与白瑞礼的谈话，是她目前唯一能接受的与外界的交流。

白瑞礼并不认为任苒已经完全对他敞开了心扉，但他看到了任苒确实是在努力让生活恢复正常状态。她看了大量心理学方面的书籍，试着进行自我调适，有时还会与他探讨。当他问到她以前不大愿意提及的问题时，她不再像刚开始时那样敷衍。

她告诉白瑞礼，她声称会外出度假，拒绝了父亲叫她回Z市过农历新年的要求，也拒绝他利用假期过来看她。

"你仍然下意识恨他吗？"

她摇摇头："我不恨他，我们只是很陌生了。"

"寻常的亲缘关系中，总会包含有爱、误解、敌视与原谅、接受。你从来没表述过对他的原谅。"

"我没法代我妈妈原谅。"

"那一种原谅的确是存在于他们俩人之间的事，不过你和你父亲的关系一样需要修补。任何一种关系中没处理好的丧失与创伤，都会影响到你对世界的认识，影响到你对其他关系的处理。"

任苒认真思索着，良久苦笑了："我真的不恨他——作为证明，我向你坦白，上次他到北京来开会，我们一起吃饭。他以前是个根本不显年龄的男人，那天看上去老了很多，我为他难过。我看得出，他的这段婚姻好像有问题，可我既没有欣慰，也不为他难过，更不打算去试着理解、帮他。吃完饭我就送他回酒店了。我回不到十八岁以前那样对他信任、依赖的状态里，也做不到像一个有理智、有孝顺心的成年女儿那样去关心他的幸福。"

"你的确想过帮他，对吗？不然你不会考虑这么多。"

"他这段婚姻的问题多少与我有关，我介入的话，只会让事情更复杂，而且我不认为我现在能帮到任何人，我不给他再添心病，可能他就要暗暗谢天谢地了。"

"你把各种可能都想到了，唯一忽略的是你和你父亲的心理需求。"

"于是这个就是我心理问题的症结所在吗?"

"当然不是。心理学会用归因理论分析非理性行为,但你的所有行为都很理性,你只是不肯投入感情。站在临床治疗的角度,我更愿意关注你内心存在的改变的动力。"

隔了几天,任苒给父亲打了电话,可是她发现,她仍然没法以正常的态度关注父亲的生活,而父亲对她说话同样小心翼翼。最终他们只能泛泛地闲扯几句,她保证自己的生活没问题,请他注意身体,然后挂断。

与世界上唯一的亲人之间尚且有这样的交流困难,她当然也没什么余力像白瑞礼建议的那样与其他人多多交流。

治疗就这样继续着,生活也继续着。

第七章

春节过后，任苒开始试着做完全恢复正常生活的尝试。她重新开始上网，留意招聘信息，在春节过后向几家小公司递出了简历。然而接受其中一家的面试以后，回到家里她便犹豫了。

她的邮箱积累了长达数页的未读邮件。她都不打算打开看，当然更谈不上回复。但她读最新一封面试通知时，刚好响起收到新邮件的提示，她下意识点开一看，这份邮件来自一个叫蔡洪开的人，约她给他翻译一篇金融方面的论文。

蔡洪开是任苒交游广阔的前任男友张志铭的朋友之一，开着一家小翻译公司，当时急着找人将一篇涉及银行业的分析报告翻译成英文，可是涉及大量在国内才出现不久的金融衍生工具专业名词，公司里几个专职翻译都只挠头，他到处求援。张志铭将他介绍给了才认识不久的任苒："Renee在国外读的就是金融，英语功底很好，又在银行工作，应该能帮上忙。"

任苒花了两天业余时间，将那篇七千字的报告翻译成了英文发邮件给他。隔不久，蔡洪开通过张志铭请她吃饭，盛赞她翻译得准确迅速，完全不弱于专职翻译，"我们干这一行的都知道，把英文翻译成中文容易，把中文翻译成英文难。既要不带中式英文腔，又要照顾到专业性，Renee，我仔细看了你的译文，实在说得上无可挑剔。"

说话之间，他将一个信封强塞给她说是报酬。钱并不多，任苒推拒不了，张志铭也劝她收下，她觉得还有点儿哭笑不得，总觉得不过是为朋友帮忙，哪至于要谈钱。

从那以后，蔡洪开但凡接到涉及金融、银行乃至证券方面的文稿，便会直接找她翻译。她在银行薪水不错，并没把那一点断断续续的收入放在眼内，只当是业余时间练习英文，保持专业能力。他们两人都很忙碌，不怎么见面，只通过邮件往来，事后蔡洪开会将报酬直接打入她的银行卡内。

不管是她到香港工作，还是后来跟张志铭正式断交，这个合作都没有中断。有时她想想，张志铭与她的那段关系如镜花水月般缥缈朦胧，倒不及这纯粹业余的工作往来稳定持久，不禁有些伤神，又有些好笑。

任苒出车祸后，断绝与所有人的联系，自然再没接这个工作，没想到蔡洪开在长久没得到她消息后，还是发来邮件问候她，同时问她还能不能做兼职翻译。

她马上回复邮件同意，并告诉蔡洪开，她现在没有上班，有较多空余时间，愿意接受更多的翻译工作，可以不像过去那样仅限于翻译金融文稿。

"兼职翻译不固定，报酬也不高，"任苒告诉白瑞礼，"不过好歹是重新工作的开始。"

"你现在不倾向于到正规的办公环境朝九晚五工作吗？"

"倒不是因为那个小公司工资低。别人对我拥有海归学历和外资银行工作经验，却来应聘低报酬的文秘工作感到好奇，我很难有一个自圆其说的解释。"

"这不是唯一的原因吧？"

"对，其实更重要的是，过去对我来讲重要的事情，比如升职、加薪，似乎都没有吸引力了，一想到重新开始工作，就得置身各种的人际关系之中，努力表现，不过是想让自己在别人眼里看起来像个正常人，我就觉得实在不值得。你看，我的确是个废物了，居然当废物当得很习惯。"

"别这么给自己下结论。"白瑞礼建议她，"重新融入社会需要适应过程，你可以从人际关系相对单纯的事情做起。"

白瑞礼是一个民间义工组织的成员，尽管工作忙碌，每周还是会抽出两个小时去不同的养老院、福利院做义务心理关怀。他介绍任苒去京郊一家儿童福利院那里当义工，她要做的事情就是陪着学龄前的孩子做手工、玩游戏，给他们读故事书。

任苒接受了他的建议，不过这个看似简单的工作，从一开始就不顺利。

福利院里全是民政部门收养的弃婴，以身体、智力不同程度残疾的孩子居多。头一次在一个教室看到如此多的残疾儿童，任苒受的冲击不小。

在她自己本身有交流障碍的情况下，她与这些孩子的互动并不容易。他们大部分表现得沉默、退缩，她很难接近他们，当然更没办法像其他义工那样积极乐观地带领他们玩游戏、做手工。

她申请去做给几个月的小孩子喂奶换尿布等工作，福利院工作人员犹疑地看着她："你太年轻，一般未婚女孩子做不来这个。"

"让我试试吧。"

她有帮忙照顾祁家骏的儿子祁博彦的经验，做起这些事来动作十分麻利，只在喂两个天生兔唇的孩子时，需要专职工作人员指点。

除此之外，她发现她另有一样做得来的事情，就是给那些孩子念书。她自己掏钱，买了很多儿童读物送给福利院，每周抽出两个下午过来给他们读书。她有足够耐心，哪怕面对的是智力有问题、对于她的朗读毫无反应的孩子，她也能坚持读下去，没有任何不耐烦。

对着这些孩子，她感觉平静了许多，日渐能够露出由衷的笑容，不再刻意避讳与别人的日常接触。

"这让我想起了我妈妈以前给我读书的情景。"任苒告诉白瑞礼。

"关于你妈妈，你记得些什么？"

"一切。信不信由你，我甚至记得很小的时候，她抱着我，她的怀抱很柔软，可是她脖子上戴的水晶项链坚硬、冰凉，我咬过一口，差点把牙给硌掉。记得这么清楚，我都不知道是不是错觉。"

"不见得，人的记忆是一个奇妙的系统，会记得很多不起眼的细节并不奇怪。"

"我还记得她给我读的那些童话故事。有一阵我最喜欢《小意达的花》那一篇，她就用手指指着一个个字，反复读给我听。后来我居然就这样认识了不少字，在幼儿园里嗑嗑巴巴读故事给别的小朋友听，老师觉得我简直是神童。"

"确实很厉害啊。"

"还有更厉害的。她很早就教我英语，我经常在各种英语比赛里打败高我几个年级的同学拿奖。"

"除了读书以外呢？"

"她性格平和宽容，从来不发脾气。她是图书馆里最称职的工作人员，知道所有文献的位置，她的同事说她是一个活的数据库。她会织很漂亮的毛衣，会用虹吸壶煮很香的咖啡，会做我和爸爸爱吃的菜。"

"试着想想，她有没有一个完全属于她自己的嗜好？"

"当然有，她很喜欢看书，她说坐在院子里的樟树下，泡上一杯茶，捧着一本好书不受打扰地看上几个小时，就是最好的享受。"

"听上去她是个很好的母亲。"

"她确实是。她人生唯一的不完美也许就是她的婚姻。"

"每个人的生活都是有缺憾的,你不必对那一点不完美长久介怀。"

"我只是觉得,她是为了我才选择了容忍丈夫的出轨。我对她的痛苦负有责任。"

"在知道你父亲出轨之前,你认为你母亲的生活不幸福吗?"

"不,那时候除了她的病情以外,我看不出其他来,她隐瞒得很好。"

"你看,婚姻是件甘苦自知的事情,你母亲先与你父亲有夫妻关系,然后才与你有母女关系,婚姻出现问题后,她做出了选择,你不能因为结果而倒推她的动机,单方面将原因归结于自己。"

任苒长久地沉默不语。

入夏以后,北京的温度一下升高,义工组织准备为福利院做一个慈善筹款演出,筹集款项支持一些儿童进行必要的手术。任苒听到消息后,认购了两张门票,但她并没打算出席,准备将门票转赠给别人。

隔了两天,一个负责人在福利院拦住她:"我这几天都在找你,你的手机又没开。"

任苒基本上不开手机,她也不解释,只抱歉地说:"有什么事?"

"眼下大家都在全力筹备义演,人手不够,很多人都是放下手头工作参与进来。"

任苒当然听得出言下之意。尽管她除了每周定期去福利院外,再没参与那个义工组织其他活动,但她开着路虎,明显没有固定工作,再怎么独来独往,也逃不过某些爱好闲谈的人士关注。

"好吧,我有时间,需要我做些什么?"

分配给她的工作是每天接送几位老师去福利院为孩子们做义务排练辅导。她松了一口气,这件事情到底还算单纯。她将翻译工作的时间重新规划了一下,开始当起了义务司机。

那几个老师同样对任苒多少有些好奇,但她不动声色,对所有旁敲侧击的问题都不加以正面回应,他们便也知趣地不再打听。

这天,任苒从福利院出来,刚上车插入钥匙,手机响了起来。她拿起来一看,是个陌生的号码。

"你好,哪位?"

"小苒,你好,我是家钰。"

打电话过来的是祁家骏的姐姐祁家钰,任苒的手一下停在空调启动键上。

"我到北京来出差，找任叔叔要到了你的号码，方便跟我见面吃饭吗？"

她拿着手机，呆呆坐着良久无法回答，祁家钰在那头叫着她："小苒，小苒，你没事吧？"

她艰涩地说："家钰姐，我……对不起。"

她无法继续下去，猛然掐断了通话，随即关掉了手机，将头抵在方向盘上，一动不动地坐着。

酷暑的北京，太阳早就将车内烤得灼热，她很快大汗淋漓。福利院一个司机正要开车出去采购，见状过来敲她的车窗，关切地问她怎么了。

她勉力抬头一笑："没事，我这就走。"

她机械地开启空调，系上安全带，将车开出了福利院，驶向白瑞礼工作的医院。

"她是你讨厌的人吗？"白瑞礼问任苒。

他的办公室宽大舒适，炽烈的阳光被百叶窗遮挡在外，室内设定着二十二度的恒温，任苒却仍然在流着冷汗。

"不，我喜欢她，一向拿她当自己的姐姐看待，她对我很好。"

"可是你回避见她。"

而且是那么无礼地、不加解释地挂断电话。任苒脸色苍白，迟疑了一下："车祸以后，我没有跟祁家人有任何联系。"

"其实你想说的是，祁家骏去世以后，对吗？"

祁家骏是任苒真正的禁忌，在近一年的治疗中，她绝口不提他的名字，然而今天，她没法回避了。

"是的，我没法面对他们。"

"祁家骏的死是一个意外。据我所知，凶手已经被抓获，审判的结果是他服用毒品过量，不能控制自己的行为。"

任苒头次听到这些情况，然而这给不了她任何安慰，她一言不发地呆呆看着前方。

"你不能接受的是他的去世吗？"

"我十六岁失去母亲。从那个时候我就知道，每个人都会死，那是我们共同的归宿，我接受这个现实，没有阴影。"

"可是你明显在延长你的悲痛期，同时又不表露出来。"

"有人比我更不幸，他的父母失去的是儿子，他的宝宝失去的是父亲，他的妻子失去的是丈夫，他的姐姐失去的是弟弟，他们之间的关系全都亲过他和我。我没资格说自己悲痛到了什么程度。"

"痛苦是无须用来比较才有资格流露出来的。你回避祁家人，并不是因为你觉得他们比你更痛苦。"

"当然不是，我只是没法面对他们。阿骏的死，我……有责任。"

白瑞礼敏锐地指出："我了解到的情况不是这样。他和他太太准备离婚，他当时去墨尔本，是因为他太太的家人提出条件，希望将他名下的房子过户给他太太。而且，开枪的凶手也是他太太过去的婚外情人，后来被逮捕审判了。"

"不，你并不知道全部。阿骏是因为不想让我为难，才去澳大利亚工作。他太太警告过我，他如果去墨尔本会有生命危险，她建议我把他留下来，可我……怯懦了，我没那么做。"

"于是你一直因为这个在责怪自己？"

"我知道只要我开口，阿骏肯定会留下来。他从小跟我一起长大，一直爱我、关心我。可是我……有意无意忽略他，我爱上了……另外一个人，陷进爱情时，我完全没考虑过他的感受。他始终对我很好，我却始终不能确定，我对他的感情算不算爱。说到底，我很自私，在乎自己的感受超过了在乎他。如果不是我，他大概不会那么早陷进一段让他和太太两个人都痛苦的婚姻，他更不会……死。"

"Renee，你陷入了过度自责的情绪中。"

"我怎么可能不自责，假装发生的一切我完全无辜？"

"其实从某种程度来讲，每个人都是无辜的，包括他太太和你在内。没人能预知后果，生活也并不是在每一个转变的时刻都给了你选择的机会。"

"可是我是有选择的，我只是没选择他，"停了一会儿，她哑声补充，"一直没有。"

"你认为从一开始，你就可以选择去爱他，而不是爱另一个人吗？"

这个假设让任苒无法回答。

"你看，我们改变不了已经发生的事情。如果有重来一次的机会，你为规避某个你已经预先知道、但是不愿意面对的结果，也许会做不一样的选择，你们的生活可能会有不同的走向，这并不代表生老病死和种种意外不会发生，你仍然可能会因你的选择而后悔。"

任苒默然，隔了一会儿，她说："白医生，我最近在看《圣经》。"

"你不是第一个想向宗教找解决问题办法的人，Renee。"

"我曾祖父是传教士，到了祖父那一辈，开始信奉科学救国，我父亲干脆是个无神论者，他信的大概是法理。我从小没接触过任何宗教方面的东西，在澳洲留学的时候，碰到传教的人，我会找个理由走开。可是现在居然想向《圣经》找答案，这个想法本身就很功利吧。"

"寻找内心的平衡是人的精神需求，永远说不上功利。《圣经》能帮到你吗？"

她摇摇头："有些句子我印象很深刻，可我还是没办法就此有一个信仰。"

"有宗教信仰，仍然需要自己主导生活，不管是上帝，还是心理医生，都没法代替你宽恕自己。"

"其实我不需要宽恕，救赎哪那么容易？"任苒惨淡地笑。

"不少宗教人士认为，心理咨询不过是给无神论者的安慰剂。的确，如果不以神示的姿态出现，不大可能让人感到得到了救赎。不过，你看科幻电影，那些有机会回到过去的人，全都不能干涉时间的进程，因为他们来自于未来，结果对他们来说已经发生，一切是没法改变的。我更相信命运源于每个人因为各自的性格而做出的选择。祁家骏的命运并不由你的选择决定，Renee。"

"也许吧。我只是……没办法说服自己放下。"

"西方有句话，如果你一直挂念逝者，他就走不了。只有慢慢停止想念，他才会无牵无挂去往极乐世界。"

任苒久久地思索着这句话。

从白瑞礼办公室回家以后，任苒还是拿出手机，给祁家钰打了电话。

"对不起，家钰姐，中午……我很抱歉。"

"没什么，小苒。我能理解你。"

可是她不理解她自己，每个人都在强调，没有人因为祁家骏的去世责怪她，但任苒并没有如释重负的感觉，她心头的重担压抑太久，不可能因此就卸下来。她绝望地看着前方，喉头鲠住，无法说出话来。

"你没事吧，小苒？"

任苒努力调整呼吸："我很好。"

"这次我来北京，除了办公事，也跟陈华谈了还款计划。祁氏目前的经营情况不错，我父母情绪已经平静了很多，小宝也很好。小苒，没人因为阿骏的事怪你。"

任苒无法做好准备去面对祁家钰与她弟弟那张酷似的面孔，祁家钰也似乎知道了她的感受，没有再提这个话题。一阵沉默后，她轻声说："家钰姐，再见。"便挂了电话。

到了慈善演出这天，任苒提前到剧院，与其他几个义工一起负责后台的后勤工作。她正搬着小件道具服装，一个人突然叫她名字："任小姐，你好。"

她回头一看，面前站的是一个清秀的女士，正微笑看着她，她一怔之下，认出了对方:"你好,吕博士。"

站在她对面的吕唯微,是留美归来的学者,国际贸易专家,也是国内反倾销研究的权威人士。一年多以前,祁氏的皮革制品出口公司突然遭遇反倾销调查,祁家钰打来电话,委托她帮忙找吕博士寻求帮助,她正苦于联络不上时,陈华突然出面,把她带到了吕唯微面前,而吕唯微一口答应全力帮忙,看上去与陈华交情非浅,她没想到会在这里重遇。

"上次谢谢吕教授出手帮忙。"

"别客气,我跟祁家钰一直保持着联系,预备将祁氏的外贸出口变化作为长期案例追踪。上周她来北京,我们还一起吃过饭。"

吕唯微伸手要接她手里的服装包和一个道具架子,她连忙说:"小心钩到你的衣服,还是我来。"

她做好准备整晚留在后台帮忙,穿的T恤加牛仔裤、球鞋,吕唯微则是一身别致的酒红色丝质小礼服裙,踩着高跟鞋,衬得身形苗条,面孔白皙,十分漂亮醒目。

放好道具后,任苒回头,看到吕唯微仍站在原处,明显准备与她交谈,她避无可避,只得笑道:"演出时间在两个小时以后,吕博士来得稍早了一些。"

"我今天负责联络接待来宾,所以提前过来。任小姐,上个月听说你也加入了义工组织,到今天才碰到你。"

任苒不解她怎么会留意到自己:"吕博士一直在做义工吗?"

"对,我从成立时就加入了,不过最近两年太忙,经常出差,服务的时间有限。"

"吕博士请坐一下,我去排道具顺序。"

"我来帮你。"

任苒推辞不得,只能拿出预先排好的顺序,对照着整理道具。吕唯微在一边帮忙,两个人很快便整理好了。

这时给工作人员和演员预先订好的盒饭送来,吕唯微端来了两盒:"抓紧时间吃饭,任小姐,我马上就得出去接待来宾,你也得继续忙了。"

"谢谢。"

两人在后台一角坐下,吕唯微尽管衣着精致,且化了妆,但吃起盒饭来大口大口,毫无矜持之态,同时还说:"这边的盒饭比我单位附近的外卖要好吃。咦,任小姐,你吃得这么慢,不合胃口吗?你已经太瘦了,千万别减肥。"

因为服用抗抑郁药,任苒有大半年时间胃口都很差,自然消瘦了很多,最近经医生批准减了药的剂量,她才恢复了一点饭量。但她不打算多做解释,只笑一笑:"我吃饭一向慢。"

"我一向是大胃王，吃得既快又多，以前读大学时更厉害，试过一餐吃两份盒饭，家骢笑我是猪，说我可以参加暴食比赛。"

她突然提到陈华以前的名字，任苒不动声色，仍保持着微笑："吃得多不长胖是难得的天赋，会有很多人羡慕你的。"

吕唯微已经吃完了盒饭，却没走开，而是坐在一边拿出手机打着电话，一个个联络重要来宾，再次确定时间，同时抽时间对任苒说："真要命，我始终适应不了这样反复check。"

任苒还来不及回答，只听她再拨一个号码，对着手机说："不，家骢，让阿邦送支票过来太没诚意了。慈善只有亲自参与才有意义。"

不知道那边说了什么，她满意地笑："好，说定了，不可以迟到太久。"

她放下手机，叹了一口气："这算不算是一种道德讹诈？"

任苒不解其意，疑惑地看着她。

"我是说，我这样凭老交情逼着人家到场，似乎多少有点站在道德制高点逼人行善的意味。"吕唯微耸耸肩，"毕竟每个人表达善意的方式不一样。"

任苒老老实实地回答："如果那些人接受你的说服过来，也算是认同这种表达方式，没有讹诈这么严重吧。"

而且，像陈华这样的人，又怎么可能接受所谓的道德讹诈？剩下的半句话，只在她脑中一闪，便已经吓了她一跳，她连忙低下头去扒了一口饭。

"说得也是。"吕唯微笑着取出化妆镜端详自己，用吸油纸印着面孔，再拿出口红补涂着，"我突然觉得这个口红的颜色似乎不大配我的衣服，你看呢？"

任苒只得咽下嘴里的菜，打量一下她："我看还好，应该是这边灯光的缘故。你可以去化妆间看看。"

吕唯微笑着摇摇头，站起了身："一口气念到博士以后，我才开始学习化妆、穿衣搭配的常识，总觉得这门学问比国际贸易规则要复杂难搞得多。慢慢吃，任小姐，我先失陪了。"

任苒早就没了胃口，目送吕唯微走远，放下筷子，将饭盒收好扔掉，跟其他工作人员一起，投入到后台紧张的准备工作当中。

直到演出正式开始，她才松了一口气，连日劳累，她体力不够，未免有些支撑不住。她留了钱给一个比较熟悉的义工，托她代捐出去，便告假先走了。

她的车停在前面，顺着侧边走道向外走，只须穿过贵宾休息室的门，便能到达前面大厅，她却迎面看见吕唯微正站在那里，仰头与人讲话，站在她面前的那个男人穿着白色衬衫，深色长裤，身形高大而熟悉，正是陈华。

吕唯微的目光飘向她，她抢在对方要打招呼之前转身离开，疾步折返，从侧门出去，再绕一大圈走到前面停车场，开车回家。

她当然听得出来，今天晚上吕唯微一直话里有话，可是她实在没有好奇去揣测她的用意，更不想在这里跟陈华碰面。

然而，任苒清楚地知道，如果她努力寻求的是让生活恢复正常，那她根本无法一直将整个世界关在门外。她的理智提醒她，只要做着让生活恢复正常的打算，她就必须正视那些她一直回避多想的事情。

她再次有了离开北京的念头，并且开始动手整理银行账户，重新上网查询信息，计划以后的去向。

这天任苒去做例行的心理咨询，快结束时，白瑞礼告诉她，义工组织目前发展很快，主事的几个人打算成立专门的慈善基金会，并聘请专职工作人员，问她是否有兴趣尝试。

她摇摇头："我可能准备重新开始念书。"

"那也不错。"

"白医生，"她踌躇一下，还是说了，"如果我暂停一段时间心理治疗，尝试自我调适，你不会觉得我是在……无理取闹，或者过河拆桥吧？"

白瑞礼笑了："不会，我始终认为，心理医生的责任是协助治疗对象自己找到解决心理困扰的方法。你有依靠自我的认识和信心，我很高兴。"

任苒舒了一口气："其实我并不确定，不知道能不能真正做到不依赖你的判断和治疗。"

"这样吧，我们可以先试着调整一下治疗频率，将每周一次改为每月一次。医生的谈话跟药物依赖一样，能最终将影响缩减到最小，依靠自己的力量建立起心理的平衡，才是真正的成功。"

任苒同意这个安排："我怎么才能判断自己最终能够做到自我调节？"

"自我调节是一种情绪的平衡，人不能总处于欣快之中，但也不能总沉溺于不快乐的情绪，调节的关键是重获一种自我控制。如果有一天，你能在自由选择的前提下，体验到自主的快乐、满足与轻松，那么你就完成了成功的自我调节。"

"我记住了。"

任苒起身正要告辞，白瑞礼叫住了她，将他刚出版的新书《自我发现之路》送给了她。

"你已经读了很多心理学的专业著作，这本书我是头一次针对大众读者写的，可能内容会相对浅显一些，不过集中了我最近几年做心理咨询的一点感悟，希望能够对人多少有些帮助。"

"谢谢白医生。"

第八章

  这天晚上，任苒再度去了后海。习惯的力量就是这样强大，不管是对一个人还是一个地方养成了习惯，有些举动就差不多成了不必思索而为之的下意识行为。
  后海的夏夜，当得起夜夜笙歌这四字评语，湖面上有挂着红色灯笼的画舫随波而动，隐约有丝竹管弦之声传来，无处不带着柔靡的红尘喧嚣气息。
  过去大半年时间里，云上的生意仍然不算好，却一直维持着，没有如其他类似酒吧那样，隔一段时间再去便已经转手换了名字。也许正因为如此，这里成了任苒在后海唯一的去处。
  她每次来，靠窗那个位置始终为她保留着。她一坐下，服务生不等她开口，便给她端来红酒。
  她去洗手间，出来时却听到两个服务生在走廊另一端忙里偷闲小声议论着她："总坐六号台的那位小姐可真怪啊。"
  "嘘——别乱讲话。要不是她一直来光顾，有人出一大笔钱给我们老板维持营业，这里早做不下去了。她可是我们的米饭班主。"
  她不介意做别人眼里的怪客，也不想惊吓到那两个服务生，静静站在原地，挨了一会儿，等他们去前面做事才走出去。其实他们的议论对她来讲，并不算意外，只不过是从另一方面坐实了她的某个猜测而已。
  这天她比平时喝得要多一些，到午夜时分，已经醺然半醉。远处湖面有人弹古筝，邻近酒吧布鲁斯的节奏慵懒，身边萦绕着钢琴曲，各式音乐调和，曲不成调地断续传来，恍惚如同一个迷乱的旧梦。

她伏到桌上，半睡半醒。一只手轻轻拍她的肩，她的头换了个方向，嘀咕着："阿邦，你应该再来晚点，等我把这个梦做完。"

"做的什么梦？"

她费劲地用手撑起头，一边揉着疼痛的太阳穴，一边漫不经心地回答："改天我得问问白医生了，据说大部分梦只有黑白灰三色，我也好长时间没做过彩色的梦了，不过刚才这个梦好像是彩色的，有大海，有帆船，有飞鱼，有珊瑚在跳舞，还有……"

然而她没醉到认不出人的地步，猛然打住，察觉到正扶起她的来人身材高大，不是每次酒吧打烊会突然冒出来接她的阿邦。她顺着他白色衬衫的胸前纽扣向上看去，站在她面前的是陈华。

不同于前几天瞥见他的背影，最近快一年时间，头一次陡然面对面如此贴近地站着，任苒有点不能相信自己的眼睛。

"还有什么？"

"阿邦呢？"她反问。

"阿邦的母亲生病住院，他回家看望她了。"陈华解释着他的突然现身。

任苒尴尬地"哦"了一声，记起那个和善而沉默寡言的瘦小妇人，她有一张满是风霜的面孔，看上去比实际年龄还要老很多："她……我是说茅姨还好吧？"

"她的风湿性关节炎很严重，很可能以后不适合再住在双平了。阿邦打算接她来北京住，可是她舍不得离开家。"

说话之间，陈华半搀半抱地带她走出来。她勉力挣开他的手："没事，我能走。"

"我的车停在银锭桥那边。"

陈华还说了一句什么，但任苒脚步飘浮地向银锭桥走去，并没有听清，也不打算问。

两年前的一个夏夜，她曾跟祁家骏也是这样走在后海边，带着薄薄醉意。晚风含着热气拂面而来，依稀是旧时气息，记忆片段涌上心头。

"这里名叫后海，那边还有前海、西海、北海、中海、南海……这么多海，其实都不是海。"

她当时对他解释着这一带的方位与景观。

当然，都不是海。

真正的大海在远方，眼前这样的波澜不兴，不是她曾经对着的任何一片海洋。

她凝视银锭桥上可以看到的隐约西山轮廓，而他则凝视她，仿佛要在从小到大早已熟悉的脸上读出什么，或者，只是想看入她心底。

"爱你，把你放在最重要的位置，不想再让任何事伤害你，珍惜你，希望跟你永远在一起。"

这个声音盘桓耳边，挥之不去。她在银锭桥上站住，伏在栏杆上，看着下面暗沉水面倒映着大半轮明月，水面泛起粼粼微波。

"西方有句话，如果你一直挂念逝者，他就走不了。只有慢慢停止想念，他才会无牵无挂去往极乐世界。"

当时明月，此刻依旧，只是月下看着她的那个人不可能再出现了。她真的必须放弃想念，让他自此从心底消逝吗？

"在想什么？"陈华问她。

她收回思绪："请原谅，我现在很容易大脑一片空白，什么也没想。"

"我带你去海边住几天吧，任苒，看看珊瑚。最近几年，双平附近海域……"

"不，我哪儿都不想去。"她猛地打断他，直起身子，继续向前走。

如果跟往常一样，是阿邦送她回家，如果她清醒着，会与他闲聊几句，有时喝多了一点儿，会干脆在车上睡着。等到了公寓楼下，他叫醒她，她照例道歉："对不起，阿邦，真的不用再来接我，你看我不可能喝到烂醉，叫辆出租车回家就可以了。"

而阿邦都只是好脾气地笑，既不点头答应，也不辩驳，送她上电梯，确定她进了公寓将门反锁好后再转头离开。

当坐在身边的那个男人是陈华时，一切都不一样了。

她努力在酒精带来的麻木感中保持清醒，身体高度紧张，脑袋里十分混乱，到拿出钥匙开公寓门才松了口气，转头正要与他道别，两人却在那一瞬间拥抱到了一起。

她在仓皇之间抓紧他的衬衫。他的吻遽然占据了一切，她被无法理解的力量笼罩，来不及做出任何反应。

她住进这间公寓后，他从来没有来过，可是黑暗之中，他仿佛知道所有的格局，径直抱起她走进卧室。这个怀抱她睽违多年，已经陌生，可是此刻却如此亲密，似是一个故人悄然入梦而来。

很长一段时间里，她都没有与人有如此亲密的接触，某些长久压抑心底已经接近忘却的记忆不受控制地浮了上来。她孤独得太久，所有对孤独的习惯，其实只是一种无奈，一种自欺。

突然之间，她放弃所有思考的能力，只想不顾一切溶解在这个怀抱里——这不是出于单纯的欲念，而是从肌肤到心灵深处渴望一个没有间隙的忘情亲密。

她被他放到卧室的床上，他一粒粒解开她的纽扣，嘴唇贴到她赤裸的肌肤上，灼热发烫。

所有的一切都在幽暗月色中朦胧不清。她几乎可以实现自我催眠，告诉自己，这是一个梦，她只需沉溺，不用思索。

然而，她清楚这不是梦，也清楚知道紧紧抱着她的这个人是谁。

意识到这一点，她没有办法继续混沌下去，让自己一无所知地接受。近乎灼伤的痛楚侵蚀着她，她挣扎着叫道："不，家骢……"

陈华曾经用过的这个名字从她口里叫出来，对他们两个人来讲，都显得有些陌生了。

他停止动作，他的身体仍然火热地抵着她，隔了一会儿，他将头埋在她颈间，良久不动。

世界突然之间转入静止状态。

黑暗之中，她能感受到他的心跳，也知道她的心在他身体下跳动得激烈不安。

她艰涩地说："对不起，我不能……"

"嘘——"他的手指按住她的嘴唇，"我知道。"

他移开身体，替她掩上衣服，仍然抱着她。

他一动不动，她松弛下来，酒意占据意识，心跳渐渐恢复正常节奏。她不知道她什么时候睡着的，长期以来，她饱受失眠折磨，浅眠易醒，很久没有睡得如此沉酣。等她再睁开眼睛时，已经是第二天清晨。

任苒看着凌乱的床铺和自己身上同样凌乱的衣服，清楚地记起昨晚发生了什么事，那不是一个荒唐的梦。她捧着脸，禁不住呻吟了一声。

陈华走了进来，他已经穿得整整齐齐，阳光洒入室内，照在他身上。她完全没想到他竟然还没离开，慌忙抓起床单遮住自己。

"早餐想吃点儿什么？"

他问得理所当然，越发衬得这个场面荒诞得可怕。任苒没法忍受下去："请你离开，不然我走好了。"

"你别折磨自己，昨天什么也没发生。"

她已经借着床单的遮掩，勉强扣好了自己的衬衫，一声不响爬下床。陈华上前一把按住她："你冷静一点。"

"你让我一个人待着。"

陈华盯着她，点点头："好，我晚上下班再过来，接你去吃饭。"

他走以后，任苒呆呆坐倒在床边。

刚刚恢复的平衡哪怕虚假，一经打破，再难勉力恢复。那么多的往事，不受控制地重现于眼前。

她与祁家骏一块儿长大。那样青梅竹马、两小无猜的感情一直伴随着他们，哪怕他半真半假对她说，他们将来会结婚，她也并没有考虑过那个可能。

十八岁那一年，她爱上了一个曾经叫祁家骢的男人。似乎只有在那个年龄，才会有那么固执、强烈的爱，不给自己和别人留下选择余地的热情。

从一开始，她的爱就有些盲目而一厢情愿。他冷静超然地分析她的感情，他对她的回应带着一丝无可奈何的纵容，却从来不曾鼓励她。

在她终于成长独立以后，他们已经分开很久。她开始在无数次回忆之后，试着分析她经历过的爱情。

她发现，那的确是一场华丽而完美的冒险。

一个有着危险魅力的陌生男人，突然出现在她平淡的生活中，激起她纯属少女的想象。当她对父亲幻灭憎恨时，他显得那么诱惑，看上去可以填满她所有感情的缺口。

她一步一步投入，一寸一寸陷溺。

而他，始终保持着清醒与距离感，似乎只有一点儿感动，总在她几近绝望时，会流露出怜惜与不忍。

所有的期盼、失落、等待、患得患失、绝望……叠加在一起，到后来，她已经完全弄不清，在付出太多以后，那算不算纯净的爱情？

她沉浸在那一场冒险中，目眩神迷，忽略了祁家骏，祁家骏却始终默默关心着她。

生活在不知不觉中变得太过复杂，祁家骏与她的同学莫敏仪结婚生子，然后又走向婚姻破裂。

她无法回过头去估量他对她付出了多少等待和爱。

去年四月，祁家骏突然去世，在她心底留下一个无法正视面对的伤口以后，她已经无力再付出任何感情了。她只知道，那是她不可复制的青春记忆，不必提及的随风往事。

任苒突然下了决心，哪怕她还没有计划好去哪里，她也必须马上离开了。她不应该再以任何方式，与这个叫陈华的男人有任何关系。

她当然没有与他正式告别的打算。她打电话告诉钟点工，她要出去玩几天，让她不必过来做饭，再发邮件给白瑞礼，取消了接下来的预约，然后随手抓过衣帽间内的一只旅行袋，收拾了最简单的行李，开车上路。

她只是完全没有预料到，这种不告而别居然如此快地演变成了一场近乎荒唐的逃亡。陈华甚至亲自追到了这个小城市。

任苒凝视着镜子，如同看陌生人那样端详着，仿佛看到了不同年龄时的自己，那些她以为已经正式告别过的时光就这样重现于眼前。

那个迷惘的十八岁女孩子已经离她很远了，她曾经在一个男人的目光下脸红心跳，把所有的少女情态毫不掩饰地流露给他。可是时间帮她慢慢披上铠甲，现在镜子中是一个神态平和的女人，内心的思绪再如何紊乱，也可以从眼神到表情都做到波澜不兴。

镜子上的雾气早已经散尽，她的身影单薄而清晰地出现在她面前，没人能从镜子里窥见更多。

过去就这样过去了。

她收拾着紊乱的思绪，换好衣服，将头发吹到半干，这才走出来，只见陈华正站在窗前接电话，声音如同平时一样冷淡："……这件事你看着办吧，阿邦。"停了一会儿，他继续说，"订我和任苒明天下午从这边省城飞北京的机票。"

"我没打算回北京。"她插言道。然而陈华只看她一眼，并不理会，对着手机说："算了阿邦，不用订机票。她不喜欢坐飞机，我还是开车带她回去。会议推迟一天，出差时间不变，通知刘总跟我一块儿去上海。"

她瞟他一眼，不再说什么，取了电水煲去卫生间接水插上。陈华继续打另一个电话，她坐到沙发上，拿出包里的瑞士军刀，抽出指甲锉，锉着磨损得没法补救的指甲。

陈华讲完电话，收起手机，走过来坐到她身边："现在我们来讨论一下你这次奇特的旅行吧。"

"GPS除了有这种我不知道的神奇防盗功能外，记录行程更不在话下，有什么可讨论的。有一点我得说清楚，我没打算偷你的车，到了Z市，我会把车钥匙快递给阿邦，让他派人去取。"

陈华微微一怔："你回Z市干什么？"

任苒迟疑一下："只是看看，没有特别的目的。"

"然后呢？"

任苒持着指甲锉，端详着自己的手指，长久默然。陈华耐心地等待着，终于，她抬起了头，看着他，声音轻而清晰地说："我还没做最后决定，也许试一下出国念书；也许就在国内找一个气候温和的城市住下来。"

"总之，再不见我了，对吗？"

任苒停了一会儿，点点头："没错。"

陈华面无表情地说："任苒，几天前我们那场亲热，你叫停，我马上停住。那并不是什么了不得的罪恶，不必用这么夸张的方式躲我。你应该很清楚，我绝对不会违背你的意愿强迫你。"

提到几天前发生的事，任苒的脸蓦地变得苍白，嘴唇动了动，什么也没说出来，只垂下了头。陈华注视着她，停了一会儿，放缓声音："对不起，我不够耐心。"

"请不要做这种自我批评，你对我非常仁至义尽了。我这一年多形同废物，被你好心收留养着，而且你十分体谅我脆弱的自尊，尽可能不出现在我面前提醒我，我很感激。"

"拿这种腔调对我讲话，是想跟我变回客气疏远吧。"陈华声音低沉，温和之中带着一点嘲讽。

任苒无言以对，隔了这么多年，这个男人似乎还是能一眼看透她，她所有的矛盾、纠结，在他眼里都显得那么可笑，微不足道到根本不成问题。

陈华凝视着任苒。

过去一年多时间里，他在不同的地方这样凝视过她。

她躺在病床上，她从医院出来，她下楼去买东西，她出入公寓，她目不旁视地走进云上，她开车驶入福利院……

她看上去平静、自制，没有流露出任何情绪。

事实上，他已经很久没有看到她情绪外露了，包括祁家骏的死讯从澳大利亚传回来的时候。

她只是完全地沉默。

那个女孩子，变得如此隐忍，她将所有情绪隐藏心底，宁可独自为抑郁症所苦，也再不会如十八岁时那样，在他怀里放声哭到昏天黑地了。

几天前的深夜，他们躺在任苒公寓的床上，她沉沉睡去，他在黑暗里看着她，那是他期盼已久的时刻，因为等待得太长，反而有了几分不真实感。

他突然记起，在双平的一个深夜，月光也是这样半明半暗洒入室内，他突然醒来，发现任苒正在枕畔看着他。

她曾多少次那样在黑暗中凝视他？在他辗转不安的时刻，她曾怎样靠近他，抚慰他，让他重新沉入梦乡？

任苒的睡梦不够安稳，身体偶尔有轻微的抽动，头发从额头披拂下来，散在枕上，有几绺触到他的面孔。

　　他的指尖抚过那些发丝，光滑、柔软，带着凉意与清香。恍惚之间，他记起上一次抚她的头发，是在双平岛上的那个除夕夜晚，他陪她去海边捉螃蟹，累了之后，她躺在他怀里睡着了，他抱着她，也是这样看着她，那时她的头发因为只能用香皂清洗，显得有些枯黄蓬松，远不及现在顺滑。

　　他的手轻轻抚向她的脸，她突然叹息一声，轻微得几不可闻，他的手指定住，等待她睁开眼睛，然而她只挪动一下身体，埋在枕中的面孔改为对着天花板。

　　这样的仰卧姿势使得她掩着的衬衫散开，月色之下，她的肌肤细腻，带着象牙般温润的光泽，从喉头延伸下去的细致线条随着呼吸微微起伏。

　　与这个宁静景象不相衬的是她的神情，她显然陷于无名的梦魇之间，嘴角抿着，下颌的线条显示她的牙关咬得很紧。

　　他尽可能不惊动她，将她拢入自己怀里。在他的轻轻摩挲下，她绷紧的身体慢慢放松下来，贴合着他的身体，眉目舒展，呼吸悠长和缓，重新进入了熟睡状态。

　　他不假思索做着这些时，突然知道，与她共度的那些夜晚，她曾经也这样抚慰过他。那不是隐约含糊的梦，而是真实发生过的、属于他们共有的时光。

　　她醒以后的反应并不出乎他的意料，他清楚她并没有做好面对他的准备，他需要给她更多时间。

　　他有足够耐心等到她完全接纳他。

　　可是任苒一言不发地走了。晚上他过来时，已经人去屋空。他打她的手机，不出所料地关机了。

　　物业工作人员调出车库监控资料，任苒上午开着路虎离开后就再没回来；

　　钟点工说任苒要出去两天，给她放了假；

　　任苒给白瑞礼发了邮件，取消了下周的咨询预约，说会离开北京一段时间；

　　任苒甚至还打过电话给福利院，跟院长请假，说最近没办法去给那些孩子读书。

　　她唯独没有留只言片语给陈华。

　　陈华一下暴怒了，额头青筋隐隐跳起，下属全没见过他这个模样，统统屏住呼吸。他打电话给任世晏，发现他同样没接到女儿的消息，两个人都陷入到焦灼之中。

　　阿邦第二天从北海赶回北京上班，马上提醒他，任苒是开车出去的，可以启用车上的GPS卫星定位系统找到她的去向。

　　当天上午，陈华确定了路虎行进的轨迹和方位，头天曾停在离北京五百余公里的一个中型城市的酒店里，早上再度驶上高速公路。

阿邦小心地说："要不要我准备车子过去？"

他摆摆手，打算看看她究竟想去什么地方。

任苒一路向南，不停地行驶在高速公路上。虽然GPS忠实地报告着她行进的轨迹，他却完全不知道她的目的地到底是哪里。

到下午时分，陈华打电话给那个省的某位副省长，他们在一个月前的一次招商会上见过一面。当时省政府在北京举行招商会，极力游说亿鑫集团过去投资，他让下属研究着相关投资资料，还没有做出明确答复。接到他的电话，副省长马上转给省公安厅，吩咐他们必须全力配合追回车辆。

尽管那边省公安厅说可以派车辆上高速拦截，但他没有答应。任苒曾在高速公路上出的事故仍然让他记忆犹新，他一直等她到了J市的收费站，车速降低停了下来，才下了指令通过GPS锁死路虎。

那边打电话过来，告诉他J市公安局已经将任苒带了回去。他买了机票飞往W市，一个下属开车送他到J市时，已经是深夜。

他在高登酒店住下，当天晚上下着滂沱大雨，电闪雷鸣，这间酒店离任苒被羁押的公安局不远。他站在窗边，可以看到公安局那低矮的建筑。

他等待任苒给他打电话作出解释。

然而，一天过去，他彻底冷静下来，明白任苒不可能打来电话，对她的担忧取代愤怒占据了他的心。

单独禁闭，她的抑郁症会不会复发？尽管白瑞礼向他保证，任苒的情绪已经基本平稳，但他不愿意冒这个险。

他决定妥协。

他打电话给省公安厅，省公安厅马上派人过来，陪他去了J市公安局，撤销报案，接回了任苒。

下楼以后，他发动路虎，车灯照过去，只见她笔直地站在公安局院子中，身形单薄。他看到她安静地看着他，眼睛在灯光下流露出的沧桑，年华仿佛在他眼前逝去，那一瞬间，他清晰地意识到，她长大了，从一个少女变成了女人。

第九章

在拘留室度过的两夜，任苒根本没有睡好。洗过澡后，她的头昏昏沉沉，十分疲惫，只想爬上床蒙头大睡。可是看着陈华毫无表情的面孔，她知道她逃不开这场谈话。她只能小心地组织着措辞，不想更加惹怒陈华。

"那天的事……是我的错。我很抱歉。"

"你为什么跟我道歉——那天不该让我送你回家，不该跟我接吻吗？你不必自责了，其实是我刻意诱惑你的。我出现在那家酒吧，当然不是偶然。"

"我知道。"任苒短促地笑了一声，"我第一次在云上喝醉，阿邦突然冒出来送我回家，我没蠢到以为他是碰巧路过，可是我什么也没问他，就这么浑浑噩噩继续下去。过去一年，我做了很多不应该做的事，滥用了你的善意，我确实应该道歉。"

"任苒，我照顾你，当然不是出于什么可笑的善意。所以你没必要跟我道歉。"

任苒的头垂得更低了。

"如果你不想听我说某些话或者做某些事，没问题，我不会逼你。"

"没人逼我，你纵容我，我纵容我自己……反正有人照顾好一切，我不工作，每天躺到连躺着都觉得累再起床，不用装出笑脸向任何人证实自己正常，不承担一点责任，什么也不需要担心，什么烦心事都不用理会。不愿意见人，就可以把整个世界关在门外；想喝酒，就可以去酒吧，连口都不用开，就有人送上红酒，喝醉了也无所谓，反正自然有人负责送回家。我得承认，如果什么都不想，混日子真是很容易。"

"你只是需要时间恢复，我愿意给你时间，多久都行。"

"你很慷慨，很宽容，把一切都给了我：大把的时间、无微不至的照顾，由得我得过且过。可是你没必要这样照顾我。看看贺静宜，她已经凭自己的努力在你公司投资部门升了职；再看看我现在的德性，我很奇怪你居然能容忍我这样在你眼皮底下理直气壮地颓废着。"

"别拿你跟她比。"

"我们有一个共同的身份，都是你的前女友嘛。只是我比较没操守，在分手这么多年以后，享受你的照顾不说，还莫明其妙差点跟你发生关系，确实没办法跟她比。"

"你这样狠狠自贬，恨不能把自己踩到泥里，无非就是想向我证明，你不值得我这样对你。不过你大概忘了，多年以前，我也曾不值得你付出。也许我们都有跟别人不一样的价值标准，谁也用不着非要说服谁。"

任苒淡淡地说："我从来没指望一场投资的回报延续到今天……"

陈华并不为所动，只是声音变得冷峭："讲这样的话没有用，任苒。你给过我的是什么，我很清楚。我想我不用提醒你，你以前那么固执要跟着我的时候，根本没想过回报。同样，现在我也没向你要求什么回报。"

任苒挫败地想，她确实没办法影响到这个男人的看法："过去的事，请不要再提了。"

"行，我们就讲现在，你就这么不告而别，很好，如果你想看我会着急到什么程度，那你达到目的了。"

任苒收起指甲锉，将瑞士军刀扔到茶几上，抬起了头，迎着他的目光："你当我是玩失踪游戏吗？我今年二十六岁，早就不是无知少女了，哪里还有玩游戏的心情？"

"你当然不是十八岁的小女生，可是任苒，有一点你一直没变，你惩罚不了别人，就会一直惩罚自己。"

他目光依旧锐利，任苒却再没有避开："以前我很幼稚，确实希望用惩罚自己来让别人难过，到后来我发现，还是你说得对，任何一种惩罚，如果同时赔上了自己的生活，就根本不可能有报复的快感。至于现在，我哪里还有惩罚别人的资格？我只是想离开北京，重新开始好好生活。"

"所谓好好生活，就是不打招呼一走了之吗？"

任苒涩然一笑："对不起，那晚以后，我没法面对你，而且觉得没有当面告别的必要。"

"如果你真打算好好生活，在哪里都可以一样开始，不必离开北京。"

"被你那样一直纵容下去吗？"她耸耸肩，"时间越久，我只会越来越依赖你，迟早沦落到不能自理的程度。"

"你介意的究竟是被我照顾，还是差点不明不白跟我发生关系？"

"我都介意。我没权利坦然享受你的照顾，更不应该跟你有进一步的纠葛。请别为我操心，我既不清高，也没什么浪漫情怀，不准备两手空空亡命天涯。托你的福，现在我手头还有一点钱，只要欲望不太高，不管是读书还是另找一份工作，去哪儿都能生活得不错。"

"你需要继续接受治疗，不管是药物还是跟心理医生的谈话，都不能中断。"

"这个你放心，白医生早告诫过我。这两天我被关在拘留室里，也没忘记服药。至于要不要继续心理咨询，我会看情况而定的。"

陈华冷笑道："任苒，你不至于以为我需要让心理医生来跟我汇报你们的谈话内容，以便更好控制你吧？"

任苒摇头："那倒没有。你一向似乎能看透所有人，根本不必费那个周折。而且白瑞礼医生的专业跟操守我都没有理由怀疑，他对我帮助很大，我很感激他。"

"如果你以为我会由着你去一个陌生的城市，生活在陌生人中间，不受打扰地沉浸在往事里面，那你就大错特错了。"

"我准备怎么生活跟你没关系，你对我没有责任，陈总。不过你既然这么不放心，我还是可以跟你保证，我会对自己负责，并不打算去过糜乱颓废混吃等死的生活。这一点请你放心。"

陈华扬起了眉毛，冷笑道："这样说起来，你倒是在为我考虑了。"

他突然站起身，走到她面前，将她拉起来搂进怀里："有一点你确实没弄错，你当面跟我告别的话，我不可能放你走。"

两人如此迫近，陈华发现，正如他从来不会出错的记忆里深深镌刻着的一样，任苒的眸子并不纯黑，带着点琥珀色，其中有晶莹的光，如同暗夜星辰般闪烁不定。

他可以闻到她沐浴后的清香，清晰看到自己的影像映在她的瞳孔里。他手臂收紧，唇轻轻触碰上了她浓密的睫毛。

她没有挣扎，可是睫毛颤动，一下一下，如同蝴蝶的翅膀一般，柔软地扫过他的嘴唇。

"跟我在一起，没你想象的那么困难，任苒。你可以做你喜欢做的事情，慢慢让一切恢复正常。"

"我做不到，我不可能像过去那样爱一个人……"

"你当然能，我们有的是时间。如果你觉得这样没安全感，我们回北京后就结婚。"

"你为了拯救我，甚至愿意付出这么大的代价，谢谢。"任苒嘲讽地笑，"可是，我的问题不是需要安全感，我没打算跟任何人结婚。"

一阵沉默以后，陈华冷冷地说："任苒，祁家骏已经死了。"

任苒的身体一下僵直了，脸上没有一点血色。一年多来，除了白瑞礼在治疗时以外，再没人跟她提起那个名字，仿佛那个年轻男人从来不曾长久地存在于她的生活之中。她尤其不能忍受陈华提到他。

"请接受现实，你既不是他妻子，也不是他女友，不用摆出这样心如死灰的姿态给他守节。"

她毫无反应。

"我不介意你继续想念他，可是我不会听任你拿自己的生活给他殉葬。现在你听好了，他的死，跟你没关系，只是一个意外。如果他像你认为的那样爱你，那他肯定希望你好好活着，而不是把自己弄成一个未亡人……"

"别说了。"任苒打断陈华，心灰意冷地说，"我当然知道，他已经死了。我欠他的，永远都还不清。我甚至没资格想念他。"

"你在胡说些什么？如果接受近一年的心理咨询治疗只得出这么一个结论，我确实应该早点把你接回家。我再跟你说一次，你不应该为他的死自责……"

"我不想跟你讨论他。"她再度打断他，"看看我，陈总，告诉我你看到了什么？"

他深深地凝视她。

"需要接受现实的不只是我，"她的面孔离他只有几公分，清瘦的脸上挂着一个惨淡的笑，"我仍然叫任苒，可是我早就不是那个留身份证复印件给你的女孩子了。我们分开太久，我没有当初的勇气，我不再爱你。我的生活一团糟，做了那么长时间心理治疗，还需要借助药物维持表面的正常。这是你需要接受的现实。"

"我清楚知道你是什么样子，那并不妨碍我对你的感情。"

"那不是爱，只是对过去的一点回忆再加上同情罢了。现在的我，可以说没有任何有趣的成分。我感激你为我做的一切，但我不应该继续利用你的一点负疚心理困住你，我也没办法回报你。请你放开我，让我走吧。"

"你说过我的错误是为你做决定，任苒。"陈华看着她，目光犀利，仿佛要直接刺穿她，看入她心底，"那么现在我告诉你，你也不用试着分析我的感情，给我做决定。我清楚知道我对你的感情是什么，我一直想要的是谁。"

任苒的手抵住他的胸膛狠狠推着，试图挣脱他的怀抱。然而，他不容她再次推开他了。他的手臂紧紧收拢，将她固定在胸前，她再怎么用力也不能撼动，反而只觉得气喘吁吁，呼吸局促而急迫，有近乎于窒息的感觉。

"请不要这样。"

"我一直试图耐心对你，给你充足的时间，等你做出决定，任苒。可是你太矛盾，太自责，一直做不必要的忏悔。我不能由你这样下去了。"

不等她说话，陈华吻住了她。

这个吻如同前几天一样，突如其来，不容她做出任何反应，就已经占据了她。

没有酒精麻痹神经，她所有的感受变得分外清晰明确。他的拥抱束缚着她的身体，他的吻冲击着她，他的气息充盈着她的呼吸。

这是那天酒醒之后仍然充斥于她所有感官的记忆。她的推拒只是徒劳，神志渐渐涣散开来。

他是怎样将她抱入卧室，她完全没有感觉。

一片黑暗与迷蒙之中，她身下仿佛有一个看不到底的旋涡，她身不由己被卷入其中，陷入目眩神离的坠落，却始终到不了尽头。她本该感到恐惧，可是她所有的意识似乎被一只无形的手抹得干干净净，一片空白之中，他的嘴唇一路向下，粗暴、猛烈，让她有疼痛感。这种疼痛慢慢放大，在一个瞬间忽然变得尖锐，不可抵挡……

正如白瑞礼所说，人的记忆是非常奇妙的系统，她记得他融入她的感觉，这一刻，他不再是陈华，而是祁家骢；而他记得那份将他包围的温暖，从第一次，到告别的那个夜晚。

然而，这不是一个旧梦重温。往事与现实交织在一起，时空在混乱的意识中变得紊乱。在漫长的分别与等待以后，一切都变得陌生而又熟悉。

他们头一次体验到这样复杂的感受。最后的释放来得如同火山喷发，强大汹涌，席卷一切，让生理上的单纯快感被彻底淹没，显得微不足道。

陈华长久地抱着任苒，她木然地躺在他怀中，好像已经精疲力竭，无力做出任何反应。

这样的沉默让他不安："我带你去洗澡。"

她摇摇头，眼睛紧紧闭着，过了好一会儿，才突然开口："麻烦你另外开一间房，让我一个人待着。"

"任苒，不要纠结了……"

"那我自己去开房好了。"

她刚一动,陈华先坐了起来,一把按住了她。他在黑暗中盯着她:"别这样折磨你自己。"

借着从客厅透进来的光线,可以看到他那张轮廓冷峻的面孔,赤裸的身体上清晰却不张扬的肌肉线条泛着隐隐汗光。她没有如同往常那样避开视线,只疲惫地说:"你比我更清楚我刚才的表现,其实我一直在放纵自己,谈不上折磨。请给我一点空间好吗?至少今晚让我一个人待着。"

陈华默然,按在她肩上的手轻轻向上,带着薄茧的手指滑过她的颈项,将凌乱濡湿的头发理顺,再抚过她的面孔。这个缓慢的动作将时间拉得悠长,接近停滞一般。

突然,他轻声说:"好,我去开隔壁房间。"

他下了床,将毛毯搭在她身上,然后捡起衣服穿上,一边扣着衬衫纽扣,一边说:"如果你想回家看看,明天我开车送你回Z市。"

任苒闭上眼睛,没有回答,却意识到床突然微微向下一陷,他坐到床边,再度俯身看着她:"我爱你,任苒。"

她的身体僵住,手指下意识地抓住了床单。

"答应我,别胡思乱想,好好睡一觉。"

他耐心等着她的回应,她再也无法忍受他贴得如此之近,偏过头去,轻轻地"嗯"了一声。

他似乎对她这个反应满意了,站起身走了出去,关上客厅的灯,门"喀"的一响,室内归于宁静。

任苒一动不动地躺着,直到逐渐重新意识到自己身体的存在,她缓慢地挪动着下了床,用最快的速度捡起地上的衣服穿好。

她的眼睛早已经适应了黑暗,并不开灯,向客厅走去,拿起自己的旅行袋和背包,突然顿住。她回到通往卧室的门边,扶着门框看过去,借着月光,只见床铺上凌乱不堪。

一瞬间,她仿佛游离于自己的身体之外,以灵魂出窍的状态看到了刚才他汹涌不可抵挡的热情,她完全彻底的迷失。一阵恐惧顺着脊背冰凉地窜下来,让她战栗了一下,腿软得几乎无力支撑。

她深深呼吸,断然转身,走了出去。

已经接近午夜时分,酒店走廊静悄悄的,灯光昏黄,电梯迅速无声地停在任苒面前,她走进去后,按了一楼,对着镜子,不出意料地发现,她比几个小时前进来时好不了多少。她机械地对着镜子整理凌乱的头发,再从旅行袋里胡乱扯出一件长袖丝绒运动上衣穿上，将拉链一直拉到下巴底下。

酒店大堂空荡荡的，门童不知道去了哪里。她穿过旋转门，走上街道，清冷的空气迎面而来，让她不由自主瑟缩了一下。

对面那个巨大而嚣张的霓虹招牌将夜色下的街道映得越发光怪陆离，变幻不定。她四下看看，只见对面路边停着一排各种牌子的经济型小车，竟然没一辆挂着出租车招牌，可是有一个人走过去，与最前面一辆车的司机讨价还价，然后上车开走。

显然这些都是非法营运的黑的。她犹豫一下，还是穿过马路走了过去，司机正靠在椅背上打盹，她敲了一下车窗，司机睁开眼睛："去哪里？"

她踌躇着："我想出城。"

司机狐疑地看着她："出城？也得有个具体地点吧。"

她迅速盘算着，然而离开车载GPS，规划好的路线变得模糊："我打算去Z市，你不需要跑那么远，送我去下一个城市就行。"

司机断然摇头："我不跑长途，你找别人吧，小姐。"

任苒只得站直身子，走向后面另一辆车。

那个胖胖的中年司机同样拒绝了她，不过加了一点解释："你开再多钱也没用，小姐。本市前不久出过两起出租车劫杀案，公安局发过警告，要求我们深夜不能随便出城跑长途。"

任苒无可奈何。她沉吟着，想也许还是另找一家酒店住下，明天再找车离开比较现实，突然身后有人说："小姐，你要去哪里？我可以送你。"

第十章

　　一场暴雨终结了连日反常的闷热后，J市气温恢复正常，炎热的白天过后，夜晚重新变得十分凉爽宜人。田君培在警察局便接到吴畏的电话，他跟老孙告辞，赶去吴畏约定的地方。

　　他进了花都夜总会，吴畏介绍旁边的人给他认识，他着实吃了一惊，对方居然就是那位货不对板、给旭昇造成不小损失的供应商刘经理。
　　田君培一边同刘经理握手，一边在心底再次长叹，实在想不通吴畏这样挖他父亲墙角的行为所为何来。
　　不过他一向有着职业的谨慎，并不从道德伦理角度评判人的行为。当然在那人的着意结纳下更维持着不动声色，不管对方说什么，他都不置可否。

　　吴畏知道田君培素来不热衷此道，早习惯了他不投入的态度，但刘经理有备而来，见他全不理会身边撒娇的陪酒女郎，多少有些急了，与吴畏商量换地方换节目。
　　走出来后，田君培声称累了，明天还要赶回省城，想早点休息。吴畏对刘经理使了个眼色，他心领神会，从皮包里拿出一个厚厚的信封，声称久仰田君培的名气，有意请田律师就若干法律问题进行咨询。
　　田君培退后一步，正色看着吴畏："吴总，相信不用我说，你也知道，我现在不方便给刘经理提供任何咨询，不然问题就弄复杂了。"
　　吴畏打了个哈哈："君培，你一向聪明，当然知道老刘是什么用意。"

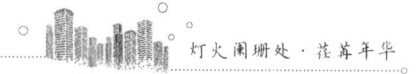

"这件事最后的决定权不在我,在吴董事长那边。"

"这个你放心,我家老爷子由我搞定。"

田君培莞尔:"要不要起诉,最后由吴董事长决定。我是旭昇常年法律顾问,旭昇对我的年底续聘也不是按官司数量来的。所以,"他推开刘经理再次递过来的信封,"还是不要节外生枝的好。"

刘经理看上去仍有话说,田君培不愿意再跟他纠缠不清,借着接听手机,稍微落后一点儿。等他走出来,只见吴畏正拦住一个身形苗条的女子讲话,他暗自好笑,正准备打个招呼先走,却一眼看到那女子手里拎的一个LV旅行袋,是几天前他才在公安局细细审视过的。

他走近一看,发现站在吴畏对面的正是任苒,她换了一件墨绿色丝绒运动上衣,布质长裤,头发草草绾起,有些松散零乱,几绺发丝被风吹得飘拂不定,衬得面孔更加苍白。她根本不看吴畏手里若不经意般晃动着的车钥匙,只心不在焉对着前方说:"……谢谢你,我去坐出租车就行了。"

"任小姐,你好。"

田君培没想到会再度遇上任苒,不过更让他意外的是,眼前的任苒恢复了整洁秀丽,可是在霓虹灯光的映照下,她原本苍白的脸上带着异样的嫣红,目光却幽深而黯淡,神情有些恍惚,如同迷路的小孩子一般,流露出脆弱茫然。

这是他第三次见到她,短短几天,每次看到她,似乎都有不同的观感。

听到他叫她,任苒看着他,那目光依旧是茫然的。停了一会儿,她的神情突然恢复镇定,如同一个梦游的人返回了现实,注意力集中起来,搜索一下记忆,礼貌地说:"你好,田律师。"

吴畏马上放弃搭讪,对田君培挤一下眼睛,哈哈一笑告辞,与供应商走向停车场,上了他的保时捷扬长而去。

田君培再度看看任苒手里提的旅行袋:"你要去哪儿,任小姐?"

"我想……另外找间酒店。"

"我送你吧,这里不比大城市,这个时间不大好拦出租车,满街跑的黑的也不够安全。"

任苒迟疑一下,点点头:"好,谢谢你。"

两人走向花都夜总会后面的停车场,田君培帮她将旅行袋放入后备箱,然后给她拉开副驾驶座车门,一边说:"把座位上那两本书放到杂物箱里去。"

任苒拿起书，打开杂物箱正要放进去，手却停住，借着停车场昏暗的灯光细看其中一本书的书名，田君培不免奇怪："你对法律有兴趣吗？"

"没有。"停了一会儿，她将书放入杂物箱，"不过，这本《实用商法案例评析》的作者是我父亲。"

田君培大吃一惊："任世晏教授是你父亲？"

"你看到法学家的女儿好像是一个标准的法盲，大概很意外吧。"任苒嘴角一弯，露出自嘲的笑意，上车坐好。

田君培绕过车头也上了车，系好安全带，笑道："我的确意外。当年考法学硕士时，我曾想考邻省汉江市的财经政法大学，师从任教授，想想看，如果我没改主意去北京读研，我们也许早就认识了。"

"那也不一定，我很早就离开家了。"

"任教授是我很景仰的法学权威，一直在公司法、商法领域享有盛名。他的这本书出版后几乎成了律师的教科书，我白天在书店看到最新的修订本，马上就买了。对了，几年前我在北京听过他一场讲座，一直很期待他关于公司法解读的著作早点问世。"

"他最近几年回Z大担任法学院院长，行政事务性工作很多，花在学术研究、著书立说的时间没以前多了。"

田君培注意到任苒神情与语气同样淡漠，就事论事，显然并不以父亲引人注目的成就为荣，连忙转移话题问她："其实高登就是本地最好的酒店，其他酒店恐怕条件不如高登，你想去哪家？"

"我没来过这地方，麻烦你帮我推荐一家，无所谓条件，安静一点儿的就行。"

"我每次过来出差，都是住在市郊的樟园风景区度假村，并不算远，也很安静，你愿意去那儿吗？"

任苒有些心不在焉，停了一会儿才说："郊区会不会蚊子很多？我这几天真被咬怕了。"

"我最喜欢那里的一点就是，那边有一大片香樟树林，夏天基本上没蚊子。"

任苒马上点头："好，就去那里。"

车开了一会儿，任苒突然叫停："麻烦你在前面药房停一下，我想买点药。"

"不舒服吗？要不要看医生？"

她摇摇头："不用，只是有点儿感冒。"

她拿了背包下车，按了挂着二十四小时营业招牌的药店门铃，隔了好一会儿，一个睡眼惺忪的店员开门放她进去，她很快买好药回到车上。

J市是一个不算大的重工业城市，污染问题很突出，并没什么旅游资源。樟园风景区就在城东近郊，远离集中于城西的各类工厂，有湿地、湖泊和一大片相对原生态的香樟树林，其实只能算一个面积颇大的公园而已。

度假村是一排仿西式三层楼建筑，素雅的白墙，外挑的大露台，掩映在香樟林之间，明显门庭冷落，十分安静。下车以后，任苒深深呼吸，神态怔忡不定。

"这里比较冷清，不过很安全，不用害怕。"

她四下看着，突然转移话题："奇怪，怎么会有人想到在这里修个度假村？J市明显不是个旅游城市，这里号称风景区，可景色也不特别，离市区又太近，恐怕生意会很一般。"

田君培哑然失笑："说得没错。外地人不会特意来此观光，本地人倾向于去外地旅游，这个度假村除了承接会议时会热闹一下外，平时的确没什么生意。我跟这里的老板谈起来，他也承认他的本意是想跑马圈地，做这一带的房地产开发，可是政策有变，他刚建起几栋别墅，这里就被划为湿地保护区，冻结了所有商业开发，让他的如意算盘落了空。好在他财大气粗，赔得起。"

两人走进大堂，只见灯光昏黄，值班的前台工作人员伏在柜台里睡得正香，田君培不得不敲桌子叫醒她。

他是这里的常客，交代按他的价格给任苒开房间，那伶俐的女孩子马上说："田律师，就开你隔壁的房间好不好，南面对湖的大床房只剩那间了。"

田君培想，他若是点头未免唐突，显得带她来这里住别有用心。可任苒看上去神思不属，仿佛没听到一样，他只好咳嗽一声，重新问她："你喜欢哪边的房间，对湖还是对树林？"

任苒回过神来："刚才进来的时候我就想，那个露台很不错，对着湖的话，景观一定很漂亮。"

工作人员接过任苒的身份证开着房间，田君培解释道："说是湖，其实是个大水库，不过看出去视线还是不错的。"

拿了房卡后，两人一同上楼，道了晚安，分别进了相邻的两个房间。

室内有长期关闭的味道，任苒丢下旅行袋，先将窗子打开通风。她脸上勉强挣扎出来的笑意一下褪去，觉得疲惫不堪，几乎只想扑到床上，可还是冲入浴室，脱掉衣服，再次长时间淋浴。

然而，激射而出的水流根本不能帮她抹去陈华留在她身体上的痕迹。就如同从那个市区酒店转到郊区度假村，似乎都是一种完全徒劳的折腾。

这是比离开北京更彻底的不告而别，她完全能想象到陈华醒来后的暴怒。可是她没办法和他待在一起，过去经历的一切，就像一条无形的鸿沟，将他们阻隔开来。

"任苒，祁家骏已经死了。"

陈华的声音再度在她耳畔响起，冷静，客观，如同往常一样陈述事实，没有加入任何感情。

当然，不需要他的提醒，她也清楚知道，祁家骏已经死了。

她不给祁家打电话问及祁家骏的身后事，她父亲偶尔想提到他，她都马上把话题扯开，她拒绝与白瑞礼详细谈起他，她甚至不与他的姐姐祁家钰见面。

这样绝望的鸵鸟姿态，只是无法接受再一次面对死亡。然而，唯一不容许她有任何回避的人是陈华。

此时，还有更不容回避的问题等着她。

她蹒跚走出浴室，拿出睡衣穿上，再拿过床头的背包，取出刚才买的药。那当然不是感冒药，而是事后避孕药。

陈华没有采取任何防护措施。

她记不起过程，不知道她究竟表现得挣扎、顺从还是有所回应，可是困扰她的不是这些。他的吻如同一个个烙印，给她的身体打下记号。她的呼吸里仿佛仍然充满了他纯粹男性的、具有侵略性的气息。此时此刻，仿佛有电流掠过身体，一阵阵寒意让她有控制不住的战栗。

她拆开手里药盒的外包装，发现自己的手在不自觉地颤抖。她努力镇定着，拿出说明书，薄薄一张纸上密密麻麻全是复杂的成分说明、药理结构，看起来完全不像她熟知的汉字，几乎没法组合出具体的含义。

她的目光移到服用说明——"72小时内服用第一次"，她想，她还有时间，然而，这个念头并不令她宽慰。

这时一阵微风拂动窗帘，带来她熟悉的香樟独特的清香。

她本来以为，按照她的计划行程，她要穿过此地，再越过她曾生活了几年但并不打算停留的那个相邻省份，回到自己的故乡，站到位于Z市的旧居内，才会闻到从童年起就围绕着自己的这个味道。

任苒放下药盒，过去拉开落地玻璃门，一股凉风扑面而来。她走到露台，这才发现，原来相邻两个房间共用一个露台，靠近栏杆的地方放置着遮阳伞与两把藤椅，不远处是一个看不到边际的湖泊——或者按田君培确切的定义，那是一个水库。只是任苒并不清楚这两者有什么区别，放眼看去，大半轮月亮悬在暗蓝色的天际，月光皎洁地洒下来，与水面融为一体，波光粼粼，随风轻动。

眼前如此宁静安详的景象安抚了她，几个小时以来，她一直不规则跳动的心终于慢慢恢复了正常节奏，平静下来。

她根本没有睡意，回房间披上运动外套，再走出来坐下，开始考虑实际的问题。

隔壁落地玻璃门突然被拉开，田君培拿着手机，一边讲电话一边从房间里走了出来。

他接到的是前女友郑悦悦的电话。两人分手有一段时间了，今晚她再次带着醉意打过来，一时哭一时笑，一时撒娇，他无计可施，心底多少有些烦躁，本来想出来吹吹风冷静一下，可是没想到任苒就坐在露台上。

任苒没有回头，他也不好就此折返，便走到露台另一端，继续讲着电话。他声音压得很低，然而这里远离市区，实在是太安静，甚至郑悦悦的声音都好像透过话筒被放大，听起来有突兀感。他匆匆地说："你倒是看看现在几点了，明天我还要工作，你也得上班。不要闹了，乖乖回去睡觉，我挂了。"不等郑悦悦再说什么，他便结束了通话。

那边任苒仍然一动没动，他走过去，坐到她旁边的藤椅上："不好意思，一个朋友打过来的，她有点儿喝多了。"

任苒满怀心事，神思不属，隔了一会儿，泛泛地"哦"了一声。

田君培看她漠然的神态，知道她根本没在意他说了什么，倒轻松了下来。

"任小姐，睡不着吗？"

"我一向有点儿失眠。"

"有人刚开始会不习惯这里樟树的味道，你没问题吧？"

"没问题。我老家院子里就有一棵大樟树，不过味道没这么强烈，从小就习惯了，感觉很亲切。"

"似乎每个人的童年回忆都跟周围的树有关系，我住的W市那条街道以前种得最多的是泡桐，一到春天就开满紫色的花，其实那种花说不上很漂亮，种在闹市，蒙上灰尘后看得有些脏脏旧旧的，不过以后走到哪里看到泡桐就会忍不住想起小时候。"

"听你这么一说，果然是的。我妈妈以前就总跟我说起，她小时候住的地方到处都是法国梧桐，她虽然有点儿过敏性鼻炎，每到春天法国梧桐茸毛乱飞，她就只好尽量不出门，可还是很喜欢那种树。"

"我记得汉江市就种了很多法国梧桐，想来任教授在那边财经政法大学任教的时候，你妈妈应该会很喜欢那边。"

"我母亲在父亲调动工作前就病逝了，没去过汉江市。"

田君培暗悔唐突，连忙道歉："对不起。"

任苒淡淡地说："没关系，已经过去很多年了。"

这时田君培的手机再度响起，仍然是郑悦悦打来的，他无可奈何，只得接听。不等他说话，郑悦悦已经率先发问了："你今天为什么这么急着挂断，是不是旁边有别的女人？"

郑悦悦的声音十分清脆，田君培深恐任苒听到，只得拢住话筒，低声说："悦悦，我说过了，你这样弄得大家都很难堪。"

"我现在在九洲饭店的顶楼天台上，上午下了暴雨，空气很好，月亮看上去明亮得不可思议。"

他跟不上她跳跃的思维，也实在没有陪她聊下去的心情："有什么话，等我回来再说好吗？"

"好。"这次，她十分痛快地先挂了电话。

"的确不可思议，我在北京就没看到过这么亮的月亮。"任苒突然说。

田君培好不尴尬，很明显任苒至少是听到了刚才的对话。可是她神情安然，并没有什么开玩笑的意思，似乎纯粹只是有感而发而已。他不由自主地也看向天空，暗蓝的天幕上，那大半轮月亮异常皎洁明亮，呈现出与平时不同的清新通透感。他久居大城市，一向无对月抒怀的习惯，却不得不承认，此刻明月确实与平时所见不同。

他们离得很近，溶溶月光下，任苒看向远方，整个人都仿佛笼罩着一层薄纱，月光照上她的面孔，皮肤看上去白得近乎透明，风吹动她的头发，柔软地向后飘拂，那个侧影单薄到有几分不真实，显出无形的距离感。

田君培几乎不由自主地注视她，内心有一点莫名的悸动，忍不住想将她看得更清楚一些。

她看上去再度恢复了从容镇定，没有一点一个小时前走出酒店时的迷茫情态，可是任她如何谈吐自若，落落大方，甚至称得上坦白，她都有一种疏落而神秘的距离感。

田君培即将满三十岁，步入而立之年。他一向性格沉稳，做的是严谨的律师工作，精通人情世故，从来不是那种未经人事的书呆子。从大学到现在，他有过不止一个女友，然而这种突如其来的迷惑感觉，是他以前从来没有在别的女孩子身上感受过的。

他完全不想打破此时的静谧。可是他知道这样盯着一个说不上熟悉的女孩子看实在不够礼貌，他不愿意让自己表现得失态，只得提醒她："任小姐，这里半夜风很凉，你感冒了的话，不适合在外面待久的。"

任苒点点头，站起身："晚安，田律师，我先去睡了。"

卷二 似是故人来

/眼前的一切仿佛是从她潜意识深处打捞出的一个梦境,可是梦境怎么可能如此清晰、明确。整间咖啡馆内空荡荡的,灯光昏黄,激烈高亢的歌声轰鸣在这个往常只播放柔和背景音乐的空间内,似乎有一部分过去的岁月突然冲破时光的桎梏,不宣而至,来到了任苒的面前。/

第十一章

第二天早晨,田君培到一楼餐厅吃早餐,孙队长突然走了进来。他颇有些诧异:"老孙,你怎么有空来这里?"

孙队长坐下,伸展着腿,随随便便地说:"我今天凌晨被人叫起来加班,一直忙到现在。"

"出了什么大案子吗?"

孙队长目光炯炯地盯着他,他不免疑惑:"不方便讲就不用讲,我的好奇心并不算很强。"

"君培,你知不知道你惹上了什么事?"

田君培一怔:"这话怎么讲?"

孙队长哼了一声:"昨天我们释放的那个叫任苒的女孩子突然离开住的高登酒店,不知去向。省厅的刘处长半夜打电话给我们局长,我们不得不连夜加班找她。"

田君培大吃一惊:"至于这么大阵势吗?任小姐又不是犯罪嫌疑人,而且有完全行为能力,她爱去哪儿就去哪儿,怎么居然要弄得全城搜捕她?"

"当然没到搜捕的程度。否则你现在还能好好坐在这里吗?"

"老孙,到底是怎么回事?"

"陈华并没有正式报案说女友失踪,刘处长只是请我们协助寻找。他发了话,局长当然不能不给面子。我们调出高登酒店的监控录像,可以看到任苒一个人提了行李于十二点零五分出房间,乘电梯下到一楼走出酒店,偏偏酒店门口的摄像探头出了故障,没有拍到她上了什么车、去了哪里。我们询问值班服务员,他们也没注意到。接下来半个晚上，我们只好排查附近的出租车和酒店，有一个司机说她想乘车出城，不过他没答应，去拉了别的活。"

田君培笑道："那你怎么找到我这里来了？"

孙队长冷笑："我留了个心眼啊，记得某人昨天在公安局接完电话跟我说过，有人约他去花都夜总会谈事情。花都恰好就在高登酒店对面，我早上转过去，调了花都的监控录像资料看，猜猜看，我看到你十二点十三分从夜总会出来会有什么联想？"

"我只会想，老孙你果然有福尔摩斯的潜质。"

孙队长笑骂道："你少给我戴高帽子。我知道你一向出差都住度假村这边，马上过来查了一下昨晚的入住登记，果然是你拐了人家女朋友来这边。"

"孙队长，你误会了。"

一个柔和的声音在身后响起，他们同时回头，只见任苒不知何时站在离他们不远的地方。

"我并不是陈华的女友。之所以离开高登，只是想换一个安静的地方住，跟田律师没任何关系。"

孙队长有些尴尬地笑了。

田君培连忙说："老孙是我朋友，他没有恶意的。"

任苒并不介意："我下来吃早点，不好意思听到了你们讲的话。"

她神态十分从容，显然没有把别人大张旗鼓找她这件事放在心上。孙队长打量一下她："请坐，任小姐。我想问你几个问题，当然这不是正式讯问，你可以不回答。"

"请讲，我尽量如实回答。"

"陈华先生为什么这样穷追不舍，从北京一直找到这里？"

任苒思忖一下："我身体不大好，他大概是不放心我一个人出远门。昨天我已经跟他讲清楚了，我现在没事，不用他担心。"

"不过，你大概没有跟他讲再见就走了吧。"

任苒苦笑："我觉得没那个必要。"

"任小姐，请恕我直言。我查了一下高登酒店的入住记录，陈华先生于三天前的那个下午抵达J市入住，也就是说，从你被关押在本市公安局起，他就住在高登酒店，一直到昨天，他才请来省厅的刘处长陪他到公安局撤销报案，这似乎不是一个单纯不放心你身体的态度。"

任苒有些意外，她完全没想到陈华竟然已经过来这么久。他管理着亿鑫集团，以他的忙碌程度，一个人在这个偏僻城市的酒店一住三天，几乎是不可能的事。难道仅仅只是就近看她如何接受不告而别的惩罚吗？她不认为他有这种闲心。想到昨晚，她只能努力镇定。

"有些事我没法解释。不过我可以保证，我现在跟他没有任何经济上的牵扯，我也没有做任何违法的事。如果需要的话，我可以跟你回公安局接受调查。"

"任小姐，我不是来抓你的。我并没有接到报案，只接到指示排查市区酒店，该做的工作我已经全做完了。到这里来，是以朋友的身份提醒小田注意。"

田君培笑着拍拍他的肩膀："我知道，不然你也不会跟我讲那些话。"

"你是律师，该怎么做自然有分寸。"孙队长站起了身，"好了，当我没来过这里。"

"谢谢孙队长，我会马上退房离开，尽量不给各位添麻烦。"

孙队长走了，任苒正要回房间收拾行李，田君培拦住她招手叫来服务员，示意她再端一份早点过来。度假村提供的是中西合璧的早餐，一个煮鸡蛋，一碗小米粥，一份煎饼，再加一份水果沙拉。

"不管要去哪里，先吃早点。"

任苒再度苦笑："不好意思，希望不会连累到你。"

田君培耸耸肩："没关系，陈先生没有再次报案把事情搅大，看上去也是有理智的人，谈不上连累。你有什么打算？"

"我准备回老家Z市。"

"那最好去省城W市坐飞机。"

任苒摇摇头："不，我有一点可笑的飞行恐惧，能不坐飞机就尽量不坐。"

"据我所知，J市这边没有直达Z市的长途车，如果你不介意的话，我今天打算开车去邻省的汉江市办点公事，可以带你过去，那边有去Z市的长途车和火车。"

任苒略微迟疑一下："如果不麻烦的话，那再好没有了。"

田君培并不是突然动念头，他确实在昨天晚上从花都夜总会出来时就做好了决定。

吴畏的种种行为，他早看在眼里，也委婉劝说吴昌智加以约束，但看起来效果都不明显。除了吴家人，只有他知道，董事长吴昌智表面绝对控股旭昇，但实际上大股东是吴昌智的外甥尚修文。

田君培所在的普翰律师事务所一直处理着尚家的法律业务。几年前，尚修文参股旭昇，将手上股份的名义持股权给了舅舅，当时田君培在所里正崭露头角，参与了相关法律文书的草拟，与尚修文正式认识，并开始全权负责处理旭昇的各种法律问题。

尚修文不肯公开参与企业决策，在邻省的省会汉江市与朋友合开一家小小的贸易公司，做旭昇的产品代理，处事极其低调，不干预旭昇的经营。但田君培清楚知道，吴昌智十分看重尚修文的意见。

田君培跟尚修文一向谈得来，私交已经算得上朋友。对于这件涉及吴昌智父子关系的官司，他持审慎态度，表面看，官司并不算大，但背后可能隐藏的问题如果不及时解决，完全可能危及旭昇前途，于公于私，他都有责任向大股东指出来。所以他给尚修文打了电话，决定第二天直接面谈，商量出一个处理办法。

吃完早点后，两人上楼，收拾了简单的行李下来退房。他带任苒上车，驶上了去汉江市的公路。

从车一发动开始，田君培的手机就不断响起，而且都不是三言两语就能讲完挂断。一边开车一边接电话，车速不免放慢。快要出城时，他突然接到一个电话，不得不将车停到路边，匆匆用笔做着记录。

好容易讲完这通电话，他抱歉地说："对不起，让你见笑了，当律师就是琐事特别多。"

任苒微微一笑："如果你不介意的话，我可以开车。我没有肇事记录，驾驶技术还凑合。"

田君培确实还有几个电话要打，他几乎没有迟疑，便点头答应，与她交换了位置。

任苒调整好座椅，系上安全带，发动车子。田君培先还有些担心，打着电话同时留心看她开车。不过他很快放松下来，任苒开车时十分专注，上了高速公路以后便基本保持匀速，保持与前面的车距，看得出驾驶经验很丰富。

不到四个小时的车程，田君培发现任苒是一个十分合适的旅伴，她当然不聒噪，可是也不过分沉默。她不刻意找话题，但当他聊起什么，她会回应，态度十分自然。

下了高速进城后，两人再度交换位置。田君培开车，他看看时间，说："任小姐，我朋友马上要赶去机场，所以时间比较紧，我们先跟他见面，然后我再送你去火车站可以吗？"

任苒点头："当然，其实进了市区可以放我下去，这个城市我不算陌生。"

只是进了汉江市区以后，她似乎大吃了一惊，迷惘地看着车窗外："我也许夸口太早，我已经完全不认识这里了。"

"你有多少年没来了？"

她算了算："大概快九年了。"

田君培经常到各处出差，不禁哈哈一笑："现在城市变化很大，不要说九年，隔一年再看，都会有面目全非的感觉。"

任苒不得不承认，他说得完全正确，这个城市在她眼里已经不复当初了。看上去明明有印象的路牌，对应的街道却一点也唤不起记忆。

当田君培将车拐上华清街时，她再度吃惊。这条路仍然不算宽阔，但道路两旁竖起新的写字楼与住宅，种着起伏有致的行道树，人行道上铺着绿色地砖，变得十分整洁幽静。

"我以前在华清街一家叫绿门的咖啡馆喝过咖啡，大概也不在了。"

"太巧了，我跟朋友就约在绿门见面，他家离这里不远，你可以故地重游。"

站到绿门咖啡馆门口，任苒放下心来。这个咖啡馆再不是昔日那家隐藏在众多杂乱无章、污水横流的洗车房之间的小店了，唯一与过去有联系的是两扇对开的玻璃门漆成绿色格子状，里面十分宽敞幽深，随处摆放着阔叶盆栽植物，装修显出了陈旧，壁纸发暗，局部有些脱落，地板磨损，可是却更透露出家居一般让人安心的气氛。临街一排明亮的落地玻璃窗上悬着米色窗帘，对面是汉江晚报社气派的办公大楼。

他们走进去，已经有一对男女坐在那边等着了。田君培给他们做介绍："尚修文，尚太太甘璐。这位是我朋友，任苒。"

尚修文是一个气质温文内敛的男人，他太太甘璐留着短发，看上去也十分秀丽沉静，两人旁边放着行李，显然正准备出行。

"甘璐，我尽快跟修文去那边谈完，不会耽误你们二次蜜月。"

甘璐笑了："君培你少来恶心我，我们已经老夫老妻了，这次只是趁我放暑假出去度假好不好。我帮你招呼任小姐，"她转向任苒，"任小姐，你想喝点什么？"

"水果茶就可以，谢谢。"

任苒张望一下四周，店内响着轻柔的钢琴乐曲，有三个穿绿色服装、系白色围裙的男女服务生正轻快地来回忙碌着，没有以前那个叫苏珊的美艳女孩子在内。她不禁好笑，她记得陈华跟她提起过，老李正在新加坡工作。这么多年下来，当然已经人事全非，想来这个店不过是沿用了一个名字而已。

"尚太太，听田律师说你就住附近，这家咖啡馆已经开了很长时间吧？"

"我结婚后才搬过来的，并不清楚。任小姐来过这边吗？"

"我在汉江市住过两年多时间，不过是很久以前的事了。"

"等会儿可以问问修文,他经常跟朋友来这间咖啡馆喝咖啡。"

任苒并不打算再谈这话题,拿起水果茶喝了一口,正想说一点别的,却一眼看到甘璐面前放着一份印刷精美的大开本画报,翻开的那一页是一整幅跨版印刷的照片,银白色的沙滩缓缓延伸入碧蓝清澈的海水之中,远方蓝天白云下隐约是一个小小的岛屿,那岛屿的形状让她一下屏住了呼吸。

甘璐注意到了她的视线:"这是我们准备去度假的地方,广西北海涠洲岛上的双平度假村。"

双平这两个字重重撞入她耳内,她勉力一笑:"照片拍得真漂亮,能给我看看吗?"

"当然。"

甘璐将画报递给了她,她从头看起,才发现这其实是一本度假村的宣传画册,没有多少文字介绍,所有的照片构图、角度极用心思,完美表现出了滨海风情,具有十分震撼的视觉冲击效果。

她马上能确定,这个位于涠洲岛东南方的双平度假村正是陈华的亿鑫集团投资开发的。两年前,她曾被银行派遣参与曲线融资方案的谈判,虽然那个方案后来因为种种原因被搁浅,但亿鑫集团很快与另一家外资银行达成合作协议,计划并没有受影响,度假村已经建成营业,而且直接冠名为双平,让她不得不有一些感慨。

"看得出很适合度假放松。"

"是呀,修文的合伙人介绍的,他去年带女友去过,回来后赞不绝口,说景色很美,而且很安静。唯一的遗憾是,"甘璐纤长的手指点在照片上那个小小的岛屿上,"对面的双平岛从去年年初就开始封岛保护珊瑚资源,游客没法上岛游览了。"

"也许这样远远看上去,更有海外仙山的感觉。"

甘璐笑了:"说得也是。"

那边田君培与尚修文已经谈完,他们走了过来,甘璐站起身,笑道:"我估计君培你今天带来坏消息了。"

田君培叫冤:"律师的一点可怜名声就是这样被毁掉的,只要找人谈话,就准没好事。你问问修文,我哪有说什么坏消息?"

"不用问,他只要这样若有所思的样子,肯定就有为难的事情。"

尚修文大笑:"君培,看到没有,其实男人在太太眼里,根本没秘密可言。你以后结婚就会知道。"

田君培也笑了:"不耽误你们了,一路顺风,玩得开心。"

尚修文轻松拎了两件行李:"璐璐,你拿上自己的包就行了。"

任苒将画报合拢递过去,甘璐笑着摇头:"任小姐,你留着看吧,我们马上就要去那边,用不着了。"

"谢谢。一路顺风。"

尚修文夫妇跟他们打个招呼,出咖啡馆拦出租车走了。

田君培坐到任苒对面的位置:"需要我帮你订火车票吗?"

"稍等一下,我先给我父亲打一个电话。"

她拿出手机打开,顿时不停响起短信提示音,分别是陈华与她父亲发过来的。看着那一个个信息,她心情复杂,顺手删除,拨通了父亲的号码。

任世晏急迫地问:"小苒,你现在在哪里?"

"对不起,爸爸,我在汉江市。"

任世晏松了一口气:"出了什么事?几天前陈总打电话给我,问你有没有回Z市来,后来又说你出去玩了,很快会回北京,让我不用担心。我打不通你的电话,怎么可能不担心?"

"我没事。"任苒猛然意识到,她现在回Z市的话,陈华很可能也会过去找她,她实在无法面对他,"爸,我打算在这边住一阵子。"

任世晏不解,他在汉江工作过几年,当然了解这边的气候:"这么热的天,你怎么会想到去汉江玩?不如回Z市避暑。"

"过一段时间再说吧。爸爸,如果……有人找你问,你就说不知道我在哪里,我没有跟你联络好了。"

"你们出了什么事?"

"没事啊。爸爸,别问了。"

任世晏叹了口气:"好吧,下个月月初,我刚好要来汉江开一个法学教育交流会议,我们见面再谈。"

"好的,我在这边等你,再见。"

放下手机,任苒抱歉地说:"田律师,我改主意了,准备在这边找个宾馆住一段时间,等我父亲下个月月初过来开会时见面。"

田君培一向把日程计划得十分周密,还真没见过像任苒这样随心所欲更改行程、走到哪里算哪里的旅行态度。可是任苒说得轻松平常,他竟然也没觉得有什么不妥,笑了:"好,你打算住哪里?"

任苒正要回答，这时一个清脆的声音传来："小李，胡先生打电话说四点钟开车来取他的咖啡豆，你记得准时帮他装好袋送出去。"

任苒朝隔得不远的吧台那边看过去，只见一个身材窈窕的女郎面向这边站着，她一眼认出，那正是苏珊。她那张轮廓分明而细致的面孔美艳一如过去，身上穿着一件样式简洁的黑色V领短袖针织衫，更衬得肤光胜雪，长而浓密的秀发蓬松如云般披在肩头，成熟的韵致犹胜当初。她的目光扫过来，任苒不自觉屏住了呼吸，然而苏珊只是友善地浅浅一笑，显然根本没有认出她来。

任苒当然更无意上去相认叙旧，放心地端起水果茶喝了一口。

只听那个服务生对着苏珊小声嘀咕着："上次他也是这么说的，结果我直着脖子在大太阳底下等了半个小时他才来。"

"好了好了，你到时间就在门口站着，看他车来了再出去。"苏珊利落地交代完毕，转身绕过吧台走了进去。

"她是这里的老板娘，这一带出了名的美女。"田君培注意到任苒的视线，"修文的合伙人冯以安是这边的常客，上次请我过来喝咖啡时告诉我的。据说很多人冲着见她专程过来喝咖啡。"

任苒笑了："她的确长得很美。谢谢你送我过来，田律师。我去找宾馆。"

田君培不等她讲出再见，也站了起来："天气太热，你拎着行李不方便，我送你过去。"

第十二章

任苒就近在华清街上找了一间宾馆住下。

八月下旬的汉江市,和她记忆中一样炎热,夏日盘桓于城市,没有任何即将结束的迹象。太阳自凌晨直到黄昏占据着天空,空气热烘烘的,仿佛停止了流动。

十六岁那年冬天,她母亲方菲去世,任世晏办完后事,便带她离开Z市,转学来到这个城市。

下火车后,迎接她的是寒冷潮湿的倒春寒天气,天色晦暗,北风凛冽,细雨夹杂着零星的雪花扑面而来,路面泥泞,所有人都低着头匆匆疾行,这个景象跟她当时的心境一样凄凉。

接下来是短暂得让人无法察觉的春天,气温暴升,马上进入漫长而炎热的夏天。如此极端的气候,再加上挥之不去的悲伤,无法融入新同学中的孤独,她一直郁郁寡欢。如果不是因为那个夏天祁家骏报考这边的大学,给她一个意外的惊喜,她想,她永远也不可能适应这里。

现在重新置身于这座城市,她不得不再度记起那一段青葱岁月。她本来根本没有计划来这里,却在最不宜人的季节里意外逗留下来。

她还来不及做出明确的计划去哪里,也许并没有一个地方能让她逃开所有回忆、了无牵挂地重新开始生活。她要做的,只能是——面对。

怀着这念头,任苒第二天下午做完手头的翻译工作,给蔡洪开发邮件后,走出了凉爽的宾馆。

到了下午四点，太阳仍然炽烈，大街上溽暑逼人。她先去了住了两年的财经政法大学，然而到了学校门口，她大吃一惊，眼前变成了一片写字楼与住宅区，完全看不到学校的影子，更别提以前学校旁边那整整一条街做学生生意的热闹小门面。

她向路人一打听，才知道财经政法大学已经几年前从这片位于闹市的狭小老校区整体搬到了郊区大学城。

她凭记忆向后面走着，这里经过重新规划，往日的小山已经夷为平地，只隐约保留着一点地势起伏，再也找不到以前通向她和她父亲住过的宿舍的石阶。一整圈走下来，并没有沧海桑田的巨变，可是也再没什么能与她的回忆吻合。

任苒离开学校旧址，去了江边，已经过了下午六点钟了，太阳西斜，但光线明亮，离黄昏还早。

长江将这个城市分为南北两个部分。任苒第一次来到江边，是跟初到这个城市的祁家骏一起，在一个夏末黄昏。

祁家骏和她坐在被太阳烤得有些发烫的台阶上，看着眼前宽阔的江面，一边摇头一边说："果然浩荡得不像话。"

她白他一眼："这叫什么形容词？"

"这是感叹。小苒，这个城市也不错嘛，大开大阖，没你电话里说的那么差。"

她嘀咕着："反正我不喜欢这里。"

"除了天气热、同学讲话听不懂、菜太辣以外，还有什么理由？"

她想了想，只得承认她的不喜欢更多是因为自己心情不好。

"好了，从现在开始，我过来陪你——监督你，你给我开心起来，答应我，高中最后一年好好加油学习。"

上学期任苒的成绩十分糟糕，父亲当然没有苛责她，可她从小到大功课没有落后过，只能心虚地低下头。不过，祁家骏完全没有训诫她的意思，捋一下她的头发："当然也不用太努力，跟我一样，稍稍用力，考上财经政法大学就行了。万一用功过度，考上北大清华就麻烦了，我可没法跟过去。"

看着祁家骏戏谑而轻松的神情，她有没来由的心安。在母亲去世大半年后，她第一次哈哈大笑了。

"走，我们下去玩水。"

祁家骏拖着她的手往下走，一直走到江水拍打着的沙滩上。

当时的江滩保持着原始风貌，大面积沙滩裸露，岸边满是杂乱停靠的破旧渔船，野草丛生，成片的芦苇足有大半人高，江水裹着黄沙，浑浊得让任苒没有任何想走近的欲望，可是看着祁家骏脱了鞋袜下去，兴致勃勃地蹚着水，她也突然开心了起来。

　　现在，展现在任苒眼前的江边已经完全不同于过去。沿着江岸修建成了长达十公里的江滩公园，种满了各种树木花卉，雕塑、亭台点缀其间，景观灯高低错落，大理石铺就一处处亲水平台。

　　今年汛期有些滞后，涨起的江水漫上台阶没有退去，站在高高的堤岸看下去，下面仿佛成了一个天然的嬉水乐园。斜阳余晖将江面染上金色，人头攒动，三三两两从岸边一直延伸到接近江心，既有市民携家带口在浅水区休闲乘凉，也有不少人在激流中挥臂畅游。

　　如此热闹，出乎任苒的意料。她顺着石阶走下去，只见一个年轻的父亲正站在水中鼓励他儿子："来，还可以再走下来一步。"

　　那个看上去只有四五岁的小男孩怯怯地站在齐腰深的江水中，试探着伸一条腿下去，江水到了他胸部，他又惊又喜地大叫起来："爸爸，我站不稳，快漂起来了。"

　　任苒跟周围人一样坐下，脱下鞋子，将脚放入浊黄的江水里。江水泛着小小的波浪，清凉而柔和在她小腿边起伏着。

　　一个湿淋淋的皮球骤然迎面飞过来，任苒本能地伸手接住，脸上、身上顿时被溅了不少水，只听那个小男孩叫道："我的球，我的球，还给我。"

　　年轻的父亲连忙道歉："不好意思。牛牛，快跟阿姨说对不起。"

　　小男孩嘟囔着，根本听不清说了什么，她笑着说："没关系。"一边将球掷还回去，小男孩接住，开心地跳了起来，随后顽皮地再次将球丢给她。

　　他们就这样来来回回抛着球，任苒固然没有不耐烦，那小男孩更是乐此不疲，一直玩到他的母亲拿着冰棒走过来，他才欢呼一声，丢下球抱住妈妈的腿，努力跳着去够冰棒。

　　任苒将球丢给他爸爸，看着江对岸出神，直到那小男孩将咬了一大口的冰棒递到她嘴边，她才回过神来。

　　"阿姨，给你咬一口。"

　　他爸爸被儿子的举动逗得捧腹大笑，他妈妈则又好气又好笑地叫："牛牛，跟你说了很多次，不要把自己吃过的东西让别人吃，太不礼貌了。"

　　任苒也禁不住笑着摇头："谢谢你，牛牛，阿姨不吃。"

落日迟迟，浑圆地挂在西边天空，映得云霞如火焰般绚烂，半江瑟瑟，半江反照着晚霞的鲜艳红色，堪称壮丽。任苒入神地看着这景象，而周围的人似乎早已习以为常，没有察觉正有美景在天边悄然变幻。

　　不知道又坐了多久，太阳终于还是慢慢西沉没入地平线，天色暗了下来，江滩的景观灯次第亮起，灯光在水面摇曳不定，别有一番风情。

　　不过江边并没因此沉寂下来，岸上开阔的地方搭起一个个简易的露天卡拉OK，"功放"里各式流行歌曲此起彼落地传来，有些唱得颇为深情动听，有些就只能算是放声嘶吼，招来周围听众一阵阵口哨与喝倒彩声。

　　那对年轻的父母已经带儿子离开，嬉水的人却并不见减少，甚至不时有白领模样的男男女女拎着公文包和啤酒过来，解了衬衫领口袖口纽扣，脱了鞋袜，挽起裤腿，三五成群坐在一起喝酒聊天，当然更有不少情侣旁若无人依偎着喁喁细语。

　　各种对话片段零星传来，进入她耳内。

　　"等会儿去看电影吧，听说……"

　　"……这种考核制度简直不人道……"

　　"……如果每月得还贷三千五百块钱，我们只好喝西北风过日子了。不如……"

　　"如果我答应家里去加拿大读书的话，我们就很难再见面了……"

　　"冬天结婚不好，十二月份穿婚纱站在酒店门口招呼客人会冻成冰雕。也许明年……"

　　"他妈妈还是那么龟毛吗？真受不了……"

　　"我准备认真跟他谈谈，不能再这样不明不白下去了……"

　　任苒猛然意识到，在度过与尘嚣刻意保持距离、把自己封闭起来的一年多时间以后，她头一次根本不需要对自己做任何心理建设，自然而然地置身于人群之中，如此长时间内没有退缩，没有焦虑，没有厌烦，仿佛她从未远离过这片喧闹繁华的凡世红尘。

　　她抬起头，看着眼前奔流不止的江面，一艘轮渡鸣着低沉的汽笛，正徐徐驶向对岸，灯光里隐约可见乘客倚栏杆吹着江风。左侧不远处是落成时间久远的长江一桥，粗大的桥墩矗立于激流之中；右边远远是另一座大桥，一带灯火勾勒出轮廓，延伸到繁华的对岸。望得久了，有几分恍惚如梦幻的感觉，仿佛隔了江水，那边上演的是完全不同的生活。

　　她曾经在多年前的另一个夏夜，乘着一个男人的车，从一桥到达江北，穿过闹市区，经另一座桥回到学校，那是她正式沦陷于一场爱情的开始。

　　对这座城市来讲，她也许能算一个故人，然而挟带着如此之多的沉重回忆而来，眼前的一切却都已经如此陌生，崭新得仿佛头一次在她面前展开的画卷。

周围所有人都在谈笑风生，摆脱白天因繁重的工作、不合理的待遇、糟糕的天气而生的种种烦恼，无视炎热得让人窒息的温度，享受习习江风带来的闲暇时光。

最重要的是，她也能和他们一样，试着微笑看待一切，感受平凡时光的每一丝快乐，那些长久以来存在于她内心的阴霾，仿佛在无形之间被清扫逼退，搁置到了一个角落，足以让她封存起来不去理会。

仅仅只想到这一点，任苒便有些不能置信。

她决心再试验一下这个感受是否足够真实，她穿上鞋子，顺着台阶走上去，穿过江边的马路，凭借模糊的记忆，向热闹的商业区步行街走去。

入夜的城市稍微凉爽，街道看上去远比白天热闹。她漫步穿行在熙熙攘攘的人流中，在路边的小店买了几样没什么用处的小玩意，终于确认，她坐在江边的感受不是错觉。

一转眼，到了九月上旬，任苒在下午赶到父亲即将入住的酒店，飞机晚点，任世晏打来电话告诉她，他刚上接待方的车，让她在大堂再等一会儿。

她正翻着报纸打发时间，突然有人叫她。

"任小姐。"

她抬头一看，竟然是田君培。上次他送她到宾馆后，两人就再没联系。

"田律师你好，真巧，在这里遇到了。"

田君培简直有些难以启齿，这当然不像任苒说的那样是一个偶遇。

他在送任苒过来的当天就返回J市，之后又回省城W市上班。他时常会不由自主地想起她，只是两人到底交浅，看着当初分别时特意找她要来的手机号码，却不知道打过去讲什么才算合适。

挨了几天后，他还是决定打电话问候一下，可是那号码处于关机状态。当然，她告诉他号码时便说过："我很少开手机，打不通电话不必惊讶。"

手机自普及以后，一般人似乎都有了几分依赖症，无时无刻不带在身边，很多人甚至备足备用电池，保持全天开机，唯恐错过跟别人的联络。像任苒那样只在需要打电话时才开手机的人，还真是少见。而且她说得十分自然，似乎早习惯了不跟人主动联络的状态，完全不介意人家会找不到她。

他不无惆然地想，他对她印象深刻，但恐怕她只将他归于萍水相逢的陌生人，不再见面、不通音讯也不会有任何遗憾之处。

田君培回到家里吃饭，在母亲再次问他到底跟女朋友发生了什么事，怎么说分手就分手时，他的这点惆怅更深了。

他和前女友郑悦悦的恋爱，得到了家人的一致认可。

他出生于知识分子家庭，母亲在政府科技部门工作，父亲是出版社总编。他的父母都有几分老派作风，希望儿子立业成家两不误。郑悦悦的父亲曾是他父亲的同事，后来辞职下海经商，不过做的还是出版产业，也算儒商。

两家人在一次碰面后，谈及儿女，一拍即合，于是费尽心机，给田君培和郑悦悦制造了一个不带相亲意味的邂逅。他们总算没有辜负长辈的一片苦心，交往了起来。

郑悦悦的父母对田君培十分满意，但田君培的母亲其实持有一点保留态度。在她看来，郑悦悦确实漂亮，而且活泼伶俐，妆容打扮十分入时，可是言谈之间不自觉流露出性格既娇又骄的一面，不是她喜欢的类型。

这个嘀咕被她先生迅速制止："你已经有了准婆婆心态，看未来儿媳总是用挑剔的眼光。想想看，君培也够挑剔了，他跟悦悦相处得来，你应该高兴才是。"

想到儿子一直忙于事业，在二十九岁时总算有了交往稳定的女友，田妈妈只得承认确实是好事。而且老朋友、老同事谈起子女，常有叫她骇然的新闻，什么某某的女儿跟网友约会私奔，某某的儿子泡酒吧认识了准儿媳，这些事让讲的人和听的人一样嗟叹不已。

相比之下，郑悦悦来自他们知根知底的家庭，虽然贪玩，不过也大学毕业了，在她父亲的公司挂着一个清闲的差事，每天上班，任谁看来，从外形到家境这些条件都很不错。

田母一向有修养，又自诩开明，眼看着儿子与郑悦悦恋爱关系看上去发展稳定，哪怕仍然不满意郑悦悦的任性，可权衡以后，承认确实没什么可抱怨的。她决定尊重儿子的选择，再没有去明确干涉。

她和先生甚至开始筹划，将几年前买的一处房子请人好好装修设计一下，算是送给儿子的结婚礼物，他们和郑家人碰面时，会开玩笑地以亲家相称。

然而，田君培却突然回家宣布跟郑悦悦分手了。

田父田母大吃一惊，当然不喜欢唯一的儿子在这个事情上草率行事，不过不管他们怎么探问，田君培也没讲原因，只不耐烦地说这是他的私事，也是与郑悦悦的共同决定，他希望有一点私人空间。

其实，田君培回避的理由没有父母想象的那么复杂。他避而不谈，只是因为他跟郑悦悦的分手并不愉快。

他们交往下来，进展顺利，相处得本来很不错。

半年前，他深夜时分出差归来，想给女友一个惊喜，没打电话便直接过去，敲开房门时，赫然发现郑悦悦神情紧张，沙发上坐着一个带着几分局促、又隐隐有得意之情的陌生年轻男人。

撞见这种场面，哪怕郑悦悦解释说只是老同学，聊天聊到忘了时间，那男人马上起身，讪讪告辞而去，他也不能不感到不悦。

偏偏郑悦悦接下来索性摆出一副清者自清浊者自浊的姿态，不肯多说什么；田君培在这方面的自负高傲其实不下于她，当然也不屑于拿出庭审质询证人的态度去做任何追问。

两人的相处不可避免地怪异起来。一旦开始有了芥蒂，以前忽略不计的矛盾便无限放大。他不再像过去一样，乐于无条件纵容她的某些小脾气，接受她撒娇制造的小情趣。这段关系突然变得十分生硬。

郑悦悦一向顺风顺水惯了，哪受得了这种冷战气氛，一怒之下说出：与其这样不如分手。

她也许并没将这句话当真，田君培却猛然发现，以前郑悦悦抱怨过两个人的恋爱平平无奇，他还不以为意，现在看来，他们的感情确实来得浮泛，唯一的波折一来，便似乎将以前的开心尽数抵消了。他顿时心灰意冷，没有挽回，点头同意。

可是接下来的情节就很狗血了。

郑悦悦忽然没有了洒脱，变得多愁善感起来。过了几天，和朋友在一起喝多一点酒，她打他电话，哭着一定要见他。他抵挡不住漂亮女孩子当众哭得梨花带雨往他怀里扑，再加上朋友在旁边鼓噪，两个人算是复合了，都有一点儿说不出的小心翼翼，近乎相敬如宾地对待彼此。

不出一个月，他的朋友吞吞吐吐地告诉他，看到郑悦悦与那位老同学开着敞篷跑车兜风。

在本地这种空气污染严重，望出去一片灰扑扑的工业城市里，将跑车的硬顶放下来双双出行，其实就是唯恐别人注意不到的高调骚包行为。他怒从心头起，打电话问郑悦悦，这算什么意思。她却表现得比他还要愤怒，当即斥责他既不关心她，也不信任她，还是分手算了。

放下电话，他的怒气也消散了，心想，他那一阵愤怒似乎更多是出于面子上过不去，不管怎么说，这回算是真的玩完了。然而他再次想错了。

不出半个月，郑悦悦到他上班的写字楼下等他。夜色之中，她的眼睛亮晶晶的，头一句话是："君培，你穿西装的样子很帅。我总记得那次看你在法庭上辩论的情景。"

出于好奇，郑悦悦曾去看过一次他上庭，但那只是一个枯燥无味的经济纠纷案件，并没多少她期待的唇枪舌剑、针锋相对场景。她看到一半就已经呵欠连连提前告退，到晚上约会时却强调,一定要他穿西装去,理由便是整个法庭数他的西装穿得最有型。

田君培的心柔软了一下,正要说话,她靠近他,伸手拉松他的领带,同时目不转睛注视着他,声音略略放低,娇嗲中带着一丝蛊惑:"可是,我更喜欢你衬衫解开第一粒扣子的样子,真的……非常性感。"

郑悦悦最初吸引他的地方,正是她的热情与妩媚。他如果硬不承认自己心神起了荡漾的话,未免虚伪。不过他在把她抱入怀中的同时,保持着神志清明,他确实认为,郑悦悦的这份表现,有存心想操纵他的嫌疑。

他想,对男人来讲,受到如此甜蜜的操纵,并不丢脸。

郑悦悦说,那个同学确实一直在追求她,但她对那人并没感觉。他接受了这个解释。

这一次蜜月期稍长,也只是稍长而已。刻意修补起来的感情十分脆弱,两个月前,郑悦悦再度为不足一提的小事与他爆发了争吵,他不愿意做可笑的争执,转身要走,郑悦悦情急之下又说出了分手,他冷冷看着她:"你想想清楚,我不会再陪你玩这种分分合合的游戏。"

这当然不是一个女孩子指望听到的呵哄。不过这一回,田君培是真的厌倦了。

他的感情并没有强悍到经得起这样反复折腾。他做严谨的律师工作,有强大的逻辑思维能力,就算有时觉得生活未免平淡,但也从来没憧憬要经历那种不讲道理、不按牌理出牌的恋爱,更没想过要死缠烂打抱得美人归才觉得人生圆满。

两人算是正式分手。

田君培没法对父母解释这一过于琐碎的过程。当听到妈妈提起在他出差期间,郑悦悦来过家里时,顿时头痛起来。

"她说了什么吗?"

"也没说什么,提了燕窝过来,说是她妈妈从香港带回来的。我哪吃这个东西,"田母在科技部门工作,是资深环保主义者,向来对鱼翅、燕窝之类的补品无爱,她皱眉道,"而且也太贵重了。我和你爸爸都不肯收,可怎么推她都不肯拎回去。你们到底是怎么回事?我看悦悦还是很重视你的,谈恋爱要慎重,不要随便闹分手。她有一点娇气,我从一开始就看出来了,你是男人,心胸要宽广,要懂得宽容体贴才对。"

田君培被母亲教训得无言以对。

这段时间,当郑悦悦在深夜打他电话时,他只会劝她少喝酒,早点回家,不愿意亲自过去哄她,再来一次和好。

他没有自高自大到以为郑悦悦一定要吃他这回头草。没错,他从外形到内在都算优秀,性格温文,事业有成,收入可观,在本省司法界已经小有名气。可是郑悦悦无论家境还是自身条件都很好，一向不乏裙下之臣，那位开着跑车的旧同学只是其中之一。他想不明白她为什么会如此放低姿态回头找他。

"我会处理好的。"他只能这样对母亲说。

回房间后，田君培给郑悦悦打电话："悦悦，最好不要把我们两人之间的麻烦扩散到我父母那边去，这根本无助于解决什么问题。"

"就算我们已经分手了，总还是朋友吧。"郑悦悦若无其事地说，"你想多了，我又没去跟你父母说什么，只是礼节性问候而已。"

"有什么事直接跟我打电话沟通比较好。"

"好的你放心，我听你的。"

"那就好。"

"下周省剧院有傅聪的钢琴独奏音乐会，你陪我一块儿去听吧。"

"不好意思，我下周要出差。"

郑悦悦笑道："这算是回避我吗？"

他也笑："当然不是。我的工作性质你应该很清楚，出差是免不了的。而且，我真的不喜欢把人生弄得戏剧化。"

"如果我答应你以后再也不任性呢？"

"悦悦，你已经给过我机会，我很感谢你，不过我想，我们真的不合适。"

"也就是说，你不想再给我机会了？"

田君培沉默一下："我祝你开心，悦悦。"

郑悦悦挂了电话，田君培并无如释重负的感觉。几个小时后，他居然接到了郑悦悦父亲的电话，只字不提他与女儿之间的问题，说是要在周末安排一个饭局，两家人一起坐坐。他吓得连忙推辞："伯父，我周末还要出差，以后再说吧。"

他没想到在他看来早已坐实的一个分手还有如此多的后续，一时竟有些一筹莫展。

第二天上班后，普翰律师事务所的老板曹又雄来到田君培的办公室，先跟他商量手上几个大案子的处理，然后告诉他，与邻省省会汉江市经天律师事务所的合作谈判初现成功的曙光。听到这个消息，他跟老曹一样兴奋。

老曹是知名律师出身，从业多年，活动能量极大，在业内声名赫赫，一向雄心勃勃。普翰在他的主持下，在本地已经是规模数一数二的律师事务所。从去年开始，几个合伙人开始制订扩张计划，首选就是与本省经济往来合作密切的邻省省会城市汉江市。

田君培因为入行以来的优异表现，刚好有资格参与其中。但跨省兼并扩张，最合适的便是选择一家现成的律师事务所，以合作方式进行。只是运行良好的律师事务所会拒绝被兼并，而境况不佳的事务所又不具备兼并的意义，这涉及很多方面的利益选择，并不容易达成合作协议。

"我打算下个月初过去跟他们见面。君培，你跟我一块过去一趟。"

田君培有些意外。他知道合作协议谈成的话，普翰这边势必要过去一位合伙人负责。但在中国，律师这一行十分讲究人脉资源。其他几位合伙人都在暗自考虑权衡，去那边可以独当一面固然是个大诱惑，可是同时也意味着要放弃现成的客户去做开荒牛，辛苦自不必言。他在本省打赢了几个复杂的官司，声誉初起，不过刚刚成为合伙人，没想过在这个时候去外地开发新市场。

老曹显然早就有了想法："你手头的大客户旭昇主要市场横跨两省，你经常过去出差，对汉江市的情况比较熟悉。当然，一来合作成否还要看谈的情况，二来我也不会强迫你，你可以感受一下那边的情况再做决定。"

田君培蓦地想到任苒，不得不承认，这倒是一个再跟她见面的非常合理的机会。他答应下来。

昨天，田君培与老曹一块儿再次来到了汉江市。然而，他找到任苒入住的宾馆查询，却发现她已经退房离开，再打她那天留下的手机号码，惊讶地发现已经处于停机之中。

他怀着最后一点指望，找他以前的同学王峪杰。王峪杰在财经政法大学任教，以前曾是任世晏带的博士生，马上便帮忙查询到了，任世晏的确要来汉江市开会，并将他到来的时间与下榻的酒店告诉了他。

他心情十分矛盾，不知道见到任世晏后，该如何向一位陌生教授打听他的女儿，同时对自己的行为又不无鄙夷。这几乎有点像情窦初开的中学生，突然对隔壁班上某个女生发生强烈的兴趣，不由自主留意她的一举一动，甚至会尾随看她放学往哪个方向走。

可那是他同学干过的事，他当时便觉得十分幼稚可笑，没想到自己居然到将近三十岁时，也有了这种类似青春期反应，意识到这一点，他有些哭笑不得。

赶来酒店后，他一眼看到任苒坐在大堂一侧看报纸，她头发剪短，齐着耳下一点儿，修长的颈项弯成一个美好的弧度，他心底突然一松，那点儿自嘲顿时消散了。

他在任苒对面坐下："是呀，我过来出差。"

"我在等我父亲，他今天过来开会。"

"方便的话，我能不能在这里等一下，等会儿见任教授一面，我一向仰慕他的学术造诣。"

"任小姐不回老家了吗？"

任苒对他的探问有些意外，不过仍然笑笑："突然对这个城市有了亲切感，不过我爸爸大概会很意外。"

田君培点点头："有时候喜欢一个地方的确不需要理由。再见。"

田君培走后，任世晏很快下来。

"田律师呢？"

"他有事先走了。"

"你们认识多久了？"

"刚认识，不算熟。"

"陈总在Z市待了近一周才走。"他直截了当地告诉女儿，"你是在躲他，才不肯回去吗？"

任苒摇摇头："爸爸，我给他发了一份邮件，告诉他不用再找我，他应该是接受了我的解释。我目前暂时不打算回Z市，已经托中介找好了房子，前天刚搬过去，准备在这里住一段时间。"

任世晏疑惑地看着她："小苒，我一直以为你不喜欢这个城市。"

"这里不错，房租不到北京的三分之一，物价低，节奏悠闲。我做兼职翻译，有一点儿收入，接下来我打算再找一份工作，维持生活没问题。"

如此正常的生活状态却让任世晏更加不安，他注视着女儿，欲言又止，任苒完全知道他在担心什么："走吧，去我住的地方吃饭。"

任苒将任世晏接到了靠近华清街不远处她刚租下的房子。这是一个由几栋高层公寓组成的小区，她租了位于二十八楼的一套一居室房子，装修简洁，设施十分齐全。

搬进来没几天，任苒已经收拾得井井有条，除了购置生活用品外，还买了一点小装饰品。茶几上摆着一个透明的浅口水晶碗，里面放了一大捧带着绿叶的栀子花，洁白的花瓣上沾着水珠舒展着，散发出一阵阵怡人的清香。可是到底看得出客居的简单将就，任世晏想到女儿从前在Z市时的房间，被她母亲布置得精致舒适，心里不能不有些难过。

任苒早就采购好了食物，煲好了汤，很快便准备了三菜一汤摆上小小的玻璃餐桌，父女俩对坐着，任世晏吃得赞不绝口。

吃完饭后，任苒到阳台上，指点着给父亲看："小区封闭管理，物业不错，那边步行十分钟是一个公园，环境很幽静，适合散步。穿过一条街就有一个大超市，购物也很方便。"

任世晏仍然无法放心下来。

"小苒，你和陈华……究竟发生了什么事？为什么突然离开北京？"

任苒的手在空中停滞了一下，收回来抚了一下头发："爸爸，过去一年多，他很照顾我，但我不可能一辈子让他那么照顾下去。我早就是一个成年人，任性那么长时间，已经很过分，现在是时候好好生活了。"

"我看得出来，他是爱你的。"

"爸——"任苒打断他，干笑了一声，"你忘了吗？以前我离家出走，跟他同居。你到广州劝我回家时对我说，祁家骥并不一定爱我。虽然他现在叫陈华，不过你应该跟我一样清楚，他还是他。"

任世晏没料到她提起如此遥远的往事反驳他，一时竟然无言以对。

"进去坐吧，外面太热。"

任苒关上阳台门，请父亲坐下，给他端来一杯茶："我知道你总想有个人爱我，好好照顾我，你才能放心一点。没事的，爸爸，我一个人生活也能照顾好自己。"

任世晏叹口气："这么多年，我并没有尽到做父亲的责任，从去澳洲留学开始，你就是在自己照顾自己。去年你出了那么大的车祸，我本该把你接回身边的，不过，当时方平跟我……有了很大矛盾，我怕把你接回Z市后，反而会干扰到你的治疗，只好把你留在北京，你不怪爸爸吧？"

任苒没料到父亲会直接讲起他的第二次婚姻出现问题，她摇摇头，迟疑一下才说："我不是已经好了吗？别说那些事了，爸爸。你和季律师……"

"我们相处得很不好。我甚至跟她提出，与其这样下去，不如离婚。但她不同意。"

任苒并不祝福父亲的第二次婚姻，可也从来没希望过他们婚姻破裂："既然她还重视婚姻，你们还是尽量好好沟通吧。"

"沟通？"任世晏摇头，"我们之间的沟通总能演变成争吵，她说除非我把祖宅过户给她，她才相信我有维持婚姻的诚意；如果要离婚，也得把那所房子给她，她才可能同意。这样还怎么沟通得下去？"

任苒大吃一惊，怔怔地看着父亲。

"那当然是不可能的事。房子是任家几代传下来的，我早说过要把它过户给你，不可能给别人。不过你留学出去时，那里正面临重新规划，冻结了过户手续。后来你回国了，我每一次准备叫你回来办手续，她都认为我是蓄谋转移财产，必定要跟我吵闹不休，这件事就一直耽搁了下来。"

任苒的确向父亲提出过要求，就算他结婚，也不可以带季方平住进家里的祖宅。不过她根本不是从财产角度考虑，而是单纯不能忍受那个破坏她母亲婚姻的女人占据他们一家人曾幸福生活过的地方。她没想到这一点成为他们夫妻的矛盾焦点，一时不知道说什么才好。

"小苒，这事跟你完全没关系。我和她的婚姻，从一开始就有很多问题，我愿意息事宁人，主动把眼下住的房子写成了她的名字，她还是不愿意。她揪住祖宅不放，只是借题发挥而已。"

"那现在怎么办？"

"要不是不想弄得满城风雨，我早就分居图个清静了。"

任苒知道，父亲现在担任着Z大的法学院院长职务，又是全国政协委员，名声早已经不限于专业领域。以前他在没担任要职时就曾传出婚外情，不得不远走他乡避风头。如果在年过五旬以后，第二次婚姻破裂，对他名誉的损害不可小觑。

她只能苦笑："你们……婚外都恋爱了八年之久，好容易才结婚，怎么婚姻反而这么不稳固？"

"我这一生，在感情问题上十分失败。"任世晏如同在法庭上总结陈词一般，给自己下了一个结论，"所以我更希望你能幸福，小苒。"

"幸福？"任苒重复着这个词，"我的愿望没那么奢侈，能够尽量过得开心一点、充实一点就可以了。"

"小苒，我带来了一些东西给你，都是你妈妈留下来的。"

任世晏打开公文包，取出一个陈旧的木质首饰盒。他打开首饰盒，先取出一枚金戒指，戒面镌着一个福字："这是你奶奶戴过的戒指，我跟你妈妈领结婚证后，奶奶就把这个给了她。以前大家都不讲究买结婚戒指，这个能算吧。"

任苒一下记起，在她家的祖宅里，季方平曾得意地对她举起左手，亮出无名指上的一枚钻戒，告诉她，她的父亲已经向她求婚。那个景象刺激得她险些做出前所未有的暴烈举动，将当时怀了身孕的季方平推下楼去。现在想起来，她心底仍有痛楚，伸手触一下那枚金戒指，什么也没说。

任世晏再取出一串施华洛世奇的水晶项链，细细的白色金属链子上悬着一颗棱柱状的蓝色水晶，周围镶了碎钻："这是我第一次去香港时，在机场免税店给你妈妈买的。当时手头太拮据，只买得起这种人造水晶，不过你妈妈很喜欢。"

"我记得妈妈经常戴这条项链。"任苒几乎想跟小时候一样咬上一口，体验长存于她记忆中的那份冰凉坚硬感觉。可是那样大概会吓坏爸爸，她只能摩挲着长链坠子上那个小小的天鹅标志："小时候我喜欢扯着玩,妈妈总是嘱咐我要轻一点。"

"她不穿耳洞,平时最多戴一条项链。她说这条项链最好配夏天穿的裙子,后来这里掉了一粒水钻,她心疼了好久。"

那个小小的缺失处在天鹅标志的尾部,并不显眼,如果不是任世晏指给她看,她不会注意到。

"这大概是我送给她最贵的一件礼物,拿第一本书的稿费给她买的。"任世晏又拿出一个黄金手镯递给任苒。这手镯放在掌心沉甸甸的,分量不算轻,上面镂刻着工艺复杂而精巧的龙凤呈祥图案:"那个时候只流行24K黄金,买回来后,她说她喜欢,可是我知道她觉得这东西又贵又俗气,几乎没见她戴过。"

任苒确实没法将这个手镯跟妈妈联系起来。

任世晏喟然叹道:"想想看,你妈妈没对我提过要求,我给她的实在太少。"

"妈妈一向不在乎这些物质方面的东西,她……"

任苒蓦地打住。当然,她母亲最在乎的是感情,是家庭。可是她离世时,她努力维系的家庭只保持着名义上的完整,她的婚姻百孔千疮。想到这一点,任苒眼底顿时酸涩难当。

"怎么突然想起拿这些给我看?"

"你妈妈的遗物,由你来保存最合适。"任世晏合上首饰盒,"我对不起她,也对不起你。小苒,你再怎么恨我,我都无话可说。"

她怎么还可能恨他?眼前坐着的这个男人是她在世上唯一的亲人,虽然仍腰背笔直,风采不减,却也初现苍老之态,鬓边有了丝丝白发,婚姻又一次面临失败。任苒无法再去质问、责备他,她伸手接过首饰盒,郑重地说:"爸爸,我会好好保管这些东西的。"

"以前你问我到底为什么要背叛你妈妈,我说过等你长大了,才会理解感情这件事很复杂。"

"我想过很久,爸爸。比如感情为什么会有变化,婚姻为什么不能永恒……听着很幼稚是不是?不过当时的感觉就是不把这些问题弄明白,简直就没法好好活下去。后来我跟你说的一样,长大了,只能接受这世界不是非黑即白,感情也不是非此即彼。不知道这算不算理解了感情的复杂程度。"

"你妈妈是无可挑剔的好妻子、好母亲,她温柔、贤淑,有牺牲精神,放弃了自己在事业上的追求,一心支持我。我没跟其他同学一样,去当执业律师挣钱养家,也没有在教书之余去做兼职律师赚外快让她过得舒服的生活,而是一直做清贫的理论研究工作，在当时经商气息那么浓厚的南方，我的收入算少得可怜，可她从来没抱怨，我不记得她曾苛求过我任何一件事。"

可是这样也没能阻止你开始长达八年的婚外恋。

任苒矛盾地看着父亲，她一时弄不清楚，自己到底是听父亲讲下去，对母亲的生活了解得多一点；还是回避揭开旧伤口，以免知道更多真相，换来更多心痛。

任世晏陷入回忆之中。

"我跟你妈妈结婚以后，过了很长一段时间清贫的生活，不过也很幸福。后来，我们有了你，我在学术上取得了一点成绩。当时我十分满足，有时候甚至会想，我何德何能，配得上她这样全心全意对我付出。"

难道真的像有的精神分析理论所说的那样，面对一个无可挑剔的女人，男人会有道德上的焦虑感，所以会选择出轨减压——任苒这一年多读的心理学方面的专著实在不少，心里一下闪过这个念头，然而，套用这样的理论分析父母的感情，她马上有强烈的不适，不愿意再想下去。

"我想过要尽力回报她，让她觉得所有的付出都是值得的。不过，我到底只是一个自私的男人，的确并不配她那样对我。人到中年，最初只是一念之差，我放纵了自己，后来……就渐渐难以摆脱，甚至习以为常了。"

"爸爸，"任苒紧盯着任世晏，哑着嗓子说，"为什么要跟我讲这些？你是想让我理解，我妈妈的错误就在于用她的一无所求侵扰了你，你不能相应回报她，于是你有欠债一样的负疚与罪恶感，索性一步步变得更坏、走得更远来平衡内心，并且试探她能包容你到什么程度吗？"

"不是你想的这样，小苒。爸爸今天不是来忏悔，或者推卸责任的。"任世晏并不回避女儿的目光，"我知道你对你妈妈的感情，我已经彻底辜负了她，无可挽回，没资格求得谅解，怎么可能在你面前诋毁她？她最放心不下的就是你，我只是要你知道，所有这些都不是你的错，我不想让你生活在往事的阴影里。"

"可是她的牺牲有一部分是为我，我知道这一点，就不可能不负疚。"

"不，这一点你不需要自责。当年你妈妈知道我和季方平的事后，她很愤怒。"

"她是害怕婚姻破裂伤害我，就忍了下去吗？"

"她并没有隐忍，她只是不愿意在你面前争吵。我头一次看她爆发了，摔了厨房里的一套餐具，打了我一记耳光。"

任苒完全呆住，她想象不到母亲会有这样的时刻，而她却一无所知。

"冷静下来以后，我们商量过离婚，她只要求你的抚养权，准备带你搬去图书馆宿舍，但先反悔的那个人是我。我舍不得放弃她的好，也舍不得放弃你。我求她原谅，再给我一次机会。她犹豫了很长时间，还是同意了。可是我看得出来，她再没有快乐起来。"

任苒想，要原谅一个出轨的丈夫，需要多强的意志能力，又怎么可能轻易快乐起来？

"她唯一的错误是对我太宽容，委屈自己给了我机会。后来，她病了，竟然瞒着我，一个人悄悄去做检查，拿到检查结果，马上再次跟我提出离婚。"

任苒屏住了呼吸。任世晏拿着茶杯的手在微微颤抖，停了一会儿，他把茶杯放到茶几上，房间里一时安静得可怕，可以清楚听见空调运行的声音。

"那一段时间，家里的气氛很沉闷，我们都只在你面前强颜欢笑。我以为她还是不想原谅我，不免想，我已经掉进泥沼里，没权利再要求什么，索性破罐子破摔好了。我差点就答应了离婚。可是我不理解，这次她怎么会愿意将你的抚养权交给我。无论我问什么，她都不肯多做解释，如果家骏没有无意中看到她去医院再来告诉我，那我就是一个彻底的混蛋了。"

而家骏没有告诉她，她是最后一个知道的人。所有人看起来都在尽力保护她，不过伤害最终还是来了，根本无法避免。

又一阵沉默后，任世晏重新开了口："当然，我还是一个混蛋，这一点没法改变了。我向你妈妈保证会和季方平断绝关系，陪她好好治疗，求她不要离婚。"

"可是你并没有做到你的保证。"

"我努力过。有差不多一年时间，我确实没跟季方平来往，不赴她的约会，不看她写来的信，不接她的电话。可是，她一直很坚持。面对你妈妈的病情，我很苦闷，甚至恐惧，一切又开始了……我没什么可辩解的。"

任苒不由自主地设想着，妈妈是什么时候再度知道这一事实的呢？她的病势越来越沉重，是不是已经没有余力再去计较丈夫的背叛？想到母亲病痛中的绝望，她低下头，一时喉头哽咽得说不出话来。

"我没恶劣到一心等你妈妈去世，这一点我可以向你保证，小苒。如果可能，我愿意拿我的健康去换回她的生命。"

"是不是对男人来讲，确实可以做到同时爱两个人，又或者说，性和爱是可以分开的？"

"关于感情的问题，我还是没办法给你正确的答案。我只能告诉你，我不够有担当，看着你妈妈一天天衰弱下去，我很害怕。跟季方平在一起，似乎可以放纵自己逃避现实。"

"妈妈知道后，说了什么？"

"她什么也没说，到最后她看着我的眼神甚至是怜悯的。我想跟她悔过，说我再也不会那样了。可是我知道我不配，我已经如此卑劣，哪里还有资格借着忏悔减轻自己良心上的负担。如果你不在旁边，她就一直看书，哪怕我坐在旁边，她也不再看我。"

任苒当然记得，那段时间，她代妈妈一次又一次去图书馆，按她开的书单借回她要的书。她站起身，去卧室拿出那本《远离尘嚣》。任世晏接过去，眼中瞬间充满沉重的伤痛，轻轻摩挲着陈旧的封皮。

"是的，她最后看的就是这本书。那天我在医院，坐在病床边，看她专注读书，我再也忍受不下去，夺下她的书，对她说，如果她骂我，我会好受一些。她仍然不看我，闭上眼睛说，可惜中国没有安乐死，不然可以让她让我都早些解脱。那是她生病以后，唯一一次流露出她再也没法忍受折磨的情绪。"

任苒的双手紧紧扣在一起，关节用力到泛白。她记忆中的妈妈一直保持着镇定，从没有抱怨。当然，那只是妈妈努力在她面前表现得轻松，最大限度减轻她的恐惧。

"她说，不必忏悔了，她愿意宽恕、原谅，把一切带进坟墓，只希望女儿不要既失去妈妈，又失去对爸爸的尊重。她唯一不放心的人是你。那天她把存折当着我的面交给你时，我知道，她已经彻底不再信任我了。我无地自容，后来独自去医院顶楼待了很久，把一包烟抽完才下来。"

哪怕是血肉至亲，他们一家三口也受着各自的折磨。她母亲静静等待着大限到来；她意识到即将发生什么，恐惧与侥幸在脑海中交战；她父亲受着良心的拷问，无力自拔。这样痛苦的回忆，让任苒心情沉重。

"她闻到我身上的烟味，终于对我说了好几天来唯一的一句话：别再抽烟了，女儿已经快没了妈妈，不能再没父亲。我答应立刻戒烟，这件事我做到了。可是她要我好好照顾好你，我没能做到。"

任苒再也忍不住，眼泪簌簌而落。

一直以来，她都认为母亲牺牲自己，隐忍耻辱，接受背叛与伤害，只为给她一个完整的家和表面的幸福，她感激母亲的同时，内心充满了依恋、悔恨与矛盾的愤怒。她千百次设想过，妈妈如果选择别的方式生活会怎么样，有时她甚至觉得，妈妈是把一份她承受不起的牺牲强加给了她，她为妈妈经历的一切感到痛心与不值。

而这一刻，听完父亲彻底的坦白，她终于理解了母亲所有的心路历程。

方菲不仅是一个母亲，更是一个有血有肉的女人。她有她的尊严，并没有放弃原则地无条件牺牲。她太爱丈夫和女儿,以至于无法断然割舍。也正是这份爱,让她选择最大限度保全女儿对父亲的信任。她每一步的选择,都显示了她的决心、智慧与勇气。

"只有在真正失去你妈妈以后,我才知道,我有多依赖她。"

我也是,直到现在,我仍然怀念她。任苒在心底说。

任世晏声音沙哑道:"带你离开Z市,我并不完全是顾及自己的名声。你妈妈希望我在你面前保留一个完整的父亲形象,我也想摆脱那段孽情。我跟季方平正式告别,不过,我没想到她会放弃工作,跟到汉江市来找我。"

任苒不愿意再评价季方平的行为,保持着沉默。

"她说她愿意等我放下心结,慢慢让你接受她。我始终是一个自私的男人,明知道最正确的选择是彻底拒绝她,却没有做到。"

她不得不问:"你爱季方平吗?"

"季方平也反复问过我这个问题。可是后来讨论这些,已经太晚了。我们从一开始就错了,她放纵她的任性,从二十六岁时跟我搅在了一起,浪费了她大好青春。我们怀着侥幸心理,以为可以让一段错误的感情走上正确的轨道。不过,她跟我都没想到,一个辜负了第一段感情,总带着愧疚,知道自己永远不可能补救的男人,的确再没有能力处理好第二段感情。我们的婚姻有很糟糕的开始,患得患失,疑心重重,再怎么尽力,也没法做到坦然幸福。"

对一个男人苦苦痴缠八年,大概也能算爱吧。眼看对她来说最大的障碍已经不复存在,她当然不愿意就此放弃。可是谁能想到,终于修成正果结婚,并不意味着童话般的幸福生活从此开始。婚姻来得如此不如意,希望有多大,失望便有多大。强烈的爱一旦落空,不可避免地转换成同等分量的恨,这大概正是季方平在房子问题上表现得毫不退让的原因。

停了一会儿,任世晏惨淡地笑:"是的,太晚了。小苒,今天爸爸把自己完全剖析给你看,只希望我能多少做到对你妈妈的承诺,让你摆脱心底的阴影,好好生活下去。"

第十四章

一天以后，田君培再度在一个饭局上遇上了任世晏。

做东的人是他与老曹此行谈判的合作对象，汉江市经天律师事务所的主任老侯。

老侯五十岁出头，可是发型衣着十分入时，哪怕上班，他都没像其他律师那样一身职业装束，而是穿着颜色颇为娇嫩的粉色系POLO衫、休闲长裤加白色帆船鞋，T恤领子更是趋时地半竖起来。不过再怎么说，他的资历摆在那里，年龄摆在那里，发福的身材摆在那里，自然比其时正当盛年的曹又雄更够资格冠上一个老字。

他在司法界打滚多年，早混到身家丰厚，把妻小送出国后，独自一人在国内享受着临老入花丛无人监管的自由，没有了当年打拼的急迫感，经天律师事务所的业务一直呈下滑态势。

"功成身退"是他挂在嘴边的一个成语。老曹与田君培打量他设在一个不算好的地段写字楼内的办公室，不易察觉地交换一个眼神，当然，他们两人都没觉得老侯已经取得的成就有多了不起。

这一次合作谈得颇为顺利。老侯手下几个合伙人早就颇多怨言，各自为政，已经越来越不好驾驭。他本人也有些厌倦办公室政治，更乐于保留一个名义上的头衔，去过相对轻松的生活。

一达成基本的共识，老侯便兴致勃勃地说起晚上的宴请："著名法学家任世晏到本地开会，我跟他是老同学了，晚上我们一块儿吃饭。"

任世晏与老侯年龄相仿，不过，行事风格迥然不同。他穿着灰色衬衫、深色长裤，身材保持得极好，毫无发福迹象，言谈举止更是自然流露出学者风度。他不喝白酒，声称早戒了烟。谈及他参与牵头征集的公司法修改意见，是在座众人都关心的话题，但他出言谨慎，只略略谈及几个热点问题，点到即止，随和中微带矜持，非常符合他在业内的地位。

席间话最多、最热闹的人还是老侯，一会儿回忆往昔学生生活，一会儿感叹去加拿大探望妻女时的见闻。任世晏保持着礼貌上的应对，一直不动声色观察着田君培的表现。

田君培在席间众人之中最为年轻，但看上去十分沉稳，并不接老侯那些俗滥的笑话，讲到席间众人共同的专业问题时，他条理清晰，十分简洁睿智，给任世晏留下了不错的印象。

任世晏抽个空与他闲聊起来，先是问了他毕业的学校，凑巧与他在北京读法学硕士时师从的导师也有交情，谈及那位同样知名的法学家的某个学术观点时，颇有一些共鸣。田君培就势向他请教证券法中几个热点问题，他十分详尽地做了解答，而且答应回头会把最近写的一篇相关文章发到他邮箱里。

隔了一会儿，任世晏若不经意地发问："田律师是在什么地方认识我女儿的？"

田君培猜想，任苒并没有将她在J市的三天拘留所生活告诉父亲，他谨慎地回答："我在J市碰到任小姐，她行程耽搁在那边，我刚好要到汉江市公干，就顺路载她过来了。"

任世晏点点头，继而问起他们这次合作的业务范围。老侯顿时插上话来，滔滔不绝谈起两家以后的经营计划。

任世晏对这个话题似乎比较有兴趣，问了几个合作后具体的经营方向问题，老曹和田君培一一作答。

"到时当然还是以目前的合伙人为主，我们会派一个负责人过来衔接调整经营方向。"老曹笑着拍拍田君培，"只是君培还没有最后决定接下这个位置。"

田君培这几天与老曹长谈过，老曹对他详细分析了其他几个合伙人的想法。他承认，至少目前看来，他确实是最合适的人选，他有几分动心，但还想再考虑一下。

任世晏一笑："这么年轻就可以过来独当一面，果然是后生可畏。"

老侯也笑道："世晏兄，我想过了，现在是年轻人的世界，我们是时候功成身退享受人生了。以后品品红酒，打打高尔夫球，过半退休生活，不用再理会那些案牍劳形。"

任世晏淡淡地说："侯兄已经实现了财务自由，的确有这个资格。可怜我只是一个清贫的教书匠，谈不上什么功成，哪里能轻易言退？"

老侯多少有些喝高了，大着舌头说："其实世晏兄人到中年就赶上了好事，虽然没有发财，但升了官，学术方面也功成名就；太太更是知趣，及时去世，腾出位置让你续娶了年轻十来岁的漂亮娇妻，比我早好多年享受到生活。我该羡慕你的好命才对。"

任世晏脸上并没有明显的愠色，但眼神锐利地看了他一眼，声音低沉下来："老侯，你喝多了，不要胡说。"

曹又雄见势不对，急忙打岔将话题拉开，谈到W市当年一起轰动一时、牵连极广的经济案件，才算将尴尬下来的场面盖过去。

田君培暗自猜想，这位所谓年轻十来岁的娇妻大概就是任苒谈到父亲时表现淡漠的原因。

酒席散后，老侯已经喝到半醉，老曹只好开他的车送他回家，嘱咐田君培开另一辆车送任世晏去他下榻的酒店。

任世晏闲闲地问："田律师对于普翰这次兼并经天的扩张前景并不看好吗？"

田君培一笑："经天这几年业务萎缩，但所幸账目清晰，经营状况与声誉都还算良好，我们选择通过它来进入本地，当然还是看好前景的。"

"不过听曹总的意思，你并不愿意过来。"

"我还需要再考虑一下。"

任世晏也笑了，赞许道："年轻人谋定而后动是对的。"

田君培犹豫一下："听任小姐说，她打算在这里住一段时间。"

"是呀。她从澳大利亚念书回来，先后在北京、香港的银行工作，始终没有定居下来，难得她下了这个决心。不过，她只在近十年前在汉江市住过一阵，在本地没有什么亲戚朋友，我还是希望她回Z市。可惜，女儿大了，"他喟然长叹一声，"我对她影响力有限，没法说服她了。"

"我如果回家对家父家母提起到这边工作，他们的反应大概也是如此。"他看出任世晏流露出了一点控制以外的情绪，但对方既是尊长，又是业内名人，他不便随便感叹探问，只能笑道，"想来天下父母心都是一样的。"

任世晏点点头，没有再说什么。

回到W市后，田君培便下了决心，告诉老曹，他打算接受新职位。

老曹并不意外，他早已经和几个资深合伙人分别谈过，他们相互制衡，加上家累，各有各走不开的理由，相比之下，田君培算是他们共同属意又最无牵无挂的人选。他马上召集合伙人开会，通报了兼并进展，并将田君培的任命提交大家表决通过。

从小到大，田君培的性格都不算冲动。这次当然也不例外，他仔细权衡了新职位的挑战与可能的回报。然而，他不得不承认，任苒是促成他下决心的因素之一。

那个女孩子身上带着神秘色彩，看上去却又平和淡漠，这种反差莫名地吸引着他。

他跟父母谈起新的工作安排，父母都相当意外。

"为什么会突然做出这个决定？你在这边不是干得很顺利吗？"

他认真解释，对一个律师来讲，这是难得的机会。父母相互看了一眼，却似乎没怎么听进去。父亲咳嗽一声："老郑跟我打电话，他很希望你和悦悦和好。"

他多少有些烦躁："这是我们两个人之间的事，我早就跟她讲清楚了，长辈何必要参与进来？"

母亲不悦地说："君培，你这态度不对。我们什么时候过分干涉你了？父母不过是希望子女在感情问题上不要走弯路。"

他只得道歉："妈，是我不对，但是我慎重考虑过，我跟悦悦确实不合适，不可能再在一起了。"

他父母无可奈何，知道再没法说服他。他们年龄都不算太老，还在工作，加上两省紧邻，距离并不远，他们也接受了儿子的事业心，开始帮他做准备。

唯一不接受此事的是郑悦悦。

她在田君培动身前一天找到了律师事务所，前台小姐将她领进来时，田君培正要去开会，看到她颇为意外。

她直截了当问他："你离开W市，是为了躲开我吗？"

田君培反问她："你认为我会拿自己的职业生涯开玩笑吗？"

郑悦悦颓然坐倒在椅子上："是啊，我痴心妄想了，哪个男人用得着特意躲他已经不在乎的女人。"

"我是在乎你的，悦悦，我希望你过得开心。"

"你生我气的时候是在乎我的，现在这样宽宏大量祝福我，就根本是把我丢在一边了。"

田君培不得不承认，郑悦悦的确十分聪明。

"我舍不得你，君培。"

"悦悦，新买的裙子洒上红酒，你也会舍不得。所以，对男人来讲，这句话不算恭维。"田君培开玩笑地说，"不过我谢谢你的好意。"

郑悦悦呆呆看着他，一双又大又圆的美目慢慢泛起一层泪光。田君培发现，她这个安静的伤心姿态，比直接扑入他怀中撒娇哭闹的杀伤力来得大得多，他没办法再以开玩笑的口吻搪塞她了。

他将纸巾盒拿到她面前，尽可能诚恳地说："悦悦，我一向知道，你是个很有吸引力的女孩子。不过，我是个很无趣的男人，可能没法配合你将日子过得有趣，你觉得我沉闷是很自然的事……"

"你一向认为自己什么都知道，其实你真的知道我是怎么想的吗？"郑悦悦猛然推开纸巾盒，站了起来，提高声音嚷道，"你总是这么自以为是，高高在上，我讨厌你……"

她突然哽住，停了一会儿，转身夺门而出。

田君培追到门边，只见外面包括助理、前台在内的一众人等都齐向郑悦悦的背影行着注目礼，再相互交换包含着兴奋与八卦之情的眼神。他知道他若追上去，也不过是给他们提供更多谈资，只得驻足，看看时间，拿了文件去会议室开临行前的最后一个合伙人会议。

不过这件事在最短时间内已经传遍所内。会议讨论完正事，张律师便开始率先拿他打趣："看来君培没有安抚好女朋友啊。"

曹又雄也笑："好好哄哄她，现在是事业为重的时候，汉江市也不算远，见面应该很方便。"

田君培只干干地一笑，并不接腔。

他确实有些烦恼，又略有不忍，出办公室以后，踌躇一下，还是没有再给郑悦悦打电话。他想，长痛不如短痛，这次去汉江市工作，两个人隔开一段距离，她慢慢总会冷静下来。

田君培正式到汉江市上任时，已经是九月下旬一个周末。这个城市并未入秋，但已经过了最炎热的季节，空气中再没有那样溽热蒸人的气息，凉爽了许多。

开完会后，他再一次给任苒打电话，前两次都是关机，不过，这次她的手机开着。

"你好，哪位？"

"任小姐你好，我是田君培。"

"田律师，你好。"

"你还在汉江市吧？不知道为什么，我总觉得过一段时间，你可能就去了别的地方。"

任苒笑了："我没那么漂泊不定四海为家啊。我租了房子，而且预付了一年的房租，房东不会乐意退钱给我的。"

"真巧，我调来汉江市这边的分所工作，目前也算是定居在这边了。想请你明天一块儿吃晚饭，不知道是不是方便？"

任苒显然有些意外，踌躇了一下，就在他以为她会婉拒时，她说："明天我要上班，六点下班。"

他大喜："好的，我过来接你。"

田君培借助GPS，提前将车开到了任苒说的地方，这才发现，这里竟然是一所语言培训中心。门卫告诉他，停车位已满，他只能将车停在人行道边。进去一看，里面一栋六层楼的红砖楼房有些陈旧，不算大的院内停车场停满了小轿车、摩托车、电动车和自行车，周围都是来接孩子的家长，三三两两地站着交谈。

随着下课铃响起，年龄不等的孩子冲出教室，奔向各自的家长。等到各式车辆鱼贯驶出，院子却并没恢复安静，又有各种车辆驶入，这次进来的大多是成年人，有男有女，向楼房走去。

他正准备打任苒电话，便看到她从楼里走了出来，大半个月不见，她头发剪短，只齐耳下一点，衬得脸的轮廓越发秀丽清新，穿着一件蓝黑条纹针织上衣配牛仔裤，手里拎着的仍是那个略微陈旧的Gucci背包，看上去神清气爽，正和旁边一个落单的小女孩说着话。

"爷爷怎么还没来，要不要拿老师的手机给他打个电话？"

那个六岁多的小女孩犹豫一下，点点头。任苒拿出手机递给她，她正在拨号，已经有一个声音叫她："囡囡，妈妈来了。"

急匆匆走来的漂亮女人，竟然是绿门的老板娘苏珊。任苒与田君培看着都有点儿吃惊。任苒在这边已经上了大半个月的班，平时看到的都是爷爷或者奶奶来接这个小名叫囡囡的女孩，还是头一次看到苏珊。

苏珊显然对他们两人都没什么印象，蹲下身子笑盈盈地对囡囡说："走，妈妈带你去吃披萨。"

然而囡囡并没有平常孩子见到妈妈的开心，她是个漂亮的小女孩，只是神情总有点儿怯生生的，一双眼睛如小鹿般忽闪，显得很内向。她将手机还给任苒，嘟着小嘴不作声，过了一会儿才不冷不热地说："奶奶会不高兴的。"

苏珊和颜悦色地说："奶奶刚才不舒服，爷爷陪她看病去了，他们打电话让我来接你的。"她似乎还怕囡囡不信，拿手机拨个号，然后给囡囡接听，"让爷爷跟你说。"

囡囡奶声奶气地和爷爷通着话，苏珊站起身，向任苒一笑："你是囡囡的老师吧，我是她妈妈。"

任苒教的这个班都是准备上小学一年级的孩子，在四点钟幼儿园放学后由家长送到这边来补习英语，六点再接回去。按交接制度，她必须确认对方确实是孩子的家长，现在她看囡囡并没否认，而且跟爷爷通了电话，便也笑了笑："你好，我是任老师。那囡囡就跟妈妈回家吧。再见。"

苏珊去牵女儿的手，然而囡囡并不响应，说了声："任老师再见。"便顾自低着头向前走。

苏珊无可奈何地一笑，加快脚步与她并行着，不时低头与她说着话。

"看不出她已经是这么大孩子的妈妈。"

任苒回想一下，苏珊似乎只比她略大一点，看上去确实不像一个马上要上小学的六岁多孩子的母亲。而且，她想起自己跟囡囡一般大时，每天妈妈来接她放学，她都恨不能黏在妈妈身上，一路亲亲热热讲着话回家。她不免也觉得眼前这母女俩看上去实在有些怪异，不过她无意去深究别人的生活，只泛泛地说："她大概结婚早吧。"

田君培陪她一起向外走去："没想到你来当老师了。"

"其实我准确的职位叫助教，就是协助外籍老师一起给小朋友上英语口语课。"

任苒来这里上班纯粹是机缘巧合。

半个月前，她将翻译好的文稿发给蔡洪开，蔡洪开马上回邮件给她，说想约她见面，谈一下翻译一本基金方面的专著。她只得告诉他，她已经离开北京，目前定居汉江市，没办法面谈。蔡洪开倒并不介意，说并不妨碍她继续兼职翻译，同时很得意地提起在汉江市也有他的加盟机构。她这才知道，蔡洪开的生意这几年越做越大，除了做翻译、出版，还涉足利润更丰厚的英语培训业，并已经广招加盟，冠名培训机构扩展到了许多地方。

他劝她接下这本书的翻译工作："以你的速度，全职做的话两个月就能翻译完，报酬很不错的。"

"如果这书赶时间要的话，我接不了。我不打算全天闷在家里，还准备去找份工作。"

"三个月翻译完也可以，我还是希望你接下来，毕竟你有金融底子，是最合适的人选。"他马上慷慨地说，"另外，你考虑一下当英语培训老师吧，可以控制上课的时间，也不用每天坐班，我可以跟那边打个招呼录用你。"

在任苒看来，教师职业多少是神圣的、专业性的，没想到他说得如此轻巧，不免有些骇然，犹豫一下："我可没有教师资质，也没这方面经验。"

"经验是个问题，不过也没什么。"蔡洪开好笑地道，"培训机构根本没几个老师有资质，关键是教得好。以你的功底，一点问题没有，你去试试吧。"

任苒手头还有一笔钱，没有多少经济压力，只想依照白瑞礼的劝告，找一份相对单纯的工作，不至于关在家里与社会脱节。她抱着看看再说的心理，来到蔡洪开告诉她的地方，发现这里是规模不算小的英语培训机构，培训范围从幼儿一直到成年人，无所不包，除了中国教师，还聘用了好些来自不同国家的外教。

有蔡洪开从北京打来的推荐电话，再加上面试时她流利标准的英语程度让外教也点头认可，这边的校长马上便要聘用她。

"任小姐，你确定你想教小朋友吗？我们的强项是成人英语培训，本地很多其他培训机构拼的就是少儿应试教育英语，我们不打算参与那个市场，所以幼儿这一块，我们只开了一个口语班，课也排得很少，收入相对要低得多。"

校长告诉她一个数字，居然不如北京普通文员的起薪。任苒有点儿吃惊，不过她联想到本地的房租水平也释然了，同时想到，如果和小朋友打交道应该有助于保持心境开朗，而且多一点自由时间也很合她心意。她表示并不介意收入少，老板同意，让她去人事部门报到，第二天她便开始在这里上班。

民营培训机构管理并不正规，除了外籍教师，其他人待遇都不算高。但幼儿英语培训班学费毫不含糊的高昂，打的是小班制加纯正美式口语的招牌，由一个来自美国的年轻小伙子Tom任教，任苒的任务就是协助他教学，每天中午一点上班，六点下班，她很满意这个时间安排。

田君培直接带任苒驶到江边这里建的一片高档住宅，附带的商业区规划手笔很大，聚集了本地人气最足的电影院、餐馆、酒吧与咖啡馆。

他们去的这家餐馆是一家开业一年的川菜馆，生意火爆，门厅坐满了等待翻台子的顾客，好在秘书已经帮田君培提前订好了位置，他报上名字，服务生马上将他们引进了预留的包房。

这里装修雅致，全采用间接光照明，环境不像寻常中餐馆那么喧闹，盛菜的器皿精致，做的是改良川菜，保留了四川风味的麻辣，又没那么霸道，十分鲜美可口。不过，田君培注意到任苒吃得并不多："我朋友冯以安给我推荐的这边，他是本地人。我应该先问问你是不是习惯吃川菜的。"

任苒抱歉地笑："不，这菜很不错，不过我最近一年服药的缘故，胃口不算好。"

"下次我们去试一下他推荐的另一家海鲜餐馆。这边的影城环境不错，今晚上映的是一部美国片子，有没有兴趣去看一下？"

任苒拿纸巾拭一下唇角，抬起头看着他："田律师，谢谢你约我出来，今晚我很愉快。不过，我还是得先讲清楚，目前我不打算跟人有深入的约会和交往。"

她的这份坦然并没有让田君培意外："我表现得太急进吗？"

任苒笑了："你很有风度，田律师，没有嘲笑我的过度防备。"

田君培也笑，给她再倒一杯果汁："我为什么要嘲笑你？因为你没猜错，我确实动了想追求你的念头。"

任苒哑然，苦笑道："你甚至还不了解我。"

"那么给我一个了解的机会。"

任苒踌躇一下："田律师，我在一个很狼狈的情况下认识你，先是作为偷车嫌疑犯被捕，然后被某个男人撤销报案领走，接下来午夜跑出酒店……"

"被你这样一说，我好像才意识到，我们认识得很有戏剧性。"

他口气轻描淡写，似乎全没把那些放在心上，任苒不知道他这是职业习惯，还是有意宽慰。"站在客观的立场，我必须承认，你在哪一个环节不再理会我的话，都是完全合理的。不过你一直尽力帮我，我很感激你的信任。只不过，我恐怕没办法向别人做什么解释，让自己的行为显得正常。"

田君培承认任苒说得有道理，不过，他同样解释不了自己的行为。在正常情况下，他的助人精神只会表现为适当施以援手，然后选择理性的旁观态度，等事情发展明确后再说。对待任苒，他显然更多依据了他平时并不屑于的直觉。

"我不认为你的行为不正常，也没权利要求你做解释，那是你的私事，无须跟别人报告理由。"

任苒脸上笑意加深："谢谢你，田律师。不过我不得不说，当别人眼里神秘的陌生人也许有趣，但如果作为男女朋友来交往，就很成问题了。"

"我叫你小苒可以吗？"田君培声音温和地说，"请叫我君培。小苒，今天是我三十岁生日。"

"呀，你该早点告诉我，我好准备一份礼物。生日快乐。"

"谢谢，你肯陪我吃饭，就是很好的礼物了。三个月前，我刚结束一段关系，不算愉快。前任女朋友对我的指责之一是我自以为是，根本不理解她。自我检讨以后，我承认，我做律师工作，不算是一个有情趣的男人，不能说自己在那段关系里完全无辜。你很吸引我，小苒。但我能理解你的顾虑，我们都需要时间了解彼此。我打算在而立之年做出一点成绩，也不想尽快投入到新的关系中去。我们可以慢慢来，试着从普通朋友做起。"

第十五章

田君培在汉江市的工作开始得并不顺利,好在他有足够的心理准备。

根据双方达成的协议,普翰注资正式控股,律师事务所的名称做了变更,老侯仍然做着名义上的主任,所里具体业务则全部由田君培负责。

所里的几个大律师明显没将刚刚三十岁的田君培放在眼里,对他的秘书分发下来的考核制度只敷衍地看看,便放到一边,各行其是,准备等着看他灰头土脸找台阶下,再开出条件逼他就范。

可是田君培既没将他们办的那些琐碎的经济与民事纠纷案子放在眼里,也不介意他们的不合作态度。他不动声色找来猎头公司,开出条件,开始招聘。

如果说新的人事经理上任,那几个大律师还没感到什么,那么当田君培宣布,三位新律师同时报到,每人配备一名助理,搬迁到新写字楼的事务所办公室将重新调整时,他们终于坐不住了。

他们集体找到田君培谈话,然而田君培拿出他们过去三年的考核数据,和颜悦色地告诉他们,如果严格按普翰的制度来讲,他们中间只有一个人能通过考核,照上半年的数据,他们只能享受普通律师的待遇,也就是说,三个人共用一个助理,同时向他提交切实可行的业务计划。

王律师就是唯一能通过考核的那一个,他去年打过几场获利丰厚的离婚与遗产官司,自恃资格,冷笑一声:"田总,你也是律师出身,不过看样子可能从业时间不长,大概不能理解律师这个行当需要一个相对长的周期的人脉资源累积,不能以一时数据论成败,搞这种考核,既教条又没什么实际意义。"

"讨论我的从业经验没什么意义,我没必要把我最近几年完成的业务量讲出来跟各位讨论。如果你们认真看完发给你们的考核制度,就能明白,普翰制订的制度充分考虑到了这个因素,而且普翰在两个省份的发展也充分证明了制度的可行性。各位做的是与契约制订执行有关的工作,希望不必再由我来解释具体条款。"

初步理顺人事关系,只算一个开始。

按照普翰一向的发展策略,这边未来也将主攻赢利更为丰厚的非诉业务,而之前经天偏向各类诉讼业务,在非诉业务这一块的表现一直乏善可陈。从人员配置到业务转型,所里的工作千头万绪,再加上经常有应酬,田君培并没太多时间考虑个人问题。

他再度约会任苒时,已经是大半个月以后。这样不算频密的邀请,任苒显然比较能接受,吃过晚饭后他送她回家,看时间还早,她提议在绿门咖啡馆里喝杯咖啡。

任苒已经是绿门的常客。

她以前对咖啡并无特殊爱好,虽然在香港工作时喝咖啡比较多,但也只是跟同事一样,借此提神,以应付高强度的工作。

她第一次一个人进绿门,是有一天下班路过,正好一个顾客推门而出,她闻到里面飘出的咖啡香气,触动往事,不由自主走进去,点了一杯拿铁。那样醇厚的味道让她再度想起母亲在厨房里给父亲煮咖啡时的情景,可是这一天的回忆却并没有让她伤感,她发现自己突然喜欢上了喝咖啡的感觉。

结账时,苏珊正好出来,她认出女儿的英语老师,马上要给她免单。任苒坚持不接受,说如果这样客气,她以后只好去别家咖啡馆。折中下来,她付了账,苏珊送了一张可以打折的贵宾卡给她。

绿门离任苒的住处很近,咖啡味道地道,更重要的是,苏珊有几个坚持:不提供扑克牌,不卖简餐,除了和以前一样,出售咖啡豆、咖啡粉之外,店堂内只出售各式现煮咖啡和自行烘焙制作的糕点甜品。所以这边环境十分幽静,光顾的人都是咖啡爱好者,苏珊叫得出他们中很多人的名字,没有多少爱热闹或者赶时髦的人士跑这里聚会高谈阔论。

任苒慢慢也成了这里的常客,还像其他老顾客那样,存放了一只咖啡杯在这里。她带田君培过来,苏珊跟他们打着招呼,过一会儿让服务生送来了一碟小点心。

任苒承认,田君培是一个非常好的朋友人选。他没有旺盛的好奇心,很懂得尊重别人的隐私,如果他确实仍然有追求她的念头,那么他也没有时时流露出来让她困扰。相反,他表现得十分有分寸,相处起来让她感觉到没有压力。

田君培谈起所里一个律师接的一起荒唐官司,他说话的方式既有条理,又带着一点不露声色的风趣幽默，着实逗乐了任苒。她也讲起Tom上课时的趣事，这个美国人行事不拘一格，经常颠覆教材，带着小朋友大玩游戏，很得孩子们欢心。她作为助教，也不得不参与到游戏环节里，她承认，玩那些幼稚游戏，确实十分有助于她保持开朗的心境。

出了绿门以后，田君培将车子留在咖啡馆门口，步行送她到楼下。

她对他挥挥手，走进了单元楼，按下电梯键，心想：至少从目前看，她的生活恢复了正常。

日子过得平静有序，心理咨询停下来，并没有让她感到无助；有舒适的、租期内属于自己的住处；有一份不算累的工作，报酬虽低，但面对的是两个班近四十个可爱的小朋友；同事称得上有趣而友善；业余做的翻译工作进展顺利；有一个相处平和的朋友……

不过是离开一个城市，到了另一个城市，竟然如此轻易重建了自己的生活，她有些意外。

当然，一切看上去都不错，前提是只要不想起陈华。

这个名字被任苒强压在思绪以外。

那天，她怀着根本理不清的混乱感离开J市，在收拾东西时，将没有服用的事后避孕药扔进了度假村房间的抽水马桶中，按下冲水阀，看着那一小板药随着漩涡消失。

她想，她在进行一个赌博，或者说是一个占卜。

自从出了车祸后，她生理周期一直有些紊乱，并不清楚自己是不是在安全期内。如果怀孕了，她决定克服她的歉疚与悲伤，主动跟陈华联系，随他返回北京，继续接受心理治疗，试一下能否跟他生活在一起；如果没有怀孕，那就是他们之间既没有缘分，也没有继续下去的理由，她只需要努力忘掉他，自行调适，开始全新的生活。

她住在汉江市华清街的宾馆里，等待得多少有些不踏实。然而她并没等太久，她的老朋友在某天凌晨造访了她。她想，那就这样吧。

她起床给自己沏了一杯热茶，忍着生理痛，打开电脑，用一个不常用的邮箱写了一份邮件发给陈华，告诉他，请不用再找她。然后她上本地房产中介网站，搜寻合适的房子。

她正式决定，切断与过去的联系，在这座城市定居下来。这当然不是一个出于理性的、自主的选择。

可是一想到陈华，随之而来的回忆太多，她无法去分析她对他到底是什么样的感情。她唯一明确知道的是，如果带着对祁家骏深深的负疚与回忆，她确实不应该跟陈华再有什么牵扯。既然冥冥之中天意已经帮她做出明智的决定，她愿意不折不扣地执行。

你不用想起他了，任苒对自己说。

她打开房门，开窗子通风，先去洗澡，再打开笔记本，继续翻译那部关于基金的著作，争取像蔡洪开不断催促的那样，早些交稿。

与此同时，田君培却意外地再次接触到陈华这个名字。

深秋的一天，尚修文给田君培打来电话，告诉他安达上个月被卷入一场钢筋质量风波之中，本来已经处理平息下来，可是一家名为信和的地产公司突然指证安达供应的建筑用材质量有问题，表面上对安达不利，实际上可能牵扯到旭昇整个销售。

他与尚修文以及安达的另一位老板冯以安碰面，商量可能采取的法律措施，得出的结论是在没弄清对方真正的目的以前，最好以静制动。

田君培建议安达不妨接受有关部门的调查，拿出详细的供货合同与每一批次钢材的质保证明，反过来要求信和提供他们的账目与进货记录，证明那批钢筋出自他们的供应。至于旭昇方面，则不妨采取主动，在W市先召开记者招待会，做出澄清，同时请省质监部门介入，重新对产品进行抽检。

尚修文与冯以安都同意他的建议，但尚修文明显另有心事，他送田君培出来时，告诉他目前旭昇在收购J市一家冶炼厂时碰上了对手，来自北京的一家名为亿鑫的集团突然高调出手，先是收购了一座铁矿，现在又表现出对冶炼厂的浓厚兴趣，如果此时出现关于旭昇产品的丑闻不及时处理，那几乎可以断定收购将受到阻碍。

"亿鑫是个什么来路？"

"我查了一下，亿鑫的总部在北京，资产雄厚，今年九月正式宣布进军中部省份，会在邻省与本地各有大手笔投资，据说都是省长亲自带队招商引进来的。大老板叫陈华，处事十分神秘低调，几乎从来没有公开露面。"

陈华这个名字落入田君培耳内，他马上联想到在J市公安局会客室的那一面之缘。尽管这名字实在普通得随处可见，可是田君培在领教了那人在J市公安局自然流露的气势，以及省公安厅亲自插手他的报案与销案时的排场以后，他无法不将他跟亿鑫神秘的幕后老板联系起来。

"你认为信和的指证别有目的吗？"

"没有证据，现在还说不好。不过，这件事应该不会简单。君培，你帮我做好准备，如果真要采取法律行动，怎么做才能最大限度保证旭昇的利益。免得到时措手不及，打无准备之仗。"

田君培答应下来，回去后便开始查询亿鑫的资料。正如尚修文所说，网上搜寻陈华这个名字，同名的人有无数个，没有照片，也没有有效的直接指向亿鑫的信息。不过，他倒是查到亿鑫负责中部地区投资的是一位名叫贺静宜的投资部副总，看网上照片，十分年轻美貌，又精明强干。她在接受几家媒体采访时，表示很看好未来中部的经济发展，将拓展亿鑫现有的投资范围，进军矿产及钢铁市场。

此陈华到底是不是彼陈华，他无从查证。也许唯一能为他解开谜底的只有任苒。不过，他并不打算去问她。

当然，在与他的往来中，任苒表现得十分随和坦然。可是与此同时，她仍然保持着刚认识时的那份淡淡距离感。无论他说什么，她都保持着倾听的姿态，但从来不打听追问，他不至于认为自己已经与她熟络到无所保留。更重要的是，她从来没有表现出谈及往事的兴趣，他也不想表现得似乎要刺探什么，贸然对她提起这个名字。

他密切关注着事件发展，同时做着应对各种可能性的法律准备工作。

在邻省，旭昇的产品再度受到与汉江市相同的指控，相关部门正式介入调查。田君培与尚修文赶赴J市，参加旭昇董事长吴昌智召开的紧急会议，商量对策。

旭昇负责质量管理工作的是吴昌智的二女婿魏华生，他面临很大的压力，却一直坚称，从工序管理到出厂每一个环节都严格执行检验制度，他可以担保，经他检验出厂的产品不可能有质量问题。

他一向十分认真负责，公司自行复查的结果也支持他的这一保证。

然而相关报道已经使旭昇的销售陷入停顿，对于冶炼厂的收购更是大受影响。要等到有关部门拿出明确结论，还不知道需要多少时间。

尚修文提出建议，旭昇只能出险招，宣布将成立两个销售分公司，直接管理两省销售，收回所有曾下放给代理商的代理权。

这当然意味着旭昇将产品质量问题推诿给了包括安达在内的两省代理商。吴畏首先击节叫好："这一招釜底抽薪真是高明。"

董事会其他成员面面相觑，吴昌智怒视一直没提出任何建设性意见，此时又兴奋过头的儿子一眼，问尚修文："那安达怎么办？"

"销售公司可以直接依托两省代理商的人马，我会让冯以安负责新的销售公司，注销安达，和他结清投资股本。不引起人事变动的前提下，他应该没异议。"

"那你呢？"

"我另有打算，您不必为我操心。君培，请你从法律角度来论证一下这个办法的可行性。"

在座诸人之中，除了吴氏父子，只有田君培知道尚修文在旭昇的真正身份，他想，尽管经过不断减持股份，尚修文目前仍是旭昇的第二大股东，做出这个舍卒保帅的决定,当然是明智的。他点点头:"我认为这个办法从法律上讲是可行的。信和对安达的指控并没有实质性证据支持,注销应该没问题,只看另一家代理公司会要求什么样的补偿,不过在合理范围内的话,我都建议接受下来,尽快走出眼前危机为最佳选择。"

田君培替旭昇准备好收回代理权的相关法律文件后,才从J市返回汉江市,发现汉江市已经突然进入了冬天。

汉江市的夏季漫长,秋季来得迟迟,温度一直温暖得让人错以为接下来的会是又一个暖冬,可是一股来自西伯利亚的寒潮一夕之间使得气温骤然下降,冷雨下得淅淅沥沥,雨中夹杂着细小的雪花,大有绵绵不绝之势。

本地报纸开始引用气象部门提供的数据,表示今年的雪来得明显早于往年,请市民做好防寒准备。

尽管有预告,这一年的严寒天气仍然来得出乎人的意料。寒风呼啸,一阵阵大雪下下停停,转眼到了新年。

这天仍然下着小雪,田君培约任苒去吃烤全羊。这家餐馆开设在郊区一个果园,聚会是冯以安出面邀约的,他的理由是,只有在这种下雪天气,一群人聚集在一起喝酒吃羊肉才有气氛。

到了地方,任苒和田君培都觉得环境十分有意思,只见眼前有一个半开放式的简易房,搭了近十口灶台,红通通的炉火上架着刷了调料、穿在巨大铁钎上的全羊,由一名厨工不停翻动着烘烤,油滴落下去,不时发出滋滋的响声,看着有几分吓人,闻起来却是香气扑鼻。

冯以安和另外七八个朋友先到,他们彼此做了简单的介绍,便围坐在一个灶台边坐下。

任苒对田君培说:"这看起来跟张家口的烤全羊做法差不多,不过那边零下二十多度,只能在室内烤,腥膻气跟炭火的味道搅在一起,有点儿影响食欲,还是这里好,可以边烤火边吃,空气也新鲜。"

田君培笑道:"以安是美食家,这城市再偏僻的角落哪家餐馆好,哪里咖啡地道,他都最有发言权。"

冯以安对此颇为自得:"别以为这一带荒凉,其实很有几家好餐馆,光这个果园就开了一家叫桃源的,走的是高档路线,做精致的淮扬菜,生意也好得不得了,下次我们去那里吃。"

等厨工终于宣布烤好时,大家早已经被香气刺激得食欲大开,不论男女,全都站起身,持了刀叉开动起来,除任苒之外的几个女孩子吃得尤其豪爽。

田君培注意到,任苒仍然吃得不多,可是她态度落落大方,没有一点装矜持的样子。

等全羊吃得只剩一副骨架，他们再转移到旁边封闭的餐厅里，围桌坐上，开始喝酒、吃羊汤火锅。

田君培顾虑着等会儿要开车，谢绝喝酒，但冯以安不容分说便给他倒上，笑道："最近你忙旭昇的事辛苦了，难得出来，别扫兴好不好，大不了把车放这里打出租回去。"

"这荒郊野外，又下着雪，哪里好叫出租车？现在查酒后驾驶很严格，以安你别害我了。"

任苒拿过茶壶，将自己的杯子倒满茶，笑道："君培你喝吧，我不喝酒，待会儿我开车送你好了。"

冯以安喝彩："还是任小姐爽快。"

大家尽欢而散，向停车场走去。外面的雪越下越大，任苒接过田君培递给她的钥匙，走向停在车棚下的他的奥迪，却怔了一下。只隔了一辆车的位置，停的是一辆两门玛莎拉蒂跑车，上面尽管覆了薄薄一层雪花，可是仍然看得出是十分打眼的鲜红色，挂着北京牌照。先走过来的冯以安正与一个穿着黑色裘皮外套的高挑女子打招呼，任苒一眼认出，那人是贺静宜。

不等她拉开车门坐进去，贺静宜也看到了她，一脸讶异地叫道："任小姐，你怎么会在这里？"

任苒手扶车门回头，田君培清楚地看到，她嘴角微微向上一挑，再度露出当初在J市收费站外面对众多警察时的那种让人惊讶的浅笑，有一点儿疲惫，有一点儿厌倦，又有一点儿说不出来的满不在乎："你好，贺小姐。"

贺静宜马上撇下冯以安大步走过去。

田君培看出她们有话要说，自觉退开一段距离，冯以安一把拉住他，小声对他说："这女人就是亿鑫负责中西部投资的副总贺静宜，你的朋友很神秘啊，居然认识她。"

田君培没有说话。他并没喝过量，保持着敏锐的判断能力，当然马上断定，曾在J市现身的那位陈华，肯定就是亿鑫的大老板。他想，要是冯以安知道这一点，恐怕会更觉得任苒神秘了。他再看一眼那边，任苒与贺静宜面对面站着，贺静宜说了一句什么，任苒耸耸肩，似乎只是一个无须回答的问题。

冯以安同样注视着那边，摇摇头："贺静宜跟修文以前就认识，她来过一次安达，架势摆得活像女王巡视殖民地，可是在任小姐面前，她的姿态好像放得很低。"

确实如冯以安所言，任苒个子较贺静宜矮一点儿，衣着简朴，但神态气势丝毫不弱于对方。不管贺静宜说什么，她都简单几个字作为回答，到后来贺静宜再度开口，她只摇摇头，便拉开车门，是一个明显结束谈话的示意，贺静宜却似乎若有所思，又站了一会儿，才转身走向自己的车。

田君培坐上车子的副驾驶座，任苒系好安全带，发动了车子，率先将车开出了果园。

车外夜色深沉，雪花洒洒扬扬，越下越大，有铺天盖地的势头，路上的车辆都缓缓行驶。

田君培试图找着话题："今年的天气确实有些反常。以前我只在北方看到过雪这种下法。

"是呀，我以前在这边住过两年，也没见过持续时间这么长的降雪。"

车内再度陷入沉默，只听得到音乐舒缓地响着。

"碰到那位贺小姐，你似乎不大开心。"

任苒凝视着前方道路，停了一会儿才说："倒也说不上。在这个城市也能碰上过去认识的人，有点儿……意外。"

"我讲一点儿自己的往事你不介意吧？"

她不愿意气氛凝重，开玩笑地说："只要不是情史就行。"

田君培不禁失笑："我的情史乏善可陈，不值得拿出来讲。我二十二岁大学毕业那年，考取了北京名校的法学研究生，同时通过了号称最难考过的司法考试，当时真是意气风发，觉得世事尽在掌握中。"

任苒的父亲是法学家，她耳濡目染，自然知道司法考试需要把三十万字以上的法律条文熟记下来，并且需要熟知经典案例、法理、法律文书写作，要分析各种各样边界模糊的案例，以前一度通过率徘徊在10%以下，号称最难并非夸张，而且田君培还在同一年考上名校法学研究生，那个难度可想而知。

"这绝对是值得自豪的一件事啊。"

"不仅如此，兼职时我已经代替律师完成大部分工作，回到W市后，我正式执业当律师，接连办的几个案子都很顺利，有人恭维我是难得的法律奇才，我也越发年少轻狂起来。后来所里让我接了一个重要案子，一家小公司的总经理被控贪污，但是他的公司只是在当时体制下挂了集体招牌，实际是个人企业。我研究了所有资料，做足功课，自信满满地告诉他，官司很有胜算。主任信任我，甚至请来记者，全程关注这起官司，预备做一个宣传，结果却出乎所有人意料。"

任苒在银行工作过，对此略知一二："涉及体制问题，结果很难说。"

"话是这样说，但我确实没能给他做出最有力的辩护，他被判入狱六年。我告诉他，我们还可以上诉，不过他已经失去对我的信任，换了律师，是我们所最强有力的竞争对手，上诉到高一级法院，获得了无罪判决。你可以想象得到，我有多受打击。偏偏在那一段时间里，我经常会在各种场合碰到他后来的那位律师。"

"然后呢？"

"我郁闷了好长时间，突然在有一天明白了，墨菲定理在什么时候都是通用的，蛋糕掉下去，有奶油的一面着地的可能性较高；在你不确定的时候，你最不希望看到的结果发生的概率最大，至于你最不愿意碰到的人，肯定会时不时出现在你面前，提醒你的失败。"

"我猜，你这样想了以后，可能反而不会再那么频繁碰到那位律师，或者碰到了，也只当是再平常不过的相遇，最后根本不会再介意。"

"没错。我需要那样的提醒，让我避免犯同样的错误。希望你别认为我是在说教。"

"谢谢你，君培，我有时大概的确需要一点说教。你也看到了，我定居在这里，确实想避开某些人、某些事，可是回避……"任苒微微笑了，摇摇头，"真的一般都不能如愿。"

"其实你给我的感觉，是不介意碰到任何人。"

任苒长久沉默之后，稳稳握着方向盘，将车停在一处红灯前，轻声说："希望有一天，我会有那样的坦然。"

第十六章

　　回家以后，任苒站在二十八楼的卧室窗前看下去，这时已经是深夜，天色暗沉，雪花在寂静无声中飞舞盘旋，脚下这个城市披着银装素裹，显现出一派完全不同于往日的宁静景象。远远近近，入目全是一片白雪皑皑，并且越积越厚，仿佛永远不会停止。路上车辆稀少，路灯昏黄，寥寥几个夜归人撑伞艰难地走着。

　　这种天气，当然很适合早早上床，拥被看书，然后酣睡。可是任苒没有一点睡意，盘旋于心中的全是刚才贺静宜与她的对话。

　　"好久不见，"贺静宜一脸狐疑，再度发问，"你怎么在汉江市？"

　　任苒淡淡地说："和朋友一块儿过来吃饭。"

　　这个明显避重就轻的回答让贺静宜疑惑地打量她。她并不理会她的目光，反问："贺小姐，你是过来出差吗？"

　　"去年九月，陈总突然决定进军中部省份，我提交的投资计划得到他的认可，所以派我过来全权负责这边项目。"

　　"祝贺你。"

　　"谢谢。我想陈总并不知道你在汉江市吧？"

　　"我在哪里跟他没有关系。"

　　贺静宜审视着她，目光锐利，语气却十分和缓地说道："我没猜错的话，现在也许是你不希望我在他面前提到你。"

　　她笑了："彼此彼此。再见。"

贺静宜毕竟忌惮她："等一下，有一个消息我可以告诉你，陈总年后的行程已定，他会来汉江市，主持几个重要项目的签字仪式。"

她没有再回答。

当然，任苒不在意遇到贺静宜，但她现在并没有面对陈华的坦然。

他是来主持亿鑫的项目发展，并不是为你而来——然而这个说辞安慰不了她，她从来做不到揣测陈华的行为，却不会低估他的坚持。

汉江市是中部最大的城市，你和他现在完全在不同的圈子里，相遇的可能性很小——这个想法来得比较实在。

而且，她有充足把握，贺静宜绝对不会贸然对陈华提起她。

这一年，任苒留在汉江市过春节。

任世晏打电话，没像往年那样让她回家团聚，反而嘱咐她不要回去。她担心地问："是不是……有什么麻烦？"

任世晏语气平和地否认："没什么，季方平还在跟我谈判，不过肯定要等到年后才可能解决。小苒，你就安心留在那边过年。"

任苒放心不下来，却也无可奈何。

培训机构已经放假，她去超市做了大采购，便待在家里翻译蔡洪开发给她的一份中文论文，是某位官员写的，准备在一本专业英语刊物上发表。虽然该官员号称海归金融博士，但英文水平实在有限，根本不具备书面表达能力，只能重金求助翻译。

任苒翻译这份文稿时，感觉很吃力，除了必须将不够顺畅的中文表述理顺，还得不断勘误，将某些专业上存在缪误与歧义的地方改正过来，然后才能开始着手翻译成英文。

这份工作既费神又乏味。她翻译到除夕这天黄昏，实在是疲惫了，正好接到田君培打来的电话，祝她新年快乐，她也祝他在家里玩得开心。放下手机后，她决定出门去走走，顺便去绿门咖啡馆喝一杯咖啡。

对于这个城市来说十分罕见的连日大雪终于止住，但是天气严寒依旧，路边堆满未化的积雪，屋檐下挂着长长的冰柱。空气沁凉冷冽，仿佛直透入人的心肺。时间还早，不过路上行驶的车辆比平时少得多，人行道上也没有多少行人，远远近近，不时传来鞭炮声，更衬得街道寂静异常。

任苒裹着长羽绒服，穿着雪地靴，踩着残雪，慢慢走到绿门咖啡馆前，却发现霓虹灯招牌没有如往常那样打开，窗帘全垂了下来，卷闸门放下一点儿，里面有灯光，只是远不及平时那样明亮，还隐约有音乐声传出来。

她不确定地伸手推一下绿格子雕花玻璃门，门开了，里面开着空调，和着暖气一块儿扑面而来的音乐让她顿时呆住。

"——我没你悄悄想象的那么独特，
有了我，你是否也没有找到预料中的快乐；
如果你不曾给我承诺，
我也不会计较你的模棱两可……"

眼前的一切仿佛是从她潜意识深处打捞出的一个梦境，可是梦境怎么可能如此清晰、明确。整间咖啡馆内空荡荡的，灯光昏黄，激烈高亢的歌声轰鸣在这个往常只播放柔和背景音乐的空间内，似乎有一部分过去的岁月突然冲破时光的桎梏，不宣而至，来到了任苒的面前。

歌词和着伴奏音乐一字字透入心底，一股涩涩的滋味蔓延到整个胸腔，她的眼睛在不知不觉中变得湿润。

"……
我们混迹的世界如此荒唐险恶，
我们的未来如此变幻莫测，
你却说，大家总要学习它的规则；
谁来告诉我怎么习惯一个又一个妥协，
做到与所有不如意讲和……"

她正神驰之间，音乐声戛然而止。

苏珊从吧台后站了起来，神情讶异："任老师，咖啡馆春节期间停业三天，不好意思。"

她本能地"哦"了一声，停了一会儿，不由自主地说："真没想到会又听到这首歌。"

苏珊一怔："你以前听过？"

她点点头："八九年前，我读大学的时候，在……"她搜索一下记忆，"本地一家刚开张的酒吧，好像叫城市传奇吧，听到过一支叫深黑的地下乐队唱这首歌。"

"没想到还有人记得他们乐队的名字，"苏珊美丽的面孔上一下露出惘然之色，低低地说，"还有这首歌。我以为，这只会是我一个人的记忆。"

"苏珊，我很喜欢这首歌，能不能把这张唱片帮我复制一张？"话一出口，任苒便意识到苏珊与这支乐队中某个人的关系，自觉唐突，连忙补充道，"不方便的话就算了，当我没说。春节愉快，再见。"

"请等一下——"苏珊叫道，"任老师，我家里还放着几十盘这张专辑的CD，根本没拆封。难得现在有人记得他们唱的歌，并且还想要重温。回头我拿一张新的送给你。"

"太谢谢你了。"

"你怎么没回家吃年夜饭，今天还跑出来喝咖啡？"

"我的家不在本地。"

她没有问苏珊为什么除夕独自一人待在歇业的咖啡馆内，不过苏珊显然没觉得这是一个问题，一下笑了："那正好，任老师，我没煮咖啡，不过刚开了一瓶红酒，准备一醉方休。愿不愿意陪我喝点红酒，顺便听一下这张专辑？"

她有些意外，但马上欣然点头同意。

任苒脱下羽绒服坐下，苏珊闩上门，拿了一瓶红酒和两只酒杯走过来，然后打开音响，将声音调得更大一些，从第一首歌放起，节奏强劲的摇滚乐再度在咖啡馆内响起。

她倒了两杯酒，推一杯到任苒面前，也不劝她或者与她碰杯，顾自端起自己面前那杯，喝了一大口。

任苒和往常在云上时一样喝得很节制，她晃动杯子，看着酒液沿着杯壁缓缓流下，嗅了嗅味道，与她喝习惯的新酿葡萄酒不同，发酵充分，闻起来没有浆果气息，而是十分醇厚，她呷了一小口，让酒的余味占据整个味觉，感觉味道颇为绵长有回甘。

"这酒应该有一定年份。"

"任老师，想不到你是内行。酒是别人送的，说是哪一年的解百纳，我忘了，我喝酒一向是牛饮，不管那些事。"苏珊仰头喝了一大口。她喝酒的确如同喝水一样，来得十分爽快，毫无品尝之意。

她们默默喝着酒，再没有说话。当然，在这样震耳欲聋的音乐声中，根本无法交谈。可是听凭这样的音乐包围，却没有听摇滚乐应有的投入与激动，她们平静无波地相对坐着，喝着红酒，也显得有几分怪异。

然而任苒和苏珊全都没有意识到这一点，只是沉浸于不同的回忆之中，将那个鞭炮声响得不止无歇的世界拒之门外，享受着那一段属于她们的时光。

"你并不幼稚，可你确实还是个孩子。"

"当一个心地坦白的孩子没什么不好。"

"小姑娘，我给你一点儿忠告，不要随便跟男人去酒吧，那样很危险。"

"不知道为什么，看你伤心，我忍不住会想，简直是罪过，还是先哄哄再说吧。"

"你喜欢上的是一个陌生男人带来的神秘感觉。"

"你实在太天真、太小，我喜欢你，所以决定对你慈悲。我不会引诱你陷得更深，更不会带你回酒店房间。那不是你要的，也不是我应该给你的。"

随着这张专辑复活的记忆如潮水般汹涌而来。那样如呐喊般的歌词、激烈的曲调、嘶吼的演唱、外露的情怀，原来正是契合着青春期冲撞而无处安放的激情。当她不再年少，不再拥有对着初次爱上的那个男人的勇气时，怎么可能不感慨万千？

专辑循环播放着，不知不觉间，一整瓶红酒已经被她们喝得涓滴不剩。

苏珊摇晃一下酒瓶，站起身去关了唱机，咖啡馆内陷入突然的寂静。她咯咯笑了："任老师，你看着斯文，酒量真不错。"

任苒撑着头，也笑了："马马虎虎，有大半年时间，我每周都去酒吧喝酒，大概能算半个酒鬼。"

"你以前去听他们……我是说深黑乐队在酒吧演唱，对其中的哪一个人最有印象？"

"我印象最深刻的是进咖啡馆时听到的那首歌，至于乐队成员，"她侧头回忆，只记得那是由主唱、吉他手、贝斯手和架子鼓组成的一支乐队，四个成员通通做朋克打扮，头发用发胶胶得竖起，戴着耳钉，穿着皮夹克与破旧的牛仔裤，酷劲十足，可说到他们的具体面目，她只得招认，"想不起来了。"

"那首歌的歌词是主唱阿风写的，作曲是吉他手阿恒。他们四个人中要说到才华，应该是这两个人最厉害了。可惜他们都很早就不玩乐队，阿风开了汽修厂跟酒吧，现在只偶尔在他店里抱着吉他唱首歌，阿恒经营着一个小园艺公司，鼓手小乐去国外留学，再没回来。"

"一直坚持做地下乐队的确很难。"

"当时迷玩乐队男生的女孩子不少。"苏珊似乎打开了记忆，"我后来才知道，这种女孩有个专门称呼，叫作'骨肉皮'，名声很滥，唯一的爱好就是收集摇滚乐队成员，可以跟所有人混在一起，只图打进那个圈子。"

任苒讶然："Groupie这个词在西方很流行，我不知道国内竟然也有。"

"我认识的一个朋友后来笑我，说我可以算是资深'骨肉皮'。可是当年，我想法真是单纯啊，完全没有那些念头，只知道那个男人我喜欢，他做什么的不重要。跟他在一起，我有说不出的开心，唯一的愿望就是想要永远跟他在一起。"

这句话让任苒很有感触，同时酒精也让她松弛下来，头一次有了倾诉的愿望："我就是在听那首歌的时候喜欢上了……一个男人，反正我们总会在那个年龄喜欢上某个人，不管他唱不唱歌。"

"是呀。我认识他的时候，只有十九岁。我从来就不是读书的材料，高中毕业后没考上大学，索性从家乡那个小城市来到省城，上了一个所谓的艺术学校，跟着一帮退休话剧演员学形体学表演，做做明星梦，业余时间在咖啡馆打工。他来喝咖啡，我一下就喜欢上了他。我当时的老板是台湾人，被我的疯狂劲头吓到了，说恋爱中的女人真是可怕，哈哈。"

任苒也被逗乐了，她能想象到老李用带着闽南腔的普通话打趣苏珊的情景。

"那会儿他只是一个贝斯手，家里人全都反对他搞音乐，更何况玩的还不是主流音乐，而是走朋克路线的不出名地下乐队，演出机会少，收入不固定，好容易出张专辑还得自费，销售惨淡，看不到什么前途，更谈不上商业前景。"苏珊的指尖摩挲着桌子上铺的格子桌布，"可是有什么关系，我喜欢他，就这么简单。"

如果只是年少时一个简单的心动，一个单纯的喜欢，甚至是一个不足为外人道的暗恋，没有发展，更无后续，青春因此留下明媚的记忆，该多么完美。

然而结局早已写就，没有什么可以重来。

看着苏珊涂了艳红色蔻丹的纤细手指划过蓝格子棉质桌布，一笔一画，似乎在写着一个什么字。任苒清楚地知道，苏珊投入的那个"喜欢"肯定复杂，而且影响深远。

"我跟他同居以后，我的父母嫌我叛逆丢人，跟我断绝了往来。我以为只要彼此喜欢，过得开心就足够了，谁的话我都听不进去。后来，那支乐队解散了，他不甘心留在这里过平凡的日子，决定去北京找机会，我辞了工作跟过去，心甘情愿陪他住地下室，生活再艰苦，也觉得没什么。可是我错了，他的世界越来越大，我没法守住他。"

苏珊语气平淡地讲着她的故事，任苒却无法冷静旁听。

从某种意义上讲，这几乎是她昔日生活的一个翻版。每个人都以为自己碰到的人、经历的爱情独一无二。然而，爱恨情伤，悲欢离合，阳光底下显然没有新鲜事。

她从小生长在优越的环境中，家教严格，性格并不叛逆放纵，本来很难有苏珊那样小小年纪便独立生活，敢爱敢恨的性格与决断。如果不是突然对父亲失望，她当年就算暗暗心仪祁家骦，也不过是少女单恋，断然不至于离家出走追随他。进一步推想，如果祁家骢没有因为生意陷入困境必须消失，像他那样才能出众的男人，他的世界势必只会越来越大、越来越广阔。以她当时那样青涩的年龄，一厢情愿的感情，也未必能守住他。

她记起那段从深圳到广州的日子，她与他同居，从盲目的爱恋到一点点了解他，知道他的生活习惯，知道他的清醒、冷酷，知道他把喜欢与真正的需要分得十分清楚，不愿意跟别人分享全部生活，甚至把爱情这个东西看得无足轻重……就算这样，她也没有对他失望。

大概再不会有一个女孩子有她这样的机会可以如此接近他的内心，可是她仍然无法把握他——对一个拒绝被感情迷惑，拒绝把内心完全开放给别人的男人来讲，她当然不可能成为他的世界。

也许，只有在双平的时候，远离尘世，她真正拥有了他。她应该庆幸曾经拥有过那样的时刻，短暂，但是真实。

对于爱情来讲，没有外力干扰却无法相守的悲剧意味，显然要远远强于一个情正深时无可奈何的别离。

苏珊继续回忆着："当时，全国各地跑到北京碰运气的人真多，画家、演员、模特、歌手……每个人都显得那么有才华，有雄心，看上去没理由不成功，不过，真正成功的人少得可怜。绝大部分人都只守着一点儿缥缈的希望，苦苦挣扎。好像只有我没什么远大志向，能跟爱人在一起就心满意足了。想一想，还真是年轻挨得住，就算家里没有隔夜粮，口袋里只剩区区几块钱，照样敢出去玩到快累散架了才回。"

任苒没经历过那样艰难的日子，可是能想象得到其中甘苦。

"我也有试镜的机会，还有经纪人说愿意签下我，口口声声说一定可以捧红我。但隔了两天，我发现自己怀孕了。他说他爱我，可是他要冲刺他的事业，没准备这么年轻当父亲，也不可能在那个年龄早早结婚，他让我去打掉孩子。我当时已经隐约知道，迟早有一天，我会守不住他，我当然不愿意放弃这孩子。"

"你就这样……生了囡囡？"

"是的。小城市风气保守，我不能没结婚却挺着大肚子回家找父母，就一个人回了汉江市。我以前的老板人很好，他收留了我，一直照顾我，生孩子的时候，是他送我去的医院，给我在手术单上签字，那一年我刚满二十二岁。很多人以为他是我女儿的父亲，我想解释，可他说没必要，反正他孤身一人，不介意别人议论。"

"后来呢？"

"没有后来了。"苏珊不带什么感情色彩地说，"我老板得到了一个很难得的工作机会，要去新加坡。临行前，他问我愿不愿意跟他一起走，他愿意继续照顾我，把囡囡当亲生女儿看待。我想来想去，可真狠不下心去利用一个好人来解决自己的麻烦，还是拒绝了。老板把这间咖啡馆留给了我，于是我就停在我跟囡囡的爸爸认识的原地，仍然一杯杯地卖咖啡，偶尔喝点小酒，听听他最初的这张专辑。"

"他跟你再没联系吗？"

"我们有联系。有时他回这个城市，我们甚至还会在一起。我是不是很可笑？"

"如果他不属于你的生活了，还是放下他比较好。"

"是啊，知道这件事的朋友都不止一次这么劝我。可是老实讲，我没特意等他，到了今天这一步，他怎么可能再兜回原地找我，这一点我比谁都清楚。我只是觉得心里空空的，很难再装下其他人了，跟他有没有联系就那么回事。有时候，我甚至情愿再也不要听到他的任何消息才好。"

"你不关注他了，自然就不会听到他的消息。"

苏珊的表情有些复杂，停了一会儿才说："不，他的情况特殊，用不着我特意去打听，消息自然就会来到我面前，由不得我不听。"

她一直表现爽朗，唯独到这一段讲得十分含糊，任苒也不愿意细问，蓦地想起一件事："今天你不用回去陪囡囡吗？"

苏珊哈哈一笑："要是女儿能让我陪，我怎么会一个人坐在咖啡馆里听歌？"

任苒有些意外，又有些尴尬，不过苏珊并没有什么难过的表情，轻松地解释着："囡囡从小就跟她爷爷奶奶住在一起。"

"对不起。"

"没什么，别为我难过，我做的一切都不过是自己的选择，愿赌服输罢了。"

任苒想，扑向火焰的飞蛾远远不止她一个，有人比她付出更多，伤得更重。然而苏珊看上去丝毫没有自伤自怜之态，让她不能不佩服。

"好歹我和女儿还住一个城市，我还能时不时看到她，知道她爷爷奶奶把她照顾得很好，我很知足了。"苏珊转动着空空的酒杯，笑着说，"我今天说了太多废话，任老师，真不好意思，每次喝多一点酒，我就成了个十足的话痨。"

"这很正常。我看上去话不多，对吧？可是有一段时间，我必须定期看心理医生。每个人都需要倾诉的渠道。"

"是啊。对面晚报社有一个记者叫罗音，每周会有几个下午在我这里接待读者，听他们讲心事，然后写成整版的稿子登出来。我以前还好奇地问过她，哪有这么多人愿意对着陌生人讲故事，她也是这么回答我的。任老师，谢谢你今天陪我。"

"我也喝得很开心。"任苒手撑着桌子站起身，摇晃一下才站稳，"苏珊，回家好好睡一觉。总有一天，你可以感觉到，你能记住他，也能放弃他。慢慢的，他会不再真实，对你来讲，他彻底成了过去。"

"你的话很有道理。"苏珊也站了起来，思索一下，眉毛挑起，耸耸肩，"其实我记忆力很差劲，别人跟我打招呼，我经常莫明其妙，不记得是不是认识对方；好多难受的事，隔几天我就彻底忘了。唯独跟他在一起的日子，我记得实在太清楚了。我不确定我是不是真的愿意彻底放弃，这样子大概又矛盾又可悲吧。"

"不，我只知道，你在过你愿意过的生活。"

"说得没错。"

苏珊一样样收拾好酒瓶、酒杯，关上空调和灯，两人穿上外套一同走出来，她锁好店门，跟任苒道别，向另一个方向走去。

越是入夜，温度越低，凛冽的北风吹在脸上有疼痛感，让人几乎不相信这是一个接近南方的城市。任苒迈着小心翼翼的脚步，踩着结冰的路面往回走，脚下发出"咯咯"的轻响。

喧嚣的鞭炮声一直没有止歇，烟花在她头顶的天空不时绽放着，反而照得路面明暗不定。

她不记得这是她一个人过的第几个春节了，可是她心底平静而安详。她想，正如同她对苏珊说的那样，她也正过着她想过的生活，这就足够了。

第十七章

国人向来讲究，不宜在春节期间沾惹各类官司是非，律师事务所因此可以放一个从容的假期，只是田君培没有往年那么轻松，手头还有大量案头工作要完成。

他回到W市，除了例行看看亲戚，与老曹等合伙人相会商量工作以外，便一直在家里伏案工作。旧时朋友打来电话再三邀约相聚喝酒，他却情不过才答应。不过到了地方，他便有些后悔了，几个月不见的郑悦悦赫然在座，正与人划拳，玩得不亦乐乎。

他像招呼其他朋友一样跟她打着招呼："悦悦，新年好。"

郑悦悦只敷衍地点点头，继续划拳喝酒，看上去情绪很不错，他略微放心，坐下跟朋友闲聊起来。

到尽欢而散，准备各自回家时，郑悦悦突然开口："君培，送我回家好吗？"

当着众人，他没法拒绝，只能点点头。因为出来喝酒，他没有开车，只能在酒吧门口排队等候出租车。这边同样经历着罕见的严寒，郑悦悦却衣着单薄，北风吹来，她顿时打了个喷嚏，他将大衣交给她："披上吧，小心着凉。"

好容易等来出租车，他将郑悦悦的地址告诉司机，两人默默坐在车内，都没说话。到了地方，郑悦悦却没有将拢在身上的大衣交还给他下车，而是拿出钱包付车费。田君培皱眉说："悦悦，我还要继续乘车。"

"上去坐坐吧，我有话要跟你说。"

"太晚了，不大方便。"

郑悦悦撇一下嘴："那要看做什么事，才谈得上方不方便。"

这样暧昧的对话让司机心照不宣地笑了，他利落地竖起计费器找零钱："两位，请下车吧,大过年的我还要继续做生意。"

田君培无可奈何,只得下车。

郑悦悦的香闺是她父母送给她的一套公寓,位于市中心,地段很好,面积虽然不算大,但价格在本地算得上不菲。田君培当然不是头次过来,可是上一次的记忆太不愉快,他实在不明白郑悦悦到底有什么打算。他陪她走进大堂,便站住了脚步。

"悦悦,我不方便上去,有什么话,在这里说好了。"

"这个大堂又没供暖,我快冻死了。"郑悦悦上上下下打量他,笑盈盈说,"还是上去坐吧,别摆出这样一本正经的样子,我保证不会强暴你。"

田君培苦笑:"我要怎么说你才能明白?普通朋友之间相处最好保持适当的距离。"

郑悦悦脸上的笑意变冷:"这么说我已经被你划到普通朋友行列里了?好吧,来告诉一下你的普通朋友,任苒是谁?是不是另外一个普通朋友?"

田君培吃了一惊:"谁告诉你这个名字?"

郑悦悦若无其事地说:"在酒吧的时候,你去洗手间,手机丢在桌上,我拿起来看了看。你近期的通话记录里只有她一个女性的名字,而且今天晚上还通过近十分钟话。"

她居然当着众朋友的面翻他的手机,还这么坦然讲出来,田君培简直不知道说什么好了。他叹一口气:"悦悦,你这样可不好。"

"如果我直接问你,你现在正跟谁交往,你会直说吗?"

田君培伸手按了电梯上行键:"当然不会。我们现在没有相互通报生活的义务,至于翻手机……就更出格了,我不希望再有下次。"

郑悦悦显然没将他的话听在耳内,只重复问道:"任苒是谁?你新交的女朋友吗?"

"她是我很重视的一个朋友。以后别再问我这种问题,我不会回答的。进电梯吧,这里太冷。"

郑悦悦取下披着的大衣,默默交还给他。他刚接过来,她却突然扑入他怀中抱住了他。她身材苗条而柔软,只贴身穿着一件薄薄的羊绒衫,扑入他鼻端的有酒气和她常用的香水味道,此时显露的是玲兰与麝香混合的后调,若有若无,配合在一起十分诱惑。

"别这么考验我,悦悦。"

郑悦悦不理会他,嘴唇凑上来,他错愕之下,她的舌尖已经灵活地钻入他口腔内,湿润而柔软。他只能努力将她从自己怀里推开,退后一步。

"你对我是有反应的，君培。"

他烦恼地笑了："悦悦，你应该分得清，男人的生理反应和感情有时候不是一回事。"

"何必非要跟自己的欲望对抗得这么辛苦，我又不是那种上过床后一定会拉着你负责的女人。"

"别把自己说得那么随便，悦悦，我知道你并不随便。至于我，如果随便一下，我们就又回到老路上，根本没意义。"

"也就是说，我跟你的感情，已经被你判定为没有意义，不值再提了吗？"

"不要这么抠字眼。我更希望过单纯平静一点儿的生活，对你来说，我可能想法老土，不合适了。

郑悦悦沉默一会儿，突然哈哈大笑起来，清脆的笑声回响在空荡荡的门厅内。

"你喝多了，上去休息吧。"

"我没喝高，不过算了。"郑悦悦收敛了笑，深深地看他一眼，"我这会儿快冻僵了，没法继续诱惑你。走吧走吧，记住，我现在对你还有反应，我的反应跟我的感情肯定是一回事。"

看着她走进电梯，他只得笑着摇头。

不过这件事并没结束，第二天田君培便接到郑悦悦父亲打来的电话，他语气和蔼地说："君培，怎么过年也不到我这里来坐一坐？"

田君培十分狼狈，却决心不再这么含糊下去了："郑叔叔，可能悦悦已经跟您说了，我们觉得性格不合适，决定分开。这段时间我工作太忙，马上还要赶去J市出差，没顾上给您拜年，很不好意思，等回来后我来看您。"

郑父似乎并不意外："君培，我跟悦悦谈过，她对你还是有感情的。我们只有这一个女儿，难免娇惯，弄得她很任性。我觉得你们并没有原则性的矛盾，不妨今天过来，吃顿便饭，再坐下来好好谈谈。"

田君培不便对着长辈多说什么，只能说："我和悦悦都是成年人，做出决定都很慎重。而且我们还是朋友，不管什么时间沟通都没有问题。"

"君培，你今天一定要过来，我还有一点法律问题需要向你请教，恐怕开年以后，我会面临一场官司。"

话说到这个份上，田君培没法再推托了。

田君培买了一份礼品去郑家按门铃。郑悦悦给他开门，似笑非笑地说："田律师大驾光临，实在是蓬荜生辉。我爹险些逼着我这大冷天出去迎接你。"

他只得打个哈哈："郑叔叔总这么风趣。"

郑父嗔怪地瞪女儿一眼："又在胡说八道。"

郑妈妈也迎了出来，一迭连声地怪他这么长时间不来，来了又何必带礼物，实在见外，又说亲自下厨做他最爱吃的菜。

田君培连忙问郑父官司的事情，试图引开话题。他本来只想听听情况，然后介绍这边普翰的一名律师给郑家。可是出乎他的意料，郑父倒不是找借口。他做文化出版生意，确实因版权问题惹上了一桩不小的麻烦，而且对方是汉江市的一个公司，已经扬言要起诉他。田君培初步看了他拿出来的合同之类的文件，提了几点看法。

郑悦悦插言："君培，我爸只信任你，你接这案子不行吗？"

他无可推托："其实涉及著作权法，普翰这边有位陈律师很有研究。最好还是跟他谈谈，我可以在汉江市那边为他提供工作支持。"

正在这时，他手机响起，他说声对不起，站起来接听，竟然是尚修文从J市打来的，声音低沉："对不起，君培，请你马上赶赴J市，有十分紧急的情况需要你过来处理。"

他知道尚修文年前去了巴西处理事情，临行前还曾打电话问了他几个法律方面的问题，这样紧急返回，当然是旭昇出了大事。他马上答应下来，然后对郑父郑母道歉，说必须先走一步。

不等父母说什么，郑悦悦先勃然大怒起来："田君培，你太过分了。推三阻四才过来，不肯帮我爸爸的忙，现在又要走。你以为我真的离了你就不行吗？你走，出了这个门，我彻底跟你玩完了。"

她转身回了自己的房间。田君培只得再跟郑父解释，实在是大客户出了问题紧急召他过去，并保证会再找时间专门处理他的法律问题。郑父涵养颇好，满口说年轻人以事业为重是对的，让他别理郑悦悦的小姐脾气，亲自送他出来。

田君培来不及回家，只打个电话回去，然后直接开车去了J市。他走进董事长的办公室，没有看到吴昌智，只有尚修文与另外几名董事会成员面色凝重地坐在里面，尚修文告诉了一个令他震惊的消息。

年前旭昇曝出的钢筋质量事件突然急转直下，质监局检验了旭昇提供的产品，得出结论并无质量问题。但有关部门接到翔实的举报材料，经过调查发现，旭昇涉嫌与小炼钢厂勾结，低价收购再生钢材与伪劣钢筋制品，冒充经过检验的旭昇产品发售到建筑市场。

"目前吴董事长和几个高层人员正在接受调查，预计报纸马上会刊登这条消息。"

"也就是说，市面上销售的伪劣钢筋制品确实是经由旭昇的渠道流出去的？"

尚修文点点头。

田君培迅速思索着。吴昌智一生谨慎，不会为追逐蝇头小利干这种自毁企业前途的事情。他大权独揽，别的董事与高管基本没有太多话语权，唯一的嫌疑人只有捅出不少娄子后被收回财务审批权的常务副总吴畏。他询问地看向尚修文："吴副总人呢？"

尚修文长叹一声，证实了他的猜测："目前找不到他，他手机也关了。"

对这种行为，田君培没有什么义愤之情，他马上从职业角度考虑问题："要弄清楚质监部门掌握的举报材料具体包括什么内容。"

"我找人打听过，里面甚至有吴畏签字的与小钢厂往来账目的复印件，可谓证据确凿。我们商量了一下，也跟吴董事长通过电话，他提议，他扛下这个责任，引咎辞职，不再担任旭昇董事长。"

田君培知道，吴畏再怎么不成器，也是吴昌智唯一的儿子，不可能大义灭亲到把他交给法律制裁，恐怕只有由老子出面担下他闯下的大祸了。可是旭昇股东结构复杂，甚至还包括一部分国资股，谁有资格继任董事长是一个问题，而更换董事长也未必能解决这件事引发的信任危机。

"你带齐所有资料，君培，现在陪我去酒店见远望投资公司的董事长王丰，我们路上再谈。"

年前田君培帮尚修文处理了他注资并加盟远望投资公司的一系列法律程序，也谈到过远望有意对旭昇做战略投资，但还需要进一步研究。吴畏一手炮制的劣质钢筋事件在此时东窗事发，尚修文不得不放弃彻底脱离旭昇的打算，从幕后走到台前，说服王丰在这种情况下收购旭昇一部分股份，坚定各方投资者的信心，重新让旭昇的生产销售走上正轨。

在与王丰进行艰苦的谈判以后，旭昇董事会从下午一直开到第二天凌晨。吴昌智也从接受调查的地方赶了回来参加会议，在他的极力坚持下，尚修文终于同意出任旭昇董事长一职。

田君培清楚地知道，这虽然是一个临危受命，但旭昇是本省最大的民营钢铁企业，资产雄厚，省里相关部门一直酝酿着推动上市。只要操作得当，渡过此次危机，仍能有巨大发展。这个职务可以说是很多人梦寐以求的，只是尚修文神态十分凝重，毫不兴奋。

在度过一个不眠之夜后，田君培陪着尚修文驱车赶往省城W市，准备召开记者招待会，公布这一消息。路上他们仍然讨论着一系列法律程序，他突然发现，一向心思缜密、不动声色的尚修文看上去竟隐隐有忧虑之色。

"你在为冶炼厂的兼并担心吗？"

"不止于此。这次事件，我怀疑幕后操纵一步步把吴畏带进陷阱再最后曝光的主谋是亿鑫集团。"

田君培的第一反应是想到陈华。因为任苒，那个只有一面之缘的男人给他留下的印象实在太深刻了，不过他不便在这时谈及他。"如果单纯为了争夺冶炼厂，出这种手段，未免太极端太狠辣了。"

"不止是冶炼厂，我猜想亿鑫很可能志在借机吞下旭昇集团。"

田君培略一思索，不得不承认尚修文的推断极有道理："就算远望参股进来，旭昇仍然算股权相对集中，收购没那么容易。"

尚修文看向车窗外，思绪似乎一时飘远，隔了好一会儿才说："对不起，我走神了。其实我现在最担心的，是怎么回去面对我妻子。我不可能在电话里告诉她这件事。"

这是田君培无法回答的问题。他在昨天半夜董事会短暂休息时，才知道尚修文对所有人都隐瞒着他在旭昇拥有的股份，包括他妻子甘璐在内。本来他的安排是逐渐淡出旭昇，全力投入远望的经营，并且也跟妻子讲了未来的打算。

然而，形势所迫，他现在必须公开在旭昇的新身份，并为那个长期的隐瞒做出合理的解释。

"她一向明理，你讲清楚前因后果，她应该能理解的。"他只能这样泛泛地安慰尚修文。

到了W市后，尚修文与其他旭昇高管去酒店。田君培赶去普翰律师事务所，临时叫来一个助理加班，帮他一起准备各项变更及参股所需要的法律文件。

文件齐全后，他匆匆赶往酒店，预备与尚修文会合，请王丰做必要的签字。然而在酒店门口一下车，他便看到贺静宜就坐在门前停着的一辆黑色奔驰的司机座上。

她为什么会突然出现在旭昇召开记者招待会的地方，让田君培不解。一犹豫间，尚修文的妻子甘璐突然快步从酒店走出来，这比看到贺静宜更让田君培惊讶。他正要叫她，一个穿深色西装的男人已经将她强推上了那辆奔驰，贺静宜马上发动汽车，疾驰而去。

一切发生在转瞬之间，田君培大吃一惊，赶上几步，却根本来不及干预，接着尚修文追了出来，他连忙说："修文，开那辆车的是……"

尚修文显然知道是谁，做了个手势让他不要说下去，拿出手机迅速拨打电话。他惊觉后面有不少记者模样的人跟了出来，马上笑着拦住他们，将他们指向随之赶来的旭昇高管："各位，有什么问题请直接去问旭昇的新闻发言人，尚总现在不准备再接受采访。"

记者被带开。田君培再度看向尚修文，他想，看来贺静宜与尚修文之间不止认识那么简单，还存在着不为人知的某些关系。他一向信任尚修文处理问题的理智与决断，此刻却有些为他担心了。

田君培不得不比预计的推迟返回汉江市。困扰了大半个中国的大雪终于结束，天气渐渐放晴，不过温度仍旧很低。

他再度去了J市，尚修文已经正式过来主持工作，只是显得沉默冷峻。当来开营销会议的冯以安向他打听那天到底目睹了什么时，他只有苦笑的份："你从老魏那里听来的比我还多，我真没看到修文吃他太太耳光的那个火爆场面。"

他确实没时间八卦，这几天里，他处理了新的资本注入旭昇、更换董事长、应对可能启动的诉讼等一系列法律程序问题，每天只睡几个小时，已经累得精疲力竭。

他正准备动身返回汉江市，吴畏突然打电话给他，他只好开车赶往约定的高登饭店。

"令尊和修文都在找你，你放着好好的家不回，住酒店干什么？"

吴畏冷笑："现在回家，我老婆不把我剥皮才怪。"

田君培知道，吴畏与电视台某主持人的绯闻已经曝光，他太太陈雨菲甚至赶去电视台大闹一场，视频被人发到网上，一时弄得沸沸扬扬，成为很多人的谈资。在吴昌智的要求下，春节期间，他还不得不给几家网站发了律师信，让对方删帖，尽力消除影响。

"君培，今天叫你过来，是想问一下我手里的10%旭昇股份是不是可以随意处置？"

田君培隐隐警惕："理论上说是这样。不过，现在旭昇刚刚更换董事长，不适合公开转让股份，引发外界猜测。如果你有把股份变现的意思，我可以告诉修文，让他给你出一个合适的价格私下收购过去。"

"再说吧。你先帮我看看这几份文件，我现在手头不方便，得尽快把这些款子收回来。"

处理完吴畏的事情，他出了酒店，却迎面碰上一个身材高大的男人正大步走过来，严寒的天气下，他只穿了薄薄的衬衫和西装外套，十分引人注目。田君培一眼认出，正是去年曾有过一面之缘的陈华。

田君培几乎不由自主地注视着他，当然不仅因为目前旭昇敏感的形势与陈华有密切关系，更是因为任苒。

陈华刚放下手机，视线不经意掠过他，眉头一动，显然也认出了他。正在这时，贺静宜匆匆从后面赶上来："陈总，我刚接到市政府通知，跟孔市长约好的时间有变动，我们得提前过去。"

他点点头，再看一眼田君培，转身向停车的地方走去。

目送他上车离开，田君培给尚修文打电话，告诉他吴畏就在本地，而且似乎有意转让股份："你可以开价把这部分股份收购过来，免得他节外生枝。"

尚修文叹一口气："他一直认为，旭昇董事长的位置早晚是他的，现在根本不接他父亲跟我的电话。我再试着找找他吧。"

田君培不得不佩服吴畏在闯下大祸后还能如此理直气壮："对了，我在高登酒店还碰到了贺静宜跟她的老板陈华在一起，他们似乎正要去见孔市长。"

"看来亿鑫加快收购冶炼厂的动作了。"

田君培当天开车赶回汉江市，所里还有更多事情等着他处理。

上班头一天他便忙到晚上十点，和另一位律师一同准备他刚接下的一宗涉外投资业务。刚招来的助理小刘法学专业毕业，具备英文专业八级水平，却在翻译一份法律文书时急得要掉眼泪了。他看了看她已经翻译好的一小段，不禁皱眉。

小刘看着他的脸色，委屈地说："我的强项是听力和口译，把中文文件翻译成英文要稍微弱一点，而且这些金融名词太专业了。"

这种辩解对他来讲自然毫无意义，他想了想，打了任苒电话向她求援。好在任苒上班以后，手机开着的时候比以前多。

"真是不好意思，小苒，这份文件赶得很急，时间这么晚，我已经来不及去另外找人了。"

任苒答应下来："我可以试试，金融名词没问题，但是法律名词对我来说恐怕有难度。"

"名词部分我来告诉你。我这就过来接你。"

任苒过来以后，迅速看了一遍文件，将那部分她拿不准的专业名词列出来，田君培马上做了一个中英文对照出来，她一边翻译，一边录入，速度让助理小刘瞠目，忍不住一个问题接一个问题地问她。

"任小姐，你是学英语专业的吗？"

她摇摇头。

"太让我沮丧了，我满以为在非英语专业的人当中，我的英文就很厉害了，可是远不如你。"

"那不见得。我在英语环境里工作过，这几年业余在做翻译，只是一个熟练程度的问题罢了。"

"那你怎么会这么熟悉金融名词，一点都不需要查对。"

"我是学金融的。"

"这些倒也不难。不过怎么才能做到中译英也流利到这种程度呢？"

任苒还真说不好，在母亲的督促下，她从小就打下了扎实的英文功底，留学澳洲期间，教授就称赞她写的英文论文毫无中式英语的味道，用他的话讲就是："你的好多同胞语法正确、词汇量不小，就是写作起来缺乏流利感，你的英语完全没这问题。"在香港工作的八个月，同事交流全用英文，每天都要做大量英语报告，将部分金融工具转换成适应国内需要的新投资品种进行研究，更是让她的英语写作能力突飞猛进。

她只能一边打字一边说："大概还是得加大阅读量，找到正确的语感。"

田君培又好气又好笑："小刘，现在不是教学时间，马上去协助王律师准备另一份材料。"

小刘去了另一个办公室，室内安静下来。任苒潜心翻译着，突然遇到一个拿不准的地方："君培，这个融资期限的表达写得似乎有歧义。"

田君培却没有跟刚才一样马上过来，她一回头，才发现他已经歪在沙发上睡着了，看得出已经疲惫到极点。她不禁哑然失笑，将这个地方标注一下，继续翻译下面部分。待到全部译完，她走过去，正打算将他叫醒，目光却落到他手里捏着的大叠文件上。他的手松开，散落开来露出下面的一份报告，上面赫然标明的是分析亿鑫集团可能做出的收购计划及应对方案。

她没想到在这里也会看到亿鑫的踪迹，不禁微微一怔。这时田君培睁开了眼睛："对不起，这两天睡眠时间实在太少。"他顺着她的视线看自己手里的文件，"上次你碰到的那位贺静宜小姐正代表亿鑫集团，打算收购我一个客户的公司股份，他们做出应对方案，我来做法律方面的评估。"

她没继续问什么，只让他看译好的文稿："有几个地方核对一下就可以了。"

田君培与她讨论好几个有疑问的地方，确定以后再打印出来。等全部忙完，已经到了凌晨两点，王律师送助理小刘回家，他送任苒。

第十八章

正值城市一天中最安静的时间,路灯映照下的马路显得空空荡荡,车子飞驰着,有说不出的顺畅轻盈感,再加上任苒静静坐在旁边,田君培觉得心情十分愉快。

"真是抱歉,明天你就得开学上班了,今天还拖你忙到这么晚。"

"没关系。我下午一点上班,上午可以补眠,倒是你和你的同事真够辛苦的。"

"这段时间,我手头的工作不少,所里又面临业务转型,没办法。"

"我爸爸虽然是法学教授,可我还真是对律师的工作一无所知。以前总以为你们如果不上庭,就会花时间练习辩论啊什么的,没想到今天一看,好多是案头工作。"

田君培笑了:"不要说你,小刘是法律专业毕业,招进来后也犯迷糊,说怎么很少见所里律师上庭。普翰的业务发展重点放在非诉讼业务上面,也就是指除诉讼案件和仲裁案件以外,由律师完成的各项法律事务,包括但不限于非诉调查、律师鉴证、出具法律意见等业务。相比普通民事刑事纠纷,这部分业务的利润更可观一些。"

"也就是说你不用去打官司。"

"必要的时候也要上庭,不过跟以诉讼业务为主的律师事务所比起来,我们上庭的次数的确要少得多。"

"原来如此。"

"是不是很枯燥?一说到法律问题,我就一本正经得面目可憎了。"

任苒"扑哧"一下笑出了声,田君培不解地看向她,她笑着摇摇头:"对不起,一般男人不会这么看待自己的工作。我猜,这应该是你以前女朋友对你的评价。"

"你没猜错。"田君培不得不佩服她的敏锐,停了一会儿,他问,"你觉得是这样吗？"

"男人认真对待专业和工作的时候很有吸引力。"任苒马上自悔，深宵之中讲这句话未免会引起联想，连忙补充，"我从小看习惯了我爸一讲到法律就神采飞扬、长篇大论。"

田君培嘴角泛起了一个浅笑："能够跟任教授相提并论，是我的荣幸。"

气氛不可避免地暧昧了，可是这样的暧昧却没有一般刻意调情带来的紧张压迫感。任苒不愿意表现得欲盖弥彰，只得一笑，将头歪在椅背上，再没有说什么。

任苒不肯收普翰的报酬，理由是她不习惯把朋友间相互帮忙弄成生意。

"举手之劳而已，再说你也帮过我很多次，算账就没意思了。"

"那我后天请你吃饭聊表谢意。"田君培马上说，"意大利菜怎么样？地方也是以安那个美食家推荐的，据说味道很地道。"

他们不止一次吃饭，任苒答应下来，放下手机后，才发现他请客的那一天居然是二月十四日情人节。

她顿时便有些不安。

任苒没有正式与人有过情人节约会。

她对情人节最初的印象，不过是祁家骏在这一天肯定会有安排。她曾带着好奇盘问过祁家骏，其实也只是吃吃饭、看场电影再加出去兜兜风而已，没浪漫到足以让她羡慕。

与祁家骢在一起后，他们过的唯一一个情人节是在双平。当时他们在方圆不足两平方公里的孤岛上过着日夜相对的日子，日期和时间都变得没有意义，自然不会考虑情人节这种男女约会的花样。

田君培将一个表达谢意的吃饭安排在情人节这一天，显然不是一个巧合。当然，任苒不会迟钝到无视一个男人流露出的追求之意。对于一个准备正常生活的二十七岁女人来讲，有田君培这样的男人追求，应该算一件好事。

只是，上一次她想放下往事过正常生活时，接受的是张志铭的约会。从某种程度讲，张志铭与田君培有相似之处：受过良好的教育，白领精英，事业小有所成，有强盛的上进意识，举止斯文有礼，无不良嗜好，是一般人眼里再合适不过的男友人选。可是她与张志铭的交往极其失败，对方竟然拿她与贺静宜做交易，以图换取亿鑫的投资。

她知道实情后，倒没有什么愤怒之情，只能检讨自己并没有放进足够的感情，也怪不得别人表现出无情和功利心。

她不会因那段往事便质疑田君培的诚意，从他们刚认识起，他就表现得远比张志铭要真诚投入。可是到了今天，她也远比当年刚从澳洲回来初入职场时身心疲惫，她正在做的，不过是一点点让生活重回轨道，根本不确定自己是否已经有余力接受一个男人的追求，开始一段新的感情生活。

任苒正发呆之间，她的同事Tom走过来问她："Renee，如果我情人节那天约一个女孩子出去，她会不会误会我就一定要跟她怎么样？"

"这我可说不好，天知道你约会的是什么样的女孩子，对感情认真到什么程度？"

"我们认识不算久啊，我倒是很想跟她进一步，可是我没打算结婚。听说中国女孩子很介意这个，上次Sunny还告诉我，"Tom挠着头，讲出一句怪腔怪调的中文，"——不以结婚为目的的谈恋爱都是耍流氓。真有这说法吗？"

任苒好容易弄明白他说的是什么，被逗得忍俊不禁。

"吓死我了。你们是不是真的都这么想？我女友的英文不够好，我的中文很滥，我不知道我的表达她理解了没有。"

他是美国人，不过二十五岁，有爱尔兰血统，长着一头暗红色头发和一双碧绿的眼睛，十分引人注目。大学毕业后，他便开始周游列国，走到哪儿，便工作到哪儿，玩够一处，攒够一笔钱后，再继续上路，过得十分逍遥自在。他去年才来中国，拿着本中文口语书，现学现卖，找了这份教幼儿英语的工作。

他教学方式轻松随意，上起课来全情投入，很得小朋友的欢心。在教学的过程中，他学了一些很幼稚的中文口语，再加上中国同事开玩笑教的一些网络语言，业余拿出去泡妞居然无往不利，他不免颇为沾沾自喜。另一个同事Sunny看不惯他那副嘚瑟劲头，便吓唬他小心泡妞泡成老婆，他还真听了进去。

两个交流存在明显障碍的人也能谈恋爱谈得不亦乐乎，任苒只得表示佩服。"不是所有女孩子都那么恨嫁，别的靠你自己去理解吧。"

"唉，东方的风俗太不一样、太微妙了。上次我在日本过情人节，好几个女同事一大早过来就送巧克力给我，害得我狂喜，以为自己突然成了广受欢迎的大众情人。后来才知道，那只是习惯问题，当天所有男人都会接到巧克力，相当于安慰奖。"

办公室里听得懂的同事全都被逗得哈哈大笑。

Tom在那边兀自苦恼不休，任苒倒轻松了下来。她想，她比又要享受浪漫又不愿意被束缚的Tom想得还多，未免可笑。不过是一个约会，没什么大不了。

到了情人节这天，下班以后，田君培来接任苒，径直去了江边的明珠酒店。这是一家开张不久的五星级酒店，三十八层楼的建筑已经成为江边的地标，顶层西餐厅取了个意大利风味十足的名字：托斯卡纳艳阳餐厅。

任苒以为只是吃顿便饭而已，没想到是豪华酒店内的西餐厅，她穿的是平时上班的衣服，羽绒服内一件灰色羊绒衫配牛仔裤加长靴，连妆也没化，只在出来时涂了一点唇彩，未免与环境颇不相衬。

乘酒店外面的观景电梯上去后，迎面而来的是穿着曳地长裙的领班，核对预约，将他们引到靠窗的位置，从这里看出去，长江两岸美景尽收眼底。

任苒脱下外套，环顾四周。眼前的餐厅装修得极具地中海风情，海蓝纯白相间，巨大的水晶枝型吊灯映照得玻璃器皿晶莹剔透，四周都是华服盛装的宾客，更有一支室内乐队现场演奏。

她只得道歉："不好意思，我今天穿得太随便了。"

"没关系。你今天肯赏光出来，我已经很开心了。"

待他们点好餐后，服务员送上开胃酒，附了一枝裹了精致棉纸的鲜艳红玫瑰，这当然是情人节应景的噱头。田君培将花递给任苒，她含笑道谢。

"我在这边读书的时候，情人节那天跟好几个没恋爱的同学一块儿逛街，不小心落到后面一点儿，一个卖花的小姑娘抱着我旁边男同学的腿就喊：'哥哥哥哥，给姐姐买一枝玫瑰花吧。'那男同学窘得直解释：'我们是同学，我们是同学。'可是小姑娘哪里理他，抱着腿不撒手，他怎么挣也挣不脱，还引来满街的人看笑话。"

田君培被逗乐了："这男生实在太实诚了，买枝花送给你不是正好吗？"

"我们当时才读大一，对男女朋友这个名分看得很严重，哪里敢随随便便认下来。可怜他怎么也甩不脱，最后还是被迫掏钱买了一枝蔫答答的玫瑰，脸涨得通红，把花丢给我就跑了。用……我一个朋友的话讲就是，我实在太可怜了，生平收的第一次花，是靠卖花姑娘强买强卖混来的。"

"你朋友够狠的。"

"是呀，他一向喜欢取笑我。"

任苒说的那个朋友其实就是祁家骏。他情人节那天有约会，第二天听她讲起这件事后，笑得腰都直不起来。等她被笑得恼羞成怒要翻脸了，他才揉着她的头发安慰她："好了好了别生气，早知道这样，我昨天应该好好订一束花送给你。这样吧，等明年情人节我补给你，保证是你们全宿舍女生从来没见过的最大一束。"

第二年情人节，她已经远在双平了。

此时记起往事，她却不再像过去一年多那样，一忆及祁家骏这个名字便马上要转移心思。她捻着手中玫瑰花外包的棉纸，指尖涩涩的触觉如同此刻的心情一样。她想，终于有一天，他在她心底也会淡去吗？

田君培注意到她眼底的那一点黯沉："那我向你招认一件事，不要笑我。"

"什么事？"

"其实我订了一束花，放在后备箱里，预备等送你回家时给你。"

任苒微微一怔，随即掩饰地垂下眼帘："田律师，你太周到了。"

这时服务生开始上菜，同时开了一瓶红酒。正如冯以安推荐的一样，这家餐厅所有菜式都十分地道美味，两人边吃边聊，心情轻松下来，十分尽兴。

吃完甜品，已经是晚上十点，田君培结账，两人上了电梯。喝了一点红酒以后，站在这种全透明的观景电梯里，从三十八层向下望去，让任苒多少有一点眩晕，她连忙转身，面向电梯门立着。

"你住二十八楼，也够高了，还不习惯吗？"

"我喜欢住高一点的楼层，比较安静。可是受不了这种从上到下透明的感觉。据说我曾经留学的墨尔本去年五月建成了尤利卡观景台，在第八十八层有一个完全透明的玻璃底房间，可以伸出去悬在城市上空。我猜我是怎么也不会去尝试的。"

田君培含笑看着她，突然说："我很喜欢你，小苒，做我的女朋友吧。"

任苒没料到他的表白来得如此直截了当，一时不知道如何回答是好。

电梯冉冉下降，下到十五层左右，透过站在身侧的田君培的肩头，任苒突然看到，并排的另一架观景电梯正在上升。灯光通透耀眼，她可以清楚看到站在不到三米以外的电梯里的那个高大的男人正是陈华。

他手扶电梯里的栏杆，看向远方长江，那张瘦削冷峻的面孔跟往常一样毫无表情，仿佛正在凝神思索着什么。那部电梯上升，他们这部电梯下降，交会而过，不过只是一瞬间，她的眼中重新出现的是夜色茫茫。

有贺静宜的提前预告，她本不应该意外，但如此近距离看到他，她仍然有些惊讶，下意识转身看向电梯另一侧，他们仿佛离刚才那个高悬于三十八层以上的不真实世界，重新慢慢沉入尘世的万家灯火之中，以这个角度看出去，这个城市突然变得陌生起来。

"对不起，是不是我的要求很突兀，让你为难了？"

她收回思绪，连忙摇头："不，君培，我觉得很荣幸，你对我很有耐心。只是我有一点儿……意外。"

观景电梯到了地下停车场，田君培接过她手里的羽绒外套，替她穿上。"我以为我的用心早就表现得很明确了，想来想去，又没法给你一个意外惊喜，让你开心得一下答应我。"

任苒禁不住苦笑，轻声说："我大概是个很煞风景的女人，想得很实际。投入地谈恋爱这件事，需要一点天真，一点热情。我……经历过一些事情，那两样东西，不知道还有没有。"

"人人都有过去，你如果不想说经历过什么，我不会去问。我只知道，正是你过去的经历，决定了你今天的面目，我喜欢的是现在这样的你。"

任苒不得不承认，田君培不愧为律师，口才一流。她不能说自己已经被他说服了，可是她知道她说服不了他。

他们上车后，田君培发动车子，驶上路面。严寒的日子刚刚过去，街道上满是结伴而行的年轻男女，不少人拿着玫瑰，这样刻意展示的浪漫，让这个原本世俗的城市平添了一种浮华而热闹的快乐感觉。

看着车窗外掠过的情景，任苒喟然轻叹："对不起，君培。我真的不知道该怎么答复你。一方面，我不想对你说不，失去你这个朋友；另一方面，我怕我答应你，最终还是会让你失望。"

"如果我说，我愿意承担所有可能的失望呢？"

任苒再度无言以对。

"你似乎认为，我彻底了解你后肯定会失望。我不知道你为什么会有这种想法，以我的年龄和性格，并不容易生出想象再轻易幻灭。"

"可是……"她矛盾地说，"你大概还是把我想得太美好了。"

"那你说出一个你黑暗的一面，试试看能不能把我吓退。"

"用得着我说吗？我们在那种情况下相遇，还要我怎么自我暴露？一般人怎么推想我，都不会过分。"

"说来说去，还是那个相遇在作祟。我是律师，反对一切凭臆断的审判，所以一般情况下都会要求一个合理的解释。可是不知道为什么，你让我相信，一个人的坦荡，并不表现为对一切都要加以解释。"

"这种说法太理想化了，君培。"

"你认为我在唱高调吗？我承认刚碰到你时，在我眼里，你确实是带着神秘色彩的女孩子，我对你有好奇。慢慢认识你，接近你，跟你成为朋友以后，你在我眼里平和、善良，温柔又不乏理性。了解你越多，就越被你吸引，越想跟你在一起。我相信我对你的感觉，请你也相信我不是心血来潮。"

任苒苦笑："你没想过如果没有足够的了解，任何感觉很可能都只是一种错觉吗？"

"小苒，你不可能一直用这种理由拒绝男人的追求。对你来说，需要考虑的不是我会因了解而失望。你只需要弄清楚，跟我在一起，你会不会开心，我能不能满足你对男友的期待就可以了。"

他的声音温和而富有磁性，成功地让她紊乱的心境平静下来："我得承认，田律师，你的逻辑很强大。"

田君培一怔，从她话里听出了妥协的意味，伸手过来握住她的一只手。她微微动了一下，却没有缩回去。被一只修长温暖的手这样握着，有久违而无法言喻的亲密感，让她生出一点贪念。

车到了任苒住的小区楼下，田君培先下车，开后备箱取出一束玫瑰递给她。她接过来，将头俯向鲜花深深一嗅。他突然抱住了她，她静静待在他怀里，隔了一会儿才说："我们……试试看，慢慢来。如果我保留一点犹豫，你能理解吧，君培。"

他对着她的耳朵轻声说："我愿意等。"

她匆匆挣脱他的手，快步走进了单元楼内。

那束花已经被他们两个人的拥抱压扁，她回家后，解开外面的包装纸，将花整理修剪一下，插入花瓶。

华清街不远处有一座公园，旁边有一个小型花卉市场，她隔个几天就会散步过去，趁收市打折以很便宜的价格买一些花回来，不过通常都是康乃馨、雏菊、非洲菊，偶尔会是马蹄莲或者香水百合。花瓶里头一次插进颜色如此浓烈娇艳的玫瑰花，衬得室内突然有了一丝春天的感觉。

她走到阳台门边向外看去，夜空透出暗红色，不见一颗星星。她的眼前陡然出现那一架被灯光映照得明亮的电梯，那个倏忽从她眼前掠过的身影似乎与她自己映在门上的影像重叠起来。

她将额头抵上冰凉的玻璃门，才察觉到自己的脸颊有些发烫。

那个人路过这个城市，你们的生活就如同那两架平行运行的电梯一样，不可能再相交；你刚刚答应与一个男人试着交往，这算一个开始，拿出你的诚意来——她这样提醒着自己。

第二天，任苒在报上看到一则消息，称日前亿鑫集团在本市正式启动一个近十亿元的投资项目。报道详细介绍了项目及投资的大致情况，称省市领导高度重视，出席项目签字仪式云云，跟以往一样，里面丝毫没有提及陈华的名字。

放下报纸,她吁了一口气,知道他肯定已经办完公事离开了本市,她不必再担心与他不期而遇。

与田君培的交往进行得比任苒预料的还要顺利。

当然,田君培尊重她的意见,并没有急于突破尺度。他会每天给她一个电话,周末如果不加班,便约她去吃饭,或者在绿门见面。

星期天的上午,咖啡馆刚刚开门,没有几个客人,十分安静。服务生送上香醇的咖啡,田君培和任苒各自带了笔记本过来,他处理公文,她则翻译蔡洪开发来的文稿。

突然门外一阵反常的扰嚷,两人诧异地抬头。只见苏珊进来,后面跟了一个男人,她猛地站住身,怒冲冲地说:"喂,我已经讲得很清楚了,请马上离开,别再跟着我,不要妨碍我做生意。"

她双手叉腰,可是这个有几分彪悍的姿势经她做起来,却只显得娇俏,并无威慑力,好在服务生闻声上前,那男人一怔,转身走了。

苏珊抱歉地对几个顾客说声"对不起",便一阵风地进了吧台后的办公室。小小的插曲过去,咖啡馆重新恢复了宁静。

田君培与任苒不禁相视一笑,不约而同地想,那男人恐怕是美女老板娘的一个不走运的裙下之臣。

他们重新专注于各自的工作。

这种交往没有压迫感,但他们的关系明显变得比以前亲近。

任苒仍然有着一点儿矛盾的心理。她不知道这样平和的相处算不算爱,能不能满足一个男人的心理预期。可是偶一抬头,他也正好看向她,镜片后眼睛里那个隐含的笑意让她安下心来。

她决定,眼下她不用想太多。

第十九章

在连日阴天后,气温不易察觉地有了一点上升。任苒的同事Sunny正站在窗前远眺。她是外地人,到这边读大学,然后留下来工作,对本地气候一向颇多抱怨,断言道:"树叶已经有点儿发芽了,看着吧,只要连出几天太阳,马上你就能感觉到,汉江市入夏了。春天在这里就是一个传说,人人都听过,就是没人真正见识过。"

这个夸张的说法引来一片附和,本地同事也只笑着摇头,并不反驳。

Sunny突然说:"哎,你们快来看看。今天底下等人的人有点儿怪了,好几个都拿着单反相机,看着面生得很。"

几个同事走过去看看:"是呀,看着像是记者的样子。还拍教学楼,我们这旧楼有什么可拍的。"

副校长闻声过来一看,顿时担心起来,民间培训机构最怕的就是有负面新闻见报,影响招生是肯定的,而且马上会招来主管单位的严格检查甚至整顿。他打电话给保安,吩咐他们下去查问一下。不过,保安也没能问出个所以然来。他只得嘱咐他们密切注意,有情况马上报告。

任苒与同事下班出来时,发现果然有情况发生。

那几个人拿着相机对着一对爷孙一通狂拍,小女孩正是苏珊的女儿囡囡。她爷爷一边推着相机,一边怒斥着。她连忙叫上保安赶上去,将那几个人隔开,只听其中一个年轻男人扬声问道:"温老先生,请问你牵的小姑娘是温令恺的女儿吗?"

温老先生脸色铁青,怒冲冲地说:"关你们什么事?你们不许来吓唬我孙女。"

一个记者蹲下身子拍囡囡特写，任苒连忙赶上去将囡囡拉过来护到身后，一手挡住镜头阻止他继续拍。

站在外面等任苒的田君培闻声进来，他一把推开那个仍不罢休的记者，冷冷地说："先生，你这样做，侵犯了未成年人的肖像权，如果你们将这些照片用于商业用途，她家人有权告你们。"

温老先生马上叫道："对，我要告你们，我要报警，让警察抓你们。"

那人倒也不跟他们争辩，随后赶出来的Sunny却已经夸张地尖叫起来："温令恺啊，我的偶像，真的吗真的吗？"她就近抓住一个记者，一迭连声反问他，"他已经有女儿了，你们消息确定吗？天哪，居然还在这里上学？"

几个记者闻声将目标转向了她："小姐，请问你是这小女孩的老师吗？""小姐，能否透露一下，小女孩的妈妈是谁？"

田君培低声说："我去开车，你让他们赶紧出来，别纠缠了。"

任苒点点头，无暇理会严重失态的同事，赶忙嘱咐Tom帮保安一块儿拦住记者，然后拉着气喘吁吁的温老先生和囡囡："快走。"

她一手搀着老先生，一手拉着囡囡出来。囡囡已经吓得愣怔怔的，眼泪在眼眶里打转，冰凉的小手抓住救命稻草一般紧紧攥住她的手。

田君培已经将车子发动，任苒拉开后门将他们送上去。囡囡仍抓着她的手不放，她只得摸摸她的脸，柔声说："囡囡，跟爷爷回家去。老师就坐前面。"

她抽出自己手，关上车门，坐到副驾驶座上，这才松了一口气。

温老先生一家住在不算远的一个高档小区内。田君培将车停到小区门口，他不停道谢，牵着囡囡下了车。

"温令恺，这名字听着好耳熟。"田君培打方向盘掉头，一边思索着。

任苒好笑，她平时根本不看电视。但她既然没过与世隔绝的生活，就会不时在报纸娱乐版上看到温令恺这个名字："你大概只看经济新闻，连报纸娱乐版都不看。他是近两年蹿红的一位男明星，拍过几部热播的电视剧，还演唱了其中的主题曲。"

"看看你那个女同事癫狂的反应，我倒是能推想出他到底红到了什么程度。"

"君培，送我去绿门吧，我得告诉苏珊这件事。"

"好。"田君培答应下来，"这位美女老板娘果然大有来头，居然是当红明星的情人。"

来到绿门咖啡馆，任苒让田君培自己找个位子坐下，她径直走向吧台。

苏珊正跟往常一样坐在里面，闲闲翻着杂志。她过去低声说："苏珊，刚才有记者去学校给囡囡拍照。"

苏珊大惊，握着杂志一下站了起来，刚要说什么，又马上打住："任老师，你快进来。"

任苒绕过吧台，随她走进后面一间小小的办公室兼咖啡豆存放仓库，里面满是浓郁的咖啡味道。苏珊关上门，急切地问："记者说了些什么？拍到囡囡没有？"

"他们问囡囡是不是温令恺的女儿。"

苏珊呆住，半晌才自言自语道："奇怪，他们怎么会知道囡囡在那里补习英文？"

任苒没法回答她的问题："他们拍了不少照片。我刚才跟君培送囡囡和她爷爷回了家，你打个电话问一下。最好让囡囡明天别来学校上课了。"

苏珊连忙点头，拿出手机拨电话。不知那边讲了些什么，她的语气一下提高："您这是什么意思？"

过了一会儿，她冷冷地说："算了，囡囡这几天暂时请假不要去幼儿园，也不要去英语培训班，你们尽量少出门。其他的事，我不知道，问你们的儿子去。"

她将手机丢到办公桌上，看着任苒："他们觉得是我通知记者去的。"

这个逻辑让任苒愕然："为什么？"

"他们说我想借着曝光女儿，逼温令恺跟我结婚。"

苏珊一脸的讥诮之色，任苒不知道说什么好。"老人家想法难免偏激，你跟他们解释一下。"

"他们一直讨厌我，根本讲不通道理。我越是解释，他们越以为我做小伏低，图的就是想进他家的门。"苏珊冷笑一声，"真是越老越糊涂了，爱怎么想随便他们吧。"

"温令恺就是那个……贝斯手吗？"

苏珊扬起一道眉毛看着她，一脸好笑的表情。她连忙说："我并不是要打听什么。"

"我以为上次把那盘CD给你，你早就应该看出来了。"

任苒有点儿尴尬。那个CD上的封套是四人乐队的冷色调照片，他们没有做表演时的朋克打扮，全都穿着T恤牛仔裤，或立或坐，表情都冷峻漠然。可是她只粗粗扫过他们的面孔，对下面印着那一行刻意做出墨迹淋漓效果的黑字更有感触：蔑视这个世界是我们最好的伪装。

"那照片不够清晰，我这几年都不怎么看电视，真没联想起任何人。而且，我好像不记得里面印了温令恺这个名字。"

"他的经纪公司嫌他原来的名字温凯太平常了,给他换了这么个矫情的艺名。"苏珊笑了,"唉,我总当别人跟我一样,能在人群中一眼就认出他来。"

她将手里的杂志递给任苒,这是一份娱乐周刊,翻开的一页有一个夸张的标题:又一地下情曝光——当红小生温令恺现身汉江,携神秘女郎返酒店。配发的照片上有穿着羽绒服的一男一女从车上下来,都戴着帽子,光线模糊,似乎是拍摄于一个地下停车场。文章大意是说,春节期间,记者蹲守到温令恺深夜携一女子返回位于汉江市市中心的某五星酒店,两人在车内激吻,举止亲密,之后双双上楼,第二天早晨才见那女子离开。

任苒不大确定地看看照片,再看看苏珊,苏珊脸上现出一个苦笑:"不用对比了,是我。大年初一,他回来看他父母跟女儿,晚上打电话给我,说很想我。我已经有差不多一年没见到他,那天大概是一个人待得实在太寂寞,于是去跟他见面,没想到被记者拍到了。"

"这照片并不清晰,看不出来是你。"

"三年前,他就被拍到过一次跟我和囡囡在一起。当时有记者追问我们三个人的关系,他只说是一个普通朋友和她的孩子,那会儿他并不算很红,过一阵就没人提了。现在不同以往,记者盯他盯得很紧,拍到酒店地下车库的照片后,还采访了他以前的一些朋友熟人,不知道哪个家伙多嘴讲出了我。上周日你也看到了,一个记者缠着我,逼问我是不是照片里的女人,一直追到咖啡馆来。我估计他们肯定也去盯过他家,知道他父母带着一个小女孩生活在一起,才会一路跟着去培训中心的。"

"这事迟早瞒不过去。"

苏珊冷笑一声:"他当着大众情人、少女偶像,星途一片辉煌,哪敢让人知道已经是一个快上小学的孩子的爹。至于要怎么瞒,他自己去想办法。反正我不拆他的台,就算对得住他了。"

"你没想过这样……对囡囡会造成伤害吗?"说出口后,任苒又觉得对别人的生活提出这种意见未免不妥,"我是说,女孩子慢慢长大,会变得很敏感。如果对自己的身世有疑问,一定会困扰。"

"我懂你的意思。当年我想法太简单,"苏珊默然了好一会儿,"我一心只想留下一点永远属于他的东西,才一意孤行生下囡囡,全没想过这些事。后来一边带女儿,一边经营咖啡馆,过得焦头烂额,简直要发疯了。"

"你也许有产后忧郁症。"任苒本能地做着心理学上的推断。

"忧郁?我不知道。我只明白了一点,一个女人并不是生下了孩子,就能自然而然成为一个合格的妈妈。囡囡跟着我,我给不了她最好的照顾。这个时候,温令恺的父母找到我,提出把囡囡带回去由他们抚养,我可以定期去看她。我想来想去,还是同意了。你看我有多差劲。"

"没人有权指责你，那个时候你到底还年轻，一个人带孩子当然很艰难。我只是想，如果你们足够有条件了，应该考虑给女儿一个正常的环境，至少她以后不用从报纸上知道谁是她的父亲。"

"后来华清街改造，我借钱装修咖啡馆，经营走上正轨，生活安定了一点儿。我想接回因因，可是她爷爷奶奶很疼她，不肯把她交还给我，她也跟我亲密不起来。他们告诉因因的是专门对付小孩子的一套：你妈妈很忙，你爸爸在外地工作，有时间会来看你。因因跟他们很亲，既然他们根本不想解释我和她爸爸之间的关系，我就不能再把她的世界弄得更混乱了。"

这时响起了敲门声，一个服务生将头探进来："老板，外面来了一个人说是记者，想要见你。"

苏珊没好气地说："就说我不在，叫他走。"

她一向没什么架子，那服务生也不害怕，吐吐舌头，关上了门。任苒想，作为一个局外人，她确实无权评论，更不应该想当然地插手。可是她仍忍不住说："你不能一直躲在里面吧，也许趁这个机会，把你们的关系公开了也好。"

苏珊讪笑一声："你以为我们是什么关系？我们早就没在恋爱了。春节期间的那一晚，不过是寂寞得用身体去叙旧了而已。我得坦白，至少我的感觉并不好。如果早知道有记者在下面蹲着，相信他和我都不会去多那个事。"

在亲眼看见她独自一人听旧日的CD后，任苒没想到她会这样回答："你不爱他了吗？"

"我爱过一个叫温凯的不得志的贝斯手，从来就没习惯过他变成演电视剧的当红明星温令恺。可笑的是，其实我见证了他的转变过程，眼睁睁地看着他放弃了没前途的乐队生涯，开始接戏，从配角开始演起。他天生会演戏，不过几部戏后，就比主角还抢眼了。"

"这也很不容易，不是每个人都能找到自己的位置。"

"是呀，我想我不能太自私了，而且就算我想自私也不行，他不会容许我拦在他成功的路上。头一次我在报刊上看到他的报道时，很为他高兴。再后来，我看到的除了他拍戏、拍广告、参加活动的消息，就是各种真真假假的绯闻。他一年比一年红，也一年比一年陌生。每次回来他都会见我，告诉我，他最爱的人还是我。听一个被很多人迷恋的人讲这话，我承认很能让我陶醉。可是这个人离我的生活太远，以后还会越来越远。慢慢的，我就只能死心了。"

任苒完全可以能够理解苏珊的感受。

爱情强韧的时候，能经历各种各样的反对、质疑，能与整个世界作战；可是正如同金属会在疲劳临界点来临时变得脆弱易折一样，爱情也会在某一个时刻消失。当你曾熟悉的一个人，突然顶着另一个名字，在你眼前过着一种完全与你无关的生活，仿佛跟你生活在平行空间里，你们曾共同有过的回忆，就此变得无法确定，谁还能以为自己拥有爱情。她不得不惆怅地再次想到，苏珊的生活与她实在有着太多诡异的相似之处。

"花了那么多年爱他，还给他生了一个女儿，我不能说我对他已经完全没有感觉。我的生活中从来不缺乏男人追求，只是我必须接受，那些男人通通都不可能是他。"

任苒叹息一声，这哪里是不再爱温令恺了。看上去如此洒脱爽朗的苏珊，并没能彻底放下他。

苏珊似乎知道她在想什么，耸耸肩，笑了："放心。他的经纪人早就来警告过我，说他绝对不可能承认有女儿，他父母也防贼一样防着我。其实他们都想多了，我扮不来痴情女，早断了跟他在一起的念头，也不打算当他背后的女人，委曲求全，苦苦等到他老得再也当不成偶像了，好给我一个名分。"

"那你打算怎么办？"

"我再跟囡囡的爷爷奶奶商量一下，到九月份囡囡才上小学，我看能不能趁现在带囡囡出去旅行一阵子，避避风头。等回来了，那些记者也该消停了。"

"这样也好。"

任苒出来，走向田君培。他坐在靠窗的位置，看一份咖啡馆提供的杂志《城周刊》，翻开的那页上是整版的几个女性照片，任苒一眼看到，其中最引人注目的居然是贺静宜，她穿着白色衬衫，妆容明艳，神采奕奕，嘴角含着一个自信的浅笑。

田君培合上杂志，笑道："你的老熟人贺小姐最近频频在本地上各种节目和访谈，很出风头。"

任苒淡淡地说："她很努力，能做到今天这一步，付出的应该比一般人多，现在享受一下成功的快乐可以理解。"

"对我的客户来讲，她是一个很厉害的对手，步步为营，现在修文正在J市疲于应付。我明天还得再赶过去一趟。"

田君培招手叫服务生过来结账，苏珊连忙拦住："今天很谢谢两位送我女儿回家，这杯咖啡一定让我来请，不然我太过意不去了。"

他们出了绿门，到附近找一家餐馆吃饭，任苒大致告诉了田君培情况，他没什么评论，只笑着说："小苒，我觉得你很容易被人信任。"

"还好不是我容易轻信。可是这话怎么讲？"

"你最初给人的感觉是跟所有人保持距离，可是只要你愿意，你能理解别人遇到的哪怕最离奇的情况，所以苏珊选择把所有事都告诉你，我一点儿也不觉得奇怪。"

任苒苦笑一下，没法解释说她之所以能理解苏珊，大概只是同情。"我喜欢苏珊，她明快爽朗，是我很羡慕的性格。"

"我看得出你不喜欢贺静宜，不过你一样似乎也能理解她。"

"我不是无限宽容啊，对别人有爱或者恨的感情都需要调动情绪，我大概只是缺乏一点情绪。"

"又在借机警告我吗？"

任苒只得摇头："跟你在一起我很开心。君培，你是一个很好的……"

田君培竖一根手指止住她："不许派好人卡给我，我不接受。"

任苒怔住，随即笑得肩膀抖动："好吧，我收回。不过我不懂，为什么大家都害怕别人拿自己当好人了？"

"因为在某些特定的时候，好人就意味着没魅力的牺牲品。"

"可是折服在别人的魅力之下是一件很危险的事情。我还是愿意跟好人在一起。"

田君培一怔，只见任苒低头喝汤，神态平静，仿佛说的只是再平常不过的一句话。他只能安慰自己，如果他不算有魅力，可也至少和她在一起了。

接下来苏珊带着囡囡去东南亚玩，各路记者在绿门咖啡馆和语言培训中心蹲守扑空了以后，只得悻悻散去。

Sunny大声读着新一期娱乐周刊上登出的后续报道：当红明星温令恺疑早为人父。据邻居透露，这名女孩约有六岁，目前在汉江市某幼儿园就读，一直与温令恺父母生活在一起，而温父温母含糊说到孩子是他们捡来收养的。他们偶尔会看到温令恺返家探望，并带这名女孩出去吃饭。三年前记者曾拍到温令恺与小女孩以及一名神秘女子在一起的照片，上面三个人神情亲密，曾引起过众人猜测，但温令恺坚决否认了。

"他这次否认跟三年前又不同，只说恳请媒体不要捕风捉影伤害无辜的孩子，这话可以有不同的解读。"

旁边同事议论着，任苒没有说话。Sunny却偏偏叫着她的名字问："Renee，你教这孩子，以前见过她妈妈来接她吧，长什么样？漂亮吗？"

任苒敷衍地说："我没留意到。杂志上不是登了照片吗？"

"只有一张是几年前的，戴着大墨镜，皮肤很白，身材看上去很不错。"

另一名同事插言："温令恺这么帅，他的女人肯定也是美女。"

又有一个人加入了讨论："其实他何必死不认账。现在明星有了孩子，行情反而会看涨。你看那些好莱坞明星，不要说当红的，哪怕过气了，自己生不出来，也要领养一个，抱个baby出街，马上就上头条。"

Sunny嗤之以鼻："大哥，你只知其一不知其二。温令恺算是红得比较晚的，今年应该快二十九岁了，他的粉丝少女居多，这部分人拿他意淫还来不及呢，怎么可能接受偶像早就当了爹？而且女儿要是个小婴儿还好说，现在已经快上小学了，他装单身骗粉丝骗了这么多年，打死他也不会承认的。"

"说得也是啊。"同事半真半假地夸赞着，"Sunny你真不愧为我们这里的八卦天后，娱乐达人，每件事了如指掌，每一个看法都这么入木三分，报纸要采访专业粉丝应该找你才对。"

任苒只埋头准备着上课用的PPT，并不参与意见。突然Sunny接了一个电话，又叫她的名字："Renee，楼下保安打来电话，说有个姓章的记者指名要见你。"

任苒好不诧异："我可没什么料好曝，怎么会找上了我？跟保安说让他走吧。"

副校长从里面办公室出来："Renee，我跟保安说请这位记者到会客室等候。你还是去见一下他，告诉他那小姑娘已经不在我们这里上课了，好好打发他走。"他再横一眼其他人，"我不希望以后任何一个人跟媒体说些不着调的话影响培训中心的形象。"

这话明显是针对Sunny说的。任苒有点好笑，只得放下手头工作，到了会客室，却一下怔住，坐在那里的年轻男人竟然是她的熟人，北京某著名财经杂志的记者章昱。

章昱一看到她，便开心地笑："Renee，我没找错地方，你果然在这里。"

"章昱，你居然改行做狗仔队了吗？"

"怎么这么讲？"

"难道权威的财经杂志也要报道温令恺来博市场吗？一个明星没这么大影响力吧。"

章昱笑出了声："哈哈，Renee，再大牌的明星私生活也不可能是我们杂志的报道主题。我是专程来采访你的。"

这下轮到任苒惊讶了："我有什么可采访的，而且你怎么知道我在这里？"

章昱收敛了笑意，踌躇一下："恐怕这件事从头讲起会很长，这里方便吗？"

"我马上要上课了。这样吧，章昱，你去这家咖啡馆等我。"任苒将绿门地址告诉他，"我六点下班后会过去。"

第二十章

任苒下班后便匆匆赶到绿门咖啡馆,一路上心中都有些莫名的不安。进门一看,章昱正坐在绿门咖啡馆靠窗的位置,悠闲地喝着咖啡。

"这里的点心不错。"任苒招手叫来服务生,照惯例点了一杯拿铁,再加一份奶油海绵蛋糕。

章昱直接进入正题,简明扼要地对任苒介绍着他此行的原因:"去年年底,股市中先后有两只备受争议、搁置多年ST股资产重组审核通过获得新生,这两只股票都在复牌首日便因为注入优质资产、业绩改善而分别大涨800%~1100%,随后股价一直企稳看涨,放出巨额成交量,表现活跃。"

"我没有炒股,这跟我有什么关系?"任苒不解地问。

"这两只股票都有亿鑫集团或者下属公司参股。"章昱取出一份打印资料递给她,"一家证券分析机构最先注意到这一点,放出研究报告,结果发现了另一个巧合,两只股票的前十大流通股股东名单中,都出现了一个相同的名字,那就是你——任苒。"

任苒吃惊得险些碰翻服务生才送上来的咖啡。她怔怔地看看章昱,再看看那份资料。她学的是金融,看这种研究报告当然毫不费力,可是她没法把那个号称持有一家公司一百二十万股、另一家公司九十万股的名字跟自己联系起来。

"以上周收盘市值计算,仅这两只股票,你已经坐拥过亿。"

"我回国以后就在银行工作,没时间炒股,只有基金账户,从来没开立过股票账户。这也许只是同名同姓而已。"

"你看看身份证号码。"

不用他提醒，任苒也马上注意到那个名字后面的身份证号码与自己的一模一样，她心乱如麻地盯着报告："我不明白这是怎么一回事。"

"如果你真的对此一无所知的话，恐怕接下来我说的会更让你吃惊。"

"说吧，我尽量消化。"

"《证券时报》刚刚完成了上一年度的一个统计，去年A股公司出现了十大牛人散户，分别潜伏在多家ST类公司和新能源概念公司中，除了早就被人熟知的几个名字以外，还有一个新面孔，就是排在第九位的你。据他们披露，你还持有另外两家暂停上市但重组预期极强的ST股。"

这次章昱递过来的是上周刚出版的一份《证券时报》，任苒只草草看了一眼："也就是说，我名下的财富远不止过亿。"

"不止。接下来讲重点，根据我的调查，国内一家保险公司的非流通股近日将通过一个极富争议性的两年内减持方案，你的名字也在非流通股十大自然人股东名单里。这些非流通股的募集时间至少在五年以前，主要针对券商与投资机构，普通人并没有多少参与的机会。哪怕在减持方案造成股价下跌的情况下变现，也将是一笔巨额财富。这一点目前还没公布，一旦被媒体披露，你在散户中的排名会大幅上升。"

"如果你是想问我身为最牛散户之一的感受，我只能告诉你，我今天头次听到这件事，一片茫然。"

章昱微微摇头："恐怕我要问的不是股市花絮，Renee。表面上看，亿鑫这几年涉足的都是投资与商业地产行业，但实际上在资本市场运作已久，与那家保险公司几年前的募股上市有很深的关联，最近几年又介入多家重组题材公司，称得上所向披靡。我给主编报了选题，打算做一期专题深度报道。"

"那你最该采访的人是陈华。"

"亿鑫集团这几年不动声色扩张发展，但陈华始终极其低调。前年他率先推出与外资银行的那个地产曲线融资合作，我们去采访他，没能见到他本人，只有一个主管投资的副总刘希宇出面接待。我做足了功课，还是没能找到任何记者有关于他的第一手资料。这次也是一样，我提交了采访提纲过去，他的助理还是将我打发到刘总那里，他的回答没有多少新闻价值。"

任苒了解陈华的行事作风，并不奇怪。

"当然，记者只要有心，没有挖不到的料，比如我通过我的消息渠道了解到，陈华是Z市某位姓祁的民营企业家的私生子。"

任苒愕然，她清楚地知道陈华不可能喜欢别人提到这一点："财经杂志也要挖个人隐私吗？"

章昱摇摇头："不，这是我无意中听来的，还有待证实。如果没有其他关联，我们的报道中也不会登这种纯粹背景的资料。一来降低杂志的专业性，二来白白触怒陈华，对我们没任何好处。"

"你怎么会把亿鑫跟我联系起来？"

"前年你出车祸时，我亲眼看到亿鑫集团的董事长陈华赶到现场，我曾在一个会议场合见过他，因此认出了他。你当时被困在车内，他看上去非常焦急。隔了一天，我去医院看你，除了你父亲，他也守在旁边。我不会判断错，他十分关心你。"

"你认为他跟我有特殊关系，借我的名字代为持股以掩人耳目？"任苒虽然从不染指股票，但从在银行工作之日起，便关注资本市场运作，马上推断出章昱的来意。

章昱略微有些尴尬："Renee，关注到这一点的不止我一个人。据我所知，《证券日报》的记者就正在分头采访十大散户，预备推出一个报道。不过他们的报道重点将会是ST股前途充满不确定性，甚至存在极大的退市风险，那些散户却能适时介入，是否涉及内部交易或者'老鼠仓'问题。十大散户中大多是熟面孔、老江湖，不乏专业投机客和专门代人持股的人。只有你是一张生面孔，一直没任何人知道你的来历和联系方式，甚至有人猜测你是否存在。我跟你早就认识，又知道陈总跟你的关系，所以能断定这个人是你。"

"你怎么找到我的？"

"你自从车祸以后就销声匿迹，跟所有人断绝了联系，我发的邮件你也没回。不过那次在医院时，我留了你父亲任世晏教授的联系方式，我专程去Z市找他，他问我来意。对不起，我只说我和你很久不见，出差过去，想顺便看望你。"

对他这个谎话，任苒并不气恼，只笑着皱眉，怀疑地看着他："我爸爸不可能随便把我的行踪告诉别人。"

"他的确只说你在外地，不肯透露具体行踪。我多停留了一天，又去向其他可能认识你的人打听，他们都没有你的消息。我正毫无办法，准备无功而返的时候，你的继母突然主动联络我，问我到底为什么找你。"

任苒没想到季方平会横刺里杀出来，大为吃惊。

"她到底是律师，盘问起人来很厉害。我大致说了为什么想采访你，她马上告诉我，你应该在汉江市，同时拿了一本八卦周刊给我看，上面有一幅拍温令恺女儿的照片，有一个人护着小女孩，我一看，竟然真的是你。"

任苒看过那张照片，除了愤怒的温老先生，她的同事Sunny也占了不小版面，而她将囡囡掩着，只在后面占据一角，是不相干的人，一点也不引人注目，哪知道季方平竟然据此认出了她。

"剩下的事就好办了，我通过关系找到那家周刊的记者，打听照片拍摄的准确地点，于是找到了你。"

"你们这些记者啊，"任苒不得不拜服感叹，"个个都赶上侦探了。可是找到我又怎么样？我真的……"

她猛然打住，意识到现在对面坐着的章昱的身份，正是有着侦探般执着要发掘真相的记者。她对股票一事完全一无所知，可是她不得不同意章昱的看法，这件事一定与亿鑫集团、与陈华有着莫大的关系。

陈华究竟出于什么目的让她名义持股？她此时实话实说是否明智？一连串的问号涌上心头，她镇定下来，抱歉地一笑。

"章昱，不好意思，你远道而来，作为朋友，我本该跟你叙旧，但如果你想就此事采访我，我只能说，我完全无可奉告。"

"显然你对这件事很惊讶，难道你不想配合我弄清真相吗？"

"每个人眼里的真相都不一样，我碰巧是对真相没那么渴望的人。"

章昱注视着她："Renee，记不记得你出车祸的头一天晚上，我们一起在天津吃海鲜喝酒，谈到彼此的工作，你说你遇到的第一个重大挫折就是背着黑锅，从资产管理部门调到了理财产品部门。"

任苒当然记得。她入职之初就被分配到资产管理部门工作，并受派去香港培训，干得十分顺手，然而在回来后却因为参与的银行与亿鑫一桩合作项目细节被公布到杂志上，她因此前被上司安排接受过章昱的采访，成为最大的泄密嫌疑人，尽管坚决否认，最后仍被调离。

"我说，你反正要调去外地了，如果你一定想知道，我可以告诉你，你的哪个同事向杂志提供了消息。你想了想，回答居然是，算了，真相并没那么重要。你看得那么超脱，我当时印象实在太深刻了。"

"不是你想的那样。"任苒苦笑一下，"其实你一说之后，我就大致猜出了是谁。章昱，你有你的职业操守，一直守口如瓶，那天突然愿意告诉我，一方面是我要调走了，另一方面也是因为另一个当事人离开了那家银行，我猜得没错吧？"

"聪明。"章昱赞叹道，"居然凭这个就推断出了那人是谁。"

"可怀疑的对象原本就有限，跟我同做那个项目的同事丁晓晴突然离开外资行，回归了国有银行，一度引起业内小小轰动。有家财经时报还专题讨论了国有银行的人才回流现象。我只需要做一个简单推理就行了，既然能想得到，就不必再让你讲出来。你看，我是有好奇心的，可是我的好奇心限定在一定范围以内。我不会为渴求一个真相穷追不舍，更不会付出我不知道的代价。"

章昱自然听懂了任苒话中隐含的意思，他笑道："我们是朋友，Renee，看到股东名单上有你，我马上想到，你在车祸后就辞去工作，跟所有朋友断绝联络，也许除了身体原因外，还另有隐情。我关心我的采访，但我同样也关心你。"

任苒自从在车友会活动中再次遇到章昱后，两人就很谈得来。她并不怀疑章昱的真诚，可是她只能心领他的关心。

"谢谢你，章昱。我离开北京另有原因，与股票毫无关系。"

"我认识你，所以先别的记者一步找到你。既然你的继母会告诉我，也可能告诉别人。你必须有心理准备，接下来仍然会有采访找上你。"

"我明白。"

"Renee，我是你的朋友，请跟我保持联络，有新的消息，我马上告诉你。如果你需要我帮助，给我打电话不要有顾虑，你跟我谈话的内容，如果你不愿意公开，我会完全尊重你的立场。"

任苒无可奈何地说："章昱，我之所以不接受采访，有自己的原因，我对你一向是信任的。"

章昱笑了："我不是想着煽情感动你。我得提醒你两点：第一，你的继母似乎对你有一点看法，提到你的一些事情，用词……很不友好，那些我不会采信，但不知道她会不会跟其他找过去的记者讲，你得注意一下。"

任苒并不意外，点了点头："谢谢你的提醒。"

"第二，站在职业角度，这篇报道我仍然要写，需要深挖的地方我绝对不会手软。如果有一天你愿意就此事发表声明，或者接受采访，务必请头一个通知我，不要便宜其他记者。"

任苒失笑，握一下他伸过来的手："成交。"

回家以后，任苒上网搜索相关新闻，发现章昱果然没有夸张，已经有不少报纸和网站相继转载《证券日报》那个标题耸动的报道。她的名字虽然没排名前几位的几个散户那么引人注目，可不时闪现其间，也足以让她心烦意乱了。估计随着报纸陆续转载，会引起更多猜测。

她研究了一下章昱提供的和她网上查到的资料，发现她名下持有保险公司的非流通股应该是好几年前的事，具体时间无从查考，而被动介入那四只ST股，全部发生在去年九十月份,也就是说,刚好在她离开北京以后。

以她的认知,开立股东代码卡至少需要她本人的身份证,不过她在出车祸后,很长时间里都由陈华安排助理阿邦代为处理就医、保险理赔等琐碎事项,她的身份证一直放在阿邦手里,后来他才交还。也许就是那段时间陈华给她开立了股票账户。

可是她弄不清陈华的目的。她纵然不再会如十八岁那样,对那个神秘男人满怀盲目的倾慕,却仍旧没办法跟上他的思路,揣测出他的想法。

她意识到,陈华并没有像她想的那样,出席一个仪式,匆匆路过。他以一种她始料未及的方式回到了她的生活中。

这时田君培打来电话,告诉她他刚从上海返回汉江市:"现在进了市区,马上要去所里,积了一大堆文件等着处理,明天下午又得出差去趟北京。最近实在太忙了,抱歉没有好好陪你。"

"没关系,"任苒似乎有话要说,可是他等待了一下,她只是说,"那……君培,你忙吧。"

所里的司机开车到机场接田君培,他靠在后座上,合上眼睛小憩。

任苒表现得如此通情达理,田君培并不意外。他们一直相处得十分和谐,她十分体谅他,从来没有像他的前任女友郑悦悦那样痴缠、不讲道理的时候,这一点让他既开心,又隐有遗憾。

因为他确定,他已经爱上了任苒。

随着跟她越来越接近,她也没有褪去最初的那一点神秘和距离感,反而更增加了吸引力。在外地出差,只要一空下来,他马上想到的便是她,不管面对怎样纷繁复杂的法律问题,心也不由自主柔软下来,嘴角隐隐泛起一个笑意。

这种陌生的体验,当然是爱情。

不知道她想到他的时候是什么感觉,是不是仍然波澜不惊?过去她经历过什么事情,让她可以如此平和地看待一切?难道她真的再没有激情可以投入了吗?

这个想法最近几天时常冒出来,搅乱了他素常冷静的头脑,让他无法再跟往常一样高效率地处理手头的事情。

他睁开眼睛,将车窗玻璃降调下来,看着外面夜色下喧嚣的城市。霓虹闪烁,车水马龙川流不息,形成望不到边际的车河。他实在太忙碌,又长期在密闭的恒温环境内工作,一向没有对景抒怀的闲情逸致,只在这一刻,他才意识到,一转眼之间,他去年秋天来到这个城市工作,现在已经是新一年的早春时节,风仍然清冷,可是吹到脸上的感觉开始变得柔和轻盈。

就像任苒一样。

心底这个突然涌起的带着抒情色彩的联想，让他不禁莞尔。

按照普翰一向的风格，律师事务所完成合并后，便搬到市区最好的写字楼的一个高层单位内。一进事务所，田君培就怔住了，除了他要见的人以外，郑悦悦正坐在会客区，与他的助理小刘谈得热火朝天。

"悦悦，你怎么过来了？"

小刘连忙说："田主任，郑先生、郑小姐、陈律师等你好一会儿了。"

他很是无语。他推托不掉郑父的委托，和陈律师一起接下了他的那起版权纠纷，今天约好跟从W市赶来的郑父和陈律师具体谈应对之策，没想到郑悦悦也跟了过来。

"我特意带悦悦过来，让她学习怎么处理这类事情，以后不能净顾着贪玩了。"郑父笑道，"君培，出差回来也不能休息，实在是太辛苦了。"

"应该的，郑叔叔。"他招呼陈律师，"走，到我办公室谈。"

田君培的办公室十分宽大，装修气派，拉开窗帘可以远眺长江，脚下是号称本市最繁华的夜景。

他们坐下后，陈律师简要介绍了他掌握的情况，说准备第二天陪郑先生与对方谈判，摆出手里的有利条件，尽量争取庭外和解。

他认真看完他们带过来的文件，提了几点意见："陈律师的建议已经很专业了，我明天下午还得出差去北京，会安排小刘协助你们，需要什么只管跟她说。"

他打内线给小刘，将事情交代下去，又问有没有帮他们订好酒店，小刘一一回答。他笑道："酒店既然订好了，我让司机送你们过去。早点休息，明天的谈判估计不会轻松。"

郑悦悦突然问："你现在还不下班吗？"

"我还有一些文件要处理。"

他送他们，刚出他的办公室，只见任苒正站在前台处，跟小刘说着什么。

田君培十分意外，任苒只在那次帮他翻译资料时来过他的办公室，这还是头一次不宣而至。

他连忙迎上去："小苒，你怎么来了？"

任苒显然没料到同时与这么多人面对面撞上，不过她保持着镇定："我有点儿事找你，正问小刘你忙不忙。你先陪客人吧。"

郑悦悦目不转睛地打量着她："君培，怎么不给我们介绍一下。"

"任苒，我女朋友。"田君培介绍着，清楚地看到郑悦悦面色大变，而郑父同样错愕，陈律师则流露出一点儿好笑的表情。"这是我同事，陈律师。郑先生、郑小姐是我的客户。我送他们出去，等我一下。"

任苒当然看出几个人看她的样子各不相同，颇有些古怪。她只作不知，对他们点点头："再见。"

出来以后，郑父欲言又止，显然碍于陈律师在一边，不好说什么。郑悦悦沉着脸，抢在田君培前面，狠狠按下了电梯下行键。

田君培送他们上电梯，马上返回办公室。

"没打搅你的公事吧？"

"当然没有，要不是还有一堆文件要看，我肯定会直接去你那里的。"

任苒微微一笑，将拎着的环保袋递给他："我带了汤过来。你先喝一点儿再做事吧。"

环保袋内装的是一个小号保温桶，里面盛着冒着热气的香菇鸡汤，田君培喜出望外。他只在飞机上吃了飞机餐，当然没吃好，正打算让小刘买外卖上来。

任苒拿一只碗盛出来："鸡汤其实是我昨天炖的，刚才放了一把粉丝和一点菠菜进去煮开，不知道合不合你的口味。"

"太香了，小苒。"他大口喝着，还是得腾出手来接电话。

任苒坐在一边，随手翻看着报纸，等他喝完汤后，她收拾着保温瓶和碗筷，他连忙说："小苒，别急着回去，在这里陪我坐一下。"

她有些踌躇："其实我有点事想跟你讲，可看你这么忙……"

"我没忙到跟你说话的时间都没有的地步啊。今天你过来，我太开心了。"

他目光中闪烁着喜悦之情，任苒有些不敢正视，勉强笑道："我不信以前没女孩子给你做过饭。"

田君培握紧她的手："关键是你，小苒，我珍惜你为我做的每一件事。"

她还来不及说什么，他已经将她拉入怀中抱紧。

任苒猝不及防，她微微挣扎了一下，他已经吻了下来。他的嘴唇温暖，他的怀抱坚定，可是她心乱如麻，无法回应。在他要进一步深入时，她移开脸，将头伏在他肩上，他并没有勉强她，嘴唇落在她头发上轻轻吻着。

她迷惘地睁开眼睛，从他肩上看出去，他身后是整面的玻璃窗，夜色下一片灯火连绵延伸到江边。没人知道灯火之下有多少重逢、多少别离正在悄然上演。这样在茫茫人海中紧紧相拥的时刻，再说什么都似乎已经多余了。

田君培抱着她，叹了一口气："我突然很羡慕老侯的生活，挂着一个律师事务所的主任虚名，不再接什么案子，也不负责具体事务，有大把时间自己支配。如果我也能这样，就可以多跟你在一起了。"

"以后还有的是时间。"任苒轻轻挣开他的手，"君培，你做事吧，我先走了。"

"你不是说有事要跟我讲？"

"没什么大事，以后再说好了。"

"你就留在这里，等我看完文件送你回去。"

"不用了，我还有翻译稿子要交。现在时间还早，我自己打车回去就好。"

当然，任苒来田君培的事务所，并不是为送一碗鸡汤，可是她突然觉得，那些毫无疑问应该说出来的话被硬生生堵在了嘴里。

她走出写字楼，并没有急于叫出租车，而是顺着人行道慢慢走着。

转过繁华的大道后，街角有一个绿化广场，有人架了音响设备，借着路灯在教授交谊舞。学舞的都是老年人，兴致盎然地摆着国标姿势跳着恰恰，一个老师模样的中年男人，穿着全套白色的紧身衣裤，正穿梭于起舞的人丛中，不停纠正大家的舞步与姿势。

她百无聊赖地站住，路灯将她的影子拖曳得长长的，投在人行道上。只见那教舞的男人身形挺拔，舞姿颇为标准。他一眼瞥见她，有些意外，似乎难得见到年轻女性驻足观看，不免更有了表演欲，示范动作格外卖力。她看到那张掩饰不住沧桑痕迹的面孔上的风骚与招摇，又是好笑，又有些厌倦，转身继续向前走去，同时从口袋里拿出手机。

尽管没有对田君培讲，但有一件事，她还是必须不拖延地马上去做。

她拨一个并没有存进手机的号码，十一位数字一一按下去，手机响起接通的声音。

"喂——"一个低沉的声音传了出来，"哪位？"

"陈总，你好，我是任苒。"她平静地说。

卷三 浮生多少爱

"你被吓到了吗?"他微微笑了,"是的,当年你已经清楚看到我最坏的一面,知道我冷酷自私到了什么程度,居然还是爱我。到现在,也许我没什么改变,还是你见识过的那个自我得不可救药的男人。不过在被你爱过以后,就舍不得放开你,让你去过没有这么多伤害的生活了。"

第二十一章

早春的清晨,风和日丽,天气晴朗,汉江市机场有序地运行着。田君培乘坐的飞机刚起飞不久,从北京过来的航班正点抵达,陈华独自一人下了飞机。

他上一次来汉江市,是春节过后不久。

陈华去年做出投资中部省份的安排,多少有些仓猝,贺静宜却似乎早有准备,第一时间提交了翔实的投资计划,重点是收购J市铁矿,兼并一家国营冶炼厂,进而收购当地最大的民营钢铁公司旭昇集团,形成一个完整的产业链,并推动上市融资。这个计划十分庞大,但投合了亿鑫新的投资思路,让投资部和董事会都刮目相看。

只有陈华的目光落在他刚离开不久的J市这个地名上,如果不是一场意外的盘桓,他不会对这个地方有任何印象。

主管投资部门的总经理刘希宇赞许道:"贺静宜这几年历练得确实不错。"

另一个副总说:"她就出生在那个省份。不过难得她时刻有准备,投资分析做得够翔实,值得肯定。"

因为陈华一向坦然的态度,没人会不知趣地在他面前提及贺静宜的过去。而这几年贺静宜的工作表现有目共睹,这份计划看上去也有很强的可操作性,于是她很快便收到任命走马上任。

让人意外的是,这个看起来颇具可行性的投资项目进行得没有预期顺利。

年前,贺静宜返京述职,在汇报工作的会议上表现得依然自信,十分确定地说将在预定期限内完成J市冶炼厂的兼并,进而收购旭昇集团。

陈华突然发问："在远望突然入股旭昇的情况下，为什么我没有看到你的报告相应调整收购计划？"

贺静宜目光闪烁了一下："陈总，我分析过，那对整个收购并没有影响。"

刘希宇皱眉说："可还是需要陈总出面跟J市政府再做沟通。"

贺静宜低下头，硬着头皮说："中部地区风气保守，有时候政府官员希望见到董事长，坚定对亿鑫的下一步投资计划的信心。"

J市。陈华再度看了一下这个地名："你去跟阿邦确定行程吧。"

阿邦跟随陈华多年，深知他的行事风格，安排的行程十分紧凑，从W市到J市，再到汉江市，一系列会面、会议再加主持一个简短的项目启动仪式。但他还是在J市多停留了一晚。

这个接近山区的城市，同样被席卷大半个中国的罕见寒冬笼罩，积雪未化，天气阴沉。站在高登酒店看下去，视线无遮无拦，可以看到不远外一幢灰色的五层楼建筑，那是J市公安局，凛冽的北风吹得楼顶的旗子猎猎飘动，有异样的孤寂感。

任苒就是在这个城市突然消失的。那一晚浮上眼前，他的心底隐隐作痛。

按照他的判断，她留在此地的可能性极小。可是她也没有回Z市，她到底会去哪里，他没有一点概念。

陈华开着那辆路虎离开J市，按照车载GPS的预先设定，径直驶上了去Z市的公路。

这辆车已经由任苒使用了大半年时间，但里面和交到她手里时一样，没有香水座、没有悬挂的小装饰品，没有额外添置的坐垫，跟他以前看到的任苒自己买的那辆装饰得十分女性化的两厢车截然不同。

但车里多少还是留下了一点儿属于她的痕迹。一个密封水杯放在置物架上，半包湿纸巾和大半瓶口香糖放在扶手箱内，各式收据整整齐齐收在一个票夹里，一只深褐色太阳镜仍搁在中控台上。除此之外，他甚至疑心自己闻到了某种带着清甜的香气——她身上的气息。

身为心思严谨但感情从来不算细腻的男人，却突然有了如此细致的感受能力，有时是一种折磨。

他很长时间没有这样独自长途驾驶了。孤寂漫长的行程，让他想到自己经历过的那次消失。

风光无限的事业突然陷入谷底，在私募业内声名狼藉，看不到任何将来——可是那样接近灭顶的打击,并没有让陈华陷入沮丧。一方面,金钱对他来讲始终只是用来操作的砝码,所有的损失停留在账面;另一方面,任苒的陪伴抚慰了他所有隐秘到不可能表达出来的愤怒与不安。

在异乡辗转,从零开始的日子里,他时不时会记起老李对他说过的话:家骢,你年纪轻轻,就已经把自己弄得太无牵无挂。他当时笑着反问:这样不好吗?老李喟然叹道,只有武侠小说和修禅有这样的传说,心无挂碍才可以专注达到最高境界,普通人如果放弃挂碍,也就放弃了生活的乐趣和体验。

直到认识任苒以后,他才真正领会了老李这句话的意思。

到了Z市,如陈华预料的那样,他并没有找到任苒的下落,任世晏坚称没有收到女儿消息,看上去十分焦灼。等了近一周后,他收到了任苒的电子邮件。这是她给他写的第一份邮件。

她简短而明确地告诉他,她不希望跟他有任何纠葛,请不要再继续找她。

任苒选择了消失。哪怕与他度过了最亲密的时刻,她仍然毫不犹豫地走了。她看上去已经决定放弃所有牵挂,打算将他彻底从她的生活中剔除出去。然而,他拒绝接受这个决绝的告别。

按照行程,陈华离开J市后,马上到了汉江市,忙完公务回到明珠酒店,到楼下才知道当天是情人节,酒店打出招贴,宣传着顶层意大利餐厅的情人节套餐。他向来无视这种节日,径直回了他的套间,端着一杯酒站在窗前俯瞰汉江市区的万家灯火。

他想到与任苒的初次相逢,就在脚下这个城市。时间无情地流逝,那张年轻的面庞如隔云端,异样遥远。

从一个城市到另一个城市,哪里都有关于她的记忆。又或者,她已经在不知不觉中被他镌刻于心底,再也没法摆脱了。

他匆匆来去,处理完公务便返回北京,没有稍事停留,完全不曾想到,他再度与任苒擦肩而过,她就生活在这个城市他视线范围内的某一盏灯火之下。

亿鑫在汉江市的项目已经启动,有了不算小的分支机构,但陈华在头天接到任苒的电话后,只让阿邦订了机票,没有通知任何一个下属。他出了机场到达厅,上了出租车,径直来到任苒约定的绿门咖啡馆。

这时咖啡馆才开门不久,阳光透过玻璃窗斜斜照进来,桌子上铺的绿色格子桌布显得色彩鲜明。任苒坐在靠窗的位置,面前摆了一杯犹自冒着热气的咖啡,听到风铃一响,她抬起头,与陈华视线相碰。

"陈总,早,想喝点什么?"她问他,同时招手叫来服务生,仿佛这是再平常不过的一个早晨,他们经常在这里不期而遇,相互打着招呼,坐下来一起喝咖啡聊天。

"黑咖啡,谢谢。"

陈华在她对面坐下来,打量四周,里面还没有其他顾客,一个服务生正拿着喷壶给四处摆放的阔叶植物喷水,钢琴曲低柔地流淌在室内。

"这不是老李留下来的那家店吧?"

"算是吧。这里现在的老板是苏珊,不过她外出旅行,应该下周才会回来。"

"你在这边住了多久?"

"离开J市以后,我就来了这里,没有离开。"

"你决定定居在这里?"陈华眉毛一扬,"从哪个方面讲,这个城市都算不上气候宜人。"

任苒并不回应:"目前我在这儿生活得不错,有一份我喜欢的工作,有男朋友,短时间内我不会离开。所以我希望我的生活保持平静,不被打搅。"

陈华保持着不动声色:"这是你第二次对我说起你有男朋友了,希望这次我有机会见到他。"

任苒当然记得第一次对陈华提起自己有男友是在什么情况下,谈话一开始就被他定下调子,她丝毫也不惊讶:"没有那个必要。"

这时服务生送上他要的黑咖啡,他端起来喝了一口:"不错,味道还是很地道。"

"陈总,我不想知道我名下的股票是怎么回事,只希望你尽快全部收回。"

"我给出去的,从来不会收回。"

"可是给之前你至少应该先问一下我是不是想要吧?"

"八年前你把那二十万丢给阿邦时,问过我想要吗?"

任苒哑口无言,隔了一会儿,她低声下气地说:"对不起,陈总。我年少无知的时候,干过很多一厢情愿的蠢事,如果隔这么长时间你还是介意,我愿意正式道歉,请你原谅……"

陈华一把按住她搁在桌上的手,止住了她。她愕然抬头,只见他嘴角挂着一个淡淡的笑意:"任苒,从去年八月开始,你先后两次一声不响地从我身边跑掉,就已经足够了,不用再来试着激怒我。"

任苒抬头,看着面前这张瘦削而轮廓分明的面孔,他的眼睛依旧深邃得无法探测,那一点笑意反而更衬得他没有什么表情。她在他的注视下移开目光,看向他的手,那只大手跟他的人一样，瘦削、修长，指甲修剪整齐，淡青色血管微微隆起，充满看不见的张力，将她的手满满覆住。她只觉得触着格子桌布的手心沁出了冷汗，而盖在她手背的那只手掌却保持着镇定、干燥的触觉。

她用力抽出手，声音清晰地说："财经杂志记者正在调查，据说还有各家证券报社的记者也在找我。如果你不肯收回股票，平息这件事，那我只好召集所有对这件事感兴趣的记者，讲清楚事件的来龙去脉，正式声明我是在不知情的情况下被卷入，跟这些股票没有任何关系。"

陈华毫不动容："没问题，你可以把想请的记者名单交给阿邦，我保证他们会全部到场，忠实登出你的声明内容，同时我不做任何反驳、解释。不过，我认为那根本不会让你回到你想过的所谓正常生活。"

任苒知道，陈华说得没错。她单方面的声明哪怕字字属实，但违背常理，只会让事情看上去更复杂。她怒极反笑，摇摇头，端起咖啡喝了一口，让自己平静下来："算了，我真是疯了，明知道你这人既不可能授人以柄，也不可能受人要挟，居然还来威胁你。"

"事实上你是可以威胁到我的。"陈华慢条斯理地说，"亿鑫参与ST股票重组本身并没有什么大问题，早在几年前就已经开始，证券投资部负责做足够的市场分析，预测它们的重组前景与投资价值，然后适时介入，经得起任何调查。可是如果你召开记者招待会，一切就都不一样了。"

任苒紧盯着他，他保持着不动声色，仿佛在说与自己无关的事情。

"只要你公开宣布你个人账号名下的交易行为是在你不知情的情况下发生的，哪怕我为此调动的不过是区区几千万资金，也会坐实我涉嫌内幕交易。不要说记者会继续深挖，证监会也会来调查亿鑫在资本市场的运作情况。我不知道具体会有什么后果，但几个兼并都会被无限期推迟是肯定的。"

陈华说得如此轻描淡写，任苒却大吃一惊。她思索了一下，再度恼怒道："你把这个选择丢给我是什么意思？"

"我没打算让你为难，你主动打电话给我，其实已经说明了你的选择。"

"这也能算我做出了选择？"任苒冷笑，"我能问问你什么时候拿我的身份证去开的账户吗？"

"阿邦代你办理保险理赔手续的时候。"

任苒不得不有恐惧感了："难道那个时候你就想到我有一天会不告而别，你需要用这种方式逼我露面吗？"

陈华笑了，取出一个黑色钱夹，拿出一张过塑的卡片放到她面前，里面装的是她的两份身份证复印件，正面是老证，十七岁的她严肃地看着镜头，却仍然显得有些稚气，面孔上有着属于少女的神采。反面是她一直到现在仍在用的二代身份证，她二十二岁回国那年时办理的，照片上的她含着浅笑，神情却变得沉静。她的人生仿佛被浓缩在这两张照片里面。

他将卡片放回原处："别害怕，当时拿到你的身份证去开立账户，只是想把五年前给你买的保险公司非流通股正式登记到你名下。"

"五年前？你当时已经让阿邦打给了我两百万，这样的投资回报给谁都会满足，你并不欠我什么。"

"我本来打算给你的远不止那个数字，不过当时以为你已经嫁给了祁家骏，生活无忧，我不想搅乱你们的婚姻。剩下的钱，我替你做了一个中长期投资，买进保险公司的非流通股，预备在你需要时给你。"

此时他突然提到祁家骏，任苒不觉一阵恍惚。她咬紧牙，努力抑制心底的痛楚："没有这个必要，陈总。我一向对物质要求不高，生活也算过得去，不需要这笔钱，请一起收回吧。"

"我说了，给出去的我不会收回来。"

"你这是拿钱来砸我吗？真有趣，你把这一切强加给我，到底想要怎么样？"

"我想要的一直是你，任苒。"不等任苒开口，他继续说，"出于某种原因，你认为我跟你的正常生活不可能相容。我愿意等到你彻底放下这个心结，不过我不能让你躲我一辈子。"

"我说了，我已经有男朋友了。"

"我给你完全的自由，不介意你去尝试一下别的可能性。"

那样笃定的口吻让任苒禁不住倒抽一口冷气："陈总，我从来没有把我的生活看成一场实验，失败了，就换个地方，换个人，看看会不会有你说的所谓可能性。我更不会在你的注视下进行这种实验。"

"你要真的彻底放下了我，当然可以无视我，甚至大可以借此让我死心。"

这样的逻辑让任苒简直无法反驳，她一时竟有些焦躁感。

"我之所以离开北京，是想过正常人的生活，我不想生活在别人的视线之下，这个愿望并不过分吧。"

"那跟我说说你现在的生活。"

"我在一所语言培训中心当助教，协助外教教小朋友英语口语，我很喜欢这份工作。"

"你那位男友呢？"

任苒将心一横，迎着他的目光："他是一名律师，人很好，我希望跟他好好交往下去。"

"律师？"陈华略微意外，似乎想到了什么，随即干脆利落地说，"看来你已经有了规划。你去试着跟他交往吧，我不干涉你。"

她只得苦笑："你认为我背着一笔根本解释不清来历的巨额财富，受到媒体的追踪，生活有可能马上被曝光个底朝天，还能跟他好好交往吗？"

"任苒，你一直强调说你想过正常生活，可是你心里一直背着更沉重的包袱，始终不肯放下来，相比之下，你从来没放在眼里的钱算得了什么。如果你说的那个男朋友真的存在，而且足够爱你，就能理解包容你所有的奇怪之处，钱根本不是障碍。"

"也就是说，这笔飞来横财是你帮我设的一个考验，看我有没有可能得到一个男人的爱情吗？可是你有没有想过，普通人的生活根本承受不起太多戏剧化元素。"

"你会不会对他讲你过去的生活？"

任苒一下窒住，停了好一会儿才说："我没打算问他的过去。每个人都有权保有自己的隐私。"

"你没法正视很多事情，任苒，于是才急着从我身边逃走。可是过去不是一件旧衣服，说丢就可以丢掉，你越是刻意想忘记，越是会身陷其中。"

这句话准确地击中了任苒的内心，她紧紧捏住她专用的那只灰蓝色咖啡杯，一时无话可说。

"不管是过去还是现在，我一直爱你，你记住这一点就足够了。"他站起身，深深地俯视着她，仿佛要一直看进她心底，"至于那位律师，我祝他好运。"

任苒在办公室收到第二个采访要求时，已经没什么惊异之情了。人海茫茫，这名记者也只比章昱迟一天找到她，她不得不再度佩服他们的神通广大。

她推掉采访，语气客气，但毫无商量余地。接着她父亲打来电话，她走出去接听。

"小苒，这到底是怎么一回事？"

面对父亲，她没什么可隐瞒的："股票的事是陈总安排的。您别担心，我上午已经见过他了，有记者来找您的话，您不用理睬。"

任世晏反复询问细节，她只拣无关紧要的部分告诉他，不想让他担心："没事的，没有到需要采取法律行动的地步。另外，"她迟疑一下，"爸爸，别把这件事告诉季律师。"

任世晏吃惊地说："我怎么可能告诉她？"

"第一个找到我的记者是《财经周刊》的章昱，他就是从季律师那里知道我在汉江市的。"

"那个小伙子我有印象，以前在北京见过他，他说他是你朋友，我看他去医院看了你两次，挺关心你的。这次他来找我，不过我什么也没跟他说。他居然会去找季方平？"

任苒没有提起是季方平主动找的章昱："其实也无所谓，他们早晚都找得到我。不过我不希望她再把我的其他事透露给记者，平白生事出来。"

"你放心，我会找她谈谈。"

任苒回到办公室，发现几个同事看她的眼神多少都有些异样，她只做不知，照旧坐下来做事。

然而一向藏不住任何话的Sunny索性直接问她："Renee，你真的是报上说的潜伏股市的牛人散户吗？"

有她开头，其他人也纷纷发问："那你的身家可远比老板要厉害得多，有没有什么内幕消息透露给我们？"

立刻有人附和："对呀对呀，同事一场，提携我们也发一点小财。"

只有Tom不明所以地看着突然热闹起来的办公室，用英文问另一名略通中文的外教："老天，这是怎么回事？"

那名外教对他解释着，Sunny同时做着补充，另一名同事凑到任苒桌边，直接打探某只股票的近期走势，这个纷乱的场面让任苒穷于应付。这时主管日常事务的王副校长探头进来叫她，她马上起身去了他的办公室。

果然王副校长问的也是同一件事，她只能说："这是我的私事，希望您体谅我不方便解释，但我不会让它影响到我的工作。"

"你也看到了，同事议论还是其次，一个多小时的工夫，我已经接到三个记者的电话，要求我谈你日常的表现，并对员工潜伏股市发表看法，我都推掉了。你是蔡总介绍来的，工作一向尽力，我们对你很满意，但眼下培训中心也有其他问题，实在不方便……"

任苒知道他的意思。最近已经有家长质疑英语培训的收费标准、外籍教师的从业资格之类问题，并反映到教育局。他们正在应付上级机关的调查，确实不想在这个时候再卷入不相干的新闻之中。

"很抱歉，王校长，我也不想给学校带来麻烦，我辞职好了。"

培训中心人员流动性不小，又请了外籍教师，一向没有严格执行那些劳动政策，任苒签的工作合同有着长达半年的试用期，福利通通不完备。只是她当时并不计较待遇，现在辞职手续当然办得十分简单迅速。她跟满心不解的同事打了个招呼，便带上自己的东西离开了。

突然丢掉这份工作，她不算特别烦恼，可是想到接下来要面临的一系列问题，任苒不能不一筹莫展。

不知道那些记者从哪里弄到她的手机号码，她又接到了两个要求采访的电话，不得不重复着："不，我目前不接受任何采访。"

等第二天电话再响起时，她几乎想跟过去一样索性关机图个清静，可是拿出来一看，是正在北京出差的田君培打来的。

"小苒，现在方便讲话吗？"

她苦笑一声："方便，我昨天已经辞职了。"

田君培沉默了一下："我看我们需要当面好好谈谈。我坐今天正午的航班回来，大概六点到，我过来找你。"

第二十二章

如果不是郑悦悦打来电话,意味深长地提醒在北京出差的田君培接收邮件,他根本不会留意到报纸证券版面上以花边趣闻形式出现的报道。

打开邮件的附件,他的头一个反应是有人与任苒同名同姓,然而看到与亿鑫联系在一起的报道之后,他知道,任苒是事件的主角无疑了。

他没想到,他竟然会面临与尚修文的太太甘璐差不多同样尴尬的情况——以一种不自然的方式知道与自己关系亲密的另一个人不曾主动告知的消息。

甘璐在尚修文出任旭昇董事长的记者招待会上意外得知结婚两年多的丈夫拥有巨额财产,她打了尚修文一记耳光,拂袖而去,事后更离家出走,腹中的孩子意外流产,两人关系几近决裂。

冯以安与田君培谈起此事时,对尚修文高度同情:"他们两个人都是我的朋友,依我说,甘璐完全有理由生气。可是后来她的反应未免过度了,修文是难得的好男人,在这件事上的隐瞒也情有可原。解释清楚就行了,何必要弄到这一步?现在修文又要打理企业,又要照顾失火的后院,实在狼狈得很。"

田君培保持着律师的职业习惯,更倾向于从公允立场作出判断:"爱之深才会责之切。站在甘璐的角度来讲,她看到的也许只是,她最亲密的人将她当成需要隐瞒、防备的外人,这一点是她无法接受的。修文如果想求得她的谅解,要做的恐怕不只是简单的解释。"

对别人的家事作出客观判断容易,轮到自己,田君培一样乱了方寸。

当然，任苒与他确定恋爱关系不久，不管他怎样着迷投入，也不能不承认，任苒仍旧像她预告的那样有些迟疑，跟他保持着一份微妙的距离感，两人远没有到达亲密无间、相互不保留任何秘密的地步。

可是秘密以这样的方式披露出来，是田君培无论如何也想象不到的。

坐在飞机上，他开始试着让自己冷静下来，分析这件事。

四只ST股票，其中两只已经有过亿市值，另两只价值无法估算。在长年处理大笔公司交易的他眼里，并不算数目惊人。可对于任何一个人来讲，这无疑是一笔不小的财产。

与任苒初次相遇时，他便能从她开的路虎、携带的LV旅行袋看出她过去的生活与财富沾边。可是在汉江市定居下来以后，任苒除了在培训中心上班，还做着兼职翻译工作，日子过得十分简朴，衣着更是普通，日常唯一带着的名牌不过是那个用得边缘磨损的旧Gucci包。昨天他路过国贸专卖店时，特意又挑选了一个，准备送给她。

难道任苒现在只是在过一种洗净铅华、刻意低调的生活吗？在那样决绝地离开J市以后，她和陈华是否还有着斩不断的纠缠？他爱上的女孩子到底有着怎么样的过去？

航班跟往常一样，没有原因地晚点了。田君培带着各种各样的疑问下飞机后，已经是晚上七点钟。他正开机准备给任苒打电话，先接到的却是郑悦悦的电话。

"邮件看了吗？怎么一直关机？"

"我刚出机场。悦悦，我希望你不要再关注或者插手这件事。"

郑悦悦冷笑一声："君培，别以为我是在无聊纠缠，我不过是想看看，你刚跟我说分手，就跟这么一个来历复杂的女人谈上了恋爱，是不是能过上你所说的单纯平静的生活？"

田君培厌倦地说："我的生活是我的事，如果你还希望我们继续做朋友，恐怕就得谨记，给彼此保留一点尊重跟隐私。"

"她差不多成了公众人物，恭喜你，说不定你也会因为这件事上报纸，到那时你再谈隐私吧。"

"够了，郑小姐，再见。"

田君培努力平复情绪后，再打任苒的电话。她说："我看时间不早，已经做了饭，你在飞机上一定也没有吃好，上来一起吃吧。"

他不止一次送她到楼下，还是头一次上来。按了门铃后，任苒马上开门，招呼他在沙发上坐下："我去炒一个青菜就好。"

他坐下，打量四周。任苒租住的是一个面积不算大的一居室，装修没有任何特点，但收拾得十分整洁。

眼前这间房兼着客厅、餐厅与书房，左边摆着一张小小的玻璃餐桌，上面除了放着笔记本电脑，还放了一只水晶花瓶，里面满满地插着一大把红黄夹杂的康乃馨。客厅的陈设也很简单，但茶几下铺了一块灰蓝色的地毯，有些陈旧的沙发上面搭了一块精致的米白色带流苏的搭巾，摆着两只绣了鲜艳向日葵图案的抱枕增加了不少居家气氛。

茶几上放着一本旧书，正是他曾在J市公安局在任苒的包里看到过的《远离尘嚣》。

不远处的厨房飘来一阵香气，他下意识地拿起这本借自Z市图书馆的小说，抚摸着陈旧的封面，突然想到，任苒随身带着简单的行李和一本旧书，告别昔日的生活，在一个陌生的城市安下家来，需要下的决心和付出的勇气也许比旁人能想象的要大得多。

这样一想，他突然平静了很多。

"这书是我妈妈临终前看的，我没有还回图书馆，一直带在身边。"任苒从厨房出来，将餐桌上的笔记本电脑移到茶几上，"君培，过来吃饭吧。"

她准备的晚餐很简单，一碗排骨海带汤，清汤冒着袅袅热气，海带切成细丝，上面撒了一点儿葱花，看着十分诱人，一盘番茄炒鸡蛋，一盘青椒牛肉丝，一盘清炒口蘑小白菜。她盛上两碗米饭，田君培跟上次喝鸡汤一样，吃得干干净净。

"你看着不像是会做菜会料理家务的女孩子，实在是没想到。"

她莞尔："都是逼出来的。先是在国外留学，后来又一个人在北京生活，不做就没得吃啊。"

再坐到沙发上时，田君培发现，他很难再有正襟危坐质问的意念了。但任苒已经沏好了两杯茶放到茶几上，神情郑重，显然准备认真解释。

"我是前天才知道我名下的那些股票。在此之前，我甚至没有去办过股东代码卡。"

田君培蓦地想了起来："那天你去所里，是想跟我讲这件事吗？"

任苒点点头："是啊，不过看你太忙，我想还是先自己弄清楚了再说。对不起，君培，我不是有意要隐瞒什么。"

田君培心底一松，握住她的手，柔声问："现在弄清楚了没有，是不是有人违规使用你的身份证办理账号进行内部交易？"

任苒迟疑了一下："注入资金买进ST股票的人是陈华，他是亿鑫集团董事长，他下属的证券投资部门一直在分析研究并投资ST股票。"

"他用你的账号买入，涉嫌建老鼠仓非法套利。"

"不不，他绝对不是想套利，这一点我非常确定。"

田君培认真思索着，他这几年都潜心处理各种非诉业务，自然也对资本证券市场的运作有一定了解，可仍然觉得陈华这样的举动有些匪夷所思。

"他在你不知情的情况下，用你的名义进行数额巨大、足以引起证券分析人士和媒体注意的交易，如果不是为了获利，总得有一个目的吧。"

"你在J市也看到了，我不想再见到他。他这么做，只是……想逼我露面。"

如此大动干戈的方式，让田君培一下怔住。

"如果你能证明账户是在你不知情的情况下设立并进行操作，那么可以先借助媒体做一个澄清，然后再采取必要的法律行动。"

任苒摇摇头："君培，那些股票不属于我，我肯定不会要。但我不打算专门去找记者做澄清。"

"这样人们会对你有很多不必要的猜测。"

"除非交易违法，招来证监部门调查，那我会实话实说。现在我已经辞了工作，也不准备接受任何采访，报纸做什么报道，别人怎么想，我并不在乎。有些事只要不理，自然就会淡下去。"

田君培心底一沉，马上得出了结论："你不愿意因为你的澄清引来针对亿鑫的调查，对吗？"

任苒没有否认："君培，有一些事，我必须对你说清楚。陈华是我的初恋，我十八岁那年爱上他，十九岁时我们分开。我出国念书，接下来过了好几年我们才再见面，也只是见面罢了。前年我出了一次车祸，差点送命，他一直照顾我，不过，我跟他……没有在一起的可能。"

在田君培看来，在十八九岁那样的不成熟时期，所谓的爱情不过是感情和欲望的本能萌动而已，没法持续是正常的，不至于对一个人的生活造成如此深远的影响。任苒的这个交代异常简洁，却根本没法解释陈华一直穷追到J市，现在又用如此手段逼她露面的原因。可是田君培知道，这已经是任苒不想提及的往事了，他去追问未必明智。

"他这次的做法我不能接受，但我并不希望逞一时意气，损害他负责的企业，我只想尽力做危害最小的选择。"

"我没理解错的话，你是准备不闻不问，不理股市的事，等陈华自行收手。"

"他是很难主动放弃的人，不过我既然下了决心，也不可能轻易改变。如果你觉得我这样处理问题不够坦诚，我能够理解。"

田君培发现，任苒有一双略带琥珀色的眼睛，平静而清澈，哪怕在批评自己不够坦诚时，她的语气与神态也是坦然的。她显然知道自己的言行会引起别人什么样的反应，也愿意尽量解释。可是，就如同她不在乎媒体怎么报道一样，她似乎也并没有真正在意他是否会接受她的解释。

他心底有说不出的滋味，发现这一点才是最让他介意的。然而面对任苒，他无法再继续盘问下去了。

"我说过，我不会问你的过去，小苒，这一点你不必有负担。"

"对不起，君培，我知道这对你很不公平，我也尽可能想对你做到坦白。但是，一个人背负了太多过去以后，已经不可能有光风霁月、事无不可对人言的境界了。"

她的声音再怎么平和，也含着一丝不自觉的萧索苍凉感。他握住她的手，凝视着她的眼睛："我想，爱上一个人，要求的大概就不是所谓公平了。"

她的手在他的掌中明显僵了一下，随即合拢，反手握住他的手。在接到田君培打来的电话时，她本来已经想好，她没权利将一个男人原本井然有序的生活搅乱，跟他说结束应该是明智的选择。然而现在，她却无力保持冷静放开他的手说出再见了。

其实你是介意的。

田君培从任苒的住处出来，停住脚步，看着身后高高的公寓楼。他对自己说：身为一个律师，就算追求的不是绝对意义上的公平，也会在乎一个相对的公平与合理。只不过相较于公平，你有更放不下来的东西，你心底要求的到底是什么？

已经是深夜时分，城市中高楼鳞次栉比，越来越没有过去立于伊人窗下，看灯光透出的那种浪漫可能。当然，田君培此时也没有多少浪漫念头，他只是心情烦乱，没法整理出一个具体的答案给自己。

理智告诉他，任苒也许正如她一开始就承认的那样，缺少天真与热情，并不是一个理想的恋爱对象，更何况她还有如此复杂的过去，跟陈华那样看上去深不可测的人有经济上的牵扯纠葛。

可是，在被一份悄然滋生、慢慢变深的情感占据之后，哪怕他一向信奉理性处世，也没法说服自己就此放手了。

接下来正如任苒预计的那样，她始终不露面，而愿意接受采访的那几位榜上有名的散户牛人各执一词，有两个人言辞谨慎，只说市场投资有风险，个人行为并无致胜秘诀；但另有一人突然主动现身，高调谈论自己的预测分析能力，俨然以草根高手、民间资本意见领袖自居。有了如此自愿抛头露面的人士不停填充版面之后，再没人来继续打搅任苒。

隔了半个月，章昱写的报道发表在《财经周刊》上，他特意给任苒寄来一份。任苒看后发现，原先他持的质疑基调在成文以后，悄然改变了侧重点，不光没有在其中谈到她与亿鑫之间的关系，甚至没有专门针对亿鑫一家企业，而是着重分析包括亿鑫在内的民营资本以各种方式进军一级市场，进而对国内证券市场资金格局产生影响。

最让任苒意外的是，陈华竟然接受了采访，对于五年前亿鑫集团推动保险公司上市一事，他做了一个官方性质的说明。这一节极其简短，据她所知，应该是陈华头一次在媒体前露面。

章昱打来的电话证实了这一点。

"他突然让助理打电话给我，表示愿意接受采访，只有十五分钟时间。我得承认，他气场太强，主导了谈话思路，哪怕我旁敲侧击问到他的出身经历这样敏感的问题，他也只淡淡地说他不需要向任何人交代，并不介意我怎么写。"

任苒不解地问："怎么又扯到他的出身上了，你不是说你们杂志不会报道这个吗？"

"我新近又收集到了一点关于他的资料，他发迹的经历很神秘，也很有意思，十分值得一写。"

这是任苒不愿意接的话题，章昱显然也明白这一点。

"不过眼下发出的这篇报道也算独家，深度和角度都得到了总编的肯定。"他话锋一转，"Renee，我只有一点疑心。"

任苒知道他想说什么："你认为他打破惯例接受采访是给我解围吧？"

"没错。还不止于此，那位最近跳得很欢的所谓草根高手，一样很有围魏救赵替你吸引眼球的意思。"

任苒在心里承认他的话不无道理，她只能说："别去猜测他的行为了，那是徒劳。"

章昱笑了："跟这样一个人打交道，是不是很累。"

任苒默然。章昱无意一句话，讲出了她的一点隐秘的感受。在当年她那样辛苦爱着陈华的时候，她丝毫没觉得爱是一种负担，会让她无法承受。现在她认为她已经不再爱他了，可一想到他，却有没来由的紧张和疲惫感。

她与章昱说再见，挂了电话。

任苒的生活恢复了表面的平静。尽管不上班了，但她的生活很有规律，每天在家里翻译蔡洪开给她发来的文稿，下午去绿门咖啡馆喝一杯咖啡，等田君培过来接她一块儿吃饭，如果不和田君培约会，她会回家独自吃晚饭，然后去附近的公园散步，回来继续工作。

带着囡囡去东南亚旅行回来的苏珊却陷入了愤怒之中，她拿新一期娱乐杂志给任苒看，里面赫然登着某位以前与温令恺合作过几部戏的女明星接受采访，话里话外的意思竟然无不暗示温令恺确实有一个私生女，而她本人就是温令恺女儿的母亲。

任苒看得好不疑惑："这算什么意思？娱乐圈的人还有抢着当妈的吗？"

苏珊骂了一句粗口，恨恨地说："这女人几年前跟温令恺传出过绯闻，最近人气下滑，借着这个事宣传，太下贱了。"

任苒想不到苏珊对娱乐圈里的伎俩如此稔熟，想必是她长年关注混迹于这个圈子的温令恺，多少看出了门道，不禁有些好笑，劝慰她道："既然是博眼球，就不用理了。别人也未必信她。"

"她要只拉上温令恺我才不会在乎，可是一看到扯上我女儿，就恨不得冲过去给她两耳光。"

"放心，囡囡还小，不会去看这种报道的。"

苏珊沮丧地用手撑住头："任老师，上次我跟囡囡长时间相处，还是她刚生出来的那几个月。当时我又忙碌又烦躁，没好好照顾她，把她交给她爷爷奶奶的时候，有点儿舍不得，可是也觉得解脱。你要问我歉不歉疚，我只能说，不，已经这样了，每个人有每个人的命，她总会好好长大、好好生活的。可现在，我没办法再这么想了。"

"你带她出去大半个月，感情加深是很自然的事。"

"她也很黏我了。那天在新加坡圣淘沙海底世界，她抱着我，把咬了一半的冰淇淋送到我嘴里，我突然很想哭。"苏珊漂亮的大眼睛里一下泛起泪光，"好像从那个时候起，我知道自己的确是一个妈妈了。现在我越来越舍不得她，一想到以后别人会用异样的眼光看她，记者还会去烦她，她会从报纸上看到那些乱七八糟的事，我就觉得我真是造孽。"

任苒没想到一次旅行让苏珊沉睡的母性意识复苏了，当然，对一个母亲来讲，考虑到这些事情是很自然的。她只能说："娱乐圈总有新人出来，新的新闻会占据版面，你不用太担心。"

她突然顿住，只见陈华走了进来。苏珊顺着她的视线回头，一下认出了他："祁家骢，好久不见。"

陈华若无其事地走过来在任苒旁边坐下："你好，苏珊。"

苏珊看看陈华，再看看低下头去的任苒，一脸茫然："你们以前认识吗？"

任苒一时无言以对，陈华先开了口："看待会儿老李来了还记不记得你，他一向自诩记忆力仅次于我。"

苏珊吃惊地说:"他要过来吗?他送我跟囡囡去普济岛的时候怎么没跟我说?"

"大概想给你一个意外惊喜吧。他进来了,你尽量装得意外一点儿好了。"

"今年贵庚啊他,还玩这个。"话是这么说,苏珊却笑得十分开心。

任苒再也坐不下去,一下站了起来:"苏珊,帮我结账,我还有事先走了。"

任苒刚走出来,陈华便追出了咖啡馆,一把拉住她的胳膊:"你可别又犯傻一跑了之,我不想再这么折腾着四处找你了。"

暮色刚刚降临,春日的黄昏空气轻盈,光线柔和,云淡风轻,陈华的声音、神态、姿势都有着罕见的温和,看着她的目光中甚至隐含一点笑意,任苒却只觉得全身发冷。

他没说错,刚才至少有一瞬间,她心里确实掠过了一个念头,不由自主地想到,如果现在丢掉一切,去火车站随便买张发车时间最近的车票,跳上车驶向一个未知的终点,是否可以永远摆脱她不想面对的这个人。

陈华叹了口气:"我来汉江市出差,老李刚好回来看苏珊,约我在这边见面。我的确很想见你,不过你放心,我既然说了会耐心等待,就不会再来逼你的。"

"对不起,我真的有事。"她挣脱他的手,匆匆向前走去。

回到家后,任苒坐倒在沙发上,就算陈华没有一语道破,她也没力气重新跑路了。

当然,她已经那么做过一次,可是现在看来,她从来都不喜欢漂泊不定的生活,也不想再尝试辗转到一个陌生的城市重新开始。

在北京二环内那个豪华公寓住着的时候,她没有挪动任何一样家具,没有改变任何一处陈设。除了卧室与客厅,她甚至不去别的房间。一方面固然是因为那里应有尽有,无须她操心;另一方面,她清楚地知道她会离开。

到汉江市租住这间小小的公寓后,从第一天起,她就陆续买回一样样东西,从厨房用具、床上用品到小小的装饰,不值钱的身外物多起来,全是看得见的羁绊,构成让她安心住下来的家居气氛。

更何况,她应该怎么跟田君培交代?

想到田君培,她心里沉甸甸的。

最近他们的相处再没有开始时的平和宁静,两个人都有些小心翼翼。她一向话不多,苦于无法主动找出轻松的谈资,而田君培似乎决心要表现得宽容大度,不肯谈及敏感的话题,不愿意让她感觉到他有丝毫影射。这样刻意的约会,她猜想田君培能感受到的乐趣十分有限。

再加上陈华不定时出现,哪怕以他一向的自持与自负,的确不会放下身段紧逼她,也一样对她造成了影响。

生活将以什么样的方式继续下去,她突然感到有一点茫然。

第二十三章

这天下午,田君培难得有空,开车送任苒到湖畔宾馆,参加一个大型国际金融与汇率政策研讨论坛的现场翻译工作的面试。

说起来,这份工作是田君培所里的助理小刘介绍给她的。那女孩子通过田君培要来她的电话,告诉她,这个论坛由中部省份联合主办,规格既高,规模也很大,最重量级的嘉宾是邀请了一位获得诺贝尔经济学奖的经济学家出席,除此之外,还有很多外籍专家、学者以及银行家过来,急需一批高水准的翻译。

"书面翻译没问题,可是我没做过同声传译。"她不免犹豫,"而且现在还接了一本书稿的翻译,也没有太多时间。"

小刘十分热心地给她打气:"我做过,没你想象的那么复杂,而且现场需要的不止是同声传译。我的老师在做会务组织,打电话非要我过去兼职,可所里现在实在太忙,我没法去,只好答应尽量帮他找有金融或者经济学背景的翻译。任小姐,你的英语水平很不错,而且又熟悉金融业,还是过去试一下吧。前后不过八天,不会占用你很长时间,待遇还不错。"

任苒考虑了一下,也想借机测试自己的口译能力,于是答应了下来。

进去以后,她到了标着会务组的房间,发现那个大套间里面人来人往,好不嘈杂。她找到负责组织工作的蒋老师,送上自己打的一份简历跟毕业证。蒋老师看完资料,没有任何寒暄,直接用英语开始一连串地提问,这自然难不倒她。在翻译完他指定的一篇短文后,他马上讲明报酬:"Renee,这个报酬你能够接受的话,明天开始上班,参与会务接待,协助会务翻译,记得带行李过来,八天时间恐怕都得住在这边。"

出来以后，任苒把这个看上去潦草仓促的面试过程讲给田君培听，他也觉得好笑。

"已经到这里来了，我们去前面一个农家风味餐馆吃饭吧。"

"又是以安推荐的吗？"

"还真没猜错。据他说，那里最大的特色就是各种野菜，有一道菜是把新鲜的柳树嫩叶用盐腌渍，做成凉菜，别有风味。至于榆钱、槐花、荠菜什么的就更不用说了。"

那家餐馆就在几公里之外的湖的另一端，装修得十分有田园情趣。他们到那里时，时间还早，于是停了车订好位置，先去湖边散步。

这个湖水域广阔，湖面上常年有省赛艇队集训，远处一艘接一艘的皮划艇贴着水面疾行，掠过他们的视线，隐约传来教练拿着喇叭大声吆喝的声音，却也不显得嘈杂。近处是沿岸垂柳，汉江市的春天来得十分急骤，几乎只隔几天，柳树就突然萌出细细的鹅黄色叶子，如烟雾般笼罩住光秃秃的树枝。风软软地拂面吹来，已经不带丝毫寒意。如此景致和天气感染着心情，他们都不由自主放松了下来。

"这个城市就这一点好，市区里既有大江，又有大湖，让人简直疑心这里不是一个工业城市。"

"我妈妈去世后，我爸调动工作，把我带过来，怕我不开心，带着我四处转，也是这么跟我说的。"

"那一年你多大？"

"十六岁。"

田君培怜惜地握住她的手："你以前一定是个脆弱敏感的孩子。"

"嗯，没错，敏感脆弱、爱钻牛角尖、矫情、自我、固执、怕孤单……总之是个很难缠的姑娘。现在回头看过去，有时简直忍不住惊讶，好像我跟她不是一个人。"

"真有这么大变化吗？"田君培也有几分惊讶。他情不自禁想起，任苒就是在那个年龄阶段与陈华那样成熟的男人相遇。是和他那场短暂的恋爱改变了她，还是时光将她雕塑成了现在的模样？

任苒心不在焉地看着远方："是呀，变化太大了。不要老说我了，你以前什么样，我是说成年以前？"

田君培耸耸肩："我好像一直就这个样子，没什么变化。生活太顺利了，一路上最好的小学、中学、大学，据说总处在顺境里的人通常很无趣，我猜别人眼里的我就是这个样子。"

任苒禁不住笑："你似乎是在自我批评，可我听出了自负。"

"是吗？别人都说我再谦虚不过了。"

"你言辞举动都谦逊有礼，可骨子里不时流露出骄傲。"

这个评语让田君培也笑了。从小到大，他父母家学渊源，家教严谨，一向都以谦谦君子、循循儒雅之道约束他，要求他任何情况下不可以狂傲轻佻。他也时刻提醒自己，不以智力上的优势自矜自炫，但修养归修养，个性归个性，他当然最清楚自己潜在的自负。

"希望我没自大到令人讨厌的地步。"

任苒抿着唇笑，摇摇头。

田君培站住脚步，抚着她被风吹得斜斜扬起的短发，手指插入她的发际，动作轻柔如风。她垂下眼帘，暮色之中，她的面部白皙细腻如精致的骨瓷，嘴角微微向上勾起，有着一个温润的弧度。他情不自禁抱住她，她红了脸，避开他的嘴唇，小声说："旁边好多人。"

不远处的确有一排钓鱼人，不过他们都专注于湖面浮漂的微小波动，根本没人朝他们这边看。田君培依旧搂着她："小苒，我……"

她猛然抬起眼睛，打断了他即将说出口的情话："对不起，君培，我觉得有些事情我们还是讲清楚比较好。"

他心底一沉，似乎预感到她要说什么，然而他同样充满无名的疑问，急需一个"讲清楚"来释放。

"我喜欢跟你在一起，可是我不知道这样算不算是爱着你。"

"至少愿意跟一个人在一起，才谈得上爱吧。"

"我想来想去，这样对你还是不公平。"

田君培有点恼火地看着她："你一定要我反复承认，我愿意接受这种不公平吗？"

"君培，我刚才说了，十几岁的时候我是个难缠的姑娘，后来变了很多，并不是说那些缺点我通通改掉了。我只是……怯懦了，不敢像以前那样理直气壮，以为付出是自己的事，与别人无关，更不敢安然享受一份也许回报不了的感情。"

"我期待的讲清楚可不是这样的。不，小苒，我们是在恋爱，不是在订立契约，明确双方有多少义务，有多少权利，付出多少，收回多少。我喜欢你，现在听到你也喜欢跟我在一起，我很高兴。如果有一天，我不满足于你始终不清楚爱不爱我，我会告诉你。"

他的声音清晰，条理明确，任苒再度觉得词穷，她只能说："那好，君培，我不知道关于我的过去，我该说些什么才算是讲清楚了。或者这样吧，你觉得有疑问的不妨问我，我尽量坦白回答。"

这个提议让田君培哭笑不得："等到你愿意跟我分享你的过去，我会很开心。可是我不打算跟你玩这种问答游戏，这不是分享，而是坦白交代，我不需要。我唯一的疑问是，你想跟我继续下去吗？"

任苒长久沉默着，就在田君培几乎已经忍耐不住的时候，她投入了他怀中，将脸紧紧贴在他胸前，轻声说："君培，我很矛盾，怕自己这样太自私了。"

这仍然不是田君培希望听到的答案，可是抱着她，他想他差不多别无选择。

隔天一大早，任苒便提了简单的行李去会务组报到，她被分派参与接待。国内外各路嘉宾开始陆续过来，她从会务中心领取名单，马上跟随司机奔赴机场，举着姓名牌接机，将他们送上车带回宾馆安顿好，然后几乎毫不停顿地再度出发。当天接完最后一趟晚点的航班，回到宾馆已经是午夜时分了，她累得精疲力竭，只草草洗个澡，倒头便睡着了。

第二天的工作仍然如此，嘉宾来得更集中，每个人都忙得脚不沾地，来去匆匆。拿到当天的接待名单后，任苒很是意外，排在第三位的居然是她在澳大利亚Monash大学学习金融投资学时师从的教授亨特先生。当身材高大魁梧的亨特从到达口走出来时，也马上认出了她。

"Renee亲爱的，在这里见到过去的学生，真是一个意外惊喜。"

她拥抱他："亨特先生，你越来越年轻了。"这倒不是一句客套话，眼前的亨特晒得黝黑，更重要的是没有了教她时那略为臃肿的大肚腩，看上去十分健康，"欢迎到中国来。"

上车以后，她跟亨特先生坐在一起。他告诉她，现在澳洲与亚洲的经济联系日益紧密，他两年前便开始主持一个中国当代金融发展研究项目，经常会到中国来，不过还是头一次到这个城市。她介绍沿途风物，他听得饶有兴致。把亨特先生送到宾馆，安排好房间，任苒抱歉地说还有接机任务，现在不能陪他叙旧，又马上动身去了机场。

直到晚上她接来自美国的两位银行家，到达大堂做入住登记时，突然有人叫她的名字："任小姐，你好。"

她回头一看，吕唯微正站在离她不远的地方，一身休闲的打扮，笑盈盈地看着她。她想这论坛研讨的主题是金融与汇率，想不到身为国际贸易专家的吕唯微也会参加，只能说人生何处不相逢了。

"你好，吕博士，欢迎过来开会。"

"没想到在这里遇上，任小姐在这边做志愿者服务吗？辛苦了。"

任苒有些汗颜："我是兼职工作人员，有报酬的，不算志愿者。不好意思，吕博士，我失陪一下，先送两位客人上去。"

到第三天，论坛正式开始，任苒才有余暇到后排就座。简短的开幕式结束后，她头次看到了那位诺贝尔经济学奖得主登台亮相，陪同的正是吕唯微。主持人介绍，吕唯微是知名国际贸易专家，目前在一个政策研究中心任职，此次正是她促成了诺贝尔奖得主的访华行程。

吕唯微穿着香奈儿的经典款套装，讲一口极其流利的英语，中英文切换自如，基本取代了主持人，并且担任了随后演讲的同声传译。全场听众鸦雀无声，听得十分专注。

几个和任苒一起过来担任翻译的工作人员大为倾倒，中间休息时都在议论吕唯微，一致认为她是他们见过的最有气质、最具风度的知识女性。

诺贝尔奖得主的行程自然安排得十分紧凑，演讲结束后，吕唯微便陪他离开，进行接下来的访问。

论坛第一天安排的全是来自不同国度的学者、银行家和金融界专业人士的演讲，担任同声传译的都是资深翻译，任苒相对轻松一些。接下来分组研讨，她就必须开始与一个搭档一起担任小组交流的翻译。

最初她颇为紧张，一场研讨下来，却也摸出了一点窍门，能够一边用笔记下重点一边翻译，加上她有专业背景，对金融内容比其他人更熟悉一些，很快进入角色。负责监察整个翻译工作的蒋老师对她的表现颇为嘉许，特别安排她担任了两次记者采访的翻译，并参与陪同几个嘉宾在不同地方的参观交流活动。

田君培打来电话时，任苒多半还在忙碌，只能说上几句就匆匆挂断。他只得说："小刘介绍的这是什么工作啊，吃饭时间你没闲着，睡觉时间你也没休息。"

"嘉宾太多，人手不够，大家全这么忙，好在快结束了。要一直这样，就可真顶不住了。"

她连日说话太多，嗓子已经明显嘶哑了。田君培只得嘱咐她注意身体。

论坛所有的项目终于顺利进行完毕，外籍嘉宾开始相继离开，亨特先生也定了当天晚上的航班，去机场前还有一点时间，任苒抽出空来陪他在饭店的户外茶座坐下闲聊。

亨特做着研究项目，最感兴趣的当然还是中国目前银行业的发展。任苒如实告诉他，自己已经离开外资银行将近两年多时间，恐怕对最新情况了解有限。

他有些诧异："Renee，当年你是班上最刻苦用功的学生，我对你印象实在深刻，总以为这个漂亮女孩子一定满怀野心，会在金融业里做出一番事业来。"

任苒有些惆怅，当年她除了打工，的确将所有时间都花在功课上，但她的动力并不是来自野心，而是既想早些学成回国，又不愿意空闲下来任凭思念占据自己的全副身心。她无法解释，只得一笑："亨特教授，我在银行干了三年，突然失去目标了。"

"看来我有偏见，总以为所有来自亚洲的学生目标明确，对于出人头地更有欲望，不大会放弃一份待遇优厚的工作。"

"如果我生活多一些压力，可能就不会这么容易放弃了。"

"不见得。其实很多人都会面临迷茫，需要花一点时间才能找到目标。我年轻的时候，有一阵特别沉迷于冲浪，甚至想当职业冲浪选手。"

任苒确实意外，至少她读书的时候，只觉得亨特先生治学严谨，对学生很严格，并没看出他有任何运动方面的天赋和爱好。

"那个时候，玩冲浪是非常帅的事，不过也只是看上去帅罢了，没多少收入，几年一度的冲浪大赛冠军奖金也不过几万美元。冲浪手的女朋友就更惨了，成天在岸上苦苦等着，有绰号叫她们'冲浪寡妇'。"

任苒只在海滩上旁观别人玩过冲浪，没尝试过。她问："冲浪很危险吗？"

"很危险，当时每年都有人送命。"

任苒不能想象一个每天看着男友做可能送命运动的女人会是什么心情，却不由自主联想起在双平看到的那些渔民妻子，每天傍晚在海滩上翘首等待渔船归航。她耸耸肩："大概不是所有女人都适合做冲浪手的女友。"

"是呀，一般女人都不可能一直忍受下去。我二十八岁那年，女友给我下了最后通牒，然后跟我分了手。可是冲浪不再像以前那样有乐趣，好运气似乎也到了头，几个月以后，我在一次赛前训练里受了伤，突然厌倦了，决定放弃冲浪。"

"于是回去找女友，跟她和好了吗？"

亨特哈哈大笑："每次我讲这个励志故事，那些女孩子都会跟你问一样的问题。不，我后来跟她失去了联络，只是返回学校念博士了而已。"

任苒也笑了："真是个傻问题，是呀，哪有什么回得去的时光？"

"我并不为自己的选择而遗憾。不过两年前，我又重拾了冲浪的爱好。"他咧嘴一笑，拍拍自己的肚子，"当然不能去追逐驾驭那些十二米的巨浪了，只能在相对平静的海域玩玩。"

任苒开玩笑地说："这是传说中的中年危机吗？"

"也许算危机的一种。有一个叫……祁家骏的中国学生，"亨特先生费力地念出这个中文名字，"跟你差不多同时念的大学。你认识他吗？他的意外去世让我很受震动。"

任苒蓦地屏住了呼吸，亨特并没教过祁家骏，她不知道他怎么会突然提起这个名字。

"两年前，他从悉尼到墨尔本处理事情，一个磕药发疯的家伙半夜破门而入，枪杀了他。"亨特先生没有留意到她的神情，"我一向认为，墨尔本是一个安全、安静到有些乏味的城市，结果出了这起枪击事件，整个城市都震动了。报纸上登出他曾就读Monash大学后，有一段时间，所有师生全在议论这件事。我去参加了他的追思会，听着他的朋友回忆他，看着照片上的他那么年轻，那么英俊，再联想到我一个意外早逝的朋友，我很感慨。生命太脆弱，会因为各种值得或者不值得的理由断送掉，这世界就是这样。我开始想，也许我该趁着还能动，让自己过得更充实一些。"

任苒一下捂住了脸，亨特吃了一惊："Renee，你怎么了？"

"对不起，亨特教授。祁家骏是我最好的朋友，从小跟我一块儿长大，一起到澳洲留学。"

亨特十分不安，伸手拍拍她的肩头："天哪对不起，我不知道这一点。我很难过，Renee。"

"没事。"任苒狠狠闭上眼睛，将眼泪强压回去，放下手看着亨特先生，"亨特教授，给我讲讲他的追思会。"

"追思会是他以前的同学和华人社团出面组织的，不过很多Monash大学的教授和学生都赶了过去。他的姐姐是一位很了不起的年轻女士，那么悲伤痛苦，还保持着镇定。我印象十分深刻。"

任苒努力想控制住自己的情绪，然而她的牙关咬得紧紧的，面孔已经有了一些扭曲。亨特先生充满同情地握住她的手。

"可怜的孩子，别难过。失去朋友是很伤心的事，我理解。"

"可我不配做他的朋友。"任苒哑着嗓子说，"连不认识的人都去追忆他，我什么也没有为他做。我没有参加他的葬礼，没有去看过他的墓地，没有打电话慰问过他的父母和儿子。我害怕想到他，从来不让别人在我面前提起他，甚至不肯见他的姐姐。我只是一个自私的懦夫，亨特教授。"

"不，别这么说你自己。每个人表达悲痛的方式是不一样的。我了解你的心情，Renee。我刚才跟你提到我一个早逝的朋友，听我讲讲他的事好吗？"

任苒点点头。

亨特先生陷入对往事的回忆之中。

"他叫Jonny，我们在冲浪时认识，他比我更热爱这项运动，也更有天赋。有时我甚至是嫉妒他的，而更多时候我把他当成我的目标。"

"每年十二月，北太平洋上空形成风暴，夏威夷瓦梅亚海滩会出现飓风掀起的巨浪，一般会高达十米以上。全世界的冲浪爱好者都会去那里挑战极限，Jonny和我当然也不例外。我二十四岁那年，我们好容易凑够旅费赶过去参加比赛，结果一个巨浪之后，我亲眼看到Jonny被卷走，他就此消失，再没回来。"

"当年的比赛为此中止,大家都很悲伤,有人甚至要去求助心理医生才能平静下来,只有我一个人第二天继续去海边训练。很多人不理解我,认为我是个不折不扣的冷血动物,眼里只有难得一遇的大浪。他们错了,我很难过,我只是觉得,在浪尖上对他的回忆才最真实,好像他仍然在我身边。"

这时另一位工作人员过来招呼亨特先生上车。任苒送他过去,两人拥抱告别。亨特先生拍拍她的背,再度嘱咐她:"Renee,打起精神来,对朋友最好的怀念是好好生活。"她只能黯然点点头。

晚上有一个正式的告别晚宴,不过剩下的外籍嘉宾已经不多,任苒看见里面并不缺乏翻译,她不打算听领导冗长而客气地感谢各路嘉宾,也不想参加晚宴,独自穿过后院向湖边走去。

这间湖畔宾馆名副其实地依湖而建,后院有长长的木质栈道延伸出去,一个亲水平台建在湖水之间。

天气从早上就有些阴沉,此时多云的天空似乎要压上湖面,风带着潮湿的感觉和湖水的味道迎面吹来,几只游船系在平台边,随水波起伏荡漾着。训练的赛艇选手正放松下来,一边谈笑,一边慢慢划着赛艇返航回去休息。

她沿着木质栈道走上平台,席地坐下,看着远方变得空旷的湖面,有不知名的白色水鸟翩翩飞过,时而低低掠过湖面,不知不觉中,视线以内所有的景物都变得模模糊糊,她这才发现,她的眼泪已经不受控制地奔涌出来,流得满脸都是。

"他从悉尼过来处理事情,一个磕药发疯的家伙半夜破门而入,枪杀了他。"

她突然想起,在十年来她看了无数次的《远离尘嚣》这本书中,女主角巴丝谢芭失踪数年的丈夫特罗伊突然回来,另一位追求者农场主博尔德伍德满怀妒意地突然向他开枪这一段落。

从亨特先生的话里,她知道一点事件的过程。可是没人能还原祁家骏的最后一个夜晚了。他曾面对什么样的恐惧,承受了多少痛苦。此时将书中那个细致到有些恐怖的描写与祁家骏的死亡联系在一起,她便有锥心的痛楚感。

这是在父亲向她通报祁家骏的死讯后,头一次有人当面跟她谈及他死后的情况。记忆一旦打开闸门,所有的痛苦就再也无法抑制。

第二十四章

夜色降临，天空不知什么时候开始下起了小雨，先是一滴两滴零星落下，随后渐渐密集起来。细雨霏霏，濡湿了任苒的头发，再顺着衣领流进去，背上窜过一阵凉意，她才惊觉，迷惘地抬头，雨丝如牛毛般斜斜落到脸上。

泪水混合着雨水流到她嘴里，如同海水般带着咸涩的味道。哪怕面对的是夜幕下空旷的湖面，周围没有一个旁观者，她也再做不到像少女时期那样肆无忌惮地放声号啕，时间如同一只看不见的手，扼住了她所有情感的放纵波动，让她只能默默流泪。但跟她过去体验的一样，眼泪的宣泄并不能带走心底的苦涩，无声的哭泣也一样非常消耗体力。她精疲力竭了。

她拿出调到静音的手机，看看时间，接近七点钟，上面显示有田君培打来的未接电话，她实在提不起精神立刻回拨，将手机放回口袋，扶着栏杆站起身，抹一下脸，转身向宾馆走去。刚下木质栈道，有两个人迎面走来，竟然是陈华和吕唯微。

任苒知道自己现在的样子一定狼狈，可是避无可避，陈华已经一把抓住她的手，借着昏暗的路灯打量她，沉声问道："出了什么事？"

"下雨了。"她答非所问，甩脱他的手，顾不得吕唯微复杂的目光，急急跑进宾馆。

任苒回了房间，拿浴巾草草擦一下头发，急忙收拾东西。本来她预计今天告别晚宴会很晚才能结束，打算到第二天结算报酬后再回家，但现在一点儿也不想再在这里待下去。

然而打开房门她就怔住，陈华正站在外面走廊上。她进退两难，僵在原处。

"出什么事了？"陈华再次问她。

"没事，我有点儿头痛，打算回家休息。"

陈华拿过她拎的旅行袋，简短地说："我送你回去。"

他跟过去一样，开着一辆黑色奔驰，就停在饭店门外。雨比刚才下得大了一些，车子平稳地行驶着，雨水刷刷地落在车上，雨刮有节奏地摆动着，衬得车内安静得异样。

她坐在后座上，合上了眼睛。她没有撒谎，她的鼻子堵塞，头痛欲裂。连续一周白天不停忙碌，精神高度集中，晚上只睡五六个小时，本来已经体力透支，现在失魂落魄，根本无力再跟他争执，当然很感谢他没有继续追问什么。

车子驶到任苒住的公寓下面，陈华下车绕过车头拦住她："我送你上去。"

她接过他手里的旅行袋，并不看他："谢谢陈总，不用了。"

任苒回到家，丢下旅行袋准备洗澡，但电热水器一周没用，打开后水烧热需要一段时间，她只得换了件家居服，歪在沙发上等着。

她呆呆坐了一会儿，目光落到茶几上放的那本《远离尘嚣》上，急急拿起来，几乎不假思索地翻到了第五十三章，找到那个段落。

"……特罗伊倒下了。两个人的距离太近了，枪弹的铁砂丝毫没有分散，而像一颗子弹一样穿进了他的身体。他发出了一声长长的喉鸣——一阵挛缩——身子一挺——随后，他的肌肉松弛了，一动不动地躺在了那里。"

她的目光定在这几行字上。最初她看这本书时，一心想的是揣测母亲当时的心境。当然，母亲跟书中人物的生活没有什么关联，而现在，她竟由这个可怕的枪击场面联想到祁家骏，不禁打了一个寒噤。

再不用去看巴丝谢芭的一系列反应了，当然，生活在那个遥远年代的女主角经历的一切跟她没什么相似之处。可是命运的悲剧如此这般无处不在，生活的剧变来得根本不可抗拒。巴丝谢芭最终走出了阴影，而她呢？她放下书，闭上了酸涩的眼睛。

门铃突然响起，她疑惑地起身看看猫眼，站在门外的是田君培。她有点意外，连忙打开门："君培，你怎么知道我回来了？"

田君培手里拎着一个提袋走进来，脸上的神情多少有些异样。他走到餐桌边，从提袋里取出一个饭盒，再拿出两盒药递给她："小苒，过来喝点粥，然后吃点阿斯匹林和感冒药。"

任苒更加意外："你怎么知道我头痛，没有吃饭？"

"我刚才在楼下碰到陈华了，这些都是他买的，他让我带上来。"

任苒尴尬地"哦"了一声，迟疑一下，解释道："今天是他送我回来的。"

田君培点点头："我知道。你一直没接电话，我很不放心，开车去湖畔宾馆找你，结果到门口时，正好看到你上了他的车。"

任苒更加无话可说了。

田君培叹一口气："对不起，我确实……吃醋了。本来打算走掉，可再一想，你应该有你的理由，于是我又过来了，结果碰上他给你买东西过来。"

任苒苦笑："该我说对不起，君培，恐怕我的理由说出来都很琐碎。我知道你给我打了电话，我先是没听到，后来头痛得厉害，本来打算回头再打给你。我知道，我不该上他的车……"她无法措词，决定实话实说，"我太累了，懒得多想。"

"算了，现在别说什么。你脸色很不好，坐下来趁热喝点粥，再把药吃了，早点上床休息。"

任苒上床睡了以后，田君培替她关上灯，走出来回手带上门。下楼以后，他四下看看，陈华的那辆黑色奔驰早就开走了。他不禁自嘲地想，那个男人当然不会做出守在楼下等他离开才放心的举动。

事实上，陈华似乎早知道他的存在，而且并不认为他的存在有任何威胁。

他们在楼下相遇时，他错愕之下还没来得及说话，陈华就很自然地将手里的提袋递给他，声音平和地说："田律师，任苒有点不舒服，请把这个带上去，里面有粥，还有阿斯匹林和感冒药，让她吃了之后早点休息。如果她明天还不好，请记得带她去看医生。"

交代完毕后，陈华转身离开，田君培立在原地，一时竟然有些不知所措。

他当律师以来，和各种各样的人打过交道，处理过各种离奇的案子，经历过同龄人不曾经历的场面。他自问就算还没有泰山崩于前不变色的涵养，也已经非常镇定，等闲不会受到别人的影响与控制。然而，那个名字普通的男人不动声色之间，已经掌控局势与气氛，显然由不得人将他划到普通人行列里。

一个一向自信的男人突然有这种认知，当然不会感觉愉快。他努力让自己恢复冷静，却情不自禁想到他以前经历的恋爱。

读中学时，有女生给他递纸条，这件瞒着老师悄悄进行的事，本身的刺激胜过了与那女孩子的约会。

到了大学后，他有了真正意义上的恋爱，持续了近一年时间。可是现在让他想那个女朋友的样子，已经模糊不清。他唯一有印象的事，倒是同时有另一个男生追求那女生，比他投入得多，还曾约他谈判，要求他退出，说到激动处，居然流下了眼泪。他诧异于对方的一厢情愿与幼稚，又有些替他的软弱感到羞耻。

那个女生夹在中间，多少表现出了动摇。他并没太多耐心，主动放弃了。她后来给他发了长长的邮件，斥责他的冷漠，说永远不会原谅他。不过几年后他们再见面时，他们相逢一笑，相谈甚欢，非常自觉默契地不再提起往事。

他想，年少时的荒唐与热情，反正是用来浪费的，谁会把那么轻飘飘的恋爱处理成一场刻骨铭心的伤痕，未免就是毫无意义的自虐加文艺腔了。

可是现在，他不得不头一次想到，也许任苒经历的感情不同于他。他根本无从知道，她出走得那么决绝，谈及旧情时毫无恋栈之意，到底有多少是为了向她自己证明，她已经彻底放下年少时的一段感情，摆脱了陈华的影响。

田君培刚回到公寓，正准备继续处理公事，接到了他妈妈打来的电话，直截了当地问他："你新交的女朋友是怎么回事？我和你爸爸从来不过多干涉你的生活，但是不愿意看到你如此轻率。"

他自然知道妈妈为什么会有此一说："郑悦悦还跟您说了什么？"

他妈妈没好气地说："你不要想当然，悦悦什么也没说。只不过老郑跟我们约着谈了一次。"

"这又跟他有什么关系？"他很难保持心平气和了。

"君培，你对长辈怎么能是这种态度，你郑叔叔是关心你。"他妈妈马上颇为严肃地指出来，"老郑很诚恳，说他的确希望你能跟悦悦交往、结婚，可是他知道儿女的事勉强不来。他还说，他一向欣赏你，就算你不能成为女婿，也是他的世侄。他只是不想你匆忙跟悦悦分手，就跟一个来历不清楚的女孩子搅到一起。这也是我跟你爸爸最担心的事情。"

"妈，我来这边工作以前，就已经跟悦悦明确分手，也的确交了新的女友，她叫任苒，不存在什么来历不清楚这个问题。"田君培不愿意在电话里多说，他知道什么对于他的父母来讲最有说服力，"她父亲任世晏是著名法学家，现任Z大法学院院长。她从澳洲留学回来，目前从事翻译工作。"

他妈妈果然吃惊了，她在科技部门工作多年，见过世面，倒不至于被任世晏的头衔震慑住。只不过和老郑谈完话后，他们夫妻俩回来上网一查，关于任苒的报道并不多，不外乎说她持巨额股份，十分神秘，没人知道她的来历，已经足够他们展开想象了。现在听儿子一讲，这女孩子突然之间变得身世清白，不免意外。

她迟疑一下，问他："那她的股票是怎么回事？就算是著名法学家，也不可能太富裕，她一个年轻女孩子怎么可能拥有那么多财产？"

田君培避重就近地回答："那只是名义持股，很多私募都是用这种方式进行操作。"

好了，跟爸爸说，等我回来我们再谈这个问题，你们不用多想，也不用听别人捕风捉影。"

田君培心情欠佳，再也无心处理公事，打电话给冯以安，约他出来喝酒。既然打算借酒浇愁，他就没开车，拦了一辆出租车，绕来绕去，好容易才找到冯以安指定的那家酒吧，坐落在一个有些偏僻的地段。他进去一看，里面顾客不算少，不过相比一般酒吧要来得清静许多。

"这个地方又有个什么讲究？"田君培坐下后，问一向以美食家自居的冯以安。

冯以安笑道："这间酒吧靠着一个防空洞修建，下面改造成了红酒酒窖，专卖进口红酒，本地很多鉴赏红酒的人时常过来品酒买酒。考虑到你不好这一口，我们就在上面坐坐得了。"

田君培对国内突然涌现的品红酒之风有所耳闻，事务所的前主任老侯便热衷此道，时常在所里津津有味地大谈品酒经，说得神乎其神。不过他毫无兴趣，只由得冯以安点酒，根本不关注什么年份产地。

两个人说是约着出来喝酒散心，不可避免地仍然先谈起旭昇和尚修文目前的状况。冯以安告诉他，甘璐仍然借住在他一套空着的房子里，不过跟尚修文的关系看上去已有所缓和。

"那就好。"

"好什么啊。修文一直盼着有孩子，可惜又流产了，怕太太伤心，还得努力不流露出难过。唉，说来说去，现在男人真是命苦，背负的东西太多。"

"以安，你好像太站在修文的立场上了。"

"那倒不是，"冯以安摇摇头，端起酒杯，小小地喝了一口红酒，"其实我也同情甘璐。不过我总觉得，女人真的比男人更多一点任性的权利。同样的事，女人做了，男人得无条件谅解；男人做了，差不多肯定不能得到同样待遇。"

田君培隐约知道冯以安自从经历一次失恋以后，从往日的翩翩佳公子派头中生出了几分愤世嫉俗，不禁好笑："你要伸张男权可不合时宜。"

"还男权？"冯以安大摇其头，"男人现在正经是弱势群体了。君培，我看你带来的那位任小姐很斯文大方，没有时下女孩子那种飞扬跋扈的模样，好好珍惜吧。"

田君培没心情与他谈论任苒，只笑着说："喂，你这种过来人的口吻简直让我汗毛直竖。"

"我确实是过来人啊，对感情这件事有点儿寒心了，求的得不到，爱的会失去，想想真没意思。"

"实在受不了你了，以安，我没指望你给我励志，可也不能这么四大皆空看穿尘世吧。"

冯以安哈哈大笑："早点儿看穿好。"他举酒杯向田君培示意一下，"可以少很多烦恼。"

两个人各有心事，喝得着实不算少。到午夜时分出酒吧时，都喝醉了，叫了出租车各自回家。田君培喝酒一向有节制，头一次醉到这种程度，钥匙好半天才插进匙孔，进门后没有洗澡更衣的念头，摸索进了卧室倒头便睡。

到第二天醒来时，已经是上午十点多钟，虽然是周末，但他很少会这个点才起床。他只确认了几件事：他的身上有宿醉之后难闻的味道，他的头很痛，他的烦恼根本一点儿也没减少。

他一边洗澡，一边想，看来借酒浇愁并不适合他，以后还是得饮酒适度比较好。出来以后，他拿出手机，看到自己手机上的未接电话，除了工作电话，其中一个是大半个小时前任苒打来的。他连忙打过去。

"小苒，我昨天喝多了一点，才起来。你找过我吗？身体好一点儿没有？"

"吃过药睡了一晚上感觉好多了。我本来打算问一下你，方不方便送我去湖畔宾馆，那边会务组打来电话，一定要我马上过去结算报酬。你没接，我就自己过去了。"

田君培知道任苒不是那种有了男友就务必要对方管接管送的性格，她几乎从来没提这方面的要求，这次打电话来，显然有修补昨天晚上那点不愉快的意思在内。他不禁更加懊悔喝醉了。

"你在那边等着，我马上过来接你。"

任苒放下手机，走进会务组与蒋老师结算。蒋老师对她的工作表现大加赞赏，同时提出保持联系，希望以后有翻译工作，可以继续找她兼职。她当然欣然同意。

她出来，走到大堂一侧，准备坐在沙发上等田君培过来，却看到对面沙发坐着的竟然是吕唯微，她身边放着一只行李箱，放下杂志笑着跟她打招呼："任小姐，你好。"

任苒有些意外，摆出一个送别的姿态："吕博士，你好，现在去机场吗？"

"是呀，请坐，任小姐，我正在等你。"

她只得也坐下："吕博士知道我要过来？"

"我请蒋老师通知你今天上午务必过来的，我马上要回北京，跟家骢同一个航班，在这里等他来接。走之前我很想见见你。"

她好不尴尬，实在不想又在这里碰到陈华一次："吕博士找我有什么事？"

"任小姐，昨天你还好吧？"

"有一点感冒，吃过药好像没大碍了，谢谢。"

"你对我跟家骢的关系似乎没有任何好奇。"吕唯微姿态放松地坐着，面孔上含着笑意。

任苒淡淡地说："吕博士，我对很多事情都没有好奇。"

"这个态度很有趣，弄得我越发对你好奇了。"

"祝你一路顺风，吕博士，我……"

吕唯微做个手势打断她："请等一下，任小姐，听我说完。我跟家骢认识得很早，可以说，我是他的初恋。"

任苒当然早在上次北京的那次慈善演出就看出吕唯微有话要跟她讲，不过她没料到对方讲的竟然是这件事，"初恋"这个字眼让她有些微刺痛感。"你没必要跟我说私事。"

吕唯微神情却十分坦然："虽然家骢没要求我给你解释什么，但我觉得跟你讲清楚比较好一些。我读研究生的时候认识了家骢，当时他还在念大学，我比他大三岁，不过他一向就比他的实际年龄成熟很多，这点年龄差距不算什么。我很喜欢他，于是主动去跟他说了。用现在的话讲，叫告白，我实在讨厌这个可怜兮兮的词儿，大概是从日本传过来的吧，透着一股子莫明其妙的祈求意思。总之，家骢接受了，我们就在一起了。"

任苒无可奈何，只得保持缄默。她不由自主想到，原来祁家骢不止一次接受来自女孩子的主动示意，难怪当年他对她那一点带着胆怯的倾慕表现得冷静、了然而又宽容。

"我们相处得不错。不过，年轻的时候，似乎没把爱情看得太重要，总以为世界大到无边无际，还有那么多事情等着我去尝试。后来我拿到奖学金，去美国读博士，于是跟家骢分手。他表现得很轻松，通情达理，送我去机场。国外的生活十分丰富，可是我发现，我一直没能忘记他。三年前，我跟他在北京重新遇上，然后……我再次爱上了他。"

"这真的与我无关。"任苒急忙打断她，"吕博士，我不想无礼，可是我不够资格关心你的感情状况。你们爱或不爱，是你们的事，不用跟我讲。"

然而吕唯微丝毫不为她的话所动，凝视着她。她有一双明亮聪慧的眼睛，声音平静："三年来，家骢对我给他的各种暗示都熟视无睹。我倒没介意，毕竟他从前对感情这件事就很淡漠，有点儿像……"她思索一下，"一个不算饿的人，不会主动去找食物，可是你请他入席，他只要不厌倦，也愿意坐下来吃吃无妨。"

任苒再怎么心烦意乱，也被这个比喻逗乐了，只是笑得有些苦涩："吕博士，你不介意他这种态度吗？"

"爱一个人，恐怕爱的就是他的所有，包括他的冷淡与自大。在这方面，我是个不彻底的女权主义者，哈哈。"吕唯微耸耸肩，笑了，"我年纪大了，没时间再玩含蓄。于是我决定跟从前一样，直接对他讲，他也许会意外，可应该还是会接受的。可惜我想错了，他说他爱的是你，不可能再接受别人了。"

任苒垂下了目光，带着一点厌倦地说："所以你对我产生了好奇，对吗？"

"那是很自然的，因为我想象不到家骕会主动承认爱一个人。"

"那你应该已经了解到我的情况。我接受了好长时间的心理治疗，连自己的一点心事都需要找专业人士分担，当然对于旁人的感情没任何兴趣。我帮不到你。"

吕唯微再次笑出了声，摇摇头，语气微带傲慢与调侃："恐怕你还是误会了，任小姐。在感情这件事上，我从来不必向任何人求助。那次慈善演出，我确实存心想看看你，评估一下我有多少机会。当时我想，这么冷漠回避的女孩子，看上去对什么都兴致缺缺，不像会打动家骕的类型，我应该还可以争取。不过家骕很快就让我知道，我这个判断失误了。我赞成尽力争取，不过更赞成适时放手，没必要知其不可而为之。生命太宝贵，要做的事太多，经不起浪费。我对家骕也这么说的，你猜他怎么回答？"

"这也是我没好奇心的问题。"

吕唯微哈哈大笑："你淡定得真强大，任小姐，其实没必要。这样生活很无趣，会错过很多精彩的体验。"

任苒也笑了："我真诚认为，以你这样潇洒的心态，会活得多姿多彩，吕博士。不过，每个人想要的、能过的生活都不一样。"

吕唯微一下收敛了笑意，若有所思地打量她："现在我多少看出了家骕跟你的共同之处。事实上，他的回答跟你差不多，他说他想过的生活跟我不一样。"

"也未必与我一样。"

"你在努力撇清和他的关系吗？恐怕他不会同意。他直接告诉我了，他很爱你，以前曾在不该放手的时候放了手，现在不可以再犯同样的错误。"

这个明白无误的说法让任苒无言以对："吕博士，我不明白你为什么要特意跟我讲这些？"

"你跟家骕之间发生过什么，他没说，我也不打算探问。我本来比你更有机会走进他内心，可我错过了，没办法再重来。不过，我也并不后悔。现在我跟家骕还是朋友，我很珍惜与他的友情，不愿意因为我让你们之间起误会，所以今天特地跟你解释一下。"

"谢谢你的好意，但真的没有这个必要。"

"也许吧，其实昨天我打电话给家骕，他也是这样讲的。他说他跟你之间，最大的问题不是误会。"她朝门的方向挥挥手,"正好,他来了。"

陈华走了过来,看到任苒,略微有点儿意外:"任苒,你怎么在这儿?你脸色这么差,应该好好休息。"

"我没事。"

"任小姐过来结算报酬,我们碰上,就聊了聊。"

陈华看一眼吕唯微,她一脸似笑非笑的调侃表情,他扯一下嘴角,算是也笑了笑,对任苒说:"我叫司机送你回去。"

"谢谢,不用了,我正在等我男友,他马上过来接我。"

"那好,我有要事必须赶回北京一趟。"他拖起吕唯微的行李箱,"回来跟你联络。"

吕唯微站起了身:"任小姐,希望有机会再见到你。"

"再见。"

任苒只得点头跟他们算是告别,看着他与吕唯微并肩走出去,然后在大门那里碰到田君培进来,陈华与他相互微微点头致意,擦肩而过。

任苒与田君培视线相碰,只得认命地想,这大概也能算田君培说过的墨菲定理中的一条:不希望碰到的人,总会碰到;不愿意某种场面发生,那么它十之八九会发生。

第二十五章

田君培神色如常,就像根本没有碰到陈华一样,开车送任苒回家。任苒取了笔记本,说准备去绿门咖啡馆喝点咖啡提神,顺便做翻译工作。

"你的脸色不好,应该好好休息。"

"我没事,去给论坛工作了一周,今天一开邮箱,收到蔡总两份邮件催问进度,我必须抓紧时间了。"

田君培知道,任苒上次翻译的基金操作的一本书交稿之后,出版社那边反响不错,她如期收到了报酬,蔡洪开马上又交了另一部金融方面的普及性著作过来,这次更为正规一些,签订了正规的翻译出版合同,约定报酬及交稿期限。任苒当然十分重视。

"上一本书他都没署你的名字,我真不懂这种操作办法。"田君培看过那份合同,颇有几分不以为然,"这次倒是说要署上你的名字,可是所有对你约束的条款都写得很明确,对出版方的约束就含糊了很多。"

"上次我的身份相当于枪手,不可能加名字上去,不过说真的,我也不在乎有没有名字。这次他主动提出签合同,我已经很意外了,毕竟我没什么名气。我在一个翻译论坛咨询了一下,基本上都是差不多的条款。再说蔡总信誉还不错,付报酬很及时。"

他没办法,只得陪她下楼去绿门。

任苒和田君培跟往常一样坐在靠窗的位置,一边喝咖啡,一边各自对着笔记本工作。

咖啡馆的门突然被人重重推开,一个清朗的男人声音响了起来:"叫苏珊出来见我。"

周末上午的咖啡馆只有他们两个顾客，他们不约而同地抬头望过去，只见一个修长英挺的男人大步走向吧台站定，从任苒和田君培这个角度，只能看到他穿着修身款夹银丝黑衬衫，黑色长裤，架着墨镜的是一张线条俊美得无可挑剔的侧脸。

吧台内站起来的那个女服务生张口结舌地看着他，竟然说不出话了。任苒能够理解这个反应，因为她已经从这张侧脸看出来，来人正是温令恺。

温令恺不耐烦地敲一下吧台，再次重复："叫苏珊出来。"

女服务生如梦方醒，结结巴巴地说："老板……我是说苏珊，还没过来。"

"打她电话，叫她马上过来，就说我在这边等着她。"

女服务生忙不迭地去抓电话，任苒和田君培禁不住相视而笑。服务生放下电话："老板说她有事，得等一会儿再过来，如果你有事，可以让我转告。"

温令恺一言不发伸手进吧台里面去拿起电话，按了重拨键："苏珊，你狠，想不到你居然用这一招逼我过来。"

不知道那边说了什么，他压低声音狠狠地说："不管怎么样，你今天把囡囡送回来，我父母快急疯了。"

过一会儿，他蓦地提高声音："你给我二十分钟内出现，我就在这儿等着。"

温令恺"啪"地挂上电话，对服务生说："一杯Espresso，谢谢。"

他转过身，眼睛扫过任苒这边，走向了咖啡馆另一侧靠里的桌子坐下，仍不摘下墨镜，拿出手机翻看着。

任苒正打算重新打开笔记本，服务生却突然走近他们这张桌子，一边往玻璃杯里加水，一边神秘兮兮地小声对她说："任老师，我们老板请你进去听电话。"

任苒有点惊讶，看看田君培，站起身随服务生走进吧台，进了那间小小的办公室。她拿起电话，刚"喂"了一声，苏珊的声音便传了出来："任老师，幸好你今天在这边。我昨天带囡囡回家看我父母了，现在还在路上，至少得两个小时才能回来。你帮我去跟温令恺讲清楚，请他离开，他再待久一点儿，非招来记者不可。"

任苒很是不解："你只是带囡囡看她的外公外婆，他和他父母何必这么紧张？看来他还是很在乎你的。"

"哪是因为这个。"苏珊冷笑一声，"我跟他们讲，我打算把绿门卖掉，和我以前的老板结婚，然后带囡囡去新加坡定居。"

任苒一下怔住。

"我跟他父母好言好语说了，那边的环境更有利于囡囡的成长，我保证会在假期带囡囡回来看他们，他们有时间也可以去新加坡探亲。哪知道老先生老太太顿时歇斯底里大发作了，非说我是拿着女儿向他们的儿子逼婚。我逼什么婚啊，这次回老家，我就是开单身证明，让老李跟我父母见面，然后登记结婚。"

上次旅行回来，苏珊还只字未提要与老李结婚，任苒也不过一周多时间没来绿门，现在不得不佩服她的决断："那我能跟温令恺讲什么？"

"他以自我为中心惯了，刚才根本不听我说什么，就命令我二十分钟内出现，然后挂了电话，真搞笑。"苏珊没好气地说，"一来我要开门做生意，二来我不想再引来记者乱写一通给囡囡惹事。不然我管他在这儿坐一天呢？服务生看到他，花痴得连声音都变了，甭指望她们能轰走他。想来想去，只有请你帮我去说说，让他回家，我保证两个小时后过去跟他见面谈。"

任苒只得答应。她挂上电话走出来，径直走到温令恺面前，可是不待她开口，温令恺头也不抬，客气而冷淡地说："现在是私人时间，不签名不合影，谢谢。"

一直注视着任苒一举一动的田君培撑不住笑了。任苒眼角余光向他一扫，嘴角微微向上勾起，声音却保持着镇定，不疾不徐地说："温先生，我受苏珊的委托过来转告你，她目前正在进汉江的高速公路上，约两个小时以后进城。她约你在你父母家见面，请你不要在咖啡馆久留，以免给大家造成不便。"

温令恺果然见惯各种场面，英俊的面孔上不露任何尴尬之色，冷冷地说："你是谁？"

"我是谁并不重要。咖啡馆的顾客会慢慢多起来。你是公众人物，相信也不愿意在这儿久留，引人来求合影求签名，我说完了。"她转头对服务生说，"请把温先生这杯咖啡记在我的账上，谢谢。"

温令恺站起了身，森然说道："不管你是谁，请转告苏珊不要自作聪明玩火，更不要考验我的耐心。"

他大步出门而去，绿格子玻璃门在他身后被带得"砰"的一响。

任苒回到座位，田君培笑着摇头："传说中的大明星，果然派头十足。"

她也觉得好笑："唉，的确是很英俊、很有明星范的男人，大概要风得风要雨得雨习惯了，受不得一点拒绝，估计苏珊等会儿跟他的谈话会很艰难。"

田君培听她讲了苏珊的打算后，自然是从法律角度看问题："看这样子，温令恺似乎不打算放弃女儿的抚养权。"

"但是他大概不会公开争夺抚养权吧，不然也不会这么多年隐瞒有个女儿。"

"要看当初苏珊有没有将女儿的抚养权正式交给祖父母，不然还涉及抚养权变更问题要解决,并不是说想带孩子走就可以走掉的。"

"不管怎么说,她总算下了决心去过一种新的生活,我为她高兴。"

"你觉得她突然决定跟以前的老板结婚,算是彻底放下了温令恺吗?"

任苒长久默然。

田君培突然意识到,他其实并不关心苏珊的心理与命运,他在等一个来自任苒的判断。她似乎已经努力对他"讲清楚",可是他们之间仍然满布疑云,随着与陈华的一次次碰面,他心底的疑虑不时加深,他为此而心底一沉。

这时任苒抬起头看着他:"我想,她爱了他那么久,要断然遗忘,确实不大容易。可是人总要向前看,不管以前经历过什么,既然决定过另一种生活,对自己对别人负责的做法,就是学会彻底放下。"

她声音平和,神情坦然。这种冷静理性的态度一向为田君培所激赏,此时,他突然做了决定,再也不去追问盘诘任苒的过往。

这个决定多少让他摆脱了几天来的矛盾状态。他伸手过去,拇指轻轻摩挲她手背上细腻的皮肤,笑道:"现在我能理解为什么看娱乐新闻的人那么多了,我也不例外,居然要议论这样不相干的闲事。"

任苒也微微一笑,没有再说什么,低下头继续翻译着文稿。

田君培正在笔记本上处理邮件,突然接到家里打来的电话。他妈妈只讲了几句,他顿时心底一沉,下意识看了任苒一眼,然后走出绿门接听。

"——妈,怎么又说到这事了?昨天我不是给您和爸爸解释清楚了吗?"田君培此时颇有点不耐烦。

"你解释的都是什么?"他妈妈一反平时的温和,声音严厉地说,"君培,你真是聪明一世,糊涂一时。你到底对这个叫任苒的女孩子了解多少?"

"又怎么了?"

"我就知道你肯定还被蒙在鼓里。真不敢相信她出身在书香门第,她的经历实在太复杂了,以前完全是一个问题少女。十八岁读大一时弃学,离家出走,跟一个男人同居,那个男人就是亿鑫的董事长陈华。十九岁时,她又跟另一个男人去澳洲留学,在那边同居、怀孕、堕胎。那个男人跟别人结婚生了孩子,他们还保持着不正常关系,然后这男人又为了她,不顾家里的反对,不惜丢下年幼的儿子跟太太闹离婚。最近两年,陈华一直包养着她。"

田君培被这一连串曲折剧情惊得目瞪口呆:"这又是谁跟您说的?"

田妈妈缓和了语气："我实在不放心，让你父亲找他在证券报社工作的一个老同学打听。本来我们只想问问你说的那种名义持股到底是怎么回事，可是他的老同学是副总编，刚好知道任苒的情况。前段时间出现十大牛人散户后，他曾派手下一名记者采访，那年轻人找到线索，去任苒的老家调查，结果有知情人跟他曝出了这些料。"

"没有证据的流言蜚语，您居然也轻易当真？"

"君培，你的父母是这么轻信的人吗？向那个记者提供情况的人是任苒的继母。"

"任苒跟她继母关系不好，她的话并不足信。而且报社也没有登出来，可见他们对这些情况存疑。"

"那个老同学告诉我，他们权衡之下，之所以没登，是因为亿鑫给他们报社施加了压力，而且马上安排了另一个散户接受采访，大曝内幕。相比之下，任苒作为一个普通人的私生活毕竟跟股票本身没太大关系。我跟他保证绝对不外传以后，他把采访的文字记录发了一份邮件给我，我转发到你邮箱了，你马上去看看就能明白，那些事肯定不是空穴来风。"田妈妈补充道，"她继母也是一名律师，应该很清楚什么能说什么不能说，就算对她有恶意，也不可能编出这么多事来。"

电话挂断后，田君培回头看向咖啡馆，隔着落地玻璃窗，可以看到任苒正对着笔记本，手指飞速敲打键盘，突然间停下来，凝神想一想，然后继续。她的侧影清瘦单薄，如同他在J市收费站外看到的一样，神态中有一种如同深潭止水般的宁静。

这个神态正是她吸引他的地方，现在他突然不知道，深潭之下，会隐藏多少暗涌？他是否已经做好接纳这一切的准备？

他深深呼吸，让自己平静下来，走进去坐到任苒对面，拿起文件继续看。任苒突然说："君培，是不是家里有什么事？"

他一惊："当然没事，怎么这么问？"

"你眉头皱得这么紧，好像很烦恼的样子。"

他笑了，努力放松表情："没事。"

任苒没有再问，继续专注于面前的屏幕。

田君培的收件箱里提示着新收邮件，正是来自他的母亲。

他是律师，理智告诉他，来自一个不友善继母的证言并不可靠，如果只是关系到他的当事人，他完全可以看完，再做出理性分析判断。可是关系到任苒，他能否在看完以后保持客观？

这份邮件几乎有一点像潘多拉的盒子，带来所谓真相的同时，也会释放出更大的猜忌。然而他已经不可能不打开它了。他不让自己再迟疑下去，握着鼠标的手指一动，点开了邮件，再打开附件。

那份文字记录记录了对任苒继母的采访，大致与他妈妈概括的情况相当，不过补充了一些细节，甚至附上了一个搜索链接。

他点开搜索链接，是国内一家网站转载墨尔本一份报纸的两篇报道，第一篇是报道某反堕胎组织进行的大规模抗议，第二篇则指出根据某大学一项研究表明，在医院接受人工流产的患者中，高达三分之一是学生，而且其中绝大部分是留学生，他们性生活活跃，而性知识贫乏，某位议员建议学校应该针对海外学生提供更完备的性教育，以降低堕胎率。报道时间都是六年前的，底下配发了照片。

他将照片放大，看得出是一个抗议示威场景，一大批外籍示威人士静静站立在一家妇科诊所前，手里举着各式标语和大幅图片，英文标语上写着"婴儿也是生命""尊重生命""只有神才有权夺走生命"，而占据一角的是一男一女两张东方面孔，那男人十分英俊，女孩子正是任苒。

他情不自禁看了一眼对面坐着的任苒，再将照片放大一点，没错，是至少年轻好几岁的她。她的长发梳成马尾辫，看上去不像现在这么清瘦，面部线条圆润，十分有朝气。她与身边那英俊男孩子的表情都充满了苦恼与惊愕，与对面的示威人士形成对比，配上报道内容来看，更显得意味深长。

不管是那位带着情绪，用词有些恶毒的继母的讲述，还是这个配照片的报道，当然都算不上是什么强有力的证据。谁也无法据此证明任苒曾经在少女时期便与人同居、未婚先孕、流产，然后再介入一个已婚男人的婚姻，被包养。

可是正如田君培打开邮件前预料的一样，他心底的疑窦已经扩大到无法再忽视的地步。

任苒用白描式的语言把她的经历讲得十分简洁：十八岁初恋，十九岁分手，重逢，无法再续的前缘……

他以为她生命里只出现过一个陈华，那么这个男人又是谁？

她说过，一个人背负了太多过去以后，已经不可能有光风霁月，事无不可对人言的境界了。她究竟还有怎样无法言说的秘密？

如果那些都是她不愿意提及的往事，他应该盘问她吗？对于恋人来讲，经由盘问得到的真相又有多少价值？他可以接受她有什么样的过去？

一连串的疑问充塞胸臆，全都是他无法理清的。田君培突然有透不过气的感觉。

这时他的手机再度响起，还是他妈妈打来的："你看了邮件没有？"

他努力保持声音的平稳："妈，我已经看过了，我回头再给您打电话。"

"君培，我和你父亲都想跟你好好谈谈，你能不能回来一趟？"

"我现在很忙，不过下周我可能会回W市开会，有什么事我们见面再说吧。"

他刚放下手机，马上又接到来电，他几乎有些不耐烦地接听："哪位？"

这是普翰的老板曹又雄打来的，"君培，怎么了？"

"对不起，曹总，没事。"

"我从省里的渠道了解到，旭昇那边的兼并可能会有麻烦。"

涉及工作，他马上收敛心神，知道这不是一句两句能讲清楚的，合上面前的笔记本，再度对任苒示意一下，走出去接听。

任苒揉着隐隐作痛的太阳穴，只觉得喝下去的一大杯咖啡似乎没有起到提神的作用。她看向窗外，不时有行人从面前人行道走过，田君培正在讲着电话。她当然听不清他在讲什么，但看得出他从身体到面孔都有着一股平时没有的紧绷感。

在经历过长时间独自生活和接受心理咨询后，她对别人细微的身体语言与神情反应出的心理活动十分敏感。

她当然知道，田君培在努力无视陈华，试图表现得什么也没发生，她愿意配合他。可是她不会忽略他不自觉之间透露的弦外之音，也注意到田君培接听家里打来的头一个电话时，只讲了一句便看了她一眼，然后匆匆起立出去，等他回来时眉头已经深深蹙起，更不用提他刚才反常的暴躁。

她几乎可以断定他家里打来的那个电话与她有关。

她努力想将心神重新集中到面前的文稿上，但头越来越沉，有不胜负荷的感觉。

田君培结束通话走进来，心神不宁，正要让服务生给他的咖啡续杯，一抬头，却看见任苒脸色不对劲。他伸手过来，试一下她的额头："小苒，你在发烧，我得送你去医院。"

"我回去喝点药休息一下就行了。"

"不行，不能这么硬扛下去了。"

到医院挂号后一量体温，任苒发着低烧，感冒来势不轻，医生不由分说地连开了五天的输液。

正值早春流感爆发的时候，输液的人多得让他们两人十分吃惊。田君培替她举着输液袋，绕行几个输液室，才算找到空位置坐下。

她本来还想打开笔记本，趁着输液继续翻译文稿，被田君培严厉制止，只得老实休息。

田君培出去买来热牛奶嘱咐她喝下去，然后坐下继续看文件。她侧头过去对他说："君培，这里太吵，输液还得好长时间，你还是回去吧。"

"后天要出差是没办法，现在有时间，当然应该陪着你。不然要男朋友有什么用？"

任苒微微一笑，将头靠到他肩上："谢谢。"

不知道是不是病中的身体软弱，心也会随着卸下防备，靠在这个坚实的肩头，她突然有什么也不用去想的感觉。

然而，她当然不可能什么也不想。晚上，她接到了父亲任世晏打来的电话，劈头就问她，最近跟田君培的关系怎么样。

第二十六章

一个多月前,在父亲打来电话关心询问下,任苒告诉他,她正与田君培试着交往,任世晏显得十分高兴。他对田君培的评价甚高:"这年轻人既有才干,又处事沉稳,将来前途一定不可限量。"

任苒不免好笑:"您跟他只见过两面而已,就能下这个判断吗?"

"上次我把我写的证券法热点问题分析发给他,我们一直有邮件往来,他提出的观点很有见地。当了这么多年老师,我看学生从来没出过错。"

任苒倒并不在意这个预言,不过她能理解父亲始终放心不下她,希望有个男友照顾她的热望。现在他突然打电话问得这么急迫,她不免纳闷。

"我跟他还好啊,您怎么想起问这个?"

"小苒,我实在对不起你。"

她茫然不解:"爸,您别吓我,有什么事好好说。"

任世晏镇定一下,从头讲起:"我昨天无意中听到季方平跟一个记者打电话,质问为什么没见他们报纸把你的消息登出来。我马上进去问她,到底跟记者讲了什么,她不肯回答。我没办法,今天好容易找到那个记者的号码,辗转通过熟人打过去才知道,他为了找到你,采访过季方平,季方平……胡说了一些关于你的事情。但是报社受到亿鑫那边的压力,再加上无法证实她的某些说法,并没有登出来。"

任苒松了口气:"既然没登,就没事了,我不介意她说什么,您别为这个跟她生气了。"

"我何止是生气,我不可能原谅她这次的做法。"任世晏显然早就已经急怒攻心,一时竟不知道从哪里说起,停了一会儿,长叹一声,"她并不仅仅是一时情绪激动胡说,事后居然还打电话追问怎么不登出来,完全是蓄意想毁坏你的名誉。"

"不是没登出来吗?那就算了。"她早就领教了她这位继母对她持续的恨意,确实提不起愤怒的精神。

"怎么可能算了?小苒,那名记者告诉我,今天他们的一位副主编介绍一位姓田的老先生找他了解采访情况,在副主编的要求下,他把采访记录给田老先生发了过去。如果我没猜错的话,他应该是田君培的家人。"

联想到白天田君培接听电话时的表现,任苒马上断定,她父亲并没猜错。她不得不问:"季律师都对记者讲了些什么?"

任世晏实在难以启齿:"我要到了一份记录,基本上是一些无稽之谈。我已经正式打电话给那家报社的主编,如果采用这些不负责任的说法,我一定会起诉他们。另外,我打算给田君培写一份邮件,好好解释一下。"

"没这个必要,爸爸。您现在把记录发邮件给我吧,我先看看。有什么事,我们自己解决好了,您千万别介入。"

"可那些……都不是你自己能解释清楚的事。"

"您的身份摆在这里,犯不着为了女儿的事跟任何人解释。再说了,如果我都解释不清楚,您出面也没有用啊。"她安慰着明显心烦意乱的任世晏,"放心,君培一向很理智,我会跟他好好谈谈的。"

"解决这件事后,你马上回来一趟,小苒,我们抓紧时间把房子过户手续办好,不能再拖了。"

她不明白父亲怎么突然提到这件事,只是现在她头痛欲裂,没法多想什么了。"再说吧,爸,您冷静一点。我今天感冒了,先去睡了,您也早点休息,别为这件事跟季律师争吵了。"

任苒想不出来季方平会对记者说些什么。

当然,不用别人带着恶意渲染,她的过去也说不上平顺美好,她只能这样自嘲地想。等了一会儿,她打开笔记本登录邮箱,点开任世晏发来的邮件,看着季方平描述出一个如此离奇而混乱的生活,她有些愕然,又有些迷惑。

田君培曾对她谈到他的父母都是典型的知识分子,用他的话讲:"他们明明保守,可是都努力要表现得开明,我最喜欢看他们又想管教我,又挣扎着对我做出不在乎的表情。"

她听得出田家的家庭气氛和睦，田君培与父母有着亲密的关系，这些都让她心底暗生羡慕。她想象不到田君培和他的家人看到这份记录会有什么感想。

正如她父亲所说，要解释清楚那些事情很不容易，几乎需要把她的生活完全还原一次。

更何况，季方平谈到的第一点用词虽然不堪，却是事实。她的确在十八岁那年离家出走，跟祁家骦同居了。她想，仅此一点，落到他父母眼里，就已经足够惊世骇俗了，恐怕什么样的解释都不是他们能接受的。

而田君培显然已经接到家里的电话，并且收到了同样内容的邮件，他不可能不表现出震惊、疑惑，可是他却顶着父母的疑问，什么也没来问她。她感激他表现出的这份尊重，可是她该怎样回报他呢？她有什么资格扰乱一个男人乃至一个家庭原本平静正常的生活？

她心里充满了深切的自责。

第二天，任苒自己去医院输液。她举着输液袋找位子坐下，因为带笔记本不便，她便打印了一部分原稿出来，趁着输液的时间翻阅着，间或用笔做记号、注释，这样回去以后能大大提高工作效率。

当田君培打来电话时，她只说自己好多了："你工作已经够忙了，真的不用过来接送。"

田君培迟疑了一下："那好，我明天又得出差，今天所里事情确实很多。有什么事，你马上给我打电话，千万不要硬撑着。要注意休息，别急着赶翻译的进度。"

她一一答应下来，挂了手机。

这个男人温柔的声音让她心底有酸楚的感觉。她在一瞬间做出了决定，就算有不舍，如果无法投入地恋爱，那么接受来自他的照顾和陪伴就的确显得自私。她无权再将一段让他面对亲人质疑和不确定的关系继续下去。

这天任苒从医院回来，路过绿门咖啡馆，苏珊正好出门："任老师，好几天没见你过来坐了。"

任苒指指自己戴着的口罩，笑道："我感冒了，这几天正在输液，不能喝咖啡，也不好到你店里散布病毒啊。"

"我正好要找你。任老师，这个周五晚上有空吗？我跟老李已经注册结婚，咖啡馆即将转手。我们打算办一个Party，请了这么多年的新老朋友、顾客一起聚聚，喝酒、跳舞，算是跟大家告别。"

"啊，恭喜你。好在我快好了，周五过来应该没问题。绿门要卖掉吗？可是我已经适应了你这里的气氛和咖啡的味道,真不希望有什么变化。"

"不止你一个人这么说。"苏珊领受了这个赞美,"可是店子还是五年前装修的,确实老旧了。接手咖啡馆的也是绿门的一位老顾客,他很爱喝咖啡,说会按原有风格重新装修,同时答应留用所有的工作人员,尽力保持过去的经营方向和咖啡的味道。"

"那我就放心了。"她想了想,还是问,"温家那边答应你带走囡囡了吗?"

苏珊呵呵一笑:"我早看死了温令恺。我告诉他,婚我结定了,囡囡我也肯定要带走,有本事他就公开跟我争夺抚养权好了。他口口声声说舍不得女儿,可怎么也不会公开承认他是囡囡的父亲,倒跟我说了很多情非得已的苦衷。什么马上要接一部大制作的电影,什么合约在身,公司有很多限制……这些我早听腻了。"

任苒想,让一个当习惯了明星的男人放弃现成的偶像生涯,大概真是件不可能的事情,好在苏珊想通了,彻底放弃了他。

"他权衡来去,当天就回了北京。倒是他父母舍不得孙女,都哭了,我觉得很不忍心。以前他们对我冷淡,我对他们大概也好不到哪里去。现在想想,真对不住两个老人家。我跟他们保证了,我不会给囡囡改名字,也一定跟他们保持联系,经常带囡囡回来看他们。"

"那就好。"她正要道别,却看到陈华与老李一边交谈着,一边从店内走了出来。多年不见,老李除了头发里夹杂了一点银丝,看上去似乎没什么变化,依旧是那个四夹吊带配衬衫西裤的打扮。

"任苒,你感冒好点儿没有?"陈华一眼看到她,叫住了她。老李听到她的名字,有些惊讶地看过来。

"我好多了,谢谢。"她只得转向他们,"李先生,祝贺你跟苏珊结婚。"

"谢谢你。"尽管她戴着口罩,但老李显然对她的名字有印象,"天哪,家骢,这是当年你带到我店里来的那个小女生?"

老李惊叹着,陈华却只含笑道:"老李,你的记忆力果然没衰退。"

苏珊莫明其妙地看看他,再看看任苒,显然还是没想起什么来。任苒微微一笑:"不好意思,我先走一步。"

"周五晚上八点,你跟你的那位律师男朋友都要过来啊。"苏珊叮嘱着她。

"他正在出差,真不知道能不能赶回来,我一定来。再见。"

到了周五那天夜晚,任苒按时到了绿门,外面挂了暂停营业的招牌,她推门而入,里面播放着爵士乐,比平时任何一个时候都要热闹。因为要重新装修,桌椅和吧台已经清空了一部分,空出一大片地方,靠一侧留下几张长条桌,摆着各色点心与小吃、酒水,来的客人出乎意料的多,而且多半着盛装,显示出对这个聚会的重视。

任苒脱下风衣,交给服务生挂起来。她穿了一件暗紫蓝色风琴褶丝质衬衫配半截鱼尾裙和黑色高跟鞋,搭配略微有些严谨,可是配上她短短的头发,再加上左手腕上套了一个现在没多少年轻女孩子戴的龙凤黄金手镯,反而显得走复古路线,有了一点俏皮的味道。她感冒初愈,为了掩饰不够好的气色,出门前特意精心化了妆。

苏珊正和一位年轻女士说话,一眼见到她进来,高兴地对她招手:"任老师,你平时总是素着一张脸,早该这样好好打扮一下,多漂亮。"

"你才真叫漂亮,苏珊。"

这不是一句恭维,而是由衷的赞叹。苏珊穿着一件黑色的一字领小礼服裙,卷曲的头发挽起,那张轮廓完美的面孔配上妩媚的妆容,实在让人惊艳。

"老李告诉我,我才想起来,我们以前居然见过面。你看我这脑子,实在就跟他说的一样,活活是张筛子。"

"没必要记得那么多事啊,太累了。人生若只如初见是最理想的状态,不记得的人通通当初次见面多好。"

"哈哈,老李也是这么说的。"

苏珊将她介绍给她面前的那位年轻女士,说她是对面报社的记者罗音,也是店里的老顾客,"罗音每次写倾诉专栏,都会标明会谈地点是绿门咖啡馆,几年里给我打了好多免费广告。唯一的不好就是,有人看了报纸,跑来非要找我倾诉,怎么劝他出门过马路去报社都不听,真让我傻了眼。"

罗音看上去颇为爽朗,顿时笑得止也止不住:"拉倒吧,那明明是个想追求你又找不着借口的傻小子。"

老李不知道什么时候走过来,也笑了:"我相信罗小姐的判断。从我开绿门那天起,根本不爱喝咖啡的傻小子跑来点一杯咖啡跟喝药一样喝下去的事就没断过。"

苏珊嗔怪地拿手肘捅他:"喂,你来说这话,也太不正经了吧。"

看着相视而笑的两人,任苒不禁莞尔。

这里好多老顾客都相互熟识,任苒算是他们中间的新面孔,只跟其中部分人在店里碰到过。大家随意交谈着,看上去没什么拘束。

陈华来的时候,一眼看到任苒正跟旁边的人闲聊,她看上去精神颇好,没有平时过分沉静的样子。他穿过人群,端了两杯酒不声不响走了过来。她看到他,并不吃惊。

相比周围其他人,他穿得很随便,是她早就看习惯的白色衬衫配深色长裤。一瞬间,她甚至掠过一个念头,他穿的仍然是以前习惯的那个牌子。

陈华示意她放下手里的饮料，将一杯红酒递给她："尝尝。"

她接过来，喝了一小口，不出所料地闻到了新鲜浆果的香气。

"没想到汉江市这边也有人开始代理这种红酒。"

"现在喝红酒成了一时风潮嘛。"她看上去没有以前见他时那种警觉的表情，似乎被这里气氛感染，显得十分放松。

"今天看上去精神不错，感冒完全好了吗？"

她点点头。

这时，音乐突然停止，老李与苏珊各端了一杯酒，牵着手走到中央，众人围着他们站定，安静下来。

"非常谢谢各位今天拨冗光临绿门，给我和苏珊送上这么多的祝福。"老李操着闽南腔国语说道，"我要说的话很简单。十六年前，我第一次到大陆，应该是比较早过来的台客之一，谢谢各位没有歧视我这来历不明、说话口音特别、打扮格格不入的异乡客。十三年前，我到了汉江市，开了这间绿门咖啡馆。当时，我只是信步而行，随便找一个地方落脚，因此与各位结缘相识，后来又认识了苏珊。我十分感激命运给我带来的这个转变。"

周围响起一片掌声。

"苏珊和我马上要离开这里去新加坡生活，绿门将由高翔先生接手。"

老李做了一个邀请的手势，一个中等身材、相貌儒雅斯文的中年男人走到他身边。

"高先生也是我最早的顾客之一，我和我太太都很高兴将绿门交到他手里。"

高翔笑道："谢谢老李，本来我应该祝贺你终于抱得美人归。可是你带走了苏珊，让包括我在内的很多男人心情复杂，觉得十分失落、不爽，外加嫉妒。"

大家发出一片哄笑，等笑声稍微止歇，他继续说道："玩笑归玩笑，我们都乐于看到苏珊幸福。苏珊，祝你跟老李新婚快乐。"

"谢谢。"

"跟各位一样，绿门一直是我最喜欢的咖啡馆，这么多年来，到这里喝咖啡已经是我生活的一部分。突然要将它当成一个生意接手下来，我也犹豫过。考虑到这个时代各种变化来得眼花缭乱，很多我们熟悉习惯的东西一转眼之间就不复存在。我能做的，就是尽量保持绿门的风格不变，不让与我有同样爱好的各位朋友失望。"

又是一阵掌声。他回到人群后，不知道是谁叫道："嘿，苏珊，跟我们说点什么吧。"

一向爽朗的苏珊却似乎突然有些局促了，她看看众人，再侧头看看老李，一双美目中隐隐有晶莹的泪光闪过。

"我……很谢谢各位，这么多年一直支持我把这个小小的生意顺利做下来，可以养家糊口，不必仰赖任何人的脸色；也谢谢老李，愿意等我这个糊涂女人这么久。可是……"她顿了一会儿，"该死，可不可以不要这么煽情啊，我可不想哭得睫毛膏淌到满脸都是。"

所有的人都再次哈哈大笑起来。

"我不喜欢告别，也不会说抒情的话。"她举起酒杯，"所以希望今天晚上和所有的朋友玩得开心，喝得痛快。"

大家都举起了酒杯，与四周的人相碰。任苒与陈华也相互碰杯，她将小半杯酒一饮而尽。

音乐重新响起，老李和苏珊开始相拥跳舞，紧接着另有几对舞伴也相继加入。任苒突然说："陈总，想跳舞吗？"

陈华难得地吃惊了，几乎有些不相信自己的耳朵。任苒歪着头看他，眼睛亮晶晶的，嘴角向上勾起，脸上瞬间绽放出一个微笑，声音中却带了一点调侃的意味："我已经好久没有跳舞了，难道我得另外去邀请一位男士吗？"

他放下酒杯，什么也没说，牵起她的手走到中间，揽住她的腰，两人随着舒缓的音乐开始跳舞。

最初任苒的步伐有些生涩，身体也略微僵硬，但慢慢地，她似乎放松了下来，不知不觉间，她将头靠到陈华的右边肩上，半合上眼睛，跟随他的步伐节奏缓缓转动着。

陈华完全没有料到，任苒会突然这样亲昵地贴在他怀里，她的腰在他掌中，纤细、单薄而柔软，她的头发轻轻地拂着他的下巴，他能闻到她香水的味道，是清新的玫瑰混合百合，淡而幽香。

一曲终了，她继续喝酒，还是那样一饮而尽，然后和旁边的人交谈，看上去情绪很不错。待音乐重新响起，她将手伸给他，两人再度去跳舞。

所有人都沉浸在音乐与美酒之中。陈华的视线不经意扫视到灯光昏暗的门口，发现田君培不知什么时候站在了那里，他们目光相遇，田君培的面孔有了一些扭曲。

他马上明白了什么，但他怀里的任苒却似乎浑然不觉，仍然靠在他肩上，他当然也不肯惊动她。

田君培猛然拉开玻璃门，走了出去，没人注意到这个小小插曲。

舞曲停下来时，在众人的鼓噪下，苏珊先与老李喝了交杯酒，然后兴致颇高地挨个与人碰杯，酒到杯干，一下将气氛搅得十分热烈。到任苒时，陈华说："她感冒刚好，不要喝急酒，意思一下就好。"

苏珊笑道："任老师是我的酒友，我知道她的酒量。"

任苒已经端起了杯子，与苏珊一碰，两人面对面，同时仰头，一饮而尽，这个豪爽的姿态激起周围一阵掌声。

陈华拿下了任苒手里的酒杯放到一边："好了，今天晚上别喝了。"

"你怕我发酒疯吗？"任苒好像已经有了一点儿薄醉之意，笑道，"要不要我们也喝一杯？交杯也可以啊。"

"田律师来过，又走了。我想，你不用非把自己灌得酩酊大醉，演更热辣的场面给他看了。"

他的语气温和随便，任苒却明显震动了一下，她脸上的笑容突然褪去，整个人安静了下来，怅然看向紧闭着的绿格子玻璃门那边。

"你们出了什么事，有什么不能当面说清楚的，居然要用这种可笑的方法让他对你失望死心？"

"这样对他比较好。"

"看来你的牺牲精神又发作了，情愿付出抹杀你在一个爱你的男人心中形象的代价——因为这样对他比较好。"

"不关你的事。"

陈华扬起眉毛，似笑非笑地看着她："你刚刚利用了我，现在马上说不关我事，未免过河拆桥得太快了一点儿吧。"

任苒语塞，随即苦笑一下："你总是什么都能一眼看透，如果你不愿意被人利用的话，谁能利用得了你。"

"很好，现在你已经觉得怎么对我都不至于负疚了，这也算是一个进步。"

任苒无法回答，她呆立一会儿，目光从中央那些拥舞的人们身上划过："请帮我跟苏珊和老李说一声，我先走一步，祝他们一路顺风。"

陈华说："你是应该早点回去休息，我送你回去再过来，今天肯定会喝到很晚的。"

陈华替任苒披上风衣，两人走出去，外面的空气新鲜而宁静，他们顺着人行道慢慢走着。

"你今天看上去跟平常很不一样。"

任苒平淡地说:"你知道我以前一直在服抗抑郁药。三个月前,我发现服用这药以后,似乎容易有兴奋的感觉。我发邮件问白医生,他告诉我,如果出现这种情况,证明我的抑郁已经得到实质性改善,可以考虑停药。我停了。不过今天晚上临出门前,我又吃了一颗药。"

陈华顿时明白了任苒今晚表现得明显有些欣快的原因,他勃然大怒,厉声说:"你拿自己的身体开玩笑吗?"

"我一向没演戏的天分,这个药很管用啊。"

陈华盯着她,正要说话,手机响起,他只得接听,只听了几句,语气和神情渐渐凝重起来。

任苒根本没留意他在讲些什么,只低头看着自己的身影,随着一盏盏路灯照射,影子一点点由长而淡薄变得短短的,再一点点拖曳到身后,身前出现新的影子。这个周而复始的过程,几乎如同催眠一般,让她机械地迈动脚步,一直向前走,直到陈华拖住了她的手。

"你打算去哪儿散步吗?"

她抬头一看,差不多快走过她住的小区。

陈华刚才的那阵怒意似乎早已消散:"这样结束也好,否则他会越来越爱你,你会越来越觉得难以辜负他。"

这话当然并不能宽慰她。

"很难受的话,我开车带你出去转转,不要一个人回家里关着。"

她摇摇头:"谢谢,不用了。我还是趁着这点儿酒劲早些睡觉的好。"

"我刚接到电话,J市那边出了点儿事,我明天必须赶过去。我会尽快回来,有什么事马上给我打电话,不要再吃药折磨你自己。"路灯光下,他含着笑意凝视她,"趁着我自愿被你利用,折磨我好了。"

因药物而调动起来的情绪早已消退,她根本无法回应这样近乎于调情的话,木然看了他一眼,什么也不说,抽回自己的手,转身走进了小区。

第二十七章

看着随音乐旋律相拥而舞的任苒与陈华,田君培几乎无法相信自己的眼睛。

飞机到达汉江市时,照例有些晚点。上车后他看看手表,时间已经不早,他还是让来接他的司机直接开往绿门咖啡馆。

上飞机前,他给任苒打了电话,任苒告诉他,今天晚上苏珊在绿门有一个告别聚会,如果他太累,就不用过来。

他当时叹一口气,说:"我的确很累。不过,小苒,我们真的需要见面好好谈谈。"

停了片刻,任苒才说:"好的。"

这次出差,田君培先回W市开会,再马上赶往广州,旅途奔波、公务繁忙还是其次,在W市待的那一天,父母和他长谈到双方精疲力竭,随后又几乎每天给他打电话,要求他重新考虑与任苒的关系。

他理解父母的焦灼,他自己心底的疑窦何尝不是一直在放大。当母亲情绪激动地说她准备直接去找任苒谈时,他下了一跳,完全相信母亲说得到做得到。他只得马上保证,他一回汉江市,就和任苒好好谈清楚,然后给家里一个交代,请母亲千万不要这么干。

他知道,就算他去问,任苒也肯定会坦白回答他的所有问题,不会有任何隐瞒,更何况他母亲去问。但如果他母亲出面,那些答案一定不可能让母亲满意,而他和任苒大概就没有任何挽回余地了。

这种情况下，他与任苒每天的通话都十分简短，他问她的病情，她说已经快好了；她如同礼尚往来般地问他的行程，嘱咐他不要太劳累。

他甚至疑心，以任苒一向的敏感，也许已经察觉到了什么，可是她仍然什么也不说，等着他去问，这种猜测让他心底有了寒意。

绿门咖啡馆外面的灯箱暗着，门上挂了暂停营业的招牌。田君培推门而入，爵士乐扑面而来，里面人多得让他吃惊。柔和的灯光下，一部分人三五聚集地交谈、喝酒，另一部分人在跳舞。

他一眼看到了任苒正与旁边的人交谈，让他吃惊的是，他头一次见到任苒穿得如此正式，蓝紫色饰着风琴褶的衬衫、鱼尾裙、高跟鞋，衬得皮肤白皙，身材纤细曼妙，化了妆的面孔在灯光下更显楚楚动人。更重要的是，她的神情十分明朗，笑容开怀，有着他以前没有见过的活泼灵动。

他心里一动，正要过去招呼她，这时音乐响起，只见陈华走了过来，对她伸出手，她将手放到他掌中，两人开始跳舞。

显然，这不是他们当晚跳的第一支舞了。她的头搁在陈华肩上，眼睛微微闭合。他们看上去是一对和谐而亲密的恋人，随着音乐缓缓转动，无所谓舞步变化，仿佛已经忘却周围一切，沉浸于只属于他们的世界之内。

田君培不知道站了多久，陈华与他的视线相触。陈华看到他毫不意外，神态依旧保持着波澜不惊的平静。他知道他无法再这样旁观下去，反手拉开玻璃门，大步走了出去。

田君培开车返回公寓，心情烦乱得无心处理手头的公务，几乎想随便找个地方喝个大醉。正在这时，他接到尚修文的电话，告诉他冶炼厂的兼并出现转机，请他第二天赶到J市，以便处理相关法律问题。

他已经很疲惫，情况也没紧急到需要他连夜赶过去，但他抓起车钥匙便马上出门上路了。

四个小时后，他驶入J市，直接去了樟园风景区度假村。他是这里的常客，服务员马上给他办好了入住手续。

进入房间后，他走到露台上，看向远方，无星无月的夜晚，夜色深沉而厚重，那一对亲密相拥的身影不期然再度浮现于他的眼前。

她笑得那样开怀，与那个男人那样亲密——他痛苦地紧紧抓住了栏杆。

他下意识地进行了一次午夜奔驰，走的正好是去年八月和任苒离开J市去汉江相反的行程。

先是出差,然后又长时间开车,他身心俱疲,没有力气再有愤怒的情绪。他本该恨她如此绝情,可是他心底空空荡荡的,竟然无法调动起任何恨意。

第二天,田君培见到尚修文后才知道,吴畏通过某个渠道,取得了一个对话录音文件,是亿鑫的贺静宜与冶炼厂一个主要领导的对话,涉及了大笔金钱交易,操纵职代会通过亿鑫的兼并方案,还牵扯了另外两位厂领导。

"这个录音文件完全可以推翻职代会通过的亿鑫兼并方案。"他马上做出了判断。

"我昨天晚上跟陈总直接通话,请他听了部分录音内容。他答应今天赶过来处理这件事。"

田君培不得不觉得有些讽刺,不管走到哪里,他竟然都没法摆脱陈华这个名字。可是工作归工作,他马上开始着手处理相关的法律文件。

到了下午,风云突变,冶炼厂职工不知道听到什么风声,从上午开始聚集在厂里,要求主要领导出来给一个说法。最初只是几十名工人过来,然后越来越多,到后来已经有近千名工人黑压压地站在工厂里,情绪激愤,对职代会强行通过的亿鑫收购方案表现出强烈反弹,局势接近失控。

田君培接到尚修文的电话后赶了过去,这时市里有关部门都已经紧急派人过来,各职能部门领导正与职工推选出的代表进行对话。

尚修文忧心忡忡地注视着会议室,对田君培说:"陈总还在路上,贺静宜出现了一会儿就消失了。亿鑫只剩几个工作人员在这边,无人出面。市里领导为了亿鑫在本市别的投资到位和维持投资环境的口碑出发,不愿意贸然否定亿鑫的兼并计划。再这么僵持下去,恐怕会出大乱子,到时候谁也担不起这个责任。"

田君培和他一样知道事态的严重程度,这时,他一抬头,发现陈华已经不知什么时候站到了会议室门口,他悄悄示意尚修文:"你不方便出面,我过去跟他谈谈,让他知道不可能有其他侥幸的解决办法,他必须出面了。"

"他是个非常有决断的人。我想你不用说得太直接。"

"我明白。"田君培点点头,起身走过去,对陈华说,"陈总,请借一步说话。"

陈华昨天接到尚修文的电话后,马上作出判断。他告诉尚修文,谢谢他选择不将录音公开,他会记得旭昇的这个人情。

他没有打电话向贺静宜求证。既是因为听到的录音内容已经足够明确,也是因为他不再信任贺静宜在J市冶炼厂兼并一事上的所作所为,不打算再给她任何机会。

贺静宜所负责的中部地区投资项目进展并不顺利。陈华上个月再度飞过来听取汇报，发现她明显不在状态，对汉江市一个开工项目的进展情况有很多不明了的地方，了解程度居然还不及合作方的执行总经理，当时他已经警告了贺静宜。贺静宜给他的保证是，一定会在计划时间内拿下至关重要的冶炼厂兼并项目。

他一向主张用人不疑，并不过问项目推进的具体细节，通常跟进工作都是交由投资部门副总刘希宇负责。只是知道任苒定居汉江市后，他过来的次数才大大增加。他没想到贺静宜竟使出了这样的手段以图搞定兼并，并且被人抓到如此确凿的证据。

他久经商场，见惯各种惊心动魄的变故，接到尚修文打来的电话也并不吃惊。但是他马上意识到，贺静宜的这个愚蠢举动，对目前的亿鑫来讲，如果处理不好，会带来极其严重的后果。

眼前的混乱场面，证实了他的推断。尽管他一向不愿意在公开场合露面，此时也没有选择了。

陈华看一眼田君培，淡淡地说："田律师，我们过一会儿再谈。"

他径直走进去，跟主持会议的一位市领导打了个招呼："王主任，我有一个决定想在这里宣布一下。"

正焦灼不安的王主任疑惑地看看他，有些拿不准他到底会说什么，尚修文向他使个眼色，他才放下心来："各位职工同志，这位是亿鑫集团的董事长陈华先生，现在他有话说，请大家安静一下。"

陈华接过他递来的话筒，目光扫视会议室内，声音低沉地说："各位，我在这里宣布，亿鑫集团从现在起，正式退出冶炼厂的兼并。作为亿鑫集团董事长，我对目前的局面表示遗憾。希望在亿鑫退出以后，冶炼厂自主通过合理的兼并方案，走上符合职工愿望和利益的发展道路。亿鑫在本地的其他投资计划将不受这一决定的影响。"

他将话筒递还给王主任："谢谢王主任，我先走一步。"他跟进来时一样，径直向外走去。

一直僵持不下的局面竟然被他一句话打破，所有人都似乎有些不相信自己的耳朵。职工代表们交头接耳，只有一个年轻男子从人群中站了起来，朗声说道："陈总留步，我还有问题想问。"

陈华一瞥之间，认出那人是曾经采访过他的财经杂志记者章昱。他不知道章昱怎么会神通广大到混进这样不可能接受外来记者采访的场合中，但他并没有止步，头也不回地说："我已经就此事表态完毕，不会再接受任何采访。"

田君培看着陈华高大笔直的身影走了出去，心里混杂着说不出的滋味。尽管亿鑫将为此承受巨大损失，但很显然，陈华在最短的时间里做出了最有利于亿鑫的选择。一次迫在眉睫的危机就这样消弭于片刻之间，他不得不同意尚修文对陈华决断能力的评价，这个人确实不需要任何人的提醒。

第二天，田君培到旭昇集团尚修文的办公室，将原本已经拟定好的兼并冶炼厂所需法律文件调出，进行最后调整。

"这几天实在是辛苦你了，君培。"

"没什么，汉江那边还有不少事，今天把这个弄完，我还得赶回去。"

"君培，有一件事。我想请你帮忙。我太太今天下午也得回汉江，我手头事情太多，实在抽不出时间开车送她，你能顺路带她回去吗？"

"璐璐也在J市吗？没问题，我带她回去。"田君培笑道，"修文，我为你们感到高兴。"

尚修文也笑了："谢谢。她突然给我一个意外惊喜，过来看我，的确是今年以来我最开心的一件事。"

中午，尚修文回去接了太太甘璐过来，三个人一块儿在公司附近一家餐馆吃了午饭，正准备上路，尚修文突然接到秘书从办公室打来的电话："亿鑫集团的贺静宜小姐过来了，说想见您。"

尚修文皱眉："告诉贺小姐，我正陪太太吃饭，不方便见她。"

等他放下手机，甘璐轻声说："修文，她不直接打你的手机，也许是有公事找你。"

尚修文不语，果然没一会儿，秘书再度打电话过来，他接听之后，对甘璐和田君培说："贺小姐说，她奉陈董事长之命过来，带来了一份铁矿供应合同。璐璐、君培，跟我一块儿上去一下。"他看甘璐有推托之色，补充道，"合同也需要君培看看才行。"

三个人回到办公室，只见贺静宜正坐在尚修文办公室外的会客区。她身姿笔直，发型一丝不乱，可是面容透出灰败憔悴，眼神空洞，再无以前的神采飞扬、美艳动人。

"贺小姐，请进。"

她谁也不看，随他们走进办公室，打开公事包，取出一份合同放到尚修文桌上："陈董事长让我一定将这份合同当面交给尚总，同时转告尚总，这算是他投桃报李还的一份人情。"

尚修文迅速翻看合同："请替我转达对陈总的谢意。"

贺静宜公事公办地说："好的，这是我任职期间的最后一项工作，我的继任者会在短时间内过来，届时将与尚总商量合同履行的细节。既然没什么问题，那我先走了。"

"贺小姐——"贺静宜猛然站住，回过头来，只听尚修文清朗的声音说，"请保重。"

贺静宜的目光从尚修文身上划过，再落到远远坐在靠窗沙发上的甘璐身上，什么也没说，转身疾步走了出去。

尚修文沉默一下，将合同递给田君培看："亿鑫在本地已经完成的投资项目只有一个铁矿，在兼并冶炼厂失败，更不可能收购旭昇的情况下，那个投资可以说在相当长时间里看不到效益。本来我担心亿鑫会搁置铁矿开发，直接影响到旭昇的原材料供应，现在总算可以放心了。"

田君培翻看了一下，条款并没什么问题，他点点头："的确是投桃报李，毕竟那份录音文件如果公布出去，对亿鑫的打击会更大。"

"话是这么说，我并不是为向亿鑫示好，而是权衡利弊才做出的选择。"尚修文感叹道，"我不得不承认，陈华先生的人情还得十分有效率，做事很有气魄，旭昇很需要这份合同。璐璐、君培，我送你们下去。"

田君培见甘璐的神态似乎有些怏怏不乐："你们在公司门口等着好了，我去停车场把车开过来。"

他有意留一点空间给他们夫妻，拖了一会儿，才将车开到公司门口，只见尚修文正搂着甘璐的腰，对她说着什么，然后送她到车边，替她拉开了副驾驶座那边的车门，弯腰向他们两人道别。

田君培将车驶出来，发现甘璐一直看着前方，神情复杂。

"别想着贺静宜了，璐璐。修文的态度很明确，她现在跟你们的生活没任何关系。"

甘璐微微一怔，随即苦笑道："我打了修文那一耳光，大概早就成了你们眼里心胸狭窄的妒妇代表。"

"胡说，你问问以安就知道，我一直认为，你完全有理由生修文的气。"

"谢谢你，君培。我生过气，不过都过去了。刚才不开心，不过是觉得修文现在太在意我的情绪，不肯让我有任何误解。其实，我已经对他完全信任，根本不需要在旁边见证什么。看到贺静宜那个样子，我为她感到遗憾。"

田君培没料到她居然会说这话："我以为你会讨厌她。"

"我不是故作高姿态。当然我是讨厌她的，可是讨厌一个人，并不代表看到她倒霉就会高兴。"

"闹成这个样子，差点不可收拾。修文没公布录音，虽然是为大局出发，但也免除了她的牢狱之灾，这个结果对她来说已经不错了。"

甘璐摇摇头："算了，别谈她了，希望她以后善自珍重。"

这时田君培刚驶出城郊收费站，后面一辆红色玛莎拉蒂"咻"的一声，以危险的速度超车而过，他们都不约而同看过去，不一会儿工夫，那辆打眼的车子便驶出了他们视线范围。

"才说不提她。这个速度，"甘璐叹口气，"她恐怕会接到不止一份超速罚单。"

"那是她的选择，用不着为她操心。"

"你也许会觉得我想法天真。其实我不够善良，并不真正在乎她以后会怎么样。但我知道，要把以前爱过的人完全视同路人，几乎不可能。她如果有什么事，修文知道了心里会不好受。他心思一向太深，现在又背这么重的担子，还要顾忌我的感受不流露出来。唉，我替他觉得不开心。"

田君培好一会儿没说话，甘璐自我解嘲地笑："没结婚的人，很难理解我这个想法吧，是不是被我肉麻到了？"

"不，璐璐。信不信由你，我很羡慕你们现在彼此信任，考虑对方胜过自己的状态。修文最在乎的，一样是你的感受。"

甘璐笑道："何必羡慕别人，以安说你交的女友非常斯文大方，很体贴你，他看了以后赞不绝口呢。"

这两天田君培一直努力避免想到任苒，却不料甘璐此时提起，他胸口一堵，要努力吸一口气才能勉强涩然笑道："恐怕我跟她已经分手了。"

"啊，对不起，君培，我现在爱犯已婚妇女三姑六婆的怪毛病，真不该随便提这个。"

"没什么。璐璐，其实我想问问你，要怎么样才可能做到像你和修文之间这样，再不介意一个人的过去，完全信任，不疑不悔。"

甘璐似乎一下被问住了，沉吟了好一会儿才说："我和修文并不是好的榜样，君培。不然，我们也不会付出……失去一个孩子的代价。我只能告诉你一点我的教训，平常我们都自认为是成年人，自以为理智，相处起来，总有一些保留和患得患失之心，生怕受到伤害。这样缺乏理解和付出的决心，是没法做到不疑不悔的。很像说教吧？不过我真是这么想的。"

田君培长久地思索着，突然又问："那你认为，初恋对一个人的影响会大到什么程度?"

"这个问题,你该问修文才对。"甘璐半开玩笑地说。

"对不起,我问了很多不该问的傻问题。你原谅一个失恋的人失态吧。可是再不说,我大概会憋疯,我确实很难受。"

甘璐安慰地说:"没什么,君培,我能理解。照我看,可能每个人的感受都不一样,如果一个人愿意一心沉溺于过去,那份影响就会无限放大。可是没人能生活在过去,我相信大多数人都会将过去当成回忆,活在当下、把握手中的幸福更重要。"

田君培胸中的疑团、痛苦并没能就此得到释放,可是他也不打算再问下去了。

进入汉江市后,已经是黄昏时分。田君培先送甘璐回家,不自觉地又将车驶向了华清街。路过绿门时,他打算停车下去喝杯咖啡,却只见门关着,门上贴出了一张打印的告示,上面写着:敬告各位新老顾客,本店停业装修,一个月后恢复营业。

他惘然地看着告示,突然觉得这个城市变得异样陌生。选择来到这里工作,固然是被职业挑战吸引,可也有一部分是因为任苒。连日出差,行程何止几千里,此刻却丝毫没有一个"回来"的感觉。

他不知道站了多久,伸手试着推了一下那扇绿格子玻璃门,居然一下打开了,里面有几个装修工人在量尺寸,无人理会他。

他站在门口,前天晚上的情景再度浮现眼前。

他猛然意识到,任苒十分清楚他会过去,会看到那一场面。她一向温和、体贴别人的感受与立场,不肯让任何人为难,却选择了用这种没有回旋余地的方式向他告别,跟他不必再有交谈、盘问、解释……以及任何后续。这意味着什么?

在这段关系里,任苒与他保持着一份距离感,那么他呢?是否有足够付出的决心?

他的困惑、迟疑是否已经被任苒所感知,于是她帮他做了决定?想到这里,他的心狂跳起来,不得不深深呼吸,让自己镇定下来。

也许你只是在一厢情愿,你在为你的软弱不舍找理由。他警告着自己,可还是拿出手机,拨打了任苒的号码。

任苒关机了。

这几乎有些像他认识她之初,她带一部手机在身边,却总是关着,不在乎别人找不到她会怎么想。

他们开始交往以后,他曾问她,为什么总不开机?

当时她想了想,说:"已经习惯了,好像不必等谁的电话,于是就忘了必须开机。"

这样简单的回答叫他有一点心疼的感觉,他抱一抱她:"可是我会找你,找不到你,我会着急。"

她温柔地笑,果然后来再打她的手机,碰上关机的次数就大为减少了。

现在她又一次关机,而他,已经不知道她是刻意躲避他,还是再次决定不必等谁的电话了?

第二十八章

田君培颓然放下手机,他不知道,几分钟前,任苒坐在出租车上,刚刚从他身边经过。

任世晏昨天再度打来电话,催促任苒回家办理房产过户手续,语气十分郑重。她有些犹豫:"季律师同意吗?"

"这是婚前财产,从法律上讲,跟她没有关系,无须得到她的同意。"

"可是她如果知道了,恐怕……"

"我们婚后买的房子登记在她名下,我这么多年来的工作和版税收入基本上都交给了她,她没什么可抱怨的。你不用管她怎么想,小苒,赶紧回来。"

她无可推托,只能答应下来。

她订好火车票,正在家里收拾行李,突然接到章昱的电话:"Renee,我现在到汉江市来了,有点事情希望跟你谈一下。"

她有本能的警觉:"什么事?"

章昱似乎完全没注意到她的语气,十分轻松地说:"我最近一直在追踪亿鑫集团,掌握了一些关于陈华的资料,打算写一篇报道出来,想跟你核实一下他过去的情况。"

"对不起,章昱,你要怎么写你的报道,我不会过问,也不会干预。但我不会就他的事情接受任何采访。"

"Renee,这对你自己也是一个澄清机会啊。你难道不知道,你的继母主动跟我、还有其他媒体联络过……"

"她爱怎么说随便她吧。如果我的一点旧事也值得财经杂志写上一笔,那我无话可说。"

"我并不想刺探你的隐私，Renee，只是想还原在当年一件很轰动的证券大案中陈华扮演的角色。按照你继母的说法，那段时间你正好跟他在一起，这对我的报道来讲真的很重要。"

"不好意思，章昱，恐怕我帮不到你。我赶着出门去坐火车，再见。"

看时间差不多，任苒提了旅行袋和笔记本电脑下楼，站在路边等出租车，却接到陈华打来的电话："任苒，不要接受《财经周刊》那个叫章昱的记者的采访。"

她有些恼火，又有些厌倦："托你的福，这段时间我有了可以引起记者兴趣的地方。需要给我发一份指导吗，告诉我应该接受谁的采访，什么话该说，什么话不该说吗？"

"对不起，任苒，我尽量不让记者来骚扰你。别的人你都能应付，他打着你朋友的招牌过来，恐怕你会不好意思拒绝他。"

她讪笑一声："是呀，谁让我这么轻信无知，简直把好哄两个字贴在脑门上了。"

"出了什么事，今天心情这么不好吗？"他的语气却异常和缓，带着一点隐约的呵哄，"我明天忙完就过来……"

"不用。"她气馁地想，一流露情绪，便被他当成了撒娇，倒真是没话可说了。这时，一辆出租车驶来，她连忙拦下坐进去，告诉司机去火车站，然后对着手机中规中矩地说，"陈总，你多虑了。章昱的确联络了我，他对你的过去很有兴趣，可我对你实在知之有限，没什么可对他说的，你大可放心。"

陈华笑了："我知道他想挖什么，没什么可担心的。你去火车站干什么？"

"我回一趟Z市。再见。"

她心中有说不出的烦躁，实在不想多说什么，挂了手机，索性随手关机。

出租车开出没多远，她一眼看到了站在前面绿门那里的田君培，本能地靠到后座上。

车子很快驶了过去，暮色苍茫里，那个修长的身影消失在她的眼底。她想，你已经做出了选择，就这样吧，已经不用回顾了。

夜行列车"哐当哐当"地前行着，这个单调重复的声音似乎具备让人入睡却无法熟睡的作用。

车窗外变幻的灯光一下一下透过没拉严实的窗帘掠进来，任苒躺在下铺，睡一阵醒一阵，迷迷糊糊之间，突然有些记不起自己正去向哪里。

上一次这样坐火车，还是从澳洲回国那一年。她捏了一张刚刚打入两百万现金的银行卡，直直躺在Z市开往北海的火车上，一夜无眠。

虽然那个分手已经被证实因为误会而起，可是又有什么用。年华飞逝，时光荏苒，走到今天，就算在曾经爱过的男人怀中伴着音乐整晚跳舞，也找不回当日的忘我投入了。

她有近五年没有返回故乡，随着离Z市越来越近，各种思绪涌上心头，再也没有了一点睡意。

火车抵达Z市是第二天清晨，任世晏开车到火车站来接女儿。

"为什么一定要坐火车回来呢？你看你的脸色，肯定是一晚上没睡好。"

"没办法啊，我不喜欢坐飞机。"

任世晏顿时记起了女儿小时候的事："你小学毕业那年，第一次带你坐飞机去度假，你全程脸色苍白，我和你妈妈一左一右坐你身边，怎么逗你你都没法放松下来，小手冰凉，额头上尽是冷汗。回来时，我们只好退机票改坐火车。没想到，这么多年过去，你还是讨厌飞机。"

她笑道："是呀，一直都没长进。"

"其实你妈妈也不喜欢坐飞机。"

任苒有些惊讶，那是她唯一一次跟父母同机出行，妈妈看上去十分镇定："是吗？我从来没听妈妈说起过。"

"她最早一次乘飞机是出差，回来时就跟我说，她很不舒服，如果不是公事必要，她宁可坐火车。那次带你坐飞机，也是因为你回来说同学坐过飞机，你很羡慕，我们才想给你一个惊喜。那次旅行回来后，她还跟我开玩笑，说原来遗传的力量这么神秘。"

说起往事，任世晏神情不禁黯沉下去，父女俩人一时都再没有说话。

到了Z大后面的任家老宅，任世晏停了车，告诉任苒："我上午还有课。公证处那边有我一个学生，我已经跟他约好了，下午去办理房产赠与公证手续。你就在家好好休息，我中午过来接你一起过去。"

"爸爸，为什么这么急着催我回来过户？"

"这个手续并不复杂，先做赠与公证，然后去房地局进行更名。趁你现在做自由职业回来办了，省得以后再专门找时间啊。"

任苒仍然有些迟疑："季律师那边……"

"我们没什么，别操心大人的事了。"任世晏哄小孩子般拍拍她的手，让她哭笑不得，"小苒，进去休息，我得去上班了。"

任苒只得提了旅行袋下车，看着任世晏将车开走。

她取出钥匙，开了院门，走进自己从出生到长大一直居住的房子内。

这是一个晴朗的春日早晨，初升的太阳斜斜照射进来，那棵粗大的樟树枝叶繁茂得仿佛已经笼罩住了半个院落，阳光被筛得斑斑点点地洒在地上。红砖黑瓦的两层楼房，绿色的爬墙虎爬满整个西边墙壁，白色的窗台，暗朱红色的百叶外窗，和她二十二岁离开那年一样——经祁家骏主持修缮，外观整齐而美丽，不复以前的颓败。

这个念头浮上心头，便再也按捺不下去。

她打开门，从一楼到二楼，一扇扇地开着窗子通风，一一巡视所有的房间。出乎她的意料，里面十分干净整洁，不似长期无人居住的样子，厨房的小桌上甚至放着一罐普洱茶和一套茶具。她猜想，应该是父亲找人来打扫过并特意做了准备。以前根本不理家事的父亲变得如此细心，她有些感慨。

她将旅行袋提上楼来，进了她从小一直居住的房间，将装了母亲照片的小相框和那本《远离尘嚣》拿出来放在床头柜上摆好，向自己确认：回家了。

她不愿意多想什么，拿了笔记本下楼去，找出水壶烧开水，沏开一壶普洱，然后就坐在餐桌那里，开始继续翻译工作。

上午的时间很快过去，任世晏过来带她去吃饭，然后去了公证处。他显然已经跟学生打好了招呼，同时早早准备齐了所有资料，房屋赠与的公证手续很快便办好了。他再开车带她去了房地局，同样预先找了一位朋友帮忙，那人已经等在门口，带他们交上资料，交纳各种费用，工作人员审核以后告诉他们，大约十天以后就可以来领取新的房产证了。

手续办得如此顺利，从房地局出来后，任世晏长长吁了口气。

"小苒，等正式产权文件下来，这房子就完全属于你了。如果不是田律师在汉江市那边工作，我真希望你能回来生活。"

任苒一时不知道说什么好，任世晏马上觉察出不对劲。

"你跟田律师没有解释清楚吗？"

"我和他认识的时间并不长，只是刚开始交往，对彼此还说不上很了解。所以……"任苒有些艰难地说，却实在找不到说辞，难以为继，索性将心一横，"爸，我们分开了。"

任世晏很长时间没有说话，任苒发现父亲脸色发白，手竟然在微微颤抖，顿时吓到了："爸，你怎么了？"

"没事。"任世晏勉强吐出两个字。

"你别多想啊，爸，恋爱分手是很平常的事。"

"我知道，我们走吧。"

回家以后，任苒继续伏案翻译，只随便吃了一点顺路买回来的东西。直到眼睛酸痛，颈项发麻，她一看时间，已经快九点钟了。她头天晚上在火车上没有睡好，合上笔记本，打算去床上躺一下再继续工作。

床铺柔软舒适，她已经疲惫到了极点，却仍然无法马上睡着。

她回忆着，发现从十六岁离开，到十九岁从北海双平回来，她在这座房子里独自住了几个月，再往后，就只有二十二岁那年从澳洲回来住了几晚。其他的日子，她一直都住在没有家的感觉的地方。

父亲在汉江市的教工楼、财经政法大学的学生宿舍、深圳城中村条件简陋的招待所、广州珠江边的豪华公寓、北部湾深处小岛双平上火山岩垒成的低矮小屋、澳洲墨尔本住宅区漂亮的HOUSE——那也是祁家骏送命的地方，她的回忆一下中断了。

当然，再历数下来，也不过从北京到香港，一个出租屋到另一个出租屋而已。

她知道一回到Z市，就意味着要面对无处不在的回忆，她躲避了那么久，回来以后，又妄图借用工作占据思绪，最终还是在这样夜阑人静的时刻，听任细细碎碎的悲伤爬上心头。

想起父亲的建议，她在黑暗中苦笑起来。她想，她依旧没办法安然在这座房子里住下来，也许还是走得远一点，想念没有这么沉重，痛苦也没有这么稠密。

辗转了不知多久，任苒迷迷糊糊入睡，仿佛又做起她曾做过的梦。妈妈早早起床，在厨房里做早餐、煮咖啡，虹吸壶"咕嘟"作响地翻滚着，妈妈头也不回地说："小苒，又光着脚跑下来了吗？"

她以前总没弄明白，为什么妈妈的耳朵如此灵敏，能听到她光着脚悄无声息下楼，能分辨出爸爸轻轻上楼的声音……

任苒突然睁开了眼睛，听到外面似乎有什么声音。

她的睡意全消，紧张地侧耳听着，却又什么也没听到。这时夜色已经深沉，屋子里十分安静，四周静谧得只有偶尔远远传来的路上车辆驶过的声音，她有些疑心自己大概是因为梦魇了，这样一想，绷紧的身体松弛了一点。可是就在此时，又一声轻响准确无误地传来，她猛然坐起了身。

她确定这不是错觉，声音就来自与她房间一墙之隔的父母主卧内，似乎有人推开了那边的窗子。

她下了床，来不及找拖鞋，赤足踩着地板走出自己的卧室，只见父母卧室的门开着，里面透出了灯光。

她一步步走过去，卧室窗子开着，夜风吹得内层窗纱飘拂不定，一个女人正站在窗边看着外面。

任苒的手心早已满是冷汗，她说不清是恼怒还是恐惧："季律师，你在这里干什么？你是怎么进来的？"

季方平回过头来，冷冷地看着她："这里是我丈夫的房子，身为妻子，我过来不是很正常吗？"

任苒上一次见她，还是十八岁那年，一转眼九年时间过去，季方平穿着套装窄裙，身材依旧保持着苗条，只是那双曾经灵动而带着妩媚之态的细长丹凤眼略微有些向下耷拉，脸上有法令纹，显出了老态。她这种理直气壮的反诘，让任苒简直有哭笑不得的感觉。

"我父亲不会给你钥匙，你这样不宣而至、不告而入，显然算不上正常，请你留下钥匙离开吧。"

季方平根本没动："你倒是比以前沉得住气，居然不说这房子今天已经被你父亲公证赠与你，可以毫不含糊地驱逐我出去了。"

"我没什么可跟你说的，请你现在马上离开。"

"你父亲今天晚上说想跟我离婚，我刚跟他大吵了一架。"

"那是你们之间的事，我不想知道。"

"这不是你乐于看到的结果吗？吵完了，我就来了这里。其实，世晏不知道，我早配了这边的钥匙，过去几年，我经常过来。"

任苒大吃一惊。

"对，我经常过来。"季方平仿佛在欣赏她吃惊的表情，用一种更加轻快的语调重复道，"多半是跟世晏发生不愉快以后。我得承认，这几年，这种不愉快的时候越来越多了。"

"你到这里来干什么？"

"我一向喜欢这所房子嘛。隔一段时间，我还叫钟点工来打扫一下。每次过来，我会沏上一杯茶，坐在这里看看书，有时上楼到这间卧室里躺着休息。顺便说一下，你妈妈的藏书并不合我的口味。"她带着恶意地冷笑，"任小姐，你的表情很奇怪，是不是觉得我亵渎了你这座神圣的房子？"

任苒一下明白了厨房里的普洱茶是怎么回事，想到季方平大模大样坐在这房子里喝茶，翻看她母亲的藏书，躺到这间主卧床上休息，她禁不住胃里一阵翻腾，需要努力才能压下恶心感。

"你这是什么意思?"

"还用问吗?本来这已经是理所当然应该属于我的生活:和我的男人住在这所房子里,抚养我们的孩子,做饭、看书、喝茶、种花……"她哈哈一笑,然后森然说道,"可是全给你毁了,任小姐。"

面对这个指责,任苒匪夷所思:"这跟我有什么关系?"

"如果当年你没用离家出走要挟你父亲,就真的跟你没什么关系。你摆出受害者的姿态消失了,我还没能结婚,就成了白雪公主的恶毒继母,背上了逼得你失踪的恶名,承受众人的冷眼跟指责。我的孩子没了,我一直爱的那个男人勉强娶了我,却拒绝让我住到这里来,现在他又根本不理会我的反对,把房子过户给你,甚至还提出要跟我离婚。你把我的生活弄成了一个彻头彻尾的笑话,现在竟然一脸无辜地说跟你没关系。你不觉得可笑吗?"

"如果你一定要把你生活中发生的事归咎于别人,那是你的自由。我不想再跟你争论什么是因什么是果,哪些责任该由谁承担。请你马上离开这里,不要再过来。"

"又想逐客吗?"季方平嘴角挂着一个冷笑,根本不为所动,"你大概不知道,很多年前,我刚爱上你父亲,有一天我跟着他,看他下班回家。那是我第一次来这所房子,当然,我只能站在马路对面远远看看。那也是我第一次看到你和你母亲,看到你们迎出来,我还真有点说不出来的感受。你们的生活看着实在太完美了,我却只能在一边悄悄仰慕那个男人。"

任苒想到母亲和自己在完全不知情的情况下,被一个女人那样窥伺,再度泛起了恶心的感觉。

"我后来时不时过来,在马路对面看着你妈妈和你进进出出,当然也是看我爱的那个男人。我那么爱他,终于还是打动了他。"她慢悠悠地继续说,"先爱的那个人注定卑微。我等他等了八年之久,所有的青春都耗尽了,总算等到他娶了我,接近了我一度羡慕的生活。可我得到了什么?一个心不在焉的男人,一所还不能光明正大住进来的房子。"

"别来对我抱怨你的婚姻,季律师。我父亲如果没有给你想要的生活,那也是你们两人之间的事情。至于这所房子的归属,你应该比我更懂法律。"

"你以为我只是觊觎这套房子吗?"季方平仰头大笑,"我做律师,收入不算低。区区一套房子,在我眼里算什么。我在意的只是,本来应该属于我的生活被破坏、被剥夺。"

"我看大家都不要有这种受迫害妄想比较好。"

季方平盯着她:"你比以前还要尖刻。我可不认为我是妄想症发作。我二十六岁那年认识任世晏，花了快十七年的时间爱他，最后得到的是什么？我得到的只是一个没有孩子、没有爱的婚姻，到现在，我已经四十三岁，连徒有虚名的婚姻都快没了。这一切都是托你的福。"

任苒的怒气终于升了上来，冷冷地看着她："我母亲二十五岁时嫁给我父亲，三十六岁时知道丈夫出轨，三十八岁时知道自己得了癌症，去世那年是四十二岁。请问我要不要帮她问一句，她的生活是被谁毁掉的？"

"够了，你又来了，她得的是癌症怪得了谁？"

"可是在癌症带走她之前，你就破坏了她的婚姻。"

季方平愤怒地挥一下手："你以为凭这一点，就拥有了替天行道惩罚我的权利吗？"

"我没那么狂妄，以为有资格惩罚谁。每个人都要为自己的行为承担后果，或迟或早而已。"

"这话用来说你也挺合适嘛。请问祁家骏因为想和太太离婚，再跟你在一起，远走澳洲，结果横死在墨尔本，算不算你承担的某种后果？"

任苒的脸色一下变得惨白。

"我不得不说，你真的一直工于心计，很有手腕啊，勾搭得祁家骏对你死心塌地不说，祁家骢也似乎对你另眼相看。据说你在汉江市还交了一位新男友，他知道这些事后，大概不会甘心戴这么大顶绿帽子吧。"

"你马上出去。不然……"

只听"啪"的一声轻响，季方平突然打着了一个一次性打火机，小小的火苗在风中摇曳不定，任苒毛骨悚然地看着她，不知道她到底要干什么。

"不然怎么样？你要打电话叫你父亲来，还是报警？"她合上打火机，然后又打开，"以你父亲现在的地位跟身份，老婆和女儿闹进公安局的话，也许能上报纸的社会版了，哈哈。"

"你要干什么？"

季方平哼了一声："那一年，也是在这所房子里，你口若悬河说了很多，我记忆犹新。当然了，我记得最清楚的是你打电话威胁你父亲，说只要他让我住进这房子，你就会放一把火把这里烧掉。我不得不说，你确实够狠。"

任苒想，只有在冲动的十八岁，她才能在激愤之下讲出那句话，现在她看着季方平，竟然完全束手无策："我没兴趣跟你闲聊，你不走的话，我只好……"

"两个小时前，你父亲对我说，这次他已经下定了决心，要跟我离婚。我说要离婚也行,还是得把这所房子给我。他说,很遗憾,下午已经去把房子过户给了你。很好,我跟他说:既然你们父女俩合起伙来算计我,那我打算效法你女儿当年的做法,把这房子烧掉。不过他当年把你的警告太当真,现在居然根本没把我这个警告当回事。"

"你不要冲动,有什么事可以去跟我父亲好好谈。"

"没那个必要了。进来之前,我买了这只打火机,然后,"她指了一下床头柜上放的一只塑料壶,"从车上装了一壶汽油。"

任苒不敢相信自己的耳朵:"你是律师,居然想知法犯法吗?"

"纵火当然是犯罪,不过只要你们父女俩人不怕出丑闻,不怕家事给别人当茶余饭后的谈资,就去告我好了。我不在乎,我也再没有什么可以失去的了。"

季方平伸手取过那个塑料壶,打开盖子,手臂一挥,散发着刺鼻气味的透明液体划出一道弧线,从窗边一直到床边,哗哗地倾倒下来。任苒刚一动,她便厉声说:"你要是聪明一点就马上出去,我可没想过要犯杀人罪。"

任苒不知道她究竟是威胁,还是真疯狂到了某个地步,只能紧紧盯着她。她的眼睛里带着血丝,再度打着打火机,火苗在她缩小的瞳孔内闪耀,看上去诡异而恐怖。

"你怕了吗?"她哑着嗓子笑,"我刚当律师的时候,给一个向老公泼硫酸的女人辩护过。我一直想,是什么促使她做出那么疯狂的事。现在我明白了,当一个人失去一切时,什么都有可能做得出来。"

任苒决定冒险上去抢下打火机再说,可是没等她动,季方平突然抬起手,将打火机凑近被风吹起的里层窗纱,窗纱一下便点燃了。

任苒惊叫一声,想也没想,冲上去扑打着,火焰灼痛了她的手掌,眼看就从窗纱烧到了窗帘。她抓住厚厚的外层丝绒窗帘下端往下扯,可是用力一拽也只将窗帘扯下一半,火借着风势已经蔓延开来。

空气一下变得灼热,布料燃烧化作黑灰,带着火星被风吹开,散发出浓浓的烟雾,呛得她呼吸困难。她再次拼尽全力拉扯,半幅着火的窗帘终于脱离了挂钩,然而另半幅窗帘也烧着了,她的手掌到手臂都被灼痛,而她却根本顾不上,只狠命地推开外面的百叶窗,将手里的窗帘扔出去,再去扯另外半幅窗帘。

可是这时火已经顺着那半幅窗帘烧下来,遇到了地上的汽油,火焰骤然间腾起,熊熊燃烧起来。任苒被灼得踉跄后退。

季方平仿佛也被吓到了，直愣愣地看着眼前一切，然后突然如梦方醒，转身向外跑去。

任苒完全没注意到她，一把抓起床上的床罩，奋力扑打着越来越大的火。

这时，陈华大步冲了进来。

第二十九章

陈华处理完J市的混乱局面,重新任命新的职业经理人暂时取代了贺静宜,然后去了省城,买了到Z市的机票,从机场直接过来。

出租车停在任苒家门口,他正掏钱出来,只听司机惊叫一声:"这房子着火了。"

他抬头一看,二楼一扇窗子里果然腾起了火焰,在黑夜中显得明亮而触目惊心。他扔一张钞票给司机,冲下车子。院门虚掩着,他一边向里面跑,一边拿手机拨火警电话。刚奔到房屋前,一团着火的布料从窗口飘下来,他闪避开,迅速抬脚把它踩熄。这时季方平正好奔出来,与他撞了个正着。

他一把抓住她:"任苒在里面吗?"

季方平惊恐地看着他,却似乎根本没认出他来,只拼命摇头。他顾不上理会她,松开手,三步并作两步上楼,只见卧室内火焰升腾,任苒正抓着床罩拼命而徒劳地扑打着,眼看就要被大火包围了。

他不顾火势冲过去,夺下她手里已经着火的床罩,强行抱住她跑出卧室,她拼命挣扎着:"你放开我。"

"你疯了吗?你已经被烧伤了,赶紧跟我出去。我报了火警,消防车应该会很快过来的。"

任苒闷声不响地踢打着,仍然想挣脱他的手。他只能死死搂着她:"任苒,你冷静一点儿。"

她声音尖厉地叫:"这是我妈妈住的地方,我不能眼看着这里被烧掉啊。"

"好,那你站在这里别动,我去扑。"

陈华将她推得更远一些，转身到浴室将自己浇了个透，再拽起被子浸湿，向已经烧得噼剥作响的主卧冲去，奋力去扑蔓延开的大火。火势越来越大，瞬间呈现包围之势，他的身影在火光中时隐时现。此时任苒终于清醒了过来，知道凭他一人之力，根本不可能扑灭这样的大火，她歇斯底里地大叫："出来，快出来。"

然而四下只有大火熊熊燃烧的声音，火苗如同有了生命一样四处蹿动，木质地板变得灼热。任苒正要冲进去，这时消防车的鸣叫声已经由远及近，停到了院中。消防人员冲上来死死抱住了她，将她往楼下拖，她嘶声叫着："还有一个人，还有一个人，快放开我。"

然而消防员根本不理会她，一路将她拖下楼带到院中。她抬头看去，火已经从窗子蹿出来，烧着了百叶外窗，烤到与窗子相连的樟树上，散出一阵奇异的焦香。

还有消防车陆续赶来，队员跳下车来，有条不紊地架设水龙，冲入屋内开始灭火。

任苒衣不蔽体，面对大火眼神呆滞地站立着，似乎失去了所有对外的知觉。突然一个消防员带着一个人影从楼中跑出来，那人停到她面前，猛然摇动她的肩膀："放心，火肯定能扑灭，我现在得带你去医院。"

她的眼睛被火光照到失焦，好容易才拢住眼神，认出这个被火烤得焦黑的人是陈华，一口气松下来，无声地栽倒在他怀里。

陈华也被烧伤了，但他有准备地冲入火场，保持着镇定与自我保护意识，任苒却是毫无防护的状态，伤势显然更严重。

医生先紧急处理任苒的烧伤部位。她的右手从手背到手臂深Ⅱ度烧伤，左手和双腿上其他部位也有从浅Ⅰ度到浅Ⅱ度不同程度的烧伤。用大量灭菌盐水反复冲洗创面、清理受损的皮肤组织，是一个极其痛苦的过程，尽管注射了镇痛剂，任苒仍然痛得面无人色，满头大汗，只能死死咬住嘴唇，不让自己叫出声。当终于敷上烧伤膏并包扎起来后，她的嘴唇已经被咬破了。

医生放陈华和随后赶来的任世晏进来，两人看着四肢全被包裹得严严实实的任苒，正挂瓶做静脉补液，一时都惊呆了。

"——要看痊愈的情况和个人体质。浅Ⅰ度到浅Ⅱ度大概需要一到两周的时间恢复，一般可能会有色素沉着，慢慢吸收恢复，不会留下明显疤痕。右手的深Ⅱ度烧伤需要一个月左右进行治疗，手背处得多加注意，这个部位的皮肤相对较薄，要防止出现疤痕性增生，那样会影响手掌功能甚至导致畸形。"医生对他们解释着。

任世晏呆呆地看着女儿，一时竟然无法走过去。

"我没事，爸爸。"任苒的喉咙被火熏得喑哑，努力想安慰父亲。

任世晏一下老泪纵横："小苒，我作的孽，为什么她要冲着你来？"

医生说："第一晚肯定会很难熬，我已经给病人注射了镇定剂，让她好好休息，有什么事明天再说。"

一直没说话的陈华轻轻碰了一下任世晏，他努力恢复镇静："小苒，火已经扑灭了，房子没什么事，你好好休息。"

任苒点点头，镇定剂的药力发作起来，她合上眼睛睡着了。

等任苒再睁开眼睛时，已经是第二天中午，她迷惑地看着陌生的天花板，好一会儿才想起昨晚发生的事情，四肢都有疼痛的感觉传来。

她一扭头，只见陈华正坐在她床边静静看书，神情十分专注，阳光透过白色窗帘照射进来，柔和地洒在他的头发和后背上，恍惚之间，她只觉得这个景象有奇怪的熟悉感，仿佛曾在哪里见过一样。

陈华马上察觉到她醒来，伸手过来摸摸她的脸。

"睡了快十二个小时了，饿不饿？我已经让人去点了餐，马上会送过来。"

她摇摇头，想说话，却发现嗓子干得几乎无法发出声音。陈华放下书，扶她坐起来，端来一杯水递到她嘴边，她大口大口喝得又急又快，水流入干涩的食道，有刺痛的感觉。他提醒她："慢一点。"

她声音哑哑地说："我想看看家里怎么样了。"

陈华拿起刚才手里的那本书给她看，是她昨晚放在自己卧室床头柜上的那本《远离尘嚣》，她没想到他竟然记得把这本书抢出来，一时再也讲不出话来。

"医生说你必须住院治疗，严格避免感染，不能随便外出。放心，我已经过去了一趟，把你的书、笔记本和旅行袋都拿过来了。除了那间卧室受损比较严重外，其他房间都还好，修复起来并不难。我会安排人去做。"

她"哦"一声，并不能因为这句话轻松起来，呆呆地看着书。

"从早上到现在，我一直在看这本书，想弄清楚，为什么这么多年来你会把它带在身边反复翻看。"

"别想太多了，这书节奏很缓慢，我不信你看得下去。其实我也不明白我想从书里找到什么，也许就是一个习惯吧。"

"你的确是一个一旦习惯便会固执的傻孩子。"

他凝视她，那样深刻得仿佛要一直看到她心底的目光，让她本能地不愿意与之对视。她伸手想拿那本书，才发现两只手都被包扎了起来，右手尤其裹得密不透风，一直差不多到了肩膀的位置，她只得颓然放弃这个动作。

"是啊，在你眼里，我一直就傻得不可救药。"她发愁地看着手臂，"唉，不知道会留下多少疤，肯定会难看死了。"

"现在知道害怕了吗？昨天晚上你可是英勇得很。"

他的语气突然严厉起来，她心虚地说："对不起，我……"

陈华的手伸过来，托起她的下巴，那个毫不温柔的力道打断了她，逼她正视着他："你确实应该跟我道歉。发生火灾时先逃生再打报警电话，这是小学生都应该知道的常识。"

任苒无言以对，现在回想起来，最明智的做法当然是马上退出房子报火警，然而她也不知道昨天为什么会丧失了基本的理智与恐惧，一门心思想要凭一己之力将火扑灭。她只记得当时脑袋一片空白，似乎完全想不到其他了。陈华代她冲进去的情景浮现眼前，她不禁战栗，意识到她差点也断送了他的性命。

"任苒，你有没有想过，要不是你头一天情绪很坏，我惦记着想过来哄哄你，或者飞机再晚到一点，昨晚会出什么事？"

她说不出话来。

"今天上午我坐在这里，一想到你也许会被烧死在里面，我是真的害怕了。"

她大吃一惊，这是陈华头一次坦承他会害怕。她嗫嚅着，不知道该说什么好，良久也不过再挤出一句："对不起。"

陈华什么也没说，伸手按了床头铃，一个中年女护工很快走进来，他简单地嘱咐她："带任小姐去洗漱。"然后掉头走了出去。

任苒如释重负，在护工的帮助下去卫生间洗漱。看着镜子里自己的样子，不要说被包扎得严实恐怖，连头发居然都被火燎焦了一部分，不禁再次暗暗感到后怕。

护工姓刘，手脚十分利落，一边替她擦洗，一边安慰她："没事，我在烧伤病房干了好几年，好多人比你的情况严重得多，最后都好了。你脸上没落下疤就已经是万幸了。"

她看着镜子，只得承认，以昨天的情形来讲，她确实算是走运了。如果陈华没有及时赶来将她拖出去，她也不知道自己会不会及时恢复理智逃生。

等她出来，陈华已经再次坐到了那里，神情恢复了惯常的冷静。

过了一会儿，一个年轻男人敲门而入，送来了午餐。任苒看看自己的双手，发愁而认命地说："不知道得多长时间不能自理，陈总，还是帮我叫刘姐进来吧。"

陈华根本不理她，支起病床上的小桌，一样样打开饭盒的盖子，拿了勺子，舀了一勺鸡丝粥，命令她："张嘴。"

她只得无可奈何地张开嘴，他一样样喂着菜、粥，动作从容不迫，显得十分有耐心，她却食不知味。

正在这时，门被推开，任世晏和田君培一起走了进来。任苒意外之下，一口粥呛入气管，顿时大咳起来。陈华不慌不忙地帮她拍背，递水给她喝，拿纸巾替她擦嘴角，做得驾轻就熟，同时不忘打招呼："任教授，田律师，请坐。"

任世晏也有些尴尬："小苒，田律师特意赶过来看你。"

任苒好容易止住咳，却一眼看见陈华一边不轻不重地敲着她的背，一边看着她，嘴角那里隐隐挂了一点儿笑意。她猛然意识到，他肯定知道田君培要和她父亲一起过来，这个亲密喂食的场面，恐怕差不多就是专门做给田君培看的。想起前几天她利用他的那一幕，她无话可说，沮丧地靠到枕头上。

"谢谢陈总，我不想吃了。"

陈华也不勉强，收起小桌，替她将枕头调整好，转头对任世晏说："任教授，张医生来找过你，我陪你一起过去跟他谈谈。"他头一次正视着田君培，心平气和地说，"田律师，请随便坐。"

"君培，你怎么来了？"

"你完全不开手机，我跟任教授联系上，才知道你出了事，马上买机票赶了过来。"田君培在床边椅子上坐下，看着她的伤处，"没想到竟然伤得这么重。"

"没事啊，只是样子吓人而已。医生都说了，浅Ⅰ度到浅Ⅱ度烧伤很快会好的，连疤都不会留。"

田君培沉痛地说："对不起，小苒。"

任苒惊愕地看着他："君培，你是存心要让我羞愧还是怎么样，居然来跟我说对不起。"

"我如果早一点告诉你，你继母在散布不利于你的言论，对你心存恶意，你也许能警惕她，躲过这一劫。"

"你是说她跟证券报记者说的那些话吗？你别自责，我早就已经知道了，真的不关你的事。"

"你是因为知道我看到了那个采访内容，才故意……要跟我分手吗？"

任苒咬住了嘴唇。

"我就知道是这样。小苒，我说了想回来跟你好好谈谈，为什么你不肯再给我一个当面说清楚的机会？你这么不信任我的理解和接受能力吗？"

"不，君培，你一直对我很理解、容忍，已经到了让我没法忍心再滥用你的善意的地步了。"

"可这不是什么该死的善意,我说了,我爱你,小苒。从认识你的那天开始,你就没对我隐瞒过你有过去,我从来不认为我有找你要一个清楚明白交代的权利。"

"两个人想在一起,光有包容是不够的。我不应该仗着你的宽容,就一直含糊下去。我的……继母说的那些关于我的事,有一部分是真的,我的确在十八岁那年就离家出走,跟……一个男人同居了。"

田君培的心狠狠收紧,几乎想制止她讲下去,然而她看着他,目光明澈平静:"至于未婚怀孕、堕胎、介入别人婚姻和被包养,这些事我没经历过。"

"我相信你。"

"我确实想过,我的过去是我想丢弃、忘记的一部分,跟任何人无关,无须向谁坦白。但我错了,我可以不向普通朋友交代任何事,对男朋友不能这样,你的宽容让我显得很自私。君培,我没权利让你无条件接受你甚至不知道的一切,而是早就应该跟你讲清楚。"

"如果我说我并不介意呢?"

"你父母会介意的,君培。"

"跟你在一起的人是我,如果你对我有信心,就不会一想到我父母介意,马上退却。"

"不完全是你说的这样。你一直很好,好到让我惭愧。君培,我不能在没有足够爱你的情况下,让你一个人去承受压力。如果我不够坚定,那么由着你去对抗你父母的质疑、反对,我就是彻头彻尾的自私。到头来,我不能原谅自己。"

室内出现一阵寂静。过了好一会儿,田君培轻声问:"陈华是你能坦然对他自私的那个人吗?"

任苒涩然地说:"他是我十八岁时爱上的那个人,那个时候的爱情其实十分盲目自我,像飞蛾扑火一样,就算预计到了后果,也做不到不爱。等我学会理智生活以后,已经不知道我是不是还爱他。对不起,我不应该在自己这么混乱的时候接受你的感情。"

"我明白了。我没体验过很深刻的感情,一向不喜欢任何混乱,总认为一切应该在理智控制的范围以内。直到遇见你,我才知道那个想法自负得可笑。你是我唯一一次不受理智约束的体验。小苒,所以你无须向我道歉。"他站起了身,替她整理一下散乱的头发,"我走了,你好好保重。"

田君培走后,任苒心里充满歉疚与难受,呆坐一会儿,躺了下去。

她听到门开了,却懒得抬头,陈华拍拍她的肩:"任苒——"

她有无名的烦躁，将头埋入枕中，不理睬他，却只听到一个女人的声音关切地说："小苒，是不是很难受？"

她吃惊地睁开眼睛，发现站在床边的人除了陈华和他父亲，竟然还有祁汉明、祁家钰和肖钢，连忙挣扎着想坐起来，陈华扶起她，将枕头垫到她身后。他对他的父亲以及家人照例神情十分平淡，并没有特别地招呼，安排好任苒后便走开了。

"祁伯伯，家钰姐，肖钢，你们怎么来了？"

祁汉明说："听你爸爸说你受了伤，我们都吓坏了，当然要来看看。"

祁家钰走过来，弯腰查看任苒的手臂伤处，她却注意到祁家钰腹部微微隆起，显然是怀孕了。祁汉明注意到她的目光，笑着解释："小苒，你还不知道吧，肖钢跟家钰已经结了婚，快当爸爸妈妈了。"

她有些意外，可马上笑了："啊，太好了，恭喜你们。祁伯伯，家钰姐，你们快坐下来。"

祁汉明与任世晏坐在一边，祁家钰在床边坐下："要不是小宝今天要上学，我会带他来看你的。"

"不要带小孩子来看啊，烧伤的样子会吓到他。小宝都已经上小学了吗？真快。"

"的确很快。"肖钢笑着说，"这小子现在很有想法，他特讨厌我们再叫他小宝，如果不连名带姓喊他祁博彦，他就装聋作哑，根本不搭理你。"

提起小孙子，这几年颇显老态的祁汉明眉间含笑，连连点头，显然开朗了不少。

任苒不禁又惊讶又好笑，她对祁博彦的印象仍停留在他的婴儿时期。她努力想象一个读小学的孩子现在该是什么样子，可是眼前竟然一下浮现出祁家骏从前的模样，从小到大，他碰到讨厌的事情，也是摆出一副不理不睬的表情。她的眼睛一下有些潮湿。

祁家钰显然知道她在想什么，心下戚然，转移了话题："昨天没出大事真是万幸。小苒，你的房子需要维修，出院以后搬到我们那儿住吧。"

祁汉明也说："是呀，家里房子现成的，很方便。"

任苒好不为难，不过没等她说话，远远站在窗边的陈华开了口："不必了，任苒得住一段时间医院接受治疗。我已经安排人去维修她的房子，等出院时就能回家住了。"

任苒连忙说："谢谢祁伯伯，谢谢家钰姐，就不麻烦你们了。"

祁家钰也不勉强她，站起了身，转向陈华："家骢，请好好照顾小苒。任叔叔，我们先回去了。"

陈华点点头："谢谢你们过来看她。我送你们出去。"

任苒只见任世晏仍旧神思不属地坐在一边，一夜时间，他已经苍老憔悴了很多。她不禁担心，努力想找出点话题来："爸，家钰姐什么时候跟肖钢结婚的？"

任世晏强打精神地说："家钰这两年和她父亲一起打理祁氏，又要照顾家里，实在是很辛苦。肖钢去年结束了在澳洲的公司，回国向她求婚，我们都为他们两个感到高兴。"

"其实以前住在一起的时候，敏仪和我都看出来了，肖钢是喜欢家钰姐的，我们还拿他开玩笑，只有阿骏不相信。"想到这些旧事，她情不自禁微笑，可是能如此轻易回忆，又有一点吃惊，想了想，又问，"那小宝现在是谁抚养？"

"阿骏去世后，敏仪很愧疚，不顾她家里人的反对，签字把小宝的抚养权交给了祁家。也幸好这样，给了阿骏的妈妈一个寄托。"

"那就好。"

"小苒，爸爸对不起你。"

"爸，这不关你的事啊。"

"季方平失踪了，我找不到她。如果你想追究她纵火和蓄意伤害，让警察去追捕她，我能够理解。"

任苒吓了一跳："我没打算这样做啊。她当时只想放火烧房子，但没有蓄意伤害我的意思，动手之前她警告过我，让我出去。"

"她确实纵火了，而且带着汽油过去，尤其恶劣。"陈华已经回到了病房，冷冷地说，"任教授，你应该知道，你的女儿一向善良得有些傻。该怎么追究季方平的责任，不需要拿来让她做选择。"

任世晏面色灰败，痛苦地说："家骢，我不是想包庇季方平。但这件事我确实有责任，昨天晚上，我跟她说到了离婚，她情绪很反常，我没把她说的话放在心上。正是我没处理好跟她的关系，才间接造成她干出这种事，差点铸成无法挽回的局面。"

"爸，别说了，我明白的。她嫁给你八年，一天没离婚，她就还是你的妻子。你如果做出恩断义绝的样子，我反而会害怕。"她迟疑一下，想起季方平那个狰狞的表情，不禁心有余悸，"没必要把这件事闹大。我觉得她是心理出了问题，不打算告她。你去找她吧，让她接受治疗矫正，以后不要再干出这种事来。"

陈华一脸冷漠地看着她，却没有再说什么。

任世晏走后，任苒自我解嘲地说："我可不想因为这件事再弄得记者找上门来。"

陈华没说话，仍然盯着她，她终于被盯得不自在了。

"你这么看着我干什么？反正你一直拿我当可笑的圣母看，何必现在还感到惊奇？

以后请不要再说那些话去刺激我父亲，他已经够难受了。"

"以前你不过是听到你爸爸要娶季方平，就不惜离家出走抗议。现在她纵火，险些置你于死地，你倒可以全不介意，只让她去做心理治疗了事。任苒，我想知道的是这个：你究竟是宽容，还是根本心如止水没情绪了？"

任苒被问住了，只得认真想一想："我不宽容，我还是讨厌她，希望以后不用跟她有任何往来。可我的体会是，心底如果有负疚、自责、仇恨和化解不开的抑郁，要远比身体受伤难挨得多。走不出来的人会因此折磨自己，说到底，她也只是一个自私的可怜人，一心想为失败的生活找替罪羊而已。我要认真自省的话，不能说过去的事我一点责任没有。"

"很好，看来你打算否定你从前的一切——不该有那么强烈的憎恨，也不该有那么轻率投入的爱情。"

这个推论让任苒哑然。

"你后悔从前的一切吗？如果给你重来一次的机会，你会不会在听到父亲决定再婚后，哭上一场，闹几天别扭了事？"陈华走过来，向她俯下身，"没有负气去深圳找我，没有后来发生的一切。继续读书，和性情温和、爱你的好男人恋爱，到适当的时候原谅你父亲和季方平，一笑泯恩仇。找一份工作，结婚生孩子，过没有危险、平和顺利的生活——这样是不是更幸福？"

两人距离逼近，他目光锐利得让她更加无法抵挡。她只能勉力保持镇定。

"已经发生过的事无法改变，我们何必要再去假设？"

"我假设过。我的结论是，哪怕知道后来会给你带来那么多痛苦，我也不愿意没有遇见你。"

这个前所未有的坦白让任苒惊呆了，她张口结舌地看着陈华。

"你被吓到了吗？"他微微笑了，"是的，当年你已经清楚看到我最坏的一面，知道我冷酷自私到什么程度，居然还是爱我。到现在，也许我没什么改变，还是你见识过的那个自我得不可救药的男人。不过在被你爱过以后，我就舍不得放开你，让你去过没有这么多伤害的生活了。"

第三十章

  关于任家的大火，Z市日报的本地新闻版登出一则不起眼的小消息：位于Z大校区后面的一所有近八十年历史的老宅于昨日十一时左右失火，消防官兵接到火警后及时赶到，迅速扑救，制止了火势蔓延，没有造成人员伤亡和重大财产损失。消防部门呼吁市民提高防范意识，重视用电安全，经常检查并消除房屋内的安全隐患。

  任苒像看发生在别人家的事一样看完这则消息，没做任何评价。

  陈华替她翻到下一版，是整版整版的房地产广告，一个个带异域色彩或者豪华感觉的楼盘名字、各种蛊惑人心的宣传字眼扑面而来，仿佛人们孜孜以求的生活就在其中，只等你付出足够的钞票购买下来就可以尽情享用。

  他再翻，到了证券版，不外乎股票涨涨跌跌，这家公司发布消息宣布传闻不实，那家公司证实某个兼并即将实现，机构分析未来行情将是慢牛，不排除短期个股会有破位下行，股民提问求教某封闭基金是否值得介入……

  他再翻一页，到了娱乐版。某部大制作电影开机在即，主创人员对剧情三缄其口；当红小生温令恺亮相红地毯，引发粉丝尖叫，被问及私生女传闻，笑言清者自清浊者自浊无须多说……

  "不看了，我想睡觉。"

  陈华提醒她："三个小时前你才睡醒。"

  任苒不理他，用左手手肘撑着身子想躺下去。他看着她笨拙的动作，露出好笑的表情，将报纸放到一边，扶她躺下。

  "问你话你不回答，给你看报纸你嫌闷。真的再不打算跟我说什么了吗？"

她闷闷地说:"我说什么有用吗?"

"还是有用的。至少我刚才出去打了电话,叫他们找到季方平之后,让你父亲决定怎么处理她。"

她一下将脸从枕头中扭过来,吃惊地瞪大眼睛看着他。他笑了,摸摸她的头:"别用这么害怕的眼神看我,我本来也没准备对她动私刑。算她走运,你没事最要紧。"

接下来的烧伤治疗是一个没法让人轻松的过程,换药、削痂、植皮……每一样都十分痛苦。可是因为有陈华在旁边,这个过程似乎又变得可以忍受。

他并不说什么安慰的话,只是全天候在医院陪着她。白天,他在靠窗边的桌上放了笔记本办公,接电话时会自觉去走廊。隔了几天,他的助理阿邦突然出现在病房,再自然不过地跟她打个招呼,便开始向陈华汇报工作。她不得不暗暗佩服阿邦长期追随陈华锻炼出来的这份处变不惊。

陈华接过一部分护工的工作,喂她吃饭,督促她按时吃药,在她的要求下,帮她打开笔记本电脑,听凭她用能动的左手几个手指缓慢敲键盘继续翻译工作,不过看时间满一个小时,他便会过来逼她休息十来分钟。

晚上他就睡在病房内另一张床上。

连她父亲似乎也默认了陈华与她的关系,由得他留驻病房,每天来探视她,有什么事情便直接与他商量了。她知道,就算她反对也根本没用。

这样紧迫得没有间隙的相处,开头让任苒颇有一点喘不过气来的感觉。头一个和他共处的安静深夜,她怎么也睡不着,甚至疑心听得到他呼吸的声音。侧头看去,借着月光可以看到他的身体轮廓,病房提供的床对他来讲似乎短了一点。他安静躺着,没有一丝辗转。

她想,是不是长期的独居生活,让她已经不习惯有一个人日夜陪伴身边?她没法给自己一个答案。

"睡不着吗?"他的声音飘过来。

她"嗯"了一声。

"习惯了就好。"

这个安慰让她完全无语。

可是渐渐地,任苒确实习惯了陈华的存在。

当他头一次说必须返回北京处理一件事情时,她居然吃了一惊,可是马上意识到,以他的忙碌程度来讲,在她的病房里一待就是一周,已经不知道耽搁了多少公事。

他早上离开，第二天下午便返回了，以后都是这样隔个两三天便飞回去一趟。她说她恢复得不错，尤其左手已经可以自由活动了，不再需要人贴身照顾，他也只当没听见一样。

两个星期以后，除了右手需要继续治疗外，其他地方基本痊愈，医生批准任苒出院。在她的坚持下，她搬回了家，发现房子已经全部修整完毕，从外面看与过去没有两样。

她上楼走进主卧室，只见里面烧毁的家具全被搬走，墙壁、天花板粉刷得雪白，重新铺过的地板甚至特意选的与旧时地板相同的材质，除了崭新得与这老房子不相衬外，再看不出一丝那天火灾留下的痕迹。对着这间空荡荡的卧室，她不能不有点儿伤心，可也只得理智地告诉自己，这算不错的结果了。

"等你完全好了，再重新买家具布置吧。"陈华在她身后说，"房子所有的锁都重新换过，在外面院子加装了报警装置和摄像头，应该不会再有人能随便闯入。"

她感激他的无微不至，却不知道该怎么表达才好。不过他并不介意她的沉默，仿佛两人之间根本无须有丝毫客气。

陈华根本没征求任苒的意见便在客房住下。任苒只得自嘲地想，既然所有人似乎都默认他是她的男友，她再说什么也是多余。这回好歹是住在她的家里，不至于再被人说给他包养了。

他依旧照顾着她，保持着那样来来去去的生活节奏。

任苒的生活变得十分有规律。陈华的车早就由阿邦开到了Z市，他按时开车送她去医院检查换药，去除右手背上的疤痕增生。据医生说，要避免右手功能受到影响，这个治疗过程要坚持一段时间。

每天早上，他们出门散步，然后回家，分别继续工作。下午任苒会休息一下，再继续翻译，手指不便，大大影响了她的进度，不过陈华坚决不允许她熬夜赶时间。

她回来第一天，就将厨房里的普洱茶和茶具扔掉了。这天看到柜子里收得好好的虹吸壶、酒精灯，突然动念，在网上订了现磨的咖啡粉让人送来，打算自己试着煮咖啡。可是她的右手仍行动不便，单手折腾了一会儿，不得要领。陈华探头进来一看，吃了一惊，马上进来制止了她。

"你倒是一点阴影没有，烧伤还没好，居然来折腾酒精灯玩。"

"我想喝咖啡。"

"我出去给你买。"

"我要喝现煮的。"

他没办法："老实坐在一边别动，我来。"

他也没用过虹吸壶，拿了笔记本过来，上网搜索了一个方法，研究了一会儿，开始照着操作。任苒一边回忆当年妈妈的操作步骤，一边指点他。

"水泡变大了，要把上座扶正，咖啡粉放进去。"

"我想起来了，得再放一点儿咖啡粉。我妈妈以前是煮我爸爸一人份的，所以只放十五克，我们两个人喝，得加一倍。"

"可以用木勺搅了。"

"喂——你小心烫到。"

陈华并不理会她，移开酒精灯，迅速摇动上座拔离下座，将下座的余水倒出，再迅速将上座插入下座，一连串动作一气呵成。他用湿毛巾擦拭着下座，看着咖啡带着丰富的泡沫向下落着，香气开始充盈整个厨房。

他突然意识到，任苒有一会儿没说话了。他回头一看，她的表情怔怔的。

他记得她曾说过，她妈妈生前每天会为她父亲煮咖啡，想必就是在这个厨房里，用这个虹吸壶。他没说什么，只摇着下座，让煮好的咖啡混合均匀，然后分别倒进两只咖啡杯，替她那一杯加糖加奶进去，递给她："尝尝。累死我了，不许说不好喝。"

他自己尝了一下，毕竟是第一次尝试，火候掌握得不够好，味道平平，远不及好一点咖啡店里出来的成品，不过任苒却笑了："好喝，以后我也要多练练，自己煮的比外面卖的香得多。"

他哭笑不得："等你伤好了，每天煮给我喝。"

"好。"

厨房里一阵静默，似乎在一瞬间，两人同时意识到，她说的这一个字，远不止答应煮咖啡那么简单。

她一下站起了身，并不看他："我……得去接着翻译了。"便匆匆走了出去。

陈华坐在原处没动，慢慢喝着咖啡，嘴角泛起了笑意。

这天，陈华照例返回北京后，头一次过了整整一天还没回来，只打来电话说有要事，恐怕会过几天才能脱身。他早将她的生活安排得十分妥当，钟点工会按时过来做饭，同时交代着要她注意休息，不许去用虹吸壶煮咖啡，不要熬夜赶翻译的进度。

任苒放下电话，居然泛起几分惘然。

她只得承认，她已经习惯了有他在身边。

习惯如此迅速而轻易养成，就像她从来不曾习惯没有他的生活，这一点，她无法解释。

陈华在北京滞留的时间再一次延长,他给任苒打来电话,并没有解释,只让她什么也不用担心。

这天,她独自出门散步。天气进入初夏,渐渐开始热了起来,她为了遮掩烧伤痕迹,仍然穿着长袖衣服。路过一处报摊,她停下来买一份报纸,却意外看到了新一期的财经杂志,封面景深拉开的那个肖像,竟然是陈华的侧影,下面两行大字标题写着:一个神秘富豪的前世今生,一个商业王国的传奇背后。

她头一次看到陈华出现在公开发行的刊物上,心脏不禁加快跳动,连忙买了一份,匆匆折返回家,打开来细看。

报道正是章昱写的,篇幅很长,而涉及的时间跨度大得让任苒惊奇。

他从陈华还叫祁家骢的时候开始写起。

第一节的重点是分析当时年仅二十四岁的祁家骢神秘地成为中国早期私募界的传奇人物,顶着众多光环,有传言说他在期货市场创下奇迹,短短两个月内,将一笔五十万的资金变成了三千万元。口耳相传之下,他成为私募市场上的一块招牌,不计其数的资金争相涌向他。他手头掌握了金额庞大的基金,还参与了证券市场的资金拆借,也就在那个时候,他卷入了后来震动证券市场的喻良洪一案。

喻良洪神秘出逃后,祁家骢与深圳另一名以手段狠辣著称的富豪朱某由合作到突然反目成仇,引来不少传言。随后不久,他被证监部门冻结账户操作,不败神话一夕之间终结,声名狼藉,在私募界无立足之地,从资本市场消失了近两年时间。等他再次出现时,已经改名换姓,以陈华这个名字悄然开始创办亿鑫。

第二节中,章昱试图还原祁家骢化身为陈华的发迹轨迹。看得出他做了很多功课,采访了很多人,但人言人殊,并没有人能给出一个权威的说法,反而让亿鑫的发展过程更显得扑朔迷离。

其中最惊人的一点是,有不愿意透露姓名的人士称,陈华实际上是以某种手段占有了喻良洪出逃后随之消失的大笔资金。他蛰伏了足够的时间,便换了身份东山再起,以超前眼光进入了商业地产领域,几年间获利颇丰,挟巨资重新开始征战资本市场。也就是在这一阶段,陈华极有远见地参与了某家保险公司的资金募集,仅此一项,获利就已经无法估算。

到第三节,写到亿鑫目前的状况,这一节引用的数据资料最为翔实。据他分析,亿鑫在去年达到了发展的顶峰,投资领域进一步扩大,进行谨慎的多元化尝试。但也出现了诸多问题,最明显的就是在J市铩羽而归,因为某个贿赂丑闻退出兼并一家冶炼厂,中止收购中部地区最大的民营钢铁公司旭昇集团。据他调查及业内人士保守评估,这项投资计划的损失高达数亿，同时也影响了整个中部地区的投资进度，存在资金问题，部分项目甚至一度被迫搁置。

她再往下看第四节，发现多少与她有了一点关系。

失踪近十年的喻良洪前不久突然在加拿大被人认出，他已经改名换姓。当年那起虽然审结但存有极大争议的证券案重新浮现在公众视野，据说该案造成的资金黑洞远远大于公开报道。

有消息称，相关部门正考虑争取引渡喻良洪回国受审。而曾与喻良洪有过合作的人都受到质疑，其中包括陈华，他的改名换姓对应喻良洪的行为，显得尤其引人注目。

章昱并没有直接点出任苒的名字，但指出陈华从去年下半年在一级市场上的某些动作存在明显疑点，经他调查，掌握有足够证据，能够证明陈华曾利用未经本人许可的账户进行ST股的投资，他以此质疑亿鑫在证券市场的整个运作是否合法。

任苒心烦意乱地丢开杂志，回想那一次接受章昱采访的过程。当然，她那时实在太过吃惊，一开始便直接承认了对账户一无所知。她猜想，所谓证据大概就来源于此。

她想了想，打陈华的手机，接听的人却是阿邦。

"任小姐，陈总在开会，等会议结束后，我请他打给你。"

这个会议持续的时间十分漫长，她努力想静下心，打开笔记本，继续做翻译工作。然而她却情不自禁想起过去在广州时，祁家骢北上处理陷入困境的事业，她打电话过去，也是阿邦接的。这个联想带着如此不祥的意味，一下让她的心情更加糟糕。

她勉强翻译了几页，走出去，坐到院子里樟树下的椅子上，深深呼吸。

这是从前她与祁家骏常坐的位置。跟所有的孩子一样，只要天气够好，他们更愿意待在室外。

祁家骏一直毫不讳言，喜欢她家的气氛远胜过自己家。他们从小学开始就念一所学校，放学后，他多半会直接陪她回家，在这里做作业，跟她聊天，吃着她妈妈方菲做的小点心，有时干脆留下来吃晚饭。两家人都习惯了他待在这里的时间远多过待在自己家里。

那些单纯而快乐的日子，没来得及沾上尘世烦恼，却似乎更显得轻飘飘的，没有重量感，转眼便已经随风逝去。

再回过头去，那仿佛是另外一生的生活，也只有在经历了一切以后才知道，幸福曾经来得如此平凡而真切。

她平静了下来，对自己说，已经发生的事情再无法改变，该来的总归会来。

陈华到傍晚时分才打来电话。

任苒向他坦白,她曾对章昱承认过对名下账户一无所知,不知道会不会招来针对他的调查。他却好像全没当回事。

"你看过财经杂志的报道了吗?别担心,没什么,生意有赔有赚,很正常,谁也不能保证只赚不赔。"

"你别瞒着我,需要我去主动说明,收回那些话吗?"

"不用了。关于这一点,我已经做了说明,明天证券报刊应该会登出这样的消息:任苒小姐是我的未婚妻,我们计划不久后结婚,她的账户一直交由我操作。希望你不要吃惊。"

她被结结实实地吓到了,好一会儿说不出话来。陈华在电话中轻声笑了:"你如果拆我的台,发声明否认这一点,那就真热闹了。"

尽管这显然是一个玩笑,可是他的轻松语调莫明其妙地激怒了她。她吸一口气,冷冷地说:"很好,跟往常一样,一切尽在你掌握之中,我多余操心了。"然后挂断了电话。

只隔了一会儿,手机再度响起,她不理会,但那铃声极有耐心,毫无停顿地响着。她知道必定拗不过他,只得拿起来接听。

"在刚才的会议上,我辞去了亿鑫董事长的职位。"

她再度惊得目瞪口呆。

"我得到可靠消息,喻良洪被经营地下钱庄和洗钱生意的人弄得一贫如洗,在加拿大接近山穷水尽,很可能会跟有关部门达成协议,主动回国受审,换取宽大处理。他回来就意味着旧案重提,我也可能接受调查。"

"你真的占用了他挪用的那笔资金吗?"

"连你也来问这个问题。"他苦笑一下,"当然没有。否则当年我也不用那么狼狈,被朱训良折腾到山穷水尽一文不名,后来还要接受你的钱。"

任苒心底一松:"那就好。我看章昱的报道最尖锐的也就是两点:你的资金来源是否与喻良洪有关,你是否涉嫌非法交易。既然这两点都能洗清,你何必一定要辞职?"

"他的报道也提到亿鑫中部投资计划失败,损失巨大,一些项目面临资金问题,这一点他确实没有夸张。"

"资金问题严重到需要你辞职吗?"

"那倒不至于,资金问题通过合理调度是可以解决的。不过一旦接受调查,时间不好说,会影响到股东、银行的信心,直接威胁接下来各地其他投资项目的进展。在这种情况下,我继续担任亿鑫董事长并不合适。于是我选择了辞职。"

她一时不知道该怎么安慰他才好。他却突然说:"明天我就回Z市,我们结婚吧。"

她烦恼地说:"你还有心思开玩笑。"

"我当然没开玩笑。除非你嫌弃我事业遭到重创,还有可能惹上官非,不肯嫁给我。"他语气略带调侃,"那我就只好知趣走开了。"

这样真真假假谈下来,她实在招架不住了:"你明天回来再说吧。"

第二天上午,陈华便坐早班飞机回来了。他打量任苒的手:"幸好左手差不多好了,不然戒指都没法戴。"

任苒不由自主地看着自己的左手,从手背到手臂,留了一些不规则的色素沉积斑痕,不过相比深Ⅱ度烧伤、至今疤痕累累的右手而言,情况确实要好得多。没等她念头转完,他已经从口袋里拿出一个深色丝绒盒子打开,取出一枚钻戒,拿起她的手,利落地套到她的无名指上。

她惊愕地抗议:"喂,哪有你这样自说自话的!"

他执着她的手,欣赏戒指戴在她手上的效果:"很不错。有人建议我不要买太大只,说你肯定会嫌俗气招摇,果然这个样式看上去很衬你的手。"

"谁建议的?阿邦吗?"她想不出别人,也实在不相信阿邦会对他提出这种建议。

"当然不是。"陈华坦白地说,"是吕唯微建议的,戒指是她帮我挑的。"

她吃惊之余,简直哭笑不得:"让前任女友陪你买戒指,只有你会做这种事情。"

"你介意吗?"

她发现这是一个几乎没法回答的问题,如果她说介意,差不多是跟一个坦荡洒脱的前女友吃无名醋;如果她说不介意,就相当于认可了他这样的求婚。

她低头,手被握在他的掌心,左手无名指上的戒指是一粒品相完美的一克拉钻石镶嵌在白金指环上,折射日光,晶莹夺目,衬得她纤细的手指十分秀丽,确实很符合她的审美。

她抬起头来正要说话,却只见陈华紧盯着她,再无调侃之意。她从来没有在他眼睛里看到如此燃烧的眼神,仿佛在一瞬间将她照得通透,无从回避,无从遁形。

她答非所问地说:"帮我煮杯咖啡吧。"

喝完咖啡后,任苒说:"陪我去我妈妈下葬的陵园,好吗?"

陈华当然同意。

方菲葬在Z市市郊的一座陵园,这里背靠山脉,苍松翠柏郁郁葱葱。两年前,祁家骏的骨灰由祁家钰带回国,也安葬于此。

任苒在车上给祁家钰打电话,问到了祁家骏墓地的编号。

到陵园后，她买好了两束马蹄莲，先找到祁家骏的墓。陈华在稍远的地方停住脚步，低声说："我在这里等你。"

她点点头，独自走了过去。这是她头一次来祭扫他。

上一次她来陵园看妈妈，还是祁家骏陪着她，人世如此无常。

她将鲜花摆好，伸手轻轻抚摸镶在汉白玉碑上的那张照片，初夏的阳光耀眼地照在上面，祁家骏年轻的生命被定格在这个神采飞扬的瞬间。

"对不起，阿骏，我现在才来看你。"她在心底说，"虽然白医生说过，只有停止想念，你才会无牵无挂去往极乐世界。可我还是忍不住要挂念你。"

她透过泪光看去，照片上的祁家骏微笑着，没有他平素沉默时会带的那一丝阴郁。他们的生活有那么多重叠的时光，她竟然一点儿也想不起来，这张照片拍摄于什么地方。

那又有什么关系？

他在微笑，从小到大，他们生命中都有那样摆脱所有烦恼的快乐时刻，年华荏苒，时光慢慢走远，可是幸福的回忆已经永远铭记于心底，无法磨灭，无法放弃。

良久，任苒站起了身，她和陈华并肩向前走去，到了她妈妈墓前。

她走过去，将鲜花放在方菲的墓碑下，轻声而清晰地说："妈妈，他是祁家骢，我要跟他结婚了。"

尾声

生有时，死有时；裁种有时，拔除有时；杀害有时，医治有时；拆毁有时，建造有时；悲伤有时，欢乐有时；哀恸有时，舞蹈有时；同房有时，分房有时；亲热有时，冷落有时；寻找有时，遗失有时；保存有时，舍弃有时；撕裂有时，缝补有时；缄默有时，言谈有时；爱有时，恨有时；战争有时，和平有时。

凡事皆有定期，万物皆有定时。

——《圣经传道书》

从医院出来，任苒闷闷不乐。她身体其他部位已经基本痊愈，只有右手手背因为疤痕增生，再次做了削痂手术，过程当然说不上轻松。看着包裹起来的手背和从纱布边缘延伸到手臂的疤痕印记，她没法开心起来。

祁家骢发动车子，开玩笑地说："我们昨天才注册，标准的新婚啊。虽然是我逼婚，你也放开心点儿好不好？我带你去海边度蜜月。"

她说："去海边？我又不能游泳，看看这些疤，你想让我穿泳装给人围观吗？"

"昨天晚上就是因为这个不让我进你房间吗？"

任苒的脸一下涨红，简直有些恼羞成怒。可他不等她说什么，耸耸肩："那好，洞房我不要求了，蜜月总得给我吧。我们现在就动身。"

她无可奈何："去什么地方？"

他笑道："你拿一点点以前的态度对我吧，别问去哪儿，跟着我走就是了。"

他开车带她回家收拾了简单的衣物，出城上了高速公路，看看道路前方悬挂的标识，她突然知道，这是开往北海。

对任苒来说，不问去哪里很容易做到。可这是她曾经走过的一条路，她也早就已经学会了前行时先抬头辨明方向，再不可能在前路茫茫、对目的地一无所知的情况下，只看到身边那个人，靠在他的肩头，便满心充盈喜悦，不疑不悔了。

这个念头蓦地掠过心头，她有异样的惆怅与伤感。

祁家骢似乎知道她在想什么："现在真的很难给你意外惊喜了。"

"所以有些男人专爱少女啊，她们对一切感到新鲜，永远可以睁大眼睛发出开心的尖叫，多让人满足。"

他无声地笑了，侧头看看她："我听出来了，这是在讽刺我终于流露出让你鄙视的大叔气质了。"

她只得认输，转移话题："至少昨天被你拖到民政局，已经是很大的Surprise，足够我惊喜很久了。"

尾声

他想起昨天的情景，不禁莞尔。

"你真不用去上班，再不管亿鑫的事了吗？"

"你怕我提前过退休生活，一路大叔到不可收拾的地步吧？"

"不用这么死揪住我以前一句话不放吧？"

他笑了："从去年下半年开始，亿鑫就逐步转由一个海外机构控股。章昱如果再耐心一点深挖下去，大概会用更惊悚的标题描写我了。"

任苒马上明白，祁家骢已经转为幕后控股了。虽然她早料想到，以他的决断能力，不至于被动到因章昱一篇报道就穷于应付，但听他亲口承认并没失去对亿鑫的控制，毕竟放心了许多。

"也只有你听到这消息，不仅不生我的气，还会流露出松一口气的表情。"

"我为什么要生气？"她愕然，想了想，"对，我不生气。别人为我牺牲，不会给我带来满足感，倒可能让我负疚。你没事，我当然开心。"

"也就是说，你答应嫁给我，并不是因为负疚，觉得接受章昱采访连累到我，不好意思再拒绝我了？"

她拒绝回答这个推论，伸手按车上的CD播放键："你好像说过开习惯了奔驰，不喜欢再开别的车。怎么这段时间一直开这辆路虎？"

他明知道她是转移话题，却也并不穷究："我发现我以前的某些固执没有用对地方，放弃也罢。"

车开到北海，两人上了去涠洲岛的班轮，一个多小时后登岛。任苒向码头外走，祁家骢拉住了她："我们去双平。"

她不解地说："可是双平度假村不是在岛的那一端吗？"

他牵着她的手，向停在码头边的一艘快艇走去："当然不是去度假村。"

上去以后，他对船员交代几句，快艇马上启航，向东南方驶去。

任苒拢住被风吹得飞扬的头发，疑惑地问："我听说双平岛一年多以前就开始封岛保护珊瑚资源，游客没法上岛游览了。"

"涠洲岛几年前开始旅游开发后，游客日益增多，环境多少受到影响。三年前，环境部门监测到双平周边的珊瑚资源急剧减少，我赞助了一个封闭小岛进行环境恢复的科研计划，科研人员定期过来观测，我过去看看还是可以通融的。"

她不得不承认，他还是成功地给了她意料之外。

快艇航行在大海上，有一种在浪尖上飞掠而过带来的速度感，让任苒惊异。她紧紧抓

279

住面前的栏杆，而祁家骢从她身后圈住了她，用衣服裹住她的右手，以免水花溅上去。

他轻轻抚着她的手臂："我找不到原来的那条疤痕了。"

任苒知道他指的是她刚见到他那天摔伤缝针后在右手肘留下的那道痕迹，已经被手臂烧伤后新生的疤痕覆盖了。她只能苦笑："适应一下新的疤痕吧，还真是不少。"

"别担心这个了，你还是你，你跟我在一起，这对我来说就足够了。"

只用了半个多小时，快艇就走完了从前渔船一个半小时的路程。踏上小岛，任苒有一丝恍惚。

眼前的村子，似乎没有任何变化。

一群鸡一边叫着，一边扑腾着从他们面前连飞带跑地散开，搅得尘土飞扬起来；仙人掌开着热烈的黄花，上面结着紫色的累累果实；杨桃压得枝头低垂。

这个时间，村里的男人照例已经出海捕鱼，只剩晒得黑黑的渔家孩子悠闲游荡着。他们羞涩而好奇地看着他们，一边相互唧唧呱呱地说："是不是又有科学家过来了啊？"几位织补着渔网的大婶抬头跟祁家骢打着招呼，看到任苒似乎也不意外。

他们走到村子后面阿邦家的老房子，但阿邦的母亲没像过去那样坐在门口。

"阿邦把他妈妈和姐姐、姐夫接到北京去了。不过老太太总吵着想回来。"

祁家骢带她穿过前院，走向后面那间独立的房子，门还是一样没有锁，只虚掩着，轻轻一推，发出"吱呀"一声响，缓缓开启。

高高的门槛、低矮的空间、斑驳不平的墙面、悬在房间中央的白炽灯泡、桌子上的煤油灯、老旧的木床、红花土布的被子……

一切依旧。

他们走过了年华，走过了岁月，然而，时光至少在这个地方止步了。

不管逝去，还是继续生活在这个喧嚣尘世，不管天堂与极乐世界是否真正存在，那些仇恨、愤怒、爱而不得的伤痛……渐渐消散。他们经历的一切，都不是过眼云烟。苦难也好，幸福也好，构成了他们的记忆、生命和生活。

这就是时间给他们的礼物。

|正文完|

番外
——为了相聚的别离

1

任苒第一次看到雷珊珊，是到双平的第二天夜晚。

岛上没有路灯，但那晚天色澄澈，月明星朗，一片清光映着海上波光，她独自到海滩上散步。

离得远远，她便看到一个十来岁的女孩子正在沙滩上打着电筒抓螃蟹，动作娴熟利落，她好不新奇，眼都不眨地看着她。

那女孩子直起腰，回头看她："你没见过螃蟹吗？"

"见过。不过我没见过怎么抓螃蟹。"

"很简单，我教你。"

确实简单。

沙滩上不时出现横着爬行的螃蟹，在手电筒光柱中，它们来去匆匆，仿佛正执行某个神秘的任务。看到之后，再弯腰伸手去抓，多半会落空。最佳策略是伸脚轻轻踩住，再弯腰抓起丢进桶里。

那女孩子一边说一边操作，任苒在旁边有样学样，但好不容易踩到一只螃蟹，抓起时被蟹钳夹到，大叫一声，忙不迭甩开。她笑得前仰后合。

"抓螃蟹的背啊姐姐，你怎么送手指去给它。"

任苒也笑，将被钳伤的手指放进嘴里吮一下："再来再来。"

尽管小心翼翼，她也没法做到像那个渔村女孩子那样熟练，时不时被钳到叫出来，可是兴致丝毫不减。两个人一起，很快便装了半桶。

那女孩说："够了够了，我妈妈说不能贪多，够吃就可以了。"她手脚麻利捡出大的装了一塑料袋递过来，"给你。"

"我拿这干什么？"

"拿回去做螃蟹粥，听说城里人都喜欢吃这个。"

"我不会啊。"

"哦，"那女孩子"哗"地一下将螃蟹倒回桶里，"那你明天中午来我家吃吧。"

任苒才刚来一天而已，除了和阿邦的母亲有过简短对话，根本没和其他村民说过话，没想到突然接到一个做客的邀请，一时有些迟疑。

"你知道我是谁吗？"

"你不是邦哥老板的老婆吗？"

任苒一下涨红脸，张开嘴想说什么，但记起阿邦将她与祁家骢介绍给母亲时确实就是这么说的，想来岛上其他人也都已经认定了她的这个身份，再去一一辩解说"不，我只是他女朋友"，似乎有点可笑。

那女孩子显然没理会她的心理活动，拎了桶便走，一边说："我家就在邦哥家出来往左走，门口种了杨桃树的那家。"

等话说完，她已经走出好远，剩下任苒一人发呆。

任苒对这个邀请实在有些摸不着头脑，她心神不宁地问祁家骢："你说她是认真请我过去做客，还是随便讲讲客气话。"

祁家骢有点好笑，又有一点不耐烦："这有什么可多想的，你去看看不就知道了。"

"可是她都没说她叫什么，也没问我的名字。"

然而祁家骢没有作答。

什么问题到祁家骢那里都似乎变得特别不成问题，任苒只好闭嘴。到了中午，她出门向左走。村民的房子疏疏落落，每一户都隔着一定距离，看上去都与雷家差不多，用火山岩盖成，只有一层，而且低矮。不仅如此，每家门口都种着树，散养的鸡大摇大摆地从她眼前穿过。

到处都是长得高过她的仙人掌，还有鲜艳的花，然而差不多所有植物都是以前未曾见过的,到底什么树是杨桃树?任苒感觉陷入了一个植物学难题,而且还没法去找人解惑,这个时间村子里人很少,坐在门口纳凉的老人家似乎听不懂她问什么,而他们说的话她也根本听不懂,只能赔着笑点头走开。

好在村子实在不大,她走到头,再快快往回走时,终于看到了那女孩子对她招手:"快来快来,粥已经煮好了。"

任苒进屋,里面一张桌子已经摆了煎鱼和几样小菜,旁边坐了一对老年夫妻,那女孩子按着她坐下,仍然没有给她介绍的意思,快手快脚端出一碗碗粥。最后出来的是一个身材矮小、面目黧黑的中年妇人,笑眯眯对她说着话,讲的不全是本地方言,而是夹杂着一点点普通话,配合表情猜测,当然是叫她快吃。她接受的家教是要礼貌周全,本来打算对贸然来访表示歉意,然而在这里全用不上,大家都端起碗开始吃粥,她也只好和他们一样吃起来。

"真好吃。"

任苒将一碗粥吃得干干净净,完全不是出于客套地由衷夸赞。那妇人的脸笑得皱起,女孩子也得意:"我说吧,我妈做的螃蟹粥最好吃了。"

"能教我做吗?"

那妇人马上点头:"我再煮一锅,你带回去给你家男人吃。"

所谓"你家男人",当然只可能指的是祁家骢,任苒决定习惯这个称呼。

大家吃完,收捡好碗筷之后,母女俩带任苒去后面厨房,妈妈叫女儿生火,从桶里拿出几只仍在张牙舞爪的螃蟹,先洗刷干净,然后放入蒸锅蒸熟,再用刀斩开,剔了蟹肉出来,和敲碎的蟹钳一块放入砂锅里,加入米、食用油、姜丝和水,等烧开后,调成小火煮着。

做这些事她一气呵成,和女儿抓螃蟹时一样,动作麻利,同时解说着步骤,只是她带着浓重口音,女儿需要在旁边不时加以注解。

任苒一直都看得格外认真。等粥煮上后,妈妈出去忙其他事,不时进来看看火候。任苒和那女孩子仍坐在厨房里,不时添着柴。

粥在灶上煮得"咕嘟"作响,任苒盯着灶中跳动的火焰,不禁想起妈妈在家做饭的日子,心里一酸。

"你怎么了?"

"哦,没事,烟熏的。"

"风向那边吹呢,你坐这边来一点。"

她依言挪过去一点，突然悄声问那女孩子："你叫雷闪闪吗？"

那女孩子一怔，随即笑得揉肚子："我叫珊珊，珊瑚的珊。我妈说她生我之前总是梦到各种各样的珊瑚，所以给我取名珊珊，幸好没叫我雷瑚瑚。"

她和雷珊珊笑成一团。雷妈妈进来，先看看粥，再不明所以地看着两个女孩子，也笑。

停下来后，她告诉雷珊珊："我叫任苒，我的名字也是妈妈取的。"

就这样，任苒在双平交到了一个朋友。

2

雷珊珊那年十五岁，身材像双平其他人一样，皮肤微黑，身材偏矮小。她在涠洲岛上读寄宿中学，平时她隔一周搭船回一次双平，此时正逢她放寒假。

过去她并不热衷回家，倒不是要逃开妈妈的唠叨，而是双平实在太闷了。村民陆续外迁，以前近两百户人家，已经只剩不到三分之一，更重要的是，几乎没有与雷珊珊同龄的孩子。

大部分村民放弃了看天吃饭的渔民生活，外出打工，把小孩带到教育资源更加丰富的地方。但雷珊珊的祖父有严重的风湿，祖母也接近失明，两人都不愿意离开生活一辈子的地方，她的父母只能无奈留下，父亲继续出海打鱼，母亲照顾着老人，而她的哥哥读到初中毕业后无心上学，便去广州打工了。

任苒来了之后，雷珊珊不再觉得假期无聊了。

她带着任苒走遍了双平岛那些有趣的地方。说走遍，听起来似乎有点夸张，但小岛不过两平方公里，做到这一点并不困难。

任苒看上去对每一个地方都感到新奇，而雷珊珊更想听到任苒来自的那个世界的点点滴滴。

"你坐过火车吗？"

任苒点头。

"那飞机呢？"

"也坐过，但我不喜欢飞机，飞行过程会很紧张。"

"那你最远去过哪里？"

任苒想了想："应该是深圳吧。"

雷珊珊有点失望："我知道深圳，离我哥打工的广州很近的。"

"是啊。"

"我最远只去过北海。"雷珊珊看着远方的海平面出神,"村子里走得最远的人就是邦哥,他去过北京。不过邦哥说他远远没有他老板走的地方多。"

任苒不免好奇:"那你有没有问过他最远去过哪里?"

雷珊珊摇头:"他成天冷着一张脸,跟谁都不讲话,看着吓人,我才不会去问他呢。"

任苒没想到祁家骢在小女孩眼里是这样的,一怔之下,忍不住笑出来:"还好啦,他其实……"

她停住,不太知道该怎么给祁家骢辩护。说他其实外冷内热,没看上去那么拒人于千里之外吗?然而,一起生活了一段时间之后,她知道他的冷并不只是一个面具而已,他周身散发的冷漠,的确能让一般人自觉后退一步。

好在雷珊珊对祁家骢根本没有兴趣,拉着她的衣袖,指着不远处礁石的下面说:"快看,那里有几个好大的海胆。"

雷珊珊踢掉鞋子去捞海胆。任苒看得提心吊胆,不断提醒她:"哎,你小心,别被扎到。"

待雷珊珊将海胆带上岸,拿出随身带的小刀,熟练地找到海胆切面上的小小洞口,一剖两半。沿着海胆壳,把里面那个海星状的黄色部分轻巧地挖出来,直接递到任苒嘴边,她一直微张的嘴吓得顿时闭上。

"吃啊,很好吃的。"

"这……至少要做熟吧,我吃过海胆蒸蛋。"

"那是运去了档口,已经不新鲜了才要做熟吃,你尝尝,好吃得不得了。"

任苒心里一万个不情愿,但在小姑娘殷切目光的注视下,不忍拂了这份好意,将心一横,闭上眼睛,一口吃进嘴里。

等她睁开眼睛时,雷珊珊仍看着她:"怎么样?"

她大力点头:"好吃。"

这不是礼貌性质的客套。海胆就如同雷珊珊预报的那样:鲜美而又丰腴,微带甘甜,对于味蕾来说是一种全新的味道,完全没有预想中的腥气。

两个人将海胆分吃完,任苒满足地夸赞:"你太厉害了,珊珊。"

雷珊珊好笑:"我哥潜下去抓鱼可以闭气三分钟,我看过时间,那才厉害呢。"

隔天傍晚时分，雷珊珊正坐在门前那棵杨桃树下发呆，任苒来找她。

"走，我们去海滩上等渔船回来。"

雷珊珊知道，那位冰山一样的祁先生一早就上了她爸爸的渔船，一同出海打鱼去了。村子里那些成年男性每天都按时出海，而女人和小孩子则会在这个时间去海滩会合，一边织补渔网，一边远眺大海，等着第一艘返航的渔船出现在视线中。

她摇头："我不去。"

"为什么？"

雷珊珊垂下眼帘："我从小就不喜欢我妈眼巴巴坐在海滩上等的样子。以后我才不要像她一样。"

任苒呆了一下："可是她等的是你爸爸。"

"我爸对她不好，喝醉了酒就打她。"

任苒怔住，她知道渔民大多喜欢喝酒，但从来没想过还有打老婆这个可能。

雷珊珊耸耸肩："你不知道这里好多男人打老婆的吗？"

"可是……"任苒嗫嚅一下，"你爸看着很和气的样子。"

"他喝多的时候就完全不和气了。"

任苒在她身边坐下，看上去有些沮丧。过了好一会儿，她轻声说："我爸爸对我妈妈也不好。"

"他也打人？"

任苒涩然一笑，摇头："不，他是知识分子，平时连重话都不会说，当然更不会动手。是另一种不好法。"

"那他对你呢？"

"他对我是很好的。不过……我没办法像小时候那样爱他了。"

"那祁先生对你好吗？"

任苒一下被窘住："他……当然，是好的。"

"嗯，那就好。我以后不会找像我爸爸那样的人结婚。"

"你才十五岁啊，小姑娘，怎么会想到这个问题。"

"我妈十八岁不到就结婚了，你不也才大我不到四岁吗？"

任苒一时无言以对。不过雷珊珊并没打算和她抬杠，她想的是别的事情。

"我也肯定不会跟我妈一样那么早结婚的。等初中毕业了，不管我爸说什么，我都要去读高中。"

"然后呢？"

三年以后的事情就不在雷珊珊规划之内了，她迟疑一下："也许去广州找我哥，和他一起打工。"

"可是你既然这么喜欢读书,应该把目标定得更远一些,争取考上大学。"

雷珊珊的哥哥只读到初中,这里根本没人读到高中,至于大学,完全超出她的想象范围,她连连摇头:"我爸连高中都不愿意让我上呢,他老说家里的钱都要存起来给我哥结婚用。"

"读高中花不了多少钱啊。"

"涠洲岛上只有初中,我要读高中,就要去北海市区住读,学费是没多少,但生活费肯定比现在高。他当然舍不得,老说女孩子读书没什么用。"

"怎么可能没用呢?读了大学,可以看更大的世界,也能找到更好的工作。你不是一直说想去很远的地方看看吗?"

"你不也没读大学吗?"

任苒看上去有些张口结舌。

"我哥告诉我,城里的女孩子结婚很晚,家里人都会让她们读书。为什么你要早早嫁人。"

"我……其实还没有和他结婚。"

轮到雷珊珊张口结舌。

双平渔村因为与世隔绝,保留着不少旧时习俗,基本没有结婚需要登记这个概念,包括她父母在内,都没去民政部门领取过正式的结婚证,但他们要有媒人,有正式的婚礼,才成为众人公认的夫妻。没人想过离婚这种事,而未婚住在一起,在双平这个地方是不存在的。

她记起在涠洲的同班同学曾隐秘含混地谈到亲戚家一个女孩子的经历,一下跳起来:"是不是他骗了你,难怪我觉得他不是好人。"

任苒脸涨红,拉她坐下:"不,他不是坏人,我是心甘情愿和他在一起的。他从来都没骗过我。"

雷珊珊无法消化这件事,一脸的不相信。

"那他会一直对你好吗?"

任苒看上去陷于挣扎,停了好一会儿才说:"没有什么是一直不变的。将来会怎么样,我不知道。我们还有各自要做的事情,离开这里以后,我会回去继续上学。"

"那他呢?"

"他让我不必问,我就不打算追问了。"

"那你们还会在一起吗?"

"我不知道,珊珊。"她轻声说,"双平很小,走一圈,什么都可以看到。可外面那个世界太大了,也许我们会走散再也遇不到,也许他将来不会想要和我在一起。什么都有可能,我才更想牢牢抓住现在,在这里,我拥有的一切是真实存在的。所以,无论以后怎么样,我都可以接受。"

雷珊珊怔怔看着她,无法理解她在说些什么,她微微笑了。

"好啦,别多想,有些事情以后你自然就会明白。我先去海滩那边了。"

任苒站起身走了,她垂着头,步伐缓慢,迎着夕阳的方向,一道长长的影子映在身后。

雷珊珊看着她走远,心内一片茫然。作为小小渔村出生的女孩子,她没有想过太多未来,但此时,未来仿佛突然带着复杂而巨大的不确定性,出现在她眼前。

她有一点恐惧,也有一点期待。

3

祁家骢独自坐在海边,看着远方的海平面。

一场强台风将要登陆,所有的渔船都已经接到通知提前返航,回港避风。铅灰色的天空下,大团大团乌云缓缓地翻涌聚合,海面上空空荡荡,有着反常的宁静。

突然他的身后传来一个带着不确定的声音。

"喂——"

他回头,不远处站着一个圆脸的渔村女孩,一脸踌躇。

"你一个人来的吗?"

这话问得颇为唐突,他完全没有心情理会,冷冷扫她一眼。他向来有着生人勿近的气场,一般人在他这种目光下都会避让后退,这女孩子看上去也有点怯意,却硬挺着没有动。

"任苒没来吗?"

这个名字像一记小而短促的雷鸣,响在他耳边。

就在头天半夜里,祁家骢刚打了助手阿邦的电话,将他从睡梦里叫醒,让他乘最早航班赶去Z市,找到任苒,将两百万元交给她。

阿邦显然对这个指令完全摸不着头脑,一反过去不问为什么马上无条件执行的态度,问:"我要怎么跟任苒说?"

"什么也不必说。"

"那怎么行？她肯定会问起你，我……"

他打断阿邦："就说是她应得的投资收益，然后什么也不必说了。"停了一下，他补充道，"以后再也不要提起她的名字。"

祁家骢没有想到，仅仅在他决定永远忘记任苒不过十个小时后，会有一个不认识的女孩在他面前提到她，一时之间，心里掠过无数思绪。

"你是谁？"

那女孩不安地看着他，小声说："我叫雷珊珊，上次她来的时候，总是和我一起玩的。"

他隐约记起，三年前他带着任苒在这里待了差不多一个月，确实有个小女孩时不时会来找任苒玩。三年过去，她看起来长高了不少。

"她没来。"

他简短地说，用的是一种宣布对话到此结束的语气，然而雷珊珊并没走。

"你能不能告诉我，她现在在哪里？"

祁家骢冷冷地说："你问这个干什么？"

"她离开前，告诉我会寄钱资助我读书。我读高中这三年她每个月都按时把钱转给我，可从来没留地址给我，说不想让我有心理负担。我问过邦哥，他说他也不知道。"

"哦。"祁家骢没有听任苒提起，但丝毫不觉得意外。

"她说会一直寄钱到我大学毕业。我想跟她说，不需要这样做了。"

"为什么？你没考上大学吗？"

"我考上了，但不打算去读。"

祁家骢看着她，等她继续说下去，她一脸不情愿，但还是说了："我妈妈病得很重，涠洲岛上的医院都说治不好，爸爸的渔船上个月出海遇到台风被打坏了，家里钱已经花光了。我打算去广州打工，所以想让任苒姐姐别再寄钱给我。"

祁家骢知道，此地渔民一天不出海，就一天没有收入，而船是他们最值钱的家当，也是最重要的谋生工具，一旦受损，相当于倾家荡产。如果此时家里再有人生病，那确实会陷入困境。

"既然需要钱，那不应该拒绝她的资助啊。"

"她寄钱给我，是想让我读书。我不能用在别的地方。"

"她不会介意的。"

"但是我介意。"

海浪一波波涌上来，快要到达祁家骢脚下，他站起来，抖一下衣服。

"恐怕我没法帮你找到她，我们不再有联系了。"

雷珊珊脸上的表情很奇怪，盯着他，犹豫着，似乎欲言又止，摇摇头："那好吧，我另想办法。"

她转身要走，祁家骢叫住她。

"等等，我会让阿邦过来给你爸爸修理渔船，再安排你妈妈去北海治病，费用你不用担心。你继续去读大学吧。"

她大吃一惊，呆呆看着他，突然沉下脸来："你以为我是来向你乞求帮助的吗？"

"不是。"

"我说了我会去广州打工，不需要别人施舍。"

"但是你已经接受了任苒的资助。"

"她不一样。她……是我的朋友。"

"对，我不是你朋友，我也不会说服你拿我当朋友。"

雷珊珊站在那里，嘴微微张着，讲不出话来，显然陷于混乱之中。

"可是……"

"也许任苒没跟你提过，她母亲因为癌症早早去世，那是她毕生的心结，始终没法释怀。她如果知道你的情况，肯定会不顾一切来帮你的。我这么做不是为了你，而是想弥补一点她最大的遗憾，所以你不需要觉得欠我任何情。这么说你能明白吧。"

"我……"

"阿邦会把一切安排好，我没任何附加条件。如果你实在觉得需要，可以把费用记下来，等你大学毕业有工作之后慢慢还给我。"

雷珊珊当然知道，他根本不需要她偿还，这是一个照顾她自尊心的做法。想到家里病重的母亲，终日醉酒陷于颓唐的父亲，还有在广州没日没夜做两份兼职的哥哥，她无法再矜持下去。

"好。"

停了一下，雷珊珊轻声说："这么说，任苒和你，到底走散了？"

"什么？"祁家骢几乎有点不相信自己的耳朵。

"她说过，她不确定以后能不能一直和你在一起。我当时小，觉得她好奇怪。在我们这里，谁和谁在一起了，一切就都确定不变了，所以女人就算挨打受罪，也会天天去海边等男人回来。她既然不确定，何必也那样苦苦守着？"

海面上有一阵阵浪潮的涌动，从远方向这里推进，风里开始带着隐约的啸音。祁家骢内心同样翻动着各种思绪。

"你没问她为什么吗?"

"问了。"

他不自觉屏息。

雷珊珊清清楚楚地说:"她说在这里,一切都是真实存在的,无论以后怎样,她都能接受。"

雷珊珊是什么时候离开的,祁家骢并不确定。

风狂暴起来,伴随着越来越大的雨滴,台风开始登陆了。

祁家骢回到阿邦家那间小屋子。

停电了,他摸出打火机点亮油灯。风从房子的缝隙灌进来,小小灯火如豆,摇曳不定,飞蛾绕着灯火做着危险的飞舞,他下意识伸手去赶,手指却被火焰燎到,痛意传来,一下缩回,眼睁睁看着那只飞蛾撞入了火焰中心,无声无息地焦掉。

又一阵更猛烈的风刮来,灯熄灭了。

他懒得再去点亮,往后退,坐到床边,床和过去一样,发出不胜压力的"嘎吱"声响,粗布床单带着涩涩的潮湿感。

所有回忆不受压制地扑面而来,如同海浪一般将他淹没。

外面大雨倾盆而下,电闪雷鸣。电光不时将屋子短暂照亮,然后复归黑暗。

这是祁家骢见过的最狂暴的一次台风,当风呼啸时,似乎可以裹挟一切而去。暴雨无止无歇地下着,小屋,乃至小小的双平岛,都在台风中变成一叶扁舟,随时都会消失,时间失去了意义,一切变得缥缈支离。

然而,一切又是真实存在的。

4

雷振邦早就习惯被所有人称作阿邦,就像他早已经习惯生活在北京一样。

他在一家规模颇大的公司工作,他那些久居内地的同事放假时会去世界各地度假,多半都是海边,发回各种沉醉乐不思归的照片,他看了之后,只觉得好笑。

那些日出日落、云霞变幻、潜水观鱼、出海垂钓、捡贝壳抓螃蟹……有哪一样不是他从小就熟悉的呢?

直到读完中学,他报名参军,才头一次踏足内陆。四顾远望,哪一个方向都看不到大海;而季候突然变得前所未有的分明,到了冬天,会有大雪铺天盖地落下。

他在雪地站了很久，甚至伸舌头接了雪花想尝尝味道。

回想那个呆呆傻傻的样子，大概和从来没有见过海的同事也没什么差别吧。这样一想，阿邦更好笑了。

"阿邦，董事长要去哪里？"

打电话过来的是贺静宜，阿邦谨慎地说："北海。"

"他为什么又往北海跑？公司在那边又没业务。"

"可能是去做考察吧。"

"那你去吗？"

"董事长一个人过去。"

"我记得你的老家就在北海啊，为什么连你也不带。"

"贺小姐，董事长的安排，我也不大清楚。"

放下手机，阿邦吁一口气。

倒不是这位漂亮的贺小姐很难伺候。恰恰相反，她非常有眼力劲，对他这个助理从来都和颜悦色，还会不经意地捎给他价格不菲的礼物："阿邦，这个香水我多买了一瓶带回来，拿去送你太太吧。你平时跟着董事长总在加班出差，还是要多哄哄她。"

怎么看都算大方得体。但阿邦觉得，她似乎有一种绷紧窥探的气质，想要摸到底牌，确认自己占到上风才能放松下来。

和任小姐完全不一样——心念及此，阿邦就要对自己摇摇头，这怎么可以比较呢。

他当然不会去对贺小姐说，祁总这样的男人，是不可能让人看透的，不如省点事。

不要说她，就算是跟着他工作已经多年，清楚他的每一个行踪，阿邦也从来弄不懂他在想什么。

比如现在，他知道祁家骢去的地方准确讲是北海涠洲岛外的另一个叫双平的小岛，那个在地图上都很难找到的地方是他的出生地，但他母亲和身有残疾的哥哥都搬到了北海市，和他的姐姐姐夫住在他出钱买的相邻两套房子里。家里的老屋空置着，他已经有快三年没回双平了。

而祁家骢差不多隔几个月就会去一次，总是独来独往，从来不提他去做什么。

另一个总向阿邦问起祁家骢的人是雷珊珊。

这女孩子与他同宗，若细排辈分，还高他一辈，好在村里居民一年少过一年，早就没人讲究这些。她从小便管他叫邦哥。阿邦常年离家在外，与她难得见面，还是接到祁家骢指令后，才知道她家陷于需要帮助的窘境。他不免汗颜："祁总，我自己出钱供她读书就好，不用麻烦你。"

祁家骢说："就按我说的做。"

他当然只能照办，但除了安排好雷珊珊的母亲去就医，打给她足够的学费和生活费用之外，他决心好好关照这个小妹妹。

说起来，雷珊珊不仅是村子里唯一的大学生，而且考上的还是位于北京的国内顶尖名校。但村民们说起她来都带点惋惜："可惜是个女孩子。"就算她的家人似乎也看不出有多开心，只在解决了医疗问题后才稍稍展颜，不过谈论的还是等雷妈妈好转之后，就要筹备大儿子的婚事了。

只有阿邦是真心实意地高兴，他清楚知道，在缺乏城里那样丰富教育资源的前提下，一个渔村女孩子考上重点大学要付出多大努力。他对雷珊珊说："你别理他们讲什么，专心读书，只要能念，最好念到博士，当教授，当女科学家。别的事不需要你操心。"

阿邦和他妻子小玉都非常喜欢这个独在异乡求学的女孩子，她聪明用功，也很懂事，读书之余还去打工，将接受的资助压到最低限度。周末他们邀她过来吃饭，她一定会去厨房打下手，或者带他们的儿子玩。

唯一叫阿邦头疼的是，她总会冷不丁问起祁家骢的感情状况。

头一次听到她问，阿邦奇怪："这关你什么事？"

"我就是想知道。"

再后来听她问起，阿邦纳闷："难道你暗恋我们祁总吗？"

雷珊珊瞪他："胡扯。他跟个冰山一样，就差插个牌子，写上'请勿靠近'。我怎么可能暗恋他。"

"那你干吗还要好奇他有没有交女朋友。"

雷珊珊说："我想知道他什么时候和任苒复合。"

阿邦险些喷出一口茶，摆手说："不可能的。他早就说了，不许再在他面前提这个名字。"

雷珊珊哼一声："那正好说明他心里还有她，他根本没表面看起来那么冷酷嘛。"

小玉以比较实际的眼光看这件事："珊珊，不要多看那种爱得作天作地的言情小说。"

"哎呀小玉姐，专业书籍都看不过来，我哪有空看那些东西。"

阿邦擦擦汗："那就好，麻烦你专心学习，别成天胡思乱想。"

毕竟经不起雷珊珊的软磨硬泡，阿邦不免还是要透露一点。

听到祁家骢保持独来独往，雷珊珊表示满意。

等到知道他生活中有一位贺小姐存在之后，雷珊珊看上去就有点悻悻了。

小玉好笑："说你是小女生，你还不服气。难道你想他永远独身下去吗？那是标准小言戏码好吗？他当然会跟别的人交往，也许还会结婚也说不定呢。你那位任苒姐姐，如果是聪明女孩子，也该开始新的生活了。"

雷珊珊苦着脸："道理我懂，可是……"

她到底也没讲出可是什么来，阿邦和妻子交换一个眼神。

"以后再不用问我那个问题了啊。"

"下次我会问你，他们分开没有。"

阿邦完全无可奈何："珊珊，你这么执着干什么。"

"他应该和任苒在一起。"

"这世上应该的事太多了，但现实就是，两个人一旦分开，很难再走到一起。祁总是不会回头的人，至于任苒……"

他顿住，想起他万般不情愿地执行祁家骢的指令，将两百万元交给任苒时，那个女孩子眼神空洞地露出一个惨淡的笑，让他无法直视，过后难受了很久。

他摇头："唉，不可能了。"

"别的人走散就走散了，但我总觉得他们还是有可能的。"

阿邦无语，只得嘱咐她："你这些话，跟我说说就算了，千万不要跟别人说。"

"不会的。"

小玉心细地补充道："尤其不可以对祁总说。"

雷珊珊翻一个白眼："你当我傻啊小玉姐。"

阿邦苦笑，倒也不是太担心这个问题，毕竟她几乎没有见到祁家骢的可能。

然而贺静宜却真的不声不响与祁家骢分手，进了公司工作，成了阿邦的同事。

这个奇怪的进展让阿邦惊诧不已，他当然不会过问细节，但也告诉妻子不要和雷珊珊谈论这件事。小玉笑："我当然不提，不过这孩子唯独在这件事上倔，肯定还是会问你的。"

阿邦总是含糊应付雷珊珊的追问，好在她也只是问问，并不穷追不放。

快一年的时间里，风平浪静，贺静宜似乎只是一个过客，成为公司里一个上进的员工，而祁家骢看上去对她与其他人一视同仁，同时也乐于保持独居生活。

雷珊珊倒是和同学谈了恋爱，然后又分手了。阿邦不无担心地教训她："既然是那个男生有问题,你可不要拖泥带水跟他玩什么分分合合。"

她笑:"放心吧,我一早就拉黑所有联系方式了,谁有空跟他玩那些花样。"

小女孩分手这么干净利落,还言笑自若,小玉有点不敢相信:"那你怎么总没完没了追问祁总跟任苒有没有重新在一起?弄得我实在担心你喜欢肥皂剧剧情。"

"因为你们祁总是爱任苒的,只不过他不肯承认罢了。"

阿邦着实被惊到了:"你把他说成冰山我没意见,但要把他讲成一个情圣就太离谱了。"

"你以为他为什么要资助我?"

"因为你需要啊。"

雷珊珊笑道:"需要帮助的人太多了,邦哥。如果不是因为任苒姐姐,他根本不会注意到我。"

阿邦不免迟疑了。

集团有专门部门处理各类社会慈善捐助活动,祁家骢唯独将这件事单独交代给他办理,还不经意向他问起过雷珊珊的情况。

如果不是因为任苒……

阿邦在心里给自己按了一个"停"。

从他为祁家骢工作开始,就一直遵循着"不猜测,不质疑"的原则,他知道,这是祁家骢最信任他的原因。尽管祁家骢将名字改成了陈华,他也有了众多同事,但这一点是不能改变的。

想到这里,阿邦正色对雷珊珊说:"珊珊,祁总是我老板,他不会喜欢我在背后议论他的私生活。以后再也别问我这个问题了,我一个字都不会回答了。"

雷珊珊点头:"好,我不问,可是如果你有任苒姐姐的消息,一定要马上告诉我。"

答应这一点,阿邦并不为难。但他觉得,人海茫茫,甚至远远超过环绕在家乡双平四周的大海。在不去刻意寻找的前提下,他和雷珊珊一样,都不大可能再见到任苒了。

然而,仅仅一周之后,他就再次听到任苒的名字。

祁家骢从老家处理了父亲公司的事情,延迟两日才回来,阿邦去机场接机。祁家骢上车之后,一直沉默地坐在后座,他也早习惯了。然而当车停在祁家骢住处门前时,他突然开口。

"那年我让你把两百万给任苒时,她说了什么没有。"

阿邦呆住了,从后视镜看去,祁家骢的神情和平时无异。当年,他将工作交代给他去办之后，没问任何后续，似乎彻底将这件事放到了一边，没想到此刻突然提起。

他只能努力回忆："任小姐说，这是一个非常合理的投资，三年时间，收到这么高的回报，她很满意。"

"就这些？"

"她……让我替她谢谢你。"当然这个谢意一样充满苦涩，阿邦也不觉得有向祁家骦转达的必要。

祁家骦再度陷于沉默。

他试探地问："您又见到任小姐了？"

"对。"

祁家骦再没说什么，径直下车进门。

阿邦开车回去，这时已经入夜，一轮晕黄明月挂在天边，华灯初上，车流如织，都市如同另一种海洋，看上去同样无边无际，有暗涌，有潮汐，有无法预计的风云变幻，有无数的可能。

灯火阑珊处
DENG HUO LAN SHAN CHU

作者
青衫落拓

选题策划
知音动漫图书·时代坊

封面插图
Lylean Lee

封面&内文版式设计
王钰

策划编辑
杨鸿

责任发行
周冬梅

出版社
长江出版社

总出品
湖北知音动漫有限公司

制作出品
知音动漫图书·时代坊

图书在版编目（CIP）数据

灯火阑珊处：全2册 / 青衫落拓著. — 武汉：长江出版社，2019.2

（时代坊）

ISBN 978-7-5492-6096-6

Ⅰ.①灯… Ⅱ.①青… Ⅲ.①长篇小说 - 中国 - 当代 Ⅳ.①I247.5

中国版本图书馆CIP数据核字（2018）第233311号

本书由青衫落拓授权湖北知音动漫有限公司正式委托长江出版社，在中国大陆地区独家出版中文简体版本。未经书面同意，不得以任何形式转载和使用。

灯火阑珊处 /	**青衫落拓** 著
出　　版	长江出版社
	（武汉市解放大道1863号）
发　　行	湖北知音动漫有限公司
作品企划	知音动漫图书·时代坊
责任编辑	吴曙霞
特约编辑	杨 鸿　黄雅芸
装帧设计	王 钰
印　　刷	长沙鸿发印务实业有限公司
版　　次	2019年2月第1版
印　　次	2019年2月第1次印刷
开　　本	700mm×1000mm　1/16
印　　张	37
字　　数	720千字
书　　号	ISBN 978-7-5492-6096-6
定　　价	68.00元（全2册）

版权所有，盗版必究（举报电话：027-68890818）

（如发现印装质量问题，请寄本公司调换，电话：027-68890818）